三个火枪手

[法]亚历山大·仲马◎著

耿　雨◎译

中国民族文化出版社

北　京

图书在版编目（CIP）数据

三个火枪手 / (法) 亚历山大·仲马著 ; 耿雨译
. -- 北京：中国民族文化出版社有限公司，2024.3
ISBN 978-7-5122-1778-2

Ⅰ.①三… Ⅱ.①亚… ②耿… Ⅲ.①长篇小说－法
国－近代 Ⅳ.① I565.44

中国国家版本馆 CIP 数据核字（2023）第 178578 号

三个火枪手

SAN GE HUOQIANGSHOU

作　　　者	［法］亚历山大·仲马◎著　　　耿雨◎译	
责 任 编 辑	张　宇	
责 任 校 对	李文学	
出 版 者	中国民族文化出版社　地址：北京市东城区和平里北街 14 号	
	邮编：100013　　联系电话：010-84250639　64211754（传真）	
制　　　版	北京市大观音堂鑫鑫国际图书音像有限公司	
印　　　装	德富泰（唐山）印务有限公司	
开　　　本	889 mm × 1194 mm　　32 开	
字　　　数	560 千字	
印　　　张	25.75	
版　　　次	2024 年 3 月第 1 版	
印　　　次	2024 年 3 月第 1 次印刷	
标 准 书 号	ISBN 978-7-5122-1778-2	
定　　　价	158.00 元	

目 录

一　老达达尼安给儿子的三件礼物

《玫瑰的故事》^①下卷的作者朗·德·莫艾的家乡小镇莫艾在 1625 年进入 4 月的第一个星期一整个陷入骚动之中，像是胡格诺派^②新教徒又挑起了一次罗塞尔战役。1554 年，胡格诺派在此闹独立。1573 年后，后来为亨利三世的爱如公爵率军镇压，热闹一时。

男人们急忙披上铠甲，抄起火枪和长矛，壮着胆子直奔佛朗斯·莫尼埃客店。妇女们舍下哭闹的孩子奔向大街，所有人都想弄清楚发生了什么事，人越聚越多，客店前已经被挤得水泄不通。人们叫嚷着，嘈杂无比。

那是一个终日动荡不安的年代，全国接二连三地发生令人惶恐的骚乱，不是这个就是那个城镇，差不多每一天都有。

领主之间不断发生斗争，国王与红衣主教势不两立，西班牙与法兰西国王水火不容……这已经够百姓受的了，而除这些

---

① 　《玫瑰的故事》：13 世纪法国的一部寓言诗，上、下两卷。

② 　胡格诺派：16–18 世纪法国天主教徒对加尔文教徒的称呼。

明的、暗的、公开的、秘密的争斗以外，百姓终日还得应付时不时地来自强盗、乞丐、胡格诺派新教徒、伪善的恶人及流氓恶棍的攻击。不得已，居民们必须随时准备拿起武器对付他们，有时则要对付国王，他们从来未与红衣主教及西班牙国王过不去。

居民们长期以来形成了训练有素的习惯。这一天，一听到有喧哗声，并未留意信号旗的颜色，没有看它是红色的还是黄色的，也未留意是不是红衣主教黎塞留公爵部下的号衣，便径直向佛朗斯·莫尼埃客店这边奔了过来。

骚动的原因很快被弄清楚了。因为，出现在这里的一个陌生的年轻人。

这位年轻人乍看上去像 18 岁的堂·吉诃德，只是没有堂·吉诃德那样的盔甲，他穿了一件褪了色的羊毛马甲，那褪去的颜色既像酿酒剩下的葡萄渣，又像天空那种蔚蓝。他脸上的颧骨很高，脸长长的，肤色呈现棕褐色，颌部丰满而突出，透着一股精明劲儿。即使他不戴上贾司克尼省那种特有的扁平便帽，人们也能看出他的籍贯。当时他戴着一顶软帽，上面还插了一根羽毛，他生有一双睿智的大眼睛、一个漂亮的鹰钩鼻子。他比成年人矮些，比一般的孩子的个子高些。

他那柄长剑走起路来总碰他的两条小腿，骑在马上总磨他坐骑那竖起来的长毛，这两样证明他不是一个过路的庄稼人的孩子。

这位年轻人有一匹巴雅恩①矮马，这匹马十分引人注目，皮毛呈现黄色，尾巴没有毛，光秃秃的，腿上生有坏疽。它跑起来总是低着头，甚至于会低到大腿以下。这样就无须用缰绳去控制它了。它每小时可以跑上八里②路哩，只是让人可惜的是这匹马的不起眼的毛皮和其怪异的步态，掩盖掉了它的优点。在那每个人都自认为是一名相马师的年代，15分钟之前，当这匹矮马越过包让希门出现在莫艾镇的时候，它立刻引起了轰动。由于这匹难看的马，坐在马上的人便自然而然地不被人看重了。

　　年轻的达达尼安，这是骑着另一匹洛西南特③的堂·吉诃德。

　　这样的一匹马带来的那种滑稽可笑，这位年轻人已经感觉到了，他觉得有些难堪。尽管他是绝好的骑手，但这并不能避免。

　　这匹马最多值20利弗④。当他父亲老达达尼安作为礼物送给他的时候，他是一边无奈的叹息，一边接受下来。他知道，这与父亲临别时嘱咐的那些话，价值简直是无法相比的。

　　老达达尼安是贾司克尼省的一位绅士，他讲话总是用纯粹的巴雅恩方言——这是法国老国王亨利四世用过的巴雅恩土语。当时，老达达尼安就是用这种方言说给儿子听的。

---

① 巴雅恩：现法国比利牛斯省之大部。当时隶属于贾司克尼。

② 八里：这里指的是古代法里，当时1法里相当于4千米。

③ 洛西南特：《堂·吉诃德》中主人公堂·吉诃德坐骑的名字。

④ 利弗：法国使用法郎前通行的货币，最初，1利弗相当于1古斤白银的价值。

"儿子，这匹马是在你父亲家中出生长大的，它还从来没有离开过我，现在它13岁了，你要疼爱它。还有，你要让它平平安安地享其终年，永远也不要卖掉它。要是你骑它上战场，你要像关照一个老用人一样好生关照它；要是你有可能为朝廷做事——这种荣光本是我们古老的贵族家庭应该得到的，你应该保持绅士家族的名誉，这种名誉是500年来列祖列宗代代传下来的，你要捍卫它，不许任何一个人冒犯它。为了你，为了你周围的人，你要这样做。你周围的人，指的是亲戚和朋友。"

　　老达达尼安接着说："你要支持红衣主教和国王。你要记住，你虽然是一个世家子弟，但如要获得荣誉，凭的全是自身的勇气，勇往直前，才得成功。不论是谁，只要他有一丝一毫的怯懦，他就会在幸运来临之时失去它。儿子，你还年轻，你之所以必须要勇敢，一是由于你是一个贾司克尼人，二是由于你是我的儿子。不要怕惹是生非，要不怕冒险。我教了你如何使用剑，你应当随时随地地找人较量，就凭你有两条钢铁铸成的腿，有一双钢锤般的手臂。如今不许决斗了，但可打架，你要有双倍的勇气去与别人较量。儿子，现在，我要给你的没有别的，只有15埃居^①，我的一匹马，还有嘱咐你的这些话。你的母亲会送你从一位波希尼亚人那里得到的配制药膏的一种方子。它有神奇的疗效，只要尚未伤及心脏，任何伤处，涂上它立即愈合。这些会使你永得其利。你要活得幸福、潇洒、长命百岁。我还有一句话给你提出一个榜样。我只在宗教战争中当

---

① 埃居：法国古币，种类很多，价值不一。本书故事中1埃居约合3利弗。

过兵——义勇军，从未在朝中做过事，所以这个榜样不是我。我所说的榜样是与我们做过邻居的德·特雷维尔先生，他小的时候有幸与国王路易十三一起玩耍过。有时，两个人玩儿着玩儿着真的就打了起来，而多数情况下国王都是他的手下败将，国王挨了揍，却给了他深深的敬意和友情。长大以后，德·特雷维尔先生总喜欢与别人打架。第一次到巴黎，他打了 5 次。自老国王过世，到当今的国王成年，不算战争和攻城，他又打了 7 次。从国王亲政到现今，他也许打了上百次了。如今，他还是火枪队的队长，是国王十分器重的一支禁卫军的队长。大家都知道，红衣主教是无所畏惧的。我听人说，红衣主教不怕别人，就是怕他这位众勇士的首领。他每年的收入是一万埃居，他现在是一位了不起的爵爷了，但是他刚出去的时候和你现在一样。这里有一封信，你拿着去见他。你要像他那样去做，要把他作为你的榜样。"

老达达尼安嘱咐完毕，然后轻轻地吻过儿子的脸，再次祝福儿子。现在儿子要去见他的母亲。

母亲正拿着那个父亲提到的神奇药方等着儿子，这种药方在往后的日子里将使他永得其利。

母子之间的离别之言与刚才父子之间的对话相比就要长得多，也温馨得多了。这样说并不是老达达尼安不爱自己的儿子，儿子是他唯一的继承人，而是由于他是一个男子汉。他想方设法控制自己的伤感之情，可达达尼安夫人是一个女人，又是一位母亲，她哭个不停，而我们所看到的这位年轻的达达尼安先生的表现则完全能称得上男子汉，他表现得沉稳而坚强，火枪手的荣誉感已经起作用了。可是，即便如此，最后达达尼安还是哭了，只不过，有差不多一半的眼泪被他吞入了肚中。

当天，达达尼安拿着父亲给他的三件礼物——一匹马、15个埃居、写给德·特雷维尔先生的一封信，加上老达达尼安对儿子千嘱咐万叮咛的那些金玉良言启程。

带着这些礼物出了家门，我们很容易把这位年轻人与塞万提斯小说中那位主人公联想到一起。前文中，我曾以历史学家的责任感描述我们的主人公，以堂·吉诃德与我们的这位年轻人做过比较。堂·吉诃德曾将羊群看成军队，把风车当成巨人；我们这位年轻人则把路人的笑脸当成侮辱，将顾盼看成挑衅。他从塔布走到莫艾，一路之上，拳头已经由于紧握而疼痛难忍了，他还未曾对人动过手；他还未曾拔剑出鞘，剑柄由于一天握上十次差不多已被磨光。如果说人们看了那匹小黄马发笑后很快便收起了笑容，那是由于他们看到了马背之上的那把长剑不时发出声响。还有，再往上看，人们会发现那双凶猛不可一世的眼睛。人们一见马背之上的那把长剑，一见那凶神恶煞的眼光，就使自己的欢笑受到了控制，就像戴上了一副古老的面具，只被看到一张张半笑不笑的脸了。正因为如此，我们这位达达尼安先生的尊严，在到达莫艾小镇之前还未曾受到什么侵犯，他的感情还没有受到伤害。

可到了莫艾之后情况就有了变化。

进入小镇之后，达达尼安在佛朗斯·莫尼埃客店门前下了马。老板没有走上前来向他打招呼，马夫也没有跑过来给他牵马，把马安排到马厩，更没有伙计领他进入客房。可是他脑袋里想象的情况是完全和现状相反的，他在一楼的一个窗口内看到有一个男人正在与另外两个人谈着什么。谈话者面容严肃，身体健壮，一副贵族派头儿，神气十足地讲着，另外两个人则毕恭毕敬地听着。这挑动了我们的主人公一路上都没得到释放的敏感的神经，他断定那几个人在谈论着他。

他仔细地听了一下，他猜对了一半，那几个人谈论的并不是他，而是他的马。那贵族模样的人讽刺着达达尼安坐骑的种种丑相，另外两个人一边听着，一边放声大笑。

既然一丝的微笑就足以激起这位年轻人的满腔怒火，那么，可以想象即将发生什么事了。这放肆的嘲笑会在达达尼安内心引起怎样的情绪，一目了然。

达达尼安隔着窗户慢慢看去，很想好生瞧瞧那位嘲笑他、不把他放在眼里的贵族到底是一个什么样的人。那人的年龄在40～45岁之间，有一对黑色的眼睛，目光锐利，脸色苍白，鼻子突出，小胡子修剪得十分整齐。那人穿了一件紫色击剑短衣，衣袖向外翻起，一件紫色的紧膝短裤，上面有做结用的紫色带子，从上到下，没有任何饰物。击剑短衣和紧膝短裤皱皱巴巴的，像是已在旅行箱底被压了多日，实际上都全是新的。

达达尼安以一种观察家的目光将所有这一切统统收入眼底。毫不夸张地说，出于一种本能，达达尼安感觉到，眼前这位陌生人和他未来的命运紧紧联系在一起。

在达达尼安端详那位身穿紫色短衣的绅士时，后者仍在就院中那匹巴雅恩马高谈阔论，另外那两个人依然在边听边笑。

那人说着，自己并不笑，说得神采飞扬。

对于自己是否受到了侮辱，达达尼安这次确定无疑。这样，他把头上那顶软帽往下拉了拉，直至眉头之上，然后，模仿在家乡贾司克尼看到过的过路的贵族老爷在行动中摆出的那种架势，一只手紧按剑柄，另一只手撑在腰间，向贵族走去。

让人觉得失望的是，他越往前走怒气越盛，情绪失控。于是，口中道出的，已不是作为挑战用的那些显示尊严和傲慢的词语，而是几句粗鲁的攻击性语言：

"先生——躲在窗子里的那位先生，我现在在问您，对，就是您，请您立刻告诉我，您在笑什么？告诉我！"

那位贵族绅士把目光缓缓地从马的身上移到我们这位年轻人的身上。他花了好一段时间才弄清楚，眼前这位怪异青年的责问是冲着他的。开始时他万万没有想到，等他确认无疑时，他微微皱了皱眉，然后道：

"先生，我并没有跟您讲话！"

这话说得傲慢轻蔑但又礼貌大方。

可以肯定，我们的年轻人被激怒了，他道：

"可我却是在与您讲话！"

绅士听后又微笑着瞧了我们的年轻人一眼。过后，他离开了窗口。

他从房子里走了出来，大步走到了离达达尼安两步的地方停了下来，站到了马的对面。

他态度镇定的表情带有嘲讽，看到这一切使得当时仍站在窗子里面的另外两个人乐得更欢了。

8

年轻人见那人走出房来，达达尼安拔剑出鞘——剑足足露出一尺多长。

那陌生人朝着留在屋内的另外那两个人讲："这匹马儿确是——或者说它的马驹时代，确是一朵毛茛花。"他完全忽视年轻人的愤怒。"这种毛色在植物学中可能常常被人提到；可作为马匹，有这种毛色就难得一见了。"

"嘲笑马匹者未必敢于嘲笑它的主人！"达达尼安的腔调是模仿他心目中的特雷维尔的腔调。

"我并不是经常嘲笑别人的，先生，"陌生人又说话了，"这您从别人的脸上可以看得出来。但如果我想笑，不管什么人都休想剥夺我笑的权利！"

"那别人呢，"达达尼安叫着，"从来不希望别人在我不想叫他笑的时候笑！"

"是这样，这也确实显得合情合理。"陌生人更加显得镇定了。

有一匹马在院子里已经备上了鞍。

陌生人想要离开，达达尼安岂能这么轻易地放过？

他完全将剑拔出，赶了过去，并大叫着：

"嘲笑人的先生，请您转过身来，免得说我从背后下手！"

"下手刺我？"陌生人吃惊地转过身来，然后轻蔑地瞪着眼前的年轻人，"您说是要刺我，对吗？嘿，好小子，你是不是发疯了？"

接着，他用低沉的像是自言自语的声音和语调道：

"正巧！国王正愁着火枪队无人补充，这个胆大包天的宝贝儿倒蛮合适。"

话音刚落，达达尼安的剑就刺了过来。

陌生人躲得很快，他意识到，眼前的事并不是在开玩笑。于是，他抽剑出鞘，先彬彬有礼地施礼，后就摆出了应战的架势。

同时，那两个人在客店老板的伴随下手中拿着棍子、铲子、钳子之类赶了出来。

达达尼安被包围了，他须应付来自四面八方雨点般的攻击。

那陌生人看也不看就把长剑插入鞘中，准确无误，然后站在一旁，看着这边的打斗。

过了片刻，那陌生人以从容态度道：

"该死的贾司克尼佬儿！把他扔在那匹小黄马儿上，快些让他滚蛋！"

"懦夫！"达达尼安一边叫着，一边奋力抵抗，毫无退却的想法，"该死的懦夫，我是不会走的,除非你死在我的剑下。"

"还在吹牛！"那陌生人低声道，"贾司克尼人的臭脾气永远难改！这是些不可救药的家伙！那好吧，既然他想继续表演，那就让他跳下去——等他累了再说。"

那陌生人并不晓得面对着的这个青年是一个不要命的、绝不会求饶的人。

战斗仍在继续。

达达尼安用尽了所有的力气。他的剑折断了，血流了一身，因为头上挨了一棍子，身子摇晃着，眼看就要昏倒了，这只是几秒钟的事。

小镇的居民从四面八方拥来，弄清楚了这里发生了的事。

客店老板见来了这么多的人，为了减少麻烦，就和店中的几个伙计七手八脚把达达尼安抬进了厨房，把他的伤口处理了一下。

那位贵族重新走到了原来的窗口，不耐烦地看着人群。人群没有散去，他大为不满。

"那个疯子怎样啦？"

老板要进来向他问安，刚刚进入房门。

"阁下没事儿吧？"老板还是先问了一句。

"没事，老板，那小子怎样啦？"

"刚才他昏了过去了，现在没事儿了。"

"是吗？"

"他昏过去之前，还不住地叫嚷着找您，喊着粗鲁的话。"

陌生人听完道：

"真是一个魔鬼。"

店老板不以为然，道：

"阁下，那倒不是，在他晕倒时我看了他的行囊。那里边有一件干净的衬衣，钱袋之内装有 12 个埃居。晕过去之前他还说什么这事儿是发生在这儿，要是发生在巴黎，那就让您后悔一辈子了——即使发生在这儿，也只是让您晚一些后悔而已。"

陌生人听罢冷冷一笑，道：

"这么说来，他是乔装的王孙公子啦。"

店主人见那"阁下"如此说便道：

"大人，我只是想提醒您留点神。"

"他提没提到什么人？"

"提到过的。他拍着自己的行囊说，我倒想知道德·特雷维尔先生晓得他的被保护人受到如此的侮辱时，会有什么样的想法？"

"德·特雷维尔先生？"陌生人警觉起来，"他拍着行囊喊了德·特雷维尔先生？"

没等店老板说什么，陌生人又问：

"老板，那行囊之中还有什么？我想在那年轻人昏过去之后，您是肯定查看了他的行囊的。"

"还有一封信写给德·特雷维尔先生的信。"

"真的？"

"是的。"

店老板丝毫也没有觉察到那位"阁下"听了他的话后脸上的表情与神态的变化。那位"阁下"原来是把一只胳膊斜靠在窗台上的，现在胳膊拿了下来，他人也离开了窗子，他皱起了眉头，这些动作表明他的内心已经不再平静了。

"见鬼！"他自言自语起来，"德·特雷维尔先生会派这样一个小毛孩子找我的麻烦？可话再说回来，刺出一剑就是一剑——那剑并不在乎使用它的人的年龄大小！再说，一个毛孩子，倒也容易叫人难以防备。有的时候，一块小小的石子儿足可绊人一个大跟头。"

这陌生人陷入了深思。

过了好一会儿，他才对老板说：

"老板，您听着：您能不能设法帮我甩掉这个小疯子？说句良心话，可……"

他停顿一会儿，他又以一种带有威胁的口吻道：

"他真是碍事的家伙！现在他在哪儿？"

"人们正在给他包扎，在楼上我老婆的房里。"

"他那行李现在在哪里？他是否脱掉了击剑服？"

"全在厨房里。既然他这么碍手碍脚，那……"

"他在您的客店里大吵大嚷，但凡正派人哪个能受得了？老板，结账，并通知我的属下。"

"阁下现在就要离开？"

"是这样——刚才我就请您备好了我的马。听您这口气，难道有人不想听我的吩咐？"

"哪儿的话！马已经备好，就在门口，随时您都可以出发。"

"那就好，去照我的吩咐做吧！"

"怪事，难道他会怕那小子？"老板心中想。

他毕恭毕敬地鞠了一躬，退出去了。

"绝不能让这个怪小子看到米拉迪①。"那陌生人还在自言自语，"她一会就要到了，已经比预定的时间迟了些。我现在就上马去迎她——要是知道给德·特雷维尔先生的那封信上写了些什么就好了。"

他朝厨房走去。

---

① 米拉迪：由英文 My lady（我的夫人，我的太太）组成的变体字。原注："米拉迪后面当有一个姓，但原手书本中却并没有加上。在此，我们最好也不做出什么改动。"

店老板到了他妻子的房间，他断定，那受伤的年轻人绝不一般。

这时，达达尼安已经醒来。老板对他说，他可能要有麻烦，因为他惹了一位爵爷（在老板眼里，那陌生人至少是一位爵爷），或许警察会来找他。他劝年轻人不管现在身体能不能扛得住，立马离开为好。

达达尼安身上没有了击剑服，头上缠着纱布，满脑子里迷迷糊糊，神志尚未完全清醒。他站起身来，老板扶着他向楼下走。快到厨房时，他一下子瞧见了那个陌生的敌人。那人正站在一辆套有两匹诺曼底骏马的漂亮四轮马车前，一位从车内探出头来的20岁左右的女人和他平和地谈着什么。

达达尼安能一眼看清楚一个人的相貌特征，这是一种本领。现在，他一眼就看见车内的女人楚楚动人，漂亮无比：她皮肤稍显苍白，卷曲的金发披在肩上，嘴唇粉红，双手雪白，一双蓝色的大眼睛，有一副感伤的神情。

他可从未瞧见过如此美貌的年轻女子，令他顿时怦然心动。

那女人显得激动异常。

"红衣主教阁下命令我……"达达尼安听清楚了那漂亮女人的半句话。

"……立刻去英国，如果打听到公爵离开了伦敦，就立即向红衣主教阁下报告……"这是那陌生人的声音。

"还有别的吩咐吗？"那女人在问。

"全都在这盒子里面——过了拉芒什海峡①，您才可以打开它。"

"遵命。您呢？"

"我就回巴黎。"

"是要留下收拾那个无礼的毛小子吧？"

达达尼安不等那陌生人张嘴就冲了出来。

"等着被收拾的是您！"他大喊着，扑向那陌生人，"现在，您就休想像上次那样，从我手中逃脱掉！"

"从你手中逃脱掉？"

"不错！这次，当着一位女人的面，谅您也不敢再逃走了！"

"别忘了，"米拉迪见自己的人要将手伸向剑柄，便发话了，"一个小小的失误可能就会破坏全局。"

"您说得对，"那陌生人道，"那您走您的，我也立刻上路。"

他向米拉迪那边鞠了一躬，便飞身上马。

那辆四轮马车向着相反的方向飞驰而去。

"账呢？"

老板见住店人没有结账就准备离开了，所以用了一副鄙夷的口吻。

那陌生人转过头来冲着一个下属吼道：

"你去付账，笨蛋！"

他吼完，朝马狠狠地抽了几鞭子。

---

① 拉芒什海峡：即英吉利海峡。

15

那个下属向老板脚下扔了几枚银币，便快马加鞭，去追自己的主人。

"懦夫！什么贵族，冒牌货一个！"

达达尼安一边叫着，一边追着。

由于受了伤，便禁不起这样的激动了。他感到全身发软，耳朵里嗡嗡直响。接着，他觉得一阵头晕，眼前冒起了金星，便一头栽倒在大街上，嘴里还在念着：

"懦夫！懦夫！懦夫！"

"千真万确。"店老板走过来想以奉承来安慰这个可怜的年轻人。

"千真万确，"达达尼安喃喃道，"可她，她多美呀！"

"哪个？哪个她？"老板被弄得莫名其妙。

"那位夫人……"达达尼安支吾着昏了过去。

"哼，都一样！"老板知道年轻人听不到了，便道，"那个走了留下这个，这位还要在此待上几天，留下那11个埃居。"

我们前面讲过，达达尼安还剩下 11 个埃居①。

老板心中盘算着，一天 1 个埃居，一住 11 天，整好是 11 个埃居。

达达尼安第二天早上的 5 点钟就起了床。他下楼走进厨房，要了一些东西：一些配药膏用的药剂——我们无法知晓都是些什么，因为明细单子没有流传后世——一些葡萄酒、一些橄榄油、一些迷迭香。他照母亲给他的药方配成了一剂药膏，然后

---

① 原文如此。前文讲达达尼安有 12 个埃居。

在伤处涂了个遍，之后自己换上了纱布，他不想找什么医生。这种波希尼亚香膏果然神奇，当天晚上达达尼安就可以自由行动了，看上去伤口次日就可痊愈。

次日醒来，他自觉身子差不多全好了，于是，来找老板结账。

他什么都没吃，因此，伙食分文未花，只是那些葡萄酒、橄榄油、迷迭香等药剂需要付钱，还有马的草料。别看那匹马不起眼儿，可它的食量竟比一般的马匹大上三倍还不止。达达尼安听罢伸手去摸他的钱袋，这才发现，他带的那封信不在了。达达尼安耐着性子找那封信，把口袋里里外外翻了有20遍，但信件仍不见踪影。

他又火了。

他无法忍耐，声言找不到书信，要将店中的坛坛罐罐砸个稀巴烂。他差一点儿又得配一剂药膏来涂新的伤口了，因为店老板立即抄起一把长矛，老板娘抓起一把扫帚，伙计们则握紧了那天被人用过的木棒。

"我的推荐信！快找出来还我。要不，我要像撕雪鸦那样把你们撕个粉碎！"达达尼安大叫大嚷。

他的剑在前天的格斗中已被折断，他肯定无法兑现自己的这一诺言了，但这一层他全然忘记了。于是，他怒气冲天拔出了只剩下半截的剑，充其量它也只有10寸长了。要知道，这一半还是店老板细心地给他插入剑鞘的，而剑的另外半截，厨房的师傅准备日后做成一把剔猪肉用的铁钎。

老板失望的表情还不足以使眼前这位年轻人消下气来，好在老板及时地意识到了这一点。

他放下手中的长矛，然后问：

"对呀，信上哪儿去了呢？"

"对呀，信上哪儿去了呢？"达达尼安也嚷了起来，"我告诉您，这信是给德·特雷维尔先生的，必须找到它。如若不能及时找到，德·特雷维尔先生本人必然亲自来查个水落石出。你们明白没有？"

这次老板真的害了怕。在国内军人当中，在百姓当中，德·特雷维尔先生这个名字是除去国王和红衣大主教叫得最响的了。当然，还有约塞伏神父。不过，他几乎是恐怖的代名词，人们只能悄悄地提起他。老板立刻命令妻子和伙计们放下家伙，去找那封信。"那信里装着什么值钱的东西吗？"

"自然是，全部家当都在那里边了。"达达尼安是指望用那封信为自己的前程开路的，听老板这样问他，气又来了。

"是西班牙息票吗？"老板迷惑不解。

"国王陛下私人金库的息票！"达达尼安回答道。

"真是见鬼了。"老板真的是绝望了。

"丢了钱倒没什么。"贾司克尼人的民族自豪感又出现在达达尼安的身上，"钱并不重要，但那封信却价值连城。我宁可舍去 1000 个皮斯托尔①，也不能丢了那封信！"

此时此刻，不要说是 1000 皮斯托尔，就是说 20000 皮斯托尔，也不会有人出来揭发他在吹牛的，只是虚荣心阻碍了这位年轻人这样做。

---

① 皮斯托尔：法国古币，1 皮斯托尔相当于 10 个利弗。

就在这时，老板突然大声道：

"信不是丢了！"

"什么？"

"信不是丢了——它被人拿走了。"

"被人拿走了？"

"没错，是前天那位贵族拿走了。我敢打赌——是他偷走了那封信。他去过厨房，他在厨房里停过片刻。您的短上衣在那里。"

"您肯定？"达达尼安并不相信有人会偷他的信，所以不相信老板的话。因为他觉得，那封信的价值完完全全是属于他个人的，别人拿去没用。

"您是在说，您疑心是那位无礼的贵族拿走了那封信？"达达尼安还在问。

"是这样。我敢肯定，是他，不会错！"老板说，"我曾告诉他，您是受德·特雷维尔先生保护的。我还告诉他，您带了一封给赫赫有名的德·特雷维尔先生的信。听了我的话，他显得心神不宁，并追问我信在哪儿。他知道您的击剑服挂在厨房的时候，就去了那里。"

"那就是说，是他这个贼偷了我的信，"达达尼安道，"好的，我会向德·特雷维尔先生报告这件事的，而德·特雷维尔先生则肯定会向国王告发。"

说完这些话，他显得神气十足，从口袋里掏出两个埃居交给老板。老板收了钱取下帽子，一直把达达尼安送到了大门口。

达达尼安跨上他的坐骑，奔向巴黎。一路上再也没有碰上麻烦。接着，他到达了巴黎圣安东尼门。

到达巴黎之后，他多了三个埃居，那匹马被他卖掉了。

达达尼安考虑到骑着它从莫艾一直到了巴黎，跑了这么长的路，那马儿已经累得不像样子了，所以，这个价钱不算太低。当马贩子拿出九个利弗递给达达尼安时，那马贩子对达达尼安说，直率地讲，要不是那匹马儿的皮色特殊，他才不会出这样高的价钱哩。

卖掉马之后，达达尼安腋下夹着小包裹，步行进城。

他为了租到与自己的财力相当的房子费了很大劲。租下的房子是一个小阁楼，在隧人街，离卢森堡宫很近。

交过定金之后，达达尼安安置了一下，剩下的时间，就把金线花边缝在自己的短上衣和短裤上，那是母亲瞒着父亲从父亲的一件新的击剑服上拆下的。

时间尚早，他到了铁匠铺打好了自己的剑，然后又赶到卢浮宫，向碰到的一位火枪手问清楚了德·特雷维尔先生的官邸所在地。

德·特雷维尔先生的府邸在老戈伦大街，离达达尼安的住处是很近的。这似乎是一个好兆头，预示这趟巴黎之行将一帆风顺。

这使达达尼安想到，自己在莫艾的表现还算可以。回到住处，他思绪万千：回首往事，他问心无愧；俯视眼下，他心满意足；瞻望未来，他信心百倍。

躺在床上，他睡去了。

他直到第二天早上 9 点钟才醒过来。

他要去拜访德·特雷维尔先生。根据父亲的说法，这德·特雷维尔先生称得上法兰西王国的第三号重要人物。

二　德·特雷维尔先生的候见室

德·特鲁瓦维尔先生是他在贾司克尼老家时的姓，来巴黎后他把姓改成了德·特雷维尔。他开始像达达尼安一样，也是身无分文，但他有胆量、智慧和准确的判断力。这是父辈传下来的遗产，就是这些遗产使这个最贫困的贾司克尼小贵族所得到的，比起最富有的培利格尔①和卑利②的贵族所得还要多。他的运气异乎寻常的好，加上超过常人的勇敢，在一个动辄动刀动剑的时代里，使他四级一跨地爬上了被称作宫廷恩宠的那座难以攀登梯子的顶端。

大家都知道，他是国王的朋友。国王是十分崇拜并怀念父

---

① 培利格尔：法国西南部古伯爵领地，即现法国朵儿多涅省以及洛特－加龙省的一部分。1607 年被法国国王亨利四世并入王国。

② 卑利：法国中部古省，历史上曾为伯爵和公爵领地，现法国歇而和安德尔两省的大部分。1100 年并入法国。

亲亨利四世的。在对天主教同盟①的战争中，德·特雷维尔先生的父亲曾经忠心耿耿地为亨利四世效劳。亨利四世由于没有现金——这个巴雅恩人一生都缺少这样东西，所以便常常动用精神鼓励来偿还他所欠下的情，这是他唯一不需要东借西贷之物。所以，在胜利之后，德·特雷维尔先生的父亲一进巴黎，便得到了一枚纹章，上面有一只在红直纹底子上作行走姿态的金狮子，还有一句拉丁文题铭：坚强的和忠诚的。这是一项非常了不起的荣誉。自然，这对物质生活享受没有大的帮助。就这样，亨利国王的这位杰出的伙伴去世之后，留给他儿子的遗产就只有他的那把剑和他的纹章上的那句题铭。靠着这两件遗赠以及伴随它们的毫无污点的姓氏，德·特雷维尔先生被录用，参加了年轻王子的侍从队伍。德·特雷维尔用他的剑恪尽职守地效劳着，而且一直恪守那纹章上的题铭，以致路易十三——法兰西王国的击剑好手之一——平时总是说，如果朋友要参加决斗聘请副手的话，他会向这个朋友先推荐自己，其次是推荐特雷维尔，再次可能推荐特雷维尔。

路易十三打心眼儿里喜欢特雷维尔。这种爱带有一种帝王作风，有一种自私性，但毕竟是一种爱。这可以理解，在那样动乱频繁的年代，谁都愿意有一批像特雷维尔这样强有力的人

---

① 天主教同盟：1572 年，胡格诺派和天主教派重开内战，整个法国陷于分裂状态。控制着法国南部和西部胡格诺派的代表人物就是属于瓦罗亚家族的旁系波旁家族后来登上王位的亨利四世。北方信奉天主教的贵族以格林家族亨利·德·吉兹公爵为首，于 1576 年成立了天主教同盟。这个同盟表面上是反对胡格诺派，保卫天主教。其真实的动机是要推翻在巴黎掌握中央政权的瓦罗亚家族的法国国王亨利三世，由本家族成员登上王位。至此，宗教战争演变成了三个家族之间争夺王位之战。

守护在自己的身边。纹章题铭的第一个意思"坚强的"，成了许多人的座右铭，至于纹章题铭的第二个意思是在贵族当中只有少数人配得上的"忠诚的"，特雷维尔就属于这样一种人。这种人在当时极其稀少，他们具有看门狗的驯服天性，有不顾一切的勇敢精神，眼光敏锐，出手迅猛。对特雷维尔来说，他眼睛的所有作用仅仅是要看国王的眼色，侦查出国王对哪一个人感到不满；手长在臂上仅仅是为了攻击某个让国王生气的人，如某个贝穆、某个默尔威尔、某个伯特罗·德·美蕾、某个威特力等等。一句话，当时，特雷维尔缺少的是机会。他等待着，下定决心，一旦机会出现，他就要立刻紧紧抓住，绝不会让它溜掉。这样，路易十三让特雷维尔当了他的火枪队的队长。他手下的火枪手对路易十三的忠诚与崇拜程度，与常备卫队对于亨利三世、苏格兰卫队对于路易十一相比，都是有过之而无不及的。

　　红衣主教是法兰西的第二国王，这些方面，做得一点也不比国王落后。他见路易十三身边出现了这样一支精锐卫队，便也想起来要组建属于自己的卫队。后来，他像路易十三一样，拥有了自己的火枪手卫队。当时在法国的各个省份，甚至于在法国的每一个地方，都在挑选剑术高超的人，以便编入国王的或者是红衣主教的火枪队。在黎塞留与国王晚间下棋的时候，他们各自夸耀手下人的仪表与英勇，双方常常为了各自侍卫人员的品行而争执不下。表面上，他们反对决斗，反对斗殴，而背地里他们又唆使手下人动武，为他们的胜利而欢呼，为他们的失利而忧伤。至少曾经亲身经历过这种胜利和失利的某公的回忆录中是这样写的。他说，失利的次数极少，而更多的是胜利。

特雷维尔利用他的机灵抓住了主子的弱点，继而赢得了这位国王持久不变的信任，而这位国王身后并没有留下忠于友情的好名声。国王总是让他的火枪手像接受检阅那样列队在红衣主教艾尔蒙·德·浦莱希面前走过，且脸上露出嘲笑的表情，气得红衣主教阁下那两撮灰色的胡子直往上翘。那个时代不靠敌人养活就靠同胞养活。特雷维尔精通这样一个时代争斗的艺术。他将他的士兵组成了一个无法无天、气焰嚣张的军团，除了德·特雷维尔，别人休想支得动其一兵一卒。

国王的火枪手们，或者说得更贴切些，德·特雷维尔先生的火枪手们，总是放荡不羁，嘴里冒着酒气，衣冠不整，身上挂着伤痕。几乎能在所有的游乐场所看到他们的身影。他们总是大喊大叫，捋着各自的小胡子，身上的佩剑碰得叮当作响。如果碰上红衣主教那边的人，他们就故意找碴儿。接下来，他们就当街拔剑出鞘，嘴里笑语不停。有的时候，他们会被人杀掉。但他们坚信死后会有人为他致哀和复仇，更多的是他们会把别人杀掉。出现这种情况之后，他们坚信：只要有特雷维尔先生在，就不会让他们坐穿牢底，事实上他确实会很快想办法把他们弄出来。这就是为什么德·特雷维尔先生受到了这些人的千遍万遍赞扬、歌颂，这些人崇拜他。他们一个个凶神恶煞，在德·特雷维尔先生面前却像小学生见了老师，诚惶诚恐，毕恭毕敬，唯命是从。要是受到德·特雷维尔先生的责备，哪怕这种责备再轻不过，他们也觉得难以承受，非要以死把这种污点洗刷干净不可。

德·特雷维尔先生先是为了国王，为了国王的朋友；其次，是为了他自己，为了他的朋友动用这种强有力的手段，而从那个时代留下的种种回忆录看，这位可敬的权贵从未受到过指责，连来自敌人方面的指责都没有。他在文人中的敌人并不少于他在军人中的敌人。这些人写的回忆录中没有一个字，请听明白，提到这位可敬的权贵派自己的亲信去为别人效劳，从而捞取钱财。他有的时候能与最高明的阴谋家相媲美，具有少有的阴谋策划的本领。但是，他却是一个正直的人。此外，他可以手握利剑刺杀时扭了腰，可以在操练时累得精疲力竭。同时，他以一位风度翩翩的绅士，一位挑逗女人的高手，一位谈吐委婉的善言者，出入于最时髦的内室沙龙。众人在谈论德·特雷维尔先生情场做戏、春风得意之时，总是拿20年前巴松皮埃尔[1]做对比，夸赞之声滔滔不绝。这位火枪队队长被人敬畏，受到了爱戴，达到了人生的顶点。

路易十四将宫廷内的所有小星淹没在他自己的巨大光照之中，而他的父亲有"与众不同的太阳"之称，与他不同的是，他父亲曾让身边的每一个亲信各自光彩四射，让每一个臣子都显示出自己的价值。当时，在巴黎，除去国王的起身[2]和红衣主教的起身以外，竟有两百余人都享有这种起身的荣耀，而特

---

① 巴松皮埃尔（1579-1646）：法国元帅，外交家。曾因密谋反对黎塞留被关入巴士底狱。

② 起身：法国古代国王早晨醒来到梳洗完毕接见王公大臣的一种宫廷礼仪。红衣主教和其他显贵家中也相应地实行这种礼仪。不过，除红衣主教外，一般他们的这种礼仪被称为"小起身"。

雷维尔是这两百多人当中享受这一礼仪最盛的一个。

特雷维尔的府邸位于老戈伦街。这里，夏天从早晨6点钟起、冬天从8点钟起便成为一个兵营。院子里，值勤的人员数目总保持在五六十名。他们全副武装，在院子里来来往往，他们为了防止出现什么情况必须时刻警惕着。楼梯宽大到足以让今日的建筑师在它的地基上盖上一栋房子。这宽大的楼梯之上人来人往，有来找特雷维尔求情帮忙办事的当地人，有渴望得到聘用的外省显贵，有受托给德·特雷维尔先生送信的人，身着各式各样纹章号衣前来办事的各府仆从也在其中。被指定接见的人坐在候见厅里靠墙的一圈儿长凳上，厅中的嗡嗡声从早到晚从不间断，大厅的旁边就是接待室。德·特雷维尔先生则坐在接待室里接受拜访，听取申诉，发布指令。他像国王出现在了卢浮宫的阳台上一样出现在窗口前检阅他的手下人的阵容。外省人达达尼安一进这个院子，看到此种场面，便不免有些发怵。虽然这位外省人是一位地道的贾司克尼人，作为德·特雷维尔的同乡，是绝对不应该有一丝一毫的怯懦的。

一进院子，达达尼安就陷入了其势可以用"汹涌澎湃"来加以形容的人流之中。人来人往，摩肩接踵，互相招呼着，吵嚷着，欢笑着。在此情况之下，只有大军官、大贵人或者是漂亮女人才能打开一条通道，顺顺当当受到接见。

我们的那位年轻人带着怦怦直跳的心在拥挤中，在混乱中往里挤着。他一只手按住他的剑，让它紧紧地贴着自己的那条长长的瘦腿，另一只手靠近自己的毡帽，用外省人那种似笑非笑显得泰然自若的笑容来掩饰自己内心的慌张不安。他挤出院子里的人群之后，稍稍喘出了一口气，但是他心中明白，院子里的人还在回头看着他。唉！到今天为止，一直觉得了不起的达达尼安，算是头一回觉得自己可笑了。

终于走到了楼梯那儿，可这里的情况很不让他满意。头几阶上站着四个火枪手。他们正在预演日后用得着的剑法。楼梯的平台上有他们的十一二个伙伴，他们等候轮到自己参加比试。

四个火枪手中站在最上面的一个挥着剑，迎接下面三个人的进攻。下面的三个则灵活地舞动着手中的剑，非要攻上去不可。

最初，达达尼安认为他们手中拿的是训练用的花式剑，剑锋还没有开。但他很快知道错了：从被划破的道道伤口看，那剑是又利又尖的。他看到每每划出伤口，便在围观的人群当中，在比剑的四人当中，引起一阵狂笑。

那个站在上层的火枪手已经成功地阻止了他下面的三个对手。

他们被人群围着。

定下的规则是：谁被刺着谁出局，失去首先晋见队长的权利。

比赛进行得很快，五分钟之内有三个出了局，其中一个被刺中了手臂，一个被刺中了下巴，一个被刺中了耳朵。

优胜者得到了首先晋见的机会，这位优胜者的机会并不是轻而易举得到的，他可能是有意让人感到惊异。

他确实引起了人们的惊异。达达尼安被这种消遣方式惊呆了。贾司克尼人是以头脑容易发热闻名遐迩的。在贾司克尼经常出现斗殴的事,而那里的斗殴总要预先找到一点儿什么理由,可他眼下所看到的四个人简直就在用大言不惭地自吹自擂来代替理由。他以为自己进了格列佛①所到过的巨人国。

问题是,达达尼安要想到达他的目的地就必须穿过楼梯平台和候见厅的前厅。

在平台上的人们谈论的是有关女人的事;在前厅,人们谈论的是宫廷内的秘闻。

达达尼安先羞红了脸,接着又快气炸了肺。

达达尼安原本是一个想象力丰富的青年。在他的家乡,他的想象力曾令不少年轻女佣甚至于一些年轻主妇对他也躲之唯恐不及。而今日他在这里所听到的种种风流逸闻,达达尼安就是做梦也梦不到它的四分之一。件件与全国的知名人物有关,而且讲起来细枝末节详尽生动,毫无掩饰。在平台之上,如果说达达尼安的道德观受到了冲击,那么,在前厅,红衣主教在他心中尊崇的地位遭到了质疑。

人们在肆无忌惮地攻击红衣主教,随便地谈论他的私生活。而这之前,达达尼安所知道的是,不少的大贵族正是由于在这两个方面反对红衣主教而受到了严惩。可他们……这真是令整个欧洲都吃惊的举动。

红衣主教可是父亲所尊崇的大人物,而现在,他却成了人们随便嘲笑的对象!他们戏弄红衣主教那双膝向外弯曲的腿、那弓形的背……红衣主教的情人阿捷伦夫人和他的外甥女卡巴

---

① 格列佛:英国18世纪作家斯威夫特所著《格列佛游记》中的主人公。

来夫人也被编进了以讽刺为目的的小曲。另外一些人则起劲儿地抨击红衣主教的仆从和卫士。

达达尼安觉得自己进入了另外一个世界。

有的时候，国王的名字也会出现在这些议论嘲讽之中。但是，众人都害怕谈论的声音传进德·特雷维尔先生的那间办公室，所以对这一话题谈论得异常的短暂。片刻之间，人们的嘴里像是被塞上了一个木塞。这样，很快话题就转回到红衣主教身上去。这时，每谈到一件事，笑声就会变得更大，那意思是说，他们不会放过对他的任何一件事。

达达尼安害怕起来，他想这些人将被关进巴士底监狱并被绞死。不用说，我也将因听见了他们的谈话成为同谋犯跟着进去。我父亲他老人家曾严厉地叮嘱我，要我尊重红衣主教。他老人家如果知道我与这样一些人待在一起，会怎么想？用不着我说，读者也会想到，达达尼安不敢介入这些人的谈话。但是，他充分地调动着自己的五官，瞪大了眼睛看，竖起了耳朵听，生怕漏掉了一句话。他并不怀疑父亲的叮嘱。但是，他感到自己已被爱好和本能左右，很想赞扬而不是谴责这里所发生的一切。

显然达达尼安完全是一个局外人，置身在德·特雷维尔先生的这群追随者当中。他第一次在此出现，所以，便有人走上来询问他来此有何贵干。

见有人问他，达达尼安便谦恭地说出了自己的名字，并且强调了同乡人的身份，请求过来问话的德·特雷维尔先生的贴身男仆去向德·特雷维尔先生本人传话，看看先生愿意不愿意抽出一点时间见见他。那跟班儿以一种保护人的姿态告诉达达尼安，他会在合适的时候转达这一请求。

这时，达达尼安稍稍平静了下来，他有了闲心来观察、研究众人的服装和容貌了。

处于最活跃的那群人中央的那位火枪手，身材高大、神情傲慢，他古怪的服装十分吸引人们的目光。他穿的不是宽袖的制服上衣。在那个自由权较少、独立性很强的年代里，身着制服上衣倒不是绝对强制的。他穿了件稍有点褪色也有些磨损的天蓝色齐腰紧身上衣，其上有一条肩带，是用金线绣成的，很是华丽，简直就像阳光之下的鳞波，金光闪闪。一件天鹅绒长披风，从肩上一直垂到脚跟。那条华丽的肩带在胸前露了出来，上面挂着一把非常之大的长剑。

这位火枪手刚刚下岗。他向周围的人解释要穿披风的原因时抱怨说得了感冒，并且时不时地装模作样地咳嗽几声。他一边讲着，一边用手去捋他的小胡子。

达达尼安比起任何人都更为卖劲儿地夸他那条漂亮的肩带。

那火枪手说："我也晓得这太奢侈，可这年头有什么办法——兴这个！再说，不把祖宗留下的一笔钱花在这上面，还上哪里花去？"

"波尔多斯！"在场的某个人叫出了他的名字，"你别骗我们，你这花的不是你父亲的钱！一定是那位戴着面纱的夫人送给你的！我上周在圣奥诺雷门旁碰见你时看到了她！"

"你错了！"波尔多斯说，"我以我作为贵族之荣誉和人格保证，是我自己买的——是我自己用自己的钱买的！"

"你没有说错，"又有一位火枪手说话了，"像我一样，另买了一个新的钱袋，把情妇的钱放进了新钱袋！"

"我讲的是真话，"波尔多斯又说，"买它我花去了12个皮斯托尔，以此为证。"

赞美声成倍地增加，怀疑并未消除。

"你还有话讲吗，阿拉密斯？"波尔多斯对刚刚与他过话的那位火枪手这样说。

被喊作阿拉密斯的火枪手是一个二十二三岁的青年，这与波尔多斯形成了强烈的反差。他看上去稚气十足，并过于温柔，粉红色的脸上像秋天的桃子一样长满了绒毛。他的唇上有一道直线，那是他的小胡子。他的两只手一直不愿意放下去，以免使其青筋膨胀，而是时不时地把它举到耳边，去捏那两只耳朵，以使它们保持非常明显的肉红色。他讲话又少又慢，而且文质彬彬，经常鞠躬行礼。他笑不出声，笑起来会露出像全身各个部位一样受到了主人无微不至的关怀的两排漂亮的牙齿。

听了波尔多斯的话，阿拉密斯点了点头。

正因为有了他肯定的表示，肩带引起的一切怀疑被一扫而光。人们继续欣赏它，但不再谈论它。话题随着思路的突然改变而改变着。

"你们对加莱① 的马厩总管讲的那件事怎样看？"另一位火枪手向大家提出了问题。

---

① 加莱（1599-1626）：伯爵，法国国王路易十三的宠臣，因阴谋反对红衣主教黎塞留而被处死。

"他讲什么事了？"波尔多斯以非同凡人的口气问。

"他说，在布鲁塞尔碰到了路斯弗尔——红衣主教的那位死心塌地的追随者。当时他化装成了一位嘉布遣会①的修士，这该死的家伙就靠着乔装打扮，戏耍加莱先生像戏耍傻瓜一样。"

"可以确定，他就是个傻瓜，"波尔多斯说，"这事是真吗？"

"我不确定，是阿多斯跟我讲的。"那位火枪手回答他。

"是这样？"波尔多斯问了一句。

"你装糊涂了，波尔多斯？"阿拉密斯插了进来，"我昨天就给你讲过这事。不过，咱们不要谈这件事了。"

"不要谈这件事了！你是这么想的？"波尔多斯十分不满，"哼，不要谈这件事了！这是你下的命令？我忍不下这口气！一个叛徒，一个无赖，一个强盗，竟敢在暗地里跟踪一位贵族，盗他的信件。就凭这些信件，又虚造罪名，说什么加莱要刺杀国王，让大殿下②和王后结婚云云。目的就是：砍下加莱的脑袋！这一谜底一直不为人知——昨天，您向我们揭开了谜底，这使我们感到十分满意。听了您的介绍，我们个个曾被惊得目瞪口呆。可是怎么回事？今天倒说'不要谈这件事了'？"

"既然大家愿意谈，那就谈好了。"听了这些话阿拉密斯变得耐心起来。

"路斯弗尔！"波尔多斯叫骂了起来，"要是我是那个可

---

① 嘉布遣会：天主教方济各会的一派，1528年由意大利人玛窦·巴西所创。

② 大殿下：法国人对国王大弟的尊称。

33

怜的加莱的马厩总管，我就要那畜生尝尝我的厉害！”

“我想你是可以的，但那样的话，红衣公爵也会让您尝尝他的厉害。”阿拉密斯说。

“又是红衣公爵？红衣公爵！太好了，太好了，”波尔多斯点着头，边拍着巴掌，边说着，“阿拉密斯呀阿拉密斯，您真够风趣。亲爱的，您未能按照自己的志向去选择职业真是件遗憾的事，您可以成为一名风趣的神父的。哼！红衣主教会让我尝尝他的厉害！真是妙不可言。我将把这句妙不可言的话传出去，亲爱的，放心，我会这样做的。”

“亲爱的，这用不着着急，”阿拉密斯说，“我会成为神父的，您等着好啦——您知道，我一直在学神学。”

“迟早而已，您总是说到做到。”波尔多斯道。

“会早，不会迟。”阿拉密斯道。

“他只等一件事完成便重新披上他那件披在制服后面的道袍。”另外一名火枪手说。

“他等完成什么事？”又一名火枪手问。

“他等着王后给法兰西的王位生一位继承人。”

“先生们，请不要拿这事开玩笑！”波尔多斯道，“感谢老天，王后尚在育龄期呢。”

“听说白金汉①先生正在法国。”阿拉密斯一边说，一边狡猾地乐着。这笑声带来了足够的挑逗性。

“这回您可大错而特错了，亲爱的阿拉密斯，”波尔多斯

---

① 白金汉（1592-1628）：公爵，英国国王詹姆士一世和查理一世的宠臣。

打断了阿拉密斯，"爱讲俏皮话的癖好总是让您越过边界。要是德·特雷维尔先生听到您的这种话，你就会有大麻烦。"

"您这是在教训我，波尔多斯？"阿拉密斯叫了起来。逼人的光芒从他的那双温柔的眼睛里一下子发出来。

"亲爱的，做火枪手和做神父是不可以兼具的，"波尔多斯说，"阿多斯曾对您说：'您吃遍了所有槽里的料。'啊，别急，朋友。着急没有任何作用。再说，咱们仨，阿多斯、您、我，已经事先约好不发火。看看您吧：您去了戴洁蓉夫人家，向她大献了殷勤，您去了德·歇非蕾滋夫人的表妹德·波娃·特雷希夫人家，深得她的欢心。啊，上帝！您交了好运。您一向守口如瓶，我们也从不盘问您。可您别以为这一切会瞒得了人。问题是：既然您具备这种本领，那就该把它用在有关王后陛下尊严的事上去——国王、红衣主教，谁爱谈谁谈，谁爱怎么谈谁怎么谈。如果必须谈神圣的王后，只能谈论她好的方面。"

"波尔多斯，我跟您说，您自负不次于卡梭斯①，"阿拉密斯说，"您晓得，我讨厌被人教训，来自阿多斯的除外。至于您，亲爱的，您有一条美丽无比的肩带，可这算不了什么。我回答您：我会在合适的时候去做神父。可眼前，我是一名火枪手。凭了这火枪手的身份，我想说什么就说什么。就是说，现在我觉得你非常讨厌！"

"阿拉密斯！"

"波尔多斯！"

---

① 卡梭斯：希腊神话中的美少年，只觉得自己美，不爱任何人。他因拒绝仙女恩科的爱受到惩罚，留恋于水中自己的倒影，忧郁而死。

周围的人一见两个人闹僵了，围上来劝阻：

"得啦，得啦，二位先生……"

恰好在这时，德·特雷维尔先生办公室的门被打开了。一位穿号衣的跟班打断吵嚷：

"有请达达尼安先生！"

众人都闭上了嘴。

年轻的贾司克尼人在一片肃静之中穿过候见厅，他心里觉得庆幸，因为免除了参与眼前古怪的争执，进入火枪手队长的办公室。

三　晤见

这时，虽然德·特雷维尔先生的情绪非常不好。但是，当年轻人深深地向他鞠躬后，他还是极有礼貌地还了礼，并且面带微笑，接受拜访者的问候。

因为年轻人的巴雅恩乡音，他陷入了对青年时代和故乡的回忆，这种双重的回忆足可使任何人露出笑容。

在谈话之前，他向达达尼安做了一个手势，似乎在告诉达达尼安，在他们谈话之前，需要允许他先把一些事情了结一下。他站起身来，向候见厅那边走去。

"阿多斯！波尔多斯！阿拉密斯！"

他连喊了三声，一声高似一声，那声音之中带有命令、愤怒等含意。

我们已经认识了被叫到三个名字当中的两个。他们听见了喊叫声，便离开人群，朝德·特雷维尔先生的办公室走过来。

他们进门之后，门就关上了。他们每个人都是一副虽然难说是安然自定，但总可以说是无拘无束的神情。达达尼安看到这便对他们充满了敬佩之情。在达达尼安的眼里，德·特雷维尔先生俨然就是以雷电做武器的奥林匹斯山上的朱庇特，眼前进来的两个，简直就是半人半神的赫拉克勒斯和忒修斯。

两个火枪手进门后将门关上之后，候见厅里的嗡嗡声又传了进来。

把两个火枪手喊了进来，不用说，德·特雷维尔先生必然有话要对他们讲。但是，德·特雷维尔先生在室内来回踱步，擦过默不作声的波尔多斯和阿拉密斯，像检阅那样挺直胸膛，并没有讲什么，从这一头走到那一头，又从那一头走到这一头，紧皱眉头，一言不发。

他猛然停在了他们面前，愤怒地看着他们道：

"先生们，你们知道昨晚国王跟我讲了些什么吗？"他的声音很大，"先生们，你们知道吗？"

"不知道，先生。我们一点儿都不知道。"两个火枪手稍等了片刻回答。

"不过，先生，我希望有荣幸被告知，究竟发生了什么事。"阿拉密斯语气极为恭敬地加了一句，姿势优雅地鞠了一躬。

"他告诉我说，从今往后，他要从红衣主教的卫士当中挑选他的火枪手了！"

"什么？从红衣主教的卫士当中挑选？他为什么这样？"波尔多斯迫不及待地问。

"这是因为我们表现得并不出色，不能让人满意。"

两个火枪手脸"唰"地一下红了。达达尼安感到尴尬异常，觉得应该找个地洞钻进去。

"就是这样，没错！"德·特雷维尔先生继续讲着，可以看出他非常生气，"陛下是对的，因为我们的火枪手给国王丢人现眼了。这一点我以我的名誉担保。昨天，国王与红衣主教玩牌，红衣主教以一种令人气愤但又表同情的口气对我说，前天，您的那些该死的火枪手，那些喜欢惹是生非的东西。我听到这儿怎么能不气，这些冒充好汉的家伙们。他又补充了一句，同时用凶光瞧着我。他说这些人深更半夜还在菲路街的一个小酒馆里厮混，被他的卫队碰上了，不得不将那些扰乱治安的家伙抓了起来。我相信他那时高兴得就要冲着我的脸哈哈大笑了。真见鬼！他讲的情况你们应该是知道的。现在好了，要拘捕你们。你们逃不脱，你们无须辩解，红衣主教就点了你们的大名，你们叫人家给认了出来。这都怪我，是我挑了你们！阿拉密斯，你眼看就要穿上漂亮的修士服了，为什么偏偏叫我挑上，给你穿上一件制服！波尔多斯，你有了一条闪光的肩带，可难道说这仅仅是为了在它上面挂上一柄用麦秆儿扎成的长剑？还有那个阿多斯——他在哪儿？"

"先生，"阿拉密斯情绪低落地说，"他病了，病得很厉害。"

"病了？他得了什么病？"

"可能是天花，先生，"波尔多斯回答说，"真的，他病了，情况不太好，他要落麻子了。"

"波尔多斯，你在给我编造一个伤心的故事吧？你说他生了天花？笑话，他这个年龄会出天花？他是受了伤，或者是送命了吧？啊，要是我早些能预料到这样就好了！火枪手先生们，我不允许你们像往日那样常到那些鬼混的地方去，不允许你们到大街上去吵吵嚷嚷，不允许你们在十字街头动武斗殴。总而言之，我不想让红衣主教先生的卫士们看我的笑话。他们绝不会落到被人拘捕的地步，他们个个是勇敢、沉着、机智的好汉。而且，他们也绝对不会被别人拘捕——这点我可以肯定，宁死他们也不会后退一步——东躲西藏，这只有国王的火枪手干得出来！"

虽然波尔多斯和阿拉密斯明白，德·特雷维尔先生是出于对他们深深的爱才讲出了这番话的，但还是气得浑身发抖。要是换个其他人讲，他们会立即跳起来，扭断他的脖子。他们的脚在地板上跺得咚咚作响，嘴唇咬出了鲜血，手使劲儿地按住了剑柄。

外面的人知道事情不太妙，因为听到德·特雷维尔先生用那样的口气喊波尔多斯和阿拉密斯。十来个人凑上来，把耳朵贴在了门上。里面德·特雷维尔先生讲的那些话，他们都清楚地听到了，他们也气得脸发白了。德·特雷维尔先生讲的那些话，经过他们很快被传了出去。于是没过多大一会儿，从德·特雷维尔先生的办公室到临街的大门口，整个府邸沸腾了。

"国王的火枪手任凭红衣主教先生的卫士拘捕！"德·特雷维尔先生在里面继续讲，他与他的下属一样的怒不可遏。为了用话来刺激众人，他刻意一句一句地讲着，就像抓着一把剑在一下一下地猛刺他下属的胸膛。"啊！国王陛下的 6 名火枪手轻而易举地被红衣主教阁下的 6 名卫士拘捕了，真是见鬼了！我已经决定立即进宫，向国王提出辞呈，辞掉国王火枪手队队长的职务，要求到红衣主教卫队之中当一名副队长——要是被拒绝，我就去当神父。"

粗声野气的叫骂声在空中震荡：见鬼！德·特雷维尔先生的话音一落，外边的窃窃私语一下子变成了一阵怒吼。达达尼安羞愧得想要钻到桌子底下去。

"确实是，队长！"波尔多斯怒不可遏地说，"当时我们是6个对6个，可他们是采用阴险的方法袭击我们，趁我们不备，在我们还没来得及拔剑间已有两个倒下去死掉了。阿多斯受了重伤，情况不妙。阿多斯您是了解的，队长，当时他想要站起来，可两次都没有成功。然而，我们没有投降，没有投降！是他们强行将我们带走的，我们在半路上逃了。他们以为阿多斯已经死了就没有想到要抬走他，听任他留在了原地，这就是事情的经过。事实是，没有一个人会百战百胜。在法萨罗战役中，伟大的庞培①败了；在帕维亚战役中，天下无敌的弗朗索瓦一世②败了……"

"我向您担保以下事实：他们中的一个被我干掉了，"阿拉密斯说，"我用他的剑把他干掉了，我的剑在第一回合被折断了。说刺死的、捅死的，都可以，随您怎么说……"

"看来，红衣主教故意夸大了，我并不知道这些，"德·特雷维尔先生说，口气缓和了许多。"但是，先生我要求您，"阿拉密斯继续说，他见队长平静了下来，胆子也变大了，"不

---

① 庞培（前106-前48）：古罗马统帅。公元前48年，与恺撒战于希腊法萨罗。庞培战败，逃至埃及被击杀。

② 弗朗索瓦一世（1494-1547）：法国瓦罗亚王朝国王，与神圣罗马帝国皇帝争夺神圣罗马帝国皇位，1525年，在意大利帕维亚战败被俘。

要把阿多斯受了伤的消息传到国王的耳朵里，否则阿多斯会感到绝望的。而且他伤势极重，肩被刺透了，还伤了胸部，恐怕……"

就在此时，门突然开了。一个年轻人走了进来，他面孔严肃而英俊，但全然不见血色。

"阿多斯！"两个火枪手一齐叫了起来。

"阿多斯！"接着德·特雷维尔先生也叫了起来。

"先生，您召见我？"阿多斯对德·特雷维尔先生说，声音虚弱，但神情沉着。"弟兄们通知了我，说您找我，我就赶来了。您有什么吩咐，先生？"阿多斯的制服一如既往整整齐齐，腰身裹得很紧。他一边说着，一边迈着坚定的步伐走了进来。

阿多斯表现出来的勇敢精神深深感动了德·特雷维尔先生，他听他说完便急忙朝他迎了过去。

"我正跟他们讲，"德·特雷维尔先生说，"我的火枪手个个都是好样的——国王晓得他们是全世界最勇敢的人，所以不允许你们在毫无必要的情况下拿自己的生命去冒险。把您的手伸过来吧！"

刚刚到来的火枪手对这种友爱的表示还没做出反应，德·特雷维尔先生就抓住了他的右手，用尽全身的气力，狠狠地握紧了它。他甚至没有注意到，尽管阿多斯一再坚忍但还是疼得哆嗦了一下，那本来就很苍白的脸这下越发的苍白了。

门半开着。他们之间的对话外边的人都听到了，引起了轰动。阿多斯受伤的事本是个秘密，这下人们全都知道了。队长讲完话之后，便爆发了一阵欢呼声。有几个人兴奋得难以抑制，把头伸进了办公室。

本来，德·特雷维尔先生是要以严厉的态度来制止这种越轨行为的，可他突然感觉到，握在他手中的阿多斯的右手抽搐起来，阿多斯就要昏过去了。

本来，阿多斯用全部的生命力来与疼痛做斗争，但最后他还是没有成功，他昏了过去，倒在了地上，如死人一般。

"快去找医生来！"德·特雷维尔先生喊道，"要找最好的医生！要不，我的勇士就要没命啦！"

听到德·特雷维尔先生这一呼叫，所有的人都拥进了办公室。德·特雷维尔先生没有加以阻止，任凭他们闯入，他们都想能帮上忙照顾好这位勇士，但无疑只能添乱。

外科医生冲开人群，奔到了阿多斯身边，他当时就在官邸。

医生提出的第一个请求，也是最重要的请求，是将昏迷不醒的阿多斯安置到隔壁的一个房间去。

办公室与隔壁的一个房间相通。德·特雷维尔先生迅速地打开了通往那里的那扇门，闪身给抬阿多斯的波尔多斯和阿拉密斯领路。医生跟进去之后，那扇门关上了。

在一般情况下，德·特雷维尔先生的办公室是一个神圣的所在，现在，它成了候见厅的一角。众人在里边为所欲为，高声议论，提高嗓门儿放肆地说亵渎神灵的话，要红衣主教与他的卫士们去见鬼，如此等等。

不一会儿，波尔多斯和阿拉密斯走出了房间，德·特雷维尔先生和医生继续留在了里面。

又过了一会儿，德·特雷维尔先生也出来向大家宣布：

阿多斯醒了，大家不要为阿多斯的伤情担心，他因为失血过多昏迷，没有大问题。

说完这些之后，德·特雷维尔先生做了一个手势，让大家离开。

大家都自动离去了，但达达尼安留下了。他怀着贾司克尼人那种特有的倔强劲儿留在了原地，因他觉得自己是来被接见的。所有人走之后，门关上了，办公室里就剩下两个人了——德·特雷维尔先生与达达尼安。刚刚发生的事中断了德·特雷维尔先生的思路，他询问这位固执的被接见者有何要求。

达达尼安说出了自己的名字，德·特雷维尔先生听完之后接上了被打断的思路，知道自己该干些什么了。

"对不起，我的同乡，"德·特雷维尔先生面带笑容地说，"请原谅我差点把您给忘掉。没有办法！这些火枪手都是些大孩子，我这个队长也就是家长，而责任和家长却没法比。但是，无论如何，我得让国王的命令，尤其是红衣主教的命令得以执行……"

达达尼安听到这些话，内心的真实情感掩饰不住了，脸上露出了微笑。德·特雷维尔先生从这一细微的表情判断出，眼前站在他面前的人，可并不是一个傻瓜。于是，他改变了话题，重新回答原来的方向。

"以前我非常喜欢您的父亲，"德·特雷维尔先生道，"我能为我昔日好友的儿子做点什么呢？只是，有话请快些讲，我没有太多时间。"

"先生，"达达尼安道，"我离开塔布来到这里，是想做一名火枪手，穿上一件火枪手的制服，希望得到您的帮助以作为您没有忘记这一友谊的一种纪念。但是，两个小时以来，我在这里发生的一切让我明白，您的这一恩典分量实在太重，我可能不配得到它。"

"确实是，这倒实实在在是一种恩典，年轻人，"德·特雷维尔先生道，"但是，可能也并不像您想象的那样，或者说看上去像您想象的那样难以实现。说是恩典，那是因为陛下有过命令，我不无遗憾地告诉您，任何人在没有经过一定的考验是不能被选为火枪手的。比如参加了几次战役，立了赫赫战功，或者在条件远远不如我们的军队的队伍中服役年满两年，等等。"

达达尼安听罢没有说什么，鞠了一个躬。此时，当他了解到在成为火枪手之前要经过这么多考验，他倒越发渴望得到一件火枪手的制服了。

"不过，"德·特雷维尔先生继续说，并且拿眼睛一秒都不放松地盯住自己的这位同乡，他想用目光之锐利把眼前这位年轻人的一切看个清楚。"不过，考虑到我和您父亲的关系——正如我刚才跟您讲的那样，他是我的老朋友——因此我很希望能为您做点什么，年轻人。从我们巴雅恩出来的子弟通常都并不富有，我想我离开那儿的这些年那里肯定没发生惊人的变化。因此，我判定，您身上带的钱未必能够维持您的生活……"

达达尼安一听此话立刻挺直了腰杆儿，以那高傲的姿态向他的对话者证明他不需要任何人的施舍。

"噢，年轻人，这非常好，"德·特雷维尔先生道，"您这是向我表明，您不需要……这使我想起我刚来巴黎的时候，虽然口袋里只有四个埃居，可如果有谁讲我买不起整个巴黎，我就要与他决斗！"

这话使达达尼安的腰杆儿挺得更直了。他靠卖掉了自己的马开始自己的生计时，口袋里的钱比德·特雷维尔先生当时还多四个埃居呢！

"因此，我想，您想必是需要好好保护好口袋里那些钱。"德·特雷维尔先生继续说，"但我觉得，您可能也需要一个适合的贵族子弟的训练机会。这样好了，我今天就写一封信给皇家学院的院长，请他免费收留您，明天您就可去那里。请您不要拒绝这个很小的帮助，要知道，一些出身高贵、家庭富裕的贵族子弟很渴望得到这个机会呢！您去那里可以学习马术，学习剑术，还学习跳舞。您会在那里结识一些对您有用的朋友。您可以不时地来看我，讲讲您的情况，看看我还能为您做些什么。"

达达尼安对于上层社会的客套一无所知。但是，他还是看得出，自己受到了一次不是很热情的接待。

"唉，先生，"达达尼安叹了一口气，"我看得出，今天如果有我父亲给您的介绍信，情况会是多么的不同啊！"

"的确如此，"德·特雷维尔先生道，"我也感到奇怪，您从我们的家乡那么远的地方来到这里，却怎么会忘了带上一件被我们巴雅恩人看作命根子的旅行必需品？"

"我没忘，先生，而且它写得完全合乎规格。只是，不幸的是在路上它被不怀好意的人给偷走了。"达达尼安喊了起来。

接着，达达尼安把在莫艾发生的事如实向德·特雷维尔先生叙述了一遍，而且详详细细把那位素不相识的贵族的模样用嘴描绘了一遍。达达尼安讲得生动而真实，以致德·特雷维尔先生听得愣了神儿。

"这种情况倒奇怪！"德·特雷维尔先生思索着说，"就是说，您曾大声地说出过我的名字？"

"是这样，先生，"达达尼安说，"看起来我很冒失，毫无疑问，我喊出了您的名字，我不知道这样做会不会影响到您。但是我当时想，您的名字是我一路行来的护身符，请您设身处地地想一想。"

所有的人都喜欢听奉承话，国王或红衣主教是这样，德·特雷维尔先生当然也不会拒绝别人的恭维。因此，他听了达达尼安的话后脸上立即露出了笑容。

但是，笑容很快就消失了。

德·特雷维尔先生又把关键问题集中到了在莫艾发生的那件事情上去。

"告诉我，"德·特雷维尔先生问，"您讲的那位贵族是不是鬓角上有一块不太明显的伤疤？"

"是的，有一块疤，像是被枪弹划伤的。"

"他相貌好看？"

"不错。"

"他身材高大？"

"不错。"

"棕色的头发，脸色苍白？"

"一点也不错，一点也不错。您认识他？啊！我发誓不管他躲到天涯海角，我一定会找到他的。"

"他在等一个女人？"德·特雷维尔先生继续问。

"是。他等到那个女人之后和她谈了一阵子，很快就走掉了。"

"你听到他们谈了些什么？"

"他把一个盒子交给那个女人，说盒子里有他的指令，告诉她只有赶到伦敦之后才能把那个盒子打开。"

"她是英国人？"

"她叫米拉迪。"

"是他！"德·特雷维尔先生自己揣摩，"是他，我一直以为他在布鲁塞尔呢！"

"啊！先生，"达达尼安叫了起来，"如果您知道这个人，那就请告诉我他是谁？他在哪儿？我只有这个请求，其他的都不重要，甚至我也不再求您让我进入火枪队。我要做的是复仇！"

"那您不管怎么样也别那样干！"德·特雷维尔先生也叫了起来，"您不要去碰他，要是您看见他从大街的那一边走来，您最好走这一边。否则，后果就像是一只玻璃杯撞到一块花岗岩上，你自己会摔个粉碎！"

"即使这样吧，"达达尼安说，"只要让我找到他……"

"年轻人，"德·特雷维尔先生道，"记住我的忠告，不要去找他。"

德·特雷维尔先生突然停下来不讲话了，起了疑心。眼前这位年轻人告诉他那个人偷了他父亲的信函，看上去不像是真实的。年轻人对那个人表现出恨之入骨、不共戴天的样子，是不是隐藏着什么阴险的计划？他是不是红衣主教派来的？是不是他们设好了圈套让我钻进去？这自称达达尼安的人，是不是红衣主教要安插在我身边的一名暗探？把一个人安插在某某人家，获取信任，然后击垮某人，这样的事是时常发生的。德·特雷维尔再次端详达达尼安，比起上一次更加用心。他看到，达达尼安脸上洋溢着一种近乎诡谲的机智和虚伪的谦恭，这使他放心不下。

"可以确定，他是个地道的贾司克尼人，"德·特雷维尔心里想，"但是他既然能为我干，也就能为红衣主教干。来，我来考查考查他。"

"我的朋友，"德·特雷维尔慢慢道，"我打心眼儿里愿意像对待我的老友的儿子那样对待您，我相信您真的丢了那封信。我是说，为了弥补刚才对你的冷淡接待，我想将政治方面我们的某些秘密说给您听听。国王和红衣主教表面上争执的相当厉害，但实际上是最要好的朋友。所有那些争执，完完全全是为了蒙蔽那些傻瓜蛋。讲这些，是为了我的一位同乡，一位英俊的骑士，具备一切成功的条件的正直青年，会跟在那些人后面，像傻瓜一样稀里糊涂地上当受骗。您要想到，我同时忠于国王和红衣主教。我所采取的一切措施的动机和目的都是为国王和红衣主教效力。红衣主教先生是法兰西难得的最为杰出的天才。因此，年轻人，您就把他看作是人生的楷模好了。如果您对红衣主教怀有敌意，不管是由于家庭的关系，由于朋友的关系，或者出于您的本能，正像我们所看到的有些贵族那样，就请您对我道一声再见，我们就此分手。以后，我可以在任何其他场合下向您提供帮助，然而您不能留在我的身边。我希望，我的坦诚和直率无论如何会使您觉得我是您的朋友。到目前为止，您是唯一的一个听到我这番话的年轻人。"

在讲这些话的同时，德·特雷维尔先生心里却在想："红衣主教知道我恨他恨得咬牙切齿。要是这个小狐狸是红衣主教派到我这里来的，他是绝对不会详细告诉这位奸细夺取我好感、骗取我信任的最好手段，就是当着我的面讲他的坏话。因此，即使我刚刚讲了那样的一番话，这个狡猾的家伙还是会对我说，他是如何对红衣主教厌恶至极。"

然而，完全与德·特雷维尔先生的预料相反，达达尼安却毫不犹豫地说：

"先生，我来巴黎所怀着的动机是与您相同的。我的父亲嘱咐我只服从三个人：国王、红衣主教和您。他坚持说，全法兰西只有这样三名伟人。"

我们看到，达达尼安把德·特雷维尔先生的大名放到了另外两个人之后。然而，他没有想到这样会有什么害处。

"我对红衣主教怀有极大敬意的，"达达尼安接着说，"对他的一切行为都深深地崇敬。先生，您那样坦诚地对待我，再好不过了，您的见解与我相同，让我感到荣幸。假如您对此有些怀疑，我觉得这很自然，我就会由于讲了心里话而毁了自己。不过，我想，即使那样，我相信您也会看得起我，因为这样的一点是值得重视的。"

德·特雷维尔先生惊讶到了极点。这个小伙子多么透彻、多么坦白！他深为赞赏。但是，这还不足以最终消除对他的疑虑。另外，眼前这个年轻人如果成心骗他，越是出类拔萃，就越发会令人害怕。

不过，他还是过来握住了达达尼安的手道：

"您的确是一个诚实的让我赞赏的小伙子！不过眼下我能为你做的也只能是方才我向您提过的，到贵族学院去。今后您随时都可以来找我。您会得到您所需要的一切的。火枪队的大门始终是向您敞开的。"

"也就是说，先生，您是在等待，等我通过考验，"达达尼安道，"太好了。我是不会让您等待太久的。"

这时达达尼安的话里充满了贾司克尼人那不拘礼节的口吻，说完他就准备鞠躬告辞，好像今后他的一切都已经掌握在自己手里。

"不过，等一等，"德·特雷维尔先生赶紧留下了他，"我刚才讲了要写一封信给贵族学院的院长。您不想接受了，我的年轻人？"

"哦，不，先生，我没这个意思！"达达尼安说，"这回这封信丢不了了，我发誓要把它送到目的地。谁要是再想偷它，他可就要倒霉了！"

德·特雷维尔先生被这种虚张声势逗笑了。

在德·特雷维尔先生到桌子旁去写那封信的当口，留在窗子那边的达达尼安无事可做，就用手指轻轻地弹着玻璃，敲起一首进行曲。他看到，火枪手们一个个朝大门口走去，出门后，消失在大街的一个拐角处。

德·特雷维尔先生写完，封好，把它递到达达尼安手里的时候，达达尼安一下子跳了起来，脸气得通红，准备冲到办公室外面。他嘴里还喊着：

"哈哈，这次我看你还往哪里逃？"

"谁？"德·特雷维尔先生问了一句。

"那个偷我信的小偷！"说着，达达尼安便跑得无影无踪了。

"疯了！"德·特雷维尔先生自言自语道，"不过，这倒不失为一种绝妙的溜号儿方式——他知道狐狸尾巴已经藏不住了！"

四 阿多斯的肩膀、波尔多斯的肩带和阿拉密斯的手帕

　　达达尼安怒火中烧，三步跨出了候见厅，冲向楼梯，想要一步跳四级地奔下楼去。就在他准备如此飞奔时，一头撞上了一名火枪手。他刚从边门出了德·特雷维尔先生的办公室套间，正好撞到了那人的肩膀上。那人被撞得叫喊了一声，或者说得更准确的是号叫了一声。

　　"非常抱歉，"达达尼安说，一边道歉，一边继续往前跑，"真是抱歉。不过，我是有急事。"

　　他刚跑下头一阶楼梯，被迫停了下来，有一只铁爪般的手抓住了他的肩带。

　　"有急事！"那火枪手的脸色惨白，大声喊道，"年轻人，你想找借口有急事，您撞了我，只说声'抱歉'，就想完事大吉了？不错，德·特雷维尔先生今天和我们说话粗暴了些，这叫您听到了。但是您不要以为听见了这个，就以为别的什么人也可以跟他一样，来随便对我们？不，您错了，朋友！您可不

是德·特雷维尔先生。"

"请您相信我，"达达尼安辩解说。他认出被撞的人是阿多斯——他刚接受医生包扎，现在正要回自己的住所去。"请相信我不是故意的，我向您道了歉。我觉得这就足够了。然而，我向您重说一遍——这也许是多余的——但我以我的名誉担保，我真的是有非常着急的事要去办。因此，我请您放开我。"

"先生，"阿多斯松开了手，说，"您很没有礼貌。我看得出，您是从很远的地方过来的。"

达达尼安听了这话，站住了，本来已经下了好几阶楼梯。回头道：

"见鬼去吧，先生！我告诉您，即使我是从天边来到了巴黎，你也没有资格来指导我怎么样才算礼貌。"

"那可不一定。"阿多斯说。

"啊！要不是我有急事，"达达尼安嚷起来，"要不是我急着去追一个人……"

"可有急事的先生，您应当明白您用不着追赶就能找到我？"

"好的，那么是在哪里？"

"赤足圣衣会 ① 修道院旁。"

"什么时候？"

"正午时分。"

---

① 赤足圣衣会：亦称加尔默罗会，天主教托钵修道会之一。创建于巴勒斯坦，其成员坚持苦行，生活与世隔绝。后分成住院会和保守会两派，前者穿鞋，后者赤脚。赤足圣衣会即指后者。

"正午时分。好，我准时到达。"

"尽可能别让我在那等您！因为 12 点一刻那会儿——我要预先通知您——比试中我将割下您那两只耳朵。"

"好样的！"达达尼安喊着，"我会在 12 点差 10 分的时候到那儿。"

接着，达达尼安奔跑起来，就像有魔鬼附身，那人是漫步行进的，看来不会走得很远，他希望还能够赶上他所追逐的目标。

碰巧，这时波尔多斯正站在大门口与一个站岗的士兵聊天。在他们之间有一个相当宽的空当。这个空当足够达达尼安穿过了。于是，他向前冲去，打算像箭一样从他们中间穿过。但是，他并没有想到风会给他带来麻烦。他正要穿过时，一阵风猛地吹动了波尔多斯的长披风，达达尼安跟着被卷了进去。毫无疑问，波尔多斯为了不让自己服装的这一重要部分被风吹走，他抓住了它的下摆，朝身边拉紧。这样，随着固执的波尔多斯制造的这些旋转动作，达达尼安便完完全全被裹在了波尔多斯的天鹅绒披风里面了。

达达尼安在披风里什么也看不见。他听得到，火枪手在骂街。他在里面摸索着想从披风底下钻出来。他特别担心碰坏了我们提到过的那条崭新的华丽肩带。然而，当他小心地睁开双眼看时，发现自己的鼻子正好处在脊梁的正中，也就是说，正好贴在那条肩带上。

噢，这一看有了意外的收获，世上的东西大多徒有其表！达达尼安看明白了，这条肩带前面是金的，后面却是普普通通的水牛皮。这个自命不凡的波尔多斯，他无法拥有一整条金肩带，而只有一半儿——现在达达尼安终于明白波尔多斯说自己患了伤风感冒的原因了。

"见鬼！"波尔多斯一边叫喊，一边使出全身的力量来企图摆脱在他的背后乱钻乱动的达达尼安，"您难道是个疯子，怎么这个样子朝人扑来？"

"真对不起！"达达尼安说。他从巨人的肩膀下钻了出来："不过，我有很重要的急事，在追一个人，而且……"

"追人难道没带眼睛？"波尔多斯问。

"我带了，"达达尼安愤怒不已，"我当然带了，正是靠我的这一双眼睛，我甚至看到了别人没有看到的东西！"

波尔多斯好像明白了达达尼安的意思，但好像又没有明白。但不管怎样，反正他已无法控制自己，发作了。

"先生，"波尔多斯说，"我提前警告您，要是您如此地招惹一名火枪手，那就是成心找麻烦。"

"找麻烦？"达达尼安说，"先生，这您言重了。"

"对一个习惯于面对敌人而毫不畏惧的人来说，这话再合适不过。"

"我猜想您是绝不会把您的脊梁转过来面对您的敌人的吧？"

我们的年轻人极为欣赏自己的这句俏皮话，乐着走开了。

波尔多斯动了一下身子，想朝达达尼安扑过去，他已经发了疯。

"改天吧，改天吧，"达达尼安朝他大喊道，"等您脱下您的披风的时候。"

"那就一点整，在卢森堡宫后。"

"没问题，一点整。"达达尼安一边回答，一边消失在大街的拐角处。

不管是刚才跑过的那条街，还是现在他拐入的这一条街上，抬眼望去，都看不到他所找的那个人。那陌生人尽管走得慢，现在也该走远了，或者他走进了某一个院子。达达尼安向遇到的每个行人打听，但没有人看到过那个人。接着，他沿街下坡一直走到一个渡口，又沿着塞纳河和红十字路口往上走，都不见那人的踪影。

他已经跑得满头大汗。从某种意义上讲，他跑这一阵子并不冤枉，因为他的情绪趁此冷静了下来。

他开始回想刚刚发生的事，事情还真的不少，而且多数称不上吉利。这时才 11 点，而这个上午，他让德·特雷维尔先生失去了好感：德·特雷维尔先生不会不认为他离开时所采取的那种方式是冒失的、失礼的。

另外，他还给自己找来了两场决斗。无疑，这将是两场货真价实的决斗——跟他决斗的那两个对象是两个火枪手，每个人都能杀死三个达达尼安。他们是他异常敬重、从心里看得比别的什么人都崇高的火枪手中的两个。

不用说，结果是不会很乐观的。他觉得十有八九自己会被阿多斯杀死。所以，我们也能够理解，我们的年轻人并不怎么害怕波尔多斯。只是，从人的心理来讲，希望不到最后是不会破灭的。这样，达达尼安依然幻想自己在两场决斗以后还能活下来，当然身上会带着可怕的很重的伤。在那样幸免于死的情况之下，为了未来，他如此谴责了自己：

"多么愚蠢！勇敢而不幸的阿多斯肩上受了伤，我偏偏像山羊似的一头撞在了他的肩膀上！他甚至是有权利当场把我杀掉的。我给他造成的疼痛一定令他极其难以忍受。至于波尔多斯！啊！至于波尔多斯，说真的，那想起来就有点滑稽可笑了……"

年轻人说到这不由自主地笑了起来，独自一个人在笑，同时又四面张望着，害怕他的笑又会伤害到什么过路人。如果有人看到了，一定认为他是笑得莫名其妙。

"波尔多斯那场有点滑稽而又可鄙的冒失是难以原谅的，连个问候语都没讲就朝人家撞去！钻到了人家披风底下，这是更加严重的事，而且去看这看那，结果瞧见了那里面的一切！如此这般，他怎么会原谅我？要是我不曾向他提起那条该死的肩带，他也许会原谅我。自然，我没有明讲，用的是隐语，可那是怎样的隐语呀！啊！我真是个冒失、愚蠢的贾司克尼人！看来，即使落到煎锅里，也要说几句俏皮话。好了，达达尼安，我的朋友，"他表现出自认为应该有的那种和蔼态度，继续自言自语，"幸免一死的可能性不大，如果我能幸免一死，将来待人一定要注意礼貌。要像阿拉密斯那样，应该让人钦佩，让人引做典范。对，待人和蔼可亲，彬彬有礼。可是有没有人会说阿拉密斯是懦夫呢？不会有，肯定不会有。从此以后，我要处处以他为榜样。啊！他正好在这儿。"

达达尼安就这么一边走，一边自言自语，快到代吉荣府邸时，他看到了阿拉密斯正在那府邸前跟国王卫队中的三个贵族兴高采烈地谈着。阿拉密斯也看到了达达尼安，他想起了德·特雷维尔先生当着这个年轻人的面大发雷霆的场面。对阿拉密斯来讲，他无论如何是不会喜欢目睹火枪手挨训的人的。因此，阿拉密斯装着没看见达达尼安。达达尼安却和他想的相反，他脑子正全神贯注地想着一个计划，关于与阿拉密斯和解并表现出谦恭的计划。他走到四个年轻人跟前，脸上带着极其亲切的微笑，很认真地朝他们鞠了一个躬。阿拉密斯稍稍点了点头，没有报以微笑。这样，四个人之间的谈话停了下来。

达达尼安是个聪明的年轻人，所以一眼就看出自己成了一位多余的人的状况。然而，对于上流社会的礼仪，他还知之甚少。他不知道如何摆脱一个加入他所勉强称为相识的人的中间，打扰了人家与他毫无关系的谈话而陷入的种种尴尬的处境，这种本领，达达尼安还未能掌握。他在思考怎么才能显得不那么笨拙地离开他们。碰巧，这时他注意到，阿拉密斯有一条手帕掉在了地上。而且，显然，阿拉密斯没留神，自己的一只脚正好踩在了那手帕上。达达尼安灵机一动，觉得机会来了。他弯下腰去，不管火枪手多么使劲儿地踩着它不放，还是以他能找到的最为优雅的一种姿势，从火枪手的脚下把那手帕拉出，一边要奉还给火枪手，一边道：

"这是您的手帕，先生，如果丢了，您定会感到遗憾的。"

一条绣得很漂亮的手帕。一个角上还绣有一个冠冕，一个纹章。

这时，阿拉密斯的脸涨得通红，他把手帕从贾司克尼人手里接过去。

"哈！哈！"卫士中的一个叫了起来，"阿拉密斯，这回再叫您在我们面前不承认！可爱的德·波娃·特雷希夫人跟你亲热得连自己的手帕都归了您，看您往后还讲不讲您跟她的关系清白如水！"

阿拉密斯瞧了达达尼安一眼，达达尼安立刻明白，由于自己的愚蠢又惹了祸，树立了另外一个死敌。

不过，阿拉密斯很快就恢复了他那充满温柔的表情。

"先生们，你们弄错了，"阿拉密斯说，"我不知道这位先生为什么会把它交给我，而不是交给你们当中的任何一个。这条手帕可不是我的，我的手帕可以作证——它在这里。"

说着，阿拉密斯从口袋里掏出了手帕。这条手帕同样也非常雅致，是上等细麻布料的，当时这种面料十分昂贵。只是，这条手帕上只有手帕主人的姓名起首字母所组成的图案，并没有绣花，也没有纹章。

这一次达达尼安什么也没有说，他已经意识到自己出了错，就不会弄得错上加错。

但是，阿拉密斯的朋友们可没有相信阿拉密斯的这种否认。他们中的一个装出一副严肃认真的样子回答年轻的火枪手说：

"我亲爱的阿拉密斯，如果事情确实像你所说的这样，我就向你讨回它了——你也清楚，波娃·特雷希是我的挚友，我可不高兴有什么人拿他妻子的什物来炫耀自己。"

"这一要求您提得再妥当不过，"阿拉密斯说，"就是说，就其内容来讲，我承认你的这一要求之正当。然而，我要加以拒绝，因为您提要求的这种方式却让人难以接受！"

"事实上，"达达尼安小声地说，"我没有见到手帕是从阿拉密斯先生的口袋里掉出——我只是看到他的脚踩住了它，就认为手帕是阿拉密斯先生的。"

"对，是您弄错了，亲爱的先生。"阿拉密斯对达达尼安的这一改正并不领情，冷冷地说了一句。

接下来，阿拉密斯冲那位自称波娃·特雷希的朋友的人转过身去，继续对那人说：

"加之，我考虑到，我亲爱的波娃·特雷希的这位挚友，我与波娃·特雷希也是朋友，而且讲起交情来还不比您差。所以，这条手帕可能是从我的口袋里掉出的，也可能是从您的口袋里掉出的。"

"不是这样的！"那位卫士叫了起来，"我以我的人格担保不是这样的！"

"你以你的人格担保，我以我的荣誉发誓。这就是说，我们中间总有一个人是说了谎的。如何是好？这样吧，咱们各持一半，如何？"

"各持一半？"

"如何？"

"好主意，"另外两个这时大叫了起来，"好主意——所罗门王的判决①。没错，阿拉密斯就是聪明，不同一般的脑子。"

---

① 所罗门王的判决：所罗门王是古以色列国国王。一天，有两个妇女为争一个婴儿请他判决。她们都说婴儿是自己亲生的。所罗门王说两个人不必为此争个不休，将婴儿一劈两半，二人各得一半不就得了。一个妇人表示同意，而另一个则坚决反对。最后，所罗门王将婴儿断给了后者。

说到这里，几个年轻人一起哈哈大笑了起来。

我们也会想到，这样的争辩是不会有任何结果。

他们的谈话就这样结束了。四个人彼此友好地握过手，便各走各的路。

达达尼安在他们谈话期间，一直是在离他们稍远的地方站着。这时，达达尼安心想：跟这位高尚的骑士和解的机会到了。

阿拉密斯没有再理达达尼安，径直离开。

达达尼安怀着和解的良好愿望赶了上去：

"先生，我希望您能够原谅我……"他对阿拉密斯道。

"啊，先生，"阿拉密斯打断达达尼安的话头，"请允许我向您指出，今天，在这样一个场合，您所做的可不像一个高尚的人的所为。"

"您说什么，先生？"达达尼安听完叫了起来，"您……"

"我认为，您并不傻，尽管您来自贾司克尼，您应当明白，别人不会无缘无故将一条手帕踩在脚下的。真见鬼！难道巴黎的大街是用亚麻布铺成的？"

"先生，"达达尼安发怒了，他争斗的天性胜过了和解的愿望，"如果您打算侮辱我那就大错而特错了！不错，我来自贾司克尼——既然您已经知道这一点，那我就告诉您贾司克尼人的忍耐是有限度的。他们即使为了一件愚蠢的事也只是道歉一次，他们所要做的，无须比他们应该做的更多些。"

"先生，"阿拉密斯答道，"我生来就不是一个喜欢打架的人，我对您说这些，并不是故意挑衅与您决斗。做火枪手，这是我临时性的决定，我只在不得不打的情况之下才出手，而且总是不怎么情愿。但这一次，先生，事关一位夫人的名誉……"

"您是在说，是我损害了她的名誉？"达达尼安叫了起来。

"您为什么笨到把那手帕交给我？"

"那您为什么笨到把那手帕掉出来？"

"我刚才说了，先生，那条手帕不是从我口袋里掉出来的。"

"您在说谎，先生，我亲眼看到它是从您的兜里掉了出来的。"

"啊！贾司克尼佬儿！您竟然用这样的口气跟我说话。好吧，先生，我就来教教您如何做人！"

"我呢，先生，我就送您回老家去做弥撒。神父先生，那就来吧，拔出剑来，咱们现在就比个高低。"

"等一等，我漂亮的朋友。我想咱得换个地方。这是哪里？代吉荣府的对面，也许府内全是红衣主教的亲信。谁也说不准，您是不是红衣主教派来取我的脑袋的呢！可笑的是，我现在还十分看重我的脑袋。它对于我的肩膀是再合适不过了。而我要结果您，为了让你难得以您的死来炫耀了，就需选一僻静之处——我宰了您。"

"这个主意不错。不过，我劝告您不要过于自信了。还有，请别忘了带上那条手帕，不管它是不是您的，到时候它可能会派上用场。"

"先生，您是个贾司克尼人吗？"

"是的。只是，为明智起见，先生不打算推迟我们的碰头时间吗？"

"为明智起见？不错，明智对教会来讲是不可或缺的。但对一个火枪手来讲却并不是一种美德。我当火枪手只是暂时的，所以明智的选择必不可少。好了，咱们在德·特雷维尔先生府邸两点见，到那时我再通知您合适的地点。"

这之后，两个年轻人相互敬了礼。阿拉密斯朝向卢森堡宫那边走去，达达尼安见时候已经不早，就奔向赤足圣衣会修道院那边。

他边走边想：

"毫无疑问，我这条小命今天要丢了。但是，我如果被杀，也是被一名火枪手杀死的。"

五　国王的火枪手和红衣主教的卫士

达达尼安没法带副手前去与阿多斯决斗，因为在巴黎他没有认识的人。因此，他不得不接受对方所带的副手作为自己的证人。更何况，他已经想清楚，要采取一切得体的方式方法向这位英勇的火枪手道歉，从而取消这次决斗。只是，这样做，不要表现得自己是软弱胆小就行。

他为什么会这么想呢？意识里他是一个年轻、健壮的人，与阿多斯这样一个受了重伤、身体虚弱的人进行决斗，不管什么样的后果总是不能令他感到愉快的。在此情况之下，打输了会使对手获得加倍的荣誉；打赢了，别人会讲他理所当然地会赢得它，没什么值得称道的。

另一方面，或许我们还没有把我们眼前这位一心追求火枪手生涯的年轻人的性格描绘充分，但是已经看出，这个达达尼安可不是一般的人。因此，眼前的这位年轻人，一边在不停地喃喃自语，确定自己必死无疑，性命不保；另一方面，又想着，对方有伤在身并不比自己英勇，也不比自己健壮，这样，自己死在他们的手下并不甘心。

应该说，他们三个人的性格各有千秋。经过一番分析比较之后，他对自己应当采取的战略战术看得越发清楚了。阿多斯是一个有贵族派头的青年，表情严峻。他非常喜欢这种人，他希望通过坦诚的道歉达到和解，能够和他成为朋友。波尔多斯，由于虚假被看出而恼火，如果决斗时他没有当场被波尔多斯杀掉，往后，他就把那故事讲给更多的人听，要是讲得出色，一定让这个波尔多斯成为所有人的一个笑柄。至于那个狡猾的家伙阿拉密斯，倒没什么值得怕的。如果最后能够轮到他与阿拉密斯决斗，他能把那家伙干净利落地打发掉，对于这有百分之百的把握。至少，他可以采用恺撒对付庞培的办法①专攻击他的脸，毁掉他那深感自豪的美丽的脸蛋儿。

另外，因为有他父亲的谆谆教导，所以达达尼安的这些思想的形成有着坚强而深厚的基础。这种基础不可动摇。他父亲曾着重教导他："除去国王、红衣主教和德·特雷维尔，绝不能允许任何人碰你一根毫毛。"

这样，我们的年轻人心急如焚地飞向了赤足圣衣会，或者简称赤足会修道院。赤足会修道院没有窗子，旁边有一块干旱的草地，它可以被称为教士草地的一个分号。②

---

① 恺撒对付庞培的办法：在公元前48年的法萨罗战役中，庞培的参战士兵多为年轻人。恺撒命令他的士兵"朝脸上打"，庞培的士兵年轻怕毁容破相，纷纷逃离。结果，恺撒大获全胜。

② 教士草地是巴黎有名的决斗场所。原是塞纳河边圣日尔曼·德·普莱修道院旁的一块草地，赤足会修道院旁的这块草地离卢森堡宫比教士草地近得多，所以，后文讲要决斗而没有时间好浪费的人便经常不去教士草地而选择这个地方作为决斗的场所。

当达达尼安刚到修道院那片荒凉的草地时，阿多斯已经在那儿了。

正好在这时，12点的钟声敲响了。就是说，达达尼安像撒马利亚女人水塔上的时钟[①]一样准确，就是对决斗规则要求再严格的裁判，也无可指责。

阿多斯的伤口虽经德·特雷维尔先生的医生重新进行了处置，但还是非常疼痛。他正坐在一块界石上等候着他的对手，带着他那固有的安详神情和庄严神态。

看到达达尼安到了，他便站了起来，很有礼貌地走过去几步。

达达尼安手上拿着帽子，那上面的羽毛一直拖到了地上。

"先生，"阿多斯道，"我通知了我的两位副手，但我的这两位朋友现在还没有到来——对他们的延误我深感奇怪，因为他们从前从没有迟到过。"

"我没有副手，先生，"达达尼安道，"因为我刚到巴黎，除了德·特雷维尔先生，任何人都不认识。我的父亲有幸算是他的一个朋友，是我父亲介绍我来找德·特雷维尔先生的。"

阿多斯听完想了片刻。

"就是说，您除了德·特雷维尔先生不认识其他人？"

"是的，先生。"

"竟然是这样，"阿多斯像是在自言自语，"竟然是这样……

---

① 撒马利亚女人水塔上的时钟：撒马利亚女人水塔建于1606年，位于塞纳河新桥右岸。上面有一撒马利亚女人塑像，因此得名。塔顶上有一时钟，以计时准确著名。

如果我把您杀掉，那不让人家说，我是一个杀小孩的人吗？"

"不会是这样，先生。"达达尼安道，说完，还鞠了一躬，行礼中间又不失尊严，"不大会是这样，先生。您已经受伤了，还与我过招，一定不方便。在这样的情况之下您赏脸拔出剑来，就是给我很大的荣幸了。"

"我可以发誓，的确有些不便。因为经您的那一撞现在更加疼痛了。不过，我可以用左手，通常在这样的情况之下我是这样做的。因此，您千万不要认为我是在让着您。我两只手使得同样好，甚至于我的左手会对您更加不利呢，先生。因为一个左撇子越发地不好对付。只是抱歉这一点我先前没能通知您。"

"先生您想得这么周到，我如何感激您呢？"说着，达达尼安又鞠了一躬。

"这您让我感到惭愧。"阿多斯道，一副贵族派头，"如果您没有感到不快，那让我们谈谈别的好吗？"

接着，他叫了一声：

"啊！您那一下把我撞得好疼……"

"如果您……"达达尼安稍带畏怯地道。

"您想说什么，先生？"

"我母亲给了我一种治疗伤口奇效无比的药膏，这种药膏我已经在自己身上验证过……"

"什么？"

"我向您保证，用上它，不出三天伤口就会痊愈的。到那时候，等您的伤好了，我们再分个输赢，那我将感到无比荣幸。"

达达尼安的这番话讲得恰到好处，它既为他的谦恭添了彩，又无碍于他的勇敢。

"见鬼，先生，"阿多斯道，"这个建议我非常喜欢，它是一位贵族提出来的，在一里之外，就让人感到，不是我想接受它，而是查利缦①时代人们就是这样说，也是这样做的。每一个骑士都应该努力地去效仿他们。不幸的是，我们生活在了红衣主教的时代，不再生活在那样一个伟大的皇帝时代。不出三天，他就会晓得我们要决斗了，不管我们秘密保得如何好。这样，他们就会设法阻止我们。怎么那些人只管在外面闲逛，忘了到这儿来了？"

"假设时间来不及了，先生，"达达尼安道，那口气朴实得与刚才提出将决斗时间推迟三天时一模一样，"如果您时间来不及了，而且您希望立刻把我打发走，那您不必感到不好意思。""这又是一句我喜欢听的话。"阿多斯道，同时十分有礼貌地向达达尼安点了点头，"能讲出这句话的人，不但不是一个没有脑子的人，而且肯定是一位品德高尚的人。先生，我喜欢这种性格的人。我看，要是此次决斗我们谁也没有被杀死，那么，往后我会从您的这些谈话中体味到快乐。请让我们再等一会他们吧，我还有很多时间，我想，那会合情合理。啊！瞧，我看是来了一位。"

果然，街的尽头出现了波尔多斯那魁梧的身影。

"怎么，您的一个证人是波尔多斯先生？"达达尼安叫了

---

① 查利缦（742～814）：法兰西王国加洛林王朝国王。

起来。

"是这样。难道这让您不愿意吗？"

"不，一点没有。"

"另一个也来了。"

达达尼安朝阿多斯指示的方向看去,他知道了是阿拉密斯。

"怎么？"达达尼安这次比上次更吃惊地说到，"您的另一个证人是阿拉密斯？"

"是的，人们很难见到我们三个人分开。在宫廷，在城中，在国王的火枪手和红衣主教的卫士中间，人们都喊：波尔多斯、阿多斯、阿拉密斯，或者称我们为三位形影不离者。对此，难道您不知道吗？噢，您是刚刚从达斯克……或者波城来到巴黎……"

"不，先生，我从塔布来……"

"噢……不知道这些可以原谅。"阿多斯补足了他的话。

"照我看，"达达尼安说，"这样称呼三位先生再合适不过。另外，如果我的这次惊险遭遇被传扬开去，它至少可以证明你们的友谊并不是建立在彼此极为不同的性格的基础之上的。"

这时，波尔多斯走过来了，他举手向阿多斯表示他到了。

接着，他朝达达尼安转过身来，他一看是达达尼安，非常吃惊。

在这里，让我们顺便交代一声，这时的波尔多斯已经脱掉了披风换上了另一件肩带。

"啊，这是怎么一回事？"他惊叫了一声。

"这就是我要和他决斗的先生。"阿多斯一边说，一边手

70

指达达尼安，并以此向波尔多斯打招呼。

"这就是我要与之决斗的先生，"波尔多斯道，接着又补充了一句，"不过，那要等到一点钟。"

"这也是我要与之决斗的先生。"阿拉密斯这时也赶了过来道。

"不过，那要等到两点钟。"达达尼安这样用相同的语气补充了一句。

"可，你，阿多斯，为什么要与他决斗？"阿拉密斯问。

"说实在话，我也没弄太明白。他撞到了我的肩伤。你呢，波尔多斯，因为什么？"

"说实在的，我是为决斗而决斗。"波尔多斯这样回答，说着脸红了。

阿多斯什么也不会轻易放过：他看到，贾司克尼人嘴角之上带着一丝微笑。他还听到那年轻人说："我们在衣着方面曾有一场争吵。"

"你呢，阿拉密斯？"阿多斯问。

"我？因为神学……"阿拉密斯回答。同时向达达尼安示意，希望他在决斗原因方面保守秘密。

这时，阿多斯看到贾司克尼人嘴角之上再次掠过一丝微笑。

"真是这样？"阿多斯问阿拉密斯。

"的确是这样，"达达尼安替阿拉密斯回答，"关于圣奥古斯丁①，在一个论点上我们有很大分歧。""毫无疑问，一

① 圣奥古斯丁（354～430）：基督教著名神学家，著有《三位一体论》等。

个聪明人……"阿多斯一个人低声咕哝着。

"先生们,现在既然你们都到了一块,"达达尼安道,"那就利用这个机会请同意我向诸位道歉。"

"道歉"二字一出口,阿多斯的脸上泛起一道阴云,波尔多斯脸上掠过一丝傲慢的笑容,阿拉密斯则是个否定的表示。

"看起来你们并没有理解我的意思,先生们。"达达尼安抬起头来说。这时,正好一缕阳光射在他那俊美、果敢的脸上,给他的脸镀上了一层金色。"我向你们道歉,是考虑到有可能我不能还清你们三个人的债务——阿多斯先生有权第一个将我杀死。这样,波尔多斯先生,如果他杀死了我,那您的债权的价值就大大贬了值,而阿拉密斯先生,您的债权就一文不值了。所以,我重复一句,我预先向你们道歉,先生们。"

说完这些话,我们便看到,达达尼安以一种骄傲无所畏惧的动作将剑拔了出来。

此时此刻,达达尼安已经热血沸腾。那一刹那,他可以抵挡国王火枪队的所有火枪手,阿多斯、阿拉密斯、波尔多斯就不值一提了。

这时是中午的 12 点 15 分,烈日当空,太阳毒辣地照耀着整个草地。

"天太热了!"阿多斯拔出剑来,"因为我的伤口在出血,所以不能脱掉我的紧身上衣。先生,我担心让您看到那并非您刺出的血会感到不舒服。"

"这倒是真的,先生,"达达尼安道,"不管是不是我刺的,看到一位英勇的贵族流血总不是件愉快的事——我和您一样，也不脱掉紧身上衣。"

"算了，算了！"波尔多斯道，"客气话讲得很多了，别忘了，我们还等待轮到自己呢！"

"波尔多斯，不要'们'哪'们'的，如此不合适的话出口，还是你代表你自己吧。"阿拉密斯插进来道，"我觉得这两位先生说的那些话很好——完完全全和他们的贵族身份相配。"

"请吧，先生。"阿多斯向达达尼安道。

"遵命。"

两个人交手了。

就在两剑对锋发出第一次碰撞时，红衣主教阁下的一支卫队在德·卓撒可先生的率领下出现在修道院的拐角。

波尔多斯和阿拉密斯首先看到了那些人，于是一起叫了起来：

"快收剑，红衣主教的卫队来了！先生们。"

但是，已经晚了。

对决者的姿势逃不过那些人的眼睛。

"喂！"卓撒可一边喊着，一边向这边走来。同时，他命令要他们跟上。"喂，火枪手们，很明显，你们是在此决斗！这是有禁令的，你们把禁令当成耳旁风吗？"

"你们太大度了，先生们！"阿多斯满怀愤恨，他忘不了就是这个卓撒可前两天伙同其他几个卫士向阿多斯他们进行了挑衅。"我向你们保证，要是我们看见你们在决斗，我们绝对不看一眼。因此，让我们干我们的好了，你们用不着花钱就可以看一台戏……"

"先生们，"卓撒可道，"责任高于一切，我不无遗憾地告诉你们，这是不可能的。因此，请你们收起剑来，跟我们走一趟。"

"先生，"阿拉密斯学着卓撒可的腔调戏弄道，"要是我们可以做得了主，我们会很高兴地听从您的安排。不过，令人遗憾的是，这不可能——德·特雷维尔先生拒绝我们这样做。因此，请您走您的。"

这激怒了卓撒可。

"如果你们硬是不听从法令，那我们就动手了！"

这时，阿多斯低声道：

"看来我们又要吃败仗了，他们五个，我们三个。我声明，我们必须战死在这。因为如果被打败，我没有脸面再出现在队长的面前。"

卓撒可将他的士兵站成了一排。阿多斯、阿拉密斯和波尔多斯也相互靠拢。

达达尼安必须在这紧要关头的短短时间之内做出选择。他面对的是这样的现实：命运决定在此。或者站在国王一边，或者站在红衣主教一边。一旦做出选择，他就要坚持到底。加入进去，就是说，不顾法律；就是说，用脑袋去冒险；就是说，突然变成了一个权力比国王还大的大臣的敌人……我们的年轻人一下子隐隐约约看到了这一连串的问题。只是，让我们讲上一句夸奖他的话，他面对这些问题连一秒钟也没犹豫，便朝阿多斯和阿多斯的朋友那边站过去，并说：

"先生们，请允许我对你们刚才说的话做一个小小的修正：你们不是三个，而是四个！""但您不是我们中间的人。"

"是这样，我没有你们那样的制服。"达达尼安道，"但我有一颗心与你们一样的心，那是一颗火枪手的心。我能感知这一点，正是它使我做了决定。"

"年轻人，这里没您的什么事，靠边儿站。"卓撒可道。毫无疑问，他从达达尼安的手势和姿态看出了达达尼安的心思，"我们放你走——走吧，逃命去吧！"

达达尼安不为所动。

"您的确是个好小伙子！"阿拉密斯拉住了达达尼安的手。

"快，快，你们快拿主意：听从还是抗拒？"卓撒可喊起来。

"哦，咱们该怎么办？"波尔多斯和阿拉密斯都在问阿多斯。

"这位先生真是心地善良。"阿多斯又赞扬了达达尼安一句。

无疑，三个人都想到了，达达尼安还很年轻，他们担心他缺乏经验。

阿多斯还说：

"我们只有三个，其中一个还带着伤，外加一个孩子，如果以后人们却要讲我们是四个人。"

"是这样。但是，我们已经没有退路了。"波尔多斯说。

"是这样。"阿多斯也这样说。

达达尼安看出了三个人犹豫不决的原因。他道：

"先生们，还是不妨让我来试试吧。我以人格向你们保证，如果我们败了，我绝不活着离开这里。"

"您叫什么名字？我的朋友。"

"达达尼安，先生。"

"好，阿多斯、阿拉密斯、波尔多斯、达达尼安，前进！"阿多斯大叫了一声。

"你们已经决定了，先生们？"卓撒可向这边问。

"决定了，先生们！"阿多斯回答他。

"你们决定怎样？"

"进攻！感谢你们给了我们这样的机会。"说着，阿拉密斯一只手举了举自己的帽子，一只手拔出剑来。

"啊！你们选择了抗拒。"卓撒可叫了一声。

"见鬼！您感到意外了？"

这样，他们朝对方扑了过去，彼此疯狂地又有章法。

阿多斯选中的是红衣主教手下的一个红人哈于查科；波尔多斯选中的是毕思卡来；阿拉密斯的对手则是两个；达达尼安则向卓撒可扑了过去。

年轻的贾司克尼人兴奋到了极点，他的那颗心快要把胸膛炸开了。他不是因为害怕，他一点也不恐惧，因为好胜心强，他像一只狂怒的猛虎不停地扑向对方，左突右冲，围着对手，不时地变换着姿势和位置。他的对手卓撒可是一个剑迷，剑术精湛，经验丰富。但是，今天，他慢慢发现尽管使出了浑身的解数，还是难以对付眼前的这个对手。达达尼安身子灵活，跳跳蹦蹦，无时不背离常规，弄得他穷于应付。另外，那小子一方面在向他实施多点进攻，同时，像是把自己的生命看得分外珍贵，因此，对于卓撒可向他的进攻又防备得极其出色。

达达尼安的战法最终使卓撒可失去了耐心。自己竟然拿一个毛孩子一点儿办法没有，这使他愤怒不已。这样，心态的失常，开始使卓撒可动作上不断出错。达达尼安没有实战经验，却有着深厚的理论根底。他见对方如此，便加倍地提高了进攻的速度。卓撒可一心想早些结束战斗。这次，他一条腿向前跨出，膝部向前猛曲，一剑向达达尼安刺去。达达尼安敏捷地用剑挡开了卓撒可的剑，在对方立直身躯时，他便钻到了卓撒可的剑下。他趁势向卓撒可刺了一剑——对方的身子被刺穿，随后倒在了地上，像一只口袋一样。

达达尼安这才抽出眼睛来环顾了周围的情况。

阿拉密斯已经干掉了两个对手中的一个，但剩下的一个却对阿拉密斯紧逼不放。不过，阿拉密斯的状态很好，看来，抵挡住那个家伙的进攻当不成问题。

毕思卡来与波尔多斯刚刚相互被对方刺了一剑：毕思卡来刺中了波尔多斯的肩部，波尔多斯刺中了毕思卡来的大腿，但双方的伤情都不严重，都挨了对方一剑，各自的斗志越发地高昂了起来。

阿多斯又受了伤，脸上比原来更苍白。但他没有任何后退之意，用他的左手与对手厮杀着。

按照当时的规则，达达尼安可以去帮助别人。在他寻找支援对象的时候，第一个碰到的是阿多斯的目光。这个目光是骄傲无比的，它告诉达达尼安，宁死他也不愿意别人来支援他，但可以接受眼神的支援。

达达尼安明白阿多斯的心思。他向前跨了一步，站到了哈于查科的身旁，大叫道：

"先生，冲我来好了——我要杀掉你！"

哈于查科转过身来。

好险！就在这时，靠非同常人的勇气支撑着的阿多斯再也支撑不下去了，他已单膝跪在了地上。

"等等，"阿多斯冲达达尼安喊道，"不要杀掉这个家伙，留着他，年轻人。等我伤养好了，身体康复了，我将再与他算这笔老账。好样的！就这样！解除他的武装，打飞他的剑！好，很好！"

阿多斯的这一欢呼声是看到达达尼安将哈于查科的剑挑出20 步开外之时发出的。

哈于查科剑飞出之后，哈于查科和达达尼安同时奔向那把坠地的剑：一个想重新握住它，另一个想自己占有它。

最后，还是达达尼安利用敏捷的动作，抢先一步，将一只大脚踩在了剑上。

哈于查科奔向那个被杀了的卫士，取了他的剑，回头要再与达达尼安较量，只是，他被阿多斯截住了。阿多斯休息了片刻又缓过了劲儿来，他不愿意让达达尼安就这么结果了他的仇敌，便截住了哈于查科。

达达尼安心里明白，要是阻止阿多斯，他会不高兴，让他去吧。

果然，没过几秒，哈于查科的喉咙被阿多斯一剑刺穿，身子倒了下去。

就在这个时候，阿拉密斯也将自己的对手掀翻在地，正用剑顶住对手，逼他求饶。

波尔多斯与毕思卡来的较量还在进行。

波尔多斯冒充好汉，嘴里唠叨一直没停，一会儿问对手是几点钟了，一会儿祝贺毕思卡来的哥哥在纳瓦拉部队里的荣升，如此等等。但是，玩笑并没能给波尔多斯带来实质性的好处。他遇到的是一位钢铁硬汉，除了死没有其他的能让他放弃抵抗。

然而，战斗一定要快些结束。巡逻队随时都可能出现，等他们来了，参加战斗的所有人将会被带走，不管你有伤还是没伤，也不管你是国王的火枪手，还是红衣主教卫队的卫士。

这样，阿多斯、阿拉密斯和达达尼安一起上阵，将毕思卡来团团围住，逼他投降。

尽管一个人应对所有的人，尽管他的大腿上带着伤，毕思卡来依然在坚持战斗。

卓撒可待不住了，他用一只胳膊支撑着身子，大声喊叫着，让毕思卡来停止抵抗。

毕思卡来与达达尼安一样，也是一个贾司克尼人，对卓撒可的喊叫他假装没有听到。他大笑着，并趁两次招架之间用剑尖儿划定一个位置，学着《圣经》中的一句话说道：

"这里是毕思卡来的亡地——在所有与他在一起的人当中，只有他死在这里。"

"可他们是四个人！我命令你住手！"卓撒可依然大叫着。

"啊！如果这是命令，那就是另外一回事了——您是队长，我们只有服从。"

说着，他向后退了一步。使劲儿地在膝上将剑折断，为了不交出它，他并把断剑抛向修道院。他双手叉在胸前，嘴里吹着红衣主教派的一支曲子。

英勇总是受人尊敬，哪怕它表现在敌人身上也是如此。

火枪手们举剑向毕思卡来表示致敬，然后按剑入鞘。

达达尼安也跟着这样做了。

接着，在唯一一个没有倒下去的毕思卡来的帮助之下，众人将卓撒可、哈于查科和阿拉密斯的那位对手抬到了修道院的廊下。

然后，三个火枪手和达达尼安敲响了修道院的钟，并带着对手五把剑中的四把，兴高采烈地朝德·特雷维尔先生的府邸走去。

他们胳膊挽着胳膊，走成一排，整整占据了大街的宽度。他们招呼碰到的每一个火枪手，最后形成了一支浩浩荡荡的大军，成了一次真正的凯旋大游行。

达达尼安徜徉在幸福之中。他走在阿多斯和波尔多斯的中间，亲切地挽着他们的胳膊，在跨进德·特雷维尔先生大门的时候，他说：

"即使我眼下还不能被称为一位火枪手，可我已经被收下做学徒了，对不对？"

六 路易十三国王陛下

这事引起了轰动。

德·特雷维尔先生大声地呵斥火枪手，同时低声地向他们表示祝贺。

但是，花费在这方面的时间不多，他必须立即去向国王禀报。于是，德·特雷维尔先生匆匆忙忙奔向卢浮宫。

但是，还是晚了一步，红衣主教已经赶在他之前进宫了。眼下，他正关起门来与国王在一起。

德·特雷维尔先生被告知，国王现在任何人都不接见。

晚上，在国王玩儿牌时，德·特雷维尔先生又进了宫，国王赢了。国王陛下爱财如命，赢了钱，情绪很好，远远地就招呼德·特雷维尔先生：

"队长先生，进来呀，过来，过来让我痛痛快快地教训您一番。您知不知道，红衣主教阁下来告了您的状，说应该把您的火枪手绞死，他们简直是一群暴徒。因为激动过了头，红衣主教今天晚上竟然病倒了。"

"不，陛下，事情不是像他说得那样，"德·特雷维尔先生一眼便弄清楚局势将朝着怎样的方向发展，"完全相反，火枪手们个个温驯得像头羊羔，都是善良之人。而且，我可以向您保证，他们只有一个目的，那就是只有为了陛下，才会拔出他们的剑来。陛下，有什么办法呢，红衣主教的卫士们不断地找他们的麻烦，而他们是自卫还击，为了集体的荣誉。"

"您听我说，"国王道，"德·特雷维尔先生，您听我说。您所说的话听起来简直就是在讲一个修道院！说句老实话，我的队长，我真打算把你的所有职务都撤了，把它交给德·歇幕罗小姐——我曾答应她，让她掌管一所女修道院！您别以为您能骗得了我，我是被人称作'公正的路易'，德·特雷维尔先生。我们等等看吧——一切将会查明白的。"

"是的，陛下，正是由于我相信您的公正，我才耐心地、放心地等候您的旨意。"

"那就等好了，先生——我不会让您等太久的。"

德·特雷维尔先生等着国王玩儿牌。结果，不一会儿，国王的运气消失了，他开始输钱。这样，他要做一次查利缪①——请原谅，我们对这种技巧的来源一无所知。因此，等了一会，他站起身来，把刚刚赢了尚未全输掉的钱装入钱袋，对拉威欧威尔说：

"拉威欧威尔，您来替我——我要与德·特雷维尔先生谈一件重要的事。啊！我面前原有 80 路易②——押同样多的钱，

---

① "做查利缪"是赌徒们"赢了就走"的一种战术。

② 路易：金币，1 路易合 24 利弗。

免得有人说我耍赖……"

接着他转身与德·特雷维尔先生一起去往窗子那边。

"嗯，先生，您是说红衣主教阁下的卫士向火枪手们寻衅找事儿？"

"是这样，陛下。他们早就这样开始干了。"

"说说看，事情的经过到底是怎么回事？因为，我亲爱的队长，法官应当听取当事人双方各自的叙述。"

"啊，上帝！事情的经过很简单。我的三名士兵——陛下肯定知道他们的名字，而且不止一次地夸奖过他们的忠诚，他们也一向对您忠心耿耿，我向您发誓。我的三名最优秀的士兵，阿多斯先生、波尔多斯先生、阿拉密斯先生，他们带一位从贾司克尼前来投军的年轻贵族子弟去各处走走。我知道，他们要去圣日尔曼，说好在赤足圣衣会修道院聚齐。结果，在那里，他们突然受到了卓撒可先生、哈于查科先生、毕思卡来先生和另外两位先生的打扰——他们一下子去了这样一帮人，肯定是怀有破坏禁令的犯罪意图。"

"啊，啊，您是要我毫无疑问地相信，他们是到那儿去决斗的！"

"我本不想在这里告他们的状，陛下，但是五个人全副武装，来到圣衣会修道院那荒凉、僻静之地，会有什么事好干？"

"有道理。特雷维尔，有道理。"

"可是，见了我的火枪手之后，他们改变了主意：团体的仇恨压倒了他们的私仇。这陛下知道，火枪手效忠于国王，也仅仅效忠于国王，他们是忠于红衣主教先生的卫队的天敌。"

"您讲得不错，特雷维尔，讲得很好，"国王讲起来面带愁容，"像这个样子，在法兰西分成两派，一国之内有两个脑袋，请相信我的感觉，看上去实在令人伤心。不过，这种情况会结束的，特雷维尔，您看着好了，会结束的。照您的意思，他们主动向您的火枪手进行了挑衅？"

"我是说，事情有可能会是这样的，但我无法向您保证，陛下。您也清楚，了解真相并不容易——而要做到这一点，就需要具备被人称为'公正者'的路易十三那样超出一般的本领……"

"您讲得有道理，特雷维尔，有道理。另外，听说不光您的火枪手，跟他们一起的，还有一个孩子？"

"是的，陛下，火枪手中有一个受了重伤，就是说，连一位伤号在内，国王的三名火枪手，外加一个孩子，他们把红衣主教先生可怕的卫队中的五个打得落花流水——其中有四个被撂翻在地。"

"这可是一次伟大的胜利呀！"国王高兴得叫了起来。

"是这样，陛下，可以与赛桥之胜①相媲美！"

"您说是四个人，其中有一个伤号，还有一个孩子？"

"勉强也可以说是一个年轻人，这个年轻人表现得极为出色，我得冒昧地向陛下举荐他。"

"他叫什么名字？"

"叫达达尼安，陛下。他的父亲是我的一位老朋友，曾经

---

① 赛桥之胜：路易十三的母亲被放逐到赛桥，在那里发动叛乱，1620年路易十三的军队在赛桥获胜，平息了叛乱。

是一个志愿兵，和万古流芳的先王一起作过战。"

"您是说，年轻人表现不错？快讲给我听听，特雷维尔。您知道，我最喜欢听人讲打架斗殴一类的故事。"

说着，路易十三表现出了高傲的神态，一只手捋着他的小胡子，一只手叉在腰上。

"陛下，我跟您讲了，"特雷维尔道，"这个达达尼安由于年纪小，几乎还是个孩子，现在还没有机会当上您的火枪手，所以是穿着普通百姓的衣服的。红衣主教先生的卫士见他年轻，不是部队中人，在动手之前，劝他离开。"

"这您确定，特雷维尔，"国王打断了他，"是他们首先发动进攻的。"

"您说得完全正确，陛下。这样一来，就不会有任何疑问。他们要求他快一些离开。可他回答说，他心里觉得自己是一个火枪手，百分之百地忠于国王，因此，他不能抛下自己的同伴，他要和几位火枪手先生一起留下。"

"勇敢的年轻人！"国王说。

"他说到做到，留了下来，国王又多了一个坚定的效忠者。正是他给了卓撒可先生可怕的一剑，让红衣主教心疼得火冒三丈的。"

"是他，是他刺伤了卓撒可先生的？"国王叫了起来，"这不可能！他还是个小孩子！特雷维尔，这不可能！"

"可事实完全是我有幸向陛下报告的那样。"

"是他，是他刺伤了红衣主教的一流击剑手卓撒可？"

"就是他，陛下。我想，他找到了自己所要效忠的人！"

"我想见见这个年轻人，特雷维尔，我想见他。安排一下吧。"

"您什么时候屈驾接见他？"

"明天中午。"

"我只带他一个人来？"

"四个一起带来。我想对四个勇敢的人表示谢意。忠心耿耿之人现在越来越少了，难找难寻哪，特雷维尔，应该对他们进行嘉奖。"

"那就明天中午，陛下，我带他们准时进宫。"

"啊！要走小楼梯，特雷维尔，要走小楼梯。不能让红衣主教他们知道……"

"是的，陛下。"

"但是，特雷维尔，您清楚，决斗到底是禁止的，今后依然是这样。"

"不过，陛下，这一次，它的意义不仅是决斗。这是一场争斗，证据就是他们五个对我们的三个，外加一个达达尼安先生。"

"讲得有理，"国王道，"不过，没关系的，就从小楼梯过来好了。"

特雷维尔露出了笑容，心里感到很满足，能让这个孩子倒过来去反对他原来所崇敬的人是很有成就感的。于是，他恭恭敬敬地向国王行了礼，得到允许后，便告辞了。

当晚三个火枪手就听到了得此荣誉的通知。他们三个早就认识国王，所以知道之后表现得并不怎么兴奋。可达达尼安得到通知之后，贾司克尼人的想象力令他思绪翩翩——他从中看到了自己的美好未来，因此，整整一夜做的皆是金色之梦。

早晨8点钟，他就赶到了阿多斯的家里了。

阿多斯已经穿好了衣服，正准备出门。

接见是中午12点钟，这么早穿戴整齐去干什么呢？

原来，阿多斯与阿拉密斯和波尔多斯约好去卢森堡宫马厩旁边的一个网球场打网球，阿多斯约达达尼安一起去。

达达尼安根本不会打，他从来没有接触过网球。但他接受了，因为离12点还早着呢，去看看也好，不然这么长的时间不知道如何打发。

当他们到达时，阿拉密斯和波尔多斯已经早到了，正在练球。

阿多斯擅长各项体育项目，他与达达尼安走到场地的一边，接受阿拉密斯和波尔多斯的挑战。

阿多斯用的是左手，初一过招，他已经意识到，他的伤情不适合进行这项运动，他退出了。

达达尼安单独留下了。

达达尼安宣布，他不了解这项运动。因此，他要求光打不记分，不照规则进行正式比赛。运动继续进行，波尔多斯用赫丘利①般的力量将球打过来的，飞快地从达达尼安耳边飞过。贾司克尼人的想象力又来了，好家伙，这下要是打在脸上，去宫里觐见国王的事就得告吹，而这次觐见对自己的一生是无比

---

① 赫丘利：罗马神话中力大无穷的英雄。

的重要！

他觉得不能再打下去了。于是，他郑重地向阿拉密斯和波尔多斯行了一个礼，宣布退出，说等他能与他们不相上下之时再与他们一比高下。

他走到了观众席。

不幸的是，这并没有使达达尼安摆脱厄运。有一名红衣主教阁下的卫士正好在观众席上，他为自己的战友昨日的败仗愤怒不平，决心找机会为他们报仇。他认为机会到了，于是故意对身边的人大声说：

"这个年轻人怕被球打到倒并不令人意外，毫无疑问，他是火枪队里的一名小学生。"这话达达尼安当然听到了，他的感觉是，自己一下子被什么咬了一口。

他转过身去，目不转睛地瞪着那个毫无礼貌的人。

"见鬼！"那位卫士见达达尼安这么看着他，便道，"您想怎么看我就怎么看我好了，我的小先生——从我嘴里出来的话从不赖账。"

"您说过的话意思清楚明白，不需要再讲什么——先生，咱们出去一趟吧！"

"什么时候呢？"那名卫士同样用的是无惧的语气。

"现在！"

"您好像知道我是谁吧？"

"我？根本不知道——也无须知道。"

"那么您就犯了一个错误——要是您知道了，或许您就不如此心急火燎了。"

"您是哪位？"

"巴尔纳如愿为您效劳。"

"就这样，巴尔纳如先生，"达达尼安镇静自若，"我在门口候着。"

"走吧，先生，我随后就到。"

"对，您可稍等片刻，先生，不要让其他人看到我们一起走出去——这您明白，我们的事知道的人多了，他们会碍手碍脚。"

"有道理，先生。"巴尔纳如感到惊讶，他的名字没有对这位年轻人产生任何的影响。

确实如此。这巴尔纳如没有一个人是不知道他，大名鼎鼎——达达尼安可能是唯一一个不知道他的人。因为国王和红衣主教一次又一次的禁止决斗的命令下达后总是无法禁绝的一次又一次的决斗之中，人们时不时地会听到巴尔纳如这个名字。

阿拉密斯和波尔多斯在专心致志地打他们的球，阿多斯在专心致志地看他的球，谁也没有发觉达达尼安已经不在了。

达达尼安在门口站定之后不一会儿，巴尔纳如也出来了。觐见国王定在12时，达达尼安时间不是很多了，他向四周看了一眼，见街上没人，便对对手说：

"说句实话，您叫巴尔纳如——尽管如此，您面对的是一个火枪手的新生，真是够走运的。不过，请您放心，我会全力以赴——准备动手吧，先生！"

"不过，先生，"受挑战者道，"我觉得您选的这个地点并不是完美的。我们为什么不到圣日尔曼修道院后面去，或到教十草地去？"

"您说得有道理，先生。"达达尼安回答说，"只是，在这方面你不走运，中午12点我还有一个约会，我的时间不多，准备吧，先生。"

对巴尔纳如来说，这类邀请的话是不须讲第二遍的。达达尼安刚说完，他已拔剑出鞘，那把剑在他手上闪闪发光。他朝对手猛扑过来，指望如此将对手吓倒。

然而，年轻人昨天刚刚接受了战斗的洗礼，当过学徒，尝到了胜利的喜悦，并憧憬着未来的美好前途，在此情况之下，他怎么能后退一步？

这样，两人拼杀在一起，两把剑你来我往。而最后，是达达尼安逼迫对手后退了一步。

就在后退的过程中，巴尔纳如的肩、臂、剑偏离了直线位置。达达尼安立即抓住了这一机会，猛地来了一个冲刺，这一剑刺中了巴尔纳如的肩部。

接下来，达达尼安将剑举起，退了一步。

巴尔纳如喊着"没关系"，又冲了上来。

看来他是过于草率了。结果，他正好撞在了达达尼安伸出的剑上。

然而，巴尔纳如并没有倒下去，也不承认自己已被打败，而是朝着德·赖忒蕾穆伊先生的府邸退去——他有一个亲戚在德·赖忒蕾穆伊先生的府中当差。

达达尼安不知道巴尔纳如第二次中剑伤有多重，他紧追不舍，向府院门口赶去，决心第三剑结果巴尔纳如的性命。

这时，突然一阵吵闹从网球场那边传来。

原来，巴尔纳如的两个朋友曾经听到过巴尔纳如与达达尼安刚才的几句谈话，还看到他们各自离开了球场，便提剑赶了过来，扑向达达尼安。

阿多斯、阿拉密斯和波尔多斯也一起赶过来了，他们见那两个卫士对付达达尼安一个人，便转身与那两个人交手。

这时，巴尔纳如倒了下去。

那两个人见自己两个要对付四个，便开始向德·赖忒蕾穆伊先生的府邸那边喊话：

"快来呀，快来呀！"

这一喊，府中的人全都跑出，向阿多斯等四个人拥来。

阿多斯他们一见情况不好，也大喊道：

"快来呀，火枪手们！"

这样的喊声通常总是会得到响应。火枪手是红衣主教阁下的死对头，人们都由于憎恨红衣主教而喜欢他们。所以，除了属于"红公爵"——阿拉密斯给红衣主教起了这样的一个绰号——卫士，其他卫队的卫士都会站在国王火枪手一边，一遇斗殴之类的事，他们都帮着火枪手。

恰好在此时，德·艾萨尔先生卫队的三名卫士从此地路过，他们听见阿多斯他们的喊声，其中的一个加入了阿多斯的队伍，另外一个人则飞奔德·特雷维尔府邸，边跑边喊：

"快出来呀，火枪手们，快出来呀！"

德·特雷维尔府邸的火枪手们奔了过来。

一场优势在火枪手一边的大混战开始了。

红衣主教的卫士和德·赖忒蕾穆伊先生的府邸的人边战边退，最后退入府邸，生怕火枪手们随着他们攻进府来，就一道一道，将门关牢。

那个受了伤的倒在地上的已经预先被抬进了院子。

火枪手们和他们的同盟军们情绪异常兴奋，他们在一同商量着，既然德·赖忒蕾穆伊先生的人毫无顾忌地攻击了国王的火枪手，那么，就要得到一定的惩罚。有人提议，干脆一把火将德·赖忒蕾穆伊先生的府邸烧了。

这个建议被采纳之后，队伍中爆发出欢呼声。

就在这时，11点的钟声敲响了。达达尼安他们想起来，如果这样一件大事给耽误，那将终生后悔莫及。这样，在他们的说服下，那些疯狂的头脑开始冷静了下来，改用铺路石砸他的大门，放弃了火烧府邸的计划。大门十分坚固，砸了半天也没砸出个名堂，众人便感到不耐烦起来。再说，眼看着带头的几个人离开了人群向德·特雷维尔先生府邸那边走去，最后众人也散去了。

德·特雷维尔先生已经听到了这件事，他正在那里等他们。

"用最快的时间去卢浮宫，片刻也不能再耽误，"德·特雷维尔先生道，"我们要赶在红衣主教之前到达那里。我们告诉国王，说这是昨天事件的延续，让两件事一起了结。"

这样，四个年轻人陪着德·特雷维尔先生朝卢浮宫走去。

但是，出乎德·特雷维尔先生意料的是，人们通知他国王去打猎了，去了圣日尔曼。德·特雷维尔先生让那人把这话一连说了两遍，那人每说一遍，德·特雷维尔先生的脸上伴随着青一阵紫一阵。

"昨天就有这个打猎的计划吗？"德·特雷维尔先生问。

"不，阁下，"国王的男仆回答说，"是犬猎队队长今天早起向陛下禀报，说昨天夜里他给陛下赶出了一头鹿。开始时陛下不想前去，后来队长劝他说，这次打猎会给陛下带来快乐。这样，国王就没有再坚持，吃完早膳就去了那里。"

"今天国王有没有见过红衣主教？"德·特雷维尔问。

"十有八九是见了，"男仆回答，"早上起来我见到红衣主教阁下的车子套上了马，就问红衣主教要去哪里，他说：'去圣日尔曼。'"

"他抢先了，"德·特雷维尔道，"先生们，今天晚上我会再来见国王，至于你们，先生们，我看还是不冒这个险为好。"

四个年轻人没有一个表示异议，因为这个忠告完全正确，尤其是从一个十分了解国王的人的嘴里说出来，它就越发地显得有道理。

德·特雷维尔先生叫他们各自回到自己的住处，等候消息。

德·特雷维尔先生回到他的府邸之后立即想到，应该利用时间首先提出控告。于是，他命他的一位跟班给德·赖忒蕾穆伊先生去送了一封信，信中要求德·赖忒蕾穆伊先生把红衣主教的卫士赶出大门，并要求教训他的手下人向国王的火枪手发动进攻的无礼行为。

这时，德·赖忒蕾穆伊先生已经听了他的马厩总管，就是巴尔纳如的那位亲戚的报告。他回信给德·特雷维尔，说，提出控告的应该是他，不当是德·特雷维尔先生，也不当是德·特雷维尔的火枪手，是德·特雷维尔的火枪手攻击了他手下的人，并且还计划要烧他的府邸。

双方各执己见，看来这两位贵族老爷之间的争执一时难以解决。于是，德·特雷维尔先生想出了一个彻底解决问题的办法，这就是他亲自去德·赖忒蕾穆伊先生府邸一趟，见一下德·赖忒蕾穆伊先生本人。

他立即出现在德·赖忒蕾穆伊先生府邸的大门口，让人给他通报。

两位贵族老爷彼此之间尽管没有友谊，但还有尊重，所以相互恭恭敬敬行了礼。

两个人都是勇敢的人、重视荣誉的人。德·赖忒蕾穆伊先生是一位新教徒，见国王的机会不是很多，他也无帮无派，社交之中不带任何偏见。

但是这次接待尽管他彬彬有礼，却还是比往日显得冷淡得多。

"先生，"德·特雷维尔先生说，"您我双方都认为有权控告对方，而我此次造访就是为了把事情弄个清楚。"

"我很愿意如此，先生，"德·赖忒蕾穆伊先生道，"不过，我想告诉您，错全在您的火枪手一方，情况我已经了解得十分清楚了，先生。"

"我知道，先生，您是一个不徇私情、通情晓理之人。"德·特雷维尔先生说，"既然这样，我的一项建议您就不可能不接受……"

"请说吧，先生。"

"我想问，您的马厩总管的那位亲戚巴尔纳如先生的情况如何？"

"他的情况非常不好，先生。他原无大碍只是肩上中了一剑，只是后来他又挨了一剑，剑刺穿了他的肺部，医生讲，怕是活不了了。"

"那他神智眼下还清醒吧？"

"完全清醒。"

"他能讲话吗？"

"能，虽然有些困难。"

"那好，先生，我们一起到他那里去，让我们以天主的名义要求他说出真相，他也许就要被召入天国了，我把他看成他自己案件的法官，先生，我相信他。"

德·赖忒蕾穆伊先生听后思考了片刻，接受了。

两个人下了楼，来到受伤者待的房间。

看见两位尊贵的老爷过来看他，受伤的人便挣扎着要爬起来，但他的身子太虚弱了，只是使了使劲儿，就已撑不住，差一点儿昏了过去。

德·赖忒蕾穆伊先生走到他的面前，让他闻了些嗅盐，让他清醒。德·特雷维尔先生不想留下话柄，让人说他向一位病人施加了影响。于是，请德·赖忒蕾穆伊先生向巴尔纳如进行寻问。

不出德·特雷维尔先生之所料，在垂死之际的巴尔纳如没有打算隐瞒什么，而是如实讲出了真相。

这正是德·特雷维尔先生所希望的。他祝贺巴尔纳如早日康复，告别德·赖忒蕾穆伊先生，回到了自己的府邸。

他立即派人去请他的那四位朋友，要他们和他一起吃饭。

这次，德·特雷维尔先生所招待的都是以反对红衣主教为其特征的极有教养的宾客。因此，我们可以想象到，席间的谈话定是以红衣主教的两次失败为其中心话题的。达达尼安是这两天的主角，因此，所有的赞扬都送给了他。阿多斯、阿拉密斯、波尔多斯作为好友，自然除了自己之外，也愿意让朋友得到赞扬。而这一次，他们全都心甘情愿地让达达尼安把赞扬占了去。

6点一到，德·特雷维尔先生宣布他要立即到卢浮宫去一趟。

他身边带着阿多斯、阿拉密斯和波尔多斯和达达尼安。约定的时间过了，德·特雷维尔先生带着他的四名伙伴直接进了候见厅，没有要求走小楼梯。

国王还没有回来。

几位年轻人混杂于成群朝臣中间，等了不到半个小时，所有的门都被打开了，国王驾到了。

听到这声喊，达达尼安浑身上下打了一个深到骨髓的哆嗦。

他一生的命运在接下来这一刻就要决定了，他急躁不安地死死盯住国王要进入的那扇门。

路易十三出现的时候走在最前面，身着沾满灰尘的猎装，脚上是一双长筒靴，手里有一条马鞭，后面跟着随从。

达达尼安看得出在国王的胸中正在酝酿着一场风暴。

朝臣们不能因国王陛下糟糕的心情就不迎上前去，然后列于他路过的御道的两边。即使是在这种情况之下，让国王看上一眼，总比没被瞧见好。

当三个火枪手毫不迟疑向前迈步的时候，达达尼安却没有动，而是躲在了他们的身后。

国王认识阿多斯、阿拉密斯和波尔多斯，连看都没有看他们一眼，就像根本不认识他们一样。

国王的眼光在德·特雷维尔先生身上停留了片刻，因为德·特雷维尔先生坚定地承受住了他的目光，结果倒是国王的视线不得不转移了。

过后，国王一边嘴里说着什么，一边回他的房间去了。

"情况不好啊，"阿多斯笑着道，"看来骑士封号这下没了。"

"在这儿等我 10 分钟，"德·特雷维尔先生说，"10 分钟后还不见我出来，你们就回到我的府邸等着……"

德·特雷维尔先生进到国王书房去了。

四个年轻人就这么等着，10 分钟过去了，15 分钟过去了，20 分钟过去了，德·特雷维尔先生还是没出来，四个人失望而归。

原来，国王情绪很坏。他坐在一把扶手椅上，正用马鞭拍打自己的靴子。德·特雷维尔先生壮着胆子走进了国王的书房。尽管这样，德·特雷维尔先生还是像往日一样给国王请了安。

"糟透了，糟透了，"国王说，"无聊透顶。"

这种说法是路易十三最严重的癖好，他常常把大臣拉到窗前，跟他说：

"先生，让我们共同来体验一下无聊的滋味儿吧！"

"怎么，"德·特雷维尔先生道，"陛下前去尝了打猎的快乐了，怎么还会觉得无聊呢？"

国王发怒道："一切的一切都糟透了！我也搞不明白，是猎犬没有了嗅觉，还是猎物跑没了踪迹！用了半个小时追了一头生有十只叉角的鹿，眼看就要追上了，圣西蒙已经把号角举到了嘴边，围攻猎物的号角就要吹响——可就在此时，那群猎狗却一起改换了追逐的目标，对一只幼鹿紧追不放！您看，我是不是在放弃猎犬的围猎？我是一个不幸的国王，德·特雷维尔先生！我只剩下了一只大隼，可它前天也死掉了！"

"陛下，这的确是巨大的伤心事，您的失望我能够理解。这确是巨大的伤心事。不过，我知道您还有不少的狩猎动物呢，隼哪，鹰哪，还有别的……"

"可没有人来训它们！训练猎鹰的人都走掉了，只有我还在训练猎犬。我要是有时间来培养几个学生就好了。等到我见了天主，人们就只有捕兽器、陷阱和活板好用了！唉，红衣主教在那边，不是跟我谈西班牙，就谈奥地利，要不就是英国……啊！他不让我片刻得闲，提起红衣主教我才想起来，德·特雷维尔先生，我对您感到失望……"

从进来到现在德·特雷维尔先生一直等着国王讲最后这句话。他与国王待在一起太久了，因此，知道国王上来说的那些话是用以鼓足自己勇气的一种手段，不过是开场白，最后一句才是国王所要讲的。

"我在什么事情上犯了错，不幸惹得陛下这么不高兴？"

德·特雷维尔先生装出一副吃惊的样子。"难道您就是这么尽责的吗，先生？"国王继续讲，没有理会德·特雷维尔先生的问题，"火枪手杀掉了一个人，在整个地区胡闹，还打算放火烧掉整个巴黎，却听不到您一句制止的话！我任命您做火枪队队长不是要你去做这些的，也可能，先生，"国王继续道，"我这么指责您做得急了些。我想知道，您这趟进宫是不是要向我报告您审讯的结果？那些捣乱的家伙是不是已经拘捕归案？"

"不是，陛下，正好相反，"德·特雷维尔先生平静地说，"我这次进宫，是来要求您亲自审讯。"

"审讯谁？"

"审讯那些污蔑者。"

"啊！怎么回事？"国王说，"您难道要告诉我，您的那三个该死的火枪手和那个巴雅恩来巴黎的小伙子，并没有攻击那个可怜的巴尔纳如，没把他打成了重伤——或许如今他正在喘大气呢！难道他们并不曾攻打德·赖忒蕾穆伊先生的府邸还想一把火将它烧掉？在以前的战争年代，这算不了什么，因为那里是胡格诺派的一个巢穴。但是在和平的年代，它就成了一个坏榜样，告诉我吧，到底是怎么回事？"

"谁告诉你这些话的？他给你编造了一个动听的故事，陛下。"德·特雷维尔先生心平气和地问。

"还能有谁？我娱乐时他工作；我睡觉时他守夜；整个法兰西，全部欧罗巴在等待他去治理。"

"那只能是天主！"德·特雷维尔先生说，"在我的心里，只有天主才能高居于陛下之上。"

"不，你弄错了，我说的是我唯一的跟班，那位国之栋梁，唯一的朋友，红衣主教先生。"

"可是陛下，红衣主教阁下并不是教皇。"

"您是什么意思，先生？"

"我是在说，只有教皇是不犯错误的，红衣主教先生并不具备这个品质。"

"就是说，您是说他在欺骗我，对我不忠。这么说，您在控告他。直接说吧，您是不是在控告他？"

"没有，陛下。"德·特雷维尔先生说，"我只是说，他错了，相信了不正确的情况报告。我只是说，他对国王陛下的火枪手缺乏公正性，急于控告他们没有闹清情报的来源是否可靠就下了结论……"

"提出指责的是德·赖忒蕾穆伊先生，您还有话好讲了吧？"

"陛下，本来公爵不可能是一个公正的见证人，此事与他有直接的利益关系。但是，陛下，我不这样讲——我倒相信公爵是一个正直的贵族，我宁愿相信他。只是有一个条件，陛下。"

"什么条件？"

"陛下可以单独一个人问他情况，不能有其他的人在场。陛下见过他之后，我将立即觐见。"

"就是说，德·赖忒蕾穆伊先生无论讲了什么您都相信他？"国王问。

"是这样，陛下。"

"您接受他的见解？"

"是这样，陛下。"

"他提出赔偿要求，您也接受？"

"全部接受。"

"拉歇丝那伊！"国王在喊他的贴身男仆，"拉歇丝那伊！"

拉歇丝那伊一直守在门口，听到招呼，他来了。

"拉歇丝那伊，"国王吩咐，"立即派人去找德·赖忒蕾穆伊先生——我今天晚上有话问他。"

"那陛下就是见过德·赖忒蕾穆伊先生之后立即接见我，中间不插入任何人？"

"是的"

"那就明天见了，陛下。"

"先生，明天见。"

"陛下想什么时候见？"

"随您的便。"

"如果来早了，我担心吵醒陛下。"

"我不再睡了，先生，或许我会迷糊一会，偶尔做个梦……仅此而已。就这样吧，您愿来多早就来多早——那就7点好了。可您要当心点儿，要是您的那些火枪手有事的话……"

"陛下，如果他们是有罪的一律送交陛下处置。陛下另有要求请一并提出，我将服从。"

"没有了，我会公正处理的。大家叫我'公正者'不是没有道理的。明天见。"

当天晚上他就通知了他的那三个火枪手和他们的那位伙伴，要他们第二天早上六点半钟赶到他家，一起去见国王。他也没有向他们保证，也没有向他们承诺，他并没有向他们隐瞒什么，此次能否受到恩宠，还难说清，他自己的命运如何，也是难以说定的。

当他们到达小楼梯下面，他让他们等着。叮嘱他们，如果国王依然怒气未消，他们就不要露面，直接回去；如果国王同意接见，那就会有人来通知。

进入国王的专用候见厅。拉歇丝那伊告诉德·特雷维尔先生，昨天晚上很晚找到德·赖忒蕾穆伊先生时，公爵已无法进宫，所以现在公爵才到了不久，他正在国王的书房里。

这样一来，在德·赖忒蕾穆伊先生和他之间就不可能插进什么人来影响国王了。这使德·特雷维尔先生感到高兴。

正如所料，等了不到十分钟，书房的门就开了。德·赖忒蕾穆伊先生走了出来，他见到德·特雷维尔先生后，过来对他说：

"德·特雷维尔先生，陛下刚刚派人找了我来。他了解了昨天在我的府邸那边发生的那件事。如实向他禀告了，就是说，我告诉国王陛下，错在我的手下人一方，并向他说，我要向您致歉。既然现在碰上了您，那就请您接受我的道歉好了。"

"公爵先生，"德·特雷维尔先生说，"除了您，我不愿意在陛下那里有别的什么辩护人。我一向知道您为人公正。对此我一直很有信心——看来我并没有错。现在，法兰西还没有另外一个人完全配得上我对您的评价，请允许我向您致谢。"

国王在房间里听见了他们之间的对话，听到这里，他道：

"好，好，好。德·特雷维尔先生，既然您说你们做朋友，那么，我也希望成为他的朋友。但是，他想疏远我——我们已经有两年没见面了，还是我派人去找了他来，好不容易见了一次面。请把这一切一五一十地告诉他，要他知道，作为一个国王，这话可不便亲口讲给他听的。"

"谢谢，陛下！"公爵说，"陛下，我请您相信，并不是陛下一天到晚24小时都能见到的那些人才是最忠诚的。自然德·特雷维尔先生除外。"

"啊！我的话被您听到了——这就更好，公爵,这就更好。"国王来到了门口，"特雷维尔，您还在这里——您的火枪手在哪里？我前一天说过了，要您把他们带来，他们现在人在哪，特雷维尔？"

"他们正在楼下候着，陛下，正等着您的吩咐，拉歇丝那伊就会喊他们来了。"

"都快8点了，好，让他们立即上来——9点我还要接见一位客人呢。您请便吧，公爵，只是千万别忘了常常来看我。你先进来吧。"

公爵鞠了一躬，告辞了。

在公爵打开门时，三个火枪手和达达尼安在拉歇丝那伊的引领下上了楼梯，出现在门前。

"进来吧，勇士们，"国王说，"快来好好夸奖你们一番。"

火枪手们一边走进，一边鞠躬，达达尼安跟了过来。

"鬼才清楚是怎么回事，"国王继续说，"你们四个，只用了两天时间就让红衣主教阁下损失了七员大将！太多了，先生们，你们搞得人家太多了！按照这样的速度，不需要三个礼拜，红衣主教阁下的卫队就得整个换成新手了。而我，则必须极为严格地执行我的禁令。偶尔搞掉一个，还是可以的；两天七个，太多了，太多了！"

"正因为如此，陛下看到了，他们才不得不来向您请罪，请求您的原谅。"德·特雷维尔先生道。

"十分后悔！是吧？"国王说，"难道他们的张张笑脸都是伪善的——尤其是那张贾司克尼人的脸。走过来一点，先生。"

达达尼安明白国王这句夸奖的话是对他讲的，于是，他做出一副伤心难过的样子，走上前来。

"好哇，特雷维尔，他就一个孩子嘛！怎么，给卓撒可的那一剑是他刺的？"

"另外还有给巴尔纳如的两剑。"

"真是让人不敢相信！"

"还有，陛下，他把我从毕思卡来的剑下救出来，否则今日我肯定不会有谦卑地向您致敬的荣幸了。"

"这么说，这位巴雅恩人是地地道道的魔鬼了！真像父王说的：'见他妈的鬼！'德·特雷维尔先生……做一个这样的角色，紧身上衣肯定要被刺破不止一件两件，剑也不知折断多少把。可直到眼下，贾司克尼人还是那么穷，是不是？"

德·特雷维尔先生回答道："陛下可以这样说吧，尽管天主应该为他们创造一个奇迹，作为贾司克尼人对先王远大抱负所做的支持的一项奖励，但直到现在，他们的山上还没有被找到什么金矿。"

"您的意思是说，我作为先王的儿子，是因为得到贾司克尼人的帮助才能够成为国王的，是不是，特雷维尔？很好，那我就没什么好讲了！拉歇丝那伊，去翻翻我所有的口袋，看看还能不能找出40个皮斯托尔？如果找到了，全部给我拿过来。年轻人，请如实地告诉我，整个事情是怎样发生的？"

接下来，达达尼安详详细细讲述了前一天的事。他如何如何因为要见国王陛下高兴得难以入睡，如何如何在觐见之前和他的三个朋友一块儿去了网球场，以及他是如何如何怕被球击到脸上丧失觐见的机会因而明显表现出了不安，而他的这种不安神情如何如何受到了巴尔纳如的嘲笑，巴尔纳如由于自己的放肆行为最终如何如何付出了代价，差一点儿丧了命，而跟此事毫无关系的德·赖忒蕾穆伊先生则差一点儿失去自己的宅子……

国王道："这公爵给我讲了。可怜的是红衣主教在两天之内失去了他身边的——偏偏儿又是他特别心爱的七员大将！够了，先生们！你们报了仇、雪了恨，而且还干过了头儿，也该感到心满意足了！"

"只有陛下已经满意，我们才满意了。"特雷维尔道。

"是的，我已经满意，"说着，国王把金币放到了达达尼安手里，"瞧，这就是我感到满意的一个证明。"

当时的人们还未流行在我们的时代人们所具有的这种自尊观念。当时，一个贵族直接地从国王手中接受金钱，并不是一件耻辱的事。因此，达达尼安说了很多的感激的话后，便把接过来的钱装进了自己的口袋。

"好啦，好啦，"国王看着时钟说，"你们可以走了，现在已经八点半。我说过，9点钟我还要见一位客人。你们是可以信赖的，先生们！谢谢你们的忠诚，对不对？"

"是的！陛下，为了您，我们可以肝脑涂地、粉身碎骨！"四个人异口同声道。

"好，好，好。不过，还是保护好自己的身体——这样更有用处。"

在其他人退出之后，国王轻声对德·特雷维尔先生道："特雷维尔，您的火枪队暂无空额，况且我有旨在先，进入这支队伍必须先有一个见习期，那您就将这个年轻人安排在你的妹夫德·阿赛尔先生的卫队好了。啊，见鬼！特雷维尔，一想到红衣主教的脸色我就兴高采烈！他会气得要死——可我不在乎。我有权力如此！"

接着国王向德·特雷维尔先生挥手致意。

德·特雷维尔先生退出去了，他找到了他的那些正在分40个皮斯托尔的火枪手。

和国王讲的一样，红衣主教气得发了疯。足足有8天，他没有与国王打牌。国王确是"不在乎"，他照样极为亲切地笑眯眯地与他打招呼，并且用最最温和的声调对他说："红衣主教先生，您手下那位可怜的巴尔纳如，还有那个可怜的卓撒可近来怎么样？"

七 火枪手的家务事

　　达达尼安一走出卢浮宫，就问他的朋友们，他从 40 个皮斯托尔中得到的那份钱，怎么花。阿多斯的建议是，到松果酒店吃上一顿丰盛的晚餐；波尔多斯的建议是，雇上一个跟班；阿拉密斯的建议是，找上一个情妇。

　　饭当天吃过了，跟班也已经找到。饭是由阿多斯预定的，跟班是由波尔多斯找到的，有个跟班是一个比阿第①人。波尔多斯，这个自命不凡的火枪手当天在拉土尔耐尔桥上看见这个跟班的正朝河里吐唾沫，并专心观赏它落水之后形成的个个圆圈儿。波尔多斯认为，这种消遣方式是喜欢深思的审慎性格的一种表现，因此，没有索要任何别的什么推荐材料就把他带走了。这个比阿第人的名字叫布朗谢。眼前这个贵族的气派十足的外表迷住了他，他原以为自己是被这位贵族雇佣的。后来他发现，他心目中的这一理想位子已经被一个叫莫丝各东的人所

①　比阿第：法国古代北部的一个省。包括现索姆省和瓦兹、埃纳、加来海峡三省的一部分。

107

占据。波尔多斯向他说明，虽然自己的家境富足，但还不需要两个用人。他的服侍对象是达达尼安。

布朗谢有些失望。但是，等到他所服侍的主人请客吃那顿晚餐的时候，他确信自己交上了好运。因为他看到他的主人付账时，从口袋里掏出了一大把金币。感谢天主，让自己遇上这样一个克鲁依丝①！这一看法他一直保持到盛宴的结束。他打扫了那顿盛宴的残羹剩菜，弥补了长期以来的饮食不足。

但是，到了晚上布朗谢给主人铺床时，他的梦想破灭了。那里只有一间前厅和一间卧室。房里只有一张床，布朗谢不得不睡在前厅的从达达尼安床上抽出的一条毯子上。不用说，从此之后，他的主人床上将减少一条毯子。

阿多斯也有了一个名叫各利莫的跟班儿。阿多斯使用一套特殊方法训练了他。这位可敬的老爷——当然我们说的是阿多斯——少言寡语。波尔多斯和阿拉密斯跟他的这位伙伴亲密相处已经五六年了。在这五六年的记忆当中，他们常常记起阿多斯在不出声地微笑。他的话简短，有表达力。但是，他的所有表达永远只是他想表达的意思，而不会有更多的修饰、润色、渲染。他的谈话讲的完全是事实，内容不带任何插曲。

阿多斯刚刚年满 30 岁。他相貌英俊而天资聪慧。但是，从来不谈论女人，没人知道他有什么情妇。不过，他并不阻止别的人在他面前谈女人的事，尽管不难看出，这类谈话是令他

---

① 克鲁依丝：古小亚细亚吕底亚国王（约前 560～前 546）。公元前 546 年，被波斯王居鲁士攻占其首都时被俘。他异常富有，他的名字成为"富豪"的代名词。

感到极为不愉快的。有时，他会插进一句半句，而那也都是些愤世嫉俗的评语。孤僻、寡言少语，使他几乎变成了一个老年人。他的性格使各利莫养成了一种习惯：根据他的简单手势或者简单的嘴唇的动作来服从或去行动。只在一些重要的场合他才跟各利莫进行对话。

一方面，各利莫对主人十分地依恋，对主人的才智十分地崇敬；另一方面，他又怕接近他的主人。有时候，他以为完全理解了主人的意思，照着去做了，可做的却偏偏和他的主人的要求正相反。出现这种情况，阿多斯只是耸耸肩膀，并不发怒，然后将各利莫暴打一顿。这时阿多斯才会开口说一两句。

波尔多斯呢，和阿多斯的性格完全不同。他不仅话多，而且声音响亮。不过，也需为他说句公道话，他倒不关心别人是否听他的话。他讲话，只是为了得到讲话的乐趣——为了得到听见自己讲话的乐趣，天南地北他无所不谈，只是自然科学除外。他辩解说，自幼他就对科学有一种根深蒂固的憎恨。他没有阿多斯那么气派的仪表，这使他产生了自卑感。在他们初交之时，他是竭尽全力地用服饰的奢华来压倒对方。阿多斯穿着很普通的火枪手上衣，只靠其前俯后仰，靠腿脚的弯曲拉直这些动作，立刻就使得穷摆阔的波尔多斯相形见绌。

于是，波尔多斯为了安慰自己，在德·特雷维尔先生的候见厅和卢浮宫的警卫室里大讲特讲他的艳遇，这正是阿多斯从来不谈的。从穿袍贵族的妻子谈到佩剑贵族的妻子[①]，从法官

---

① 穿袍贵族：指法国中世纪时的官僚贵族；佩剑贵族：指法国中世纪时的军人贵族。

太太谈到男爵夫人……之后，他吹嘘说，当前是一位外国公主对他一见钟情，等等。

"有其主必有其仆。"因此，让我们撂下阿多斯的跟班，谈谈波尔多斯的跟班儿——撂下各利莫，谈谈莫丝各东。

莫丝各东原名叫班尼发斯，诺曼底人，他的主人替他把那个平和的名字改成了这个响亮无比的名字——莫丝各东。班尼发斯在法语中是"头脑简单之人"的意思。莫丝各东在法语中是"短筒火枪"的意思。

莫丝各东给波尔多斯当差，提出的条件是：提供他讲究的穿、住；他要求每天需有两小时的自由时间，以便去从事一种能满足他其他需要的行当。这些条件十分符合波尔多斯的心意，所以他接受了。他用他的旧衣服和供替换用的披风让人替莫丝各东改做了几件紧身短上衣。裁缝聪明地把那旧衣服的面料一翻，旧面料变成新衣服（有人曾猜想，这个裁缝的老婆曾企图改变波尔多斯的贵族习惯）。靠着这个裁缝的聪明才智，莫丝各东穿上那些衣服神气十足地跟在主人的身后。

对阿拉密斯的性格的阐述，我们已经做得相当充分，而且与他的伙伴们一样，以后我们还会随着故事的进展对其性格进行更加充分的阐述。他的跟班儿叫巴赞。

由于其主人抱定未来有一天将要进入修会的愿望，他也像神职人员的跟班儿所应该做的那样，常年穿着黑色的衣服。他是贝里人，看上去年龄在 35～40 岁之间，体态肥胖，性格温和安详。主人留给他的空闲时间他不是用来阅读宗教书籍，就是严格地按着两个人的饭量烧一顿菜肴，品种虽然不够丰富但味道非常可口。另外，他哑、瞎、聋，其忠诚可靠经得起任何的考验。

既然我们已经认识了，至少是肤浅地认识了这些人和他们的跟班儿，接下来，我们要谈的是他们的住处。

阿多斯住在弗路街，这儿离卢森堡宫没有几步，他的房子一共两间，在一所带家具出租的房子里，陈设十分整洁。女房东很年轻很漂亮，她终日徒劳地向阿多斯送着秋波，抛着媚眼。

阿多斯的房间里有几件遗物可以炫耀其昔日的辉煌，使简朴的住所大放异彩。譬如说，这其中有一把挂在墙上的剑，从款式看，可以追溯到弗朗索瓦一世时代。它富丽堂皇，金银丝嵌花，剑柄之上镶嵌着的宝石就能值 200 个皮斯托尔。它虽价值连城，但在阿多斯最穷困的时刻，他也绝不会把它卖掉。

波尔多斯一直垂涎这把剑，为了得到它，他就是少活 10 年也心甘情愿。

有一天，波尔多斯和一个公爵夫人曾试着向阿多斯借用它。阿多斯当时什么也没有说，只是把身上所有的口袋都掏了个精光，珠宝啊、钱啊、军服饰带呀、黄金链条呀统统放到一块，那意思在说，所有这些都可以拿去，但是剑，对不起，它已经牢牢挂在墙上，成了墙体的一部分，而只有在它的主人本人离开住所时，它才可以离开那堵墙。

除了那把剑，还有一幅画，是亨利三世时代的一位贵族画像。他的服饰极为典雅，佩戴着一枚圣灵勋章。画中人与阿多斯外表上有那种亲属间的相似，这说明，这位贵族，国王所颁发之勋章获得者，是阿多斯的一位先祖。

最后，还有一只华丽无比的匣子，上面的纹章和剑上、画像上的纹章相同，它摆在壁炉台当中，显得和壁炉上的其他装饰品极不协调。

阿多斯一直带着这只匣子的钥匙，但是，有一天，他当着波尔多斯的面打开了它，波尔多斯亲眼看到匣子里装着的几封信，还有几份文件。在波尔多斯看来，毫无疑问，那是一些情书和一些家传的文书。

波尔多斯住处在老格轮街。从外表看宽大而奢华。每次跟朋友从他的窗前经过，他的跟班儿莫丝各东总是穿着全套的号衣站在一扇窗子那儿。这时，波尔多斯就抬起头来，用手指着那里说："这里就是我的家。"

但是，从来没人到过他家，他也从来不邀请任何人上楼到他的家里去，也没有人能够想象得出，在这奢华的外表里面到底有着什么样的货真价实的东西。

阿拉密斯的住房不是很多，有一间小客厅、一间小餐厅和一间卧房。卧房像套房的其他房间一样，也在底层，窗子朝向一个郁郁葱葱的花园，邻人的目光难以穿越花园。

我们已经知道了达达尼安的住所的情况，而且我们也认识了他的跟班儿布朗谢师傅。

达达尼安好奇心特重，像善玩阴谋诡计的人那样，他想尽一切办法去了解阿多斯、波尔多斯和阿拉密斯的真实身份，因为三个年轻人入伍时为了掩盖贵族出身都用了假名，特别是阿多斯，隔着一里地人们就能闻到大贵人的气味。达达尼安从波尔多斯那里打听阿多斯和阿拉密斯的情况，从阿拉密斯那里了解波尔多斯，就用这种方法。

遗憾的是，对他那位沉默寡言的同伴的身世，除了一些小道消息之外，波尔多斯也毫不了解。据说在爱情生活中阿多斯曾遭不幸。这中间出现了一桩可怕的背信弃义之事，这桩背信弃义的事到底是怎样的，没有人知道，它毁了这个高尚文雅的年轻人的一生。

波尔多斯，与他的两个同伴一样，其真名实姓只有德·特雷维尔先生一个人知道，但除此之外，波尔多斯的生平倒是很简单。他虚荣心极重，又多嘴多舌，因此，人们看他就像看一颗水晶，但是只有一件事让人轻易陷入歧途，这就是人们极容易相信，他所吹嘘的那些话全是真的。

至于阿拉密斯，看起来像是没有任何秘密，但真要想看清他，人们又觉得他被笼罩在神秘之中。他很少回答别人向他提出有关别人的问题。别人向他提出有关他本人的问题，他也极力回避。

有一天，达达尼安向他盘问有关波尔多斯的事，问了很长的时间，才得知外面正流传的这个火枪手遇到了一位公主交了好运的消息。接下来达达尼安想试探打听交谈者的风流韵事，便对阿拉密斯说：

"您这方面又是如何，我亲爱的朋友？您光谈别人，比如男爵夫人、伯爵夫人、亲王夫人……"

"请原谅，"阿拉密斯打断达达尼安的话说，"我谈波尔多斯是因为他也在谈，是因为他不住地对我大声嚷嚷所有这些风流佳话。不过，请相信我，亲爱的达达尼安先生，如果这些话我是从别人的嘴里听到的，或者是他作为秘密透露给我的，那么我将守口如瓶，而且世界上绝不会有比我更为可以相信的人了。"

"我一点不怀疑这个，"达达尼安说，"但是，我觉得您跟那些手帕上的纹章也有相当亲密的关系。这有一条绣花手帕可作为证明，正是靠了它我才有幸与您认识的。"

这一次阿拉密斯没有发火，他表现出最为谦恭的态度，亲切地回答达达尼安道："我亲爱的，请别忘记，远离一切社交活动，我希望成为一名教士。您看见的那条手帕是我的一位男性朋友忘在了我的家里的，不是什么人送我的，我不得不把它收起，免得连累他和他心爱的夫人。至于我，我没有也不想有什么情妇。在这方面我以阿多斯为榜样，他和我一样，也没有。"

"见鬼！您既然是一名火枪手，就不是一位神父。"

"临时火枪手，我亲爱的，我是一个违心的火枪手，正如红衣主教说的那样。我内心里是一个教士，这一点请您相信我。阿多斯和波尔多斯免得我无所事事硬把我塞进火枪队。我正好在授圣品的时候，跟某某之间发生了一点小小的争执……不过，对此您不会感兴趣，抱歉我占用了您宝贵的时间。"

"完全相反！相反，我非常感兴趣。"达达尼安叫了起来，"再说，现在我也没有什么事。"

"噢，是这样……但是，现在我要念我的日课经了，"阿拉密斯道，"接着还要写诗，是代吉荣夫人向我索要的。然后，我必须到甚沃若蕾街去，替德·谢弗勒兹夫人选购胭脂。您看到了，我亲爱的朋友，您一点也不忙，我非常忙。"

随后，阿拉密斯亲切地朝他的年轻伙伴伸出手来，与他告别。

不管达达尼安费多大的力气，还是不能把他的三个朋友的情况了解得更多些。这样，他只能暂且相信他所听到的他的朋友的那些话，寄希望于未来，看看今后能不能有更多的发现。这期间，他把阿多斯看成阿喀琉斯[1]，把阿拉密斯看成一个约瑟[2]，把波尔多斯看成一个埃阿斯[3]。

此外，这四个年轻人生活在一起相当快乐的。阿多斯赌钱，但手气不是很好，尽管他自己的钱袋不断为朋友们打开，可他从不向他的朋友借一分钱。不赌现钱时，他总是在第二天的早上六点钟把债主叫醒，还清第一天晚上所欠下的赌债。

有时候，波尔多斯也会赌兴大发。在这样的日子里，如果赢了，他会变得目空一切，旁若无人；如果输了，他就一连几天消失不见。而等他重新露面时，总是脸色苍白，神情沮丧，但口袋里又装满了钱。

阿拉密斯则从不赌钱，他被朋友们称为所有的火枪手中最坏的火枪手，饭桌之上最令人扫兴的客人。他平日总是埋头苦

---

①　阿喀琉斯：希腊神话中海洋女神的儿子，出生后被母亲握住脚踵倒浸在冥河水中，因此全身除没有浸水的踵部外，任何武器都不能伤及。在特洛伊战争中他英勇无敌，希腊联军靠了他转败为胜。后他被敌人射中脚踵而死。

②　约瑟：《圣经·创世纪》中所载犹太十二列祖之一。埃及法老的侍卫长波提乏的妻子屡次勾引他，他都不为所动。她恼羞成怒，诬赖他，被波提乏投入牢中。

③　埃阿斯：希腊神话中的英雄。攻陷特洛伊城后，他进入雅典娜庙，奸污了女祭司卡珊德拉。雅典娜在他归途中将他处死。

干，有时候，晚宴正吃到一半，酒正酣，话正欢，所有的人都觉得还将在饭桌旁待上两三个小时，阿拉密斯呢，却看看表站起身来，脸上挂起一丝优雅的笑容，向所有的人道再见。

据他自己向众人解释，说他要去拜访一位决疑论者①——他们已经约好。另外几次则向众人解释说，他要回到住所去赶写一篇论文——他还要求他的朋友们不要过去打扰他。

就在这样的时刻，阿多斯露出了他那忧郁却迷人的笑容，跟他那张高贵的脸极为相配；波尔多斯却一边喝酒，一边发誓说，阿拉密斯将来最多也只能做一个乡村教士。

达达尼安的跟班布朗谢好运当头，他表现得很好。每天他可以得到 30 个苏②的工钱，他过了差不多一个月这样的日子。这期间，他每逢回到住所快活得就像一只燕雀，对主人他也显得十分亲切。

可等到苦难之风开始刮进隧人街这户人家时，换句话说，等到达达尼安从路易十三国王那里得来的那 40 个皮斯托尔快花光时，布朗谢便开始抱怨了。阿多斯因此再次相劝，让达达尼安把这个家伙辞退，波尔多斯则主张先揍他一顿再说，阿拉密斯的见解是，一个当主人的所要听的，只能是些恭维话。

"这说起来很容易，"达达尼安回答说，"对您来说，阿多斯，您跟各利莫生活在沉默之中，您禁止他出声，因此您永远听不到什么不中听的话；对您来说，波尔多斯，您的生活过得奢侈、豪华，在莫丝各东眼里，您简直就是神；最后，对您

---

① 决疑论者：以良心上遵守天主诫命和教会法规等原则解教徒疑难的教士。

② 苏：法国辅币，旧时 20 苏为 1 利弗，现 20 个苏合 1 法郎。

来说，阿拉密斯，您把全部心思都用在了神学的学习上，这使巴赞那个性情温和、信仰虔诚的跟班儿无上尊敬。

可我呢，既没有地位也没有钱财，也不是一个火枪手，甚至还不是一个正式的卫士。在此情况之下，我怎么做才能使布朗谢对我这个主子热爱、恐惧或者敬重呢？"

"这件事的确十分重要，"三个朋友一起回答，"这是一件家务事，跟班儿跟家里的女人一样，一开始就要让他服服帖帖待在您希望他待的地方，好好考虑一番吧。"

达达尼安决定先将布朗谢狠揍一顿，这件事做起来像他干任何事一样，做得十分认真。狠狠揍完一顿之后，他还告诉布朗谢，没有取得他的允许，他不得擅自走掉。"因为，"他补充说，"我的未来不可能不是美好的，好的机会时时刻刻在等着我，因此，你继续留在我的身边，好运必到。我是一位再好不过的好主人，因此，绝不会你请求解雇，我就同意，我不会让你失去交好运的机会的。"

达达尼安的计谋使三位火枪手产生了对他的敬意。布朗谢心服口服，再也没提离开的事。

四个年轻人已经变得难舍难分了。达达尼安从外省来，落到一个对他说来是崭新的圈子中间，沾染上了他的朋友们的那些习惯。

夏天6点钟左右起床，冬天8点钟左右起床。起床后，他们就奔德·特雷维尔先生的府邸，去那里问问当天的口令，打听打听情况。虽然达达尼安还不是一位火枪手，但他一直在认真地执行队里分配给火枪手的所有任务，干起来那种一丝不苟的劲头令人感动。

因为不论轮到他的三个朋友中哪一个站岗，他总是陪着，所以他总是不断地站岗，府邸里的火枪手们都认识了他，把他看成是一个好伙伴，德·特雷维尔先生第一次与他见面时就对他极为赏识，如今可说真的喜欢上他了，正在不住地向国王推荐他。

三个火枪手也十分喜爱他们的这位年轻伙伴。把四个人联结在一起的，除去友谊，或者还有为了决斗，为了公务，为了消遣，等等这些因素。他们每天都需要见面三四次，彼此像影子一样相互跟随。人们经常能够看到，从卢森堡宫到圣苏尔比广场，从老格轮街到卢森堡宫，这四个形影不离的人在互相寻找。

这期间，德·特雷维尔先生仍在继续办许诺要办的事。一天，国王命令德·阿赛尔骑士先生把达达尼安收进他指挥的卫队充当见习生。达达尼安是叹着气穿上那新制服的，能把火枪手上衣弄到手他宁愿少活 10 年。

不过，德·特雷维尔先生答应，两年见习期届满，他就立即给他这一恩惠，他还告诉达达尼安，一旦达达尼安在什么事情上有机会为国王效劳，或者干出了什么丰功伟绩，见习期还可以缩短。达达尼安得到这一允诺，告别了德·特雷维尔先生，次日就开始了见习期的服役。

现在，该阿多斯、波尔多斯和阿拉密斯在达达尼安站岗时陪他了。就这样，在当日德·阿赛尔骑士先生收下达达尼安时，他的队伍额外增加了三个人。

八　一次宫廷密谋

世界上所有的事都有开始也会有结束。路易十三国王的40个皮斯托尔也有了它们的结局，这一结局令我们的四个伙伴陷入拮据之中。接下来，所有人都花阿多斯的钱。这维持了一段时间。

之后是波尔多斯接替他，靠了一次众人已司空见惯了的那种失踪，波尔多斯满足了大家的需要。这样，又维持了将近半个月。最后轮到了阿拉密斯，他高兴地负起了这一责任。据他自己说，他卖掉了他的神学书籍，终于弄到了几个皮斯托尔。

于是，四个朋友向德·特雷维尔先生伸出了求助之手，像往常一样。德·特雷维尔先生同意他们预支一部分薪水。只是，四个人中，三个火枪手的个人账户上都已经有了不少的拖欠，而一名卫士还拿不到一分的薪金。因此，预支生活的办法也不能维持太久。

最后，眼看自己就要囊空如洗了，于是，最后一次把所有的钱集中到一起，集中了八九个皮斯托尔，交给波尔多斯去赌。

不幸的是，波尔多斯手气很差，不仅没赢，反而除把仅有的几个皮斯托尔全输了，还欠下了赌债——25 个皮斯托尔！

拮据变成了贫困。我们看到，几个饥肠辘辘之人后面跟着他们的跟班儿，跑遍条条沿河马路，访遍个个卫队，到朋友家里去混顿饭吃。他们实践了阿拉密斯的见解，一个人在其走运之时，当向左右播撒顿顿饭菜，而等到他倒霉之时，就可以从他播撒的饭菜中收获回来。

阿多斯受到了四次邀请。每一次，他都带上了他的朋友和他们的跟班儿。阿拉密斯给朋友们带来的这种机会共有 8 次。我们看得出来，他是一个说得少、干得多的人。波尔多斯这边有六次机会，他同样让他的伙伴们跟他一起前去享用了。

达达尼安在京城还没有熟人，他的机会仅仅是到一个同乡的教士家里混了一顿巧克力茶的早点，在一个卫队掌旗官家里混了一顿晚餐。在教士家那次，他们全班人马将教士两个月的储备食品一扫而光；在掌旗官家里那次，掌旗官表现得空前大方；但是，按照布朗谢的话说，仅仅这么一顿，即使吃得再多，也仅仅一顿而已。

和阿多斯、波尔多斯和阿拉密斯弄到的丰盛宴会相比，达达尼安只提供了一顿半，便觉得十分没有面子，说一顿半，是因为在教士家里吃的早点只能算是半顿。大伙在供养自己——他是怀着年轻人的满腔真诚这样想的，忘记了他曾经养活大伙有一个月时间。他忧虑重重，脑袋开始积极地活动起来。考虑多次，他得出结论，认为四个勇敢的、精力充沛的、富有上进心的年轻人的联盟还应该有另外的目标，除了大摇大摆到处闲逛、上上剑术课和多少有点疯癫的戏谑之外。

他想对了。像他们这样的四个人，四个彼此之间从钱袋到生命都可以做出牺牲的人，四个发誓永远互相支持、决不后退，一旦共同做出决定，不论是单独去执行还是大家共同去执行都将坚决执行到底的人，四人的胳膊，不论同时威胁四个方向，还是同一个方向，将不可避免地应该秘密地或者公开地，通过坑道或者通过战壕，智取或者武力，为自己开辟一条通往他们希望达到的目标之路，即使这个目标被防卫得无懈可击，而且它离他们非常远。这是达达尼安唯一一件感到惊奇的事，他的伙伴们在这之前竟没有一个人想到它。

他想得很认真，他给这四股绝世无双、加在一起增大四倍的力量寻找了一个方向。他毫不怀疑，凭借这股力量绝对能像阿基米德①使用的那种杠杆一样把地球撬起来。

正想之时，忽然有人轻轻敲门。达达尼安把布朗谢叫醒，吩咐他去开门。

当时4点钟的钟声刚刚敲过。两个小时前，布朗谢来向主人讨饭吃，主人用下面一句谚语回答了他："谁睡觉谁就在吃饭。"当时，布朗谢正在以睡充饥。

来的那个人穿戴很朴素。

布朗谢很想听听他们的谈话，权当饭后点心。但是，来访者明确对达达尼安讲，他要谈的事十分重要，绝对要保密，因此，他希望能和达达尼安单独谈。

---

① 阿基米德（前287－前212）：古希腊学者。他曾有过一句豪言，说给他一个支点，他就可以将地球撬起。

达达尼安将布朗谢打发出去，请客人坐下。

一开始两人都是沉默不语，两个人互相看着，好像是在初步认识一下。随后，达达尼安点了点头，表示他在听。

"听人说达达尼安先生是一个非常非常勇敢的年轻人，"那市民说，"他完全配得上这个好名声，这促使我做出决定，前来找您，把自己的一桩秘密说给您听。"

"请讲吧，先生，请讲吧。"达达尼安说，他本能地感觉到有什么对他有利的事就要发生了。

那个市民停顿了一下，接着又说道："我的妻子在宫里当差，先生。她替王后管理内衣。可以说，她长得是既聪明又美丽，经人安排我娶她已经有三年了。尽管她只有一笔很小的财产，然而，王后的持衣侍从德·赖博尔特①先生是她的教父。他保护着她……"

"请继续说，先生。"达达尼安道。

"接着说！"市民回答，"接着说！先生，接着说就是昨天上午我的妻子从她的工作间出来之后，被人绑架了！"

"被谁绑架的？"

"这我当然不知道，先生，但是，我却怀疑一个人。"

"您怀疑谁？"

"追了她很久的男人。"

"见鬼！"

---

① 德·赖博尔特（1603-1680年）：18岁入宫充当王后奥地利安娜的侍从，后获罪被关入巴士底狱并遭放逐。奥地利安娜成为执政后，任命他为路易十四的随身侍从。有回忆录传世。

"不过，请允许我告诉您，先生，"市民继续说，"在这桩事件中，我相信爱情的因素远远少于政治因素。"

"爱情的因素要比政治的因素少，"达达尼安思考着，照样学着说了一遍，"您有什么怀疑？"

"我不知道该不该把我的怀疑告诉您？"

"先生，我提请您注意，是您找上了门来。我并没有向您提出任何要求，是您告诉我说您有一桩秘密的。因此，'该不该'随您的便，要是您想走，现在还不算迟。"

"不，先生，不，我看您是一个正直的年轻人，我信赖您。我的妻子被绑架，我相信不是由于恋情，而是出于一个地位比她高得多的贵夫人的恋情。"

"是不是那位德·波娃·特雷希夫人？"达达尼安这样说，为的是在这个市民面前显得自己对宫廷里的事十分了解。

"地位比她高，先生。"

"那就是代吉荣夫人？"

"比她地位还要高。"

"德·谢弗勒兹夫人？"

"比她地位还要高——高很多！"

"那是王……"达达尼安停下了，没有再往下说。

"是她，先生。"市民惊骇万分，声音很低。

"跟谁？"

"不是跟那位公爵还能和谁……"

"那位公爵……"

"是他，先生！"市民道，声音低得听不清了。

"您是怎么知道这些的？"

"我？我是怎么知道的？"

"对，您是怎么知道的？不要想说又吞吞吐吐。"

"我是从我的妻子那儿，先生，从我的妻子本人那儿知道的。"

"她又是从谁那儿知道的？"

"我对您说过，王后的亲信德·赖博尔特先生是她的教父，我从他那听说的。啊！德·赖博尔特先生把她安置在王后陛下身边是为了在我们可怜的王后被国王抛弃之后，在受到红衣主教的监视时，在所有的人都背叛了的情况之下，可以有一个可以信赖的人。"

"啊！啊！事情开始清楚起来啦。"达达尼安说。

"四天前，我的妻子回来过一次，先生。她每个星期回来看我两次，这是她接手那项工作时所提的条件之一。因为正如我有幸向您说过的，我的妻子非常爱我。这次我妻子回来，跟我说王后现在很害怕。"

"真的？"

"真的。她受到了红衣主教先生的跟踪和迫害，而且情况比起往日来厉害得多。由于萨拉班德舞①事件他不原谅她。您知道萨拉班德舞事件吗？"

"还用问，当然知道！"达达尼安一无所知，但是他希望装得了如指掌。

---

① 萨拉班德舞：起源于西班牙，17世纪流行于法国的宫廷，跳起来速度缓慢，步伐平稳。

"因此，现在他开始实施报复了。"

"真是这样？"

"王后相信……"

"嗯，王后相信什么？"

"她相信，有人以她的名义写信给了白金汉公爵。"

"以王后的名义？"

"是，写信把白金汉公爵引来巴黎，这是一个引诱他的一个陷阱。"

"见鬼！但是，您的妻子怎么会卷进到这件事里面呢？"

"他们知道她对王后忠心耿耿。他们的打算或许是威逼她离开王后，或许是恐吓她，让她讲出王后陛下的秘密，或许是引诱她充当密探。"

"这很有可能，"达达尼安说，"您认识绑架她的那个人？"

"我对您说过，我认识他。"

"他叫什么名字？"

"这我不知道。我只知道他是红衣主教的一个亲信，一条死心塌地效力的走狗。"

"您见到过他？"

"是的，我的妻子指给我看过。"

"他有什么能认出的特征？"

"啊，当然，他态度傲慢，黑头发，脸皮晒得黑黑的，目光炯炯，牙齿雪白，鬓角上有一道伤疤。"

"鬓角上有一道伤疤！"达达尼安叫了起来，"牙齿雪白，目光炯炯，脸皮晒得黑黑的，黑头发，态度傲慢。这不正是我在莫艾见过的那个人吗？"

"您说，您遇到过他？"

"是的，是的，不过，跟这件事没有关系。不，我说错了，正相反，如果您讲的这个人就是我看到的那个人，反而会使这件事变得简单了——我可以同时报两个人的仇，不过，这个人在哪里？"

"我不知道。"

"关于他的住处您也不清楚？"

"一点也没有。有一天我送我的妻子去卢浮宫，她进去的时候，那人正好出来，她指给我看过。"

"见鬼！见鬼！"达达尼安低声咕哝，"所有这些大多含糊不清。我再问您：您是从谁那儿知道您的妻子被绑架的？"

"从德·赖博尔特先生那儿。"

"他告诉您什么详细情况没有？"

"没有。"

"还有其他的情况吗？"

"我接到过……"

"什么？请讲下去……"

"可是我不知道这事我讲出来是不是不合适……"

"又来了。不过，我提醒您，这一次您不能后退了。"

"我绝不后退一步！"市民嚷了起来，为了给自己壮胆子，骂了一句，"相反，我以班那希尔的名誉起誓……"

"您叫班那希尔？"达达尼安打断对方的话。

"是的，我叫班那希尔。"

"刚才您说以班那希尔的名誉起誓！这个名字好叫我耳熟。"

"当然，先生。我是您的房东。"

"啊！啊！"达达尼安一边说，一边略微弯了弯腰行了个礼，"您是我的房东？"

"是的，先生，是的。您来我这儿已经三个月了，您在忙着重要的事，还没有付我的房租。我是说，我从来没有打扰过您。我想，您一定注意到了我的这种体贴入微。"

"那自然，班那希尔先生，"达达尼安说，"请相信我，我对受到的这种厚待非常感激，正如我对您说的，如果我能够在什么事上帮得上您的忙的话……"

"我相信如此，先生，我相信如此，正如我刚才准备对您说的，以班那希尔的名誉发誓！我信任您。"

"那就请把您已经开始了的话对我讲完好了。"

市民从口袋里掏出一张纸，递给达达尼安。

"一封信！"年轻人说。

"今天早上刚刚收到。"

达达尼安把信打开。天色已晚，达达尼安走到窗前，市民跟了过来。

"不要寻找您的妻子，"达达尼安念道，"她没有利用价值的时候，会把她送还给您。您若采取任何措施您就必将完蛋。"

"写得再明确不过，"达达尼安接着说，"不过，这只是一种威胁而已。"

"是的。但这让我害怕，先生，我并不是一名军人，我害怕巴士底狱。"

"哼！"达达尼安说，"我也并不比您更喜欢它。要是只动动剑，这事还可将就。"

"可，先生，这件事上我原来就期望着您呢。"

"真是这样？"

"我看到过，总有一些令人肃然、仪表堂堂起敬的火枪手围在您的身边，并且我也认出来这些人都是德·特雷维尔先生手下的火枪手，也就是红衣主教的敌人。这样，我就想到，您和您的朋友们一定高兴帮助我们，帮帮我们可怜的王后，教训一下红衣主教。"

"那没说的。"

"后来，我还想到，我却从未向您提起过，您还欠着三个月的房租……"

"是这样，是这样，您已经提到了这一理由，我觉得这个理由很是充分。"

"而且我还打算在您赏光继续住我的房子期间，绝不向您再收一个苏的房租……"

"很好。"

"另外，如果需要的话，如果您目前手头拮据，我还打算奉送 50 个皮斯托尔给您。"

"好极了！这么说您很是有钱,我亲爱的班那希尔先生？"

"说得恰当些，先生，我生活还算富裕。我在做服饰用品生意，积攒了一笔钱，年收入有两三千埃居，特别是我投了一笔在著名航海家让·莫凯①的最近一次旅行里。因此，您明白，先生……啊！"市民叫了起来。

"怎么了？"达达尼安问。

"在那边我看见了什么？"

"在哪边？"

"大街上，您窗子对面，往那家人家的门洞看，一个裹着披风的人。"

"是他！"达达尼安和市民一同叫了起来。

"啊！这一次，"达达尼安一边嚷着，一边朝他的剑跑过去，"这一次，他再也逃不掉啦！"

他拔剑出鞘，冲出房间。

在楼梯上他遇到了来找他的阿多斯和波尔多斯。他们躲到一旁，让达达尼安从他们中间一穿而过。

"啊，您这是去哪儿？"两个火枪手同时大声问他。

"莫艾的那个人！"达达尼安回答。接着就跑得不见了踪影。

达达尼安曾经不止一次向他的朋友们讲起过他与那个陌生人发生冲突的情况，那次出现的那位美丽的女旅客，还有，那个陌生人极有可能将一封重要的信件交她送了出去。

阿多斯的看法是，达达尼安带的那封信是他在斗殴中丢失了。他认为，一个贵族无论如何不会干出偷人一封信的卑劣

---

① 让·莫凯（1575-1617）：法国旅行家。国王亨利四世命他出海远行，去搜集各种珍贵物品。让·莫凯游历了非洲西海岸、西印度群岛、巴勒斯坦等地，回国后任皇家珍品陈列馆馆长。

勾当。

波尔多斯则把整个这件事简单地看成是一次幽会，不是一个夫人约一个骑士，就是一个骑士约一个夫人。结果，是达达尼安和他的那匹黄马搅散了人家的好事。

阿拉密斯则认为，此事过于神秘，最好不要探究。

因此，当时阿多斯和波尔多斯一听达达尼安说出的这几个字，就明白发生了什么事。他们继续上他们的楼，他们认为，达达尼安不论是追上了他要找的那个人，还是没有找到他要找的那个人，最终总会回到楼上自己的家里来。

他们走进达达尼安的房间，见房间空无一人。房东断定年轻人和陌生人之间定会发生冲突，他担心冲突造成的后果，所以一走了之。

九 达达尼安大显身手

过了半个多小时，达达尼安回来了，正如阿多斯和波尔多斯所预料的那样。这一次，他又没有找到他要找的人，那人消失得无影无踪。达达尼安握着剑，找遍了周围所有的街道，连和他要找的那人相貌相似的人都没有碰上。

最后他回到那个陌生人身子靠过的那扇门那边，也许一开始他就应该这样做，手握门环连续地敲了12次，也没有人出来开门。邻人们听到响声，有的跑出自己的家门，有的把头伸出窗口。他们告诉他，这所房子已经有半年没有住人了。仔细看去，所有的门窗确实都是关得严严实实的。

达达尼安在街上奔跑、敲门时，阿拉密斯到了达达尼安的住处。达达尼安回到家里时，所有人全都到齐了。

"怎么样？"三个火枪手见达达尼安满头大汗地进了屋子，并且脸都气得变了色，一齐问道："怎么样？"

达达尼安把剑往床上一扔，大声嚷道："这家伙像个幽灵，像个影子，像个鬼魂，说消失就消失得无影无踪。"

"您相信有鬼魂吗？"阿多斯问波尔多斯。

"我吗，只相信我看到的。鬼魂我从来没有看见过，所以我不信。"

"可《圣经》告诉我们必须相信，"阿拉密斯说，"撒母耳的鬼魂曾经出现在扫罗 ① 面前。这则信条如果有人不信它，我会感到不快，波尔多斯。"

"人也罢鬼也罢，躯体也罢影子也罢，幻影也罢现实也罢，"达达尼安道，"反正此人是我们的一颗灾星，他害得我们的一桩大买卖没有做成。先生们，我们损失了 100 皮斯托尔，或许还不止呢……"

"您在说什么呀？"波尔多斯、阿拉密斯同时问。

仅仅看了达达尼安一眼，表示询问，阿多斯坚守其沉默寡言的原则。

"布朗谢……"达达尼安喊他的跟班儿，这时布朗谢从门缝里探进头来，正打算偷听他们的话，"下楼去把房东班那希尔先生喊来，告诉他给我带 6 瓶博让西葡萄酒 ② 过来，就说这是我喜欢喝的。"

"哦？如此看来，您可以在房东那赊账了？"波尔多斯问。

"是这样，"达达尼安回答，"你们放心好了，自今日起，如果嫌他的酒不够好，我们可以吩咐他去找别的酒来。"

---

① 《圣经·旧约》中记载，希伯来先知撒母耳死后，以色列王扫罗请一位巫师将撒母耳的鬼魂招来问话。撒母耳的鬼魂告诉扫罗，次日扫罗必死于与之交战的非利士人之手。第二天，扫罗之子被非利士人所杀，扫罗自杀，预言应验。

② 博让西葡萄酒：法国中部卢瓦雷省博让西镇所产的一种葡萄酒。

"只可使用，不可滥用。"阿拉密斯以一种教训人的口吻说。

"我一直说我们四个人当中达达尼安最有才能。"阿多斯这时说。

听了阿多斯的这句话，达达尼安深深地给阿多斯鞠了一躬。阿多斯讲了那句话后，重新陷入沉默。

"究竟是怎么回事？"波尔多斯问。

"对，"阿拉密斯也催他，"有什么秘密赶快告诉我们。要是涉及某某夫人的荣誉那就请您守口如瓶，别向我们吐露一个字。"

"这您放心，"达达尼安回答阿拉密斯，"我要告诉你们的事不会伤害到任何一个人的荣誉。"

于是，达达尼安将房东告诉他的事如实向大家讲了一遍，并且告诉他们，绑架他的可敬房东妻子的人就是他在佛朗斯·莫尼埃客店碰到的那个与他发生过纠纷的人。

"您的这桩买卖倒还不错。"阿多斯在行地品味着葡萄酒，点头做出表示：味道不错。

"我们能够从那位好心人那里得到五六十个皮斯托尔。问题在于，为了这五六十个皮斯托尔，拿四个脑袋去冒险值不值得。"

"不过，"达达尼安大声喊了起来，"我提醒大家注意，这里面牵涉到一个女人，一个被劫持因此必然受到了威胁并且可能受到折磨的女人，而她所以承受到了这一切，完全是因为她忠于自己的主人。"

"要当心呢，达达尼安！"阿拉密斯说，"我看您是对班那希尔太太的命运过于关心了。我们的种种不幸完全来自女人，女人所以被创造出来，是为了毁掉我们这些男人的。"

阿多斯听罢阿拉密斯的这一警句，咬住了嘴唇，皱紧了眉头。

"我所担心的是王后，并不是班那希尔太太。她遭到了国王的抛弃，受到了红衣主教的迫害，眼睁睁地看着自己朋友一个个身处险境……"

"谁让她去爱世界上我们最最憎恨的西班牙人和英国人呢！"

"西班牙是她的祖国，她爱她的祖国，这是再自然不过的事，他们都是同一块土地孕育的孩子。至于您对她的第二项指责，我所了解的情况是，她只爱他们其中的一个，并非爱所有的英国人。"

"是真的，应该承认，"阿多斯道，"她所爱的那位英国人也确实值得她爱——我还没有瞧见过比他更有气度的人呢！"

"穿戴方面无人与他相比，"波尔多斯道，"他在卢浮宫撒珍珠时我正在那里，还拣到了两颗，每颗竟值 10 个皮斯托尔呢！您呢，阿拉密斯，您认不认识他？"

"对他的了解我不比你们少，先生们。人们在阿眠花园逮他，我就是逮他的人中的一个，是王后的马厩总管德·必当热先生领我去了那里的。我觉得，这事对国王来说真是令人痛心……"

"尽管如此，"达达尼安道，"要是我现在找到白金汉公爵,我还是会把他送到王后身边——只要能惹恼红衣主教就成，因为他是我们真正的、唯一的、永恒的敌人，先生们。要是我们有办法能够给他点颜色看，我要说，就是提着我这颗脑袋，我也愿意去试一试。"

"还有一点，达达尼安，"阿多斯道，"那位服饰用品店的老板说，王后认为有人伪造了一封信，要将白金汉公爵骗过来。"

"是。"

"请等一等……"阿拉密斯说。

"您想说什么？"波尔多斯打断了他。

阿拉密斯又对达达尼安道："请继续讲下去，让我再想想……"

"现在我相信，"达达尼安继续道，"劫持王后手下这个女人的事与我们所谈的事肯定有关联，说不定，与骗白金汉先生来巴黎的事也有关系。"

"嘿，贾司克尼人，有见解！"波尔多斯对达达尼安一片敬佩之情。

"我爱听他讲话，"阿多斯道，"他的方言很有情趣。"

"先生们，听听我要讲的吧！"阿拉密斯道。

"讲！"三个朋友一齐道。

"昨天，我造访了一位学识渊博的神学博士，为了讨教一个神学问题……"

阿多斯笑了。

"他的住处很是偏僻，他的爱好、职业要求这样。"阿拉密斯道，"后来，我出了他家的大门……"

说到这里，阿拉密斯停住了。

"说呀，您出了他家的大门怎么样？"

阿拉密斯说着说着一下子停下，就像碰上了什么障碍。

他的三个伙伴正在竖着耳朵听得入神，他不能不讲下去，他们要求他讲下去。

阿拉密斯无法收回说过的话了。他说：

"这位博士有一位侄女……"

"啊，"波尔多斯打断了他，"他有一个侄女……"

三个朋友全都笑了起来。

"啊！要是你们不相信我的话这样笑下去，那你们就什么也不会知道了。"

"我们像教徒那样对待信仰，像灵台那样保持缄默。"阿多斯道。

"那我就继续。"阿拉密斯说，"他的侄女不经常来看他。昨天她来，正好让我碰上。我当然应该主动向她提出，送她上她的马车……"

"啊！博士的侄女竟乘一辆马车！"波尔多斯又插了一句。他就是这个毛病，管不住自己的嘴巴。"我的朋友，您结识了一个不错的人！"

"波尔多斯，"阿拉密斯对他说，"我已提醒你好多次了，您总是如此冒失，这在女人堆里是会吃亏的。"

"先生们，先生们，"达达尼安叫了起来——他已经好像看到了这次奇遇的内情，"事情很严重，我们没时间开玩笑。

讲下去，讲下去。"

"突然，有一个身材魁梧的男人，一头棕发，举止高雅，像个贵族，达达尼安，与您找的那个人极为相像。"

"说不定就是同一个人。"

"很可能。"阿拉密斯继续道，"当时他身后有五六个人跟着他，离他十来步远。他向我走来，走近后，他以一种极为客气的口吻对我说：'公爵先生……'接下来又对挽着我胳膊的那位妇人说：'还有您，夫人……'"

"是指那位博士的侄女？"

"住嘴，波尔多斯！"阿多斯道，"您真叫人受不了。"

"那人对我们说：'请上这辆马车，不要企图反抗，也不要出声。'"

"他可能把您当成白金汉了。"达达尼安道。

"我相信是这样。"阿拉密斯道。

"可那位夫人？"波尔多斯问。

"把她当成了王后。"达达尼安道。

"是的。"阿多斯道。

"这个贾司克尼人！真见鬼，什么他都想到了……"

"从个子高矮、英俊的外表看，"波尔多斯道，"阿拉密斯与白金汉非常像，体态也相似，唯一不同的是，我们的阿拉密斯穿的是火枪手的服装……"

"实际是，当时我穿了一件大得异乎寻常的披风。"

"见鬼去吧！七月里您穿披风？"波尔多斯问，"是不是博士怕您被人认出来？"

阿多斯说："可脸呢？"

"当时我戴了一顶大帽子。"

"啊，天主！"波尔多斯叫了起来，"为了探讨神学，采取了这么多伪装！"

"先生们，先生们，"达达尼安说，"不要再开玩笑浪费时间了。让我们分头行动吧！去寻找服饰用品商的妻子，她是这个事情的关键。"

"一个身份如此低下的女人会是这样，达达尼安？"波尔多斯撇着嘴，表示出轻蔑的神情。

"我已经跟您讲过了，她是王后的心腹、德·赖博尔特的教女。从另一方面想，王后陛下此次找一个地位低的人做依靠，可能有她的打算。地位高，站在那里，远远地就让人看到了他的脑袋。红衣主教的眼神是很好的。"

"那好吧，"波尔多斯说，"您先跟那个服饰用品商讲好价！"

"这用不着，"达达尼安说，"我相信，就是他不破费，另外一方也会给我们出高价的。"

就在这时，楼梯响起了急促的脚步声。

达达尼安房门跟着"砰"的一声打开了，不幸的服饰用品商大声叫着冲进了房间。

"啊，先生们，救救我，救救我，看在天主的份儿上。来了四个人，他们要抓我。救救我，救救我……"

波尔多斯和阿拉密斯站了起来。

"冷静点！"达达尼安一面大声对他们说，一面做着手势，让他们把拔出了的剑重新插入鞘内，"少安毋躁，现在需要的不是勇气，而是谨慎！"

"可是，达达尼安，"波尔多斯叫了起来，"我们不能眼睁睁……"

"让达达尼安去对付，"阿多斯道，"我再说一遍，我们之中就他的办法多——我声明，我听他的。达达尼安，你想怎么办就怎么办好了。"

这时，四个卫士出现在门口，犹豫着停下了脚步，因为他们见四个火枪手站在那里，身上还带着剑。

"请进来，先生们，请进来，"达达尼安大声道，"这是我的家。咱们都是国王和红衣主教忠实的仆人。"

"就是说，先生们，你们不阻拦我们来执行我们所接到的命令，是吗？"四个人中一个看上去像个班长的人这样问。

"是这样。而且，如果有需要，我们还准备帮助你们。"

"他在说什么呀？"波尔多斯低声嘟囔着。

"你是个傻瓜！"阿多斯说，"别说话！"

"可您答应过我……"可怜的服饰用品商低声对达达尼安说。

"我们保证不失去自由的情况下我们才能救您，"达达尼安低声回答他，"而现在，如果我们想保护您，我们就会和您一起被他们抓走。"

"可我觉得……"

"来吧，先生们，"达达尼安大声对那四个人说，"我没有任何理由保护这位先生。今天我是第一次见到他，而且是由于他，会亲自告诉你们的，由于他来讨我所欠下的房租，是这样吧，班那希尔先生？您说呀！"

"是这样，"服饰用品商大声道，"不过，这位先生……"

达达尼安听了又低声对那服饰用品商道："不要提我如何如何，也不要提我的朋友们，更不能提到王后。不然的话，您将把所有的人搭进去，而你也救不了自己。"

说完这些话，他又大声对那四个人说："动手吧，先生们，动手吧，过来把你们所要的人带走！"

达达尼安一边把惊慌失措的服饰用品商推给了那些人，一边对他说："这个无赖！叫你再来讨钱——"

说完，又对那四个人道："把他关进监狱！先生们，把他关进去，时间越长越好——这样我就有充足的时间来筹措欠款了。"

四个人听罢连声道谢，抓走了这个商人。

在他们要离开时，达达尼安拍了拍班长的肩膀说："我们来喝上一杯吧，来彼此祝贺对方的健康吧！"

他一边说着，一边将班那希尔先生慷慨送来的博让西葡萄酒倒了一杯，递给了对方。

"这是我的荣幸，"卫队的那名头头说，"因此，我接受您的建议并表示感激。"

"好，先生，为您的健康干杯！请问先生尊姓大名？"

"我叫波娃勒那尔。"

"波娃勒那尔先生。"

"为您的健康干杯，先生！"

"在所有这些祝词之上，"达达尼安像是很激动，"要为我们国王的健康、为我们红衣主教的健康，干杯！"

如果酒不是上品，这位卫队小头头一定会怀疑达达尼安的诚意，但酒是好酒，对达达尼安的诚意没有任何怀疑，他转头去追他的同事去了。

"你这玩儿的是什么无耻把戏？"波尔多斯问，"当着四个火枪手的面儿，一个向他们呼救的不幸的人被抓走了。一个贵族竟与他们……"

"波尔多斯，你是一个傻瓜，阿多斯对你说了，"阿拉密斯道，"我百分之百地同意他的这个见解。达达尼安，你是个伟人，将来你混上德·特雷维尔那样的职位，我请求你的保护，让我去主持一个修道院。"

"怎么回事？"波尔多斯问，"我不明白，你们赞成达达尼安刚才所干的事？"

"当然，"阿多斯道，"我不仅赞成，并向他祝贺呢！"

"现在，先生们，"达达尼安道，"人人为我，我为人人——我们的座右铭就是这个，对不对？"

"可是……"波尔多斯还想说什么。

"把你的手伸出来，"阿多斯和阿拉密斯对波尔多斯大声说，"我们共同宣誓。"

波尔多斯不得不一边嘴里嘟囔着什么，一边跟着伸出手来。

四个人异口同声宣誓："人人为我，我为人人。"

"很好，现在你们可以回家了。"达达尼安说，那样子像是除了发布命令，他一生没别的事可做似的，"请注意，从现在起，我们与红衣主教宣战了。"

十　17 世纪的捕鼠器

不是我们这个时代发明的捕鼠器。在人类社会中，人们一发明警察局，不管它属于哪一种，这个警察局就立即发明了捕鼠器。

读者或许对耶路撒冷街①上添的这一小玩意儿还不是很熟悉。另外，我写书虽然已经写了 15 年，也还是第一次用上这个词。因此，大有必要解释清楚，捕鼠器到底是什么东西。

有一所房子，不论它是什么样的房子，要在那里头抓一个嫌疑犯，在对此次拘捕严守秘密的情况下，在里面埋伏下几个人，只要有人来敲门，就把门打开，等那人进来，就立即将门关上逮捕。这样，用不了几天，就差不多将常来此处的人一网打尽了。

这就是我们上面所讲的捕鼠器。

班那希尔老板的房子就变成了一个捕鼠器。

红衣主教的人拘捕所有进入这所房子的人，并在那里审讯

---

① 耶路撒冷街：当时巴黎警察局所在地。

他们。

达达尼安的住处有一条单独的通道，因此进出没有出现什么麻烦。

况且，也只有三个火枪手，到他这里来。

他们三个人已经分头对事件开始了调查，但都所得不多。阿多斯还找了德·特雷维尔先生。由于这位火枪手一向不爱说话，这令队长很是吃惊。德·特雷维尔先生只是告诉他，最近一次见到国王、红衣主教和王后时，看上去红衣主教忧虑重重，国王神情不安，王后的眼睛则是红红的，说明近来她睡得很不好或者哭过，不过，婚后王后一直是这样的，也没什么奇怪。别的情况他一无所知。

德·特雷维尔先生还嘱咐阿多斯要为国王效劳，尤其是要为王后效劳，不管发生了什么事。这一点，队长要阿多斯转达给他的同伴们。

达达尼安则一直没离开家，他把他的房子变成了一个观察所，从窗子里他看到那些自投罗网者的到来。另外他还搬开了铺在地板上的方砖，挖掉木板，隔着一层天花板，细听楼下审讯的情况。

被审讯者审讯之前被仔细地搜身。审讯内容千篇一律："班那希尔太太有没有交给了你什么东西，让你转交她丈夫和别的什么人？"

"他们俩有没有跟你讲什么秘密？"

达达尼安想：这些人肯定什么情况都不知道。他们想知道什么呢？显然，他们想知道白金汉公爵是不是已经在巴黎，有没有与王后见面，或者什么时候要见面。

达达尼安想到这里，根据所听到的情况看，他认为自己的这一想法极有可能是正确的。

不管正确与否，不正确也罢，捕鼠的工作还在进行，达达尼安不能松懈。

可怜的班那希尔被捕的第二天晚，9点钟刚过，阿多斯离开达达尼安去了德·特雷维尔先生那里之后，布朗谢正要铺床，突然有人敲院子的大门。

门打开之后迅速关上。

又一只猎物落网了。

达达尼安连忙跑到那揭开的方砖前，趴在地板上，仔细地倾听。

立即传来连续的叫喊声。随后，是呻吟声，有人企图去捂叫喊者的嘴。

这次没听到审讯。

"见鬼！"达达尼安心里想，"听声音像个女人。有人在对她搜身，她反抗，有人在对她施暴！这伙混蛋！"

一向谨慎的达达尼安这次极力控制了自己的情绪，没有冲下楼去。

"我要告诉你们，先生们，我这是在自己的家里，我是班那希尔太太，我是王后手下的人。"

不幸的女人大声叫嚷着。

"噢，班那希尔太太！"达达尼安低声叫了声，"瞧，我找到了大家都在找的人，真够走运。"

"我们等的就是你！"审讯的人道。

女人的嘴被捂住了，声音越来越低，接着是一阵骚乱受害的女人正在拼命进行反抗。

"放开我，先生们，放开……"她的声音越来越低了。

"他们要将她带走。"达达尼安一边大声喊着，一边跳了起来，"剑！好，就在我这儿。布朗谢！"

"什么事，先生？"

"快，快跑着去找阿多斯、波尔多斯和阿拉密斯。三个人中会有一个人不在家——也许都回家了，让他们带着剑赶快到这里来。啊，阿多斯去德·特雷维尔先生那里了。"

"可您，您去哪里？先生，您去哪里？"

"我跳窗子，"达达尼安大声喊着，"好赶快赶到那。您快些把方砖放在原来的地方，然后从门口出去找他们。"

"啊！先生，先生，您会摔死的。"布朗谢一听叫了起来。

"闭嘴，蠢货！"达达尼安说着，他抓住窗台，从二楼跳了下去，所幸二楼并不是太高，他没有受伤。

接下来他去敲门，边敲边低声说："我也要进这个捕鼠器！"

达达尼安手握门环刚刚敲了两下，里面的骚动就立即停止了。门被打开了，达达尼安手握长剑冲进屋去。毫无疑问，门是装上了弹簧，开门后立即在他背后一下子关上了。

随后，班那希尔房子的其他住户、邻居听到一片嘈杂声。过了一会儿，被这些声响惊扰的人们都跑到了自己的窗口看看到底发生了什么事。

他们看到，班那希尔房子的门开了，有四个穿黑色衣服的人从房子里飞出来。再看地上、桌子角上，留下了他们翅膀上的羽毛，就是说，留下了他们上衣和披风的碎片。

应该说，达达尼安并没有费多大的劲儿就胜利了。因为四个人中只有一个人手中有武器，而且只会做样子，没过三招两式就停止了抵抗，其他三个人则抄起了身边的椅子、凳子和盆盆罐罐打算着实地抵挡一番，但很快他们负了伤，虽然伤势不重，但他们害怕了，因此10分钟不到，他们就落荒而逃。

这样的打架斗殴在巴黎是很平常的事，因此，邻人们依在自己的窗子上，以冷静的神情眼看着那四个穿黑衣的人跑得无影无踪，便本能地判断出整个事件就此结束，便关上了自己的窗子。

房子里只剩下达达尼安和班那希尔太太两个人了。达达尼安朝正躺在一把扶手椅上，可怜的班那希尔太太转过身去，她正处于半昏迷状态。

他迅速上下打量了她一眼。

她二十五六岁，鼻子稍稍上翘，蓝蓝的眼睛，棕色的头发，两排漂亮的牙齿，脸色白里透红，是一个很可爱的女人。不过，能够让人误认为她是一位贵夫人的，也只有这么多。细看上去，她的手白皙但不纤细；脚也不是出身高贵女人的那种脚。幸好，达达尼安并不关心这些。

当达达尼安看到她的脚的时候，他发现地上有一条手帕。他把那条手帕拣了起来，按照他以往的习惯。结果，他又发现，在手帕的一角上有一组字母，这是姓名的缩写。而达达尼安看出来，这正是那条差一点儿害得他与阿拉密斯决斗的那条手帕上的字母。

吃一堑，长一智。从手帕的事惹了祸以后，达达尼安就再也不在手帕上干蠢事。因此，他拣起那手帕看了一眼后，便立即将它塞进班那希尔太太的口袋里。

这时，班那希尔太太苏醒了。她睁开眼睛后，先是十分害怕，然后向四外看了看，见房子空了，只剩下了她和救命恩人，便向对方伸出了双手，露出了世界上最为璀璨的笑容。

"啊，先生，您救了我！"她说，"我向您表示感谢！"

"太太，"达达尼安道，"完全不必谢我，我所做的，是换成另外一个人都会做的。"

"不，先生，恰好相反，我要谢您，我可不是一个知恩不报之人。可这伙人到底要干什么呢？一开始我还以为他们是强盗。班那希尔呢，他为什么不在家？"

"太太，他们是红衣主教手下的人，这些家伙比强盗更为险恶。至于问起您的丈夫班那希尔先生，他不会在家，因为昨天有人来抓了他，他现在在巴士底狱。"

"把我丈夫送进了巴士底狱？"班那希尔太太大叫了起来，"啊，天主！他做了什么事？他从没有做过坏事！"

在讲这话时，在年轻女人惊慌失措的表情中，又像是浮起了一丝的微笑。

"问他做了什么错事吗，夫人？我想，他唯一的过错是，他同时既幸福又不幸地做了您的丈夫。"

"听这话，先生，您知道……"

147

"我知道您曾遭到绑架，夫人。"

"是谁绑架了我，先生？那请您跟我讲讲。"

"一个40岁出头的男人，黑色的头发，皮肤被晒得黑黑的，左边的鬓角上有一块疤。"

"没错。他叫什么名字？"

"啊，名字吗，那我就不知道了。"

"我的丈夫知道我被绑架了？"

"他收到了绑架者的一封信。"

"他猜测了事件发生的原因？"班那希尔太太不安地问。

"是这样。他认为此事出于政治的目的。"

"当初我并不认为是这样，现在我想的与他完全一样。这样说来，我的这位亲爱的班那希尔先生一分钟都没有怀疑我……"

"啊！不但没有对您产生任何疑心，夫人，他在为您的聪慧、为您对他的爱情深感自豪呢！"

难以觉察的微笑再一次掠过这位年轻女人的嘴唇。

"可夫人，我来问您，您是怎样从他们那逃脱的？"

"我趁他们让我一个人单独待着的机会逃了出来。从今天早晨起，我就看透了他们绑架我的动机，我借助我用的床单从窗子里逃了出来。我相信丈夫会待在家里，就回来了。"

"您想让他保护您？"

"啊！不。可怜的心爱的人！我知道他不能保护我。我让他办些别的事……"

"什么事？"

"啊！先生，这可不是有关我的秘密，我不能告诉您。"

"还有，夫人，"达达尼安道，"请原谅，尽管我是一名卫士，但在这样的地方，我提醒您，也不是久留的地方。我把那几个人打跑了，可他们一定回去找人来。如果那样，我们就完了。不错，我让人去通知了我的三个朋友，但天知道他们眼下会不会在家！"

"对，对，对，您说得有理，"班那希尔太太又惊慌失措了，她叫喊着，"快走，我们赶快离开这里。"

她一面说着，一面挽起达达尼安的胳膊，拉着他出门。

"可去哪儿呢？"达达尼安道，"去哪儿呢？"

"离开这里再说。"

这样，两个年轻人，一男一女，便迅速离开那里，沿着隧人街向前走，然后拐进王子壕街，一直又往前走，走到圣索尔庇丝广场才停了下来。

"现在我能做什么？"达达尼安问，"让我把您送到哪里去？"

"我得承认，不知道怎么回答您，"班那希尔太太说，"本来我是想要我的丈夫去找德·赖博尔特先生，告诉他这两天宫中所发生的一切，现在我不能去卢浮宫。"

"我去通知德·赖博尔特先生。"达达尼安说。

"当然。不过还有个麻烦：宫里人全都认识班那希尔，他去那里会通行无阻，而您，先生，那儿的人不认识您，不会让你进门的。"

"那好办，"达达尼安说，"卢浮宫里肯定有什么边门的守门卫士对您忠诚，他会凭借一个暗号……"

班那希尔太太听了盯着这位年轻人，然后说："我把暗号告诉您，用过之后，谁知道您会不会把它泄漏出去……"

"以荣誉和贵族的名誉担保！"达达尼安道，那种口气绝对的真诚。

"好，我相信您，看上去您很正直，加上您的锦绣前程，说不定还会跟着这次效忠行动而到来。"

"我不是为这些。我将真心实意地为国王效劳，为王后效劳。"达达尼安道，"您就吩咐吧！"

"我怎么办？等待的这段时间，我住哪？"

"难道全巴黎您连一个熟人都没有，让德·赖博尔特先生去哪里找您呢？"

"没有，现在我不愿意信任任何人。"

"请等一下。"他来到了阿多斯的家门口。达达尼安停下来说："这里是阿多斯的家。"

"阿多斯？他是谁？"

"我的一个朋友。"

"可他看见我怎么办？"

"他不在家。等我把您送进去，我带走钥匙。"

"万一他回来呢？"

"不会，他不会回来，即使回来了，他也不会把您赶出来，您是我带来的。"

"可这会影响到我的名誉，您知道这一点吗？"

"这有什么？反正也没人认识您。何况，眼下我们也顾不上这么多礼仪。"

"那就这样吧。您呢？您住在哪里？"

"弗路街，离这里不远。"

"就这样吧。"

两个人到了阿多斯家，阿多斯果然不在。

达达尼安是阿多斯的好朋友，看门人按照以前的习惯把阿多斯房门的钥匙交给了达达尼安。

他们上了楼，达达尼安把班那希尔太太安排在了阿多斯的房子里。

"在这里您就是到了自己的家，"达达尼安道，"在这里等着，您从里面把门关上，任何人来了也不要开门，除非来人如此地敲上三下，听好。"说着，他用手敲了三下，前两下声重而且声音相连，后一下声轻，有了间隔。

"好，"班那希尔太太说，"现在我要向您下指示了。"

"我在听着。"

"您沿梯子街找到卢浮宫的一个边门，找到日耳曼。"

"听明白了。接着呢？"

"他会问您找他有什么事。这时您就讲两个词：塔楼、布鲁塞尔。这样，他会立即听您吩咐。"

"我对他有何吩咐呢？"

"让他去找赖博尔特先生。"

"找他来之后呢？"

"叫他到这里来找我。"

"记下了，"达达尼安道，"只是这以后，我怎么能够再看到您呢？"

"您希望再见到我？"

"当然。"

"好吧，我会安排的，您放心好了。"

"我放心。"

"您完全可以放心。"

达达尼安行了礼，并用深情的目光把她又看了一遍，然后转身向她告别。

他很快到了卢浮宫，进梯子街到达边门时，正好 10 点钟的钟声敲响。

接下来，一切的一切则照着班那希尔太太所讲的顺序顺利地进行着：日耳曼听到约定的暗号，就照吩咐去做了。几分钟后，赖博尔特先生来到了达达尼安所在的那间小屋。达达尼安说明了班那希尔太太所在的地点。赖博尔特先生听后重复了两遍，就走了。

只是，没走多远他又回来，对达达尼安道："年轻人，我想给您一句忠告。"

"请讲。"

"刚才的事可能会给您带来麻烦……"

"您是这样认为？"

"是这样。我是说，您是否有这样的朋友——他的钟会比通常走得慢些？"

"您这是什么意思？"

"就快到他那里去。他可以作证，您九点半以前不在作案

152

现场。"

达达尼安觉得这是一个十分审慎的建议。于是，他迅速地向德·特雷维尔的府邸跑去。他没像别的人那样到客厅去等，而是直接要求到队长的办公厅见队长。他很容易地被接受了，因为他是这里的常客。队长的一个仆从进去通报，说他的小老乡求见，5分钟后他见到了队长，德·特雷维尔问达达尼安，天这么晚了还来这里，有什么重要的事？

"对不起，先生，"达达尼安说，"才9点20分——我想时间现在还不算晚。"

达达尼安利用一个人在候见厅的时候，把那里的钟倒拨了三刻。

"什么，才9点20？"德·特雷维尔叫了起来，"这怎么可能！"

"先生，"达达尼安道，"请看看钟好了。"

"真的是这样，"德·特雷维尔先生看了看钟，"我还以为很晚了呢。可我能为您做什么？"

接着，达达尼安给队长讲了有关王后的故事，他表示了对王后的遭遇产生的种种担忧，还向队长讲了有关红衣主教对付白金汉公爵的一些计策。达达尼安表现得冷静而镇定。

德·特雷维尔先生曾注意到红衣主教、国王、王后之间又发生了某些事情。这样，达达尼安向他讲起这些，他就更容易相信了。

时钟敲过了10点，达达尼安向队长告辞。队长感谢他向他讲了这么多的情况，并且再一次嘱咐达达尼安，要一心一意为国王和王后效劳。

　　达达尼安下楼后，想起忘记了自己的手杖，便又重新上楼。他回到老地方，又将钟拨快了三刻。这样，没有人会发现这里有任何不对劲儿的地方。

　　达达尼安得到了一个可靠的证人。

　　他下了楼，就到了街上。

十一 情况渐渐变得复杂起来

从德·特雷维尔先生那儿出来以后，他选了最远的一条路走回家。达达尼安陷在沉思之中。

他兜着圈子，望着天上的星辰，时而微笑，时而叹气。

他在想班那希尔夫人。这位年轻的女人差不多可以说是一个理想的恋爱对象。她漂亮，而且神秘，她几乎知晓所有的宫廷秘密。这样，无形之中她的漂亮容貌便增添上了一种迷人的色彩。

她看上去并不冷漠，这对情场新手来说诱惑力极大。还有一层，是他，达达尼安，把她从折磨过她的魔爪里解救了出来。这可是一件大事，它使她产生了一种感恩的情感，而这种情感产生出一种柔情。

达达尼安仿佛已经看见，那年轻女人派出的一个信使到了他的身边，将一封约他幽会的短信交给了他。那信还附有一根金链条，或者是一颗钻石。

前面我们交代过了，当时，年轻骑士们不以从国王手里接受财物为耻。现在，我们再补充一点：那个社会，风气败坏。那时，他们在情妇面前也没有什么羞耻感。情妇们几乎都是隔段时间送一些珍贵的纪念品给那些骑士们，像是在用她们的礼物的坚固性来克服骑士们脆弱的感情。

当时，人们靠了女人发迹并不是脸红的事。那时，除了自己的美貌以外一无所有的女人，付出的是她们的美貌。谚语"世界上最美的姑娘付出了美貌就付出了一切"讲的就是这方面的情况。

另外一些女人则很有钱，这些女人除去美貌之外还要拿出她们的部分钱财。在那个风流时代，我们可以列举出若干若干的英雄豪杰来，如果不是情妇们把大大小小的钱袋挂在他们的马鞍上，那么，他们一事无成。

达达尼安在这方面一片空白。然而，对他在女人面前，外省人的那种犹豫不决的心态在听了三个火枪手给他灌输的思想之后，就像是一层薄薄的漆，一朵生命短暂的花，桃子上的一片绒毛，遇到了一阵风，一下子被吹得无影无踪了。

达达尼安按照当时时兴的离奇的习俗，把自己所在的巴黎当成了一个战场，一个完完全全的佛兰德斯 [①]，对付完了西班牙人之后，就对付女人。这里遍地皆是需要去攻打的敌人。

不过，此时此刻的达达尼安，还有一种较为高尚、比较无私的感情。服饰用品商说，他有钱这会使年轻人很容易地想到，

---

① 佛兰德斯：中世纪公国，位于现法国北部、比利时南部。14-15 世纪，法国与英国进行了一百多年的战争。接着，15-17 世纪，为争夺佛兰德斯，法国与西班牙又进行了长期战争。

班那希尔先生这样一个傻瓜，肯定无疑的是会把钱袋交给妻子掌管的。

但是，达达尼安对班那希尔夫人一见钟情，这钱袋的问题倒没有想到过。就是说，这位年轻人刚刚萌发出来的爱情与金钱毫不相干。

当然，尽管这刚刚萌发出来的爱情不是贪图金钱利益的一个结果，但是"差不多"。一个美丽、和蔼、聪明的年轻女人同时又有钱，就凭这样的一点，那刚刚萌发出来的爱情非但不会受到削弱，反而会得到加强，这是毫无疑问的。

家境富裕的女人很注重仪表，生活方面会有许许多多嗜好，以便与她的美丽相配，一件镶有花边的无袖胸衣，一件绸裙，一双精美雪白的长筒袜，一根鲜艳的缎带，一双漂亮的皮鞋……这一切，不会使一个丑女变成美人，但可以使一个美人变得越发美丽，况且，这样的美人还有一双被一切衬托得秀美无比的手呢！手，尤其是女人的手保持秀美的方法是，需要一直闲着不用它。

另外，达达尼安并不是一个百万富翁。他理所当然地希望有一天自己能够成为一个富有者，只是，他为自己这一幸运的转变所预定的时间十分遥远。

眼下，眼睁睁看着一位心爱的女人希望像其他女人一样，得到那些用来构筑其幸福的那种种小东西，可自己却不能满足她，这是多么让人绝望！如果女方富有而情夫贫困，至少她能够自己提供，尽管她的这种快乐常常是靠了丈夫的钱获得的，自然她们很少因此而感激自己的丈夫。

还有，尽管达达尼安准备做一个温柔、体贴的情夫，但他还没有忘掉自己的朋友。在他对服饰用品商的妻子陷入幻想之时，他还一直记着他的朋友们。班那希尔夫人如此的美丽，他可以完完全全领着她在阿多斯、波尔多斯和阿拉密斯的陪同下，到圣德尼①平原上去，或者到圣日耳曼集市上去散步，以便在他们面前炫耀自己征服者的身份。

散步时间长了，肚子就会感到饥饿。这没什么，大家去共进晚餐。在那种小型的可爱的晚餐聚会上，可以一边碰碰朋友的手，一边触触情妇的脚，最后如果出现了什么紧急情况，没关系，有我达达尼安在，一切都不要担心。

对那位达达尼安曾高声否认与他有任何关系，把他推向警探，可又悄声答应会救他的班那希尔先生又怎么办？

此时此刻，达达尼安根本就没有想到过他，或者是，即使想到了他，也是在不停地对自己说，管他呢，爱情是最最自私的，他爱在哪里就在哪里。

达达尼安一边想着他未来的爱情，向黑夜倾诉着；一边沿舍斯美迪街，当时叫沙斯美迪街，向上坡走去。

他当时所在的位置在阿拉密斯所居住的街区之内，所以，他想到朋友家去看看，向阿拉密斯说清楚他刚才打发布朗谢去找他，要他赶到捕鼠笼那里去的原因。

当时，布朗谢去找他，如果他在家，那他肯定会赶到隧人街去；而如果他去了，在那里他看到了他的另外两个伙伴，他

---

① 圣德尼：在巴黎以北 5 千米，风景名胜区。

们俩又谁也不清楚究竟发生了什么事，这样，阿拉密斯一定一头雾水。因此，这次对他们的打扰需要做出解释。达达尼安就这样高声自言自语着向前走。

接着他又想到，对他说来，这也是一次谈谈他的漂亮的未来情妇的绝好机会——虽说她还没有占据他的心，但至少充满了他的脑袋。对于初恋，没必要守口如瓶。初恋，总是给人带来无比巨大的快乐。这种快乐的洋溢必须外流，不然的话，人会被憋死的。

巴黎已经黑了下来，而且变得很冷清。圣日耳曼区的所有的钟，都同时敲响了 11 点的钟声。天气倒还暖和，达达尼安向一条小街走去，达达尼安呼吸着风吹过来的馥郁的香气。因为露水和深夜的薄雾，花园变得清新凉爽。这香气便是在花园中散步后走到这里来的。

散落在平原上的几家小酒馆里，远远地传来了喝酒人的吆喝声、歌声，只是由于护窗板关着，那歌声传出时就已经听不太清了。

到了小街的尽头，达达尼安拐往左侧。阿拉密斯的房子就在阿赛特街和赛尔旺多尼街的交界处。

达达尼安刚刚走过阿赛特街，就已经认出那所房子的大门。阿拉密斯的房子掩映在桐叶槭和铁线莲的枝叶构成的一个青翠的天之下。

这时，他突然发现，一个人影儿从赛尔旺多尼街那边走了过来，那人身上裹着一件披风，达达尼安开始认为那是一个男人，但他从那人矮小的身材、迟疑的步伐和迈步困难等几方面立即判定，那是一个女人。

这个女人走到阿拉密斯的房子前，像是难以断定这房子是不是她要找的，停下来，抬起头来辨认，然后走回去之后又重新走过来。达达尼安感到有点奇怪。

"我是不是过去帮帮她？"他想，"从步伐看，她很年轻，也许还很美丽。不过，现在已经很晚了，一个女人还在街上奔走，肯定她是出来会情夫的。哟！如果我过去，打扰人家的幽会，那又肯定不是一个和她好的时机。"

这时，那位年轻女人继续往前走，数着房子和窗户。其实，这并不是一件需要很长时间来做的困难事，因为那一边街上一共才有三处住宅和两扇并排着朝着街的窗子，阿拉密斯的房子有其中一扇窗子。

"见鬼！"达达尼安一下子想起了那个神学家的侄女，"夜深了还在外面飞的小鸽子，如果是她来找我们的朋友，那才有意思呢。噢，说心里话，还真的像是这么回事。啊！我亲爱的阿拉密斯，这一次，我可要看看你的真面貌了！"

达达尼安努力地猫着腰，躲进小街墙根下的一条石凳旁边。

那年轻女人继续往前走，她很年轻，步伐轻盈。不久，她又轻轻地咳嗽了一声，嗓音再清脆不过。达达尼安心想，这咳声肯定是暗号。

就在这时候有人回应了，像是有人也咳了一声，达达尼安看到，这使得眼前这个在夜间寻觅着的女人不再有任何犹豫，认定在没有外来的帮助之下，找到了她所寻求的目标，便果断地走到阿拉密斯的窗子前，用她那弯曲着的手指在那护窗板上间隔相等地连续敲了三下。

"正是找阿拉密斯，"达达尼安低声说，"啊！伪君子先生！研究神学，研究神学，这下可让我知道您是如何研究神学的了！"

三下敲过，窗子打开了。

"哈哈！"不是躲在门前，而是躲在窗边偷听的人想，"这下里面的人该把护窗板打开了，这位女士将从窗中爬进去！非常好！"

但是，下面的情况出乎达达尼安所料：护窗板并没有被打开，屋内的灯光一下子消失了，所有又重新被淹没在了黑暗之中。

达达尼安心想，这样的状态会有改变。他继续瞪大了眼睛，竖起了耳朵。

他没想错：几秒钟过后，屋内发出了声响——有人连续敲了两下护窗板。

街上的那个年轻女人敲了一下，作为回答。

护窗板打开了一个缝儿。

此时此刻，达达尼安会是在怎样用心地看着，贪婪地偷听着……

不幸的是，灯光转移到另一间屋子里去了。不过，这没关系，我们的这位年轻人的眼睛已经习惯了黑暗。有人说，贾司克尼人的眼睛简直就是猫眼，黑夜正是它大显神通之时。

达达尼安看清楚了，那位年轻女人从口袋里掏出一样东西有点发白，并且迅速将它展开，像是一条手帕。这东西展开之后，那位年轻女人要她的对方看它的一个角。

达达尼安想起了拣起的那条手帕在班那希尔夫人脚下，手帕也曾让他回忆起在阿拉密斯脚下拾到另一条手帕。

见鬼，这条手帕有什么意思？

年轻人一点也不怀疑，在屋子里与外面的女人对话的，就是他的那位朋友。在他站的那个位置，达达尼安看不到阿拉密斯的脸。

好奇战胜了谨慎，达达尼安趁我们搬上了舞台的两个人物看那条手帕似乎看得十分专心之际，从躲藏的地方跳了出来，而且没有半点儿声响地到了一个墙角旁。从那里，他清楚地看到阿拉密斯房间里面的情景。

一看，达达尼安大吃一惊，差一点儿叫了出来，与深夜来访的女人谈话的，也是一个女人，并不是什么阿拉密斯。只可惜的是，由于离得较远，达达尼安看不清她的脸，只能够看到她衣服的式样。

就在此时，屋子里的女人从口袋里也掏出一条手帕，并与刚刚让她看了的那一条进行了交换。接着，两个女人只匆匆交谈了几句，最后，护窗板重又关上。窗外的那个女人把披风上的帽子拉低，转身离开了窗子，并从距达达尼安四步远的地方走过去。

但是，她拉低帽子的这种预防措施动作太慢了——达达尼安已经认出，原来她是班那希尔夫人。实际上，就在她从口袋里掏那条手帕时，达达尼安就已经怀疑是她了。

但是，他想到班那希尔夫人曾经打发他去找德·赖博尔特先生，以便让德·赖博尔特先生把她领回卢浮宫，那么，她怎么会在夜里11点半钟单独一个人在大街之上东奔西走呢？甚至冒着再次被抓着的危险？

一定是为了一件很重要的事。

可是为了什么事呢？

爱情。

可出于爱情就如此冒险，为了谁？

年轻人向自己提出了这样的问题。嫉妒心在升腾，那样子，像是自己真的已经成了情夫。

要想弄清班那希尔夫人去哪里，有一个简单的办法，这就是跟踪。办法简单易行，一想到它，我们的年轻人便十分自然地，而且是本能地采用了。

班那希尔夫人先是看到一个年轻人像一尊雕塑那样停在一个墙角旁，随后又听到背后响起脚步声，便低低地叫了一声，朝前逃去。

达达尼安紧追不放。

对达达尼安说来，追上一个披着披风行动不便的女人，并不是一件难事。因此，她没逃多远就被追上了。

由于害怕，不幸的女人已经筋疲力尽。

当达达尼安追上她，把手放到她的肩膀上时，她的单腿跪倒在地上，并用哽咽的嗓音叫喊道："您杀了我，其他什么都别想得到！"

达达尼安伸出胳膊，抱住她的腰，将她扶了起来。她的身子死死地往下沉，她就要昏过去了。

这样，他赶紧讲了一通让她放心的话。

但是，这丝毫无法打动班那希尔夫人的心。要知道，世上怀有最凶险意图之人都是可以做出种种让人安心保证的。

但由于嗓音的作用，年轻女人相信，她熟悉这个嗓音，她睁开了眼睛。当她朝眼前的人瞧了一眼，并认出是达达尼安时，她高兴地叫喊了一声。

"啊！是您，是您！"她说，"感谢天主！"

"没错儿，是我，"达达尼安说，"是天主打发我来照料您的。"

"您就是抱着这样一种意愿一直跟踪我？"年轻女人卖弄风情地笑着说了这样的一句。她的性格很喜欢嘲笑，刚才她还把他当成了敌人，现在一下认清了原来是一个朋友，恐惧完全没有了。

"不，"达达尼安说，"我向您说，不是的——我是碰巧碰上您的。我见一个女人正敲我的一个朋友的窗子……"

"您的一个朋友？"班那希尔夫人问。

"是，一位最要好的朋友，阿拉密斯。"

"阿拉密斯？谁是阿拉密斯？"

"得啦！您又不是不认识！"

"可是我第一次听这个名字。"

"说什么，您是头一次……来到那个房子的？"

"是的。"

"您并不知道那儿住着一个年轻的男人？"

"不知道。"

"一个……火枪手？"

"根本不知道。"

"这么说，您并不是来找他的？"

"绝对不是。况且，您也看得清楚，与我讲话的是个女人。"

"是的。不过，那个女人是阿拉密斯的朋友。"

"那我可不知道。"

"既然她住在他的家里……"

"这和我没关系。"

"那她是谁呢？"

"啊！这所涉及的是别人的秘密。"

"亲爱的班那希尔夫人，您很可爱又神秘莫测……"

"是不是我因此就不可爱了？"

"不，反而更加可爱了。"

"那么那就把胳膊伸过来……"

"乐意效劳，我们去做什么？"

"送我。"

"去哪里？"

"去我要去的地方。"

"可您去哪儿呢？"

"您会知道的，因为您要一直把我送到门口咱们才能分别。"

"要在门口等您吗？"

"那倒不用。"

"就是说，只有您自己在那里？"

"可能，可能不是。"

"那与您在一起的，是男人还是女人？"

"我还不知道。"

"可我……我就知道！"

"您？您怎么会知道？"

"我，一直看着您走出来。"

"要是那样，咱们就再见好了！"

"为什么呢？"

"因为我不需要您。"

"可送您是您要求的……"

"我需要的是一位贵族的帮助，而不是一个暗探的监视。"

"这言重了……"

"可对那种违背他人意愿而跟在别人后面的人，该怎么称呼他呢？"

"可以叫……冒失鬼。"

"这过于温和了。"

"好啦，夫人，我清楚啦，所有都必须遵照您所希望的那样去做。"

"为什么您刚才不能立即就遵照我所希望的去做呢？"

"难道就不允许人家后悔吗？"

"真的后悔了吗？"

"我还说不好。只是，有一点，那就是，如果您让我护送您，直到您要去的地方，那我就答应做您所希望做的一切。"

"确切地说，到了之后您就离开我？"

“是。”

“我出来的时候，您不再跟踪我？”

“是。”

“以名誉担保？”

“以贵族的人格担保！”

“那好，挽起我的胳膊，咱们走。”

达达尼安把胳膊伸给班那希尔夫人，她把它挽得很紧，身子却还在发抖，虽然她又说又笑。

两个人到了竖琴街地势高的那头。

到了此地，班那希尔夫人又显得犹犹豫豫，就像在俄奇拉街时我们已经看到过的那样。随后，她似乎认出了一扇门。接着，她走了过去，说：

“先生，我到了。很感谢您的陪伴，使我免除了单独一个人走路会遇上的种种危险。现在，您该走了。”

“回去时，路上您不再感到害怕吗？”

“我怕什么，除非遇到了强盗。”

“其他您不怕吗？”

“除了我这条命，他们能得到什么呢？”

“别忘了，您还有一条绣有纹章的手帕。”

“哪一条？”

“掉在了您的脚下，被我给您放回到您口袋里的那条。”

“闭嘴！闭嘴！冒失鬼！”年轻女人叫了起来，“您打算毁掉我？”

“瞧，您知道您还存在危险，这样一个词儿出口就把您吓

167

成了这样！再说，您也承认，要是有人听到了这个词儿，您就完了！啊！您听我说，夫人，"达达尼安握住对方的手，用火热的目光盯住她，喊道，"您听我说！请您放心并且信赖我！从我的眼睛里您难道看不出我的心里所有的，仅只是忠诚，仅只是同情吗？"

"看出了，"班那希尔夫人回答，"因此，有关我个人的秘密，会全部告诉您。但是，有关别人的秘密，我什么都不会说。"

"好吧，"达达尼安说，"既然这些秘密会影响到您的生命，那就应该让这些秘密变成我的秘密。"

"不能这样！"年轻女人叫了起来，态度非常严厉，不由得令达达尼安哆嗦了一下，"啊！您千万不要插手那些事，万万不要想方设法干预需由我去干完的那些事。我从您那里感到了关怀，您给我的恩惠我永远不会忘记。而正由于如此，我请求您别这样做。您要相信我的话，不要再管我了。对您说来我已不复存在，就当您从来没遇见过我那样。"

"阿拉密斯也是这样吗？"达达尼安被激怒了。

"先生，我对您讲了，我不认识他，这个名字您已经对我提过两三次了。"

"敲他的护窗板，却不认识那个人！好了，夫人！不要以为我是一个傻瓜。"

"你就承认吧，编造这样一段故事，杜撰出这样一个人物，是为了让我讲出真相，对不对？"

"夫人，我讲的完完全全是真人真事，我什么也没有编造，我什么也没有杜撰！"

"您的朋友住在那所房子里？"

"是，而且我第三遍重复：是，那所房子里住着我的朋友，这个朋友名叫阿拉密斯。"

"是不是这样以后会弄清楚的，"年轻女人低声说，"而现在，先生，请闭上您的嘴！"

"如果您看透了我敞开的那颗心，"达达尼安说，"您会看到，只是好奇心和爱情。那样，您就会让我的好奇心和爱情得到满足，对于一个爱着您的人他怎么会可怕？"

"您过快地谈到了爱情，先生！"年轻女人摇着头说。

"我这么快地爱她，那是因为她朝我来得过快，而且她是第一次来，要知道我还没到 20 岁呢。"

年轻女人偷偷地看了一眼达达尼安。

"我告诉您，我已经看到了一些事，"达达尼安说，"三个月前我差点儿跟阿拉密斯进行决斗。为了一条手帕，这一次我又看到，您给等在他家里的那个女人看的手帕与那一条一模一样，而且肯定地讲，那上面的标志也一样……"

"先生，"那年轻女人说，"我向您发誓，您说的这些已经让我烦得够呛了……"

"可是，您，谨慎的夫人，带着这样的一条手帕被人抓到，手帕一旦被搜出，您就有危险了，好好想想吧！"

"那才不会呢，姓名开头的那字母是我姓名开头的字母：C·B·，即康斯坦丝·班那希尔的缩写。"

"也可能是卡米耶·德·波娃·特雷希①。"

"别出声，先生，再说一遍，别出声！啊！既然以我所冒的险来劝阻您，您不听，那就请您想想自己吧，想想您会冒怎样的危险！"

"我冒的险？"

"是的，您冒的险。因为认识我会进监牢的，会送命的。"

"既然如此，那您别想再让我离开您一步了！"

"先生，"年轻女人双手合掌，恳求道，"先生，以天主的名义，以一个谦恭的贵族的名义，以军人的荣誉的名义，请您走开吧！现在都午夜12点了。已经到了我和别人约好的时间了。"

"夫人，"年轻人鞠了一个躬，说"既然这样，我无法拒绝。请放心吧，我这就走。"

"可您不会再跟着我，侦察我吧？"

"我马上回家。"

"啊！我原本就知道，您是一个正直的年轻人！"班那希尔夫人大声说，把一只手伸给他，另一只手放在了一扇小门的门环上。

达达尼安抓住伸过来的那只手，热烈地吻起来。

"我倒真的希望从来没有见过您。"达达尼安叫了起来，态度也变得粗暴。要知道，这种天真的粗暴，往往比不是出自

---

① 康斯坦丝·班那希尔（Constance Bonacieux）开头的字母是 C·B·。卡米耶·德·波娃·特雷希（Camillede Bois-Tracy）开头的字母也是 C·B·。卡米耶·德·波娃·特雷希夫人在第二章中曾经提到，她是德·谢弗勒兹夫人的表妹。

内心的彬彬有礼更能够赢得女人的心。因为粗暴出自真情，仿佛在说明，感情胜过理智。

"不！"班那希尔夫人叫了一声，同时握紧了达达尼安那只一直没有放开的手，"不，我是不会说这样的话的！今天不能成功，明天就未必不成功。谁知道将来有一天我自由了，会不会让您的好奇心得到满足呢？"

"对爱情也这样保证吗？"达达尼安快乐得发了疯，大声叫了起来。

"啊！这我不愿意做出保证，这取决于您，看看以后能在我心里产生怎样的感情。"

"那今天呢，夫人……"

"今天，先生，我现在还只有感激。"

"啊！您辜负了我的爱情。"达达尼安伤心地说。

"不，我利用了您的好心肠，请您务必相信，跟某些人打交道，一切的一切都有可能得到。"

"啊！今天晚上别忘了……别忘了您让我成为世界上最最幸福的人！您的这个许诺！"

"放心好了，我会记起这一切的。好了！您就走吧，以天主的名义，您走吧！有人正等着我，我已经迟了。"

"只迟了5分钟。"

"不错。但是，在某些情况下，5分钟，就是5个世纪呢！"

"比如当一个人在爱的时候……"

"噢！什么人在对您说，我不是在热恋之中？"

"那等您的是一个男人？"达达尼安叫了起来，"男人！"

"瞧，又来了。"班那希尔夫人说着，脸上露出了轻微的难耐笑容。

"不要这样，我这就走。我相信您，我希望，我的忠诚能够换来您的充分信任，即使这种忠诚近于愚蠢也罢。夫人，再见！"

达达尼安感觉到，非得猛下决心，才能放开他握住的那只手。他这样做后便飞速地跑了。

这时，班那希尔夫人又在护窗板上慢慢地、间隔均匀地敲了三下。

达达尼安跑到街角后，回头看了看，门打开了又被关上，服饰用品商漂亮的妻子不见了。

达达尼安继续走他的路。他许下了诺言，不再侦察班那希尔夫人，这一回，他要回家去了，因为他答应过她要回家去，就算她去的是那个凶险异常而且急需他来拯救的地方。

五分钟过后他到了隧人街。

"可怜的阿多斯，"他自言自语，"他一定还知道怎么回事。他等我可能等得睡着了，也可能回他的家里去了。如果他回到了自己家里，定会听说有一个女人在他那里待过。啊！阿多斯家里有个女人！"达达尼安继续说下去，"总而言之，这一切太离奇了——在阿拉密斯家里也有一个女人！真想知道这件事会如何了结。"

达达尼安忧心忡忡，在高声地自言自语，走进了一条过道，这条过道的尽头就是去他房间的楼梯了。这时，他听到有人对他说话：

"十分糟糕，先生！"

达达尼安从声音上听出说话的是布朗谢。

"怎么啦？出什么事了？蠢货，您在讲什么？"达达尼安问，"发生了什么不幸？"

"各种各样的不幸。"

"什么？"

"首先，阿多斯先生被捕了。"

"被捕了？为什么？"

"人们把他当成了您。"

"什么人干的？"

"被您赶跑的那些穿黑衣服的人找来的卫队。"

"他为什么不说出自己的名字，说他与那件事无关？"

"他不肯，先生，相反，悄悄对我说：'此时此刻需要自由的是您的主人，而不是我，因为他知道一切。他们抓了我，他就有充分的时间去做他的事。三天以后我说出我是谁，他们只好放掉我。'"

"好样的，阿多斯！胸怀宽广情操高尚！"达达尼安低声说，"只有他才会如此！那些卫士都干了些什么？"

"他们有四个人不知道把阿多斯先生带到也许是巴士底狱，也许是主教堡。另外有两个人留下，跟那些穿黑衣服的人一起把房间搜了个遍。他们带走了所有的文件，两个人搜查，还有两个人在门口放哨，做完这一切以后，他们走了，留下了这空空荡荡的房子。"

"波尔多斯和阿拉密斯呢？"

"他们没有来，我没有找见他们。"

"可您留了话让人转告我在等他们，是吧？他们随时会来这里，是吧？"

"是的。先生。"

"那好，您不要离开这里，现在这里有危险，房子可能受到了监视。他们来了，您就把这里发生的事告诉他们，让他们到松果酒店去。我立刻到德·特雷维尔先生那里去，向他报告所发生的一切。然后，我就去酒店找他们。"

"好的，先生。"布朗谢说。

"不过，您留下，用不着害怕！"达达尼安走了两步又折回来鼓舞跟班儿的。

"请放心好了，先生！"布朗谢说，"您不了解我，我是这样一种人：想到要勇敢，就会勇敢。现在的问题是我想到了。"

"那就说定了，"达达尼安说，"即使让人杀了，您也不要离开自己的岗位！"

"就这样，先生！没有什么事我不能去做，为了向先生证明我的忠诚。"

"好的，"达达尼安心里说，"看来，肯定地说，针对这个小伙子的性情我使用的方法是完全正确的，日后我要经常使用它。"

一天东奔西走，达达尼安感到有点累了，然而他还是飞快地朝老格轮街奔去。

德·特雷维尔先生不在府邸，他领着他的队伍正在卢浮宫值班。

必须找到德·特雷维尔先生，让他知道所发生的一切。达达尼安决定要进入卢浮宫。德·阿赛尔先生卫队的服装，这应该是一张通行证。

他沿着小奥古斯丁街下坡，又顺着沿河街上坡，奔向新桥。到了河边，有那么一刹那，他有了乘船过河的念头。但是，他意识到自己身无分文就打消了这个念头。

他又往前走。当他快到凯内各街时，看见有两个人结伴从王太子妃街走了出来。

两个人，一男一女。

女人的身材与班那希尔夫人很相像，男人的轮廓简直与阿拉密斯毫无区别。

而且，女人身上还披着一件与达达尼安在俄奇拉街的护窗板前和竖琴街的大门前所看到的那件一模一样的披风。

另外，男人穿的是火枪手的制服。

男人用一条手帕遮住了脸，女人的帽子拉得很低。这种防范措施表明，他们都不希望自己被人认出来。

他们过了桥，走上了达达尼安要走的那条路。达达尼安便跟上了他们，既然同路。

走了不远，达达尼安已经确信，那个女人就是班那希尔夫人，男的是阿拉密斯。一瞬间，醋意和疑虑一起在他心里发作了。

一个已经像爱情妇那样爱着的那个女人背叛了他，一个朋友背叛了他，双重的背叛！班那希尔夫人曾经赌咒发誓说她根本不认识阿拉密斯，可才过了一刻钟，他却看到她正挽着阿拉密斯的胳膊逛大街！

达达尼安并没有想到，他认识这位漂亮的服饰用品商的妻子才只有三个小时；不错，是他把她从那些打算绑架她的黑衣人手中解救了出来，她应该对他感恩戴德。但是除了这些，她并不欠他什么，再说，她也没有答应过他什么。而他，眼下却把自己看成了一个被人背叛了的人，一个受辱者，一个受到了嘲弄的情人。

不管怎么讲，血和火涌上了他的心头，他决定弄明白到底怎么回事。

两个人已经发觉有人跟着他们，于是加快了步伐。

达达尼安开始奔跑，要赶上他们。

前面就是撒马利亚女人水塔了。一盏路灯照亮了水塔，还照亮了桥的一部分桥面。

就在这时，那两个人返了回来。

他们都停下来了。

"您想要干什么，先生？"那火枪手说着往后退了一步。

那人的发音带有外国人的腔调。达达尼安这才想到，自己的猜测并不是对的。

"不是阿拉密斯！"达达尼安叫了起来。

"是的，先生，不是阿拉密斯，从您的惊呼声知道，您把我当成另外一个人了。我原谅您。"

"原谅我！"达达尼安大声嚷道。

"对！"陌生人回答，"既然您并不是找我，那就让我过去好了。"

"您说对了，先生，"达达尼安说，"我是找这位夫人而不是找您。”

“找这位夫人，您并不认识她呀？”外国人说。

“我认识，先生，您错了。”

“啊！”班那希尔夫人用责备的口气讲话了，“啊！先生！我得到过您作为军人的保证，作为贵族的诺言……”

“我呢，夫人？”达达尼安局促不安地说，“您曾经答应……”

“挽紧我的胳膊，夫人，”外国人说，“我们走吧。”

达达尼安已经被他遇到的事弄得不知所措了。他神情沮丧，呆呆地站在火枪手和班那希尔夫人面前。

火枪手朝前走了两步，用手把达达尼安推开。

达达尼安退了一步，拔出了剑。

在这同时，那陌生人也迅如闪电般拔剑出鞘。

“以天主的名义，密露尔①。”班那希尔夫人叫喊着，冲到了两个决斗者的中间，两只手分别抓住了两个决斗者的剑柄。

“密露尔！”达达尼安叫了起来，“密露尔！请原谅，先生，难道您是……”

“密露尔·白金汉，”班那希尔夫人小声说，“您可能把我们全都给毁了！”

“密露尔，夫人，请多多原谅。因为我爱她，所以，我嫉妒了。您是知道爱情是怎么一回事的，请您原谅，并且请您告诉我，我如何才能为公爵大人献出我的生命？”

---

① 密露尔：英语“mylord”演变成的法语“milord”，意为爵爷、老爷、大人等。

"您是一个正直的年轻人。"说着，白金汉朝达达尼安伸出手来。达达尼安恭敬地握了握公爵伸过来的手。公爵继续说："我接受您要为我效劳，请在我们身后 20 步跟着我们，一直跟到卢浮宫。如果瞧见有什么人在侦察我们，就把他干掉！"

达达尼安把剑夹在腋下，让班那希尔夫人和公爵先走出 20 步，然后一直跟着，准备严格地执行的这位高贵的、优雅的大臣的指令。

不过，所幸的是年轻女人和英俊的火枪手一路走来，从梯子街的边门进入卢浮宫，并没有遇到任何的麻烦。公爵的这位年轻的狂热亲信并没有机会向公爵显示他的忠诚。

达达尼安则立刻向松果酒店奔去，去那里找他的朋友波尔多斯和阿拉密斯。

但是，他并没有说明他为什么要打扰他们，而是只说，他已经自行处理完了一度以为需要他们帮忙的那件事。

十二　白金汉公爵乔治·威利尔丝

　　班那希尔太太和公爵进入卢浮宫没有遇到任何困难，因为谁都知道班那希尔太太是王后手下的人。公爵穿的是德·特雷维尔先生火枪队的制服。前面我们还交代过，当天晚上是德·特雷维尔先生的火枪手在宫里值班。

　　加上日耳曼把王后的利益看得高于一切，发生了什么事至多是指控班那希尔太太把情夫带进了卢浮宫，这也没什么了不起，由她一个人兜着就万事大吉了。自然，由此会坏了她的名声。可是，一个小小的服饰用品商的妻子的名声能值几个钱呢？

　　进入宫院之后，公爵和年轻女人先是贴着墙脚走了大约25步，然后班那希尔太太推了推后门。这扇门白天开着，晚上通常是关上的。门一推就开了，两个人进了门。前面是一片黑暗，班那希尔太太熟悉卢浮宫里专供仆人走的这一地区的一切情况，道路再迂回曲折她也迷不了路。进门之后，她随手关上门，拉住公爵的手，在黑暗中前进。

　　最后，她抓住了一个楼梯的扶手，脚踩到一级楼梯上，开始上楼。上了一层，来到了二层，接着，沿着一条长长的走廊往前走，之后，又下了一层楼，往前走了几步，用钥匙把门打开。公爵被推进一个房间。这里有一盏灯，是整夜不灭的。班那希尔太太对公爵说："密露尔，一会儿她就来了。"

说完，她出去了，并用钥匙锁上了门。眼下，公爵成了一个货真价实的囚犯。

不过，尽管白金汉公爵眼下是孤单一人，但他并没有一丝一毫的恐惧感。渴望冒险，喜爱浪漫，这是他性格的显著特点之一。就是说，他生来勇敢胆大无所畏惧，在类似的情况下冒生命危险，这已不是头一次。

他原相信奥地利安娜的信是真的，这才来到了巴黎。然而，当他知道了那封假信是一个陷阱之后，他非但没有回去，反而要将计就计，利用别人给他造成的这种机会，向王后做出表示：不见到她，他就不会离开。

起初，王后坚决拒绝，可后来她改变了主意，担心公爵一气之下会干出什么蠢事，便改变了主意。她决定见见他，见后要求他立刻离开。就在做出这个决定的当天晚上，负责去接公爵，把公爵领进卢浮宫的班那希尔太太被绑架了。在连着两天的时间里，没有人知晓她的下落，计划无法施行。而班那希尔太太重新获得自由后，便与赖博尔特接上了关系，事情又重新进行。现在，她完成了这一危险的使命——如果不是她出了意外。

白金汉一个人留在房间里，他走到一面镜子前面照了照。一身火枪手制服穿在他的身上非常合适。

当年他 35 岁，他有充分理由被看成法英两国最为风雅的骑士，最为英俊的贵族。

白金汉公爵乔治·威利尔丝，这个腰缠万贯的富豪，两代国王的宠臣，在王国之中拥有无限的权力，他可以让整个王国动荡不安；他也可以让整个王国平静如水。他的一生传奇，一连几个世纪人们一直感到惊奇不已。

他无比自信，对自己的能力和力量坚信不疑。他坚信那些能支配别人的法律，统统奈何不了他，一旦选定目标，他就朝这个目标径直地走下去，不管如何困难，换了另外一个人，就是想上一想也会认为是发了疯，可他，不达目的绝不罢休。

他多次成功地接近了美丽而高傲的奥地利安娜，赢得了她的心。

在镜子前面，乔治·威利尔丝很快使自己的头发恢复原貌，小胡子也被重新捋得向上翘了起来。他内心里充满了快乐，为了他盼望已久的时刻快点来临而感到激动不已。他满怀希望地对着镜子微笑着。

就在这个时候，一扇隐藏在挂毯后面的门被打开了，从门里进来了一个女人。白金汉从镜子里看到了她——王后。他忍不住叫了出来。

当年，奥地利安娜 26 岁，就是说正是她最美丽年纪。

她，仪态是一个王后或者一个女神，眼睛闪现着绿宝石般的光彩，同时，又温情脉脉，威严无比。

她，嘴又小又红，下唇像奥地利的王族一样，比上唇略显向前突出。微笑时，异常的可亲；鄙视时，却又极度的骄傲。

她，皮肤柔嫩、光滑，这是全世界都知道的。她，手和胳膊美得出奇，是当时诗人歌唱的对象，诗中无一例外地说它们美得举世无双。

最后，她的头发，少年时代它是金黄色的，现在，它变成了褐色，卷曲，上面扑了许多的粉[1]。

她的那张脸，颜色方面，最为严苛的批评家也只能说，希望那红润再稍微淡些；形象方面，最为要求完美的雕塑家也只能说，希望鼻子稍微细巧些。

白金汉出了神，呆呆地站了好一会儿。

在不同的场合，他不止一次地见过奥地利安娜。但是，他觉得，没有任何一次她像眼前这样美。她穿了一件白缎子连衣裙，唐娜艾丝特法妮娅[2]陪在她的身边。由于国王的嫉妒、黎塞留的迫害，她身边的那些西班牙女人通通已被驱赶，现只剩下唐娜艾丝特法妮娅一个了。

奥地利安娜向前走了两步。白金汉突然跪倒在了她的膝下，王后还没有来得及阻止他，他已连连吻着她的裙子的下摆。

"您已经知道，公爵，那封信不是我写的。"

"啊！是这样，王后！是这样，陛下！"公爵叫了起来，"我已经知道，我发了疯，我突然相信大理石会变热，冰山会消融，我失去了理智。但是，有什么办法呢，一个人在爱，就很容易相信爱情；何况，这趟旅行我到底是见到了您，我并非

---

① 发上扑粉不但是那时欧洲女人的习惯，而且也是宫中的规定。

② 唐娜艾丝特法妮娅：即艾丝特法妮娅夫人。唐娜是西班牙人对女人的尊称，即太太、夫人之意。

白跑一趟。"

"是的，您见到了我，"安娜回答，"但是，您知道我见您的原因。我见您，是因为您不关心我的痛苦，坚持留在这样一个城市里。而这样，对您，要冒生命的危险；对我，要冒败坏名誉的危险。我见您，是为了向您说，两国之间的敌视，大海之间的深渊，誓言的神圣，所有的一切都把我们分了开来。与如此多的东西进行争斗，这是亵渎神灵之罪，密露尔。总而言之，我见您，是为了告诉您我们不能再见面了。"

"请说下去吧，王后！"白金汉说，"您嗓音的温柔掩饰了您话语的冷酷。您说到亵渎神灵之罪！可是，天主让两颗心彼此向往，而又强行将它们分开，这才是亵渎神灵之罪！"

"密露尔！"王后叫了起来，"您忘了，我并没有说过我爱您。"

"但是，您也并没有对我说过您不爱我。王后，对我如此讲，未免过于忘情了。请您说说看，您去哪里能够找到像我这般的爱情——等待、分离、绝望，都消灭不了它！您一根失落的缎带就能满足它！您一道短暂的目光就能溶化它！"

"三年前，王后，我第一次见到了您。结果，到现在，我整整爱了您三年！"

"我可以讲第一次见到您时您的穿戴。您愿意让我认认真真地向您说说您衣服上的每一件饰物吗？我现在还能清清楚楚地看见：按照西班牙的习俗，您坐在一个坐垫上，身上穿的是一件连衣裙，金银线绣花，绿缎子，用大块儿的钻石贴在您那美丽的胳膊上，那双叫人赞不绝口的胳膊上。您脖子上围着的是一圈绉领，头上戴的是一顶软帽，颜色和您的连衣裙一个样，软帽之上插着一根白鹭的羽毛。"

"睁开眼睛，我所看见的，就是眼前的您；闭上眼睛，我所看见的，就是当时的您——您比当时要美上一百倍！"

"发疯了！"奥地利安娜低声说了一句，公爵把她的形象如此清晰地藏在自己的心头，她没办法责怪他"简直是发疯了！"

"那么，我还能用怎样一种方式活下去呢？对我来说，只剩下回忆了。它是我幸福的源泉，是我的希望，是我的财宝。我每见您一次，就多得了一颗钻石，我把它珍藏在我心头那个首饰盒里的钻石。眼下这一颗，是我捡起的第四颗，因为在三年当中，王后，我只见了您四次。第一次，我刚刚对您说了；第二次，是在德·谢弗勒兹夫人家里；在亚眠的花园里是第三次。"

"公爵，"王后说，脸涨红了，"那天晚上的事就不要再提了。"

"啊！不！正相反，要提，王后，要提，那是我一生中最幸福、最光辉的一个夜晚。您不会忘记那天那美丽的夜色吧？天空是多么蓝！布满了星辰的碧空！空气是多么温和、多么芳香！那一次，王后，我竟单独和您待在了一起！那一次，您，把您生活的孤独，把您心头的忧伤，把一切的一切都向我倾诉了。您，靠在我的胳膊上，瞧，就是这条。我，头向您那边歪着，感觉得到，您那美丽的头发轻轻地拂到了我的脸。每次，我都从头哆嗦到了脚。啊！王后，王后！啊！您不知道，天国的幸福，极乐世界的快乐，通通都蕴藏在了那样的片刻之中。瞧，我的一切，通通都可以放弃！因为，这个夜晚，王后，您是爱我的，我可以向您发誓。"

"密露尔，环境的影响力，您目光的诱惑力，美丽夜色的魅力，总而言之，这一切因素偶然地碰到了一起，足以毁掉一个女人。但是，密露尔，您看到了，王后的身份拯救了一个变得软弱了的女人：在您刚刚敢于开口对我讲那第一句话的时候，在对您的那一大胆地表示我必须做出回答的时候，我立刻喊人过来了。"

"啊！是这样，确实是这样。而我呢，如果换了别的人，而不是我，爱情就必定面对这一考验屈服了，可我没有。相反，它变得更加坚定，更加永恒。您以为，回到了巴黎就见不到我了；您以为我离不开我管辖的那片领地。啊！天下所有的国土，世界上所有的恩宠，我通通可以放弃。所以，没过 8 天，我再次来到了巴黎。而这一次，王后，我没有什么值得您指责了：我为了与您见上一秒钟的面，冒失去恩宠、失去生命的危险。那次，我甚至于连您的手都没有碰一碰——您见我那样的懊悔，那样的驯服，便宽恕了我。"

"是的。可换来的是什么呢？诽谤四起，人们抓住了这桩蠢事。密露尔，您清楚，在这件事中，我是无辜的，完完全全是无辜的。但是，在红衣主教的挑唆下，国王发怒了。德·威尔涅夫人被赶走，彼汤日被流放，德·谢弗勒兹夫人失宠。还有，当您被提名任驻巴黎大使时，遭到了国王本人、公爵，请记牢，遭到了国王本人的拒绝。"

“是这样。对这次拒绝，法国人得到的是一次战争。王后，我不能再见到您了。那好了，我希望用战争让您记得我的名字。”

“我与罗塞尔结了盟，策动了对雷岛①的远征。这样干是为什么呢？唯一的目的就是寻求见您一面的那种快乐。”

“我并不想持利剑进入巴黎。这一点我很清醒，但这场战争会带来一次和平，一旦出现这种和平，就需要有一个谈判代表，而我就将承担这一使命，以这样的身份进入巴黎是无法被拒绝的。我将再次来巴黎，见到您，得到我的片刻幸福。不错，成千上万的人将为了我的幸福而毁在这场战争中，但那又有什么？这样做是疯狂的，但是，它是为了您——请问，哪个女人能够有我这样一个情人？哪一个王后能够有我这样一个热心的仆人？”

“密露尔，密露尔这种种事全是罪行，为了辩护，您援引了这么多的事，而这反而会招致指责！”

“那是由于我爱您，王后。如果您是爱我的，那么对这些事就会有另外的看法。您刚才谈到了德·谢弗勒兹夫人，我想德·谢弗勒兹夫人至少不像您这样残酷无情。赫让②爱她，她做出了反应。”

“可她不是王后。”奥地利安娜低声说了一句，不由自主，她已经被公爵的深情打动了。

“就是说，您如果不是王后，那就会接受我的爱了，是不是？就会爱我了，是不是？这是不是有理由让我相信，因为您

---

① 雷岛：法国靠近罗塞尔的一个海岛。

② 赫让：伯爵，德·谢弗勒兹夫人的情夫。

的身份才对我残酷？这是不是有理由让我相信，如果您换成德·谢弗勒兹夫人，我就有希望了？啊！谢谢了，这些语言美妙动人！我美貌的王后陛下，我谢您了，一百次地谢您了！"

"喔，密露尔，您理解错了我的话，我不是……"

"别再说了，别再说了！"公爵说，"我要是理解错了从而感到了幸福，那您就让它错吧！您说了，有人企图把我引入一个陷阱。就是说，我的生命将留在这里……啊！瞧，近来我有一种预感，觉得自己就要死了……"

公爵露出了微笑，既忧伤又迷人。

"啊！天主！"奥地利安娜叫了起来，她对公爵的关爱远远超出了她想说出来的程度。

"我这样讲绝不想吓着您，王后，绝不是。我也感到是可笑的，我对您讲这个，请相信，我从不把它放在心上。只是，我想说的是，您刚才的话给了我希望。这样，对我将遇到的一切，包括失掉生命，我都不会觉得惋惜。"

"喔，公爵，"安娜说，"我也有一种预感，我也在做梦。我梦见您受了伤，倒在了血泊之中……"

"伤在左肋？是在左肋，被人扎了一刀。"白金汉打断了她的话。

"不错，是这样，在左肋，被人扎了一刀。您怎么知道的？是谁可能告诉您，我做了这样一个梦呢？因为这我只在祷告的时候说给天主听过。"

"我什么也不需要了，王后，您是爱我的。"

"您说我？我是爱您的？"

187

"是这样，王后，如果您不是爱我的，天主怎么会让我们做如此相同的梦呢？这叫心心相印。王后，您是爱我的！您是爱我的！"

"啊！天主，天主！"奥地利安娜叫了起来，"我可真的受不了了，公爵！以天主的名义，您走吧，离开这里。是不是爱您？或者说，是不是不爱您？这我不知道。但有一点我清楚，就是我绝对不能违背我的婚约。因此，求您可怜我，快些离开吧。假如您在法国有什么不测，假如您把性命丢在了法国，假定您对我的爱是造成这一后果的原因，那么，我永远无法原谅自己——您走吧，求您了，走吧……"

"您这样是多么美呀！噢，我多么爱您呀！"白金汉说。

"您走吧，求您了，走吧……以后再回来；作为大使，再回来；作为大臣，再回来。那时，您将有卫士保护着，有随从关照着……到那时，我就再也不用为着您的生命安全而担心；到那时，我就可以得到与您见面而带来的幸福了。"

"啊！您对我的这些话，是真的？"

"真的……"

"好极了。那请您给我一件证物——一件您的可使我日日夜夜证明我不是在做梦的东西，一件您曾佩戴过，给了我也能佩戴的证物，戒指、项链、小链子……"

"如果我给了您，您会走吗？"

"一定。"

"立刻？"

"立刻。"

"回到英国去，离开法国？"

"我可以向您发誓。"

"那您等一等，等一等。"

说着，奥地利安娜去了她的套房，一会就返回来了。她手上拿了一只香木小匣，小匣之上有用金丝镶嵌的她的姓名的缩写字母。

"拿去吧，密露尔，拿去吧。"她说，"就把这个作为证物吧。"

白金汉接在手中，再次跪了下去。

"您答应了我？"王后问。

"我信守诺言，您的手，王后，您的手，我一定离开。"

奥地利安娜伸出手来，合上了双目，另一只手扶在了艾丝特法妮娅的身上。她感到自己已无力支撑了。

白金汉把唇热切地贴在了她那美丽的小手上，然后站起来说："王后，为了见您，为此目标，即使把整个欧洲闹它个底朝天，我也在所不惜。"

他信守诺言，于是，快步地离开了。

在走廊上，班那希尔夫人正等在那里，她顺利地把他送出了宫。

十三 班那希尔先生

读者或许已经注意到，在整个过程中，人们忘掉了一个人，这个人处境不妙。他就是班那希尔先生，他是政治阴谋与爱情密谋的受害者。而在那个风流韵事且充满富有骑士精神的年代里，这种政治阴谋与爱情密谋又总是如此相互交织地纠缠在一起的。

他被送进了巴士底狱。他被押解着进入监狱之后，从一队正给火枪装弹药的士兵面前经过时，曾浑身颤抖。

随后，他被带进一条半地下的走廊里。在那里，他受到了押解者最为最为野蛮的虐待、粗野的辱骂。那些人见他简直就是一个乡下佬，不是一个贵族，便放开胆子虐待他。

大约过了半个小时，来了一位书记员。那人下令将他带进了审讯室。

这固然免去了受辱和皮肉之苦，可并没能免去他的忧虑。

一般情况下，审讯是在犯人所待的牢房里进行，但班那希尔先生遇到的情况完全不同。

两个卫士抓住服饰用品商,将他带入一个院子。穿过院子,进入一个走廊,走廊里有三个卫兵守卫着。最后,押他的卫兵把他推入一扇门内。

那个房间低矮,里面只有一张桌子、一把椅子。一位审讯官坐在那张椅子上,正在那张桌子上匆忙地写着什么。

两个卫兵把班那希尔先生送到了桌子前。

审讯官做出一个手势,让那两个卫兵退到不能听到他们讲话的远处去。

审讯官做这一动作之前,头一直是俯在桌上的纸上的。这时,他才抬起头来,要看清要审问的是怎样一个人。

审讯官长得很难看,高高的颧骨,尖尖的鼻子,黄黄的面皮,小小的眼睛露着凶光,整个看去他像一只石雕,又像一只狐狸。他细长的脖子支撑着从他那件宽大的黑袍里伸出来的脑袋,不停地转动着,很容易叫人联想到乌龟的头从壳中伸出来时不住地摆动的那种动作。一开始,他问了班那希尔先生的生平情况。

被告回答说,他叫雅克·米歇尔·班那希尔,51岁,以前是一位服饰用品商,家住隧人街11号。

审讯官没有再问其他情况,而是长篇大论地讲道理:地位卑贱的市民不能危险地卷入国家大事。

接下来,审讯官所讲的情况变得越来越复杂了。他讲到了红衣主教的行为和权力。他说,红衣主教是未来所有身为大臣之人的楷模。他讲到,这位大臣的权力是无与伦比的,行为是没有任何不得体。有些人向他的权力和行为提出了挑战,但都受到了惩罚。就是说，红衣主教对那些攻击他的大臣们来说，从来都是胜利者。

讲完他的演说的第二部分，审讯官用他那双鹰眼盯住可怜的班那希尔先生，并提出要班那希尔先生好好考虑考虑自身情况的严重性。

服饰用品商考虑过了。他咒骂了德·赖博尔特先生让他娶其教女为妻的那一时刻，尤其咒骂了这位教女答应进宫做王后内衣保管的那一时刻。

班那希尔先生是极端的自私——由可鄙的吝啬发展而成——和过分的怯懦。他的年轻的妻子在他心中激起的那些爱情无法抗御他那固有的本性——就是说，对妻子的感情一直占着次要的地位。

班那希尔先生认认真真地思考了审讯官刚刚对他讲的那些话。

"不过，审讯官先生，"班那希尔先生变得冷静了起来，"我请您务必相信，我比任何人都知道尊重，对红衣主教阁下无与伦比的功勋——在他的统治之下，我感到无比的荣幸。"

"是这样？"审讯官表示怀疑，"如果真是这样，您为什么会进了巴士底狱？"

"对我为什么会进了巴士底狱的问题，先生，这样的问题是我无法向您讲出答案的。"班那希尔先生说，"因为我并不知道。但是，可以肯定，并不是故意冒犯过红衣主教。"

"然而您肯定犯了罪——这儿指控您叛国。"

"叛国？"班那希尔先生一听急得跳了起来，"叛国？一个仇视胡格诺派、痛恨西班牙人的人，怎么会被指控叛国？请您再考虑一下，先生，这是绝不可能的！"

"班那希尔先生，"审讯官说，望着班那希尔，像是他那双小眼睛一直可以看透班那希尔的内心，"班那希尔先生，您有一个妻子？"

"是这样，先生。"听到这里，服饰用品商预感到事情变得复杂了起来，便浑身哆嗦着回答，"或者该说，我曾经有过一个妻子。"

"怎么叫'曾经有过'？要是您现在没有了，那她现在去哪里了？"

"她被人绑架了，先生。"

"被人绑架了？您是这样说的吗？"

这一问，班那希尔先生越发觉得问题复杂了。

"被人绑架了？"审讯官道，"那您知道什么人绑架了她吗？"

"我认得他。"

"他是谁？"

"审讯官先生，我并不能肯定——仅仅是一种猜测而已。"

"您怀疑的是谁？快回答我！"

这下子班那希尔先生变得完全不知该怎么办了。是什么都不讲呢，还是一股脑地讲出来？什么都不讲，会被认为是知道的东西太多，不敢招认；都讲出来，会被认为诚心诚意。权衡再三，班那希尔先生决定都讲出来。

"我所怀疑的人是这样的：态度傲慢，棕色的头发，高高

193

的个子，看上去像个贵族。多少次我去卢浮宫接我的妻子，我们发现他一直跟着我们。"

听了这话，审讯官像是感到有点不安。

"他叫什么？"

"啊，名字我可不知道。不过，如果他让我碰上，我会立即将他认出来。"

这时，审讯官脸色变得阴沉了起来。

"您是说，在一千个人当中您也会一眼就把他给认出来？"

"我是说……"班那希尔先生一下子意识到走错了路，"我是说……"

"您已经讲了，您认识他！"审讯官道，"好了，咱们先到这。这之后，我先要通知一个人，向他说明，您认识那个绑架您妻子的人。"

"可我没有讲我认识他！"班那希尔先生绝望地叫了起来，"我的意思正好相反……"

"来人，把犯人带走！"审讯官叫那两名卫兵。

"把他押在哪里？"书记员问。

"单身牢房。"

"哪一间？"

"啊！天主！随便哪一间，只要能够锁上锁就行。"审讯官口气之冷酷，令班那希尔先生感到心惊胆战。

"哎呀，大难临头了！"班那希尔先生自言自语，"大难临头了！肯定是我的妻子犯了什么大罪。他们认定我是同谋，要把我们一起严加惩处。她会告诉他们，把一切都告诉给了我。

唉，女人哪，是多么的懦弱！说什么一间单人牢房，随便哪一间都行！这真是！一夜时间眨眼就过去。明天，上车轮刑①，上绞刑！啊！天主，天主！"

两个卫士已经习惯这种哭诉了，所以，对班那希尔先生的哀号连听都没有听。他们拉住班那希尔先生的胳膊，把他押出审讯室。

审讯官在匆忙地赶写一封信。书记员在等他写完。

班那希尔先生整整一夜没有合眼。这不是由于班那希尔先生一直担惊受怕，而是由于单人牢房条件太差，他一直坐在一条凳子上，听见一丁点的声响就吓得发抖。天亮时，他觉得那黎明的曙光射入牢房都是带着哀悼的色彩。

忽然有人拉牢门的门栓，他吓得一下子跳了老高，而当他看清了进门的是昨天那位审讯官和那位书记员而不是刽子手的时候，他转悲为喜，差一点儿跳起来，去搂两个人的脖子。

"您的案子从昨天晚上开始变得复杂了。"审讯官对班那希尔先生说，"我奉劝您把真实的情况如实地讲出来，才是真诚的悔过，红衣主教被激起的怒火才能平息。"

"我准备好了！"班那希尔先生叫了起来，"把我所知道的一切都说出来。您问好了，求您了，问吧！"

"第一个问题您的妻子她在哪里？"

"这我已经讲了呀，她被绑架了。"

"是被绑架了。但昨天晚间五点钟，她，靠了您的帮助，

---

① 车轮刑：将犯人打断四肢后绑在车轮上任其死去的一种酷刑。

又逃了！"

"啊！她逃了！"班那希尔先生大声嚷了起来，"不幸的女人！可先生，她逃了，这不能怨我，我可向您发誓，我根本不知道这么一回事！"

"那我来问您，您的邻居达达尼安先生那里去干什么呢？当天您跟他谈了很长的时间。"

"啊！是这样，审讯官先生，我到过达达尼安先生那里去，这是真的。我承认，我错了。"

"您去他那儿干什么？"

"请他帮帮我找回我的妻子。当时我认为有权找她回来，现在我才知道，我错了。这个请您原谅。"

"达达尼安是怎么跟您说的？"

"他答应帮助我。但很快他出卖了我。"

"您在撒谎！实际是，达达尼安与您达成了协议，并按照协议，他赶走了前去拘捕您妻子的警方人员，并救走了您的妻子。"

"达达尼安先生救走了我的妻子？啊！我不知道怎么回事，审讯官先生？"

"不见棺材不流泪，我们已经抓到了达达尼安，您就可与他对质。"

"啊！这我求之不得，先生。"班那希尔先生大声叫了起来，"在这样一个地方能看到一张熟悉的面孔，我是很高兴的。"

"带达达尼安！"审讯官向两个卫士吩咐了一声。

两个卫士将阿多斯带了进来。

"达达尼安先生，"审讯官对阿多斯说，"说说您和这位先生之间的事。"

"可是，"班那希尔先生叫了起来，"他不是达达尼安先生！"

"怎么不是达达尼安先生？"

"绝对不是。"

"那这位先生是谁？"

"我不认识他。"

"怎么，您不认识他？"

"不认识他。"

"见过没有呢？"

"见是见过，但我不认识。"

"您叫什么？"审讯官问阿多斯。

"阿多斯。"火枪手回答。

"这是一座山名，而不是个人名①。"可怜的审讯官叫了起来。看来他的脑子开始被搞糊涂了。

"我就叫阿多斯。"阿多斯平静地说。

"但您曾经讲您就是达达尼安。"

"我吗？"

"是的，您。"

"实际是，有人问我：'您是达达尼安吗？'我的答复是：'您这样认为？'于是，抓我的那些卫士们叫嚷着，说他们十

_____

① 希腊北部有阿多斯山。

197

分有把握。他们不由分说，就下了手。我呢，我也搞不清出了什么事，况且我不想惹得这些先生们不高兴。"

"先生，您蔑视了法律的尊严。"

"绝不是这样，先生。"阿多斯平静地说。

"您就是达达尼安先生！"

"连您都这样说。"

这时班那希尔先生叫了起来："我对您讲，审讯官先生，您不用怀疑，他不是达达尼安先生。达达尼安先生是我的房客，房钱他一分钱也没付给过我，我也因此认识了他。他是个年轻人，十八九岁，不到20岁，而这位已是30多岁了。这位先生是德·特雷维尔先生火枪队的火枪手，达达尼安是德·阿赛尔先生卫队卫士。请看看他的制服好了，先生，看看他的制服。"

"噢，对，完全正确。"审讯官低声说了一句。

这时，门开了。巴士底看门人送过了一封信给审讯官。

"啊！这个该死的女人！"审讯官叫了起来。

"出了什么事？您说的那该死的是谁？她是我的妻子吗？"

"恰恰是她！这下子您的案子可不得了了。"

"怎么了？"服饰用品商这下恼了，"先生，我被关在了监狱里，我的案子怎么会由于她变得更糟糕了？"

"那是由于你们一起商定了的桩桩罪行——它是整个恶毒计划的一部分。"

"我向您发誓，审讯官先生，您犯了一个天大的错误。我妻子究竟干了些什么？她与我毫无关系，我什么都不知道。相反，她要是干了什么蠢事，我就不认她这个妻子，我要揭穿她、诅咒她！"

"好了，审讯官先生，"阿多斯说，"如果这里不再需要我，那么，请把我送到您想要我去的地方去。这家伙真是叫人觉得有点恶心。"

"把犯人送回各自的牢房。"审讯官用手指了指阿多斯，又指了指班那希尔先生，"要比先前更加严格看管。"

"不过，"阿多斯以他惯常的平静道，"既然您找的是达达尼安，有什么理由让我替代他？"

"照我吩咐的去做！"审讯官说，"而且要绝对保守秘密，您听懂了？"

阿多斯耸了耸肩膀，跟随看守他的卫士离开了。班那希尔先生则哭了起来，而且哭得是那样的伤心。

服饰用品商被带回了原来的牢房。整个白天他都被关在里面，整个白天他依然是不断地哭泣，像一个货真价实的服饰用品商，他讲过了，他可不是一个军人。

晚上9点左右，他终于下定决心要上床睡觉了，却听到走廊里响起了脚步声，而且那声响离他的牢房越来越近。

门开了，几名卫士站在门前。

"跟我走！"一位士官走了过来，命令他。

"跟您走？"班那希尔先生叫了起来，"这个时候跟您走，天主，上哪儿去呢？"

"去我们奉命让您去的地方。"

"这也算是一个回答？"

"我们只能这么回答。"

"啊！天主，我的天主，这下完了。"班那希尔先生低声说。

他机械地顺从地跟那些卫士们离开了牢房。

他先是走过了他曾走过的那条走廊，穿过院子，走完了第二座建筑物，最后来到了前院的大门口。出现了一辆马车，旁边有四名卫士守护着。他被押着上了那辆车，车门被锁好了。他在那名士官押解下，像是又被关进了另外一间牢房。

马车走得很慢，慢得像个灵车。

从被锁牢的窗子的窗棂中只能看到两边的房子和马路的地面。尽管如此，作为一个真正的巴黎人，班那希尔先生仅从界石、招牌、路灯就能够认出他所经过的任何一条街，前面就是圣保罗教堂了，这是处决犯人的地方。班那希尔先生于是连忙在胸前画着十字，吓得差一点儿晕了过去。他原以为马车会在那里停下来，但没有，马车越过了那里，又往前行。

又走了一段，圣约翰公墓出现在眼前，他的心一下子收紧了。他知道不少的国家要犯都被埋在了这里。不过，接着他清醒了。他想到，要被埋在这里首先必须被砍下脑袋，而他的脑袋现时还长在他的脖子上。

而走上去沙滩广场的那条路，看到市政厅的那高高的尖顶之后，他的心真的一下子凉了下来。

当马车进入拱廊时，他请求向那位士官忏悔，遭到了士官的拒绝。于是，他叫了起来，一声一声，听上去令人可怜。

这时，士官说他吵得太厉害了，厉声说，要是他不立刻住嘴，他就要把它堵上了。

这个威胁十分有用，班那希尔先生慢慢平静下来。

其实，现在已经到了沙滩广场，如果在此处结果他，犯不上再拿东西去堵他的嘴了。

车子并没有在这个广场里停下来。

从下面的路途看，可怕之处就剩下特拉瓦尔十字架那里了——车子正朝那里走去。

这次是无可怀疑了，次要一点的犯人都在那里被处决。看来，真的是在沙滩广场或是在圣保罗教堂那边被处死，对班那希尔先生来说，还是一种荣誉呢。

此时此刻，班那希尔先生几乎感觉到，那十字架正迎面向他走来，尽管还看不到那十字架。

看见了！离那十字架还有20步的距离时，马车停了下来。

接连不断的惊吓把人搞垮了。这时，可怜的班那希尔再也支撑不住了，他发出了一息微弱的仿佛就要死去的呻吟声，便倒了下去。

十四　在莫艾的那个人

人群聚集在那里，是正在看一个上了绞架的人，而并不是在等待看一个准备上绞架的人。

马车，只是稍停了片刻，穿过人群，又上了路。

马车经过了甚沃若蕾街和老好人街后，在一个低矮的门前停了下来。

门开了。审讯官扶着班那希尔下了车，把他交到了两名卫士的手里。两名卫士把班那希尔推入一个过道，接着让他爬上一层楼，然后把他放在一间前厅。

班那希尔被推来拉去，毫无知觉地做完了各种动作。

他所看到的一切统统被蒙上了一层雾，他像是在梦游，耳朵里有各种声音，但他什么也听不见。在这样一种状态下如果他被处决，一点都不会挣扎，连一声乞求怜悯的话都不会讲。

班那希尔坐在了卫士安排他坐的那条凳子上。

这之后，他看了看四周，不见任何实在的危险。凳子上铺着软垫，坐上去还挺舒服，墙面之上蒙着美丽的科尔多瓦①，窗子上挂着大红缎子的窗帘，正不停地飘动。他明白了，害怕是多余的。于是，他开始上下左右扭动他的脑袋。

没有人阻止他。于是，他开始放大胆子，他壮着胆子抽回了一条腿，又抽回了另外的一条。最后，他双手撑着凳子，站了起来。

这个时候，一位军官从隔壁房间走出来。他还在一只手撩着门帘，继续着他与那房间人的谈话。谈过几句后，他朝犯人这边转过身来，问："您是班那希尔？"

"是，军——官先——生，"班那希尔吓得结巴起来，"愿意为您——效劳。"

"进来。"军官说。

说完，他让班那希尔走过去。十分明显，有人在那房间里等着他。那间房间很大，是一间书房，墙上的装饰是各种各样的武器，有进攻性的，也有防御性的。门窗紧闭着，非常沉闷。时令才是9月，但房间里却生起了火。房子的桌子上堆满了书籍和文件，还有一张非常非常大的罗塞尔地图。一个中等身材的人站在壁炉前，下巴之上有一撮山羊胡子。由于脸瘦，显得胡子很长。看上去，这人不过三十六七岁。

这人是个军人，但是没有佩剑。

这人正是红衣主教阿尔芒·让·德·普莱西斯。

并不像人们通常传说的那样，终日将身子藏在扶手椅中，

---

① 科尔多瓦：西班牙科尔多瓦所产的皮子，当时驰名欧洲。

靠他的运筹帷幄来与整个欧洲进行着较量。

实际上，他是一位风流倜傥的骑士。但他由一股无穷无尽的精神力量支持着，而正是这种力量，他才配居全世界最为杰出的人物之列。

凡此种种，才见到他时，谁也不会认出他就是红衣主教。

班那希尔站在门口没有动，红衣主教眼睛死死地盯住他。

"此人就是那个班那希尔？"

"是的，大人。"那位军官回道。

"好，把那些文件给我拿过来。"

军官按照吩咐给红衣主教取过了文件。

这些文件就是在巴士底狱审讯他所做的记录。

红衣主教站在壁炉边，目光不时地离开文件，目光冷酷。

红衣主教已经有了一个计划。

"这可不是一个谋反的脑袋，"红衣主教低声说，"不过，这没关系，往后看看再说好了。"

"您被控犯了叛国罪。"红衣主教说。

"不是的，大人。"班那希尔叫喊起来，他听刚才那位军官那样称呼眼前的人，他也用了这样的称呼，"但是，我什么都不知道。"

红衣主教差点笑出来。

"您和您的妻子，还有德·谢弗勒兹夫人，伙同密露尔白金汉一起搞了阴谋。"

班那希尔回答："我听过这些名字。"

"是在什么情况下听说的？"

204

"我妻子说，红衣主教想毁了白金汉，同时，也毁掉王后。"

"她这样说过？"红衣主教非常生气。

"她这样说过，大人。不过我骂了她，红衣主教阁下不可能……"

"闭嘴，您这个蠢货！"红衣主教骂了他一句。

"我妻子是这样讲的，大人。"

"谁绑架了她？"

"不知道，大人。"

"但怀疑了吧，是吧？"

"是这样，大人。"

"您的妻子逃走了——您知道吗？"

"我不知道她逃走了，是在监狱里听说的……"

红衣主教再一次差点笑出来。

"那您妻子逃了之后的情况您并不知道了？"

"我想，她应该是回了卢浮宫。"

"可她没去那里。"

"那她去了哪里呢？"

"我们会清楚的，放心好了。什么事都别隐瞒我们，什么都会知道。"

"这样，大人，您认为红衣主教可能告诉我，我的妻子究竟怎么样了？"

"那有可能。不过，凡您知道的，您都应首先招认才是。"

"可大人，我从来没有见到过这个德·谢弗勒兹夫人。"

"每次您去接你妻子，她是直接回家的吗？"

"没有，她总是去找布商。"

"有几个这样的布商？"

"两个。"

"他们都住在哪里？"

"一个住俄奇拉街，一个住竖琴街。"

"您跟她一起进去吗？"

"没有。她总是让我等在门口。"

"她为什么把您丢在门口？"

"她没讲什么理由。"

"您是一个随和的丈夫，我亲爱的班那希尔先生！"红衣主教说。

"他叫我'亲爱的先生'！"班那希尔先生暗想，"看来事情有了转机。"

"您知道具体地址吧。"

"俄奇拉街 25 号，竖琴街 75 号。"

"很好。"红衣主教说。

说完，红衣主教叫那位军官进来了。

红衣主教低声吩咐："找路什么费尔回来。"

军官说路什么费尔就在外面并且有话禀告。

"让他进来。"红衣主教急忙说。

军官快速地走了出去。

"有话向红衣主教阁下回禀？"班那希尔一边嘟囔着。

一会门被打开了———一位新的人物登场。

"他？"班那希尔叫了起来。

"您认得他？"红衣主教问。

"是他绑架了我的妻子。"

红衣主教叫那位军官又进了书房。

"看好他，一会再问。"

班那希尔又叫了起来："我搞错了。不是他，是另外的一个。那人跟他一点也不像。"

军官把他拖出房门。

门关上之后，新人物迫不及待地说："王后和公爵见面了。"

"王后和公爵！"黎塞留叫了起来。

"他们是在卢浮宫见面的。"

"能够肯定吗？"

"完全肯定。"

"从哪里知道？"

"德·赖努娃夫人讲的，红衣主教阁下。"

"她为什么不早点报告呢？"

"王后让她待在房间里，一整天让她没有出门的机会。"

"这回输了，一定要想法赢回来。"

"我们一定尽心尽力，请您放心。"

"讲讲事情经过？"

"午夜 12 点 30，王后跟她的侍女们……"

"在哪里？"

"在她的寝室里。"

"好，讲下去。"

"那时，她的内衣女主管送来一块手帕……"

"后来呢？"

"王后见了顿时紧张了起来，脸还一下子变白了。"

"接下来呢？"

"她站起来，找个理由就离开了。"

"她怎么不立即就出来通知您？"

"她没看出是怎么回事。更何况，王后有话，说：'夫人们，请等我'，她是难以违背的。"

"王后出去了多少时间？"

"三刻钟。"

"她是自己出去的？"

"唐娜艾丝特法妮娅一个人陪着。"

"后来她回来了？"

"是的，回来取了一个香木小匣，上面有她名字的缩写字母。拿了小匣子后，就又出去了。"

"回来时，带回了那个小匣子吗？"

"没有。"

"她可知道这个小匣子里装着什么？"

"是王后陛下的钻石坠子。"

"就是说，那个小匣子她没有带回来？"

"没有。"

"德·赖努娃夫人说，她是把它交给了白金汉？"

"她确定。"

"她为什么这么确定？"

"德·赖努娃夫人为王后梳妆找不到那个匣子，便问了王后。”

“王后说什么了？”

“王后说，前天坠子上的钻石掉下了两颗，送给金银匠去修了。”

“查明真相了吗？”

“我们查过了。”

“很好！金银匠怎么说？”

“他说没有这事。”

“我们并不是输到底了——也许会更好！”

“事实是，我相信红衣主教的天才，不会就……”

“您是说，不会没有办法修补曾经做过的蠢事，是吗？”

“我要说的正是这个。”

“现在，您知道德·谢弗勒兹夫人和白金汉公爵躲在哪里吗？”

“不知道，大人，我的人没有这方面的情报。”

“我知道。”

“您，大人？”

“是的，我知道。他们一个在俄奇拉街25号，一个在竖琴街75号。”

“那我要不要去把他们抓起来？”

“晚了，他们已经离开了那里。”

“但应该去查一查。”

“也行，去查查那两所房子。”

“遵命，大人。”

路斯费尔奔了出去。

那个军官又进来了。

"带那犯人进来。"红衣主教说。

班那希尔老板又被带了进来。

"您在撒谎，"红衣主教厉声道。

"我！"班那希尔叫了起来，"我欺骗了红衣主教阁下？"

"您的妻子去那两条街可并不是见什么布商。"

"那她去干什么？"

"去见德·谢弗勒兹夫人和白金汉公爵。"

"对，"班那希尔全都记起来了，"对，红衣主教阁下说得对。我曾问过我的妻子，说布商怎么会住一个连招牌都没有的房子，真是太让人感到奇怪了，但她什么都没告诉我啊，大人。"班那希尔跪在了红衣主教脚下，继续说，"您真是伟大的红衣主教，人人尊敬的天才人物！"

打败一个小人物毫不费力，胜利是微不足道的，尽管如此，红衣主教还是有点高兴。

接下来，几乎可以说是立刻，红衣主教又想到了一个主意。他把手伸给了班那希尔，说："站起来吧，朋友，您是个好人！"

"红衣主教碰了我的手！您还称我为朋友！"班那希尔叫起来！

"是的，我的朋友，"红衣主教说，"您不应当受到这种结果，您应该得到补偿。喂！拿去吧，这个袋子里装有 100 个皮斯托尔，请您原谅我。"

"要我原谅您，大人？"班那希尔说。他不知道该不该拿这个钱袋？他是怕这是一种玩笑，担心红衣主教在要他。"可是您，您完全有让人抓我的自由；现在，您也完全有让我将我打一顿的自由，完全有把我绞死的自由，我不会有任何怨言，您的意思是……"

"您是一个宽宏大量之人，这我看出来了。我感激您，所以要给您这个钱袋。我想，这不会让您感到不快吧？"

"我很高兴接受。"

"那就告别了，或者更应该说，再见了。"

"我随叫随到。"

"我们会时常见面的，跟您说话非常有趣。"

"啊！是这样，大人？"

"再见。"

红衣主教向他摆了摆手，班那希尔一步一步退了出去。接着，红衣主教听到班那希尔的喊声："伟大的红衣主教阁下万岁！"

红衣主教面带微笑听着，"又多了一个为我卖命之人。"他心中说。

接下来，红衣主教开始聚精会神看那张罗塞尔地图，他用铅笔在上面划了一条线，他在进行战略思考。

门开了，路斯费尔走了进来。

红衣主教连忙站了起来，他十分重视他布置的任务。

"嗯！"伯爵开始回话，"一个二十六七岁的女的，一个35岁到40岁之间的男的，的确在那两处房子里住过。女的住了4天，男的住了5天，今天早晨离开了那里。"

"就是他们！"红衣主教叫了起来。"现在，"他继续说道，"公爵夫人已到了图尔，公爵已到了布伦，追不上他们了。"

"红衣主教阁下有何命令？"

"不要让王后知道我们知道了她的秘密，不要让她感到不安全，要让她看到我们在忙别的事。去把掌玺大臣找来。"

"刚才那个人怎么处置？"

"哪个？"

"他将作为我们的眼线出现在他妻子的身边。"

他深深地鞠一躬后，退了出来。

书房里又剩下红衣主教一个人了，他写好了一封信，在封口的火漆上加上了他的私章，那位军官第四次进了房间。

"叫威特蕾过来。"红衣主教吩咐。

不一会儿，他召的那个人出现在面前。

"威特蕾，您立即赶到伦敦去，"红衣主教吩咐，"不得有片刻的耽误。到了那里，把这封信交给米拉迪。这是付款凭证，您去我的司库那里支200皮斯托尔。如果您能够在6天之内赶回，完成这件差事，还会得到奖赏。"

信使鞠了一个躬，接过信函和取款凭证，退出去了。

那封信是这样写的：

米拉迪：

你去参加白金汉公爵最近出席的舞会。他的紧身

212

上衣上会有 12 颗钻石组成的坠子。要想办法接近他，最好能弄到其中的两颗。

一旦成功，立即告我。

十五　司法人员和军人们

这些事发生的第二天，达达尼安和波尔多斯向德·特雷维尔先生报告，说阿多斯失踪了。

阿拉密斯请假回去处理一些家务。

德·特雷维尔先生就像是他的士兵们的父亲。不管是一个怎么样的人，只要他们穿上了他的火枪队的队服，他们无论出现什么不测，他都会想尽一切办法去帮助他们。听完这事之后，他立刻去见了刑事长官。

红十字街口哨所的负责长官被找来了。经过一连串的调查了解，终于查明了阿多斯的下落：他正被关在主教堡。

阿多斯经历了班那希尔所经受了的那种种的考验。

在对质之前阿多斯什么也没有讲，直到对质时才说明，他是阿多斯，而不是达达尼安。

他说他不认识班那希尔先生和夫人，也没跟他们说过话，他是晚上 11 点左右去那里拜访他的朋友达达尼安先生，而在这之前，他一直待在德·特雷维尔先生那里，并且一起吃了饭。

其中，他还提到了德·来特蕾穆伊先生的名字。

第二位审判官与第一位审判官一样惊奇，他本想好好教训一下这个火枪手，因为司法人员是非常非常想击败军人的，但是听到两位大人物的名字就害怕了。

结果，阿多斯也被送到了红衣主教那里。可碰巧的是红衣主教不在，他进宫去见国王了。

就在此时，德·特雷维尔先生也进宫来见了国王。

我们知道，国王对王后的成见很深。而且，红衣主教还有办法使国王的这种成见长久地保持下去。

从红衣主教一直认为，女人比男人善于玩阴谋。造成红衣主教这一成见的一个原因，是奥地利安娜与德·谢弗勒兹夫人关系一向很好。他认为，这两个女人搞在一起，危险性是非常高的。在红衣主教看来，这个德·谢弗勒兹夫人不仅在政治方面，而且在爱情方面，一直为王后出谋划策，两个人狼狈为奸。

德·谢弗勒兹夫人，她已被放逐到了图尔，但她又来了巴黎，一待就是五天。

红衣主教向国王报告了她的事，国王便怒不可遏。

国王喜怒无常而且不诚实，历史记录了他的这一性格。

红衣主教还向国王禀报说，不仅德·谢弗勒兹夫人出现在巴黎，而且王后还借助于神秘通信方法，与德·谢弗勒兹夫人取得了联系。他向国王报告说，尽管这一阴谋活动十分诡秘，令人难以理清它的头绪，但他眼看就要闹它个水落石出了。他掌握了充分的证据，那个被王后派去与德·谢弗勒兹夫人进行接头的女密使眼看就要落网了，可就是一个火枪手用暴力阻止了这一切。

关于白金汉公爵，红衣主教还没有吐露一个字呢。

国王控制不住自己，非常愤怒，他向王后的套间迈了一步，看来他要干出最最冷酷无情、蛮不讲理的事情了。

就在此时，德·特雷维尔进来了。

从红衣主教在场、国王的愤怒脸色，德·特雷维尔一下子判断出这里刚刚发生了什么事。

路易十三已经准备离开了，但当他听到德·特雷维尔先生进来的声音时，便转过了身子。

"您来得正好，先生，"国王说，他的火气已经升到了极点，"我刚刚听到了有关您的火枪手干的一些好事。"

"我也有些事向陛下禀报。"

"您说什么？"国王问了一句。

德·特雷维尔先生依然用冷静的口气说："一些检察官、审判官、警务人员——无疑全是些值得尊敬的人，但是他们仇视军人，擅自在一所房子里将我的一位火枪手强行拘捕，最后，陛下，您的一名火枪手将他关进了主教堡。所有这一切的根据就是一纸命令——人们拒绝让我看那道命令。可这位火枪手品行端正，无可指责，他就是阿多斯先生。"

"阿多斯。"国王想起了这个名字。

德·特雷维尔先生继续说："就是阿多斯，在那场您也知道的不无遗憾的决斗中，不幸地将德·哈于查科先生刺成了重伤。"他转向红衣主教，"德·哈于查科先生现已完全康复，对吗？"

"谢谢。"红衣主教愤怒地咬着嘴唇。

"阿多斯去拜访他的一个朋友,但朋友没有在家,"德·特雷维尔先生继续说,"阿多斯在那里等他,刚刚拿起一本书,就有一大帮法警和士兵闯了进来,把他抓走了……"

这时,红衣主教故意朝国王做了一个动作,那意思是向国王说明:"瞧,这就是我刚刚对您讲的那件事。"

"这我全都清楚,"国王不耐烦起来,"因为他们把他抓走了是在为王国效劳。"

"这么讲,"德·特雷维尔先生继续说,"将一位无辜的火枪手抓起来,把他像罪犯那样拖来拖去——更何况受害人还是为国王流过十几次鲜血,还准备再次为陛下流血的火枪手呀,而那些人所做的一切,也是在为王国效劳吗?"

"噢,"国王开始动摇了,"事情是这样吗?"

"可德·特雷维尔先生没有讲,"红衣主教非常冷静地插言,"就是这位'无辜的'火枪手,刚刚用他的剑刺伤了四名预审员,他们是由我派出,去预审一个重要案子的。"

"主教阁下有证据表明他干了这件事,"德·特雷维尔先生拿出了贾司克尼人的坦率劲头。"因为在那一小时前,阿多斯先生,这个出身高贵的人,正和我一起吃晚餐,随后又与德·来特蕾穆伊公爵先生,还有德·夏吕伯爵先生在一起聊了天。"

"我这里有份笔录的证据,"红衣主教大声道,"是那几名遭到粗暴袭击的人的笔录,可以给陛下过目。"

"司法人员的笔录,"德·特雷维尔先生自负道,"能与以军人的荣誉做出的保证相提并论吗?"

"特雷维尔，好了……"国王说。

"要是红衣主教阁下对我的一名火枪手产生了怀疑，"德·特雷维尔先生说，"我请求红衣主教亲自进行一次调查。"

"我相信，在那所房子里住着一位巴雅恩人，"红衣主教临危不乱，"他是火枪手的一位朋友。"

"红衣主教阁下想说，那是达达尼安先生。"

"他是受您保护的一位年轻人，德·特雷维尔先生。"

"是这样的。"

"难道您不怀疑这个年轻人唆使……"

"唆使？"德·特雷维尔先生打断了红衣主教的话，"您在说阿多斯受到了达达尼安的唆使？一个年轻人不可能唆使年龄比他大一倍的人……这不可能。更何况那天晚上达达尼安先生也是在我那里度过的。"

"噢？"红衣主教说，"所有人都跟您在一起？"

"红衣主教阁下对我所讲的有怀疑？"德·特雷维尔先生的脸已涨得通红。

"不，绝对没有，"红衣主教说，"但是他什么时候去你那儿的？"

"我可以准确无误地告诉红衣主教阁下，因为他进来的那会儿，我看了看表，当时是九点半。"

"他什么时候离开的？"

"十点半。"

"但是，"红衣主教说，"对于德·特雷维尔先生的正直我不曾怀疑过。"他感觉到，胜利又变成了失败。"但，阿多斯毕竟是在掘墓人街的那所房子里被捕的。"

"他是去拜访朋友。难道不允许我队伍中的火枪手怀着兄弟般的情谊与德·阿赛尔先生的队伍中的卫士相互来往吗？"

"如果他所在的那所房子是可疑的，那就不被允许。"红衣主教回答他。

"因为那所房子可疑，特雷维尔，"国王附和说，"这您知道吗？"

"我确实不知道，陛下，"德·特雷维尔先生说，"但有一点我是知道的，那就是达达尼安的房间是不可疑的。陛下，那是可疑的，那就等于说，陛下失去了一个更为忠诚的仆人，红衣主教先生也就失去了一位仰慕者了。"

"这个达达尼安是不是就是那场不幸的决斗中刺伤了卓撒可的那个？"

红衣主教的脸顿时变得通红。

"次日，他又刺伤了巴尔纳如。是他，陛下，是他。"德·特雷维尔先生说。

"好了，我们该如何判决呢？"国王说。

"陛下，这件事与您的关系很大，对我倒没什么，"红衣主教说，"但是，我判定他有罪。"

"我则说他无罪！"德·特雷维尔先生说，"请陛下的法官做判决吧。"

"是的，把案子交给他们吧。"国王说。

"不过，"德·特雷维尔先生又说，"可悲的是，在我们所在的这一令人遗憾的时刻，军队由于治安案件而遭到严厉迫害，军人们是绝对不会高兴的。"

这话说得草率，但是德·特雷维尔先生清醒得很，他知道自己在讲什么，后果也考虑过了，所追求的效果就是来一次大爆炸。

"治安案件！"国王果然火了，"治安案件！您知道多少，我的先生！去管好您的火枪手吧，不要大吵大闹！按您的说法，抓了一名火枪手，整个法兰西就悬了！叫什么叫，不就是一个火枪手吗？把整个火枪队的人统统抓起来，你也不能说个'不'字！"

"陛下，既然您认为火枪手是有罪的，"德·特雷维尔先生说，"因此，您看，陛下，我准备交出自己的剑。现在红衣主教先生控告了我的士兵，那红衣主教也会控告我本人。如此这般，我还是以投案自首为妙。"

"您有完没完？"国王这样说了一句。

"陛下，"德·特雷维尔先生的声音并没有压低，"把我的火枪手还给我，或者审讯他们。"

"会审讯他们的，"红衣主教说，"那就再好没有了，我将从陛下那里取得辩护权。"

国王担心两个人闹翻，于是对红衣主教说："如果红衣主教阁下没有什么个人理由……"

红衣主教抢先说："请原谅打断您，不过，既然国王以为我是一个带有成见的法官，那我就回避好了。"

"哦，特雷维尔，"国王说，"您要向我发誓，事件发生时，阿多斯是在您的家里，与案件无关！"

"我向陛下发誓！"

"我提请陛下考虑，"红衣主教说，"如果就如此把犯人放掉，那就什么也查不清楚了。"

"阿多斯是跑不掉的，"特雷维尔说，"他会随时准备回答司法人员的讯问，我来担保。"

"对，"国王说，"他不会逃掉，如果需要，随时都可以找到他。更何况，"国王压低声音，补充了一句，"让我们使他有一种安全感。"

红衣主教的脸上露出了笑容。

"那就下命令好了，陛下。"红衣主教说。

"可特赦权用于罪犯，"德·特雷维尔先生决心取得彻底的胜利，"我的火枪手不是罪犯。"

"他被关在主教堡？"国王问。

"是的，陛下，关在一个单人囚室内。"

"见鬼！"国王低声嘟囔着，"怎么办呢？"

"签署命令，无罪释放，就这么办，"红衣主教说，"我与陛下一样，相信德·特雷维尔先生的保证，这就足够了。"

德·特雷维尔先生听罢有些喜悦，但他的担心并没有完全消失。红衣主教所突然表现的这种随和，他还不习惯。

国王签署了释放令，德·特雷维尔先生拿起那张纸，立即离开了。

红衣主教对着国王笑了一笑，说："您的火枪队中，陛下，长官与士兵亲密无间，这对陛下是件好事。"

这话德·特雷维尔先生听到了，他想："还没取得最后的完全的胜利，因此要快马加鞭，赶在国王改变主意之前把事办完，将阿多斯从巴士底狱或者主教堡弄出来。在那样的情况下，即使国王改变了主意，再把阿多斯关进去，做起来，也要比一直关在那里费事得多。"

德·特雷维尔先生走进了主教堡，一直在那里待到阿多斯被释放了。

后来，在阿多斯第一次见到达达尼安时说："你很聪明，但要小心了，你还欠红衣主教一剑。"

就在德·特雷维尔先生离开国王的房间，关上身后的那扇门的时候，红衣主教对国王说："陛下，如果您愿意，那就让我们认认真真地谈一谈。陛下，5天前，白金汉公爵来到了巴黎，今天早晨才离开。"

十六　掌玺大臣赛诘尔又犯了老毛病

就这几句话对国王的刺激很大，他听后，脸红一阵白一阵。

"白金汉他来巴黎干什么？"国王叫了起来。

"不用说，他来是跟您的敌人策划阴谋。"

"不对，不对！我看他是来找德·谢弗勒兹夫人、德·隆格维尔夫人①，还有孔代家②的那些人密谋，伤害我名誉的。"

"陛下您想错了。王后极为贤惠，也极爱陛下。"

国王说："对于她对我的爱我自有看法。"

"白金汉公爵的这次巴黎之行完完全全是一个政治阴谋。"

"可我肯定他是为别的事而来的，红衣主教先生。而如果王后有罪，那就让她去发抖吧！"

"本来我是不会想到这场面的。可是陛下，一些事情的出现，令我不得不去想它。遵照陛下的吩咐，我几次问过了德·赖

①　德·隆格维尔夫人：德·隆格维尔公爵（1595～1663）的夫人，公爵是红衣主教的反对派。

②　孔代家：指孔代家族，波旁王室的一支。

努娃夫人，今天早上她告诉我，昨天夜里王后一直在哭并且在写什么。"

"那，"国王说，"她肯定是在给他写信，红衣主教，我需要得到那封信。"

"很难办。我看，我和您都无法做到。"

"搜她的柜橱！最后搜身！"国王已经愤怒到了极点。

"但是陛下，您的妻子奥地利的安娜是法兰西王后，就是说，是世界之上最伟大的王后中的一个。"

"我主意已定，她的那些政治的和爱情的小阴谋该告一段落了！有一个叫赖博尔特的在她身边……"

"是，陛下，他是一个关键人物。"

"这样说，您也认为她在欺骗我？"

"我再说一遍，陛下，王后在密谋反对她的国王的权力，我并没有讲，她在毁害国王的荣誉。"

"她把权力和荣誉一块儿反！王后不爱我，她爱着别的人。她爱的是白金汉，那个无耻之徒！白金汉在巴黎的时候，你们为什么不把他抓起来？"

"把查理一世国王的首相抓起来？那要是陛下的那些猜疑，到如今我对那还抱有怀疑，有几分可靠呢？那将会引起何等的轰动啊！那将是多么大的丑闻！"

"既然他来巴黎胡作非为，那……"

路易十三害怕了，不敢讲下去了。

黎塞留呢，正伸长了脖子等那句话。

"那怎么办？"

"没什么，"国王说，"他在巴黎的时候，您片刻都没有让他摆脱您的监控吧？"

"没有，陛下。"

"他住在哪？"

"住竖琴街 75 号。"

"您肯定王后与他没有见面吗？"

"我相信王后没有，陛下。"

"可他们肯定有书信来往，王后写的信就是给他的，我要这些信！"

"不过，陛下……"

"公爵先生，我一定要拿到。"

"然而……"

"难道您也背叛我，红衣主教先生，您难道和他们串通好违抗我的旨意？"

"陛下，"红衣主教叹了一口气，道，"没想到，我竟受到了如此的怀疑……"

"红衣主教先生，我的话您听见了——我要那些信。"

"既然这样，就只有一个办法好用了。"

"什么办法？"

"让掌玺大臣来完成这项任务，这在他的职权范围之内。"

"立刻派人把他找来！"

"他现在在我家里。"

"立刻派人把他叫来！"

"陛下的命令将被执行，可……"

"又有什么事？"

"可王后也许会加以拒绝。"

"她不敢拒绝我的命令。"

"如果她不知道这是您的命令……"

"为了让她不至于怀疑这不是我的命令，那我就亲自去通知她。"

"陛下，我提醒您，我不愿意让陛下和王后闹翻……"

"我知道您对王后宽容。我预先告诉您一声，这事我们改日还要谈。"

"我随时听候陛下吩咐。不过，我所希望看到的是，国王与王后和睦相处，白头偕老。"

"好了，红衣主教，好了。请您立即派人去将掌玺大臣叫来，我这就去王后那里。"

说着，路易十三推开了一扇门，走向奥地利安娜的房间。

王后身边是众女侍——从马德里来的西班牙女仆艾丝特法妮娅夫人则正在一个角落里。德·盖美涅夫人正在朗读着什么，众人聚精会神地听着。王后让众人听朗读，自己心里却想着其他事。

她的思想被爱情染成了金黄色，但忧郁之雾难以散去，她得不到丈夫的信任，遭受着红衣主教的仇视。她知道，红衣主教绝对不会原谅她，因为她曾严厉地拒绝了红衣主教的感情。

王后之所以这样做，是因为她看了太后马瑞·德·美第奇^①的回忆录。如果那上面所写的东西可信，那就说明，太后虽然一开始就迎合了那种感情，到头来，她还是被来自红衣主教的那种憎恨折磨了一生。

让安娜伤心的还有她的忠诚的仆人，她所宠信的大臣，她给她接触的一切带来了厄运，她给别人的友谊变成了人家的灾难。德·谢弗勒兹夫人被放逐了，德·韦内尔夫人也被放逐了，最后，赖博尔特毫无隐瞒地告诉她，他随时在准备被抛进巴士底狱。

就在这时，房门被打开了，国王走进了房间。

朗读顿时停止，室内死一般沉寂。

国王，仅仅是站在王后的面前，说了下面的话："王后，司法大臣^②将来觐见，他将受我之命办理公事。"

这个受到太多不公正的王后，听了国王这话，她搽着胭脂的脸一下子变白了。问：

"为什么有话陛下不亲自对我说，却叫司法大臣来？"

国王没有回答，转身走了。

几乎就在同时，卫队长德·吉托先生就进来禀报："司法大臣求见。"

司法大臣从另一扇门里进入。

---

① 马瑞·德·美第奇（1573-1642年）：亨利四世之妻。亨利四世死后，路易十三年幼，她曾任执政。当初，她与红衣主教黎塞留在政治上有过一段亲密的关系。因涉嫌谋反被放逐，经黎塞留的努力，从流放地被召回，并参加了枢密院。经她的努力，黎塞留取得红衣主教的职位，并经她推荐做了路易十三的首相。后两人闹翻，她要求路易十三罢免黎塞留，遭到了黎塞留的报复，她再次被流放，至死没能回到法国。

② 当时司法大臣就是掌玺大臣。

人们看到了这样一张脸：似笑非笑，半红不红。

一个叫德·露什·特玛尔的人，曾是红衣主教的一个随从。后来，他当上了巴黎圣母院的司铎。经红衣主教推荐，这位先生又当上了掌玺大臣。这位先生对红衣主教忠心耿耿，红衣主教十分满意。

这位掌玺大臣有很多故事。

青年时代的他放荡不羁，之后他进了一所修道院，打算在那里待上一段时间，为自己的种种荒唐行为赎赎罪。

情欲并不因此被关在修道院大门外，相反那情欲附身，这种情欲与他一起进入了修道院。随后，情欲不断地折磨他，他将自己的不幸告诉了院长。院长建议，当他情欲来袭时，要使劲儿地拉绳打钟，以驱除邪魔。

修道士们已被告知，诱惑的恶魔正在纠缠一位兄弟，每当钟声响起时，所有人都要进入祈祷状态。

全院一起用如此大规模的祈祷来帮他驱逐恶魔，这使未来之掌玺大臣甚为满意。只是恶魔并不轻易离开，甚至于它是这样：您越是用劲地赶它，它就越发地站稳脚跟，寸步不让。

因此，情况变成了这样：情欲随着钟声增强。当然，悔过者的情欲来得越强，钟就打得越勤。于是，不管白天黑夜，修道院钟声不断。

修道士们已经没法休息了。白天，他们不得不在那座通往小教堂的小楼梯上上上下下；夜里，他们要不断地跪在他们的单身小房间的方砖之上不下 20 次。

如此过去三个月，我们的这位悔过者出院还俗。但是，可怕的恶习缠身的名声却捞上了。

他进入了司法界，先是代替他的一个叔叔当上了最高法院的院长，并投身于红衣主教的名下，很快就成了司法大臣。

在红衣主教的泄愤报复计划中，司法大臣成为红衣主教的一名得力的马前卒；在加莱案件中，他是法官们的后台。

红衣主教完全信任他，也正是因为如此，他现在又领到了一项特殊的使命。

他来到了王后的房间。

见他进来，王后便坐回到了扶手椅上，并要求女仆们都重新坐下。然后，她用一种极端高傲的语调说："你来这里干什么？"

"遵照国王的命令，对您的文件做一次仔细的搜查。"

"搜查我的文件？我的文件？这是卑鄙的！"

"请您原谅，陛下，只能说我是国王的一个工具。国王陛下不是刚刚亲自来过这里，告诉过您吗？"

"那就搜好了，先生。看来，我成了一名罪犯。"

司法大臣得做做样子，把那些桌子和写字台查一查。他明白，王后绝不会把信藏在这里。

最后，他不得不搜查王后本人。

司法大臣朝王后走过去说：

"现在剩下了最重要的搜查需要进行。"

"您指什么？"王后问，她不明白。

"国王陛下肯定，您在白天写了一封信。那封信您还没有寄出去，在桌子里、写字台里都没有找到这封信，它定然在某处……"

"怎么，您敢碰您的王后？"奥地利安娜挺直了身子，紧紧盯住司法大臣。

"我是国王的忠诚臣子，王后，这是国王的命令。"

"不错，"奥地利安娜说，"我确实写了一封信，而且确实也还没有送出去，信就在这儿。"

王后把那双手放在了胸前。

"那就请陛下把它交给我。"

"我只交给国王，先生。"安娜说。

"如果国王想让您把这封信交给他，他早就亲自来取了。但是，请允许我再重复一遍：他派了我来，而且，如果您不交出……"

"怎么样？"

"他吩咐，就从您那儿得到它！"

"什么意思，您？"

"我得到了授权，王后，我将在您的身上取得它！"

"你敢？"王后叫了起来。

"因此，王后，请您配合。"

"这是暴力，很无耻，先生，您明白吗？"

"我遵照的是国王的旨意。"

"我不能容忍！我宁可死！"王后叫了起来。

司法大臣鞠了一躬，然后，他带着将完成一项使命的委托，以绝不后退一步的决心，逼近了奥地利安娜。

安娜那愤怒的泪水夺眶而出。

王后，我们已经讲过多次了，太美了。

毫无疑问，眼前这位司法大臣正在迫不及待地拿眼睛去寻找大钟的系绳，但是他没能找到。于是，他下定决心，把手指向王后承认藏了信的那地方伸了过去。

奥地利安娜退了一步，脸色煞白。

为了不至倒下去，她的左手撑在背后的桌子上，右手从胸口里掏出那张纸，扔给了司法大臣。

"拿去！拿去吧！先生！"王后叫着，声音颤抖，"快滚吧！"

司法大臣这边也激动得浑身发抖。

最后，他接了信，深深鞠了一躬之后，走了。

司法大臣刚一离开，王后就昏倒了。

司法大臣拿着那封信，只字未瞧，就将那封信交给了国王。

国王接过信来，急忙看收信人的姓名和住址，这些信上都没写，然后他慢慢地打开了信。

那信是写给西班牙国王的，他匆匆把信看了一遍。

信的内容是向红衣主教发起进攻的一项完整计划，因为黎塞留一心想要打击奥地利皇室。她劝说她的弟弟和奥地利皇帝，可假意提出向法国宣战，但只要罢免黎塞留就可避免战争。

这封信中没有提爱情。

国王很高兴，他问侍卫："红衣主教是不是还在宫内？"

得到的回答是，红衣主教阁下还在书房等着国王。

国王立即找到了他。

"您瞧，公爵，"国王对他说，"您说对了，整个密谋都是政治性的。与爱情无关，与您有关的地方很多。"

红衣主教接过信，仔细地看了两遍。

"很好，陛下，"他说，"您看到了！他们用两场战争来要挟您，逼您免我的职。陛下，如果换成我，我定会在这强大的威逼之下退却。我呢，陛下，倒巴不得退出国家事务。"

"您在说什么呀，公爵？"

"我在说，在如此紧张过度的斗争中，在这些没完没了的繁重工作中，我的健康受到了损害。我在说，十有八九，我顶不住攻打罗塞尔的劳累。因此，您最好还是委派另一个人到那里去，而不要委派我去。我是一个神职人员，这些年来，我对这些身不由己的事厌倦了，还是让我去干一些我力所能及的事情吧。这样一来，您在国内事务之中会来得顺利些。陛下，我也不怀疑，那样您在国际事务之中同样会变得更为强大。"

"公爵先生，"国王说，"请您放心，很多人都将因这封信而受到惩罚——王后本人也休想逃掉！"

"您这是在说什么呀，陛下？王后她一直把我当作敌人。可我，我是经常支持她的呀！我甚至于支持她反对您！当然，除了沾污您的荣誉，那我会第一个站出来，说：'对女罪犯绝不宽容，陛下，绝不宽容！'幸好实际情况并非如此。"

"您说的确实如此，红衣主教先生，"国王说，"您总是对的。只是，王后依然是让我怒火难消。"

"可是，是您，陛下，王后肯定动气了，我是完全理解她的。陛下，您待她过于严厉……"

"您的敌人就是我的敌人！不管她地位有多高，我都将严加惩治！"

"陛下，王后是我的敌人，不是您的敌人。她是您的一个无可指责的好妻子，请允许我为王后说情。"

"那你必须向我认错。"

"正相反，陛下，是您怀疑了王后，您应该首先认错。"

"我？我首先认错？"

"陛下，我在求您。"

"我怎么认错呢？"

"做一件能够使她高兴的事。"

"做什么事好呢？"

"组织一次舞会。这您知道，王后是多么喜欢跳舞！"

"红衣主教先生，这您知道，我不喜欢这类社交活动。"

"正因为如此她才会更加感动，更何况这是一个绝好机会，是一个她佩戴她生日那天您送给她的那串钻石坠子的绝好机会，那串坠子她还没来得及佩戴起来向公众展示呢。"

"改日再说吧，"国王说。既然王后犯的是一项与他无关的错误，不是让他担惊受怕的那种错误，心里便感到痛快起来，他已打算与王后言归于好了。

这时，钟敲了11下，红衣主教告辞了，他再次恳求，国王一定要与王后言归于好。

信被抄走之后，奥地利安娜有点担惊受怕。但是次日，她吃惊地发现国王在试图跟她套近乎。本来她相当反感，作为女人，作为王后，她的尊严受到了双重的残酷冒犯，她不可能就这样把事情轻易地放过。但是，经女仆们的劝解，她表面上接受了国王的好意。

国王表示，他很快要为她组织一次盛大舞会。

对可怜的奥地利安娜来说，这真是一个奢望。国王这话刚一出口，使她剩下的那点怨怒，很快就消失了。

她问国王舞会何时举行。国王回答说，这要与红衣主教商定以后再告诉她。国王多次问红衣主教舞会的具体时间，但每次问他，红衣主教总是借故推脱，一直没有定下来。

那场搜信风波过去 8 天后，红衣主教接到一封信。只有几行字：

> 东西已经拿到。请速送 500 皮斯托尔。收到后四至五日，即可到达巴黎。

当天，国王再一次问了那个问题。

红衣主教掐指低声算着："钱送过去需要四五天，她回来又需要四五天。还要考虑到：赶上逆风、意想不到的耽搁、女人的弱点，如此等等因素，打宽裕些为妙。那就算 12 天吧。"

"到底是哪一天？"

"好了，陛下。今天是 9 月 20 日，10 月 3 日举行一次庆祝会，安排在那天再好不过了。"

接下来红衣主教又补充说："陛下，在舞会的前一天，您别忘了提醒王后陛下，您希望瞧瞧她戴上那串坠子。"

十七　班那希尔夫妇

红衣主教这是第二次向国王提坠子的事了，一再强调坠子的事引起了路易十三的警觉。

红衣主教已经不止一次地令国王感到了羞辱。他手下的警务人员虽比不上现代警察的高明，当时却是首屈一指的。国王不能忍受红衣主教比自己更了解家中的情况。

国王想与王后谈一谈，从中了解一些红衣主教所知道或不知道的情况。

到了那里之后，与往日一样，他对王后身边的人恶语相加。

奥地利安娜则一言不发，任他没完没了地发泄。

路易十三可不想让奥地利安娜缄默不语，他要的是一场争执，以便从中了解到更多的情况。他认为红衣主教正策划什么阴谋，对他来一次可怕的突然袭击。

于是，国王的指责接连不断。

王后对他的的话感到不耐烦起来，最后终于开口："陛下，您讲了这么多，我看您肚子里藏着的话还是没有讲出来。我给我弟弟写的那封信不至于让您这样，我难道还犯了其他罪？"

国王无言以对。他忽然想到，本该到舞会前才与王后讲的那句话，不如现在就讲出来，看看她有何反应。

"王后，"国王声色俱厉地说，"舞会就快举行了。为了向我们那些正直的市政长官们表示敬意，届时您不要忘记穿上您的礼服，作为您的生日礼物我送您的那副钻石坠子别忘佩戴。"

奥地利安娜以为，那晚的事情路易十三已经掌握。她想到，国王一直忍着不提这个事情，定然是红衣主教的主意，现在他再也无法忍耐了，这倒是国王的脾气。

她的脸顿时变得煞白，手此时撑在了一张小茶几上。她惊恐地看着国王，一句话说不出。

"听到没有？"国王问。王后的窘境令他十分开心，当然他没有猜到王后窘迫的缘由。

"听到了，陛下，我听到了。"王后讲得有些吞吞吐吐。

"您去参加，对吗？"

"我去。"

"戴上那串坠子，对吧？"

"是的。"

王后脸色惨白，这国王看到了，冷酷的他——越发感到开心了。

"那么，说定了。"国王说。

"那么，舞会将在何时举行呢？"奥地利安娜问。

国王的本能告诉他，他不应该回答这个问题。但见王后发出的声音低得像一个垂死的人那样，便说："就在这几天，具体的就得去问红衣主教。"

"是红衣主教告诉您要举行这次舞会？"这回王后的声音变大了。

"不错！"

"要我佩戴钻石坠子出席舞会的主意也是他出的？"

"那就是说……"

"当然是他！"

"这又有什么关系？"

"没有，陛下。"

"那您去参加？"

"去。"

"好，"国王出去了，"好，就这样了。"

王后行了一个屈膝礼，王后的双腿现时已无法支撑身体了。

"完了！"王后失魂落魄，低声说了一句，"国王还什么都不知道，但红衣主教掌握了一切。不过，国王很快也就会知道了。"

她在祈祷。

白金汉回伦敦去了，德·谢弗勒兹夫人远在图尔，她受到了严密的监视，她知道有人出卖了但她不知道是谁，赖博尔特也被监视，不能离宫一步。她不再有一个可以信赖的人……

她哭了。

这时，突然有一个声音传了过来：

"王后危难之时，难道我不能为王后效劳吗？"

王后回过头来。

在王后一个套间的门口，出现了美丽的班那希尔夫人的身影。

刚才国王进来时，她正在隔壁房间里为王后整理衣服，她听到了国王与王后的对话。

一开始王后没有认出是赖博尔特推荐的年轻妇人，她见自己的所作所为被人瞧见了，显得十分慌乱。

"王后不必惊慌，"班那希尔夫人双手合着，"尽管我地位低下，与王后的距离遥远，但是我定能为王后解除忧虑。"

"啊！是您！"王后叫了起来，"可是，到处都有人出卖我，我怎么敢相信您？"

"不错，"班那希尔夫人道，"这里有些奸诈小人，可再没有别的人像我这样忠于王后了。那串钻石坠子，王后不是已经给了白金汉公爵了吗？那坠子放在了一个小匣子里，那天白金汉公爵把它夹在胳膊下带走了。是不是那副手饰？"

"啊！主啊！"王后低声说了一句。

"这副钻石坠子一定得要回来，"班那希尔夫人说。

"是啊，一定得要回来，"王后高声说，"怎么要回来呢？"

"应该派人到公爵那里去。"

"可派谁呢？我能信任谁呢？"

"请相信我，王后，我能找到这样一个信使。"

"那我得写一封信。"

"是的，还要盖上您的专用图章。"

"这有可能成为罪证，那样我将会被放逐。"

"我保证，那封信只能被交到收信人的手里。"

"噢，这么说，我的一切就统统托付给您了！"

"是的，是的，王后，您一定得这样办。请相信我。"

"可您用什么办法来做到这一切呢？至少您说说看，让我也知道知道……"

"我的丈夫。他正直，对人——不管什么人，都不存偏见，我要他做什么，他就做什么——只要我发话，他就会把信送到目的地。"

王后听罢握住班那希尔夫人的手，并像看到了她的心底那样看着她的眼睛，于是，她柔情地拥抱了她。

"就这样吧！"王后说，"您拯救了我。"

"啊，王后言过其实了，为王后效劳是我的荣幸。"

"您讲得好，"王后说。

"陛下，赶紧写信吧。"

王后飞快地走到一张小桌前，写好信，盖好了图章，把信交给了班那希尔夫人。

"您忘记了一件最要紧的东西。"王后说。

"您指什么，王后？"

"钱呀。"

听了这话，班那希尔夫人的脸红了起来。

"那倒是，"班那希尔夫人说，"不过，不瞒王后，我的丈夫倒真的……"

"您是要说他缺钱吧？"

"不，他有钱，但很吝啬。不过王后不必为此操心，我总可以……"

"偏偏我也没有钱，"王后说，"不过，请等一下……"

王后去找她的首饰盒。

"把这个戒指拿去吧，它是我的兄弟西班牙国王送我的，拿去卖掉它，您丈夫就有了钱动身了。"

"好的。"

"地址您看到了，"王后声音小得几乎听不到了，"伦敦白金汉公爵。"

"肯定会送到。"

"我的好孩子！"奥地利安娜高声说。

班那希尔夫人吻了王后的双手，把信放在胸前。

十分钟后，她已经到了家里。她丈夫在红衣主教那里发生了变化。另外，德·路斯费尔伯爵曾好几次来找她的丈夫，伯爵与她丈夫已经成了好朋友。在此情况下，伯爵并没有费太大的力量就使她丈夫相信，绑架她并不是出于歹意，而只是政治活动中一项保护措施而已。所有这些情况，她还一概不知。

她看到，可怜的班那希尔正一个人在家收拾屋子，屋子里完全乱了套。所罗门王曾说，他有三种"所经之处不留痕迹"[①]，看来警务人员没有照这位国王所讲的去做。女用人也不见了，她早已溜之大吉，那种恐怖情景实在让那位可怜的姑娘看了害怕，她从巴黎一口气逃到了她的家乡布尔高尼。

---

① 所罗门王为古以色列国国王。他所说的三种"所经之处不留痕迹"是：鹰在空中所飞之处，蛇在磐石上爬行之处，船在海中所行之处。见《圣经·旧约·箴言》。

正直的服饰用品商见妻子回来了，便对妻子说他的遭遇。妻子先向他表示了祝贺，然后说本来想早点来看他，但因工作实在太忙，前几天没能回来。

等了这么长时间，如果是先前，他一定想到，让他等的日子未免长了些，可因为他见到了红衣主教，而且路斯费尔伯爵还不止一次地来看过他，因此他没注意到时间。

德·路斯费尔伯爵一直称他为朋友，并且不断地对他说，红衣主教如何如何器重他，这使服饰用品商看到了自己的锦绣前程，所以他并不感到时间过得太慢。

这些天来，班那希尔夫人也在思考，只是她所思考的与个人野心无关，她所神系情牵的是正直英俊的年轻人。她18岁那年嫁给班那希尔先生，打那之后，她就一直生活在她丈夫的朋友的那个小圈子之内，生活圈子引不起她任何的感情波澜，对一些庸俗的引诱她更是无动于衷。

在那个年代，贵族头衔总让市民另眼相看，而达达尼安是一个贵族，而且他身上穿的是国王卫队的制服。他年轻、英俊、喜欢冒险，让一个23岁的女人爱得神魂颠倒，这些就足够了，而班那希尔夫人又正好在这样的一个年龄段。

班那希尔夫妻已经有很长时间没见面了，但是，由于一周之内接二连三地发生了与他们有关的许多大事，因此，他们的重逢是各人带着各人的心事实现的。不过，一见面时，班那希尔还是显得甚为兴奋，于是，他张开双臂迎向了妻子。

班那希尔夫人则伸出额头去接受丈夫的亲吻。

"我有事对您讲。"她说。

"有事？"班那希尔感到吃惊。

"是，有一件非常非常重要的事。"

"是的，我也一样。您先告诉我，您被绑架是怎样一回事？"

"我要跟您讲的与那事毫无关系。"班那希尔夫人说。

"跟我被关押的事有关系？"

"您被关押的事当天我就听说了，因为我知道您是无辜的，没犯什么罪，没参与什么阴谋，别人也不知道，所以，我就根本没有看重它。"

"您说得倒轻松，我的夫人！"班那希尔见妻子如此地不关心他，心中未免有些不快，"您不知道我在巴士底狱被关了一天一夜？"

"一天一夜转眼不就过去了！现在，咱们放下您被关的那事，来谈我回来找您的事吧。"

"回来找我的事？难道您回来不是来看您离别一周的丈夫，还会有其他别的什么事？"看来服饰用品商被刺痛了。

"当然，是回来看您，但还有别的事。"

"是什么事？"

"一件关系到我们前程的大事。"

"夫人，我们的前程已大有改观。"

"会是这样，不过首先得去做一些事。"

"您吩咐我？"

"是呀，我来吩咐您。这是一件神圣的事，另外还可以得到一大笔的钱。"

班那希尔夫人清楚，一说钱就抓住了丈夫的要害。

可是，班那希尔夫人哪里知道，一个人，即使是一谈钱就被抓住了要害的服饰用品商其人，只要他跟红衣主教说过 10 分钟的话，那他也就变成了另外一个人了。

"可以得到一大笔的钱？"班那希尔翘起嘴唇说道。

"是的，一大笔。"

"大概是多少？"

"约有 1000 皮斯托尔。"

"您要我做的事很是重要？"

"很是重要。"

"做什么？"

"立即出发，到伦敦去送一封信——无论如何要把它交到收信人的手里。"

"去哪儿？"

"伦敦。"

"我才不去伦敦，我跟伦敦有什么关系？"

"可有人需要您去那里。"

"谁？你告诉我是谁。今后，我不但要清楚我为了什么去冒险，而且我要清楚我在为什么人去冒险。"

"派您前往的是一位名望很高的人，在那边等您的同样是一位名望很高的人，我只能给你讲这么多了。"

"都是见不得人的勾当！多谢想着我。可我再也不信您那一套了——经红衣主教的开导。"

"什么？红衣主教？"班那希尔夫人大声叫了起来，"您见过红衣主教？"

"是他叫我去的。"服饰用品商得意地说道。

"叫您去您就去了？"

"当时，我身不由己。另外，我还应该告诉您，当时我根本不知道要见的是红衣主教。"

"那他虐待了您？威胁过您？"

"他把我称作朋友——夫人，您听清了没有？我，成了伟大的红衣主教的朋友！"

"伟大的红衣主教？"

"您不这样想吗，夫人？"

"我告诉您，一个首相的恩惠是暂时的，只有疯子才会去巴结他。有些人权势比他还要大，我们要接近的应该是这些人。"

"真是遗憾，夫人，除了这位伟大的权势人物之外，还有其他的什么权势人物？"

"您是说，您为红衣主教效劳吗？"

"是的，夫人，我不允许您掺和到那些阴谋之中去，也不允许您掺和到一个心里只想着西班牙人的女人的龌龊勾当里面去。红衣主教洞察一切。"

这些话都是班那希尔从德·路斯费尔伯爵那里听来的。

这位妇人原指望丈夫能够帮他，因此向王后夸下了海口，没想到丈夫发生了这么大变化，自己还差一点儿陷入虎口，又想到自己在此处境之下的无能，心胆俱寒。

她想到了丈夫的种种弱点，尤其想到丈夫的贪婪。于是，她便打算再做一次努力。

"哟，这么一说，您成了红衣主教派了，先生，"她大声道，

"可他们的人不但虐待了您的妻子,而且还侮辱了您的王后。"

"集体利益在前。他们在拯救国家,我支持他们。"

这又是德·路斯费尔伯爵讲的话。

"您知道不知道,您所说的国家是指什么?"班那希尔夫人耸了耸肩,"以我之见,您还是老老实实做一个本分的小市民为好,这样将获利最多。"

"喂,喂,请看这儿。"班那希尔拍着一只鼓鼓囊囊的口袋,那里面发出了清脆的金币的撞击声,"对此,您有何感想?"

"钱是哪里来的?"

"您猜猜看。"

"红衣主教给的吗?"

"一部分是德·路斯费尔伯爵给的,另一部分是他给的。"

"德·路斯费尔伯爵?可绑架我的就是他呀!"

"有这种可能,夫人。"

"那您还要他给的钱?"

"您刚才不是讲了,这次绑架纯属政治性的?"

"是这样。可是,绑架的目的是要逼您的太太背叛自己的主人!是用酷刑逼她招供,从而去败坏她女主人的名声,甚至是谋害她的性命!"

"夫人,可您那最尊贵的女主人是一个西班牙人,红衣主教正是对着她来的。"

"先生,"年轻女人道,"我万万没有想到,您竟然还是一个无耻之徒!"

"夫人,"班那希尔还从未见到妻子冲他发过脾气,这次,面对妻子的怒火，他有点妥协了，"夫人，您在说什么呀？"

"我在说，您是一个混蛋！"班那希尔夫人继续说，"哼！几个小钱您就出卖了自己，把肉体、把灵魂统统出卖给了恶魔！"

"不，是红衣主教。"

"一样！"班那希尔夫人叫了起来，"红衣主教就是撒旦！"

"闭嘴！夫人，您闭嘴！别人会听见。"

"这我又为您感到羞耻！"

"喂，您这样逼我，到底让我做什么事？"

"立即动身，去忠诚地完成我托付给您的事，先生。如果您答应能够办到，以前的事咱们就一笔勾销，就是说……"说着她向他伸出手来。

班那希尔虽然有很多缺点，但他爱他的妻子，他软了下来，一个50岁的男子对一个23岁的女人的怨恨是难得持久的。

班那希尔夫人见他犹豫不决，便问："决定没有？"

"可亲爱的，巴黎到伦敦路途遥远，也许还有千难万险。"

"您是可以避开这些危险的。"

"您听好，您听好，"班那希尔道，"我拿定主意了——不接受！我怕阴谋诡计那些玩意儿。巴士底狱我见识过了，那太可怕了！只要一想到它，我就浑身发抖。他们威胁我，说要给我上刑，把大木楔子插进您的腿里，一直插到骨头，让您的骨头变成两半儿！不，我拿定了主意，不去！我在想，我原先是错了——现在我认定您是一个男子汉。"

"可您呢，倒像一个一无是处的娘们儿！噢，您怕了！可我告诉您,您不听我的安排我就用王后的命令叫人把您抓起来,投到巴士底狱里去!"

班那希尔陷入了深思,他一直在衡量着,哪一方的怒火更烈些。

"那您就让王后下命令吧,而我就去找红衣主教。"

这使班那希尔夫人一下子发现,自己所面对的是一张愚顽的脸,一张被吓破了胆子的人才能有的那种脸。她怕了。

"不去就不去吧,也许您是对的,"班那希尔夫人说,"因为在政治方面男人总是比女人高明些。特别是您,因为您听到过红衣主教的训诲。可是,作为我的丈夫不能帮助我,而且做起来如此无情无义,这真刺痛了我的心。"

"那是由于您的要求过分。"

"那我放弃了。"年轻女人叹了一口气。

"我们还可以继续谈一谈,譬如您可以告诉我,要我去伦敦干的是件什么事……"班那希尔想起探听他妻子的秘密。

"这您就没有必要知道了,"班那希尔夫人说,她对丈夫产生了怀疑,"无非是一些小买卖。"

班那希尔夫人越是这样轻描淡写,班那希尔越是感到那可能是一宗重大秘密。因此,他决定立即去找德·路斯费尔伯爵,向他报告。

"夫人,我要离开一下,"他说,"因为我不知道您会现在回来,而我约好要去看一个朋友,有半个小时足够了。因此,请您等我,我好送您去卢浮宫。"

"谢谢了,先生,"班那希尔夫人回答说,"只是您的胆子太小了，我完全可以一个人回去。”

“那就随您的便了，夫人。”班那希尔说，“什么时候再见面？”

“当然，下礼拜吧。我要回来整理一下这屋子。”

“那好吧，您不怪我吧？”

“不会。”

“那就再见了。”

“再见。”

班那希尔吻了妻子的手，走了。

“唉！”丈夫走了，屋里只剩下了她一个人。自言自语道：“这个白痴！我怎么办呢？我向王后起了誓，作了保证，答应了那个可怜的女主人……看来，她也会把我看成一个宫中的小人了！啊！班那希尔先生，我从来没有爱过您，现在就越发不爱了，而且我恨您！”

这时，她听见天花板上有人敲了一下，她抬起了头，紧跟着有人对她说：“亲爱的班那希尔夫人，我就下楼到您那里去。”

十八 情人与丈夫

"你的丈夫真不是个东西!"达达尼安进门之后说。

"我们的谈话您都听到了?"班那希尔夫人不安地望着达达尼安。

"都听到了。"

"是怎么听到的呢?"

"我有我的办法,那您与红衣主教的打手们的谈话,我也是用同样的办法听到的。"

"您知道了些什么呢?"

"很多很多。第一,您的丈夫是一个傻瓜蛋、一个糊涂虫;第二,我知道了您处在了尴尬境地,我希望为你效劳,天主知道,我正等着为您赴汤蹈火;第三,我还知道了王后需要一个信使到伦敦去。他应该是一个聪明的人,一个勇敢的人,一个忠诚的人,而这三项标准中我至少具备两条。"

班那希尔夫人没讲什么,内心中唤起的希望使她的双目闪闪发光。

"您将给我怎样的保证？"她问。

"我对您的爱就是最好的保证，我听候吩咐。"

年轻妇人轻声说："先生，我不知道能不能把这秘密告诉您，要知道，您差不多还是个孩子呢！"

"就是说，您需要有人为我担保。"

"那样我会更安心。"

"您认识阿多斯吗？"

"不认识。"

"波尔多斯呢？"

"不认识。"

"阿拉密斯呢？"

"不认识。他们都是些什么人？"

"都是国王的火枪手。那您认识不认识德·特雷维尔先生？"

"他，我知道，人们多次向王后提到过他。"

"您觉得他会出卖您，对吧？"

"我不认为他会这样。"

"那好了，请您去把秘密告诉他，然后问问他一项秘密，他是不是可以托付于我？"

"可这不是我的秘密，我不能随便说。"

"可您差一点儿就告诉给了班那希尔先生！"达达尼安有些不高兴了。

"那无非是把一封信塞进了一个树洞里，系在一只鸽子的翅膀上，挂在一条狗的项圈上。"

"可我，我爱您！"

"无非是说说而已。"

"我可是一个正直的人。"

"这我并不怀疑。"

"我还是一个勇敢的人。"

"啊！这我就更不怀疑了。"

"那就相信我。"

班那希尔夫人还有最后的一丝疑虑，但她看到了他的眼睛里的那股热情，他声音中的力量让人信服。她感到自己被征服了，她最终相信了他。在当时的情况之下，没有其他办法了。当然，促成她下定最后决心的，还有她对这位年轻保护人产生的那种柔情的因素。

"请听我说，我相信您，"她对达达尼安说，"不过，如果您出卖了我，我将用死亡控诉您的不忠！"

达达尼安说："您交给了我这项任务，如果我失败了或者没完成，我宁可选择死亡，也绝对不会连累他人。"

这位年轻的妇人便将那秘密告诉了达达尼安，其中的一部分其实对达达尼安已经算不上秘密了。

达达尼安心花怒放，这一切，顿时使他变成了一个巨人。

"这就动身。"

"怎么？"班那希尔夫人叫了起来，"就这样走了？您怎么向队长交代？"

"啊！对，差点忘了，您提醒得好，我得请个假。"

"这又是一道障碍。"班那希尔夫人满面愁容。

"啊！这不是障碍，您放心好了。"达达尼安高声说。

"您怎么办？"

"晚上我就去找德·特雷维尔先生，让他去给德·阿赛尔先生说一说。"

"还有另外一件事……"

"什么事？"达达尼安见班那希尔夫人，便问了一句。

"也许您没有钱吧？"

"'也许'二字实在多余。"达达尼安微笑着说。

"那么，"班那希尔夫人打开了一个柜子，拿出了那个口袋，"那就把它拿走好了。"

"红衣主教的！"达达尼安开心地大笑了起来。

"红衣主教的！"班那希尔夫人说，"瞧！这袋子的样子多体面！"

"真是见鬼了！"达达尼安高声道，"红衣主教的钱花在王后身上，有趣！"

"您真是可敬可爱，年轻人！"班那希尔夫人说，"请您相信，王后陛下会奖赏您的。"

"啊！我已经得到了重大奖赏！"达达尼安大声叫了起来，"您允许我说我爱您，就已经是喜出望外了。"

"停！"班那希尔夫人浑身哆嗦了一下。

"怎么了？"

"街上有动静。"

"说话声……"

"像我的丈夫，是他。"

达达尼安奔到了门前，将门关好。

"先不要让他进来，"他说，"等我走后您再去开门。"

"可我呢？我也得离开。如果我在这里，而钱袋却不见了，我说什么呢？"

"说得对。"

"我们一出去，他们不就看见了？"

"那只能上楼到我的房间里去了。"

"啊？"班那希尔夫人叫了起来。

达达尼安看到，班那希尔夫人连眼泪都流了出来。达达尼安顿时六神无主，他跪到班那希尔夫人脚下，说："在我那里，您绝对安全。我以贵族的身份向您保证。"

"那我们就去那里吧，"班那希尔夫人说，"我信赖您。"

达达尼安轻轻地拉动门闩，两个人轻得像影子那样，出门后溜进过道，然后悄悄上了楼梯，进入达达尼安的房间。

年轻人把门用东西顶上了，随后他们到了窗前。他们从窗缝中看清楚了，在大街上，班那希尔先生正在与一个身披披风的人谈着什么。

看到这个披披风的人，达达尼安就跳了起来，他拔出剑，向门口冲去。

"您要干什么？"班那希尔夫人大声叫着，"您会把我们俩都毁了的！"

"可我发过誓，不把他宰了誓不罢休！"

"现在，您的生命已经不属于您自己了。因此，我以王后的名誉对您说。"

"以您的名誉就没有任何事情让我做吗？"

"那就以我的名誉，"班那希尔夫人激动不已，"以我的名誉，我请求您。不过，他们像是在谈论我。"

达达尼安靠近了窗口，仔细地听着。

班那希尔刚才已经开门进了家，现在又回到了那个站在街上的披披风的人那边。

"她走了，回卢浮宫去了。"

"她没看出您的用意？"陌生人问。

"她不会想到，"班那希尔先生信心十足，"她没有头脑。"

"国王卫队那个见习生现在在不在家？"

"不在。"

"这难说，应该查个明白。"

"怎么个查法？"

"去敲门。"

"我可以去问他的跟班。"

"那就去吧。"

班那希尔回到了家里，上了楼梯，便去敲达达尼安的门。

当天晚上，布朗谢也不在家，达达尼安他们自然不会去开那扇门。

但是，当班那希尔敲那扇门的时候，达达尼安与班那希尔夫人紧张到了极点。

"他不在家。"班那希尔下楼后对那人说。

"我们进屋吧，那里谈话总比这里安全些。"

"啊！主啊，我们什么也听不见。"班那希尔夫人轻声说。

"正好相反，"达达尼安说，"我们将会听得更加清楚。"

他用了刚才的方法，他的房间立即变成了一个货真价实的大狄奥尼西奥斯的耳朵[①]。接着，他自己跪下来，俯下身子，并示意班那希尔夫人学着他。

"您能肯定屋里没有人？"那陌生人的声音。

"我敢担保。"班那希尔说。

"您的妻子……"

"去了卢浮宫。"

"她还对别人讲过这点没有？"

"没有。"

"这极为重要，您知道吗？"

"这么说，告诉给了您这消息，其价值……"

"价值连城呀，亲爱的班那希尔先生。"

"我这样做红衣主教满意吗？"

"我想会的。"

"伟大的红衣主教！"

"您肯定，您妻子没有说具体的人名吗？"

"没有，我想没有。"

"没有提到德·谢弗勒兹夫人、白金汉公爵、德·韦内尔夫人这些人的名字？"

"没提过。她只是说，为一个什么极为有声望的人办一

---

① 大狄奥尼西奥斯的耳朵：大狄奥尼西奥斯是古代西西里和意大利南部的征服者。他生性残暴，对任何人都不信任，他修建石屋关押被捕者。石屋建有"石耳"，可使里面的声音传出屋外，以便监听。

件事。"

"叛徒！"班那希尔夫人骂了一句。

"别出声！"达达尼安握住了她无意之中伸过的一只手。

"不论怎么讲，没有假装把他叫您办的事接受下来。您做了一件蠢事，不然，那封信已经在我们手中了。要是那样，我们的国家就得救了，而您也……"

"我怎么样？"

"您就会得到贵族称号。"

"他对您这样说起过？"

"说起过，我清楚。"

"那请放宽心，我现在去找她还来得及。"

"蠢货！"班那希尔夫人又骂了一句。

"别出声。"他把她的手握得更紧了。

"怎么叫还来得及？"那披披风的人问。

"我这就去找她，我见到她就说，我决定接受那项任务，一拿到信我就跑去见红衣主教。"

"那就快去吧，我等待着结果。"

那陌生人走了。

"无耻！"班那希尔夫人第三次骂了她丈夫。

"别出声。"达达尼安又说了一遍。

突然，听到一声吓人的号叫。原来，班那希尔发现他的钱袋不见了。

班那希尔叫了很长时间，可是谁也没有理他，因为类似的叫喊在附近经常被听到。

班那希尔见叫喊没有反应，就出了门，那声音越来越远了。

"您也得走了，"班那希尔夫人说，"要勇敢，但首要的是要谨慎小心，因为这是在给王后办事。"

"为王后，也为您，"达达尼安大声说，"放心吧，我回来时一定配得上王后对我的感谢，但不知道是不是配得上您的爱情？"

年轻妇人的脸一下子红了。几分钟过后，达达尼安也走了，他也披上了一件披风，腰里那把长剑将披风顶起。

班那希尔夫人一直目送他离去，充满柔情地久久注视。

她跪下了。她双手合十，高声道："啊！主啊！请保佑王后、保护我吧！"

十九　战斗准备

　　达达尼安直接去找了德·特雷维尔先生，他不能有任何耽搁，陌生人是红衣主教的人，红衣主教很快会知道一切。

　　年轻人兴奋异常，这可是一个荣耀与金钱兼得的绝好机会。还有，刚刚他成功地与他所心爱的女人进行了一次亲密接触，那简直就是机会来临之时对他的头一次奖赏。这三者合一，但对他来说已是喜出望外了。

　　达达尼安在德·特雷维尔先生府上很熟，用不着通报，就径直进了德·特雷维尔先生的书房，他吩咐德·特雷维尔先生的下人去通知德·特雷维尔先生，他有要事求见他。

　　不到 5 分钟，德·特雷维尔先生到了。

　　达达尼安在路上一直在思考，是不是要把一切都告诉他。考虑再三，他决定将秘密和盘托出。因为他想到，一来，这位队长对自己一向很关心；二来，队长对国王和王后忠心耿耿，且与红衣主教是死对头。

　　"达达尼安，您找我？"德·特雷维尔先生说。

"是的，先生。"达达尼安低声说，"我有很重要的事，您会原谅我来打搅您。"

"那就请讲吧。"

"事关王后的荣誉和生命呢！"达达尼安仍然是低声说。

"您说什么？"德·特雷维尔先生转过身，用询问的目光看着达达尼安。

"我是说，先生，我了解了一项秘密……"

"那我就希望，年轻人，去用您的生命保守它。"

"可这项秘密我想告诉您，先生，因为只有您才能帮助我完成这项使命。"

"那这一秘密是你的吗？"

"不是，先生，它属于王后。"

"王后同意您告诉我吗？"

"没有，先生。完全相反，有人却一再告诉我，要严守秘密。"

"那您为什么还要告诉我？"

"因为，没有您的帮助，我没法完成这项任务。为了完成这项使命，我将向您提出一个请求。而如果您不知道我要干什么，您会拒绝这个要求。"

"守好秘密吧，年轻人。说您的要求？"

"我希望您能够代我向德·阿赛尔先生讨一张准假条，我要请假 15 天。"

"从什么时候开始呢？"

"今晚开始。"

"您要离开巴黎？"

"是。"

"您能告诉我要去哪里吗？"

"去伦敦。"

"如果您到不了目的地，谁会高兴？"

"肯定是红衣主教——他会想方设法来阻止我取得成功。"

"就您自己去？"

"是。"

"这样的话，您是连邦迪也闯不过去的。"

"为什么？"

"因为有人暗算您。"

"那我就以身殉职好了。"

"那谁来完成使命？"

"这倒是个问题。"

"请您相信我，"德·特雷维尔先生继续说，"要干这件事，只能一个人到达目的地，但要四个人去。"

"啊！您说得对，先生，"达达尼安说，"您了解阿多斯、波尔多斯和阿拉密斯。您看我能不能请他们跟我去一趟？"

"要是您在不把秘密告诉他们的情况下，他们愿意去吗？"

"我们曾经起誓，我们终生相互信任，不需要任何理由，并且不顾自己生死，互相帮助。您还可以告诉他们，您对我绝对地信任，那他们就会像您一样信任我了。"

"我给他们每人开一张 15 天的准假条，而且要这样安排：阿多斯因为旧伤，得去复尔日温泉疗养；波尔多斯和阿拉密斯放心不下他们的朋友，也非要跟去陪他。他们手里有了准假条，就说明已经取得了我的同意。"

"谢谢您，先生，您真是太好了。"

"今天要把所有事情办妥。对，首先您得写一个申请给德·阿赛尔先生，也许您已经被跟踪。就是说，红衣主教已经知道您到了我这里。有了申请书您就有来我这儿的理由了。"

达达尼安写好申请交给了德·特雷维尔先生。德·特雷维尔先生则说，在次日凌晨两点钟之前，他一准把四张准假条送到旅行者的手上。

"我的那张也给阿多斯收着，以免在我家里会遇上什么麻烦。"

"放心吧，一路小心。噢！"德·特雷维尔先生叫了起来，"忘了一件事。"

达达尼安折回。

"钱呢？有钱吗？"

达达尼安拍了拍他的口袋。

"够不够呢？"德·特雷维尔先生问。

"300 皮斯托尔。"

"很好，有这个数，全世界都能去了。走吧。"

德·特雷维尔先生伸出手来，达达尼安满怀敬意和激动握着那只手。自从他到达巴黎之后，他就认为不但德·特雷维尔先生高贵异常、公正无私，而且非常伟大。

达达尼安先要去找阿拉密斯，他们已经很长时间没见面了。还有，他平时就很少见到这个年轻的火枪手，在他的脸上总会发现一种深深的痛苦之情。

阿拉密斯依然神情忧郁，心事重重。达达尼安询问缘由，阿拉密斯推说，下周他需交出一篇论文，内容有关什么圣奥古丁某部著作第十八章。

不一会儿，德·特雷维尔先生派人送来一个加了封的纸包。

"什么东西？"阿拉密斯问。

"您的准假条。"那仆人回答说。

"我的准假条？我没要求过要准假条？"

"收下就是了，"达达尼安说。然后对那仆人道："我的朋友，这半个皮斯托尔是给您的，去吧。"

那仆人鞠了一躬，走了。

"怎么回事？"阿拉密斯问。

"跟我走。"

"现在我不能离开巴黎，除非……"

阿拉密斯停下了。

"除非知道她怎么样了？"

"您指谁？"阿拉密斯问。

"用绣花手帕的那个女人。"

"谁对您讲过，这儿待过一个女人？"阿拉密斯的脸色顿时惨白。

"我看见她在这儿。"

"那您知道她是谁？"

"我想，我至少可以猜到。"

"请听我说，"阿拉密斯说，"那您知道她现在怎么样？"

“我想她回图尔去了。”

“回图尔去了？是的，肯定是这样的。她走为什么不给我打招呼？”

“因为她怕被捕。”

“她可以给我写信啊！”

“那样会连累您。”

“达达尼安，您真是救了我的命！”阿拉密斯叫了起来，“我原以为自己被蔑视、被背叛了！啊！我重新见到她时，我是多么幸福啊！她为什么来巴黎呢？”

“那原因与我今天的英国之行完全相同。”

“什么？”

“您会明白的。可眼下，阿拉密斯，现在我要谨慎一点，像那位科学家的侄女那样。”

阿拉密斯微微一笑，他记起那天晚上他讲的故事。

“那好吧。达达尼安，我已经没什么牵挂了。我跟您走，您说我们要去……”

“眼下是去阿多斯那里，迅速一点，我们已经耽误了。还有，要带上巴赞。”

“他与我们一起去？”阿拉密斯问。

“有这个可能，但不管怎么说，眼下得跟我们一起去阿多斯那里。”

阿拉密斯找到了巴赞，吩咐他去阿多斯家找他们。

“我们走吧。”阿拉密斯对达达尼安说着，拿起披风、剑和三支短枪，还打开抽屉找些钱，但什么也没找到，便跟达达尼安出了门。他心里还想着，这个年轻的见习卫士怎么会知道留宿的那个女人的情况，而且比自己还熟悉。

在走出门之后，阿拉密斯把手搭在达达尼安的肩上，眼睛紧紧地盯着达达尼安问："您没跟其他人讲过她的事吧？"

"没有。"

"对阿多斯和波尔多斯也没有提起过？"

"一个字也没有。"

"那最好。"

阿拉密斯放心了，他跟达达尼安一起到了阿多斯的家。

他们看到，阿多斯正拿着准假条和德·特雷维尔先生给他的一封信。

"我刚刚收到，这是怎么一回事？"阿多斯感到莫名其妙。

信是这样写的：

我亲爱的阿多斯：

既然您的旧伤未好，我就准许您休养 15 天。您可以去复尔日温泉或者其他您认为合适的地方，休息疗养，尽快恢复。

您的挚友

特雷维尔

"您要跟我一起走，阿多斯。"达达尼安说。

"去复尔日温泉？"

"是，或许不是。"

"是为谁？为国王吗？"

"为国王，也许为王后。"

这时，波尔多斯进来了。

"见鬼！"他叫着，"出怪事了，我没有请假，却拿到了准假条！"

"你的朋友替他请假了。"达达尼安说。

"什么？"波尔多斯说，"发生新鲜事了。"

"是的，我们要出门。"阿拉密斯说。

"去哪里？"波尔多斯问。

"这要问达达尼安。"阿多斯说。

"去伦敦，先生们，"达达尼安回答说。

"去伦敦？为什么要去伦敦？"波尔多斯叫了起来。

"这就无须知道了，先生们，"达达尼安说，"请大家一定相信我。"

"可是我们没有钱。"波尔多斯说。

"我也没有。"阿拉密斯说。

"我也没有。"阿多斯说。

"可我有，"达达尼安说着便拿出了他的钱袋，"这里是300皮斯托尔，每人拿75个，来回肯定够，况且我们不会都到了伦敦的。"

"怎么这样说？"

"我们中间有几个会在路上被迫留下来。"

"我们是去打仗吗？"

"那危险性胜过一场战役。"

“啊！是这样，”波尔多斯道，“我们将冒生命的危险，但这是为了什么？”

“您的想法是多余的。”阿多斯说。

“可是，”阿拉密斯也附和说，“我也有同样的问题。”

“先生们，国王命令我们干事从来不说原因，只是说：‘先生们，你们该上战场了。’你们也照样去从不问原因。”

“达达尼安是对的，”阿多斯说，“这里是德·特雷维尔送来的三张准假条。这里有三百个皮斯托尔。我们就到要我们去的地方拼命好了。达达尼安，我时刻准备着，您说走我就跟您前去。”

“我也是。”波尔多斯说。

“我也是，”阿拉密斯说，“再说，我也很想离开巴黎，去外面散散心。”

“好吧，”达达尼安说，“我们有很多时间散心，先生们，这请大家放心。”

“我们什么时候动身？”阿多斯问。

“立刻，”达达尼安说，“连一分钟也不能再耽误了。”

“莫丝各东！各利莫！布朗谢！巴赞！”四个年轻人招呼他们的跟班儿“到部队去拉马，为我们的靴子上油。”

平日，他们的马是留在部队里的。

各利莫、布朗谢、莫丝各东和巴赞去执行命令了。

“现在，我们拟定我们的出行计划，第一站是哪里？”波尔多斯说。

“加莱，”达达尼安说，“那是去伦敦的最近路线。”

"那好，"波尔多斯说，"我有个主意。"

"那就快讲好了。"

"四个人一起很不方便，我们分别动身。我先走大路，打探路情；两个小时之后阿多斯动身，走通往亚眠的大路；接着是阿拉密斯，走通往诺瓦雍的大路；达达尼安则任自己选择，愿走哪里就走哪里，布朗谢顶替达达尼安，穿着卫士服装跟在我们后面。"

"先生们，"阿多斯说话了，"不应当让跟班跟去。贵族可能会无意之中泄漏一项秘密，仆人就更可能拿出去卖钱。"

"依我看来，波尔多斯的计划似乎不宜实行，"达达尼安说，"只有一封信，而不是三封。因此，依我之见，我们需要同行。这封信在这里，"他指了指口袋，"一旦我被人杀死，你们之中就应该有一个人把信取出，继续赶路。而如果第二个又出了不测，第三个人就要接替他，往后也一样。"

"好，达达尼安，"阿多斯说，"我也是这么设计的。此外，我们做起来还要让人看了合情合理，我是去温泉，你们作陪。我要去哪是我的自由，如果有人要拘捕我们，我就拿出德·特雷维尔先生的信给他们看；如果我们受到了攻击，那我们就自卫还击；如果有人审问我们，我们说是去洗海水浴，没有别的目的；我们可以把我们的跟班武装起来，如果有一支人马攻击我们，我们就可以拉开阵势，与他们较量，而这样就可以保障有一个人把信送到目的地。"

"说得太好了！"阿拉密斯高声说，"您简直是一个金嘴圣约翰①，我同意您的计划。您呢，波尔多斯？"

"如果达达尼安认为妥当，我也赞成，"波尔多斯说，"达达尼安身上带着信。"

"那好，"达达尼安说，"我决定接受阿多斯的计划，半小时后大家动身。"

"听令。"三个火枪手一齐说。

大家各自取了钱，分头准备，待时出发。

---

① 金嘴圣约翰：古代希腊基督教教父，能言善辩，讲出的道理令人信服，有"金嘴"之称。

二十　征途

凌晨两点，我们的四位冒险家离开了巴黎。

在夜幕里他们保持警觉以防不备。

太阳升起来了，他们快乐的心情也随之恢复，眼睛里放着喜悦的光芒，让人们觉得生命也是好东西。

队伍威风凛凛，几名高贵的军人，连同他们的这些坐骑，整个队伍行进中展示的姿态，让所有那些隐姓埋名的企图都显得多余了。

早晨8点，他们到达了尚帝力，吃早饭的时间到了，他们在一家客店前下了马。

他们吩咐跟班儿卸下马鞍，但同时告诫跟班儿们随时准备备马。

他们捡了一张桌子，围着坐了下来。

刚好，有一位贵族打扮的人同时进了店，也坐在了他们那张桌子前，他谈着天气，他为他们的健康干了杯，他们也以礼相待。

他们站起来准备动身，就在这时，那位陌生人向波尔多斯提出了一个请求："为红衣主教的健康干杯。"

波尔多斯回答："首先要为国王的健康干杯。"

可那位陌生人听了大叫了起来，说除去红衣主教之外，再也不认识其他的什么人。

波尔多斯骂他是个酒鬼，对方拔出了剑。

"您真是干了一件傻事，"阿多斯说，"不过，事情到眼前了不得不解决，要尽快赶上我们。"

阿多斯等三个人上马离去。波尔多斯则明确告诉对手，他要使出一切绝招将他劈成两半。

"少了一个。"他们走出500步之后，阿多斯脱口说了一句。

"可那家伙为什么偏偏与波尔多斯过不去？"阿拉密斯问。

"由于波尔多斯的声音比我们都高，那人把他当成了我们的头儿。"达达尼安解释说。

"我说什么来着？这个贾司克尼人就是机灵。"阿多斯说。

几个旅行者继续赶路。

在波威，他们停下来歇一歇，顺便要等波尔多斯。但是波尔多斯毫无踪影，于是他们只好重新上路。

离开波威，他们走了一里，两个高高的土坡把路夹在了中间，有十几个人像是在那里忙着，有的在挖坑，像是在填平泥泞的车辙。

阿拉密斯担心这些烂泥弄脏了他的靴子，便开口骂了这些人几句。话既出口，那些人便反唇相讥，甚至激怒了阿多斯，于是，他拍马向那些人中的一个人冲了过去。

那些人各个亮出预先藏好了的火枪，可以想象，七个人统统成了靶子。结果，阿拉密斯肩上中了一弹，被打中了肩膀；莫丝各东也被打中，子弹穿进了他的臀部，他落了马，这倒并不是伤势严重，而仅仅是由于自以为伤得过重，便栽到了马下。

　　“我们中了埋伏！”达达尼安大声喊了一声，“不要开枪，快快离开。”

　　阿拉密斯尽管受了伤，但还是跟上了队伍。

　　莫丝各东的坐骑失去了主人，便独自跟了过来。

　　“这样我们倒有一匹可以替换的马了。”阿多斯说。

　　“可我宁愿它是一顶帽子，我的帽子被一颗子弹打飞了。还好，那封信我没有放在帽子里。”达达尼安说。

　　“是吗？”阿拉密斯说，“可是，波尔多斯怎么办？等会儿他来到这里会被打死的。”

　　“如果波尔多斯没有什么不测，他该到了。”阿多斯说。

　　他们的马匹已经累得精疲力竭，但是，他们依然是快马加鞭，又赶了两个小时的路。

　　但是，他们到科雷活科尔时，阿拉密斯说他再也不能坚持了。这不但是因为他受了重伤，而且是由于他带着如此重的伤，还保持着潇洒的仪表和彬彬有礼的风度。这样，他就消耗了许多。

　　他的脸色非常难看。

　　到了一家小酒店前，大家把他扶下马，并给他留下了巴赞。

　　随后，其他人继续赶路。

　　现在，他们只剩下四个人了：达达尼安、阿多斯和仆人各利莫、布朗谢。

"见鬼!"阿多斯说,"我向你们保证,从这里一直到加莱,他们再也别想让我开口,再也别想让我拔剑了。我发誓……"

"别发什么誓了,我们该快快赶路。"达达尼安说。

但是,到达亚眠时已经是半夜了,他们在一家名叫金百合花的客店里住了下来。

店老板一只手拿着烛台,一只手捏着他的棉睡帽出来接待了客人。他本来安排达达尼安和阿多斯住在两间大的房间,但是这两间房各在店内的两端,达达尼安和阿多斯拒绝了。"这样,"店老板说,"除此而外,再没有配得上二位大人的房间了。"

达达尼安和阿多斯告诉他,他们可以住在一间房内,而且里面只要有两个床垫就成了。老板一直坚持,房客坚决不从,最后老板听从了房客的安排。

他们刚刚铺好床铺,两个跟班的就过来了。

布朗谢过来说:

"各利莫一个人照管马匹就行了,我可在二位的门边睡。这样,就谁也休想进你们的门了。"

"那您睡在哪里呢?"达达尼安问。

"瞧,这就是我的床。"布朗谢指着一捆麦秸说。

"那就进来睡下吧,"达达尼安说,"您想得周到。店老板太过殷勤了,实在难以让我喜欢。"

"我也一样。"阿多斯说。

布朗谢在门口睡下了,各利莫留在了马厩里。

凌晨有人想弄开门但没成功。

早晨 4 点钟，各利莫要叫醒那里的小伙计，结果被打，达达尼安他们打开窗子一看，见那可怜的小伙子，脑袋也被叉柄打了一个大洞。

布朗谢出屋到了院子里要备马，结果发现马脚跛了。莫丝各东的那匹马昨晚空跑了几小时，或许还可以骑用，但是，一名医生弄错了医治对象给它放了血。

情况不妙。当然，接二连三出现的所有这些事，也许事出有因，是一次阴谋的结果。

达达尼安和阿多斯走出了房门。

布朗谢则想去附近买三匹马。

布朗谢看见门外正好有两匹马，他向人打听马的主人。人们告诉他，马的主人昨晚就住在店内，现正跟老板结账。

阿多斯去付账，达达尼安和布朗谢站在大门等他。阿多斯毫无戒备地进了那个房间，他拿出两个皮斯托尔交给老板。老板身前是一张桌子，桌子的抽屉半开着。他接过阿多斯递过来的钱，然后翻来覆去查看它，说那钱是假的，并宣称阿多斯他们是一伙制造假币的人，且喊人来抓他们。

"坏种！"阿多斯走向他，大声道，"我要宰了你！"

就在这时，四个全副武装的家伙从一扇门里冲了进来扑向阿多斯。

"我中了计！"阿多斯大喊，"达达尼安，快走！快走！"

说着，他开了两枪。

达达尼安和布朗谢没等阿多斯喊第二遍，便冲过去，骑上那两匹马，并用马刺狠狠地刺它们，那两匹马风驰电掣般离开了客店。

"阿多斯怎样了，你看见了没有？"达达尼安问布朗谢。

"啊！先生，我看到，他开了两枪，干掉了两个家伙。透过玻璃看到，好像他们在用剑厮杀。"

"真是好样的！"达达尼安小声道，"真不忍心就这样舍下他。而说不定几步之外，正有人在等着我们——你干得不错。"

"我对您讲过，先生，"布朗谢说，"我到了最危急的时刻才会显出自己的本色。而且，这儿是我的家乡，我觉得浑身是劲儿。"

他们加倍地催马，一口气跑到了圣奥美。为了不再遇上麻烦，便让马匹休息了一会儿，他们在街上随便吃了点什么，便又继续赶路。

到离加莱城不远的地方，达达尼安的马不行了，它的眼睛和鼻子里涌出了鲜血。没办法了，只剩下了一匹马，他们不得不停下来。

他们离加莱城城门还有一百步远，这样，他们就把两匹马都丢在了大路上，向港口那边走去。

这时，布朗谢提醒他的主人注意，一位贵族正带着一个跟班儿在他们前方 50 步那边走着。

他们很快赶上了那位贵族，贵族的靴子上全是泥，走得很匆忙。

在港口，那位贵族在向人打听渡海去英国的事。

"没有红衣主教的特别许可证谁也走不了。"船老板说。

"我有这种证件。"那位贵族拿出来，让老板看了看。

"那就请过去让港口总监验证吧，"老板说，"请多加关照。"

"港口总监在哪里？"

"离城有四分之一里的路程。瞧，在这儿能够看到那所别墅——那座小山脚下。"

"太好了。"那位贵族说。说完，他带着跟班儿向那所别墅那边走去。

达达尼安和布朗谢紧跟着他们。

等那两个人进了一片小树林，达达尼安就出现在他们身旁。

"先生，"达达尼安对那贵族说，"看上去您很匆忙，是不是？"

"是这样，十万火急，先生。"

"我也很着急。这样，我就想请您帮一个忙。"

"什么事？"

"让我先渡海去。"

"这是不可能的，"那人说，"明天中午之前，我必须抵达伦敦。"

"我呢，一定得在明天上午 11 点以前赶到伦敦。"

"抱歉，先生，我是先到的，我要第一个过去。"

"抱歉，先生，我是后到的，但我要第一个过去。"

"我负有国王的任务。"

"我负有自己的任务。"

"您像是故意在惹麻烦？"那贵族说。

"不错，是这样。"

"您想要什么？"

"那我告诉您，我想要的是您身上带的那张许可证，我非要不可。"

"我想，您是跟我开玩笑吧？"

"从来不开玩笑。"

"您让开！"

"绝不可能！"

"那我只能打碎您的脑袋再说了。雨班，过来，把手枪递给我。"

"布朗谢，"达达尼安说，"来对付这个跟班儿，这位主人就交给我了！"

布朗谢扑向雨班，一下把雨班按倒在地，然后用一个膝盖顶住了雨班的胸膛。

见此光景，那位贵族便拔出剑来冲向达达尼安。

接下来三秒钟之内，达达尼安就刺出了三剑，并且刺一剑喊一声："这一剑是阿拉密斯的！这一剑是波尔多斯的！这一剑是阿多斯的！"

当第三剑被刺中时，贵族应声倒地。

达达尼安认为他死掉了，至少是昏过去了。于是，便走上去找那张许可证，而就在他刚刚伸手时，那位贵族突然向达达尼安的心口刺了一剑，并说：

"这一剑是您的！"

"这是最后一剑，是我的！"达达尼安怒从胸起，猛地向那人的肚子上刺去，那人被插在了地上。

这一回，那位贵族合上了眼睛，昏了过去。

达达尼安找出了那张许可证。证上写明"持证者为德·沃尔德伯爵。"

这个英俊的年轻人看上去还不到 25 岁，他失去了知觉，或者已经死了。达达尼安不由得叹了一口气，人们的命运是奇怪的，就是这奇怪的命运让人们相互残杀，他们的这种杀戮，往往是为了他们各自所不相识的人的利益。

这时，那个雨班正在大声号叫，连连呼救不止。布朗谢则使劲儿地按住他的脖子，用力地掐他。

"先生，只要我这样掐住他，他就叫不出声了。问题是我一松手，他就重新叫起来。"

不错，尽管被掐得很紧，雨班还是拼命想喊叫。

"等一下。"达达尼安说。

他拿出自己的手帕，塞进了雨班的嘴里。

"把他捆在树上。"布朗谢说。

把他捆绑好之后，他们将德·沃尔德伯爵拖到了雨班的身边。

他们被留在了那片树林里，看来，他们得在此过夜了。

"现在我们去港口总监那里。"达达尼安对布朗谢说。

"您像是受了伤，对不对？"布朗谢说。

"没什么，伤得也不重，不会有危险的。"

于是，两个人大步向那可敬的官员的别墅走去。

有人进去通报，说德·沃尔德伯爵来访。

证件很清楚。

"您有红衣主教签署的出海证明？"总监问。

"是的，先生，"达达尼安递上那份证明，"在这里。"

"啊！证件合乎规定，写得清清楚楚。"总监说。

"这不难理解，"达达尼安说，"我是红衣主教的忠诚部下。"

"看样子，是要阻止一个人过海去。"

"是的，"达达尼安说，"那人名叫达达尼安，是个巴雅恩人，他和他的三个朋友从巴黎要到伦敦去。"

"您认识他？"总监问。

"您指谁？"

"那个达达尼安。"

"很熟。"

"请给我说说他的长相？"

"那可以。"

于是，达达尼安把德·沃尔德伯爵的外貌细细地讲了一遍。

"他有陪同吗？"

"有一个跟班儿，叫雨班。"

"我们会严密监视，抓到他们立刻送他们去巴黎。"

"如果做到这样的一步，先生，红衣主教定然对你们大加赞赏的。"

"那请您告诉他，我是他的忠实的仆人。"

"一定转告。"

总监很高兴，他痛痛快快地在许可证上签上了自己的大名，然后把许可证交还给了达达尼安。

达达尼安便向总监鞠了一躬，退了出来。

一出了门，他们绕过那片森林进了城。

那艘船还没有开，老板也还在那里。

"您有什么事？"老板问。

"这是我的出海证明。"达达尼安把证明拿给老板看。

"刚才那个人呢？"

"他今天不走了。"达达尼安说。

"那咱们就走吧。"老板说。

"走吧。"达达尼安重复了一句。

这样，5 分钟后他们就登上了那艘大船。

他们走得正是时候，达达尼安便看到了一片闪光，接着听到的是一声炮响。

封港了。

现在可以看看自己的伤口了，还好伤势不重，肋上中了一剑，但没刺中，从旁边划过去了，也不曾流出很多的血。甲板上有一条垫子，达达尼安躺上去很快便进入梦乡。

10 点钟，船在都布尔港抛锚。

当然，他的使命还没有完成，他还得到伦敦去。4 个小时之后，伦敦的城门已遥遥在望了。

达达尼安人生地不熟，他在纸上写了白金汉的名字，按照众人的指点，他走上了通往公爵府邸的大路。

可公爵陪国王去温莎打猎去了。

达达尼安找到公爵的一位仆人，这位仆人曾随公爵旅行，会讲一口流利的法语。达达尼安告诉他来的目的。

这名随身仆人可以称得上英国首相的首相，他的名字叫巴特利科。他便叫人备了两匹马，亲自陪我们的见习卫士去见公爵。

虽然身体僵直，非常劳累，达达尼安此时此刻却变得像钢铸的一般坚强。

到了温莎行宫，他们打听到，公爵陪国王在三里以外的一处沼泽行猎。

他们又花了20分钟赶到了那里。不一会儿，巴特利科就听到了他的主人吆喝猎鹰的声音。

"我去通报，但怎么称呼您？"

"您就说巴黎新桥撒马利亚女人水塔前那个曾向他寻衅的年轻人要见他就成了。"

"这个介绍很奇怪。"

"可您会看到，这种稀奇古怪的介绍十分顶用。"

巴特利科策马而去，他到了公爵身边，按照达达尼安说的讲了一遍。

白金汉公爵听罢立即判定巴黎出了事，而且是来通知他的。他一眼认出了法国国王卫队的制服，他纵马奔向达达尼安，巴特利科没有过来。

"王后遇到麻烦了？"白金汉一到达达尼安身边，便大声问。

"我想没有，"达达尼安回答，"她有难事需要您的帮助。"

"我？"白金汉大声说，"要我干什么？能为她效劳我只会感到荣幸。快讲，要我干什么？"

"请看这封信。"达达尼安拿出信来。

"王后陛下的！"白金汉的脸色立即变得苍白。

达达尼安怕他昏过去，替他拆开。

"这是怎么一回事？"公爵问。

达达尼安这才发现，信被穿了一个洞。

"啊！"达达尼安说，"这是德·沃尔德伯爵向我胸膛刺了一剑，它也跟着受了伤。"

"您受伤了？"

"没什么，公爵，只是划了一下。"达达尼安说。

"天啊！"公爵叫了起来，"巴特利科，您留下，替我去向国王请假，说我有急事必须立即回伦敦一趟。"

说完，他招呼达达尼安，二人朝都城策马而去。

二十一　温特勋爵夫人

在路上，达达尼安把他所知的事情经过详细讲了一遍，公爵把年轻人讲给他听的和他记忆中的事通盘考虑了一番，他对目前情况有了一个清晰的了解。另外还有王后的那封信，虽然那信短且含糊其辞，但也使他明白了情况的严重性。

让公爵感到惊奇的是，这个年轻人竟然突破了红衣主教的重重阻拦来到英国，公爵脸上表现出来的诧异神色，达达尼安已经看出来了。于是，他便向公爵讲述了一路上的经过，他讲到，靠了朋友们的忠诚，他把三个处于险恶境地的朋友先后留在了半路上，最后，他挨了一剑，不过，他已经狠狠地报复过了。这个故事讲得简单明白，白金汉公爵听时，不住地用惊奇的目光望着这个年轻人，他似乎不能理解，一个看上去还不到20岁的年轻人，为什么对王后如此效忠。

两匹马风一般急驰，没几分钟，他们已经到了伦敦城的城门口。

进城以后，达达尼安以为公爵会放慢速度，但他并没有这样。公爵不顾会不会撞倒路上的行人，照旧策马飞奔。而在穿过市中心时，果然发生了两三起撞人的事件。然而，白金汉连头都没回一回，一眼都没有去看那些被他撞倒了的人。

四周升起一片像是咒骂那样的喊叫声。

进了府邸的院子，白金汉跳下马来，把缰绳往马脖子上一扔，就冲上了台阶。

达达尼安也要学公爵的样子，只是，对那两匹名种良驹他极为欣赏，生怕这样做它们出点什么事。好在他看到有三四个用人奔了出来，他们牵住了他们的坐骑，这才使他放下心来。

公爵接连穿过好几间客厅，客厅十分豪华，那奢华的程度，即使是法国最大的贵族也难以想象得到。最后，公爵走进一间既雅致又富丽的卧室，在放床的卧室的壁毯后面有一扇门。公爵用一把小金钥匙，打开了那扇门。

出于慎重，达达尼安在后面停住了。可白金汉跨进那扇门时，回过头来看了一眼，说道："请进来吧，如果您有幸见到王后，请把您在这儿看到的一切都告诉她。"

达达尼安便跟公爵进了屋，公爵立即关上了那扇门。

这时，他们两人都处在了一个小教堂中。在一个像祭台的台子顶端，装饰着红白两色羽毛的蓝色天鹅绒华盖之下，挂着一幅和真人一样大小的奥地利安娜的画像。

在画像的下面，是那只放置钻石坠子的匣子。公爵走到祭台前面，跪下，然后打开了匣子。

"瞧，"他一边从匣子里取出一个很大的上面缀满钻石的蓝色缎带结，一边说，"瞧，这就是我发誓要和我一起安葬的那串珍贵的坠子。王后把它给了我，现在又将收回。"

接下来，他开始吻着这些坠子上的钻石。突然，他惊讶地喊了一声。

"怎么了？"达达尼安担心地问。

"完了，"白金汉大声说，"少了两颗，只剩下 10 颗了！"

"公爵大人，您认为是自己弄丢了，还是被人偷走了？"

"有人偷走了它，"公爵回答，"这里的缎带被剪断了。"

"公爵大人，偷它的是什么人——可能它还在那个人手里！"

"等等，"公爵大声说，"等等！这坠子我只佩戴过一次，在国王的舞会上。我和温特勋爵夫人闹了点别扭，可在那次舞会上，她却主动过来和我接近……看来，她接近我是有目的的。从那天开始，我再也没有见到过她，此人是红衣主教的一个暗探。"

"哪里都有他的暗探！"达达尼安大声说。

"啊，是的，是的，"白金汉咬牙切齿地说，"是的，红衣主教，一个可怕的对手。可您讲的那个舞会什么时候举行？"

"下周一。"

"下周一！还有 5 天的时间——足够了。巴特利科！"公爵打开小教堂的门叫道，"巴特利科！"

他的随从出现了。

"把我的首饰匠和秘书找过来。"

随身仆人立即出去了，一句话也没有说。

秘书先到了，道理十分简单，他就在公爵的府邸里。

白金汉坐在卧室的一张桌子前面，正亲手起草几道命令。

白金汉对秘书说："您立即到大法官那儿去一趟，要他执行这几道命令——立即执行。"

"可是，大人，要是大法官问起来，究竟是为了什么，我该怎样回答呢？"

"就说我高兴如此，并告诉他，我没有必要把我的意志告诉给任何人。"

秘书笑着说："如果陛下想知道任何船只都不得驶出大不列颠各个港口的理由，我该怎么说？"

"您想得周到，先生，"白金汉回答，"如果是这样，就说我决定开战，这是第一步行动。"

秘书躬身行礼，退走了。

"这方面我们现在可以不必担心了，"白金汉对达达尼安说，"如果那两颗坠子没有被送到法国，它们只能在您回去以后送到了。"

"为什么会是那样呢？"

"因为我刚才对所有停泊在国王陛下港口里的船只下了禁航令，没有我的命令谁都不许离开。"

达达尼安惊讶地望着眼前的人！

从年轻人的表情上，白金汉看出了他在想些什么。因此，他微笑着说："只要她的一句话，我就可以背叛我的国家、我的国王，甚至背叛我的上帝！我曾经讲过，要派援军去援助罗塞尔的新教徒，她要求我不要派，我就一个也没有派。我违背了自己的诺言，但这算得了什么！我听从了她，得到了她的奖赏？我得到了她的画像，就是缘于这次服从。"

达达尼安看到，许多人的命运竟然寄托在一条这样的线索上，不禁感慨万分。

达达尼安正这样思考时，首饰匠来了。首饰匠是一个爱尔兰人，手艺异常精湛。

公爵一边领首饰匠走进了小教堂，一边对他说："告诉我这些钻石坠子，每颗钻石值多少钱？"

首饰匠向那款式高雅绝伦的坠子看了一眼，计算了钻石的价值。他毫不犹豫地说："每颗 1500 皮斯托尔，公爵先生。"

"这上面少了两颗，制作这两颗要多长时间？"

"需要一周的时间，公爵先生。"

"那每颗我付 3000 皮斯托尔，后天我一定要拿到。"

"公爵先生，您会拿到的。"

"您是一个难得的人才，可我告诉您，这些活不能让别的什么人来做，而且，一定得在我这里完成它。"

"不会让别人来做的，我一定自己能做。"

"所以，现在，您便是我的囚犯了。现在，您把帮手的名字、把应该带来的工具的名称，统统告诉我。"

首饰匠知道公爵的脾气，因此，他立刻答应下来。

"我总可以通知一下我的妻子吧？"他问。

"啊！您甚至可以见她，囚禁您的环境是十分宽松的，这请您放心。还有，除了两颗钻石的价钱外，我另外会给您一张 1000 皮斯托尔的期票。"

首相的作风，使达达尼安惊讶得目瞪口呆。

首饰匠给妻子写了一封信，他嘱咐妻子把一个最能干的学徒派过来，并带上两颗钻石，他注明了重量和名称。

白金汉领着首饰匠走进一个房间，这里将变成一个加工场所。

随后，白金汉在每个门口派了一个岗哨，下命令除了他的随身仆人巴特利科，谁也不准进去，首饰匠也不准出来。

这些事情了结以后，公爵又回到了达达尼安的身边。

"现在，我年轻的朋友，"他说，"您需要什么？希望得到什么？"

"我现在最需要一张床。"达达尼安回答。

白金汉把他隔壁的一个房间让给了达达尼安，为了能有一个人不断地跟他谈到王后。

一个小时之后，命令颁布了，就是装载邮件的船也在被禁之列，这就意味着英法两个王国之间宣战了。

第三天的11点钟，两颗钻石制作完毕，跟原有的一模一样，就连经验最丰富的行家也难以区分。

白金汉立即派人把达达尼安找了来。

"瞧，"公爵对他说，"我所能做的就是这些。"

"请放心，公爵先生，我会把我所看到的一切都告诉王后。可是大人，为什么不把盛坠子的匣子一起给我呢？"

"带着匣子会使您感到不便。对我来说，匣子就越发的珍贵了。您回去说，我把它保存起来了。"

"您交给我的任务我会完成的。"

"现在，"白金汉一边紧紧地盯着年轻人，一边说，"我怎样来报答您呢？"

达达尼安的脸一下子涨红了，他看到，公爵想让他接受一些馈赠。可是，他一想到他的伙伴们和自己所流的血就不愿意再要任何东西了。

"请让我们来相互了解一番吧，公爵先生，"达达尼安回答，"我是为法国的国王和王后效劳的，我是德·阿赛尔先生率领的国王卫队中的一员，而德·阿赛尔先生和他的内兄德·特雷维尔先生，都是绝对忠于两位陛下的。还有，我是为了讨一位夫人的欢心才做这些的。"

"是的，"公爵微笑着说，"我甚至相信，我还认识她，她是……"

"公爵先生，我没有提到她的名字。"年轻人急速地打断了公爵的话说。

"您想得对，"公爵说，"那么，我应该向那个人感谢您的忠诚。"

"您说得对，公爵先生，因为恰恰在这个时候让人想起了战争，我坦率地告诉爵爷您，在我眼里，您是我的敌人。我希望，我们再次遇上，是在战场上，而不是在温莎的花园里，也不是在卢浮宫的走廊里。可是，这并不妨碍我完成您交给我的任务，甚至于为了完成它，必要时我还会献出自己的生命。我们第一次见面时，我是替爵爷做了一些事，这一次，我们是第二次会面，我在为我自己做了一些事，所以您不需要过多感谢我。"

"我们这儿的人常常这样说：'某某骄傲得像一个苏格兰人'……"白金汉嘟囔着。

"而我们那儿的人常常这样说：'某某骄傲得像一个贾司克尼人。'"达达尼安回答，"贾司克尼人，就是法国的苏格兰人。"

达达尼安向公爵行过礼，准备动身了。

"那么，您打算怎么走？"

"这倒真的是个问题……"

"法国人总是这样不顾一切！"

"我忘记了。"

"到港口去，您找一艘叫'桑德'号的双桅船，把这封信交给船长。他会把您送过海峡去，停在一个平日只停泊渔船的法国小港口。"

"那小港口叫什么名字？"

"甚活日里。到了那个小港口以后，您去找一家小客店。它没有名字，没有招牌，是一间破房子，专供水手们住宿。"

"以后呢？"

"到了之后您去找小客店的老板。您要对他说：'Forward'。"

"这是什么意思？"

"意思是'前进'，是暗号。听到这个暗号后，他会给您一匹马，然后他会指点您应该怎么走。就这样，一路之上您会找到四匹替换的马。如果您愿意，您可以把您巴黎的住所告诉给每一个驿站的人，那样，四匹马都会跟随您。其中两匹您见过，刚才我看到，您像个鉴赏家那样欣赏了它们——请您相信我，另外两匹绝不在它们之下，这四匹马都是为了作战而装备起来的。请您不要拒绝接受其中的一匹，并且，另外的三匹，则让您的三个伙伴各自收下一匹。"

"公爵先生，我接受，"达达尼安说，"我们将会好好使用您的礼物。"

"可能我们很快就会在战场上相遇了。可在此之前，我希望我们能友好地分手。"

"好的，公爵先生。"

"放心好了，我答应您。"

"我相信您的诺言，公爵先生。"

达达尼与公爵告别之后直接去了港口。

达达尼安把公爵的信交给了船长。船长接信后把它交给港口总监署，然后立即启航。

港中足足有 50 条船等待着禁令的取消。

达达尼安在其中的一条船上看到了那个女人，也就是那个陌生贵族称她为米拉迪，达达尼安本人认为她长得异常漂亮的那个女人，只是由于当时水流急，船速很快，转眼之间就看不见她了。

第二天早上 9 点钟，船到达甚活日里。

达达尼安上岸后立即向那家客店走去，那座房子里传出了喧嚷声。英国和法国之间的战争是近来人们议论的中心话题，店中那些兴高采烈的水手却在大吃大喝。

达达尼安穿过人群去找老板，对他说了句"向前"。他带着达达尼安从一扇通向天井的小门走出去，来到了马棚里。那儿有一匹马，已经备好了鞍辔。老板问达达尼安是否还需要其他的东西。

"我需要知道我该走哪条路？"达达尼安说。

"从这儿到波沙奇，到那孚夏代尔。到了那孚夏代尔，就去找金耙客店，把暗号告诉老板。这样，您就会像在这里一样，得到一匹鞍辔齐全的马。"

"这马我要付钱吗？"达达尼安问。

"付过了，"老板说，"而且付得还不少，快走吧。"

"阿门。"年轻人一边回答一边上马而去。

四个小时以后，达达尼安到了那孚夏代尔。

达达尼安不折不扣地按照老板的话做了，像在甚活日里一样，他看到了一匹鞍辔齐全的马在等着他。

"请问，您巴黎的住处是哪儿？"老板问。

"德·阿赛尔指挥的国王卫队队部。"

"知道了。"老板说。

"我该走哪一条路？"达达尼安问。

"走去露芒的大道，到达露芒后，到一个叫埃古伊的小村子停下来，那儿只有一家小客店，叫法兰西盾牌，那里一切和这里准备的一样。"

"暗号也相同？"

"完全相同。"

"再见，老板！"

"祝您一路顺风，骑士先生！"

尔后达达尼安就上马飞也似的离开了。

在埃古伊，达达尼安遇到的是同样的情况：一个同样殷勤的客店老板接待了他；同样，他把巴黎的地址留了下来。在蓬土沃丝，他最后一次换了坐骑。9点钟，他的马飞快地冲进了德·特雷维尔先生府邸的院子。

12个小时，他走完了近60里路。

德·特雷维尔先生接待了他，在和他握手时，似乎比平日热情了些，他告诉达达尼安可以归队到卢浮宫执勤了。

二十二　美尔来松舞

第二天，整个巴黎都在谈论即将举行的舞会，说舞会上国王和王后将要跳美尔来松舞，这舞是国王陛下非常喜爱的。

市政厅一直在为舞会做准备，它将供那些被邀请的夫人、小姐们使用。市政厅的杂货供应商在一间间的大厅里，装上了白蜡火炬，那数目足足有两百支。市政厅还请了20位提琴手，据一份报告讲，由于需要通宵演奏，费用比平日高出了一倍。

上午10点钟，德·赖克丝特先生，国王卫队的掌旗官，取走了市政厅里所有大小房间和各处通道门的钥匙，每把钥匙上都系着一个作为识别标记的小纸条。从那时开始，就由德·赖克丝特先生全部承担起看守市政厅各处门户和出入要道的责任。

11点钟，国王卫队中一位队长杜阿利埃到了市政厅，他带来50名卫士。这些卫士立即分散开来，各自到达指定地点站岗放哨。

下午3点钟，来了两队卫士，一队是法国人，另一队是瑞士雇佣兵。由法国人组成的那支卫队，二分之一是杜阿利埃先生的部下，另外二分之一是德·阿赛尔先生的部下。

傍晚6点，来宾开始入场。

9点钟，高等法院院长的夫人到了，她在这次舞会上的地位仅次于王后，她受到了市政厅里的官员们的夹道欢迎，并被安排到了王后所坐的包厢对面的一个包厢里。

10点钟，为国王摆出了一桌夜宵甜食。餐桌的对面是一个银酒柜，由四名卫士守卫着。

半夜12点，国王从卢浮宫出动，引起了阵阵清晰明确的呼喊。穿过两旁挂满五颜六色灯笼的街道，国王向市政厅走来。

听到喊声，所有的人都出来迎接国王。

国王和他们相遇于台阶之上，市长向国王致辞欢迎。国王为自己的迟到表示歉意，他因为一直在和红衣主教谈国家大事，所以来晚了。

大家都看出来了：国王神情忧郁，心事重重。

为国王和大王爷准备的两个休息室里都备有供化妆用的衣服，对王后和法院院长夫人也做了同样的安排。跟随两位陛下的那些贵族老爷和夫人，可以依次地到为他们准备的房间里去化妆。

国王吩咐说，红衣主教一到立即通知他。

国王到后半个小时，又响起了一阵新的欢呼声——王后驾到。

像刚才做过的一样，市政长官们前去迎接他们尊贵的女宾。

大家都注意到，她与国王一样，神情忧郁。

在她进入大厅时，有一间小包厢的帘子原本是合上的，现在被拉开了，从拉开了的帏幔里，可以看到红衣主教苍白的脸。他身着西班牙骑士服装，他的眼睛直盯着王后的眼睛看着，嘴角上浮现出一丝令人毛骨悚然的得意的微笑。

王后站定，倾听市政长官的颂词，回答贵妇们的致敬。

突然，国王和红衣主教出现在了大厅的门口，脸色苍白。红衣主教正在低声地跟国王说着什么。

国王穿过人群，他走到王后身边，用一种变了腔的声调儿对王后说："请问王后您为什么没带那串钻石坠子？"

红衣主教正在国王的背后狞笑着。

"陛下，"王后有气无力地回答，"这是因为这儿的人过多，我怕出什么意外。"

"您错了，王后！我把那件礼物送给您，就是要您在此种场合佩戴的。"

国王说话的声音在颤抖。众人都惊讶地看着、听着，不知道究竟出了什么事。

"陛下，"王后说，"坠子在卢浮宫，我派人去取，满足陛下的愿望。"

"那就快些派人去取，王后，舞会就要开始了。"

王后行了一个礼，表示服从，随后进入了她的休息室。

国王也回到他的休息室里去。

所有人都知道发生了一些事，但都没听清，所以都不明白什么事。提琴手拼命地拉着琴，可是没有人响应他们。

国王首先走出了他的休息室，他穿了一套高雅的猎装，对国王来说，这身服装十分合体。穿上它，他真的像是王国中的首席贵族了。

红衣主教走到国王身边，递给他一只盒子，里面是两颗钻石。

"您这是什么意思？"他问红衣主教。

"没有什么意思，"红衣主教回答，"陛下可以数一数，如果王后戴上那副坠子，而上面的钻石只有十颗，那就请陛下问一问王后，有谁能够从她身边偷走现在就在您眼前的这两颗钻石？"

国王瞧了一眼红衣主教，没来得及问他，因为这时大厅里响起了一片喝彩声。现在出现在众人面前的王后，肯定是法国的首席美人了。

她头戴一顶呢帽，身披一件用许许多多搭勾着钻石的小节组成的披风，还有一条蓝色绸缎连衣裙。她的左肩上，是一个和连衣裙同样颜色的大缎带结，上面系着光彩夺目的钻石坠子。

国王高兴得全身发抖了。

红衣主教也在发抖，只是他是气得发抖。

然而，他们俩与王后都有一段距离，那钻石到底是 10 颗还是 12 颗，他们还无法弄得清楚。

国王向大法官夫人走去，他应该和她共舞。大王爷则走向了王后，他应该和王后共舞。舞会开始了。

每次，国王从她旁边经过时，总是睁大眼睛看着那坠子。

红衣主教额头上渗出了冷汗。

跳舞结束，整个大厅响起了一片掌声。每个男人都把自己的舞伴送回到她原来的座位上去。

国王，匆匆奔向王后。

"我的愿望得到了满足，王后，"他对王后说，"只是，我相信，您的坠子少了两颗钻石，而我，替您把它带了来。"

他把红衣主教刚才给他的那两颗钻石递了过去。

"怎么？陛下！"王后故作惊讶，大声说，"您再给我两颗就是14颗了！"

国王数了一下那是12颗。

国王招呼红衣主教。

"喂，红衣主教先生，这是怎么一回事？"国王的声音甚为严厉。

"是这样，陛下，"红衣主教回答，"这是我要献给王后的两颗钻石。"

"而我，更应该对红衣主教阁下表示感谢，"奥地利安娜一边说，一边微笑着，"可以肯定，对您来说，仅仅这两颗钻石，相当贵重。"

讲完，王后向国王和红衣主教行了一个礼，就去了她的更衣室。

这时，达达尼安正悄悄出现在某一个门的门口。从那里，他遥望着国王、王后、红衣主教，还有他本人出演的戏剧场面。

达达尼安准备离开时，他突然感到有人在身后轻轻地拍了一下他的肩膀。他回头一看，见有一个年轻女人向他做了个手势，要他跟她走。

那个女人脸上蒙着半截面具，不过，她的这种防范措施是对付别人而不是对付达达尼安的。因此他一下子就认出，这个女人就是班那希尔夫人。

前一天，达达尼安在卢浮宫看门人日耳曼那里，让人把她找来，两个人匆匆见了一面，所以，这两个情人只是简单地交谈了几句。现在，达达尼安跟在了班那希尔夫人后面，心情激动不已。

过道中，人越来越稀少，达达尼安想在半路上拉住班那希尔夫人，将她抓住，好好地看看她，可是，这个女人总能从他手中溜掉。而当他想说什么的时候，她就把一个指头放在她的唇上。这种带有命令意味的小动作，使他明白，自己得屈服于一种强大的权力之下，他只能服从。

最后，班那希尔夫人打开了一扇门，她把年轻人引进一间漆黑的小屋内。到了那里，她还是不准他讲话。随后，又打开一扇隐藏的门，一束强烈的光突然从这扇门外照了进来，而班那希尔夫人却不见了。

达达尼安心里在思考，他究竟是在什么地方。很快，便有一道亮光射进了这个房间。他听到了两三个女人谈话的声音，几次重复了"王后"的称呼，他明白了，他正在一间和王后的休息室相通的房间里。王后显得很兴奋、很幸福。这弄得她周围的人都感到不解。因为，平时她似乎总是愁眉苦脸。

王后讲，她的这种快乐来缘于今天的舞会。对她身边的人王后的见解是容不得持异议的。因此，听了王后这番话，大家把这舞会热烈地夸赞了一番。

达达尼安虽然不认识王后，但是很快他便辨听出了王后的声音她带有一种轻微的外国口音，还带有一种但凡权威人士都会自然流露的至高无上的气势。他听见她的声音渐渐接近，后来，那声音又离开了这扇开着的门。

最后，突然有一条可爱的白皙的胳膊伸了出来，达达尼安连忙双膝跪下，握住了那只手吻了那只手，随后那只手缩了回去，但是留下了一样东西———一枚戒指。这之后，那扇门立即关上了，达达尼安又陷入了黑暗之中。

达达尼安把那枚戒指套在指头上，重新等待爱情的奖励。跳舞虽然已经结束，但晚会才刚刚开始。三点钟上夜宵，隔壁房间的声音渐渐在减少，随后是人声逐渐远去。最后，房间的门开了，班那希尔夫人快步走了进来。

"您终于来了！"达达尼安大声说。

"别出声！"年轻妇人把手按在达达尼安的嘴上说，"别出声！走吧，从您来的地方离开。"

"可是，我怎么才能再见到您？"达达尼安高声问。

"回家后您会看到一封信，信上会告诉您的。"

这时，她打开了过道的门，把达达尼安推出了房间。

达达尼安坠入了爱河，他没做任何抗拒，像孩子一样听话。

二十三 准备赴约

达达尼安赶快奔回家,他经过的地方是巴黎最危险的街区,他却没有遇上任何的麻烦,仿佛受到了神的照顾。

他推开了门走上了楼梯,然后用他和跟班儿约定的方式轻轻地敲门。两个小时以前布朗谢就回来了。这时,跟班儿替他开了门。

"有没有人送过一封信来?"达达尼安急着问。

"没有人送来,先生,"布朗谢回答说,"是有一封信自己跑进来。"

"什么意思?"

"房间的钥匙在我手里,从来也没有离开过我,可我回来的时候,却看到在您卧房桌子上有一封信。"

"信在哪儿?"

"信还在那儿,我没有动它,先生。我看是不正常的,如果窗子是开着的,或者说是半开着的,它不好说,可窗子被关得严严实实。"

就在他唠叨的时候，达达尼安冲进了房间，拆开了信。信上有这样几句话：

> 我要向您表示热烈的谢意。今晚10点，在德·艾丝特雷先生那座小楼对面等我。
>
> C. B.

读这封信的时候，达达尼安感到他的心在强烈地跳动着。

这是他收到的第一封情书，他要实现的是他第一次约会。他的那颗心，充满了快乐，他感到它快要融化了。

"怎么样，先生？"布朗谢看到他主人的脸色不好，就问，"怎么样？我猜对了，是不是？是件倒霉的事情吧？"

"你错了，布朗谢，"达达尼安说，"这儿有一个埃居，你就去为我的健康干杯吧。"

"感谢先生的赏钱，可我仍然要说，我想的是错不了的，这封信……"

"是天上掉下来的，我的朋友，是天上掉下来的。"

"那么，先生觉得很是满意？"布朗谢问。

"亲爱的布朗谢，我成了世界上最幸福的人！"

"那么，我可以托先生的福，睡觉啦？"

"可以了，睡去吧。"

"但愿天上所有的福分全部落在先生的身上。可是我仍然要说，关上门的房子里却出现了一封信……"

布朗谢摇着头去了，但布朗谢的疑虑并没有消除。

301

只剩下达达尼安一个人了，他在美丽的情妇写的几行字上一连吻了 20 次。最后，他躺下睡着了，梦见了美景。

早上 7 点钟，他起身喊布朗谢，喊到第二遍布朗谢才来开门。

"布朗谢，"达达尼安对他说，"晚上 7 点以前您没事了。可是，到七点你必须备好马，我们出门。"

"好啦！"布朗谢说，"看起来，我们又要让人家在身上捅几个窟窿了！"

"要带上火枪和手枪。"

"瞧，我说什么来着？"布朗谢叫了起来，"一封倒霉的信！"

"不过，放心好了，笨蛋，我们只是出去散散心。"

"进行一次愉快的旅行，到处都是陷阱……"

"好了！您如果害怕，"达达尼安接着说，"我一个人去就是了，你这个胆小的家伙。"

"先生，您这是在侮辱我，"布朗谢说，"这不公平，我究竟是怎样干活的，先生又不是没有见到过。"

"我看到眼下的这个布朗谢，勇气怎么一下子都不见了……"

"先生会看到，我的勇气完全足够。不过，我劝先生不要因此就过分地浪费它。"

"今天晚上，你的钱还够用吗？"

"我希望是这样。"

"好了，那我就指望你了。"

"到时候我会准备好的。只是，先生在国王卫队的马棚里仅有一匹马。"

"晚上会有四匹的。"

"那就是说，我们上次旅行的目的，对吗？"

"对！"达达尼安说。

班那希尔先生正在大门口，达达尼安本想不跟他说话直接从他身边绕过去，可是后者却和颜悦色地向他行了个礼。这使得他的房客不仅要给他还礼，还得和他敷衍几句。

再多讲几句：对一位其妻子当晚就要在甚科鲁德·艾丝特雷先生小楼对面和自己约会的丈夫，怎么能不稍许客气点呢？

所以，达达尼安向他走了过去。

话题自然而然地转向了这个可怜男人被拘捕之事。班那希尔先生不清楚达达尼安已经知道他和莫艾的那个陌生人接触的事，他开始叙述自己被捕的事，班那希尔先生不断地骂这个恶魔是红衣主教的剑子手，他还仔仔细细地描绘了巴士底狱的各种设施和各种各样的刑具。

达达尼安显得十分殷勤地听着，等他讲完后说："可班那希尔夫人呢，您知不知道，是谁绑架了她？"

"啊！"班那希尔先生说，"这他们都不肯告诉我，是谁绑架了她。不过，您，"班那希尔先生用一种亲切无比的语调接着说，"最近几天，您在忙些什么？我好长时间没见到您和您的朋友了。昨天，布朗谢在刷您的马靴，那上面有很多的尘土，大概那不会是巴黎的大街上沾上的吧？"

"是的，亲爱的班那希尔先生，我们一起出去旅行了。"

"路途不近吧？"

"我们陪阿多斯先生到复尔日温泉去了一趟，我的那些朋友现在还在那儿。远是不远，不过 40 里的路程。"

"而您，一个人回来了，对吗？"班那希尔先生脸上露出一种狡猾的神情，"您这样一个漂亮的小伙子，情妇肯定在巴黎苦苦等着您，对吗？"

"真的，"年轻人笑着说，"亲爱的班那希尔先生，看来我什么事情也瞒不过您。有人在等我，而且等得苦苦的。"

班那希尔的额头上掠过一片阴云，但达达尼安没有发觉。

"这般殷勤会得到奖赏吧？"服饰用品商说，嗓音有了些变化。

"啊，我没有明白您的意思！"达达尼安笑着说。

"没什么，没什么，"班那希尔接着说，"您什么时候回来？"

"亲爱的房东，您为什么要问这个？"达达尼安问，"是不是您打算等着我？"

"不是，自从我被逮捕、家中遭劫以来，每当听到开门声我就担惊受怕，真没有办法！"

"好！请您不必害怕，我可能凌晨一点钟、两点钟，或许我根本不回来。"

班那希尔的脸色突然变得十分苍白了，甚至连达达尼安都发觉了。于是他就问了缘故。

"没事，没事！"班那希尔回答说，"自从上次的事之后我的身体一直虚弱。请别在意，您忙您的去吧。"

"我确实很忙。"

"还没有到时候呢，再等一等吧——您刚才说过了，是在今天晚上。"

"可快到晚上了，也许您像我一样，心焦火燎地在等待着晚间的到来——也许今天晚上班那希尔夫人会回家来与您团聚了。"

"班那希尔夫人今天晚上不会有空，"这位做丈夫的回答说，"她有事回不来了。"

"那样，对您来说真是太不幸了，我亲爱的房东。可我呢，在我幸福的时候，希望所有的人都跟我一样的幸福，尽管这有点困难。"

年轻人终于离开了，想到自己的玩笑话，不禁哈哈大笑了起来。

"好好去玩您的吧！"班那希尔还了一句。

可是，他讲这句话时达达尼安已经走远，听不到了。

达达尼安奔向德·特雷维尔先生的府邸，他还没有和队长谈一次。

红衣主教凌晨一点就退出了舞会。德·特雷维尔先生心情非常愉快，这是因为，整个晚会期间国王和王后对他都非常亲切，而红衣主教又显得气急败坏。

凌晨一点钟，红衣主教借口身体不舒适，退出了舞会，而两位陛下回到卢浮宫时，已经是清晨6点了。

"现在，"德·特雷维尔先生向房间四周扫了一眼，便压低声音对达达尼安说，"现在，我们来谈谈您，年轻人。十分明显，您的归来使国王、王后十分高兴，而红衣主教很气愤，您要格外当心才是。"

"我没有什么可害怕的，"达达尼安说，"只要我有幸得到两位陛下的恩宠，别的还管它做什么！"

"红衣主教不会忘记自己吃的亏，肯定不会放过那个让他吃了亏、受了挫的人！"

"您相信红衣主教会和您一样消息灵通，知道去了伦敦的就是我？"

"见鬼！您去过伦敦了。您手指上那枚戒指，是您从伦敦带回来的吗？要当心，敌人送的一件礼品可不是什么好东西。不是有一句拉丁文的诗说……请等一等，让我想一想……"

"是有这么一句，肯定有，"达达尼安拉丁文学习曾让他的老师彻底丧失信心，这时他却说，"有，肯定有，肯定有这么一句。"

"肯定有这么一句，"曾经接受过一些教育的德·特雷维尔先生说，"有一天，有人曾经在我面前引用过那句诗……等一等……啊！记起来了！……Tiilleo Danaos et daria ferentes.①"

"但这枚戒指是王后送的，先生。"达达尼安说。

"王后！噢！噢！"德·特雷维尔先生说，"一件真正的王室珍宝，可王后是通过什么人把它送给您的呢？"

"是她亲自给我的。"

"怎样给您的？"

---

① 拉丁文，原意是：我害怕希腊人，即使他们是来向神奉献供品的。此语见于古罗马诗人维吉尔的史诗《伊尼特》第二卷。意思是：对那送您礼物的敌人多加小心。

"她伸出手来，让我吻了。"

"您吻过王后的手了？"德·特雷维尔先生叫了起来。

"王后陛下给了我这一恩典。"

"在场的还有其他的人吗？"

"先生，请您放心——没有任何人看到这一场景。"达达尼安说。

接着，他把事情的经过告诉给了德·特雷维尔先生。

"啊，女人哪，女人！"这位老兵高声说，"她们的脑子里充满传奇故事，神秘的事总让她们很着迷。正因为如此，您看到了那条胳膊，就这么回事。将来，您再见到王后，你们谁也不认识谁。"

"不会那样的，有这枚戒指就不会那样。"年轻人回答说。

"请听我告诉您，"德·特雷维尔先生说，"我给您一个忠告，一个很好的忠告，一个朋友的忠告，您接受不接受？"

"那是您给我的荣幸，先生，"达达尼安说。

"那好吧！找一家首饰店，把戒指卖掉，价钱由他们给，给多少便是多少——但至少也得给您八百皮斯托尔。皮斯托尔上面是没有名字的，年轻人这个戒指刻着名字很危险。"

"这样一枚戒指？卖掉王后陛下给我的一枚戒指？万万不能！"达达尼安说。

"那戴它时就得翻转过来，谁都看得出来，一个贾司克尼的见习卫士，是绝对不可能有这样的一枚戒指的。"

"这么一说，真的您认为我有什么危险了？"达达尼安问。

"年轻人，即使一个人躺在了一颗引线已经被点燃了的地雷上，也要比您安全些。"

"见鬼！"达达尼安惊叹了一声。无疑，德·特雷维尔先生充满自信的语气已经开始使他感到不安了，"见鬼！那该如何是好呢？"

"您处处要小心，红衣主教不是一般人。请相信我，他一定不会放过您的。"

"他会怎么办？"

"啊，这我如何会知道！他精通一切阴谋诡计。至少，他会把您抓起来。"

"他敢逮捕一个为陛下服务的人？"

"真是糊涂！他们逮捕阿多斯没有任何顾忌。不管怎么讲，年轻人，我在宫廷当差已经 30 年了，您万万不能高枕无忧，否则，吃亏的将是您。您要记住，这是我跟您讲的，您应该意识到，到处都是敌人。如果有人向您寻衅，要与您吵架，那么，即使他只是一个 10 岁的小孩子，您也要躲得远远的。"

"如果真的有人跟您打了起来，那么，不管什么时候您都要不怕丢丑，且战且退；过桥时，您要试试桥板是否牢固，以防您脚下的桥板坠落下去；在经过一栋正在建造的房子时，您要看清楚，是否会有一块石头掉到您的脑袋上。不要相信任何人，是您的朋友也罢，兄弟也罢，情妇也罢，尤其是不要相信您的情妇。"

达达尼安脸红了。

"情妇，"他机械地重复着说，"还'尤其是'……"

"情妇最容易成为红衣主教的工具，她快速、有效：一个女人为了得到 10 个皮斯托尔就会出卖您。"

达达尼安想到了班那希尔夫人当天晚上和他的约会。不过，刚才德·特雷维尔先生对一般妇女的那种不好的评价，并没有让达达尼安怀疑他漂亮的女房东。

"还有，"德·特雷维尔先生说，"您的三位伙伴怎么样了？"

"我到这里来就是打听他们的消息。"

"没有任何消息。"

"是这样的，他们被留在半路上了，我到这里来就是打听他们的消息。波尔多斯留在了尚帝力；阿拉密斯留在了科雷沃科尔；阿多斯留在了亚眠。"

德·特雷维尔先生说："那么，您是如何脱身的呢？"

"是由于出现了奇迹，先生。我胸部挨了一剑，但接下来，我就一剑把德·沃尔德伯爵扔在了加莱大路边的一座小树林里。"

"德·沃尔德！他是红衣主教手下的人，是路斯费尔的一个表兄弟。有了，我亲爱的朋友，我有了一个主意了。"

"什么主意？请说吧，先生。"

"您要去干一件事。"

"什么事？"

"红衣主教在找您，您可以离开巴黎去找那三个伙伴。是呀！他们三个是值得稍许关心关心的。"

"好主意，先生，明天我就上路。"

"为什么今天晚上不走，而等到明天？"

"今天晚上，先生，我有一件重要的事情需要留在巴黎。"

"啊，年轻人！一桩风流勾当吧？要当心，女人不是现在，就是将来会毁掉您！请相信我，今天晚上就离开巴黎。"

"那做不到，先生！"

"你们已经约定了？"

"约定了，先生。"

"那就另当别论了。如果今天夜里您没有被杀，那么明天一定起程。"

"我答应您。"

"需要钱吗？"

"我还有 50 个皮斯托尔，我想够了。"

"可是您的伙伴们呢？"

"我想他们也并不缺钱用，离开巴黎时，我们每人口袋里都有 75 个皮斯托尔。"

"在您动身前，我还能看到您吗？"

"我想是不能了，先生。"

"那就走吧，一路顺风！"

"多谢了，先生。"

达达尼安告辞了。德·特雷维尔先生对手下的火枪手的父兄般的关怀，令他深受感动。

他先去了他朋友们的家，都没人，他也没有打听到他们的任何消息。

当然，他可以去向他们的情妇打听他们的情况，但其中两个都不认识。阿多斯则没有情妇，无从打听。

在经过国王卫队队部时，他看到四匹马已经有三匹到了。

布朗谢正在给马洗刷，有两匹已经洗刷完毕。

"啊，先生，"布朗谢看到了达达尼安，说，"看到您我真高兴。"

"布朗谢，出了什么事？"年轻人问。

"您觉得我们的房东班那希尔先生怎么样？"

"我？难得信任他。"

"啊！您说得对，先生。"

"为什么你问这个问题？"

"刚才您跟他谈话时，先生，我看到他的脸变了三次颜色。"

"是那样？"

"先生，我一直对那封莫名其妙的信不放心。这样，对他脸上的变化，我始终没有半点儿的遗漏。"

"你觉得他脸相如何？"

"一副叛徒的奸相，先生。"

"是这样？"

"我还没讲完呢，先生一离开，班那希尔先生就向相反的方向跑走了。"

"是啊，布朗谢，你说得有道理——这一切都很值得怀疑。不过，你放心好了。"

"不过，先生，您等着瞧好了。"

"布朗谢，要发生的总会发生命中注定。"

"先生会继续晚上的散步吧？"

"继续，布朗谢，那封信是一个约会。我越是憎恶班那希尔先生，就越是要赴这个约会。"

“如果这是先生的决定……”

“对，一个绝不动摇的决定，9点钟，到时候我会前来找你。”

布朗谢意识到，没有办法改变主人的计划，于是他长长地叹了一口气，开始洗刷第三匹马。

达达尼安呢，实际上，他是个十分谨慎的小伙子。他没有回家，而是到那个也是贾司克尼人的教士家里去吃晚饭了。

二十四　小楼

9点钟，一切准备完备，第四匹马也到了。

布朗谢带着火枪和一把手枪。

达达尼安也武装起来了，他们悄悄地离开了。

在城里，布朗谢一直与他主人之间保持着一定的距离，可一出了城，他就慢慢地靠近了他的主人，现在他已经自然而然地和他的主人并肩前进了。大树的摇曳、月光的照射，使那黑乎乎的矮树丛上的光亮闪烁不定，这无疑使他强烈地感到不安，这被达达尼安看在了眼里。

"喂，布朗谢先生，"他问，"你怎么啦？"

"您有没有发觉，先生，树林就像一座教堂？"

"布朗谢，怎么这么说？"

"就是说，在树林里，人们是不敢高声说话的，就像在教堂里一样。"

"布朗谢，为什么呢？你怕了吗？"

"怕，怕讲话被人听到，先生。"

"怕被人听到！我们的谈话完全光明正大，是无可指责的，我亲爱的布朗谢，怕什么呢？"

"啊！先生！"他脑子里一直有的那个念头又冒了上来，"这个班那希尔先生的眉毛长得十分阴险。"

"真见鬼，你怎么又想起了他？"

"先生，没有办法我就是这么想的。"

"我明白了，因为你是一个胆小鬼，布朗谢。"

"先生，我这是谨慎，谨慎可是一种美德。"

"那么，布朗谢，你是有美德的，对吧？"

"先生，那边闪闪发光的是不是火枪？我们是不是应该把头低下来？"

"说真的，"达达尼安这时想起了德·特雷维尔叮嘱他的话，便低声说，"说真的，那小子让我也觉得害怕了。"

达达尼安开始策马向前，布朗谢丝毫不差地学着他的主人。

"先生，我们要这样奔跑一整夜吗？"他问。

"不，布朗谢，你，就在这。"

"什么，我就在这？那您呢？"

"我还要向前走几步。"

"我一个人在这？"

"布朗谢，你怕了？"

"不，这里凉气很重，人会被吹得得风湿病，而一旦我得了风湿病会很糟糕，特别是对一个像先生这样主人来说，那就更糟了。"

"这样吧，那边有几家小酒店，你随便走进一家就行了，明天早上 6 点钟，你在酒店门口等我。"

"先生，可是我这没有钱。"

"这是半个皮斯托尔，明天见。"

达达尼安跳下马，急匆匆地走了。

"老天，好冷！"布朗谢叫了起来。他见有一座郊区小酒店模样的房子，便跑过去敲门。

到达了甚科鲁。进镇之后，达达尼安转到了城堡的后面。巷子的一边有一堵高墙，那就是作为标识的那座小楼，另外一边有一道篱笆，篱笆里面是一个小园子，小园子深处有一座简陋的棚屋。

信上没有写明他来到之后会得到什么样的信号，他在等待着。

周围寂静无声，达达尼安向后面看了一番，就把背靠在那道篱笆上。那道篱笆、那个园子、那座棚屋的后边，是广阔无垠的空间。那空间被弥漫着的一片阴沉沉的雾气笼罩着，有几个光点在闪烁，犹如地狱中凄凉的星辰。

然而，对达达尼安说来，所有这一切都是令人高兴的，所有的黑暗也都变成了透明的。

没过多久，从甚科鲁的钟楼里不紧不慢地传来了 10 下钟声。

这钟声，多少带有一点凄凉的味道。

然而，这正是我们的年轻人所期待的声响。

他的目光聚集在了那栋小楼上，小楼只有二楼有一扇窗子是开着的。

灯光从那个窗口里射了出来，它照耀着园子外面的几棵椴树，洒下了一片银光。显然，在那扇灯光幽雅的小窗子里面，美丽的班那希尔夫人在等着他。

达达尼安沉醉在甜美的想象里，他的目光一刻也没有离开过那个可爱的小房间。他看得到，房间的一角露出了饰有金色线脚的天花板，房间很华丽。

甚科鲁的钟楼传来了十点半的钟声。

这次，达达尼安一下子打了一个寒噤，可能是他受到了寒气的袭击，他也不知道为什么会打哆嗦。

接着，他以为看错了约会时间。

他走近窗口，一道亮光照在了他的身上。他从口袋里掏出信来重又读了一遍。没错，时间是 10 点！

他又回到刚才待的那地方，开始思考目前的情况，他担起心来。

11 点的钟声敲响了。

达达尼安真的开始感到害怕了，怕班那希尔夫人遇到了什么不测。

他拍了三次掌。可是，没有回应。

于是，他又想到，并且有点不快，可能这个女人睡着了。

他想爬上高墙看个究竟，可那堵墙新近抹上灰泥，达达尼安白费了一番力气。

这时候，他又把目光移向那些大树，大树中有一棵椴树的树枝伸到了街道上方。达达尼安想爬上这棵树看小楼里面的情景。

那棵树并不难爬。达达尼安还不到 20 岁，一下子便爬到了枝叶中间。他一直看到了小楼的内部。

事情变得奇异了，那片柔和的灯光，照着一副触目惊心的凌乱场面：一块窗玻璃被打碎了，房间的门四分五裂，挂在一根铰链上，一张本来是摆着一顿出色夜宵的桌子，倒在了地上，许多瓶子被打得粉碎，被踩烂的水果滚满了地板。

所有这一切表明，在这个房间里曾经进行过一次激烈的、拼死的打斗。达达尼安甚至相信，在这个房间狼藉无序的东西中，他认出了一些从衣服上撕下来的碎片，一些沾在桌布和帏幔上的血迹。

他急忙下来，跳到了街上，他想看看能不能找到暴力行为留下的其他痕迹。

灯光，继续照着那宁静的夜色。达达尼安这时才又有了新的发现，而这些他刚才没有注意到，一些地方的地面刚刚被践踏过有，许许多多的坑洼，这是混在一起的人的脚印和马蹄的蹄痕。

此外，他还发现了马车的车辙。从方向判断，那车子是从巴黎来的，没有超过小楼再向远处去，而是折回巴黎了。

最后，在墙边达达尼安又发现了一只撕碎了的女人手套，而这只手套非常干净，散发着芬芳之气。

达达尼安搜索时，他的心紧紧地收缩，他开始变得上气不接下气。

为了让自己镇静下来，他不住地向自己说，或许这个小楼和班那希尔夫人并无关系。她向他说明，约会地点是在小楼前面，而不是在小楼里面。她可能是公务繁忙，或者是由于丈夫吃了醋，拦住了她，因此，她并没有前来。

然而，内心的苦楚彻底粉碎了这些理性的推断。在某些情况下，这种悲痛之感会控制着我们的躯体，并告诉我们大难临头了！

因此，达达尼安几乎发疯了，他在大路上奔跑着，一直跑到渡口，去向那个划渡船的人打听情况。

他了解到，傍晚7点钟左右，船夫曾把一个披着黑色披风的女人从对岸接了过来。那个女人防备得很小心，尽量不让人认出，这才引起了船夫的特别注意。

在那个时候，和今天一样，有不少的年轻漂亮女人来到甚科鲁，并且不想让别人看到。

达达尼安立刻确信，就是班那希尔夫人。

达达尼安又读了一遍班那希尔夫人的信，他肯定自己没有看错，约会的地点是甚科鲁，是德·艾丝特雷先生的小楼前，而不是在别的街上。

他的预感没有错，大难临头了。

他又跑了回去，那里可能又发生了什么新的情况。

那条小街依然是空无一人。

这时候，达达尼安想到了那座棚屋，说不定它还能开口说出什么。他越过篱笆跳了进去，一条用链子拴着的狗汪汪直叫。

他敲了几下门，没有回应，棚屋里死一般的沉寂。可他想到，这座棚屋是自己的最后希望，于是，他继续敲那棚屋的门。

不一会儿里面有了动静，声音极其轻微。

达达尼安停了下来，不再敲门，而是用一种充满忧虑、讨好的语调向屋里的人恳求起来，这种声音可以让最胆小的人放下心来。终于，有一扇护窗板被打开了，说得确切些，是被打开了一条缝。

可是，当里面的人看到被微光照亮了的达达尼安身上那肩带、剑柄和手枪之后，窗子重又被关上。关得很迅速，达达尼安还是依稀看到了一个老人的脸。

"看在上天的份上！"达达尼安说，"请听我说，我在等一个人，可没能见到，我很担心。请告诉我，这儿发生了什么事？"

那扇窗子又慢慢地被推开，那张脸又露了出来：那张脸比刚才变得更加苍白了。

达达尼安一五一十地把自己来后遇到的事情讲了一遍，他讲述了自己如何约定跟一个年轻女人在这座小楼前面会面，不见她前来，他爬上椴树，在微弱的灯光下，看到了那个房间里面一片混乱的情景……

老人仔细地听着；达达尼安讲完之后，他摇了摇头，似乎表示大事不好。

"您这是想讲什么？"达达尼安大声说，"先生，请讲出来我听听。"

"啊！先生，"老人说，"请什么都不要问我，如果我把我知道的事告诉您，对我是一点好处也不会有的。"

"您肯定知道发生了什么？"达达尼安继续说，"既然如此，那就看在上天的份上，"他一边拿出一个皮斯托尔扔给了那老头儿，一边说，"告诉我吧，把您刚才看到的事情告诉我吧。我以贵族的身份向您保证，我什么也不会说出去。"

老头儿看出了他的真诚和痛苦，于是，要达达尼安静静地听他讲，接着低声说：

"晚上9点，我听到街上有声响，我很想知道发生了什么事，便要出门去看个究竟。我刚想出去就有人想进来，我穷，不怕什么人来抢，便去开了门。门外站着三个人，黑影里有一辆华丽的四轮马车，还有几匹马，那几匹马肯定就是那三个穿着骑士服装的人的马。我大声对他们嚷道：

"喂，先生们，你们要干什么？"

"'你有没有梯子？'一个看上去像头的人问我。"

"有，先生，我有一架摘果子用的梯子。"

"把梯子搬过来，然后你回到自己的屋里去，给你一个埃居作为打扰的酬劳。如果你还想活的话，看见的就一个字也不要提。"他们还说，可以肯定，不管我们如何威胁你，不许你听，不许你看，你总是会看到会听到的。

"讲到这里，那人扔了一个埃居给我，他拿走了我的梯子。

"我走进了屋子，可我立即从后门溜出，在暗处——我一直钻进了这丛接骨木里，在那里我能看到外面发生的一切。

"那三个人把那辆马车拉了过来，并从车里面弄出一个矮胖子。他小心翼翼地爬上梯子，往那个房间里张望了一会儿，随后又蹑手蹑脚，爬下了梯子，并低声说：

"'没错，是她！'

"那个和我讲过话的人立即走到小楼门口，打开了楼门，走进去，又从里面把门关上。这时，另外两人爬上了梯子。那个矮老头站在车子旁边。

"突然，从这座小楼里发出了尖叫声。随后，一个女人跑到窗口想要跳下来。可是窗子外面还有两个人，所以她又缩了回去。而那两人从窗口跳了进去。

"此后我再也看不到什么了，可我听到那个妇人则拼命呼喊，但很快就听不到了。那三个人走到窗前，其中两个人把那个妇人夹在胳膊下，然后把她抬进了马车，那个小老头也跟着进车里去了。留在房间里的那个人关上了窗子，走到马车前，向车子里面望了望。从小楼上爬下来的那两个人已经上了马，从门里出来的那个最后也上了马。由那三个骑士护送着，四轮马车快速地驶走了。这就是我所看到的、听到的一切。"

达达尼安表面上呆若木鸡，但是所有的愤怒魔鬼，所有的嫉妒魔鬼，都在他心里哇哇号叫。

"可是，我的老爷，"老头儿接着又说道。达达尼安的这种六神无主的绝望表情把他吓坏了，"不要伤心啦，他们并没有把她杀掉。"

"您可知道，"达达尼安说，"那个领头是什么样的人？"

"我不认识他。"

"可既然他跟您谈过话，您肯定看清楚他的样子了。"

"噢，您是问我他的长相？"

"是的。"

"干瘦，高个儿，黑色的小胡子，黑眼睛，脸晒得黑黑的，像个贵族。"

“是了，”达达尼安叫了起来，“又是他，永远是他！另外一个呢？”

“哪一个？”

“那个矮个子。”

“喔，他不是贵族，看上去其他几个并不尊敬他。”

“一个跟班儿。”达达尼安低声说，“啊！可怜的女人，他们对您做了些什么呀？”

“您答应过我的，先生，不把事情说出去。”老头儿说。

“我现在再一次许诺，请您放心。我是贵族，我已经答应过您了。”

达达尼安心情沉重地再次向渡口走去。他不能相信那个女人就是班那希尔夫人，他幻想次日能够在卢浮宫见到她。犹豫、悲痛、绝望……

“啊！现在，如果我的朋友们在我身边那有多好！”他叫了起来，“可是，谁知道他们现在怎么样了呢？”

时间将近半夜12点了，应当去找布朗谢。于是，达达尼安看哪家酒店还有点灯光就去敲哪家酒店的门，可是没有找到他。

一直找到第六家，他才开始想到，自己和跟班儿约好早晨六点钟见面。布朗谢现在无论在哪里，那都是可能的。

年轻人这时候又产生了一个念头：要想继续了解到新的情况只能在附近留下来。这样，走进第六家酒店之后，他就在那里留了下来。他要了一瓶上等的葡萄酒，在角落找到了位子来，双肘支在桌子上，下定决心，就这样一直等到天亮。

他竖起耳朵静静地听着。由于他周围尽是可敬的社交圈子里的工人、跟班儿和马车夫。所以，他听到的只是一些彼此之间的嘲笑和辱骂，根本没有得到任何其他的线索。

因此，由于无事可做，同时为了不引起人们的怀疑，喝完那瓶酒以后，他便在那个角落里，用一种尽可能舒服的姿势让自己睡去。大家都知道，达达尼安只有 20 岁，这样一个年龄，其睡眠拥有不受时间约束之权，即使最绝望的事也不能剥夺这个权利。

早上 6 点钟达达尼安醒来了，他觉得一身的不舒服。梳洗没有用去他太多的时间，他在自己身上摸了摸，以便查明有没有人趁他睡觉时偷走了他的东西。

他站起来付了酒钱，走出店外，去找他的跟班。透过灰蒙蒙、湿漉漉的雾气，他出门第一眼就看到了布朗谢。布朗谢牵着两匹马，正在一家不起眼儿的小酒店门前等着他，昨天夜里他没有注意到它。

二十五　波尔多斯

达达尼安去了德·特雷维尔的府邸，他决定把发生的事情告诉给德·特雷维尔先生。他相信德·特雷维尔先生一定能给他带来一些帮助；另一方面的考虑是，德·特雷维尔先生几乎天天可以见到王后，也许他能够从王后那儿得到一些有关这个可怜的女人的消息。

德·特雷维尔先生听他讲着，在这整个事件中，队长注意到了一件和恋爱毫无关系的事。达达尼安讲完，他说："嗯！很容易就能闻到掺和在这一事件中的红衣主教的气味。"

"那该怎么办呢？"达达尼安问。

"现在你必须离开巴黎，没有其他的办法，绝对没有。我见到王后会把这个可怜的女人失踪的事情告诉她，不过，王后肯定对此事一无所知，知道之后她会想办法。您回到巴黎的时候，也许会有好消息。这件事就交给我吧，您放心地走好了。"

达达尼安知道，德·特雷维尔先生很少对人许愿，而一旦他偶尔许了愿，那么他必将达成愿望。听了这番话，他非常感激，于是向德·特雷维尔先生敬了一个礼，正直的队长对这个勇敢坚强的年轻人也很关心，所以他亲切地和达达尼安握了手，祝他旅途平安。

达达尼安向掘墓人街走去，准备回家去整理一下行装。快到门口时，他看到班那希尔先生在门口站着。这时，他再一次记起了谨慎的布朗谢昨天对他说的关于房东那番话，因此，他更加仔细地看了看这位房东。果然，他看出除了那种偶尔可见的带有病态的、青黄色的脸色，这种脸色证明他的胆汁可能渗入了他的血液，达达尼安还看到了隐藏在他脸上的那些奸诈虚伪的东西。

一个坏蛋和一个老实人笑容是不相同的，一个伪善者和一个忠厚人哭泣也是不一样的。虚假总是一副面具，无论它制作得有多么好，只要人们稍加注意，总能辨别得出它和真面目的区别。

达达尼安在班那希尔的脸上就看到了这样一副面具。

因此，他强忍着内心的厌恶，打算不跟他讲什么。可是，像昨天一样，班那希尔先生叫住了他。

"喂！年轻人，"班那希尔说，"这一夜过得不错吧，对吗？现在是早上7点钟，真是见鬼！在别人出门的时候您却回了家。"

"别人可不像您，班那希尔老板，"年轻人说，"您是所有正人君子的楷模，不会错的。如果一个人家里有一个年轻漂亮的妻子，他是用不着到处奔波去追求幸福的，因为幸福他已经找到，班那希尔先生，难道不是吗？"

班那希尔的脸色一下子变白，白得像个死人，只是勉强，它还露出了一丝微笑。

"啊，啊！"他说，"您真是一个喜欢开玩笑的朋友。不过，昨天夜里您跑到哪里去了，我的少爷？看来，路上不太干净嘛！"

达达尼安低下头来，看看自己那双沾满泥浆的靴子。不过，他发现服饰用品商的鞋袜，那上面同样沾满泥浆，看上去好像他们俩是在同一个地方待过。因为，他们靴子上沾的污泥斑点颜色是完全相同的。

达达尼安突然想到，那个矮矮胖胖、花白头发、穿着深色衣服像个跟班儿的人，被组成押送队的那些佩剑军人看不上的那个家伙，就是班那希尔本人！一个丈夫，竟然领着别人去绑架自己的妻子！

想到这里，达达尼安真想扑过去，一口气将他掐死，可达达尼安是一个十分谨慎的小伙子，所以他克制住了自己。只是，他的脸色吓得班那希尔想往后退，但是他的身后是一扇关着的门，这样，他不得不仍然站在原来的位置上。

"噢，是这样！您真会开玩笑，"达达尼安说，"我看得出，我的马靴该擦一擦了，而您的鞋子也同样如此。班那希尔老板，会不会您也是出去找女人了？您做这种事真是不可原谅，何况，您还有一个年轻漂亮的妻子哪！"

"啊！主啊，我可不是找什么女人，"班那希尔说，"昨天我去了圣芒代，去打听我的一个女用人的消息，那条路很糟糕，免不了沾些泥浆回来。"

圣芒代，它和甚科鲁正好位于两个相反的方向上。

这给达达尼安带来了一线希望。如果班那希尔知道他妻子的下落，那么，可以想些办法迫使他开口，讲出他所知道的秘密，要证实他知道他妻子的下落。

"请原谅，亲爱的班那希尔先生，"达达尼安说，"因为我现在渴得要命，请允许我去您家里讨杯水喝。"

达达尼安就快步走进了房东的屋子，床铺得整整齐齐，班那希尔夜里没有睡过，并且达达尼安判定，班那希尔回来也不过一两个小时。看来，他把他的妻子送到了某个关押地。

"谢谢了，班那希尔老板，"达达尼安喝完了一杯水后说，"现在我回家了，要布朗谢去擦我的靴子，擦完我的，如果您愿意，我就吩咐他到您这儿来替您擦。"

说完他就离开了。服饰用品商心里不住地骂自己，真是搬起石头砸了自己的脚。

达达尼安走到楼上，发现布朗谢的神情十分慌张。

"啊，先生，您可回来了！"布朗谢一看到他的主人便说，"又有了一件怪事！"

"什么事？"达达尼安问。

"啊！您不在家的时候，有人来拜访过！"

"什么时候？"

"半小时前，您在德·特雷维尔先生那儿的时候。"

"到底谁来过了？喂，你说呀！"

"德·卡夫娃先生。"

"德·卡夫娃先生？"

"是他本人。"

"红衣主教阁下的卫队队长？"

"对。"

"他来逮捕我？"

"我想是的，先生，尽管他假装客气。"

"你说他假装客气？"

"是，尽说好话，先生。"

"是这样吗？"

"说什么红衣主教阁下对您很有好感，请您跟他到王宫走一趟。"

"你怎么回答的他？"

"我说，这是不可能的，因为您不在。"

"他又讲了什么？"

"他说，要您今天一定到他那儿去一趟，也许这次会见会关系到您的前程，红衣主教非常器重您。"

"对红衣主教来说，这个圈套真够笨拙了。"年轻人微笑着说。

"我就看出了这个圈套，于是，我回答他说，您回来以后，一定会感到十分懊丧的。

"德·卡夫娃先生听了就问我：'他去了哪里？'

"我回答说：'他去了香槟省的特鲁瓦。'

"'何时走的？'

"'昨天晚上。'"

"布朗谢，我的朋友，"达达尼安打断他的话说，"你真是个人才啊!"

"先生,我心里是这样想的:如果您想去见德·卡夫娃先生,您可说您根本没有去那里,这样,说谎话的是我。而我,不是贵族,说说谎话无所谓的。"

"放心吧,布朗谢,你是不会说谎的。一刻钟以后我们就要动身了。"

"这正是我要劝阻您做的。我们去哪儿?是不是我过分好奇了?"

"听着:和你所说我要去的地方方向正好相反。现在,我急于要知道阿多斯、波尔多斯和阿拉密斯他们怎么样了。你不是也急于想知道各利莫、莫丝各东和巴赞的情况吗?"

"是啊,先生,"布朗谢说,"咱们可以随时走。我相信,这个季节外省空气一定比巴黎好得多,因此……"

"因此,快快整理行装吧,整理完了,你到卫队队部和我会合。另外我告诉你,布朗谢,我相信,你对我们房东的看法完全正确。"

"啊,先生,我会看相,凡是我向您说的,请您相信,都是对的。"

达达尼安先下了楼,随后,他再一次到他三个朋友家里转了一圈,仍然没有他们的任何消息。只是阿拉密斯家里送来了一封芳香扑鼻、笔迹纤秀的信,达达尼安装起了这封信。10分钟以后,布朗谢在卫队队部的马棚里与达达尼安会合。

达达尼安对他说:"好,现在,你替我把另外三匹马也备上鞍子。"

"你以为，我们每个人骑上两匹马就会走得快些？"布朗谢神态狡猾地问。

"当然不是，布朗谢先生，这个玩笑您开得不能算是高明，"达达尼安回答，"我们有了四匹马，如果我们的三个朋友还活着，而且我们能够找到他们，就把他们带回来了。"

"那就交了好运了，"布朗谢说，"但是，我们总应该满怀希望。"

"阿门！"达达尼安说着跨上了马。

出了国王卫队的队部，他们两个人各自向街的相反一端跑去，出城之后重新会合。这是一个被精确执行的战略措施，达达尼安和布朗谢一起到了彼艾尔费特。

应该说，白天，布朗谢要比在黑夜勇敢些。

上次旅行时遇到的那些意外布朗谢还记忆犹新，因此他把一路上遇到的人都当成他的敌人。结果，他不断地把帽子取下来捏在手里，但达达尼安严厉斥责了他的这一行为。因为达达尼安担心，这种过分的礼貌会让别人不把他看成贵族的一个跟班儿。

一路无事，所以，这两个旅行者最终平安无事地抵达尚帝力。他们走进了上次旅行时歇脚的那家客店——大圣马丁客店。

客店老板恭恭敬敬地在门口迎接了他们。达达尼安和布朗谢已走了11里路，不管波尔多斯在不在这家客店里，他们也该歇一口气了。达达尼安想到，开口就打听火枪手的事也许不是太妥。

达达尼安便什么话也没有讲，下马后，把牲口都交给布朗谢，走进了一间为不愿意与别人接触的人专设的小房间，要了一瓶店里最好的葡萄酒和一顿尽可能丰盛的午餐。所有这些，越发地加强了老板对他的第一印象。

因此，达达尼安的午餐马上就上来了，快得简直让人吃惊。

达达尼安带着一个跟班儿，还有四匹骏马，尽管他穿着普通卫士的制服，也不能不叫人另眼看待。老板想过来亲自侍候他，他们之间的话匣子就这样拉开了。

"说真的，亲爱的老板，"达达尼安把两只酒杯斟满，道，"我向您要的是您店中最好的酒，如果您欺骗了我，那您就要自讨苦吃了。请端起酒杯，我们一起喝。只是，为了找个干杯的理由，那就为您客店生意的兴隆而干杯吧。"

"先生，这真是令我感到荣幸之至，"客店老板说，"我这里真诚地感谢阁下的良好祝愿。"

"不过，请不要误会，"达达尼安还说，"我的意思是，只有在生意兴隆的客店里，旅客才能受到良好的款待；而在那些生意不好的客店里，客店老板自身倒霉不说，旅客也跟着倒了霉。我经常出来旅行，这条路上我就走得更多了，所以我希望客店老板个个都能财运亨通。"

"这一说我记起来了，"老板说，"我想不是第一次见到您了。"

"啊，我至少在您的店里住过三次或者四次。瞧，大概在十一二天以前，我就来过这里。那次，我带着我的朋友——几个火枪手，一起在这里住了下来。他们之中的一个还与一个不相识的旅客吵了架，那人没事自找麻烦……"

"啊，是的，是的！"客店老板说，"先生，您谈起的不就是波尔多斯先生吗？"

"主啊！我亲爱的老板，请告诉我，他现在怎么样？"

"嗯……先生应该记得，他没能继续赶路。"

"是这样，他曾经答应要追上我们。可是，我们一直没能等到他。"

"他给我们赏了面子，留在这儿了。"

"什么？他留在这儿了？"

"是的，先生，他留在了这，我们甚至还感到很是担心呢……"

"担心什么呢？"

"他的某些开销。"

"这样？他会照付开销的。"

"啊，先生！我们已经垫进去许多了。今天早上外科医生还警告我们，说如果波尔多斯先生不付账，他就向我收钱了，因为最早是我把他找来的。"

"这么说，波尔多斯受伤了？"

"这您可不能问我，先生。"

"为什么？为什么不问您？"

"干上了我们这一行，就不能知道什么便说什么了，先生，特别是有人预先警告过我们。"

"好！我能见见波尔多斯吗？"

"当然可以，先生。请上楼去，到二楼一号房间去找他吧。不过，得预先通知他。"

"什么，我要预先通知他是我看他？"

"是的，不然的话，您也许会碰到什么意外。"

"会遇到什么意外？"

"波尔多斯先生可能会把您随便当成客店里的什么人，会让您送了命。"

"有谁惹过他了？"

"我们曾经向他讨过账。"

"见鬼！明白了。可据我所知，他的财力还到不了这种程度呀！"

"我们也是这么想的，先生！他住了一个星期，我们把账单送交给了他。可是，我们一开口，他就把我们轰了出来。上一天他赌过钱，这倒是真的。"

"什么，他赌过钱，跟谁？"

"跟一位路过的老爷。"

"噢！这个倒霉蛋会输个精光的。"

"是的，连他的马也输掉了，先生。当时我们就向那位老爷提出了，而他回答我们说，我们是多管闲事。并说，那匹马归他了。我们立刻把事情通知了波尔多斯先生。可是他骂了我们，说一个贵族的话是毋庸怀疑的。"

"就是这种人。"达达尼安轻声说。

"于是，"老板接着说，"他一直没有付账，我想请他到金鹰客店去，去照顾照顾我的那位同行。可是波尔多斯先生回答说，这里是最好的，他哪里也不去，而要在此住下来。

"我没法非要让他搬走。于是，我退而求其次，请求他把本店最漂亮的那间房子退掉，换个房间。而波尔多斯回答说，他随时都在等候他的情妇的光临，而她是宫里最显赫的贵妇人之一，叫我明白，他赏光住的那个房间，就已经是过于寒酸了。

"我坚持我的决定，而他，根本不屑再和我谈下去，便将一把手枪放在床头上，宣称有谁胆敢再对他提起搬家之事，要他搬出本店也好，还是要他在店内换一个房间也好，只要开口，他就开枪打碎那人的脑袋。

"因此，从那个时候起，先生，就没有人敢走进他的房间了——他的跟班儿除外。"

"那个莫丝各东？"

"是的，先生，他走后五天又回到了这里，脾气变得很坏，对我们来说，不幸的是他比他的主人步履轻健，为了侍候他的主人，他想拿什么就拿什么，把这里搞得一塌糊涂……"

"的确会如此，"达达尼安说，"我早就看出，莫丝各东是个十分忠心又相当聪明的仆人。"

"是的，先生。可请先生设想一下，每年，我要是跟这样既忠心又聪明的人打上四次交道，那我破产了！"

"不会，波尔多斯会付账的。"

"哼！"客店老板并不相信。

"他受宠于一位贵妇人，因此，她不可能让他为了欠您这么一点小钱而陷入困境的。"

"关于这，如果我敢于说出我所相信的……"

"您什么意思？"

"我还可以进一步说：我所知道的……"

"您要讲什么？"

"我肯定的是，我认识那位贵妇人。"

"您？"

"是的，我。"

"您怎么认识她？"

"啊，先生！请您保证，您不会随便把事情说出去……"

"那就讲吧，请相信一位贵族的信用！"

"好，先生，我讲。您知道，我很担心，所以做了一些事……"

"那您做了什么呢？"

"噢！倒完全是一个债主权限范围之内的事。"

"究竟做了什么事？"

"波尔多斯先生给这位公爵夫人写了一封信。当时，他的跟班儿还没有回来，他自己又不能离开房间，因此不得不差我们替他跑一趟。"

"后来怎样了？"

"正赶上我们店里一个伙计要到巴黎去，我就把信交给他，吩咐他把信交给公爵夫人本人。我这样做是为了满足波尔多斯的心愿，因为他把信交我们时曾非常郑重地嘱咐我们，要保证信的安全。我们这样做了。"

"不错。"

"您知道这位贵妇人是怎么样的？"

"不知道。我只听波尔多斯讲起过。"

"您知不知道这位所谓的公爵夫人是什么样的？"

"我再一次回答您，我不认识她。"

"她是一位诉讼代理人的妻子，名叫克科那尔夫人，至少有 50 岁了，而使我感到意外的是，这样一位贵妇人却住在了狗熊街。"

"您是怎么知道这些的？"

"收到信后她醋劲大发，大骂波尔多斯先生无情，挨一剑是为了其他女人。"

"他挨了一剑？"

"啊，主啊！我讲出了什么啦？"

"您说波尔多斯挨了一剑。"

"是这样。可波尔多斯不允许我讲这件事！"

"为什么会这样？"

"啊，先生！那天您走了，他声言要把那个人一剑刺穿，可事实恰恰相反，自己却被那个陌生人撂倒在地上了。他死要面子，波尔多斯先生不愿向任何人承认他挨了一剑。"

"那么，使他待在床上动弹不得，就是因为这一剑？"

"这一剑很厉害呀，先生，您朋友身体强壮他才没有死。"

"您当时在场吗？"

"我看了，不过决斗者并没有看到我。"

"整个过程是什么样的？"

"啊！时间不长，他们都摆出了防守的架势。随后，那个陌生人做了一个假动作，接着向前冲去，剑刺进波尔多斯的胸脯足有三寸深。波尔多斯先生向后倒了下去，那个陌生人立即用剑尖顶住他的喉咙，波尔多斯先生便向他的对手认输。当那人听到他叫波尔多斯先生而不是叫达达尼安先生时，便伸出胳膊，扶他回到客店。随后，自己上马走掉了。"

"这么说，那陌生人要找的是达达尼安？"

"像是。"

"您知道那位先生的下落吗？"

"不知道。在那之前，我从来没有见过他。"

"很好。我想我一切都清楚了。您说，波尔多斯的房间是二楼一号？"

"是的，先生，本店最好的一个房间。我已经失去了10次租它出去的机会。"

"好啦！放心吧，"达达尼安笑着说，"钱会付给您的。"

"啊，先生！不管她是不是公爵夫人这都没什么关系，只要她肯解开她的钱袋子就成。然而，她可有话在先，对于波尔多斯先生的一再要求她已经感到厌烦，她不会付钱了。"

"她的这个回答您是否告诉给了您的房客？"

"我没告诉他，否则，他会看出我们替他送信的方式。"

"所以，他一直在等她寄钱过来，对吗？"

"啊，主啊，是这么回事！昨天他又写了一封信。"

"您说那位诉讼代理人夫人又老又丑？"

"至少50岁，先生，谈不上漂亮。"

"那就请放宽心吧！她的心会软下来的。再说，波尔多斯也欠得不太多。"

"什么，不太多？已是20来个皮斯托尔了，医生的诊疗费用还没有包括在内呢。"

"好吧，如果情妇扔下他，他还有朋友呢，这一点我可以向您担保。所以，我亲爱的老板，您把心放进肚子里。"

"先生，您已经答应过我，一、不向他提到诉讼代理人夫人；二、不提他受伤的事。"

"这件事我们已经谈妥啦，相信我的承诺吧。"

"啊，不然的话，他会杀了我的！"

"不会的。"

老板对他十分注重的两件东西——债权和生命，都感到稍许放心了。

走上楼梯，达达尼安敲了一下门。里面的人叫他走开，他却走了进去。

波尔多斯躺在床上，正和莫丝各东玩朗斯格内消磨时光。一根铁叉上串着一只竹鸡，在炉火上转动着。大壁炉两边的两个角落里，各有一个小火盆，上面都放着一只小锅，小锅在沸腾，从里面飘出白葡萄酒烩兔肉的味道和鱼汤的味道。

波尔多斯一看是自己的朋友，便高兴地大叫了一声，莫丝各东也恭恭敬敬地站了起来，把位子让给达达尼安。

"见鬼，怎么是您？我太高兴了，您知道我发生什么事了吗？"

"不清楚。"

"客店老板什么都没有对您讲？"

"没有。"

波尔多斯的呼吸似乎均匀了些。

"您究竟遇到了什么事，我亲爱的波尔多斯？"达达尼安接着说。

"是这样的：对手已经中了我三剑，我正冲过去想第四剑把他刺死，结果，我踩在一块石子上，一滑，膝盖给扭伤了。"

"是这样？"

"当然！算那个混蛋运气。"

"后来他怎么样了？"

"半句话也没有讲便溜之大吉。可您，我亲爱的达达尼安，您的事情怎么样了？"

"就因为扭伤了膝盖，"达达尼安接着问，"您就卧床不起了？"

"啊，主啊！是的，不过，再过几天我就可以下床了。"

"那您为什么不叫人把您送回巴黎去？待在这样一个鬼地方一定闷得要死的。"

"本来我是打算这么办的，可是有件事不得不说。"

"一件什么事情？"

"我实在感到无聊，就像您说的那样，为了散散心，我把一位路过这儿的贵族请了上来，要跟他玩骰子，他同意了，可是我的钱全输了。不过，您怎么样，我亲爱的达达尼安？"

"真没办法，亲爱的波尔多斯，一个人不能处处都交好运，"达达尼安说，"您知道，有这句谚语说：赌场失意，情场得意。由于您情场上总是左右逢源，所以，赌场上您的手气就会差些了。不过，钱是身外之物，你的公爵夫人肯定会来拉您一把的，不是吗？"

"对极了！我亲爱的达达尼安，"波尔多斯用天下最潇洒的神气说道，"所以我给她写了信。"

"后来呢？"

"后来！她大概去了她的领地，她连封信也没有写过来。"

"是这样？"

"是这样，所以昨天我又写了第二封信。不过现在您来了，我亲爱的朋友，我们来谈谈吧。"

"看来，客店老板对您不错，"达达尼安一边说，一边对病人指着两只装满了的锅子。

"还凑合，"波尔多斯回答说，"就是三四天以前，那个不懂礼貌的家伙跟我要账，我把他赶了出去。因此，您看到了，我坚守阵地，担心受到攻击，便整日佩剑不离身了。"

"可我看出……"达达尼安笑着说，他指指那些空酒瓶和炉子上的锅子。

"不幸的是，所有这一些都不是我干的！"波尔多斯说，"这个可恶的扭伤将我困在了床上。不过，莫丝各东可以出去，他可以带很多东西，"波尔多斯接着说，"您看，我们的增援部队到了，因而我们的给养也得增加。"

"莫丝各东，"达达尼安说，"您一定得帮我一个忙。"

"什么事，先生？"

"把您的烹调技术教给布朗谢。要是他像您一样，用您伺候主人的方式来使我得到享受，我是不会感到不满意的。"

"天啊！"莫丝各东神情谦虚地说，"没有比这更容易的事了，只要手脚灵活，别的都不需要。我的父亲空闲时是一个偷猎者。"

"那么其余时间他干些什么呢？"

"先生，他干着一种我始终认为相当幸运的行当。"

"什么行当？"

"天主教派和胡格诺教派作战的那些日子，他为自己创立了一种混合的宗教，这就是——有时候他是天主教徒，有时候他是胡格诺教徒。他经常肩扛一支喇叭火枪，在小路旁边的篱笆后面散步。他看到一个单身的天主教徒走过来，他托起他的火枪，向那人瞄准，结果差不多总是来人扔下他的钱袋，逃之夭夭。当然，反过来也是一样。因此，连他自己也闹不清楚是怎么一回事，仅仅在一刻钟之前，他怎么能对我们神圣的宗教的优越性产生怀疑？"

"您的这位可尊敬的父亲最后结局如何？"

"有一天，他在一条低凹的道路上与他以前曾打过交道的一个胡格诺教徒和一个天主教徒同时狭路相逢。于是，他们联合起来对付他——他被吊死在了一棵树上。随后，他们到附近一个村子的小酒店里吹嘘他们的丰功伟绩。可巧的是，我的哥哥还有我，我们也在那个小酒店里喝着酒。"

"那你们做了些什么？"达达尼安问。

"我们让他们讲下去，"莫丝各东接着说，"后来，他们出了小酒店，各自走向一条相反的道路。于是，我的哥哥跑过去，埋伏在了那个天主教徒所走的道路旁，我向另外的方向跑过去，埋伏在了那个胡格诺教徒所走的道路旁。两个小时，事情结束了。我们也同时赞叹父亲富有远见——看来他早已有了提防，让我们哥俩各自信了不同的宗教。"

"他还是个偷猎者？"

"对的，先生，他教会了我打猎的技巧。因此，当我看到那位坏蛋客店老板给我们吃的全是一些肥肉，我就悄悄捡起了我的老行当。我在亲王先生的树林里散步，在一些兔子出没的地方放下活扣，在亲王殿下的湖里的水下放入钓丝。正因为如此，我们不缺少竹鸡、野兔、鲤鱼和鳗鱼，以及各式各样易于病人消化、营养丰富的食品。"

"可是葡萄酒呢？"达达尼安问，"葡萄酒由什么人来供应？客店老板吗？"

"是，也可以说不是。"

"这话怎么讲？"

"说是，酒确是他的。说不是，是由于他并不知道他有这份荣幸。"

"请您说清楚些，莫丝各东跟您讲话大有益处。"

"是这样的，先生。我在各地游历时遇见过一个西班牙人，他到过很多的国家，其中包括新大陆。"

"新大陆，写字台和柜子上的酒瓶，它们之间有什么关系呢？"

"耐心些，先生，耐心些，每一样东西都会讲到的。"

"是的，莫丝各东，我相信您，我听着。"

"那个西班牙人有一个跟班儿，陪他一起去过墨西哥。这个跟班儿是我的一个同乡，我们很快成为好朋友，我们对打猎的喜爱超过了一切。因此，他告诉了我潘帕斯里的那些土著人捕猎的方法，他们只是在绳子的末端打一个活结，将那活结扔向那些可怕的野兽，就可以套住它们的脖子。当初，我根本就

342

不相信人的技术会达到如此高的程度。可是，活生生的事实教训了我，使我不能不承认他讲的故事的真实性：我的朋友把一个酒瓶放在30步以外，他扔出去的活结每次都能套住那个瓶颈。我开始用心做这种练习了，所以，今天，我扔起套索来不会比世上任何人差。怎么样，这您明白了吧？我们的客店老板有一个地窖，里面的藏酒十分丰富，可地窖门的钥匙他从不离身。但是，那个地窖有个通风口。它成了我往窖里扔套索的好地方。喏，先生，新大陆，写字台以及柜子上的酒瓶，它们之间的关系就是如此。现在，您是否愿意尝尝我们的葡萄酒？"

"多谢了，很遗憾我刚吃完饭。"

"好吧！"波尔多斯说，"摆桌子！莫丝各东。在我们吃午饭的时候，就让达达尼安把他离开我们10天以来的情形告诉我们。"

"非常愿意。"达达尼安说。

波尔多斯和莫丝各东开始了午餐，他们的胃口非常好。达达尼安把去往英国路上的详细情况说了一遍。

不过，达达尼安就说了这么多。他只是说，从英国回来时带回了四匹骏马，随后，告诉波尔多斯，给他的那匹马已经安置在了旅店的马棚里。

这时，布朗谢走了进来，赶到科赖蒙去过夜了。达达尼安还急于要知道另外两个朋友的消息。他告诉波尔多斯，接着去寻找另外的两位朋友，并打算以后仍从这里经过，返回巴黎。他还告诉波尔多斯，七八天后，如果他仍旧在这个大圣马丁店住着，那么他会在回来时接他。

波尔多斯告诉达达尼安，他这段时间不会离开这里，再说，他还得在这里等待他的公爵夫人的回信。

达达尼安再次叮嘱莫丝各东，要好生照顾波尔多斯。随后，他跟客店老板结清了账，再次上路了。

二十六　阿拉密斯的论文

我们的这个巴雅恩小伙子，虽然年轻，但非常聪明。对于他的火枪手朋友所讲的，他装作句句相信，因为他清楚地知道，揭穿朋友的秘密肯定无助于保持友谊。

另一方面，如果人们掌握着朋友的某些秘密，他们在精神上总有一种压倒朋友的优越感。达达尼安知道自己的事业刚刚开始，他还有很多事要做，而他已拿定主意，把他的三个伙伴视为自己出奇制胜的工具，所以有三个这样可以帮助他的朋友，他是不会感到不高兴的。

一路之上，他一直在想念班那希尔夫人。他想到，对于他的忠诚，她是应该做出回报的。但是年轻人心中的悲痛情绪大部分是由于担心这个可怜的女人遭到不幸，对于幸福的懊丧，只占一小部分而已。

他判定，她成了红衣主教复仇的一个牺牲品，至于他本人是怎么会得到了首相的"器重"，他是雾水一团。当然，德·卡夫娃先生本来是会替他解开这个谜的。

让路途缩短，让时间不知不觉消磨掉，最最有效的方法莫过于沉湎于深思。在这样的时刻，一个人外表上像是在沉睡，而他的思想则插上了翅膀，至于中间所经之处，在他的记忆之中只是一片空白。此时此刻达达尼安的状态就是这样，他听任坐骑驮着，信马由缰，走完了从尚帝力到科雷沃尔学之间的七八里的路程。当他在科雷沃科尔这个镇口停下时，这段路程中他曾遇到过的一切，他都失去了记忆。

他晃了一下脑袋，看到了那家当初把阿拉密斯留下的小酒店，他在那个小酒店门前停了下来。

出店接待他的不是原来那位老板而变成了老板娘。达达尼安很会看面相，看到她那高兴的脸蛋儿，就明白了他无须对她隐瞒什么，他也是根本用不着害怕的。

"好心的太太，"达达尼安问她，"十一二天前，我们的一个朋友留在了这。您能不能告诉我他现在怎么样了？"

"那个二十三四岁的强壮、温柔、和蔼的年轻人，对吗？"

"不错。"

"肩上还受了伤，对吗？"

"一点儿都不错！"

"好，先生，他还在这儿。"

"老天！"达达尼安下了马，把缰绳扔在布朗谢的胳膊上，"亲爱的太太，您真是救了我的命。这个亲爱的阿拉密斯，他在哪儿？"

"但他现在不能见您。"

"为什么？有女人？"

346

"主啊！您在讲些什么？不是的！先生，没有什么女人和他在一起。"

"那跟谁？"

"孟第迪艾①的本堂神父，亚眠的耶稣会②修道院院长正在他那里。"

"主啊！"达达尼安大声说，"可怜的朋友！他的身体更糟了吗？"

"不是，先生，正好相反。他决定做神父了。"

"对呀，"达达尼安说，"我忘记了，他做火枪手只不过是暂时的。"

"先生一定要见他吗？"

"当然。"

"那好吧，他住3楼5号房间。先生请从院子右边的楼梯走上楼去。"

达达尼安朝老板娘指示的方向奔了过去，但是进门都不大容易，这是因为通往阿拉密斯房间的通道被人守护着——巴赞在走廊里将达达尼安挡在了门外。这个巴赞，在经受了多年的艰苦考验之后，终于看到自己日夜盼望的那种结果就要得到了。因此，他坚守岗位绝不让步。

可怜的巴赞梦想着，他能够为一个教士服务。现在，他的等待更加着急了。

① 孟第迪艾：法国北部索姆省的一个城市。

② 耶稣会：天主教修会之一。16世纪时，是天主教会反对欧洲宗教改革运动的主要集团。

按照巴赞的说法，眼下，他服侍一个火枪手终日提心吊胆，失魂落魄。他所以留在主人身边，只是因为年轻的主人每天都许诺自己将做神父。

　　巴赞心花怒放，这一次，他的主人是不可能再度食言了，无论是肉体上还是精神上，阿拉密斯同时有了创痛；最近遇到的双重意外——情妇的突然失踪、肩膀上挨了一剑，看上去是上天给他的一个警告。因此，他把目光又投向了宗教。

　　所以，看见达达尼安，巴赞很不高兴。长久以来，自己的主人一直在世俗的漩涡之中被卷来卷去，现在达达尼安一来，极有可能重新把他的主人扔进漩涡之中。所以，他勇敢地、坚定地把守着那条通道。

　　只是，他没法坚持说阿拉密斯不在这里，他只得试着对这位不速之客说明，从清晨开始，他的主人就在和人讨论着种种有关宗教信仰方面的问题，而且在他看来，这种讨论将会持续到深夜。因此，希望不要这个时候去打扰他的主人。

　　可是达达尼安根本不去理睬，再说，他也无意与一个跟班儿进行一场争论。他一只手将巴赞推开，另一只手推开了五号房间的房门。

　　达达尼安走进了房间。

　　阿拉密斯身上有一件宽大的黑罩衫，头上戴的是一顶很像教士圆帽那样的平顶圆帽。他坐在一张桌子前，桌子上满是一卷卷的纸、一本本对开的大书，身旁两边各有一个客人，屋内气氛非常适合于虔诚的沉思。一个年轻人的房间，特别是一个年轻火枪手的房间，所有能够引起我们注意世俗的那些东西全部消失了,毫无疑问,这是因为巴赞害怕主人看到这些东西——会重新产生世俗的念头,于是统统把它们给请走了,而代替它们的是一条像苦鞭①那样的东西。

听见有开门的声音,阿拉密斯抬起头来,他认出了自己的朋友。

可令达达尼安感到诧异的是,阿拉密斯反应不强烈。

"您好,亲爱的达达尼安,"阿拉密斯说话了,"看到您我真高兴。"

"我也是这样,"达达尼安说,"尽管我还难以肯定,您是不是阿拉密斯。"

"是我,我的朋友,不会错的。"

"我以为走错了房间,以为走进了一位什么教士的屋子;接着,看到被两位先生陪着,我又以为,会不会您病情危急了?"

那两个穿黑袍的人,都朝达达尼安狠狠地瞪了一眼。

"我可能打扰了您,亲爱的阿拉密斯,"达达尼安接着说,"您在向这两位先生忏悔呢?"

阿拉密斯微微涨红了脸。

"您,打扰了我?啊!没那回事,我向您发誓,我高兴还来不及呢。"

"啊,总算清醒了!"达达尼安想,"事情还不算太糟。"

"这是我的朋友,刚刚脱险。"阿拉密斯指着达达尼安热情地向两位神职人员说。

"请颂扬天主吧,先生。"这两位教士同时向达达尼安躬身道。

---

① 苦鞭:基督教徒用来自行鞭笞用以赎罪的一种鞭子。

"我没有忘记这样一点，二位神父。"年轻人回了礼。

"您来得正好，亲爱的达达尼安，"阿拉密斯说，"这位是亚眠的修道院院长先生，这位是孟第迪艾的本堂神父先生，正在讨论我们一直在关注的神学问题。如果能够听到您的意见，我将是感到非常高兴的。"

"一个军人的见解无足轻重，"达达尼安说，"请相信我，这两位先生的学识就足足值得信任了。"

两位穿黑袍的人又行了一个礼。

"恰恰相反，"阿拉密斯又说，"对我们来说，您的意见是极为珍贵的。现在的问题是：院长先生提出，我的论文缺少教育意义。"

"您在写论文了？"

"是这样，"那个耶稣会的院长说，"对于授任圣职前的审查，一篇论文是必不可少的。"

"授任圣职！"达达尼安叫了起来，他吃惊地看着面前的那三个人。

阿拉密斯坐在扶手椅里，姿态优雅，还举着他的那只像女人一样白皙而丰满的手，他对自己很满意，继续讲完他的话：

"噢，您已经听到了，达达尼安。院长先生向我提出了一个题目，而这个题目是从来没有人研究过的。这个题目是：Utraque manus in benedicendo clericis inferioribus necesseria est.①"

---

① 拉丁文，意思是：祝福时，下级教士一定要用两只手。

达达尼安拉丁文的学问我们是领教过的，而这一次，他的反应也并不比上一次大。

"这句话的意思是，"阿拉密斯为了给他提供某些思考上的方便，便解释了一句，"祝福时，下级教士一定要用两只手。"

"一个非常好的题目！"耶稣会院长高声说。

"既值得赞赏，又符合教义！"本堂神父接着说。这位教士的拉丁文水准并不比达达尼安高多少，他时时刻刻盯着耶稣会院长的一举一动，以便与院长步调一致。

"不错，值得赞赏！Prorsus admirabile！ [1]"阿拉密斯在继续，"而这需要对基督教有极深的造诣。我已经向这两位学识渊博的教士承认，由于值班、守夜，为国王效劳，研究工作被忽视了，因此我本想自己选题目，会觉得更加facilius natans[2]当然，院长出的这个题目属于神学方面的难题。"

这样的讲话令达达尼安感到异常地厌烦，本堂神父也是如此。

"瞧，这是怎样的一个开场白呀！"耶稣会院长大声说。

这时，本堂神父用拉丁文重复了一遍耶稣会院长的话："Exordium. [3]"

"Quemadmodum inter coelorum immensitatem. [4]"

阿拉密斯向旁边的达达尼安瞥了一眼，他看到他的朋友正

---

① 拉丁文，意思是：真正值得赞赏！

② 拉丁文，意思是：挥洒自如。

③ 拉丁文，意思是：开场白。

④ 拉丁文，意思是：像在辽阔的天空。

在张着大嘴打哈欠。

"我们讲法语吧，神父，"他向耶稣会院长提出建议，"那样，达达尼安先生就能够了解我们的谈话了。"

"是这样，"达达尼安说，"这些拉丁文我都难以理解。"

"那好吧，"耶稣会院长甚是不快，本堂神父却甚为高兴。最后，那个院长补了一句："现在，请允许我提醒大家看看，注释中讲了一些什么。"

"摩西[①]，天主的仆人，是用双手祝福的。在希伯来人攻打他们的敌人时，他就是让人扶着他的两条胳膊[②]，因此，他也是用双手祝福的。而且，《福音书》中说得好：'Imponite manus……而不是 manum……'意思是：把您的双手放在……而不是把您的一只手放在……"

"把您的双手放在……"本堂神父做了一个手势，又说了一遍。

"可是对作为历代教皇继承人的圣彼得来说，就不同了，"耶稣会院长继续说，"Porrige digitos 意思是'伸出你的指头'……您明白了吗？"

"当然。"阿拉密斯高兴地说。

"手指头！"耶稣会院长接着说，"圣彼得用手指头祝福，那么教皇也就用手指祝福。不过，圣彼得是三个指头代表圣父、

---

① 摩西：《圣经》故事中人物，相传他是古代犹太人的领袖，率领被奴役的希伯来人脱离埃及去迦南未成，卒于纳波山。

② 摩西派约书亚去与亚玛力人交战，自己站在山顶，拿着神杖，只要他举着双手，以色列人便会获胜。举手举累时，就让别人在两旁扶着他的两条手臂。

圣子、圣灵。"

所有在场的人都在胸口画了一个十字，达达尼安也跟着做了。

"宗教体系中的下级教士，地位最低的神职人员，比如说副祭和圣器室管理人，则用圣水刷祈祷，那刷子便代表着无数的祈祷的指头。如此一来，题目变得简单了，Argumentum omni denudatum omamento^①这样一个题目，"耶稣会院长说，"我将写出这样两本厚厚的书。"

说到这儿，耶稣会院长兴奋起来，他拍了拍那本对开本的、重得要把桌子压扁的《圣克里索斯托^②集》。

"当然，"阿拉密斯说，"题目很精彩。可是，同时我也不得不承认，对我来说，它分量过重了。我已经选好了一个题目，它是这样的：Non inutile est deSiderium in obla tione，用法语说是：《对世俗稍有留恋无碍于事奉天主》。亲爱的达达尼安，这个题目怎么样？"

"得！"耶稣会院长叫了起来，"这样的题目接近异端了！留心吧，我年轻的朋友，您偏离正道，接近了伪说。我年轻的朋友，您不要自我毁灭！"

"您要毁了自己了！"本堂神父则痛苦地摇起了头。

"您触及了自由意志这个著名的论点，"院长又道，"它

---

① 拉丁文，意思是：没有任何修饰的论证。

② 圣克里索斯托（349-407）：古基督教希腊教父，别名金嘴约翰。其著作大多是宣传教义的讲稿和《圣经》注释。

会要了您的命。您快与贝拉基①派和半贝拉基派邪说同流合污了。"

"可是，我尊敬的神父……"阿拉密斯有点儿不知所措了。

"您如何能够证明，"耶稣会院长抢着说，"人在事奉天主的同时应该对世俗有所留恋？一边是天主，一边是魔鬼，留恋世俗就是留恋魔鬼。"

"这也是我的结论。"本堂神父说。

"发发慈悲吧……"阿拉密斯叫了起来。

"Desideras diabolum②，不幸的人啊！"耶稣会院长重复着。

"您留恋魔鬼！啊，我年轻的朋友。"本堂神父惊叹不已。

这种场面让达达尼安目瞪口呆，他觉得自己进入了一座疯人院，自己像是也要变得疯癫了。但他听不懂，所以不知道该说什么。

"可请听我讲呀，"阿拉密斯有点儿不耐烦了，但仍然表现出了礼貌，"我没有说我留恋，我没这样说过……"

耶稣会院长朝天举起了他的双臂，本堂神父也同样做了这样一个动作。

"不，至少你们得承认，把自己厌弃的东西都献给天主，那就太不应该了。达达尼安，您说我讲得对不对？"

"对极了，真是对极了！"达达尼安说。

---

① 贝拉基（约360-约430）：古代基督教神学家。他认为人生来本是无罪的，行善、作恶都是个人自由意志的产物。其教义与奥古斯丁学说针锋相对，屡遭正统教会的贬责。

② 拉丁文，意思是：你留恋魔鬼。

本堂神父和耶稣会院长都从椅子上跳了起来。

阿拉密斯道："下面是我的观点，一种三段论法：世俗有吸引力，我离开了世俗，因此我做出了奉献。《圣经》上就讲过：向天主做出奉献。"

"倒有这样的一句话。"两个对手说。

"而且，"阿拉密斯继续说，他现在则捏着耳朵让它变红，"而且，我还为此作过一首回旋诗①。去年，我曾经把它给伏瓦蒂尔②先生看过，这位大人物看了后对它倍加赞赏。"

"一首回旋诗！"耶稣会院长不屑提到它。

"一首回旋诗！"本堂神父以同样的语调重复了一遍。

"读读看，读读看，"达达尼安叫了起来。

"那倒不会。因为那是一首宗教小诗，"阿拉密斯回答，"诗体的神学。"

"见鬼！"达达尼安说。

"请听……"阿拉密斯开始说了。

　　哭泣吧，你，你在哀悼永远美好的过去，

　　不幸之中，你一心等待，等待时光的逝去，

　　假如只把你的泪水奉献给天主，

　　你的全部不幸就将消失，

　　哭泣吧，你……

---

① 回旋诗：16 世纪流行于法国的一种诗体，每小节五行，第一句头一个词或头几个词与最后一句重复。

② 瓦蒂尔（1597-1648）：法国诗人，法兰西学院院士。

达达尼安和本堂神父显出了高兴的神采，但耶稣会院长却不为所动。

"一篇神学作品，"院长说，"不能有世俗趣味。圣奥古斯丁是怎么说的？Severus sit clericomm Senno. [①]"

"是这样，说教应该清楚明白。"本堂神父说。

"然而，"耶稣会院长见其追随者弄错了，便打断了他的话，"然而，您的论文只会讨得贵妇人们的欢心，仅此而已。"

"那就好了！"阿拉密斯兴奋地说。

"瞧，"耶稣会院长叫了起来，"世俗还在您心中大喊大叫，altissima voce。[②]被世俗吸引，我担心，这样一来，圣宠就完完全全失效了。"

"请放心好啦，我尊敬的神父，我会自己料理自己。"

"世俗的自负！"

"神父，我不打算变更我的决心。"

"那么，您坚持写这样的一篇论文？"

"我写不了别的，我是打算继续写下去，但我会按照你们的见解进行修改，希望你们明天看到了会满意。"

"那就慢慢改吧，"本堂神父说，"我们让您心情愉快地进行这项工作。"

"是啊，土地播上了种，"耶稣会院长说，"我们不必担心种子一部分落在石头上，一部分掉在了大道上，其余的被天

---

① 拉丁文，意思是：神职人员的说教必须庄严。

② 拉丁文，意思是：用尽量大的声音。

上的鸟儿吃了去。Aves coeli comederunt illam. [①]"

"那你和你的拉丁文一块见鬼去吧！"达达尼安实在忍不住了。

"再见，孩子，"本堂神父说，"明天见。"

"明天见，年轻人，"耶稣会院长说，"您有希望成为本教会出类拔萃的教士，但愿我主保佑不要让我失望。"

两个穿黑袍的人站起来，向阿拉密斯和达达尼安施礼后向门口走去。

整个辩论巴赞都听到了，听得极为虔诚。他见神父他们走出来，赶忙上前接过本堂神父手里的日课经，又接过耶稣会院长的祈祷经书，送他们下楼去。

阿拉密斯把他们送到楼梯处，立刻返回，来见达达尼安。

达达尼安仍在沉思。

只剩下了他们两个人之后，起初，两个朋友都有点尴尬，谁也没有说话。然而，沉默总得被打破，阿拉密斯只好开口了。

"你看到啦，我已经回到了我的基本思想之上。"

"不错的，就像刚才那位先生所说的。"

"啊！我跟您谈过当教士的计划！"

"我听过，不过，讲老实话，当时我以为那是个玩笑。"

"这事不能当儿戏，达达尼安！"

"怎么不能？连死都可以拿来开玩笑呢！"

"那就大错而特错了，达达尼安，因为死是通向永罚或永

---

① 拉丁文，意思即上文"其余的被天上的鸟儿吃了去"。

生之门。"

"就算是吧。不过，对不起，我们不要再谈这个了。我呢，拉丁文本来没学会几天，一点不懂。再说，我对你说实话，我还没吃过一口东西，肚子早已饿得哇哇乱叫啦。"

"我们可以共进晚餐，亲爱的朋友。不过，你想必记得今天是星期五，是一个既不能看见肉，更不能吃肉的日子。如果你愿意将就，就和我一块吃煮蔬菜和水果了。"

"煮蔬菜是煮些什么东西？"达达尼安问。

"菠菜，"阿拉密斯说道，"不过，我为你专门加几个鸡蛋，而这已严重地违反了教规，因为鸡蛋也是肉——鸡蛋能够孵出小鸡来。"

"这桌饭的味道肯定不好，但为了能够和你待在一起，我甘愿忍受。"

"感谢你做出了这样的牺牲，"阿拉密斯说道，"不过，这样的饭菜对你的灵魂却大有益处，请相信我好了。"

"看来，您是不会回头了，阿拉密斯，他们准会把您看成一个逃兵的。"

"不是皈依教门，而是重返教门。过去，我逃离了教会，追随了世俗。您知道，我是强迫自己披上火枪手队服的。"

"这我一点也不清楚。"

"您不清楚我是怎么离开修道院的？"

"不知道。"

"那就让我给您讲讲我的故事吧。那现在我就向您忏悔，达达尼安。"

"那我事先就宽恕您。您看到了，我可是个好心人。"

"不要拿这事开玩笑，朋友。"

"那么，讲吧，我洗耳恭听。"

"9岁我就进了修道院，我20岁那天就会成为一个教士，一切均已安排妥当。就在这个关键时刻，一天晚上，我像往常一样，走进一户人家，一位军官看见我经常给女主人念《圣徒传》，便产生了妒意。

"当天晚上，没有通报他就闯了进来，恰好那天晚上我译了《犹滴传》①中的一节，正在把译诗朗诵给女主人听。她俯在我的肩上，与我一同重读那篇译诗，这刺伤了那位军官的心。而等到我出来时，他紧随在我的身后，赶上我说道：

"'教士先生，您高兴挨手杖吗？'

"'我说不好，先生，'我回答说，'还没有人敢拿手杖打我。'

"'那么，您听好，教士先生，如果您胆敢再来，我就敢用手杖敲您的脑袋。'

"我想，当时，我被吓坏了，想回答他，却想不出什么话讲，结果，什么也说不出来。

"军官等我的回答，见我迟迟不讲话，他笑了起来，转身进屋去了。

"亲爱的达达尼安，您可以想象，这次受辱是深重的，虽然没有人知道，但我感觉它时时压在我的心头。于是我对院长

---

① 该书叙述的是一位犹太侠烈女子犹滴杀死敌将、拯救同胞的故事。

说，我还没有完全准备好接受圣职一事。在我的请求之下，院长答应，把圣职授任仪式推迟一年举行。

"我找了巴黎一位最优秀的剑术教师，向他学习剑术，每天一课，学了整整一年。在我受辱周年纪念日，我换了一身骑士装，出席了我的一位女朋友举办的舞会，因为我知道，那个军官也会在那里。

"那个军官在那里，我到了他的身边，打断了他与别人的谈话，对他说道：'先生，现在您是不是仍然不喜欢我去那户人家？而如果我不想服从您的命令，您是不是还要用您的手杖砸我的脑袋？'

"军官很惊讶说：

'您有什么事，先生？我并不认识您。'

"我回答说：'我就是那个朗诵《圣徒传》和把《犹滴传》译成诗歌的小教士。'

"'哦！哦！我想起来了，'军官嘲笑地说，'您有什么事？'

"'我希望您有时间到外面去跟我走一趟。'

"'我非常乐意奉陪，但要明天？'

"'不，对不起，不要等到明天早上，就现在。'

"'如果非现在不可……'

"'是的，我要求这样。'

"'那么，咱们走。'那军官说，'女士们，请各位原地不动，只一会儿的时间，宰了这位先生我立即回来。'

"我们走了出去。

"我们到了贝叶纳街，一年前，在这里，他侮辱了我。我们都拔剑在手，交手第一回合他就吃了我一剑，直挺挺倒在地上，死掉了。"

"啊！"达达尼安惊叫一声。

阿拉密斯继续说："而有人在贝叶纳街找到了他的尸体，大家都知道，那一剑是出自我手，因此我被迫脱下了道袍。就在那时，我结识了阿多斯，而波尔多斯又教了我勇猛的几招，他们俩劝我申请加入火枪队，我的申请获得了批准。现在您该明白，如今是我回到教会怀抱的时候了。"

"为什么偏偏是现在，而不是之前或之后？今天，您这里发生了什么事？"

"是这个伤口，亲爱的达达尼安，这是上天对我的一种警示。"

"伤口？可它不是快好了吗？我敢说，不是因为这个伤口您才感到痛苦。"

"那是什么伤口？"阿拉密斯涨红了脸，问道。

"是你心灵上的那个伤口，阿拉密斯，一个由女人造成的伤口！"

阿拉密斯的眼睛不由得亮了一下。

"啊！"他装出满不在乎的样子，以此掩饰住内心的激动，"我怎么会为爱情而伤心？Vani ta-svaniCtatum！ ① 为什么人呢？在部队里，难道我追求过一个女裁缝，或者一个女用人？呸！"

---

① 拉丁文，意为：虚荣心哪去啦！

"对不起，阿拉密斯，我以为您的目标会更高些。"

"更高些？我不敢有这个奢望？不过是一个可怜的火枪手而已，一个身无分文、谁也不把他放在眼里、在世界上到处奔波的火枪手而已！"

"阿拉密斯！阿拉密斯！"达达尼安叫了起来。

"我要回归。人生充满屈辱和痛苦，"阿拉密斯继续说道，"所有把人生和幸福连在一起的那些线，统统被人剪断了，亲爱的达达尼安，"阿拉密斯语调悲伤，"相信我吧，等到您有了伤口，您一定要把它捂起来。您的痛处千万不要让任何人知道，您记住，好奇者只会让我们更加痛苦。"

"唉！亲爱的阿拉密斯。"达达尼安深深地叹了一口气，"我也遇到了和您一样的事。"

"怎么回事？"

"是这样，一个我所钟爱、让我倾倒的女人，刚刚被人采用暴力绑架了。我不知道她现在在哪里，不知道她现在怎么样，也许她已经死了。"

"可是，她不是自愿离开您的，您得不到她的任何消息，那是因为她被禁止给您写信。而我……"

"而你……"

"没什么，"阿拉密斯说，"没什么。"

"所以，您就想去当教士，下定了决心没有？"

"是的！今天您是我的朋友。明天，对我来讲，您不再存在了。世界呢，也不过是一个坟墓。"

"见鬼！你对我说的这些话好凄凉。"

"没办法。"

达达尼安笑了一笑，不讲什么。阿拉密斯继续说："不过，趁我还在世间，我想跟您谈谈您自己，谈谈我们的朋友。"

"我呢，"达达尼安说，"本想和您谈谈您，可是，瞧您对一切漠不关心的样子！爱情、朋友、世界，您都看透了。"

"唉！这一切您自己会看到的。"阿拉密斯叹息着。

"不要再讲啦，"达达尼安说，"咱们把这封信烧掉好了。"

"信？什么信？"阿拉密斯急忙问。

"您不在家的时候送去的，有人交给我给您带了来。"

"谁写来的？"

"啊！一个侍女，一个轻佻女工写的吧。要不就是德·谢弗勒兹夫人的贴身女仆，另外，为了显示其迷人的魅力，怕是还在信上洒过了香水，并且用一个公爵夫人的勋徽作封印。"

"你说了些什么呀？乱七八糟的。"

"坏事了，信可能让我给丢了，"达达尼安装作寻找着，"幸好，您什么都不相信了。爱情呢，只不过是一种被嗤之以鼻的讨厌之物！"

"啊！达达尼安，达达尼安！"阿拉密斯叫起来，"你真要人命！"

"啊，找到啦，找到啦，总算找到啦！"

说着，达达尼安从口袋里掏出了那封信。

阿拉密斯跳起来，一把抓过了那封信，接着，便贪婪地读起来。

"看起来，写得很是动人啊。"达达尼安漫不经心地说。

"谢谢你了，达达尼安！"阿拉密斯说道，"她被迫返回去，她没有对我不忠实，而是一直爱着我。我都要幸福得透不过气、要憋死啦！"

随后，两位朋友跳起舞来。那篇论文的羊皮纸落在了地上，并任凭他们踩躏。

巴赞端着煮菠菜和炒鸡蛋走进了房间。

"滚开，倒霉蛋！"阿拉密斯喊着，扔掉了头上的小圆帽，"滚蛋，把这些蔬菜拿走——从哪里端来的，就端回哪里去！这里需要的是一盘煎野兔肉、一盘肥阉鸡、一盘大蒜煨羊腿，外加四瓶勃艮第陈葡萄酒！"

巴赞一时不知所措。自然，他满肚子的不快，手里的炒鸡蛋和煮菠菜一起，一股脑儿地掉到了地上。

"现在，可是您把自己的一生献给天主的时刻，"达达尼安说，"如果您还想对天主表示一下礼貌的话，Non inufile desideri uln in oblatione. ^①"但他漏了"est"一词。

"让拉丁文见鬼去吧！亲爱的达达尼安，喝，该死的！您把那边发生的事讲给我听听。"

---

① 拉丁文,用法文说是对世俗稍有留恋无碍于事奉天主,但漏了"est"一词。

二十七　阿多斯的妻子

　　达达尼安把那些事向阿拉密斯讲了一遍，丰盛的晚餐使他们把什么都忘了。达达尼安见阿拉密斯很是快活，便对他说："现在，就差阿多斯的情况不清楚了。"

　　"他不会有什么事？"阿拉密斯说，"一是他异常的沉着，二是他特别的勇敢，三是他剑术无比的娴熟。"

　　"这些我比谁都清楚，可是，我担心阿多斯挨了仆人的打，因为仆人们打起人来，是既狠又不肯轻易罢手的。所以，我想尽快动身。"

　　"我争取陪你前往，"阿拉密斯说，"但我还不大能够骑马。昨天，我用那根苦鞭抽打了自己。然而，这种虔诚之举实在让我疼痛难忍，难以坚持。"

　　"亲爱的朋友，你的状况是：身体不好，而身体不好引起了脑子的混沌。"

　　"那么，什么时候动身呢？"

　　"明天，天一亮就动身。晚上你要休息好，明天要是可以，我们就一起走。"

"那么，明天见。"阿拉密斯说。

第二天早晨，达达尼安到阿拉密斯房里看他时，见他正伫立于窗口向外看着什么。

"您在看什么呢？"达达尼安问。

"啊，三匹骏马！如果能够骑上如此漂亮的马，那真是太妙了！"

"那好，亲爱的阿拉密斯！那三匹马之中，就有一匹是属于您的。"

"啊！真的？哪一匹？"

"任您挑，任您选。"

"您在开玩笑，达达尼安？"

"我没开玩笑。"

"钉着银钉的鞍子、天鹅绒马衣、两边描金的枪套，统统归我？"

"统统归您，就像踢蹬着前蹄的那匹马归我，转着圈子的那匹马归阿多斯一样。"

"噢！三匹世间少有的良马。"

"您如此地喜欢它们，我很是高兴。"

"是国王赏赐给您的？"

"肯定不是红衣主教给的就是了。您就不要操心它们是从哪里来的了，您只要拿定主意选哪一匹就成了。"

"我，要那匹黄色的。"

"好！"

"天主万岁！"阿拉密斯喊了起来，"这下，伤口也不疼啦，就是身中 30 弹，我也要骑马了！巴赞，过来，马上！"

巴赞无精打采地出现在门口。阿拉密斯吩咐道："准备好东西！"

巴赞叹了一口气。

"行啦，巴赞先生，心放宽些。"达达尼安说道。

"先生可是已经成为功底很深的神学家！"巴赞几乎要落泪了，"他会成为主教，也许会成为红衣主教呢。"

"可怜的巴赞，看你，好好想明白，当教士有什么好？不会因为你是教士就不上战场。"

"唉！"巴赞叹息道，"这些我清楚，先生。如今这世道，一切的一切全都乱了套。"

他们下了楼。"帮我抓住马镫，巴赞。"阿拉密斯说。

阿拉密斯上了马，只是，那匹桀骜不驯的坐骑连续打了几个转儿，并腾跃了几回，弄得阿拉密斯疼痛难忍，身子摇晃不定。达达尼安见他那个样子，连忙跑过去，张开双臂将他抱下马，把他送回了房间。

"行了，亲爱的阿拉密斯，好好休养吧，"达达尼安说，"我一个人去找阿多斯。"

"您真是铁打的！"阿拉密斯对他说。

"不，只是我比较幸运而已。可是，在等我这段时间内，你如何打发时光呢？"

阿拉密斯，说："我能写诗。"

"好得很，写带香味的诗，也给巴赞讲讲作诗的法则，使他得到一些安慰。至于那匹马嘛，每天骑上一小会儿，慢慢来。"

"啊！这方面您放心好了，"阿拉密斯说，"等您回来时，我会完好如初。"

他们互相道别。10分钟后，达达尼安向亚眠方向奔去。

阿多斯被他留在了险恶之中，很可能已经死了。一想到这里，达达尼安脸色顿时变得阴沉起来。他的三个朋友之中，阿多斯年龄最大。性格方面，阿多斯跟达达尼安差别也最大。

但达达尼安最爱这位贵族。他高贵不凡的外貌，他那永不改变、使得他最容易被接近的平和态度，他那不是出自盲目就是出自罕见的冷静的无畏气概，他那略带强颜欢笑味道的欢乐和有点辛辣的性格，总之，他的种种优点，在达达尼安心中所引起了超出友情的钦佩。

实际上，在心情愉快之时，阿多斯足可与潇洒、高贵的廷臣德·特雷维尔先生相媲美，甚至还可以说略胜一筹。他中等个儿，但体格异常结实，体态异常匀称。高大魁梧的波尔多斯，论体力，在火枪队里是数一数二的，但是面对阿多斯，他不得不甘拜下风。

阿多斯目光尖锐，鼻梁高而挺，下巴酷似布鲁图^①，他的双手从来不加修饰，这使得阿拉密斯感慨不已，他的声音洪亮而悦耳。

除去这一切，阿多斯还有一个特点：总是使自己处于寂寞之中，谦虚随和，不引人注意。但是，对于上流社会以及最显

---

① 布鲁图（前86–前42）：古罗马政治家，曾领导了刺杀独裁者恺撒的活动。

赫的社会阶层的习俗都十分了解，举手投足，都会不自觉地流露出大家风范。

安排一次宴会，阿多斯会让每一位客人都会坐在与地位相当的座位上。如果谈话涉及纹章学，人们会发现，阿多斯了解全国所有的名门望族，他们的世系、姻亲、家徽和来龙去脉，所有内容他都可以讲得明明白白。

他通晓各种礼仪，其细枝末节他都知道得一清二楚；他还精通猎犬和猎鹰的种种技术，他的技术甚至令狩猎的行家国王路易十三都惊讶不已。

他骑术娴熟，善于使用各种兵器；他受的教育非常全面，就是经院学方面，他的知识也是十分丰富的。平时，阿拉密斯爱讲上两句拉丁文，每当这时，波尔多斯假装听懂了，而阿多斯脸上露出了微笑。有两三次，他纠正了阿拉密斯讲拉丁文时所犯的基本文法错误，使得他的两个朋友惊愕不已。

除此以外，在品行方面他也无可挑剔，尽管在那样的时代，作为军人，非常容易违背宗教和良心，作为情夫，非常容易抛弃现代人那种一丝不苟的感情。从这些情况看，阿多斯确实是一个非凡之人。

然而，人们却看到，他不知不觉地变得沉迷于物质生活了，无论是肉体上还是精神上，都变得愚顽、迟钝了。在钱袋精光的日子里——他身上那一部分照人的光彩彻底熄灭了。这样，他仿佛进入了深沉的黑夜。

于是，只剩下了一个普通的人，垂着头，双目无神，话语迟钝，经常一小时一小时地守在酒瓶和酒杯前，或者眼睛盯住各利莫。这位跟班儿已经习惯,能从主人毫无表情的目光中,看出主人最为细小的心愿,并使它立即得到满足。

有时,四个朋友聚在一起,阿多斯极少开口,只是喝起酒来,阿多斯却是一个顶仨。这个时候人们可以看到他脸上的忧愁。

我们知道,达达尼安是个喜欢寻根究底、思维敏锐的人。但是,阿多斯忧伤的原因他一点也琢磨不透,也没有发现造成这种状况的特殊情况发生。阿多斯从来没有收到过什么人的来信。

看来,造成阿多斯忧伤的原因,只能是酒了;或者,事情反过来讲,饮酒,他是为了消愁。

这种极度的忧伤不可能是赌博造成的,他对赌博的输赢从来无动于衷。有一天晚上在火枪手俱乐部,他先是赢了三千皮斯托尔,随后,不仅把赢了的全部输了进去,连节日系的绣金腰带也搭上了。可是,接着,他不仅把这一切重新赢了回来,另外还多赢了一百个金路易。而在这整个过程之中,他那漂亮的黑眉毛动都没有动一下。

阿多斯不像我们的邻居英国人,脸色会随着天气的变化而变化。一年之中,越是天气好的日子,他就越发忧伤。6月和7月两个月,是他最可怕的时光。

他的忧伤并不是为了现在,也不是为了未来。因此可以推断,他的隐私在于过去。关于过去,达达尼安隐隐约约像是听说过一些。

在阿多斯喝得烂醉之时,不管怎么问,你都休想套出任何你所需要知道的东西。他给人的这种神秘感,使得他更加引起人们的兴趣。

"唉！"达达尼安自言自语道，"可怜的阿多斯可能已经死了，由于我的过错而送命了。是我让他参加进来干这件事的，而他对整个事情的原因一无所知。"

"先生，岂止如此呢！"布朗谢插话了，"事情很可能是，我们的性命多亏了他才得以保全的呢！是他喊我们快走的。他把两支手枪的子弹打光之后，传来的剑声多么可怕呀！很可能当时有 20 个人围攻他！"

几句话说得达达尼安感情更为冲动，他用马刺拼命刺马。

十一点半钟，他们到了那家该死的客店的门口。

达达尼安想要教训那个老板但又觉得不应当冲动，因此，他进入客店，把帽子拉低。

"您认得我吗？"他对过来招呼他的店老板问。

"我还不曾有这种荣幸，大人。"店老板回答。

"噢！不认识？"

"不认识，大人。"

"好吧，还记得那位伪币制造者的贵族吗？"

店老板的脸一下子变白了，达达尼安采取的是咄咄逼人的态度，布朗谢也模仿着主人的样子。

"啊！大人，"店老板哭丧着脸道，"唉！大人，我为那个误会付出的代价实在太惨重了！唉！"

"那位贵族呢，我问您，那位贵族怎么样了？"

"请听我讲，大人！请您开开恩，坐下来……"

达达尼安坐了下来，威严得像一位审判官。布朗谢则靠着达达尼安的椅背，神气地站在那里。

"大人，"店老板哆嗦着，"现在，我认出来了，您原来就是在我与您提到的那位贵族不幸发生纠纷之时离开了的那位……"

"不错，是我。如果您不讲出全部实情，我可饶不了你。"

"那就请听我说好了。"

"讲！"

"那次，我得到地方当局的通知，说一个有名的伪币制造者和他的几个同伙，都乔装成了国王卫队的卫士或火枪手的模样来我们这儿。通知上都有描述你们的样子。"

"后来呢？后来呢？"达达尼安催问。

"当局还派了6个人前来增援。我按照当局的命令采取了某些紧急措施。"

"现在您还在这样说！"达达尼安一听伪币制造者几个字，就觉得刺耳。

"大人，请宽恕我。我是害怕当局的，一个开客店的，如何敢于得罪当局？"

"那我再问一遍：那位贵族现在怎么样了？"

"请您耐心些，大人，我下面就要谈到啦。而当时，您匆忙走掉了，"店老板话讲得十分乖巧，这一点达达尼安看在眼里，"而那似乎有利于事情的了结。那位贵族，拼命自卫着，而他的那个跟班儿，不知道由于什么，跟当局派来的人吵了起来——那几个人扮作了马夫……"

"啊！混蛋！"达达尼安叫了起来，"你们是商量好的，我当时就该把你们杀了！"

"唉！不是的，大人，我们事先没有商量，听我往下讲。您的那位朋友，两枪撂倒了两个。过后，拔出了剑，且战且退，并刺伤了我手下的一个人，又用剑背将我击昏。"

"你有完没完？"达达尼安大嚷着，"我要知道的是阿多斯，他究竟怎么样了？"

"大人，他且战且退，便退到了地窖的梯子前。地窖的门是开着的，他从里边堵上了门。我们想，他反正跑不掉了，就让他待在那里好了。"

"原来如此，"达达尼安说，"就是说，并不是一定要杀掉他，而是要把他关起来。"

"公正的主！不，是他把自己关了起来，我向您发誓。他干得也算够狠的，一个人当场被他打死了，另外两个被他刺成了重伤，此后我再也没有听到过他们的消息。我自己恢复知觉后，就去找了省长，向他报告了事情的经过，并请示如何处置那个被关在地窖里的人。省长听后大吃一惊，说不知道这件事也没发命令，并且警告我，如果我对任何人讲他与这次行动有关，他就把我吊死。看来，是我搞错了，抓了不该抓的人，而让该抓的人走掉了。"

"可是阿多斯呢？"达达尼安又嚷了起来，"阿多斯到底怎么样了？"

"我急于想弥补自己的过错，"店老板接着说，"进了地窖，想把里面的那人放出来。唉！大人，又让人没有想到。听说要放他，他说这是一个陷阱，要我们必须接受他的条件，他才肯出来。我只好对他低声下气，表示将接受他提出的条件。他要求把他的跟班的交还给他，这个条件我们接受了。因为，您知道，大人，我们准备满足您的朋友的一切要求。各利莫先生，他讲了自己的名字。他遍体鳞伤，被送进了地窖里。他的主人接住他，又把门堵了起来，并且命令我们待在店里。"

"可是，他现在究竟在哪里？"达达尼安吼着，"阿多斯他现在在哪里？"

"在地窖里，大人。"

"该死！就是说，您始终把他扣押在了地窖里？"

"仁慈的主！不，大人。您并不知道，在地窖里，他干了些什么！啊！先生，如果您能够把他请出来，今生今世，我将对您感恩不尽。"

"那就是说他还在那里面，我能在那里找到他吗？"

"那当然，大人。每天，我们从通风孔里用叉子给他递面包、递肉。可是，唉！他用得最多的却并不是肉和面包。有一次，我想和两个伙计下地窖去，他立刻大发雷霆。

"我还听到了他给手枪上膛，他的跟班儿给火枪装药的响声。我们问他们想干什么，那位主人回答我们说，如果我们之中有什么人胆敢下地窖去，他们就开枪，直到打完最后一颗子弹。

"于是，大人，我便跑去找省长。省长则回答我，说这一切都是我自找的，是咎由自取。"

"这就是说，从那时以来……"达达尼安说着，便忍不住笑了起来。

“就是说，从那时以来，”店老板接着说，“我们没法生活了。因为，大人，您该知道，地窖里有我们的酒，整瓶、整桶的葡萄酒和啤酒，有香肠、调味品，有咸肉、食油。不能下去取，我们就没有办法给客人提供吃喝，所以没法做生意。而如果您的朋友再在我的地窖里待上一个礼拜，我就彻底破产了。”

“那是您罪有应得，您难道看不出来，我们是贵族而不是什么伪币制造者？”

“看得出，大人，您说得对，”店老板说道，“听！他在里面又发火啦。”

“大概又有人去打扰了他。”达达尼安说。

“可是，非得打扰不可呀，”店老板大声说，“店里刚刚到了两位英国贵族。”

“两个英国贵族又如何？”

“英国人喜欢上等的葡萄酒，这您知道，大人，这两位贵族要求最好的。大概是我太太去请求阿多斯先生，让我们拿点东西，而像往常一样，阿多斯先生大概拒绝了。啊，天主！发发慈悲吧！”

达达尼安果然听见了地窖那边传来大吵大嚷的声音。他站起来，跟在老板后面，走近了吵闹的地点。

两位英国贵族大为恼怒，大概等的时间太长了。

“蛮横无理，无法无天！”他们叫了起来，“简直是个疯子！要是他仍旧瞎闹，那就宰了他！”

“且慢，先生们！”达达尼安从腰间拔出手枪，说道，“对不起，你们休想宰任何人。”

"好，好，"门背后传来了阿多斯平静的声音，"让他们进来，进来让我瞧瞧。"

两个英国贵族表面上气势汹汹，这时却你看我我看你，都畏缩不前。大概是认为地窖里有一个饿极了的吃人魔怪。

一阵沉默之后，两个英国人担心后退有失颜面，便下了地窖，到了门口，狠狠一脚向那扇门踢去，震得墙都要塌了。

"布朗谢，"达达尼安说，"我对付上面这个，你去对付下面那个。喂！先生们，你们是想干架，是吗？那好，来吧！"

"天哪！"地窖里传出了阿多斯的嗡嗡声，"好像是达达尼安！"

"不错，"达达尼安提高嗓门儿，"是我，朋友！"

"啊！好！"阿多斯说，"那么，我们来教训这两个家伙。"

两个英国贵族处在火力的夹击之下，先是犹豫了一下，接着，觉得不能丢了面子，第二脚下去，门板从上到下出现了裂缝。

"闪开，达达尼安，"阿多斯喊道，"闪开，我要开枪了。"

"先等一下，阿多斯，"达达尼安一贯是理智的，"两位先生，你们考虑考虑再决定如何是好吧！你们现在很危险。这边，有我和我的跟班儿，我们会放三枪，那边，也会放三枪，放完之后还有我们的剑。让我来做一下安排吧，等不了一会儿，你们肯定喝得上酒的。"

"如果还剩下没被喝光的话。"阿多斯嘲笑地嘟囔了一句。

听了这话，店老板觉得整个脊梁都冷了下来。

"怎么叫'如果还剩下没被喝光的话？'"他喃喃道。

"见鬼！肯定还有的，"达达尼安说，"他们两个人不会把酒都喝光的？放心吧。先生们，请把你们的剑插回剑鞘。"

"好吧，那你们把手枪放回。"

"很好。"达达尼安做了表率。

两个英国人被说服了，达达尼安把阿多斯被关进地窖里的经过向他们讲了一遍。他们毕竟是正直的贵族，都对店老板进行了批评。

"先生们，现在请回到你们房间去，"达达尼安说，"我向你们保证，十分钟后你们会得到你们想要的。"

两个英国人行礼后退走了。

"现在，亲爱的阿多斯，"达达尼安说，"开门吧。"

"就开，就开。"阿多斯答道。

于是，响起一阵木头相互撞击和房梁震动的响声。

不一会儿，门开了，里面出现了阿多斯那苍白的脸：他敏捷地向四周扫了一眼。

达达尼安跑过去搂住了他的脖子，亲切地拥抱了他。随后，他想领阿多斯尽快离开这个潮湿的所在，却发现阿多斯的身子在左摇右晃。

"您受伤啦？"达达尼安问。

"没有！只不过是醉得要死啦！天主万岁！我的老板！一个人就足足喝了150瓶！"

"天哪！"店老板叫了起来，"如果跟班儿也喝了主人的一半，我就肯定破产了。"

"各利莫出身于体面人家，不会和我一样的，他只喝桶里的。我想他是忘了塞塞子了。听见了吗？酒还在流呢。"

达达尼安哈哈大笑。

这时，各利莫出现在主人身后，他肩上扛着火枪，脑袋一晃一晃。他身前身后都滴着一种黏稠的液体，店老板一眼就看出，那是他在窖里储存的最好的橄榄油。

他们，住进了店里最好的客房。

店老板和老板娘端着灯走进他们好久以来不进的地窖。

首先进入他们眼帘的是一道防御工事，阿多斯为了出来将那工事拆开了一个缺口。老板和老板娘从那个口子跨进防御工事，他们看到，地上满是油脂和酒液，其中漂浮着吃剩的火腿残骨；左边的角落里是一大堆砸碎了的酒瓶；一个酒桶龙头没有关上，正在流尽最后的酒液。

原来梁上挂有五十串香肠，剩下的不到 10 串了。

店老板夫妇号啕的哭声从地窖里传来。

店老板抄起一根烤肉铁扦，冲进了两位朋友的房间。

"拿酒来！"阿多斯见店老板进来，对他大声喊道。

"拿酒来！"店老板怒目圆睁，"拿酒来！你们已经喝掉了我 100 多皮斯托尔，现在，我要破产了！完蛋了！"

"唔！"阿多斯说，"我们一直口渴得不行，有什么办法呢？"

"酒喝光了还不算，瓶子也砸碎了！"

"是你们把我推倒在一堆瓶子上，那些瓶子才被砸碎了。"

"那些油呢？"

"油是医治创伤的良药，各利莫被你们打得遍体鳞伤。"

"你们吃光了我所有的香肠！"

"你的地窖里耗子是很多的。"

"您要赔偿! 赔偿我这一切!"店老板愤怒地嚷道。

"笑话!"阿多斯说,并一下子站了起来,但是,他连忙又坐下了,因为猛地一站,他受不了了。达达尼安扬着鞭子前来解救自己的朋友。

店老板后退了一步,开始大哭起来。

"这是一个教训,"达达尼安说,"您应该懂得怎么对待一个客人。"

"亲爱的朋友,"达达尼安接着说,"不要再啰唆了! 如果您行行好,停下来,咱们四个就到你的地窖去,看看损失是不是像您说的那么大。"

"行,行,先生们,"店老板说,"我错了,我承认。可是,对待任何过错都应该慈悲为怀吧? 你们应该可怜我才对。"

"唔! 您要是这么说,"阿多斯说,"事情早就好办了。我们并不像您想的那样凶残。来吧,过来聊聊。"

店老板怯生生地走了过去。

"是我叫你过来的,不要怕,"阿多斯说,"那天我要付钱的时候,把钱袋子放在了一张桌子上……"

"是这样的,大人。"

"那个钱袋子装着六十个皮斯托尔,哪儿去了?"

"在法院书记室保存着,大人。他们说那是假币。"

"那么,你去要回那个钱袋子,里面的 60 皮斯托尔就归您了。"

"可是,大人,您应该明白,东西一进了法院,都是要不回来的，如果那是假币，倒还有些希望，不幸的是，那都是些真币。”

“这就要您去想办法了，这不关我的事了，尤其是我的身上一个利弗尔都没有了。”

“喂，”达达尼安道，“阿多斯，原来有一匹马呀，那匹马去哪儿了？”

“在马厩里。”

“它值多少？”达达尼安问。

“50皮斯托尔，撑破天了。”老板说。

“它值80皮斯托尔。”达达尼安说，“那匹马归您了。这样咱们两清了。”

“怎么！卖掉我的马，”阿多斯叫起来，“那我怎么去打仗？”

“我给您牵来了另一匹。”达达尼安说。

“另一匹？”

“还异常的漂亮呢！”店老板补充了一句。

“好吧，既然这样，那匹老的您就留下好了。拿酒来！”

“要哪一种？”店老板完全平静下来了。

“最里边靠近板条的那一种，你去拿六瓶过来。”

“一个酒桶！”老板自言自语道，“如果他在这里再待上半个月，又付得起酒钱，我的生意就又兴隆起来啦。”

“别忘了，给那两位英国贵族送去四瓶同样的。”

“现在，”阿多斯说，“现在，达达尼安，快给我讲讲其他几个人的情况。”

达达尼安便向阿多斯讲了他找到波尔多斯的经过，讲了找见阿拉密斯的经过。他刚刚讲完，店老板提着酒回来了，同时带来一块火腿。

"好得很，"阿多斯给自己和达达尼安斟满酒，"为波尔多斯和阿拉密斯干杯。您自己怎么样？我觉得您脸色不对。"

"唉！"达达尼安说，"这是因为，在我们几个之中，我是最为不幸的一个！"

"您最不幸，达达尼安？"阿多斯说，"您怎么会不幸？快讲。"

"以后再讲吧。"达达尼安答道。

"以后？您以为我醉了？请你记住：只有喝了酒，我的头脑才最清楚。您讲吧，我在等着。"

达达尼安讲述了他与班那希尔夫人的爱情遭遇。

"这一切均不值一提，"阿多斯说，"不值一提。"

"你总这样说，亲爱的阿多斯！"达达尼安说，"因为，你从来没有爱过。"

一听这话，阿多斯暗淡无神的眼睛突然发光了。不过，那只是电光的一闪，很快就熄灭了。

"这倒是真的，"阿多斯平静地说，"我从来没有爱过。"

"所以，你应该明白，"达达尼安说，"你这铁石心肠的人，太不该对我们柔弱心肠的人这么冷酷无情。"

"柔弱的心肠，破碎的心肠……"阿多斯说。

"你在说什么呀？"

"我说，爱情是一种赌博，赌赢的人赢得的是什么？是死亡！您赌输了，挺好，相信我吧，亲爱的达达尼安。我就告诉您，要输下去，一直输到底。"

"可她看上去是那样地爱我！"

"看上去爱您？"

"啊！她真的爱我。"

"真是一个孩子！世界上的男人都相信他的情妇爱他，都受着欺骗。"

"可您除外，阿多斯，因为您从没有过情妇。"

"是这样，"沉默了片刻，阿多斯说，"我从没有过情妇。喝酒吧。"

"您是个豁达、冷静的人，"达达尼安说，"请您开导开导我好了，我需要知道应该怎么办，需要得到安慰。"

"安慰什么？"

"安慰不幸。"

"您的不幸令人好笑，"阿多斯耸耸肩膀说，"我给您讲个爱情故事吧。"

"是有关您自己的？"

"或许，是我一个朋友的，那有什么关系！"

"讲吧，阿多斯，讲吧。"

"先喝酒，喝了酒，会讲得越发精彩。"

"边喝边讲。"

"也可以，"阿多斯端起酒杯，一饮而尽，重又斟满，"这样真是好极了。"

"我等着。"达达尼安说。

阿多斯陷入了沉思。

一般酒徒喝到这种程度就得倒下去大睡特睡了。可阿多斯呢，他高声讲着梦话，却并没有睡着。

"您一定要听？"他问道。

"请讲吧，"达达尼安说。

"我的一个朋友，一个朋友，请听清楚！不是我，"阿多斯停顿了一下，"我那个省，即贝里省，一位伯爵，一位高贵家族的伯爵，25岁那年，他爱上了一位像爱神一样美丽的16岁的少女。她正当天真烂漫的妙龄。她并不想取悦于人，可是令人着迷。她住在一个小镇上，和她的哥哥一起生活。她的哥哥是镇上的本堂神父。他们不是本地人，谁也不知道他们是从什么地方来的，但姑娘美貌，哥哥虔诚。我的朋友是本地的领主，当地的主宰，对于这个姑娘，他完全可以任意引诱她，随心所欲地强行占有她，没有人会帮助两个陌生人了。可惜，他是个正人君子，他正式娶了她，真是愚蠢！"

"为什么这样说他？他不是爱她吗？"达达尼安问道。

"一会儿你就会明白，"阿多斯说，"他把她带回庄园，使她成了全省的第一号贵夫人。"

"后来呢？"达达尼安问道。

"有一天，她与丈夫一起去打猎。"阿多斯把声音放低，"结果，她从马背上摔下来，昏了过去。伯爵赶过来救她，见她的衣裳紧得让她窒息，便用匕首划开了衣服，让她露出肩膀。您猜猜看，他在她肩膀上看到了什么，达达尼安？"

"我如何会猜得到？"达达尼安问道。

"一朵百合花，"阿多斯道，"身上打了刑印！"

阿多斯将手中的一杯酒一口喝光。

"可怕！"达达尼安大声说，"你在瞎扯！"

"是真的，亲爱的，可怜的姑娘曾经偷盗过。"

"伯爵怎么办？"

"伯爵掌有审判权，他剥光了伯爵夫人的衣服，把她吊在了一棵树上。"

"天哪！阿多斯！这是凶杀！"达达尼安嚷起来。

"不错，不过，凶杀而已，没有别的。"阿多斯脸色苍白得像一个死人，"噢，看来，这酒不够我喝了。"

他一口气喝光了酒瓶里的酒。

面对阿多斯如此光景，达达尼安被吓得呆若木鸡。

"所以我不再追求女人，"阿多斯抬起头来，但并不想继续讲伯爵的故事了。"现在，天主也给了您一个绝了这种念头的机会。喝！"

"那么她死了？"达达尼安问。

"那还用说！"阿多斯道，"您把酒杯伸过来。吃火腿！"阿多斯嚷着，"酒我们不能再喝了。"

"那么，她的哥哥呢？"达达尼安胆怯地问道。

"她的哥哥？"

"是呀，那个神父呢？"

"他抢先一步跑了。"

"那这个家伙是什么人？"

"大概是那个漂亮娘们儿的第一个情人和共谋犯，他装扮

384

成本堂神父,就是为了把他的情妇嫁出去,使她最终有个归宿。"

"啊！天哪！天！"这骇人听闻的故事令达达尼安听了失魂丧胆。

"吃火腿，达达尼安，味道好极了。"阿多斯切了一片火腿放进了伙伴的盘子里。

达达尼安就要发疯了，他再也听不下去，趴在桌子上假装睡去了。

"现在的年轻人都变得不会喝酒啦，"阿多斯怜悯地望着达达尼安说，"不过这一位却是好样的。"

二十八 归途

达达尼安听了这个故事无比惊愕，但是，那番吐露还是半遮半掩的，有许多的方面依然是模糊不清。更何况，都喝得半醉了！

几瓶勃艮第葡萄酒已经下肚，尽管达达尼安觉得脑子里已是迷迷糊糊，但是次日醒来，阿多斯的每句话达达尼安都还记得清清楚楚，众多的疑问使他产生了一定要把事情了解个明明白白的强烈愿望，所以，他跑到朋友的房间，决心使昨晚的谈话继续下去。但是，他发现阿多斯已经完全冷静了下来。

这位火枪手与达达尼安握过手之后，预先亮明了自己的思想。

"我昨天喝多了，亲爱的达达尼安，"他说道，"现在还感到很不舒服，舌头也不好打弯儿，昨天我一定讲了不少的荒唐话。"

他说着，死死地盯着朋友，使达达尼安感到局促不安。

"没讲什么，"达达尼安说，"您所讲的，统统都是些极平常的话。"

"唔！这就怪了！我还以为我对您讲了一个最伤心的故事呢。"他注视着眼前的年轻人。

"真的，"达达尼安道，"好像我比您醉得还厉害，您讲的我全忘了。"

阿多斯没有相信，又道："亲爱的朋友，您不会那样不在意吧，我醉了就忧愁。小的时候，我的那位傻奶娘给我讲了许许多多悲惨的故事，所以，长大成人之后，一喝醉酒就爱讲述那些东西。这是我的缺点，主要的缺点。"

这些话讲得极为自然，达达尼安原有的想法有些动摇了。

"哦，确是这样，"年轻人依然不放弃弄明真相的打算，"确是这样，我记起来了，是什么吊死人的事。"

"啊！你看吧，"阿多斯的脸唰地一下变白了，说道，"可以肯定，我经常做这样的梦。"

"对，对，"达达尼安又说，"我记起来啦，对，那是关于一个女人……"

"是这样？"阿多斯变得面色如土，"啊，是关于那个女郎的故事。每次我讲起这个故事，那就说明我醉得要死了。"

"对，对，"达达尼安说，"是个金发女郎的故事，一双蓝眼睛，美丽无比。"

"对，她被人吊死了。"

"是被她丈夫吊死的，她的丈夫是您所认识的一位领主。"达达尼安说着，眼睛紧紧盯着阿多斯。

"唉，您看，喝多了是多么会损伤他人名誉，"阿多斯可怜兮兮地耸耸肩膀，"我可不能再喝醉了，达达尼安，这是一种恶习。"

达达尼安不再说话了。

接下来，阿多斯改变了话题："对了，谢谢您给我带来那匹马。"

"喜欢吗？"达达尼安问。

"喜欢，不过，看起来不怎么耐劳。"

"你错了，我骑过它，不到一个半小时它跑了10里，可看上去它那样轻松。"

"我把它给输掉了。"

"输掉了？"

"事情是这样：今天早晨，六点钟我就醒了。我无事可做，又因为昨天晚上我喝得太多，我下了楼，到了大堂里，看见昨天那两个英国人之中的一个正在与一位马贩子讨价还价，想买下一匹马——他说他的马昨天中风死掉了。我走过去，对他说：

"'真巧，先生，我也有一匹马要卖。'

"'而且是一匹很出色的马，对吗？'他说。

"'您看它值100皮斯托尔吗？'

"'值——您愿意卖给我？'

"'不。不过，我想拿它下注，与您赌一局。'

"'拿它下注？'

"'对。'

"'怎么个赌法？'

"'掷骰子。'

"这样我们赌了，而我，输掉了那匹马。唉！不过，"阿多斯继续说，"我把马鞍赢了回来。"

"您不高兴了？"阿多斯问道。

"是的，我不高兴了，"达达尼安说，"那是有朝一日让人在战场上能够认出我们的一匹马——它是一个物证，一个纪念。阿多斯，你做错了事。"

"哎！亲爱的朋友，"火枪手说，"讲句老实话，我不喜欢英国马。得啦，如果仅仅是要让某某人认出我们，那么，有那套鞍子就够了。那鞍子可真是漂亮。至于那匹马，没了就没了。我们总可以找出理由解释的。见鬼！一匹马，总要死的，就当成得病死掉了吧。"

达达尼安依然愁眉不展。

"这可真叫人不痛快，"阿多斯接着说，"看来您很是看重那两匹马——而我的故事还没有讲完呢！"

"你还干了什么？"

"我输掉了那匹马，九比十，看看这比分！于是，我又想到了您的那匹。"

"是么，我希望，您没那么做，对吗？"

"没有，我将它付诸实施了。"

"啊，糟透了！"达达尼安叫了起来。

"我赌了，结果又输了。"

"输掉了我的马？"

"输掉了你的马。七点对八点，差一个点。"

"阿多斯，你好糊涂。"

"亲爱的朋友，您这话应该在昨天我对您讲那些愚蠢故事的时候讲出来，而不是现在。我已经把马、全套鞍具统统输掉了。"

"真可怕！"

"慢着，您根本不知道，只要我不固执，我会是一个出色的赌徒的。可我偏偏固执，就像喝酒一样，我……"

"固执！您又拿什么赌了？"

"有呀，有呀，朋友，您手上的戒指。"

"这枚钻石戒指！"达达尼安叫起来。

"这方面我是内行，我估计您的这枚值1000皮斯托尔。"

达达尼安吓了个半死，严肃道："但愿您不要指望我的这枚钻石戒指。"

"恰恰相反，亲爱的朋友。你知道，用它，我可以把鞍具、两匹马统统再赢回来，而且路费也用不着发愁了。"

"阿多斯，您真让我不寒而栗！"达达尼安嚷道。

"因此，我向对手提起了您的这枚钻石戒指——其实他也注意到它了，亲爱的朋友。"

"你就讲讲结局吧，亲爱的，结局如何？"达达尼安说，"说实在的，您这种若无其事的样子真要我的命！"

"我们就把你这枚戒指分成10份，每份100个皮斯托尔。"

"啊！你想开玩笑，考验我，对吧？"达达尼安说，愤怒之神正抓着他的头皮。

"不，这不是玩笑。真见鬼！我真希望您也像我一样！我有半个月没有端详过人的脸了，整天喝个没完，头脑都变呆了。"

"这可不是拿我的钻石戒指去赌的理由！"达达尼安说道。

"那就说说结局吧。我掷到了13次，结果，彻底输掉了。13！一个不吉利的数字。7月13日就是这样……"

"畜生！"达达尼安从桌子旁站起，骂了起来，白天的故事使他忘记了昨天晚上的故事。

"不要着急"，阿多斯说，"早上我看到他和各利莫谈了什么，我问了各利莫，他告诉过我，说那英国佬企图雇他去当跟班儿。所以，我就决定要拿各利莫去和他赌，把沉默寡言的各利莫也分成10份。"

"啊！妙！妙极了！"达达尼安不由自主地大笑了起来。

"我却用他赢回了钻石戒指。现在，您来讲讲，固执它是不是一种美德？"

"真是太滑稽啦！"达达尼安松了一口气。

"我觉得自己手气好了，就立刻又拿钻石戒指下了赌注。"

"啊！见鬼。"达达尼安又是满脸乌云。

"我把所有的都赢了回来！可是，接着我又开始输。最终，我赢回了您的鞍具和我的鞍具。至今为止，结果就是如此。"

对达达尼安来说，刚才整座客店似乎压在了他的胸口，现在它终于被搬开了。

"那就是说，钻石戒指最后还是我的？"他怯生生地问。

"原封未动，亲爱的朋友！还有您那匹布凯拉法斯^①的鞍具和我那匹布凯拉法斯的鞍具。"

---

① 布凯拉法斯: 马其顿国王亚历山大(前256-前323)一匹心爱坐骑的名字。

"可是，光有鞍具有什么用呢？"

"这我倒有个主意。"

"阿多斯，您又让我害怕了。"

"听着，很长时间您没有赌了，对吧，达达尼安？"

"我根本就不想赌。"

"话不要说死。长时间没赌，您的手气肯定很好。"

"唔，那又怎么样？"

"喏，那个英国人和他的伙伴还没有离开。我注意到了，他们还想得到鞍具。而您呢，看来对那匹马很是恋恋不舍。我要是您，就拿自己的鞍具去赢回自己那匹马。"

"可是，他们不会只要一副鞍具。"

"那就把两副都拿去。"

"您觉得这使得？"达达尼安犹豫起来，阿多斯的信心让达达尼安心动。

"就这样，拿两副马鞍去赌。"阿多斯说。

"不过，我倒非常想保留这两副鞍具。"达达尼安说。

"那就拿钻石戒指下注。"阿多斯说。

"啊！这绝对不行。"

"见鬼！"阿多斯说，"我原想建议您拿布朗谢去赌，可是英国人大概不肯干了。"

"那我也不干，亲爱的阿多斯，"达达尼安说，"我不想冒险！"

"可惜，可惜，"阿多斯冷冷道，"他们很有钱！您就去试一次吧。"

392

"可如果输了呢？"

"不会。"

"万一输了呢？"

"那就把两副鞍具给人家。"

"好，就一次。"达达尼安说。

阿多斯去找那个英国人，他正打马鞍子的主意，时机不错。阿多斯提出了条件：两副鞍具抵一匹马，或者是 100 个皮斯托尔，他愿出什么都行。英国人脑子一转就知道了孰轻孰重，他立即答应了阿多斯的条件。

掷骰子时达达尼安的手一直发抖，结果得了 3 点。他脸色刷地一下变白了，让阿多斯吓了一跳。阿多斯只得说："这一下掷得可不怎么样，我的朋友，"然后对那个英国人说，"先生，这下您什么都有了。"

英国人十分得意，抄起骰子连摇也没有摇一下，看也没看一眼，就把它掷在了桌上。

达达尼安赶紧把头转到了一边去。

"看，看，看！"阿多斯平静如常，"掷得不错，一生之中我还仅仅瞧见过四回：两个么。"

英国人目瞪口呆。达达尼安则眉开眼笑。

"是呀，"阿多斯又说，"一次是在科来奇先生家；一次是在我的家，是我乡下的……古堡里；第三次是在德·特雷维尔先生的家；最后一次是在一家小酒店里，是我掷的，为此我输掉了 100 路易外加一顿夜宵。"

"这样，先生赢回了他的马。"英国人说。

"那是。"达达尼安说。

"那么,不能翻本了?"

"不能翻本。您没有忘记吗?"

"是那样。马将还给您的跟班儿,先生。"

"等一等,"阿多斯说,"先生,请允许我去跟我的朋友说句话。"

"请。"

阿多斯把达达尼安拉到了一旁。

"喂,"达达尼安对他说,"您又要吊我的胃口,是不是?"

"不,我要您好生想想。"

"想什么?"

"您打算要回那匹马,对吗?"

"当然。"

"要是我就要那100皮斯托尔,是不是?"

"不错。"

"要是我,就选那100皮斯托尔。"

"但我要那匹马。"

"我们两个人不能骑一匹马,而您总不能骑在那样一匹漂亮的骏马上,让我跟着走在后面丢脸吧。要是我,立马去拿那个100皮斯托尔,我们回巴黎也要钱哪。"

"不,我要那匹马,阿多斯。"

"马随时有意外,马槽可能有患鼻疽病的马用过……如此这般,与其说得到了一匹马,不如说白白地丢掉了个100皮斯托尔。还有,马要人去喂,而100皮斯托尔够我们用一阵。"

"可是，我们怎么回去？"

"骑跟班儿们的马呀，我们的仪表足可以让人看出我们的身份地位了。"

"咱们俩骑的马又矮又小，而阿拉密斯和波尔多斯骑着的却是高头大马，四个人跑在一起，那才好看呢！"

"阿拉密斯！波尔多斯！"阿多斯嚷着笑了起来。

"怎么啦？笑什么？"达达尼安感到莫名其妙。

"好，好吧，继续讲下去。"阿多斯说。

"那么，你的见解是……"

"拿那 100 皮斯托尔，达达尼安，有了这些钱一直会过到月底。我们都够呛啦，看到没有，也该歇一歇了。"

"我还要去找那个女人。"

"那好啊，可是，要干这件事，这些钱更有用？去吧，去拿那 100 皮斯托尔，我的朋友，去拿那 100 皮斯托尔。"

达达尼安突然觉得阿多斯讲的理由充分。另外，如果固执己见，他担心阿多斯会说他自私。他接受了阿多斯的意见，选择了 100 皮斯托尔，英国人当场数给了他。

最后他们与店家达成协议：除了阿多斯那匹老马，另外再给他 6 个皮斯托尔。达达尼安和阿多斯分别骑上布朗谢和各利莫的马，两个跟班儿在前面步行。

最后到达了科雷沃科尔。很远很远，他们就望见阿拉密斯。

他正忧郁地倚在窗口，像"安娜妹妹"①那样。

"喂！阿拉密斯！"两个朋友一起喊，"您站在那里干什么？"

"啊！是您，达达尼安！是您，阿多斯！"阿拉密斯说，"好东西真禁不起时间啊。我那匹英国马走啦——刚刚，它消失在尘土飞扬之中。这使我深感人世无常，而人生还是那三个字：Erat，est，fuit②。"

"您究竟在说什么？"达达尼安问。

"我的意思是说，我把那匹马卖了，一匹马才卖了60金路易。"

达达尼安和阿多斯听罢哈哈大笑了起来。

"亲爱的达达尼安，"阿拉密斯说，"请您不要生我的气，实属迫不得已，我至少损失了50金路易。啊！你们俩真是精明绝伦！你们骑着跟班儿的马，而让他们牵着你们的两匹骏马慢吞吞走在后头。"

正说着，亚眠大路的尽头隐隐出现一辆带篷货车，那车驶近后停了下来，从车上下来了各利莫和布朗谢，他们头上各自

---

① 安娜妹妹：为法国童话作家贝洛作品《蓝胡子》中的人物。蓝胡子先后将6个妻子杀掉，把她们的尸体放置在一个房间里。他又娶了第七个妻子，就是"安娜妹妹"。有一次，蓝胡子外出，故意把那个房间的钥匙交给了"安娜妹妹"，但叮咛她不要打开那个房间的门。蓝胡子走后，"安娜妹妹"受好奇心的驱使，开了那扇门。自然她被吓得魂飞天外。蓝胡子知道她违背了他的意志，宣布要处死她，给她留了半刻钟的时间祈求天主保佑。"安娜妹妹"找到了她的姐姐。她姐姐告诉她上阁楼上去，看看说好要来的两个兄弟来了没有。"安娜妹妹"到了阁楼上，倚在窗口，眺望着地平线，盼望两个兄弟的身影的出现。最后，两个兄弟赶到，杀死了蓝胡子，救出了"安娜妹妹"。

② 拉丁文，"是"的三种时态，意为：过去是，现在是，将来是。

顶着一套马鞍。那是一辆空车返回巴黎的车子，他们跟车主商量好了，搭车可以，但一路上车主的饮料费则由他们承担。

"这是怎么一回事？"阿拉密斯问，"怎么只有两副鞍子？"

"所以我们发笑了。"阿多斯说道。

"朋友们，咱们想到了一块儿，我也留下了鞍子。喂！巴赞，把我的新马鞍搬来。"

"那两位教士如何了？"达达尼安问。

"亲爱的朋友，第二天我就请他们吃了一餐晚饭，"阿拉密斯说，"我把他们灌醉了。结果，他们要求我继续做火枪手。"

"论文也用不着写啦！"达达尼安喊道，"用不着写啦！那是我要求的！"

"自那之后，"阿拉密斯接着说，"我生活愉快，每天做诗歌创作，相当有难度的。不过，每件事情，其价值正是寓于困难之中的。诗的内容是有关爱情的，看看什么时候我把第一节朗诵给你听吧，不过有点长，需要一些时间。"

"说句实在的，亲爱的阿拉密斯，"达达尼安差不多像讨厌拉丁文一样讨厌诗歌，说道，"至少您应该肯定，您的诗存有两个方面的优点。"

"不止如此，"阿拉密斯又说，"您会看到，诗中充满真挚的热情。啊，对了，你们这是回巴黎吗？好极了，我已经准备好了，我们就要见到好心肠的波尔多斯了，我很想念那个傻瓜。另外，我也相信他不会卖掉自己的马的——因此，我是多么想看到他骑在那匹马上、坐在那副鞍子上的样子呀。"

众人休息了一个小时，让马喘口气。大家上路去找波尔多斯。

他们见到波尔多斯时，他的剑伤好得多了，他正坐在一张餐桌前准备用晚餐。尽管只有他一个人，桌子上却摆着供 4 个人用的食品，应有尽有。

"呀！好极了！"他站起来迎接他们，"你们到得真是时候，我刚刚开始喝汤。来，咱们共进晚餐。"

"哈哈！"达达尼安说，"如此的好酒，瞧，这些好东西是莫丝各东用套索套回来的吧？"

"我正努力恢复体力，"波尔多斯说，"我正努力恢复体力。没想到扭伤会这么严重，您什么地方扭伤过吗，阿多斯？"

"从来没有。只记得我曾经挨了一剑，半个月或 18 天之后，我也有与您现在完全一样的这种感觉。"

"这顿晚餐不是为您一个人准备的吧，亲爱的波尔多斯？"阿拉密斯问。

"不是，"波尔多斯答道，"本来我是等附近几位乡绅来共进晚餐的，但他们通知我来不了了。你们来得正是时候，喂！莫丝各东，搬几张椅子过来，叫人加倍上酒！"

"你们知道我们现在吃的都是什么吗？"10 分钟过后，阿多斯道。

"还用问？"达达尼安说，"我吃的是菜心儿加菜汁煨小牛肉。"

"我吃的是羔羊里脊。"波尔多斯说。

"我吃的是鸡胸脯。"阿拉密斯说。

"你们全搞错了,先生们,"阿多斯说,"你们吃的全是马肉。"

"您这是说的什么!"达达尼安说。

"马肉!"阿拉密斯做了一个厌恶的怪相。

只有波尔多斯一声不吭。

"波尔多斯,我们吃的是不是马肉?可能连马鞍一块儿在大吃特吃呢!"

"不,先生们,马鞍我留下了。"波尔多斯说。

"说实话,我们几个彼此彼此,"阿拉密斯说,"简直就像事先约定了的。"

"叫我怎么办呢?"波尔多斯说,"这匹马让我的客人因为自己的马无地自容,我不想使他们觉得难堪。"

"再说,您那位公爵夫人一直待在温泉没回来,对不对?"达达尼安说。

"是的,她一直待在那里,"波尔多斯说,"而且,说实话吧,本省省长本来要来吃晚饭,看来很想得到那匹马,这样,我便给了他。"

"给了他!"达达尼安叫了起来。

"是的,给了他,"波尔多斯说道,"因为那匹马肯定可以值 150 个金路易,他只给了 80 个金路易。"

"不带鞍?"阿拉密斯问道。

"是的,不带鞍。"

"看到了吧,先生们,"阿多斯说,"还是波尔多斯最会做生意。"

于是，大家又叫又笑，弄得可怜的波尔多斯摸不着头脑。

"这样一来，我们都有钱了，是不是？"达达尼安说。

"我可没有，"阿多斯说，"我觉得阿拉密斯住过的那家店的西班牙酒成色好，就买下60瓶，这使我破费不小。"

"我呢，"阿拉密斯说，"我把钱全部给了孟第迪艾教堂和亚眠耶稣会了，连一个子儿也没有剩下。而且，我许了愿，要做几场弥撒，要知道那既是为我自己，也是为你们，先生们。而这样，我也丝毫不加怀疑对我们会是大有益处的。"

"我呢，"波尔多斯说道，"我和莫丝各东都受伤了还有莫丝各东伤口的治疗呢——为了给他医伤，我不得不每天请外科医生来两趟。而医生就要我付双倍的诊费，说是莫丝各东这个笨蛋枪子挨的不是地方，这样的伤处本是该由药剂师看的。"

"好啦，好啦，"阿多斯与达达尼安和阿拉密斯交换一个眼色说道，"您对得起那个可怜的小伙子，不愧是个好主人。"

"总而言之，"波尔多斯说，"我还剩下30个埃居。"

"我还剩10个皮斯托尔。"阿拉密斯说。

"行啦，行啦，"阿多斯说，"达达尼安，你那100皮斯托尔还剩多少？"

"我的那100皮斯托尔？我把一半给了您。"

"哦！是的，我记起来了。"

"尔后，我付了店费，6个皮斯托尔。"

"您给得太多了？"阿多斯说。

"是您叫我给他那么多的。"

"说真的，我这个人心肠实在是太好了。那还剩多少？"

"25 皮斯托尔。"达达尼安说。

"我吗，"阿多斯说，"我……"

"您，什么也没剩。"

"真的，可怜，可怜，不值得拿出来凑数啦。"

"现在让我们来算一算，我们总共还有多少吧，波尔多斯？"

"30 埃居。"

"阿拉密斯？"

"10 个皮斯托尔。"

"达达尼安？"

"25 个皮斯托尔。"

"加起来该是多少？"阿多斯问。

"475 利弗！"达达尼安的计算速度非常快。

"回到巴黎之后，我们还能剩下 400 利弗，"波尔多斯说，"除了四个马鞍。"

"可我们不骑马了？"阿拉密斯问。

"是啊。"阿多斯说，"我们可以用跟班的两匹马——谁骑那两匹马由抽签决定。那四百利弗分作两半，两个不骑马的一人一半。我们把口袋里剩下的零钱集中起来交给达达尼安，能让他赌一赌，他手气好。"

"吃饭，吃饭，"波尔多斯说，"要不都凉了。"

四个朋友不再为未来担忧，便开始大吃大喝。跟班们吃光了剩下的。

回到巴黎之后，达达尼安看到有一封信。信是德·特雷维尔先生寄给他的，通知他获准进入火枪队了。

达达尼安最大的抱负就是加入火枪队了。所以，他兴高采烈跑去找三个朋友，他在阿多斯家找到了他们，但是，他发现他们个个愁眉苦脸、忧心忡忡。

原来，德·特雷维尔先生刚才通知他们，5月1日开战，开战之前，他们几个必须准备好自己的作战装备。

事关重要，德·特雷维尔先生决不会开玩笑的。

"你们估计这些装备需要多少钱？"达达尼安问道。

"唉！没什么好说的，"阿拉密斯道，"每个人少说也得1500利弗"。

"就是说，一共6000利弗。"阿多斯说。

"我觉得每个人有1000就足够了。"达达尼安说，"老实讲，我不是用斯巴达人而是用诉讼代理人那样的思维方式思考问题的。①"

诉讼代理人这个词提醒了波尔多斯。

"瞧，我有主意啦！"波尔多斯说。

"这么快就想出了主意？"阿多斯冷冷地说道，"至于达达尼安，先生们，他已成了我们的人，就高兴得发疯啦。1000利弗！老实讲，我一个人就得2000。"

"二四得八，"阿拉密斯说，"这就是说，我们几个的装备需要8000利弗，除了马鞍。"

---

① 斯巴达人以吃苦耐劳著称，此处指此意。

达达尼安带上身后的门，去向德·特雷维尔先生道谢去了。

"还有，"达达尼安一走，阿多斯就说，"我们的朋友手上有一枚戒指。放心好了！达达尼安够朋友，他指头上戴着一枚价值连城的戒指，他不会让我们为难。"

二十九　猎取装备

其实达达尼安心事最重。按说，他装备起来要比他们简单容易得多，但是我们的这位贾司克尼年轻人，既虑事周详，又近乎精打细算；另外，他甚至于比波尔多斯更爱虚荣。

除此而外，还有一件事让他操心，那就是尽管他多方向打听班那希尔夫人的消息，但一无所获。德·特雷维尔先生也曾替达达尼安向王后打听过，而王后并不知道她的下落。王后曾答应帮他找一找，可那不可靠啊！

阿多斯躲在房间里不出门，他已经下定决心，绝不为装备的事操心受累。

"还有 15 天，"他对他的朋友说，"好吧，要是 15 天过后我还没装备，那么，我就去跟红衣主教阁下的 4 名卫士或者 8 名英国佬找碴儿决斗——我将打到停止呼吸为止——他们人多，我的这一目标必能实现。这样一来，我就是为国王而捐躯，也就不用关心装备的事了。"

波尔多斯倒背着手，在屋子里来回踱步。

"我则要照我所想的去办。"他说。

阿拉密斯闷闷不乐。

他们的跟班儿则像希波吕托斯驾车的马①那样，分担着主人的忧伤。

布朗谢无所事事，望着苍蝇飞来飞去；莫丝各东在收集面包皮；本就虔诚的巴赞，现不再离开教堂；各利莫呢，不住地长吁短叹。

我们讲过三个朋友，阿多斯已经发誓不为添置装备之事迈出房门一步，都是起早贪黑在外奔忙。无论什么场合，他们都注意观察，寻求捕捉的目标，像是猎人在寻觅兽的踪迹，一旦互相碰上，他们的眼神都像是在痛苦地问对方：有什么收获没有？

可敬的波尔多斯不愧为一个实干家，他第一个想出了主意。

一天，达达尼安见波尔多斯朝圣勒教堂走去，他不由自主地跟了过去。

达达尼安看到，在进入教堂之前，波尔多斯上下整理了一下。无疑，这表明，他有了非把某一女人弄到手不可的企图和决心。

波尔多斯以为没人发现他，便大模大样走进了教堂。

达达尼安跟了进去。

波尔多斯在一个柱子旁停了下来，并把身子靠在了柱子上。

---

① 希波吕托斯驾车的马：希波吕托斯是希腊神话中雅典国王的儿子，因受王后陷害，国王命海神波塞冬惩罚他。希波吕托斯赶着马车在海边奔跑时，波塞冬遣一头牛突然从海中冒出，希波吕托斯的马受惊，狂奔车覆，希波吕托斯身亡。

教堂正在讲道，人很多。

波尔多斯的目光在一些女人的身上溜着。

尽管波尔多斯内心不快，但外表难以看出。虽然他的帽子有些磨损，而且陈旧了，可是，教堂之内光线不足，没有人看得到。就是说，眼前的波尔多斯依然是那个英俊潇洒的波尔多斯。

靠近达达尼安和波尔多斯的柱子旁摆有一条长凳，凳子上坐着一位披着黑头巾的夫人。

达达尼安看到，波尔多斯垂下眼睛偷偷看了这位夫人一眼。

那位夫人脸上红一阵白一阵，不时送来一个秋波，于是波尔多斯立刻痴迷地盯住她。这显然是波尔多斯挑逗那位披黑色头巾夫人的一种手腕。那位夫人，坐在凳子上表现出绝望、不安的神色。

这一切波尔多斯看在眼里，但他开始对唱诗台旁边一位漂亮的夫人挤眉弄眼。

那位夫人不仅漂亮，而且看上去身份高贵，因为她身后有一个小黑奴专门给她拿跪垫，还有一位使女为她拎着带勋徽图案、装弥撒经书的袋子。

披黑头巾的夫人顺着波尔多斯的目光望过去，发现了那边的夫人。

这时，波尔多斯又是眨眼睛，又是将手指贴在嘴唇上飞吻，脸上露着气人的微笑。

那位夫人后悔莫及，拍着胸脯，咳了一声。这声叹息是那样的响，惊动了所有的人，甚至跪在红垫上的那位夫人都回头来看了她一眼。波尔多斯仍然不理会那个披黑头巾的夫人。

在披黑头巾的夫人心目中，跪在红垫子上的那位夫人，她美丽异常，的确是一个可怕的情敌。她也让波尔多斯产生了强烈的印象，因为波尔多斯觉得她比披黑头巾的夫人更有姿色。达达尼安认出了那位夫人，她就是在莫艾、加莱和多弗尔①见过的那个女人，他所痛恨的那个鬓角上有伤疤的人曾经叫她米拉迪。

达达尼安继续观察波尔多斯所玩的有趣把戏，他推断，披黑头巾的夫人可能就是住在狗熊街的那位诉讼代理人夫人。

因此他又推想，波尔多斯是在发泄，报尚帝力那一箭之仇。

然而，达达尼安也注意到了，波尔多斯的殷勤并没有得到回应。

讲道结束，诉讼代理人夫人向圣水缸走去，波尔多斯几步便抢到了她的前面，他把整只手泡进了圣水缸。诉讼代理人夫人开始以为波尔多斯这种认真劲儿是为了她的，然而，当她还离他三步远时，波尔多斯把脑袋转向了一边，目光也转向了原来跪在红垫子上的那位夫人。那位夫人已经站起身来，朝圣水缸这边走过来。

波尔多斯急忙从圣水缸里抽出手来。那位美丽的女信徒用她那纤细的手，触了一下波尔多斯那只大手，微笑着画了一个十字，走出了教堂。

---

① 多弗尔是英国与法国的加莱相对的一个港口，达达尼安在那里见过米拉迪（第二十一章）。但他在加莱并没有见到她。后面的第三十一章再讲这一意思时，就不再有加莱，而只说他在莫艾和多弗尔见到过她。

看到他们这样的动作。如果她是一位贵夫人，此时此刻她一定会晕倒在地。可是，她不过是位诉讼代理人夫人，所以，她只是愤怒地对火枪手说："喂！波尔多斯先生，您不给我一些吗？"

这一声吼，使得波尔多斯猛然被惊醒了。

"夫……夫人，"他叫起来，"真是您吗？您丈夫还好吧？您说我这双眼睛到哪儿去了，布道持续了两个小时，我一直没看见您！"

"我就在您旁边坐着，先生，"诉讼代理人夫人说，"您没有瞧见我，是因为您的两只眼睛直直地盯着一位漂亮的夫人。"

波尔多斯装出一副窘态："唉！您瞧见了……"

"我不是瞎子！"

"您说得对，"波尔多斯表现得漫不经心，"她是我的女朋友之一，她是一位公爵夫人。她丈夫喜欢吃醋，我们难得见上一面。这次她预先通知我说来这儿目的没有别的，只是彼此瞧上一眼。"

"波尔多斯先生，"诉讼代理人夫人说，"我能挎着您的胳膊聊一聊吗？"

"怎么会不愿意呢，夫人？"波尔多斯偷偷地眨了眨眼睛，他成功了。

这时，达达尼安去赶米拉迪，从他们身旁擦过。

"嘿嘿！"他不免暗暗发笑，"瞧着吧，这一位肯定能够在预定时间备好装备了。"

波尔多斯极为顺从，诉讼代理人夫人的胳膊往哪边使劲，他的身子就跟着她往哪边走。他们一直到了圣马克鲁瓦尔修道院的回廊里，这条回廊两头有旋转的栅栏门，少有人迹。

　　"啊！波尔多斯先生！"诉讼代理人夫人这里没有什么人能够听到他们的谈话，便大声道，"啊！看来您是一个伟大的胜利者！"

　　"我吗？夫人！"波尔多斯神气活现地问，"这是怎么说？"

　　"刚才，那些暗号，那圣水……我想，那位夫人至少是位公主吧！"

　　"您错了，"波尔多斯回答，"仅仅是一位公爵夫人。"

　　"可是，先生，等在门口的那个男跟班儿，那辆豪华四轮马车，坐在车里等候的那个穿着讲究的车夫呢？一位公爵夫人会这么的气派？"

　　所有的这一切，波尔多斯统统没有看见，而吃醋的克科那尔太太却看到了这一切。

　　波尔多斯后悔了，应当把那女人说成公主？

　　"啊！您走桃花运，波尔多斯先生！"诉讼代理人夫人叹了一口气。

　　"是呀，"波尔多斯道，"您知道，我生就一副好仪表，这又注定，我会交好运。"

　　"主啊！男人真是健忘！"诉讼代理人夫人抬起头来望着天空。

　　"我倒觉得，女人更为健忘，"波尔多斯反驳道，"因为说到底，夫人，抛弃就抛弃！我负了伤，生命垂危，外科医生都要丢下我不管了，我完全信任了您的友谊。可结果，我差一点儿把命丢在尚帝力一家下等客店里。我接连给您写了数封热情的信，可您呢，居然不屑于回答。"

"可是，波尔多斯先生……"诉讼代理人夫人说话变得吞吞吐吐起来，她觉得自己的的确确是做错了。

"而我为了您，将伯爵夫人放弃了……"

"这我知道。"

"还有某某公爵夫人。"

"波尔多斯先生，请宽宏大量一些吧！"

"这些人，数都数不完的。"

"是我丈夫硬不肯拿出来。"

"克科那尔夫人，"波尔多斯说，"还记得您写给我的头一封信吗？我一直记在心里。"

诉讼代理人夫人长长地叹了一口气。

"不过，"她说，"那个数目太大了。"

"克科那尔夫人，那时我可是优先想到了您。其实，我只需给某某公爵夫人写封信。不过，我清楚，只要我写信给她，她马上会给我寄 1500 皮斯托尔。"

诉讼代理人夫人的眼泪掉下来了。

"波尔多斯先生，"她说，"我向您发誓。将来，如果您再次遇到那样的情况，只要说一声就行了。"

"得了吧，夫人，"波尔多斯装成反感的样子，"请别再提钱的事。"

"您不再爱我了！"诉讼代理人夫人伤心了。

波尔多斯庄严地保持着沉默。

"您不能这样对待我。"

"那就请想一想您对我的伤害吧，夫人。"波尔多斯将手放在心窝上。

"我一定会做出补偿的，您看着好了，亲爱的波尔多斯。"

"再说，"波尔多斯充满天真地耸耸肩膀说，"只不过借点钱罢了。我知道您的钱也不多，克科那尔夫人，我知道您丈夫不得不从可怜的诉讼人身上榨取几个可怜的埃居。啊！如果您是伯爵夫人、侯爵夫人或公爵夫人，那就是另一码事了，那才不可原谅。"

诉讼代理人夫人生气了。

"您可知道，波尔多斯先生，"她说，"虽然我是一位诉讼代理人夫人，但也许比您那些装腔作势的女人的银柜充实得多呢！"

"那您可就加倍地伤害了我，"波尔多斯将诉讼代理人夫人挽住了的胳膊抽出，说道，"既然您如此富有，您拒绝我，就不可原谅了。"

"我说自己富有，"诉讼代理人夫人发现自己走得太远了，便道，"但并不多富有，只不过日子过得宽裕些而已。"

"得啦，夫人，"波尔多斯说，"请不要再继续这个话题了。您不把我放在眼里，我们之间起码的同情心都无从谈起了。"

"您真薄情！"

"哼！埋怨吧，随便埋怨吧！"波尔多斯说。

"去找您那位漂亮的公爵夫人吧！"

"嘿！她至少不像我想象的那样让人伤心！"

"得了，波尔多斯先生，最后我问您一遍：您还爱不爱我？"

"唉！夫人，"波尔多斯装出最忧伤的样子，"我们就要上前线了，而我预感到，我说不定会牺牲，在这样的时候……"

"啊！别说这种话！"诉讼代理人夫人说着号啕大哭起来。

"我确有这种预感。"波尔多斯更显得忧伤了。

"哼！看来您是另有新欢了！"

"不是，我坦白地告诉您，不会有任何人能够让我动心，在我的心上只有您。然而，也许您知道，也许您不知道，半个月之后，一场不可避免的战争就要开始了。为了筹措出征所必需的钱，我还得回老家去一趟。"

波尔多斯注意到，眼前的这个女人头脑里展开了搏斗。他接着说："刚才，在教堂您见到的那位公爵夫人，我们谈妥一起走，有个伴儿，路途便不觉得很远。她的领地离我们那儿不远。"

"在巴黎您就没有朋友吗？波尔多斯先生！"诉讼代理人夫人问。

"我原来以为有的，"波尔多斯又变得忧伤了，"可我发现自己错啦！"

"您有朋友！波尔多斯先生，您有！"诉讼代理人夫人冲动起来，"明天，您上我家里来。您就说是我姑妈的儿子，来巴黎要办好几宗诉讼案，但还没找到诉讼代理人。这您都记牢了？"

"记牢了，夫人。"

"晚餐的时候到。"

"好的。"

"在我丈夫面前，您得放庄重些，他虽然 73 岁了，依然很精明。"

"73 岁了？哟！好年龄！"波尔多斯说。

"波尔多斯先生，他随时可能离开这个世界。"诉讼代理人夫人意味深长地看着波尔多斯说："幸好，结婚契约上写着：全部财产归未亡人继承。"

"全部？"波尔多斯问道。

"全部。"

"看得出，您想得真是周到。"波尔多斯温柔地握住诉讼代理人夫人的手。

"咱们言归于好了，对吗？亲爱的波尔多斯先生！"诉讼代理人夫人娇滴滴地问。

"当然！"波尔多斯以同样的口气说。

"那就再见了，我不可靠的家伙！"

"再见，我健忘的美人儿！"

"明天见，我的天使！"

"明天见，我的生命！"

三十　米拉迪

达达尼安跟随着米拉迪而没有被她发现。他看到她上了那辆豪的华四轮马车，并且听到吩咐车夫去圣日耳曼。

想步行追上那辆飞奔的马车是不可能的。所以，达达尼安返回了弗路街。

在塞纳河街，达达尼安碰上了布朗谢，他正盯着糕点店的大蛋糕流口水。

达达尼安立即吩咐布朗谢去德·特雷维尔先生的马厩里备两匹马，一匹给达达尼安，一匹给自己，完了到阿多斯家去找他。

阿多斯面前是从比阿第带回的一瓶西班牙名酒，自斟自酌。他做了个手势，各利莫像往常一样按照吩咐默默地去做了，给达达尼安拿来一只酒杯。

达达尼安把波尔多斯在教堂的事，以及他们的伙伴可能正在为购置装备而努力的推断，向阿多斯说了一遍。

"我吗，"阿多斯听后道，"我不着急，更不会让女人为我出钱。"

"可是，亲爱的阿多斯，像您这样的爵爷，是谁也躲不开您的爱情之箭的。"

"你太年轻！"阿多斯耸了耸肩膀，他招呼各利莫再拿一瓶酒来。

这时，布朗谢过来了，向达达尼安禀报说两匹马均备好了。

"什么马？"阿多斯问道。

"从德·特雷维尔先生那里借来的，我要去圣日耳曼走一趟。"

"去那里干什么？"阿多斯又问。

于是，达达尼安又将那个女人的事告诉给了阿多斯。他说，那个女人和那个披黑斗篷、鬓角有伤的贵族，他永远忘不了。

"那就是说，您爱上了她。"阿多斯一边说着，一边轻蔑地耸耸肩。

"没有！"达达尼安提高嗓门说："我很好奇！她显得神秘莫测，而我则想把事情搞清楚。我们谁也不认识谁，可不知道为什么，我却有一种预感，感到这个女人将会对我产生重要影响。"

"总而言之，您有您的道理。"阿多斯说，"而我，对她不感兴趣。班那希尔太太失踪了？谁去管她！"

"不，阿多斯，不，您错了，"达达尼安说，"我一直深爱着她，如果我知道她在哪里，不管在哪里，我也要去把她从她的敌人手里拯救出来。现在我根本不知道她在哪里，你叫我怎样呢，总该去散散心吧！"

"那就和米拉迪一同去散散心吧，亲爱的达达尼安。我衷心希望您幸福愉快。"

"听我说，阿多斯，"达达尼安道，"您一直待在家里，还不如骑上马，和我一块儿到圣日耳曼去。"

"亲爱的朋友，"阿多斯说，"我有马的时候才骑马，没有马，就步行。"

"唔，而我，"对于阿多斯这种孤僻的天性，达达尼安报之一笑，"我，可不像您这样傲慢，我有马就骑。那么，再见了，亲爱的阿多斯。"

"再见。"阿多斯说。

达达尼安和布朗谢上马向圣日耳曼奔驰而去。

一路上，达达尼安一直想着阿尔多斯的话，但是，漂亮的服饰用品商夫人在他心中确实占据了重要的位置。正如他所说的，为了找到她，他准备走到天涯海角。然而，他不知道该去哪里找？

米拉迪和那个披黑斗篷的人谈过话，就是说，她认识他。而达达尼安认为，绑架班那希尔夫人的正是那个披黑斗篷的人。所以，达达尼安说他寻找米拉迪也就是寻找他心爱的女人的时候，也并不全是假话。

一路之上，达达尼安就想着这些，不久就走完了全程，到达圣日耳曼。在 10 年后路易十四降生的那座小楼前，他绕了一周，然后穿过条条冷僻的小巷左顾右盼，希望看到那个英国美人儿。

不多时，一座漂亮的住宅映入了他的眼帘，它与当时的其他住宅一样，没有任何临街的窗户。他朝那座住宅那边望去。

在一层，出现了一个熟悉的面孔，那人正在一个种满鲜花的阳台上走来走去。

布朗谢第一个认出了那个人。

"哎！先生，"他对达达尼安说道，"那个正在呆呆地看着什么的人，您记得他吗？"

"不记得了——不过，可以肯定，那张脸我不是头一回见到。"

"我相信我不会看错，"布朗谢说，"那就是那个可怜的雨班——德·沃尔德伯爵的跟班儿。德·沃尔德伯爵一个月前在加莱，您去港务总监的别墅时，碰上被您收拾了的那个人。"

"哦，对！"达达尼安说，"我记起来啦。你觉得，他还能认出你吗？"

"老实讲，先生，当时，他失魂落魄，因此，我想他不大可能清楚地记得我。"

"喂，你过去和那小子聊聊，顺便打听一下，他主子到底怎么样了？"

布朗谢下马后径直向雨班走去，雨班果然认不出他了。两个跟班儿攀谈起来，谈得非常投机。

达达尼安把两匹马牵进一条巷子，绕着小楼转了一圈，然后站在一道榛树篱笆后面，听着那两个跟班儿的谈话。

不一会儿，突然听到了马车开动的声音，放眼一看，见米拉迪的豪华四轮马车在他对面停了下来。他看得真切，米拉迪在马车里。达达尼安把头贴在马脖子上，以便使他既能看到一切，又不会被米拉迪发现。

米拉迪从车门里探出头来，那头漂亮的金黄头发最为显眼。她向侍女吩咐了几句什么。

那侍女是一个 21 岁上下的姑娘，漂亮、机灵、活泼，是一个地道的贵夫人侍女模样。她照习惯坐在车门的踏脚板上，这时跳下车来，向雨班所在的那个阳台上走去。

达达尼安盯住那个侍女，看见她走到了阳台边。真是无巧不成书，就在这时，正好雨班被房里的什么人叫了进去，就是说当那侍女走近时，阳台上只剩下了布朗谢一个人，他正在东张西望，看达达尼安当时在哪里。

侍女把布朗谢当成了雨班，走上前去，将一张便笺塞到了布朗谢的手里。

"交给你家主人。"她说。

"我家主人？"布朗谢惊愕地重复道。

"是的，甚是紧急……"

说完，她就跑回马车那边，马车已朝来的方向掉过头去。侍女跳上踏板，车子随即开动。

布朗谢把那张便笺翻来覆去看了几遍。由于习惯了服从，他便跳下阳台，穿过小巷，走了 20 来步，碰上了达达尼安。

达达尼安看清楚了眼前发生的一切。他正迎上前来。

"给您的，先生。"布朗谢把便笺递给达达尼安。

"给我的？"达达尼安问，"你肯定？"

"当然！肯定。那个侍女说了：'交给你家主人。'我就只有您一个主人，不是给您又是给谁？说实话，那个侍女可真是一个漂亮的姑娘！"

达达尼安打开便笺，上面这样写着：

有人说不出是如何想念您，她想知道，您何时能去森林里散步。明天，会有一位穿黑白两色衣服的跟班儿，在金毯园等候您的回音。

"哈哈！"达达尼安笑起来，"真是有点让人按捺不住了。米拉迪和我一样，在为同一个人的健康状况担心哩！喂，布朗谢，那位好好先生德·沃尔德身体怎么样了？他没有死？"

"没死，先生，他的身体棒得很，再挨四剑都不会有任何问题，虽然您出色地给这位先生四剑，使他的血流光了——只是现在人还很虚弱。雨班呢，正如我刚才对先生说的，他认不出我了。他还把我们与他们那次遭遇详详尽尽地给我讲了一遍。"

"很好，布朗谢，你堪称跟班儿之王了。现在咱们上马去，赶上那辆四轮马车。"

没多久，只跑了5分钟，他们看到那辆车停下了。它在大路边，一个穿着华丽的人骑着马站在了车门口。

米拉迪和那个骑马的人正在谈话。看上去双方都很激动，以致达达尼安在马车的另一边停下了，除了那个漂亮的侍女之外，没有人注意到他。

他们是用英语交谈，达达尼安不懂英语，不过，从他们谈话的语调上，年轻人听出那个英国美人儿生气了，结束谈话时，她的一个动作使达达尼安对这一点不再有任何的怀疑。

她把手里的扇子用力一摔，那件女性物品便立即破碎了。

骑马的人则哈哈大笑，这好像越发激怒了米拉迪。

达达尼安想，现在是出面干预的时候了。于是，他走到另一边的车门口，恭恭敬敬摘下帽子道："夫人，我能为您效劳吗？这个骑马人似乎惹您生气了。只要您吩咐一声，夫人，我就立即惩罚他的无礼。"

听到这声音，米拉迪转过头来，吃惊地看了看眼前的年轻人。等达达尼安讲完，她才用地道的法语说："先生，我很想接受您的保护，但他是我的兄弟。"

"哦！是这样。对不起！"达达尼安说。

"这个冒失的家伙，在这里要干什么？"那个骑马人向车门口弯下腰，喊道。

"您才是个冒失鬼！"达达尼安回答他，"我喜欢待在这里。"

骑马人用英语和他的姐姐讲了几句什么。

"我用法语和您讲话，"达达尼安道，"请您用法语回答我。您是这位夫人的兄弟，但您不是我的兄弟。"

米拉迪并没有像一般女人那样，见两个人相互挑衅，会出面劝阻，防止事情闹大。她往车里一仰，冷冷吩咐车夫："回家去！"

那个漂亮的侍女不安地看了达达尼安一眼。

车子开走了，两个男人面对面待在那里。

骑马人催马想去追那车子。但是，达达尼安按捺不住了，他认出眼前的骑马人就是在亚眠赢走了他的马，并且差点儿从阿多斯那里赢走他钻石戒指的那个英国人。达达尼安冲了上去，抓住了英国人的马缰绳。

"喂！先生，"他说，"您没忘记我们之间还有过争执吧？"

"哦！哦！"英国人说，"原来是您，先生，莫非您又要和我来赌一盘？"

"对呀，我想，我该翻一次本了，"达达尼安说，"亲爱的先生，您玩儿起剑来是不是像丢骰子那样灵巧？"

"我没有带剑，"英国人说，"您想在一个手无寸铁的人面前冒充好汉吗？"

"我想，您家里总该有一把吧？"达达尼安说，"再说，现在我这里正好有两把，如果您愿意，可以用这把。"

"不必了，"英国人说，"我有很多剑。"

"那好，尊敬的先生。"达达尼安说，"请挑选一把最长的，今天傍晚我们较量较量。"

"请问，在哪里？"

"卢森堡公园后面。"

"好，我一定去。"

"几点？"

"6点。"

"顺便问一句，您大概有一两个朋友吧？"达达尼安问。

"朋友我有三个，如果他们能一起来就更好了。"

"三个？好极了！真凑巧！"达达尼安说，"我刚好也有三个。"

"现在请问，您究竟是谁？"英国人问。

"达达尼安，贾司克尼贵族，艾萨尔卫队队员。那您呢？"

"我，温特勋爵，兼舍费尔德男爵。"

"很好，男爵先生，"达达尼安说，"尽管您的名字不太好记。"

说罢，达达尼安刺马奔向巴黎了。

达达尼安在阿多斯的门口下马。

阿多斯正躺在一张沙发床上睡觉，在等待着装备自动找上门来。

达达尼安把刚才发生的事情的经过向阿多斯讲了一遍，只是没有提到本应由德·沃尔德先生收的那封信。

阿多斯听说要去与一个英国人决斗，非常兴奋，他一直梦想这样。

他们立刻叫自己的跟班儿分头去找来了波尔多斯和阿拉密斯。

波尔多斯持剑在手，对着墙练习。阿拉密斯还在构思他的诗歌，他钻进了阿多斯的内室，关上门，让他的朋友们不要去打扰他。

阿多斯使了个眼色，各利莫明白主人是让他去取一瓶酒。

达达尼安则私下里想好了一个小小的计划。这一点，从他脸上不时露出的充满幻想的微笑就可以看得清清楚楚。

三十一　英国人和法国人

约定的时间到了，达达尼安等带着四个跟班儿来到了预定地点。这是在卢森堡宫后面一个废弃的园子，四个跟班儿负责放哨。

很快，对手也来了。随后，根据海峡那边的习惯，双方各自做了介绍。

那些英国人都出身高贵，听了这些古怪的名字感到奇怪和担心。

"尽管你们讲了自己的名字，"温特勋爵听了后说，"我们还是不知道你们是些什么样的人，我们不能和还有牧羊人名字的人决斗，这都是些牧羊人的名字啊！"

"不错，密露尔，我们都是用的假名字。"阿多斯说。

"这样，我们就更想知道各位的真名实姓了。"英国人说。

"跟我们赌博的时候你们可没想知道我们的名字，"阿多斯说，"您还赢了我们两匹马呢。"

"可是我们可以和任何人赌皮斯托尔，但要赌鲜血和性命，却只能在与地位和我们相等的人之间进行。"

"您讲得很是正确。"阿多斯说，他找了一个他要与之决斗的对手，悄悄地把自己的姓名告诉了他。

波尔多斯和阿拉密斯也这样做。

"这可以了吧？"阿多斯问他的对手，"我是一个地位相当高的贵族？"

"是的，先生。"英国人躬身道。

"那么，现在让我告诉您点什么，可以吗？"阿多斯冷冷道。

"您要讲什么？"英国人问。

"那就是——不知道我的真名，对您也许更好些。"

"这怎么讲？"

"因为，有人以为我已经死了，可这样一来，又有人知道我还活着，所以，我就不得不把这个人杀掉，以免让我的秘密泄露出去。"

英国人看了看阿多斯，他并不知道阿多斯讲的是真话。

"各位先生，"阿多斯对他的伙伴们和对手们说，"都准备好了吗？"

"准备好了。"英国人和法国人同时地说。

"那就开始！"阿多斯说。

战斗开始了。他们之间既有个人恩怨，又有国家仇恨。

阿多斯，一招一式，规范得像在击剑练习。

波尔多斯由于曾在尚帝力吃了大亏，这次他接受了教训，表现得非常认真、谨慎。

阿拉密斯还想着诗稿创作，因此急于要把眼下这件事尽快了结。

阿多斯第一个刺死了他的对手。阿多斯预先告知了对手，说他将刺穿他的心脏。果然，他说到做到了。

波尔多斯第二个把对手撂倒在草地上，他刺穿了对方的大腿。英国人放弃了抵抗，交出了他的剑。

阿拉密斯的对手招架不住，逃跑了。

达达尼安呢，刚开始他只防御。后来，见对手已经累了，便突然从侧面猛地一击，结果，对方的剑远远地飞了出去。男爵便朝后退了两三步，不料脚下突然一滑，他便仰面摔倒在地。

达达尼安把剑抵住了他的脖子，说："先生，本来我是可以杀死您的。不过，看在您姐姐的份上，我饶您一命。"

达达尼安预定的计划的第一步实现了。

男爵见与他打交道的贵族是这么随和，心里很高兴。他伸出胳膊紧紧抱住了达达尼安，并对三位火枪手说了许多赞扬的话。阿拉密斯的对手则已逃之夭夭，这样，众人只需去料理已经咽了气的那位就行了。

波尔多斯和阿拉密斯解开那人的衣服，想看一看伤口是不是致命的。这时候，一只鼓鼓的钱袋从他的腰带上掉了下来。达达尼安将钱袋捡起，把它递给了温特勋爵。

"我怎么处置这个东西呢？"英国人说。

"交给他的家人。"达达尼安说。

"他们才不在乎这点小钱呢！把这只钱袋里的钱留给您的跟班儿好了。"

达达尼安把钱袋放进口袋。

"现在，"温特勋爵说，"我年轻的朋友，如果您愿意，今天晚上我就可以把您介绍给我的姐姐科拉利夫人。我希望她也和我一样地喜欢您，或许以后她还能帮助您。"

达达尼安非常高兴表示接受。

这时，阿多斯来到达达尼安身旁。

"您打算如何处置这只钱袋？"他在达达尼安耳边轻轻说。

"交给您，我亲爱的阿多斯。"

"为什么？"

"当然交给您，是您杀了他的，这是战利品。"

"我，要一个敌人的财物！"阿多斯说，"我不是这样的人！"

"战场之上有这样的规矩，"达达尼安说，"决斗也能照这个规定。"

"即使在战场上，"阿多斯说，"我从来也不。"

波尔多斯耸耸肩膀。阿拉密斯动了一下嘴唇，表示赞同阿多斯的见解。

"那么，"达达尼安说，"把钱分给跟班儿们。"

"这行，"阿多斯说，"不过，不是给我们的跟班儿们，而是给英国人的那些跟班儿。"

阿多斯接过钱袋，把它扔在马车夫的手里，说："给您的，还有您的伙伴们。"

波尔多斯被他这样的行为震动了。后来，温特勋爵和他的朋友把这种法国式的慷慨传了出去，法国人的这种行为受到了普遍的赞扬。

在跟达达尼安分手时,温特勋爵把他姐姐的住址告诉了他。她住在王宫广场的高等住宅区,门牌是 6 号。达达尼安和他约定,当晚 8 点钟在阿多斯家等他。

达达尼安脑海中一直盘旋着见米拉迪的事,这个女人以一种奇怪的方式进入了他的命运。他深信,她是红衣主教的人。可是他一直觉得,有一种说不清楚的情绪在把他拖向这个女人。他唯一担心的是,米拉迪也许会认出,他就是在莫艾和多弗尔遇见过的那个人,而如果那样,她就会知道他是德·特雷维尔先生的朋友,这样一来,他的一部分优势就丧失了。他们现在是不平等的,达达尼安了解她更多,至于她和德·沃尔德伯爵之间已经存在的私情,我们这位极其自负的年轻人倒不把它放在心上,我们的贾司克尼人只有 20 岁,在女人眼里不是一无是处的。

达达尼安先回到了家里,打扮了一番。随后,他去找阿多斯。

听了他的计划,无疑这又引起了阿多斯的辛酸回忆。他一再让达达尼安格外小心。

"我提醒您,"他说,"您不久还说,几乎可以说是把十全十美的女人丢掉了,而现在,您又看上另外的一个!"

"我爱班那希尔夫人是用心,而爱米拉迪用的是头脑,"他说,"我去她那里,主要的目的是想弄清楚她在宫中扮演一种什么样的角色。"

"从您对我说过的那些话中不难猜出,她是红衣主教的一个密探,她会引诱您掉入陷阱,您的脑袋将会乖乖地留在那里面。"

"见鬼！我亲爱的阿多斯，您太悲观了！"

"亲爱的朋友，我就是不相信女人！这没办法。女人已经让我付出了代价，尤其是金发女人。"

"她的金发漂亮得世间少有。"

"啊！我可怜的达达尼安。"阿多斯叫了起来。

"您听着，我要去，去把情况打听清楚，一旦弄清楚我想知道的事，我就离开她。"

"那就去打听好了。"阿多斯冷冷地说。

温特勋爵准时到了。阿多斯躲到了另一个房间里去。温特勋爵就只看到了达达尼安一个人。8点钟一到，他就领着年轻人走了。

一辆华丽的四轮马车正在楼下等候，拉车的是两匹骏马。不一会儿，他们便来到了王宫广场。

米拉迪郑重地接待了达达尼安，她的府邸异常豪华。大部分英国人离开了法国，可是，米拉迪却花费很多的钱装饰了房舍，这证明遣返英国侨民的通令跟她没有关系。

"您瞧，"温特勋爵向他的姐姐介绍了达达尼安，"我的命曾经在这个贵族手里，可他并没有滥用他的优势，虽然我侮辱了他，而我又是一个英国人。所以，夫人，如果您还关心我，您得谢谢他。"

米拉迪微微皱了一下眉头，接着，她的嘴唇上才露出微笑。看了她这种多变的表情，年轻人不禁打了一个寒噤。

"欢迎光临，先生，"米拉迪说，她那少有的甜蜜的声音与她不悦神色极不和谐，"今天，我永远感激您。"

接着，温特勋爵把白天那场决斗的经过一五一十地给米拉迪讲了一遍。米拉迪异常认真地听完，却对这个故事她不感兴趣，血涌上了她的脑袋，两只小脚不耐烦地在她的裙子里面动来动去。

温特勋爵走到了一张桌子跟前。桌子上有一个盘子，盘子里放着一瓶西班牙葡萄酒和几只酒杯。他将两个杯子斟满，招呼达达尼安过去一起喝酒。

达达尼安知道，拒绝和一个英国人碰杯是没有礼貌的。于是，他走近桌子，拿起了酒杯。不过，在一面镜子里，他看到米拉迪的脸容又起了变化。她脸上突然现出一种近乎残酷的表情，并狠狠地撕咬着自己的一条手帕。

这时，那个漂亮的侍女进来了，她用英语对温特勋爵讲了几句什么，勋爵听后对达达尼安说有些重要事情需要他立即去办，他请他的姐姐代他陪着达达尼安。

达达尼安和温特勋爵握手告别后又回到米拉迪身边。这时她又变得亲切无比。她的手帕上留下了几个小小的血红斑点，刚才，她曾把嘴唇咬出了血。

她的嘴唇异常鲜润。

他们谈得很高兴。她说，温特勋爵其实是他的小叔而并非她的兄弟。她嫁给了他的亲哥哥，生下一个孩子后成了寡妇。这个孩子可能成为勋爵的继承人，除非温特勋爵结婚。这些话，使达达尼安听后觉得似乎有一层幕布掩盖着什么。不过，他现在却看不到被幕布遮着的到底是些什么东西。

达达尼安断定米拉迪是他的同胞。她说的法语纯正悦耳，肯定是法国人。

达达尼安说了不少献殷勤的好话。米拉迪亲切地对着这个贾司克尼小伙子微笑着。

应该告辞了。达达尼安向米拉迪告别后走出了客厅，仿佛是世界上最幸福的男人。

在和那个侍女擦肩而过时，她轻轻地碰了他一下，脸涨得通红，并说请他原谅。达达尼安当即做了宽容的表示。

第二天，达达尼安又去了米拉迪那里。温特勋爵不在场，整个晚上米拉迪都是在接待他一个人。她似乎对他很感兴趣，问他是哪里的人，还询问了他的朋友们的情况，并且问他，有的时候，是不是也想到要替红衣主教先生效劳。

达达尼安，作为一个 20 岁青年，他相当谨慎，听了米拉迪最后的问话，他对红衣主教阁下拼命地赞颂了一番。他要不是先认识了德·特雷维尔先生，而是认识了像德·卡夫娃先生那样的人，那么，他一定会参加红衣主教的卫队，而不会当国王的卫士。

米拉迪以一种漫不经心的样子问达达尼安，他是否去过英国。

达达尼安回答说，他被德·特雷维尔先生派去采购了一批军马，他还带回了四匹样品马。

整个谈话中，米拉迪看到在她面前的是一个相当老练的贾司克尼人。

达达尼安告辞了。在走廊里，他又遇到了那个美丽的名叫开蒂的侍女。她正用一种脉脉含情的神态看着她眼前的小伙子。

可是，达达尼安一心想着她的女主人。

过后的两天，达达尼安天天都到米拉迪家中去，米拉迪对他的招待一天比一天亲切。

每次告辞的时候，达达尼安总会遇到那个美丽的使女。

可是，达达尼安从没把那个可怜的姑娘放在心上。

三十二　诉讼代理人的一餐午饭

次日中午一点钟左右，波尔多斯叫莫丝各东把他的衣服刷了最后一遍，便迈着轻松的步伐向狗熊街走去。

波尔多斯的心脏一个劲儿地在猛烈跳动。但是，它的跳动并不为了青年人那种迫不及待的爱情，而是一种金钱利益刺激的结果。他还从未来过这里，现在，他就要跨进那神秘的门槛了，就要登上由克科那尔用埃居堆积而成的那座楼梯了。

他现在就要看到那个钱柜了。那是一个口长且深，装上了铁闩，挂上了铁锁，嵌进墙面的大钱柜。那个大钱柜他还经常听人谈起过。而今天，诉讼代理人夫人就要在他赞赏的眼光注视之下，把它打开了。

还有一层，波尔多斯是个四处漂泊的人，一个习惯于在酒店、客店、饭店和小客栈里混惯了的军人，一个大多数情况下不得不将就、有什么吃什么的人。现在，他要去品味一下家常菜，过过舒适的家庭生活，甚至任凭自己去接受一些小殷勤了。老兵曾这样说：生活越是艰苦，就越会觉得小殷勤受用无穷。

以表亲的名义，每天去吃上一顿美餐，设法让那个年老色衰的诉讼代理人喜笑颜开，以传授玩纸牌和掷骰子的名义，巧妙地骗取年轻的办事员们的钱，装入他的钱袋……想到这些，波尔多斯就乐得心花怒放。

作为火枪手，关于诉讼代理人的传闻波尔多斯听到的很多，他斤斤计较、一毛不拔、节衣缩食，如此等等。总的来讲，他觉得那位夫人对他还是相当大方的。既然一个诉讼代理人夫人本人如此，那么，他们就肯定有个阔气的房子。

刚进到门口，这位火枪手便有一些疑虑了。那房子绝对没有任何引人注意之处：过道里臭气熏天，漆黑一片，楼梯上光线暗淡。二楼上有一扇门，上面钉着许多巨大的门钉，像监狱的大门。

波尔多斯敲了敲门，一个高个儿的办事员出来开了门，他面色苍白。从来人的魁梧身材，办事员看到了他的力量，从一身制服看出了他的身份，恭敬地行了个礼。

共有三个半办事员。在当时，可以说明，这个事务所生意是很不错的。

虽说预定火枪手到达的时间是一点钟，可是，诉讼代理人夫人早在12点就在不断地向外张望了，她认为，她的情夫对她一片深情。

这样，当这位客人刚走进楼梯门时，高贵的克科那尔夫人便出来迎接，这使波尔多斯摆脱了困境。因为当时他正被那些高矮不等的办事员们好奇地盯着。

"这是我的表弟，"诉讼代理人夫人高声说，"快进来，

快进来，波尔多斯先生。"

他们听到这个名字后都笑了起来。可是，当波尔多斯回过头来再看他们的时候，他们的脸上立即又恢复了庄重的神情。

克科那尔夫人领波尔多斯走进了前厅和办公室。办公室的右边有一个门，那里通向厨房。他们穿过办公室，来到了诉讼代理人的书房。这个大房子里放着很多的卷宗。穿过书房，他们走进了客厅。

这个房连房的宅子没有给波尔多斯留下什么好的印象。在路过时，波尔多斯曾用探究的目光向厨房里扫过一眼，可他并没有看到熊熊的炉火和一片忙碌的景象，他顿时感到异常失望。

诉讼代理人预先知道了他的来访。所以，当他见到波尔多斯泰然自若地走向他，很有礼貌地给他鞠躬时，他没有露出任何惊讶的神情。

"波尔多斯先生，我们好像是表亲吧？"诉讼代理人原来坐在一把藤椅上，这时，他用胳膊撑起身子，说了一句。

他穿着一件黑色的短上衣，瘦小的身躯被包裹着，几乎都看不到了，一双灰色的小眼睛发出宝石般的光辉。他的双腿不幸已经瘫痪了。近五六个月以来，这种衰竭越来越严重，因此，这位可敬的诉讼代理人差不多已经变成了妻子的奴隶。

他忍气吞声地接受了他的这位表弟。

"对，先生，我们是表兄弟。"波尔多斯大方地说。当然，这种不热情的接待他是预料到的。

"我想，是女方的吧？"诉讼代理人狡猾地说。

波尔多斯根本没有听懂，并没有想到这是一句嘲讽之语，而是把它当成一句天真的话了，因此，他的两撇小胡子中间露出了笑容。但是，克科那尔夫人却明白。因此，听了丈夫的话，她勉强地笑了笑，脸却涨红了。

波尔多斯一进门，便看到克科那尔大师不安地朝放向他的一个大柜子望了望。波尔多斯知道，这个式样跟他梦中见到过的那个大柜子并不一样，但是，它肯定是个钱柜。而且，眼前这个柜子比起他梦中的柜子要高大，这自然更令他兴奋不已了。

克科那尔大师把自己不安的目光从柜子那边移向了波尔多斯，说："在奔赴前线之前，我们的表弟先生可以和我们一起吃顿晚餐吧，克科那尔夫人？"

这次，波尔多斯的胃上像是挨了一下。克科那尔夫人呢，看来也感觉到了什么，因此，她接着说："如果我的表弟觉得我们待他不好，他就不会再来看我们了。而现在的情况是，他的时间也不多了，没有多少时间再来看我们了。而我们，也不能请他把他动身以前所有能够支配的时间都给了我们。"

"啊，我的腿，我的腿，我可怜的腿啊！"克科那尔大师咕噜着说。

听了诉讼代理人夫支援的话，波尔多斯分外感激。

吃饭的时间很快就到了，大家走进餐厅。餐厅在厨房的对面，房间很大，但光线暗淡。

办事员们闻到了这里少有的香味，手里拎着凳子走来准备就座，清楚地看到他们都在活动着腮帮子，一副急不可耐的样子。

"主啊！"波尔多斯心中一边想着，一边看着那三个饿鬼——那个跑腿儿的，在这种正式场合下是不能上桌儿的，所以，就来了他们三个，"主啊！如果我是我的那位表兄，是绝对不会把这些贪嘴的家伙留下来的，瞧他们那副模样。"

克科那尔大师坐在轮椅上，被他的夫人推进来了。波尔多斯也走过来，帮克科那尔夫人把克科那尔先生一直推到餐桌前。

克科那尔大师刚一进餐厅，就像他的几个办事员一样，腮帮子和鼻子微微动了起来。

"噢！噢！"他说，"汤的味道真的不错！"

"见鬼！这样的汤能够让他们觉得了不起？"看着一盆灰白色的汤，波尔多斯心里想。汤里看不见一点油花，面上漂着可以数得出的几片面包皮。

克科那尔夫人微笑着做了个手势，大家便匆匆落座。

汤首先舀给了克科那尔大师，其次是波尔多斯，剩下的几片面包皮给了那几位等得着急的办事员。

就在这时，饭厅的门吱地一声开了。从半开着的门缝里，波尔多斯看到了那个跑腿的孩子正在那边，啃他的干面包。

汤喝完以后，女用人端上一只清炖母鸡，这道菜让各位宾客的眼球都要瞪出来了。

"看得出，夫人，"诉讼代理人露出了悲哀的笑容，"您对您的表弟真是关怀备至。"

其实人们为了找到这瘦骨嶙峋的母鸡肯定花了好长时间。

"见鬼！"波尔多斯想，"这可真叫人感伤不已。一般说，我是尊老怜幼的。不过，要是被炖熟了，或者是被烤熟了，那么，对不住，我就要大不敬了。"

他向周围扫了一眼，出乎他的意料，他看到所有的人都目光炯炯，盯着那只出色的、然而波尔多斯却是不屑一顾的母鸡，并且已经在心中开始吃了。

这时，就见克科那尔夫人把那只盛鸡的盘子拖到自己的面前，扯下那两只黑色的鸡爪给了丈夫。一只翅膀撕下来给了波尔多斯。鸡脖子和鸡脑袋归了自己。接着，把那只几乎还是完整的鸡留在了盘子里，吩咐女佣把盘子端走了。

火枪手还没有来得及去细看每个人脸上失望的表情变化，那只鸡已经不见了。

接着，是一大盆蚕豆，蚕豆中夹杂着几块看上去好像还带着肉的羊骨头。

克科那尔夫人把这道菜分给那几个年轻的办事员。

克科那尔大师亲自举着一只很小的粗陶酒瓶，向每个年轻的办事员杯子里斟三分之一杯酒，给自己斟的也一样多。接着，把酒瓶推给波尔多斯和克科那尔夫人。

办事员们在各自的酒里兑满水，然后喝了半杯。之后，又加满水，再喝再加。等饭快要吃完时，一杯原像红宝石那样鲜红的酒，最后变成淡淡的黄色了。

波尔多斯战战兢兢地挑着他的鸡翅膀时，克科那尔夫人的膝头碰了他的膝头。他不免打了一个寒噤。

他把他那杯主人非常珍惜的葡萄酒喝了半杯。他尝出，原来那是难以下咽的蒙特勒伊葡萄酒。

克科那尔大师呢，见波尔多斯喝酒不兑水，不禁长叹了一声。

"我的表弟波尔多斯,要不要再吃些蚕豆?"克科那尔夫人说,而从她说话的语调好像是在说,"请相信我,您已经够了。"

"我要是尝它,那才见鬼呢!"波尔多斯低声嘟囔了一句。接着,高声说:"谢谢了,我的表姐,我已经够饱了。"

波尔多斯局促不安。诉讼代理人一遍又一遍地说:"噢,克科那尔夫人!您的这顿午餐真是太丰盛了!主啊,我这是……吃完了没有?"

克科那尔大师已经喝光了他的汤,吃完了那两只黑色的鸡爪,啃完了那块上面带有一点肉星的羊骨头。

波尔多斯感觉上当了,于是开始吹胡子、皱眉头。这时,克科那尔夫人的膝头凑过来轻轻地碰他,提醒他耐心些。

波尔多斯难以理解为什么一直没上菜。可是,办事员们的反应却正好相反——他们看到了诉讼代理人的眼色和克科那尔夫人的微笑。这样,他们都在桌子跟前慢慢地站起来,打过招呼,退去了。

"去吧,你们这些年轻人,去吧,工作吧……"诉讼代理人说着,神情严肃。

办事员们走了,克科那尔夫人站起身来,从一个食品柜中取出了一块乳酪、一些木瓜果酱,还有一块她亲自用杏仁和蜂蜜做的蛋糕。

克科那尔大师皱起了眉头,波尔多斯却咬住了嘴唇,因为他看到这餐饭简直没有什么值得吃的。

"真是宴席啊,"克科那尔大师坐在他的椅子上,晃动着身子，大声地说着，"真正的宴席啊，epuloe epularum①。"

波尔多斯摇了摇桌上那只酒瓶，想将就些，再喝上一点酒，吃些面包和乳酪。可是瓶子空了。

"这也好，"波尔多斯心想，"我有数了。"

他舀起一小匙果酱舔了舔，又尝了些克科那尔夫人的粘牙的蛋糕。

"好了，"他想，"已经做出牺牲了。哼！如果我不能看看她丈夫的柜子，那就白来了。"

享用过这顿宴席之后，克科那尔大师要休息了。波尔多斯愿意这位先生就地休息一下。可是，可恶的诉讼代理人却听不进劝告，坚持要求把他送回书房去。他还高声吆喝，说一定要躺在那个大柜子前面，他甚至把腿搁在了柜子上。

这样，诉讼代理人夫人不得不把波尔多斯带到隔壁的一个房间里。

"每个星期您可以来吃三次饭。"克科那尔夫人说。

"谢了，"波尔多斯说，"这样做太过分了。再说，我还要筹措我装备的事呢。"

"对嘛，"诉讼代理人夫人唉声叹气了，"倒霉的装备……"

"唉！是的，"波尔多斯说。

"可是，波尔多斯先生，部队里装备都是些什么东西？"

"噢，很多，很多，"波尔多斯说，"您也知道，火枪手是士兵之精华，装备是最精良的。"

---

① 拉丁文，意思是：宴席中的宴席。

"请讲得具体些。"

"一共可能要这个数……"波尔多斯说，他只想讲总数而不打算讲得具体。

"多少？"她说，"我希望不要超过……"

她想不出一个数目，停住了。

"啊！不会，"波尔多斯说，"不会超过 2500 利弗，2000 利弗也凑合了。"

"仁慈的主，2000！"她叫了起来，"这可不是一个小数！"

波尔多斯做了一个意味深长的鬼脸。

"我要了解具体细节，"她说，"这是因为，我有很多做生意的朋友，我购置这些东西，百分之百要比您去买便宜些。"

"啊！啊！"波尔多斯说，"按您刚才讲了这个意思就好了。"

"是啊，波尔多斯先生！首先，您需要一匹马？"

"是的，需要一匹马。"

"好吧，我能弄到。"

"啊！"波尔多斯高兴起来，"其次，需要全副鞍辔——可那东西只能火枪手去买，价格也超不过 300 利弗。"

"300？那么，300 就 300！"诉讼代理人夫人叹着气说。

波尔多斯脸上露出了笑容。我们还记得，他仍然保留着白金汉送的那副鞍辔。他多了 300 利弗。

"此外，"他接着说，"还有跟班儿的马、我的旅行袋。兵器我有，您就不用操心了。"

"您跟班儿骑的马？"诉讼代理人夫人犹豫起来，"您真像是一位爵爷，我的朋友。"

"啊，夫人！"波尔多斯神气起来，"难道我是一个乡巴佬？"

"当然不是，但是我觉得，如果您能替莫丝各东找到一头漂亮的骡子……"

"那也行，"波尔多斯说，"您说得对。可是，骡子头上需要羽饰，脖子上需要串铃，这您可知道？"

"您放心。"诉讼代理人夫人说。

"剩下的只有旅行袋了。"波尔多斯说。

"啊！这您一点也用不着担心，"克科那尔夫人大声说，"旅行袋，我丈夫有五六只，其中有一只大得简直可以把地球放进去。"

"那么，那只旅行袋是空的啰？"波尔多斯天真地问。

"当然是空的。"诉讼代理人夫人则天真地回答。

"啊！可是我所需要的旅行袋，"波尔多斯大声说，"里面要装满东西，我亲爱的。"

克科那尔夫人又叹了好几口气。

最后，经过一系列商讨。结果是，由诉讼代理人夫人出800利弗现金，再提供一匹马、一头骡子。

这些条件谈定之后，波尔多斯便向克科那尔夫人告辞。

火枪手最终告辞了，唯一不足的是他饿着肚子。

三十三　侍女和女主人

这段时间虽然自己内心想要控制，也常常想起阿多斯的忠言，可达达尼安对米拉迪的爱情之树却日见长大。每天他都来米拉迪这里大献殷勤，我们的这位喜欢冒险的贾司克尼人深信，总有一天他会成功的。

一天的黄昏时刻，达达尼安又十分高兴地来到了米拉迪的家，在门口他又遇到了米拉迪的使女。只是这一次，漂亮的开蒂不只是碰他一下，而是温柔地握住了他的手。

"好啊！"达达尼安心里在想，"她要带她女主人的什么信给我，或者，女主人不好对我当面讲，由她把约会的事转达给我……"

这样，他看着眼前这个美丽的姑娘。

"我很想对您说几句话，骑士先生……"使女吞吞吐吐地说。

"讲好了，我的孩子，讲好了，"达达尼安说，"我听着呢。"

"在这儿不方便讲，我有好多话呢，而且，是……秘密的……"

"是这样！那怎么办？"

"骑士先生愿意让我领您吗？"开蒂羞答答地说。

"请便，我的漂亮的孩子。"

"那么，请吧。"

这时候她就拉着他登上了一条阴暗的楼梯，十五六级登过，出现了一扇门。姑娘推开一扇门，说："请进来，骑士先生，这儿只有我们两个人，可以讲话了。"

"我漂亮的孩子，这是什么屋子？"达达尼安问。

"是我的房间，骑士先生。这里有扇门，是直通我的女主人房间。不过，请您不必担心，她是不会听到我们的谈话的，她不会回来的，直到午夜。"

达达尼安看了看房间，房间令人赏心悦目。然而，他的眼睛却不由自主地停留在了那扇通向她女主人卧房的门上。

开蒂猜出了年轻人的心事，叹了一口气，说："看来您真的很爱我的女主人了，骑士先生！"

"啊，爱她，这种爱我难以用语言进行表达！开蒂！"

开蒂又叹了一口气，说：

"唉，先生，那实在是太遗憾了！"

"见鬼，这有什么问题吗？"达达尼安问。

"可惜，"开蒂说，"我的女主人根本就不爱您。"

"噢！"达达尼安说，"是她让您这么说的吗？"

"啊！不是，先生！是由于我关心这事，所以才决定告诉您。"

"谢谢您，不过，我只是谢谢您的好意，因为这一秘密让我听了很不是滋味，不得不这样说。"

"那就是说，您不相信我对您说的话，对吗？"

"我难以相信，我的漂亮的孩子，就是出于自尊心也是这样。"

"就是说，您不相信，对吧？"

"这我承认，除非有证据……"

"那您瞧这个——对此您还有什么可说的？"

说着，开蒂从胸前的衣服中取出一封信。

"给我的吗？"达达尼安连忙抓住那封信。

"不是，是给另外一个人的。"

"给另外一个人的？"

"是的。"

"给谁的？给谁的？"达达尼安大声问。

"信封上写着。"

"德·沃尔德伯爵先生。"达达尼安看了一眼。

达达尼安立刻想到了圣日耳曼那一场面。接下来，他用迅捷的动作将那信撕开。开蒂注意到，他要拆信时的那种表情，不禁叫了出来，而他，则全然不顾。

"啊！天主！骑士先生，"她说，"您这是要干什么？"

"我吗？什么也不干。"他在看信：

您没回我的信，您是病了吗？还是忘记了在德·吉兹夫人的舞会上您对我使的眼色？而现在机会又来了，伯爵！请不要错过。

达达尼安的脸色变白了，他受到了伤害，自尊心受到了伤害。

"可怜的、亲爱的达达尼安先生！"开蒂语气满是同情，重新握紧了年轻人的手。

"您可怜我，我的好姑娘！"达达尼安说。

"啊！是发自内心的，因为我知道爱情是怎么一回事！"

"您知道爱情是怎么一回事？"达达尼安说，这才第一次用关注的目光看着这位姑娘。

"唉！是这样。"

"那好了，我想要您帮助我向您的女主人复仇。"

"您想怎样复仇？"

"战胜她，成为她的情人。"

"那我永远也不会帮您，骑士先生！"开蒂激动起来。

"为什么？"达达尼安问。

"原因有两个。"

"哪两个？"

"第一，我的女主人永远不会爱您。"

"你是不是知道，这是因为什么？"

"您伤了她的心。"

"我？我怎么会伤了她的心？我认识她以后，一直顺从他！为什么说我伤了她的心？我求您了。"

"这我永远也不会告诉您，除非有人自己能够看到我的

445

内心！"

达达尼安发现，这个年轻姑娘的美貌是很值得很多贵妇人用桂冠去换取的。

"开蒂，"他说，"只要您愿意，我是能看到您的内心深处的——这没有什么难处，我亲爱的孩子。"

说完，他吻了她一下，可怜的孩子满脸绯红。

"啊，不！"开蒂高声叫起来，"您并不爱我！您爱的是我的女主人。"

"这并不妨碍您把第二个原因告诉我吧？"

"第二个原因，骑士先生，"开蒂接着说，由于那一吻，也由于眼下年轻人的那种眼神，她的胆子大了起来，"在爱情方面，人人都为自己。"

直到这一刻，达达尼安才记起了开蒂那忧伤的眼神。他想起每次当他遇到她时，她的手总是轻轻地碰他一下。而他，一门心思想着讨好他的主人，对于侍女总是不屑一顾的。

达达尼安一眼便看出如此天真，或者说如此不顾脸面地承认私情的姑娘，是大有用处的，诸如：在女主人的身边安插一个内应，随时可以进入和女主人卧房相通的开蒂的房间……我们看到，这个不讲信义的小伙子为了利益，他已经想到利用这个可怜的姑娘了。

"那好吧，"他对年轻姑娘说，"亲爱的开蒂，需不需要给您一个证明，证明您所怀疑的那种爱情是不容置疑的？"

"哪种爱情？"年轻姑娘问。

"我准备对您倾心相爱的那种爱情……"

"怎样证明呢？"

"今晚，我像平日陪伴您女主人那样来陪伴您，您是否愿意？"

"啊！好，"开蒂拍手道，"愿意，非常愿意！"

"那好，我亲爱的孩子，"达达尼安在一把扶手椅上坐了下来，"过来，让我来告诉您，您是最为漂亮的侍女。"

他说得很动听，那个巴不得要信任他的可怜的姑娘，便相信了他……不过，令达达尼安感到大为吃惊的是，漂亮的开蒂对他的要求进行了顽强的抵抗。

半夜的钟声敲响了，就在此时，隔壁房间里传来了米拉迪的打铃声。

"伟大的天主！"开蒂高声道，"我的女主人喊我了！走，您快走！"

达达尼安站起来，可是，他并没去打开那扇通往楼梯的门，而是钻进了大橱，躲在了米拉迪的连衣裙和睡衣之间。

"您这是干什么？"开蒂嚷道。

他并不回答开蒂的问话，把自己锁在大橱里面。

"喂！"米拉迪尖声喊着，"你怎么不过来，睡着了？"

"来了，夫人，来了。"开蒂高声说着。

两个房间中间的那扇门还开着，所以，达达尼安听到了米拉迪训斥她的侍女的声音。最后，女主人的怒气终于平息了。

在开蒂侍候女主人换装时，两个人谈起了达达尼安。

"怎么回事？"米拉迪说，"今天晚上他没有过来！"

"怎么，夫人，"开蒂说，"他没有来？是不是他放弃而去打另一个人的主意了？"

"喔，不会！想必是有事留住了他。对这个人我是了解的，开蒂，我已经将他抓牢了。"

"您想怎么对他？"

"把他怎么办？在我们俩之间有一件事他不知道——他差点儿害得我失去红衣主教的信任……我会好好收拾他！"

"我原以为夫人是爱他的呢！"

"我，爱他？我只能恨他！他，白痴一个。他曾经把温特勋爵的生命掌握在手中，可他没有杀掉他。结果，每年30万利弗的年金我丢掉了！"

"是啊，"开蒂说，"您的儿子是他叔父唯一的继承人，而在您的儿子成年以前，那笔财产属于您。"

一个表面上温柔的女人，竟如此不加掩饰，指责他没有杀掉那个对她充满友情的人。听到这里，达达尼安感到不寒而栗。

"所以，"米拉迪接着说，"只是红衣主教的吩咐，我才没对他下手。不过，我不知道红衣主教有何打算。"

"嗯，是这样！可是，夫人，对他爱着的那个小女人，您却下手了。"

"噢，那个服饰用品商的老婆吧？那个人的存在他不是已经忘记了吗？这种报复也真是称奇了！"

一股冷汗从达达尼安的额头上流了下来。

他想接着听下去，可惜的是换装已经结束了。

"行了，"米拉迪说，"回你的房间吧，明天想法子去取他的回信。"

"给德·沃尔德先生的那封？"开蒂问。

"当然。"

"看上去，"开蒂说，"这个人怎么样呢？"

"走吧，小姐，"米拉迪说，"我不喜欢背后议论人。"

中间那扇门关上了。接着，又传来米拉迪关她那边的两道门闩的声音。开蒂这边将门锁上，但声音很轻。达达尼安这时才开了大橱的门。

"天主！"开蒂悄声道，"您怎么啦，脸色怎么这样白？"

"可怕的女人！"达达尼安低声说。

"别出声，别出声，您走吧，"开蒂说，"我们的卧房之间只有一道隔墙，说话两边都能听到的。"

"就是由于这个，我才不走呢。"达达尼安说。

"怎么！"开蒂说，脸一下子红起来了。

"或者，至少要过一会儿……"

说着，他把开蒂拉向身边。开蒂没有抵抗，因为抵抗必然发出很大声响，她让步了。

这是对米拉迪的报复。达达尼安发现"报复能得到至高无上的乐趣"这句话是很有道理的。所以，倘若达达尼安稍有良心，他本该满足这种新的征服了，可惜的是达达尼安有的只是野心和自负。

他打算利用开蒂设法打听班那希尔夫人的情况，只是，这个可怜的女孩儿说她对此一无所知。她解释说，女主人的秘密，从来是只知道一部分，她确定她还活着。

至于问到米拉迪所讲的几乎害得她失去红衣主教的信任的

事，开蒂更是不知道了。达达尼安知道，他不会忘记曾看到米拉迪停留在一艘不准离境的船上。所以，他推测这跟钻石坠子的事件有关。

不过，在所有这些事情中有一件是最清楚的，那就是因为他没有杀掉她的那个小叔子，她才恨他。

第二天，达达尼安又到了米拉迪的家里。米拉迪的情绪很糟，可能是由于她没有收到德·沃尔德先生的回信。

开蒂进来了。米拉迪对她的态度很是生硬。

但是在最后，那头漂亮的母狮态度变好了。她面带微笑倾听着达达尼安的话，甚至还伸出手来让他吻了。

不过，达达尼安可不是一个轻易会被糊弄的小伙子，他在向米拉迪献殷勤时，已经想好了一个小小的计划。

在大门口他找到了开蒂，开蒂已经受到了女主人的一顿严厉的训斥，她的女主人骂她做事不专心。米拉迪搞不明白德·沃尔德伯爵为什么不给她回信。她吩咐开蒂，次日早上9时到她卧房里去取她写给伯爵的第三封信。

达达尼安将开蒂说服，把那封信送到他那里去。这个可怜的姑娘已经被征服了，情夫提出的任何要求，她都准备答应。

以后的事情和头天一样，达达尼安躲进大橱里，次日清晨5点才回家去。

11点钟，他见开蒂到了，手里果然拿着米拉迪的那封信。这个可怜的姑娘乖乖地听凭他随意摆布了它。这是因为，她的身心已经统统属于这个英俊的军人了。

达达尼安拆开信，信上这样写着：

为了表示对您的爱情，我这已经是第三次写信给您了。我不会给你写第四封信，那时我将说我恨您了。如果您由于如此对待我而感到了后悔，那么，您应当知道一个上流社会的男子应当如何求得宽恕。

达达尼安看信时脸色一阵红，一阵白。

"啊！您始终在爱着她！"开蒂见他的脸色如此变化之后说。

"不，开蒂，您错了，我不再爱她了，我要报复她对我的这种蔑视。"

"对，我知道您将怎样报复她。"

"开蒂！您清楚，我爱的只有您一个。"

"这我怎么能够知道？"

"您从我将如何轻蔑地对待她，找到答案。"

达达尼安拿起笔来写道：

夫人，在此之前，我不敢相信前两封信真的是写给我的，我怎能够配得上你的垂青？另外，我的健康状况很差，因此，迟迟没有给您回信。

今天，我所看到的不仅仅是您的来信，而且还有您的侍女。这都让我得到证实，我有幸得到了您的爱。

今天晚上11点，我将亲自前往，求得您的宽恕。再拖延一天，定是对您的新的冒犯。

您使我成了世界上最幸福的男人。

德·沃尔德伯爵

首先，这封信是冒名顶替之作；其次，它的内容是伪诈的。今天看来这样做很卑劣，可是那个时代，人们在这些方面不像今天这样刻板。另外一方面，达达尼安知道她曾在许多重要得多的事情上干出无耻的事。因此，对她，达达尼安的敬意是极其有限的——只是，他还是感到自己对这个女人有一种丧失理智的热情，或许那是一种由蔑视而引起的醉人的渴望。

达达尼安的那个小计划其实是十分简单的：通过开蒂的房间进入她女主人的卧室，利用米拉迪突然看到他时，趁她惊讶、羞愧和害怕之际将她征服。当然，这个计划也可能会失败，但有时候却应该去冒冒险。一星期以后就要与英国开战了，他得奔赴战场，时间已经不多。

达达尼安把信封好，交给开蒂，说："这就是德·沃尔德伯爵先生的回信。"

可怜的开蒂脸色可怕，她猜到了信的内容。

"听我说，亲爱的孩子，"达达尼安对她说，"您也明白，米拉迪可能会发现第一封信没有交给伯爵的跟班儿，而交到了我的跟班儿的手里。她也可能发现是我拆开了该由德·沃尔德先生拆开的那几封信。米拉迪会报复您。"

"唉！"开蒂说，"我这是为了谁才冒如此的危险啊？"

"为了我，我的美人，这我心里很清楚，"年轻人说，"所以，我非常感激您。"

"可您信里写了些什么呀？"

"米拉迪会告诉您的。"

"啊，您不爱我！"开蒂叫了起来。

对于这种责备，达达尼安就是用了一种回答使开蒂陷入极大的盲目之中。开蒂哭了很久，最后，她还是下了决心，也就是达达尼安一心向往的那种决心。

达达尼安给她的安慰是，早些离开她的主人，然后，下楼以后再上楼到她的房间里去。

三十四 阿拉密斯和波尔多斯的装备

四个朋友各自寻求自己的装备，从那时开始大家就不再有规定好的约会时间了，他们各自去寻各自的饭吃。另外，队里的公务也多起来，占去了他们许多的宝贵时间。不过，每个星期他们还是约见一次，一般是某一天的下午一点钟左右，在阿多斯家。

开蒂来找达达尼安的那一天，正好是他们该聚会的日子。

开蒂一离开，达达尼安就去了弗路街。

阿多斯和阿拉密斯正在讨论哲学问题。阿拉密斯仍想去披他的教士袍。阿多斯按照自己的做人之道，不鼓励也不劝阻他，他总是听凭各人照自己的意志自由行事，如果别人不向他请教，他从来不主动讲出自己的意见。

"一般情况下，"阿多斯说，"人们征求您的意见，并不是为了听从您的意见。即使听从了，也为的是事后能有一个进行抱怨的对象。"

四张脸的表情各不相同：阿拉密斯心神不定，达达尼安充满憧憬，波尔多斯心平气和，阿多斯漫不经心。

谈话中波尔多斯隐隐约约透露出，有一位地位很高的人表示愿意帮他一把。

这时，莫丝各东进来了，他是来请波尔多斯回家去的，他可怜巴巴地对波尔多斯说，家里有急事要他回去。

"是不是装备的事？"波尔多斯问。

"也是，也不是。"莫丝各东说。

"可到底是什么事？你讲嘛！"

"请您出来一下，先生。"

波尔多斯站起身来，向朋友们招呼了一下，就跟莫丝各东出去了。

过了一会儿，巴赞又出现在门口。

"有什么事吗，我的朋友？"阿拉密斯语气温和地说。

"有一个人等着先生。"巴赞回答。

"一个人！什么人？"阿拉密斯问。

"一个乞丐。"

"给他一点儿施舍，巴赞。"阿拉密斯说。

"可他一定要见您，还说您会很高兴见到他的。"

"他可有特别的话要对我讲？"

"有。他说，如果阿拉密斯先生拿不定主意见还是不见，您就告诉他，说我是从图尔来的。"

"图尔？"阿拉密斯高声道，"各位先生，非常抱歉。不过，一定给我带来了好消息。"

他站起来，匆匆走了。

"这两个家伙装备的事都解决了，"阿多斯说，"达达尼安，您说呢？"

"我只知道波尔多斯的事进展十分顺利，"达达尼安说，"至于阿拉密斯，说实在的，我根本就没有认真地替他担心过。可您呢，亲爱的阿多斯，您的装备怎么办？"

"杀了那个英国佬我是十分高兴的，我的孩子，如果我把他的皮斯托尔装进自己的口袋，那么，沉重的愧疚就将压上我的心头，永远也甭想掀掉了。"

"得了，亲爱的阿多斯！您的想法真是与众不同。"

"不说这个了！昨天，德·特雷维尔先生屈尊到我这儿来看了我。您知道他对我讲了些什么吗？他说您常常去那些红衣主教的英国密探家里。"

"说得准确些，是我常常去一个英国女人的家，我跟您说过那个英国女人。"

"啊！对，就是那个金黄色头发的，我劝您不要去找的女人。您没听我的忠告。"

"可原因我对您讲过了。"

"是这样。我相信您是想从中得到您的装备。"

"不是，根本不是！那个女人与绑架班那希尔夫人的事有牵连。"

"是的，这我懂。为了找回一个女人，您去追求另外一个女人。"

差一点儿达达尼安就要向阿多斯说出所有的事。可是，他最后还是没说。他想到，阿多斯在事关荣誉方面是十分严肃认真的，而他针对米拉迪所实施的那个小小计划中，有些方面，是绝不可能得到这位道学先生的赞同的。因此，他想了想，认为还是不说为好。另外，阿多斯从不喜欢多管闲事。所以，达达尼安又认定，对这位朋友的推心置腹，就到此为止了。

这两位朋友再没有什么重要的事要谈了。阿拉密斯迅速跟着巴赞离开，或者说得更确切些迅速超过巴赞径自往前走。因此，不大的工夫，或者说他一转身，就从弗路街奔到了俄奇拉街。

到家后，他果然看到了一个身材矮小的人，身上却穿得破破烂烂。

"您找我吗？"火枪手说。

"您就是阿拉密斯先生？"

"就是。您有什么东西要交给我吗？"

"是的，但我要先看看绣花手帕。"

"就在这儿，"阿拉密斯说，取出一把钥匙，打开一只镶嵌螺钿的乌木小匣子，"就在这儿，请看。"

"很好，"那乞丐说，"现在请您的跟班儿离开。"

巴赞很想知道这个要饭的找他主人会有什么事，可他枉费了气力。他的主人在听了那乞丐提出的要求后，叫他离开了。

那乞丐向四周迅速地扫了一眼，断定再没有人能看到他们和听到他们的谈话，便解开破破烂烂的外衣，拆开紧身短上衣胸口的线缝，从里面掏出了一封信。

见到那封信，阿拉密斯非常高兴，带着一种近乎虔诚的恭敬神态将信拆开。信上写道：

朋友：

　　我们又要分开一段时间。不过，美好的时光还会再来。上战场去尽您的义务吧，请收下带信人交给您的东西。像一个优秀的、英俊的贵族那样去冲锋陷阵吧。请想着我，想着这个吻您那双黑眼睛的人。

　　别了，不，也许更应该说再见了！

　　乞丐接着他从肮脏的衣服里一枚枚地取出了钱来，一共是150枚西班牙的双皮斯托尔。随后，他打开门离开了。这一时刻，年轻人惊呆了。

　　接着，阿拉密斯又把这封信看了一遍。他发现信后还有一个附言。

　　附言：带信人是一位伯爵，也是西班牙的大公。您可以招待他。

　　"美妙的梦！"阿拉密斯高声说，"我们都还年轻！是啊，年轻时美好的日子并不是一去不再复返。我们将来还会有幸福的日子！我的生命，全是您的！一切，所有的一切都是您的，我的美丽的心上人！"

　　他一直在热烈地吻着那封信。

　　巴赞在轻轻地敲门，阿拉密斯允许他进屋来。

　　看到桌子上的金币，巴赞一下子愣住了，以致忘记他是来为达达尼安通报的。原来，达达尼安也很想知道那个乞丐到底是一个什么样的人。

因为达达尼安与阿拉密斯之间是很随便的，所以，当他见巴赞忘了替他通报时，自己便进来了。

"啊，见鬼！我亲爱的阿拉密斯，"达达尼安说，"这些李子干儿要是从图尔给您带来的，那您确实得替我谢谢采摘它们的园丁了。"

"您弄错了，亲爱的朋友，"一向小心谨慎的阿拉密斯说，"我的那篇单音节的诗出版发表了，这是给我的稿酬。"

"啊，原来如此！"达达尼安说，"哼！好大方的一家出版社，亲爱的阿拉密斯！"

"什么，先生！"巴赞叫了起来，"一首诗能值这么多钱！真不可思议，先生！您做什么都能成功。诗人，几乎跟神父一样。啊，先生！那您就当诗人吧，我请求您了！"

"巴赞，我的朋友，"阿拉密斯说，"您的话太多了。"

巴赞发现错了，便垂头丧气地走了出去。

"啊！"达达尼安微笑着，"您的大作真是卖了个高价。可是，提请您当心，插在外套里的这封信就要掉出来了。"

阿拉密斯的脸涨得通红，他把那封信重新塞进了衣袋中。

"亲爱的达达尼安，"他说，"我现在有钱了，今天我们又可以开始一起吃饭了，直到你们也富起来为止。"

"我当然非常愿意！"达达尼安说，"已经有很久我们没有在一起像样地吃过一餐饭了。再说，今天晚上我将去做一件颇为冒险的事，我承认，如果能喝上几瓶葡萄酒给自己壮壮胆，我是再愿意不过的。"

"走吧，去喝勃艮第的陈年葡萄酒。"阿拉密斯说。见到那些金币，当教士的念头消失得无影无踪了。

他拿了三四枚双皮斯托尔，把它放在口袋里，其余的则放进了那只收藏着他当作护身符的手帕的镶嵌螺钿的小匣子里。

刚到巴克街的拐角，他们遇到了莫丝各东。那个跟班儿一副可怜相，正赶着一头骡子和一匹马。

达达尼安惊叫了起来。

"啊，我的黄马！"他嚷道，"阿拉密斯，您瞧呀！"

"啊，这匹马可不太好看！"阿拉密斯说。

"是这样吗，亲爱的朋友？"达达尼安说，"我就是骑着它来到巴黎的。"

"怎么，先生认得这匹马？"莫丝各东问。

"这种皮毛真够怪的，"阿拉密斯说，"我真是开了眼。"

"我也是这么想，"达达尼安说，"所以，3个埃居我就把它卖掉了。而且，可以肯定的是因为毛色古怪，因为它整副骨架肯定不值18个利弗。可这匹马怎么会到了您的手里呢？"

"啊！"跟班儿说，"别提啦，先生，这是我们的那位公爵夫人的丈夫的一次恶作剧。"

"怎么回事？"

"是啊，我们得了一位公爵夫人的青睐，她叫德……噢，对不起，我的主人叮嘱过，不许我乱说。她非要我们接受她的一点小小的纪念品：一匹西班牙骏马和一头安达罗西亚①的骡子，都是极为漂亮的。可谁想得到她丈夫中途给调了包。"

"现在您去哪里？要把它们送回去？"达达尼安问。

"是的！"莫丝各东说，"您清楚，这样的东西我们不能接受。"

"当然不能，虽然我很想看看波尔多斯骑在我这匹马上是一种什么样子。可是，我们不拦你，去为你的主人办这件事吧。他在家吗？"

"他在家，先生，去吧。"莫丝各东说，"不过，他心情不好。"

说完，他向沿河街走去。波尔多斯已经见到了他们。他们穿过院子，他却不过来开门。

莫丝各东继续赶着他的两头牲口，来到了狗熊街。按照主人的命令，把马和骡子拴在了诉讼代理人大门的门环上。接下来，就调头回家去向波尔多斯报告，他的任务已经完成。

这两头不幸的牲口从早上起来一直没有吃东西，所以，没过多久就饿得不安稳了起来。它们扯动了门环，那门环被扯起，又落下，因此，门上发出了嘈杂声。诉讼代理人听到声音后，吩咐他的人到附近去问一问这匹马和这头骡子究竟是谁家的。

克科那尔夫人认出来了，那是她送给波尔多斯的礼物，但是她不清楚它们为什么会被退了回来。可是，很快，波尔多斯

---

① 安达罗西亚：在西班牙南端。

到了。火枪手尽管强自克制，但模样十分可怕，这令他的敏感的情妇感到心惊胆战。

原来，莫丝各东回到家后，把路上遇到达达尼安和阿拉密斯的事告诉了他。还说，达达尼安看出了那匹黄马就是那匹巴雅恩小矮马。后来，它被卖掉了，达达尼安得到了3埃居。

波尔多斯与诉讼代理人夫人约好，要到圣马格卢瓦尔修道院会面。诉讼代理人看他要走，反倒起劲地要留他吃饭，被他威严地拒绝了。

克科那尔夫人哆哆嗦嗦地来到了修道院。她猜想，那里会受到痛斥。波尔多斯的那副不可一世的派头，已经深深地刻在了她心中。

一个自尊心被一个女人深深伤害了的男人能够给予那个女人的所有责备和训斥，波尔多斯全都给了他的那位一直低着头的诉讼代理人夫人。

"唉！"她说，"我打心眼儿里是想尽可能把这事办漂亮的。我们的委托人中有一个是马贩子，欠了我们的钱一直没还。于是，我便将那头骡子和那匹马抵了他的欠账。他曾答应我，给我两匹非常漂亮的牲口。"

"得啦，夫人！"波尔多斯说，"他欠的钱绝不超过5埃居。"

"寻求便宜货总还不是错吧，波尔多斯先生。"诉讼代理人夫人为自己辩护。

"是的，夫人，可是，那些找便宜货的人总应该允许别人去找更大方一些的朋友吧。"

462

说完，波尔多斯回过头去，跨出一步，准备走。

"波尔多斯先生！"诉讼代理人夫人叫了起来，"是我错了，我承认，是我错了。事关您这样一位骑士的装备，我是不应该计较钱多钱少的！"

波尔多斯没有理她，跨出了第二步。

"请别走，看在主的份上！波尔多斯先生，"她嚷着，"请别走，我们再谈谈。"

"还有什么好谈的……"波尔多斯说。

"可是请您告诉我，您究竟要什么？"

"什么也不要——如果我向您提出要什么，结果都还是一样。"

诉讼代理人夫人吊在了波尔多斯的胳膊上。她异常伤心地嚷道："波尔多斯先生，这些事我一点不懂。我如何知道一匹马是怎么一回事！我如何知道一副鞍辔是怎么一回事！"

"是嘛，这些事您本来就应该让我来办的。可您要省钱，结果却多花了。"

"这是一个错误，波尔多斯先生，我肯定会补救。"

"怎么一个补救法？"火枪手问。

"请听我说，今天晚上克科那尔先生要去德·萧那公爵 [①] 先生家里，至少需要两个小时。您来吧，只有我们两个人，我们一起来解决我们的问题。"

"好，这才像那么回事呢，我亲爱的！"

---

① 德·萧那公爵（1581-1649）：法国元帅，路易十三的宠臣德·吕依纳公爵的弟弟。

"您原谅我了？"

"看吧。"波尔多斯威严起来。

两人说过"晚上见"以后分手。

"真见鬼！"离开时波尔多斯心里想，"我觉得，那个钱柜已经在眼前了。"

三十五　黑夜里的猫全是灰色的

这一天，波尔多斯和达达尼安都着急地等待着天黑。

像往常一样，达达尼安在9点左右来到了米拉迪的家，他发现米拉迪的情绪很好，接待的殷勤度超过了往常。我们这个贾司克尼人一眼便看出，他写的那封信已经交到了她手里。

开蒂端着饮料进来了。她的女主人和颜悦色地看了看她，然而，那个可怜的姑娘却一直十分伤心，没有察觉到米拉迪对她的那番好意。

达达尼安看着她们，他便想到大自然在造就她们俩时出了错：把公爵夫人的心灵给了这位侍女，而把卑劣的灵魂给了这位贵妇人。

快到10点钟时，米拉迪开始显得有点儿坐立不安，她不住地看那时钟，站起身来，又坐下去，向达达尼安笑了笑，意思像是在说：你应离开了。

达达尼安站起身来，拿起帽子。米拉迪伸出手来让他吻，她的手把他的手握得很紧。他明白是感谢他离开了她。

"真的，她爱他爱得发了疯了。"达达尼安自言自语地说了一句就走了。

这一次他没有碰上开蒂,达达尼安不得不一个人登上楼梯,走进她的小房间。

开蒂坐在那儿,双手捂着脸哭泣。

她听到达达尼安进来了,可她连头也没有抬一抬。年轻人向她走过去,握住了她的双手。

事情正如达达尼安想的那样,收到这封信后,米拉迪一阵狂喜,并给她一个钱袋,作为她对这位使女办事得力的奖励。

回到自己房间里,开蒂把钱袋扔在了一个角落。袋口敞着,有三四枚金币撒落在了地毯上。

可怜的姑娘在达达尼安爱抚下抬起了头。那张脸的脸色达达尼安吓了一跳。

她合着双手,脸上带着祈求的神色。

达达尼安也被这种无言的痛苦感动了。然而,他又是一个坚持实现自己的计划,不达目的誓不罢休的人。因此,他绝不会改变他的计划,他要打消开蒂任何可以使他屈服的希望,告诉她说,他的行动仅仅是为了报复。

还有肯定是为了在情夫面前掩盖自己的羞惭,米拉迪曾经吩咐开蒂,要将家中的全部灯火熄灭,就是说在德·沃尔德先生天明离开以前,他将始终处于黑暗之中。

一会儿,米拉迪回房了。达达尼安立即跳进了原来那个大橱里,他刚刚蹲下,铃声便响了。

开蒂进入女主人的房间。隔墙很薄,两个女人的谈话达达尼安差不多都能听得到。

米拉迪太过兴奋了，她要开蒂一遍又一遍地向她诉说和德·沃尔德先生会晤时的详情。他收下她的信的细节，他讲了些什么，他脸上的表情是怎样的，等等。对这些连珠炮一样的发问，可怜的开蒂不得不强作镇定地一一做了回答，可她的女主人竟然没有听出来。

最终，和伯爵约好的时间快到了，米拉迪果然让开蒂熄掉了她房里的灯，并嘱咐她，德·沃尔德伯爵一到就把他领到她的房间去。

开蒂等待的时间并不长，达达尼安从大橱的锁眼里一看到屋子里全都暗了下来，就跳了出来。

"什么声音？"米拉迪问。

"是我，"达达尼安低声说，"是我，德·沃尔德伯爵。"

"啊，天啊，天啊！"开蒂喃喃地说，"连他定好的时间都等不及了！"

"那么，"米拉迪用一种发抖的声音说，"为什么不进来？我在等您！"

听到这样的呼唤声，达达尼安快步走进了米拉迪的卧室。

如果一个心灵它不得不由于愤怒和痛苦而备受煎熬，那就是一个用他人的名字接受一个女人对爱情倾诉的情夫心灵。

达达尼安正是陷身于一种他没有预见到的痛苦的境况之中，心正在受到嫉妒的煎熬。

"是啊，伯爵，"米拉迪温柔地紧紧地握住他的手说，"是啊，以前我们每次见面时，您的眼神里、您的言语中，都流露出您对我的爱情，我为此而陶醉在幸福里！啊！明天，明天，我希望得到能够证明您在思念我的一件证物。而现在，请把这个拿去。"

说着，她把自己手指上的一枚戒指套在达达尼安的手指上。

这枚戒指达达尼安在米拉迪的手上见到过了，这是一枚镶着钻石的非常漂亮的戒指。

达达尼安想把戒指还给她。米拉迪说："不，不，作为我对您的爱情的证物，请把它收下吧。"她用一种十分激动的声调说，"那就帮我的一个大忙！"

"这个女人，一身都是谜。"达达尼安自言自语。

他正要说他是谁，是抱着怎样的报复目的前来的，没等他张嘴，米拉迪又说话了："可怜的天使，那个贾司克尼恶魔差点儿把您给杀掉！"

"啊！"米拉迪继续说，"您的伤口好了吗？"

"还痛。"达达尼安说。

"您放心，"米拉迪轻轻道，"我会替您复仇的，我会。"

"见鬼！"达达尼安心里想，"看来还没到讲出真话的时候。"

达达尼安还没清醒过来，而他脑子里原有的那些复仇的念头全都不见了，他感受到的仍然是，既恨她，又崇拜她。这样两种截然相反的感情会在同一颗心中并存吗？而且，在它们结合以后，会形成几乎可以称作魔鬼的爱情吗？

要到分手的时候了，达达尼安感到难分难解。两人依依不舍地道了别，并且约定下星期彼此再次幽会。

可怜的开蒂希望，达达尼安能够对她讲上几句话。可是她听得出，米拉迪在送他，一直把他送到了楼梯口。

第二天清早，达达尼安便匆匆赶到了阿多斯家里，把这次冒险告诉了他，他想听听阿多斯的见解。在他讲述的过程中，阿多斯不住地皱起眉头。

"依我看，您的那位米拉迪，"阿多斯说，"是个下贱的女人。当然，您很难欺骗她，无论如何，您又多了一个可怕的敌人。"

阿多斯已经注意到了达达尼安手指上戴着的那枚镶着钻石的蓝宝石戒指。王后的戒指已被他小心地放进一只首饰盒里了。

"您看到了这枚戒指？"贾司克尼人说，得意之情溢于言表。

"是啊，"阿多斯说，"这东西使我想起了一件祖传的珍宝。"

"它很美，对吗？"达达尼安说。

"很美！"阿多斯说，"我相信，这样的蓝宝石世界上不会有第二颗，是用您那枚钻石戒指换来的吗？"

"不，不是，"达达尼安说，"是那位漂亮的英国女人，说得更确切些，是我的那位漂亮的法国女人送给我的，我确信她是法国人。"

"这枚戒指是米拉迪送给您的？"阿多斯叫了起来。从声音里听出，阿多斯十分激动。

"是她。"

"让我来看看。"阿多斯说。

"您看。"达达尼安摘下戒指给了阿多斯。

阿多斯仔细地观察着，脸色变得煞白。随后，他试着把戒指套在自己左手的无名指上。大小完全合适，顿时，这位贵族平时异常安详的脸上，掠过一阵愤怒、仇恨的阴云。

"不可能是那枚！"阿多斯自言自语，"那枚戒指怎么落在了这个女人的手里呢？可是，它又怎么会如此像那一枚呢？"

"您见到过这枚戒指？"

"我以为见过了，"阿多斯说，"可看来是我弄错了。"

说着，他把戒指还给了达达尼安。

"哎，"过了一会儿他又说，"达达尼安，把戒指摘下来，或者，把它转一转，把宝石的一面转到那面去。它让我想起了一些非常痛苦的往事，您不是来听听我的意见吗？可是，请等一等……把那戒指再给我看一下。刚才，我提到的那一枚，宝石的某一刻面有一道痕，那是一次意外造成的。"

达达尼安又把戒指从手指上取下来，给了阿多斯。

阿多斯浑身抖了一下。

"喂，"他把他记忆中应该有的那条裂痕指给了达达尼安，"请看，请看这里——这不是很奇怪吗？"

"那么，阿多斯，这枚蓝宝石是什么人给您的？"

"是我母亲的家族一直传下来的。所以，我对您说了，这是一件祖传的珍宝，它永远也不该从我们家流失的。"

"而您把它……给卖了？"达达尼安问他。

"不，"阿多斯回答，脸上闪过一种怪异的微笑，"在一个充满爱情的夜晚，我把它送人了。"

达达尼安陷入了沉思，在米拉迪的灵魂中，他似乎看到了一个黑洞。

"请听我说，"阿多斯握住达达尼安的手说，"您知道，我是多么爱您呀，达达尼安！您听着，请相信我，别再理那个女人了。我并不认识她，但我的直觉告诉我她是一个堕落的女人。"

"您说得对，"达达尼安说，"所以，我会和她分手的。这个女人让我感到害怕。"

"您有离开她的勇气吗？"阿多斯问。

"我会有的，"达达尼安回答说，"而且，立即就会做到。"

"好，说实在的，我的孩子，您这就做对了。"这位贵族怀着一种几乎是慈父那样的感情，紧紧地握住了贾司克尼人的手，"但愿这个女人不要在您未来的生活中留下可怕的印迹！"

接着，阿多斯朝达达尼安点了点头。达达尼安明白了他的意思。

回到家里，达达尼安发现开蒂正在那里等他。达达尼安看到，开蒂昨天晚上肯定一夜未眠，像是发了一个月高烧痛苦使她发生了很大的变化。

开蒂是被女主人派出来找德·沃尔德的。她的女主人被爱情陶醉了，快活得都发了疯，她想知道她的情人什么时候再来。

可怜的开蒂脸色苍白，浑身发抖，等待着这个达达尼安的答复。

阿多斯对这个年轻人的影响是巨大的。他的心灵也在呼喊。现在，他的自尊心得到了挽救，复仇心理得到了满足，这促使他下定决心不再去见米拉迪了，所以，写了以下的话：

夫人，我的身体恢复以来，此类事情过多，所以，我必须安排一个先后次序，等轮到您的时候，我会有幸通告。

吻您的手。

德·沃尔德伯爵

关于蓝宝石戒指的事他只字未提。这个贾司克尼人想保留这件东西，以备未来攻击之用，在他最后寻求装备不果时，是不是把它作为他的最后的财源？

达达尼安把那封没有折好的信递给了开蒂。开蒂看完了几乎欣喜若狂了。

开蒂还是不敢相信自己会有这样的幸运。所以，达达尼安就把他写在信上的内容向她高声讲了一遍。

米拉迪的脾气是非常暴躁的，把这样一封信交给她，自己肯定会受到训斥。可是，她没想这些，以尽可能快的速度奔回了王宫广场。

任何女人，在她的内心之中，对情敌的痛苦不会有丝毫同情。

米拉迪拆信时的动作跟开蒂带信来时的动作同样急切。可是，看了第一句话，她的脸色就变青了。接着，她双目露出凶光，问开蒂："这是怎么一回事？"

"这就是给夫人的回信呀。"开蒂哆嗦着回答。

"不可能！"米拉迪大声说，"贵族写这样的信给一个女人？不可能！"

随后，她自己突然一阵哆嗦。

"我的主！"她说，"莫非知道了……"

她牙齿咬得格格作响，脸色煞白，她想到窗口那边去透透气，可是，那两条腿再也不听使唤。最后，她跌坐在了一把扶手椅子上。

开蒂以为她要昏过去了，连忙奔过来要替她解开胸衣。可就在这时，米拉迪突然竖起了身子。

"您要干什么吗？"她说，"您手伸到我身上来干什么？"

"我以为夫人昏过去了，来帮您……"侍女回答。她被她脸上的狰狞表情，吓得要死。

"我昏过去了！我！我！我不是懦弱可欺的女人！遭到侮辱时我是不会晕过去的！我要报仇，您听明白了没有？"

随后，她向开蒂做了个手势，让她走了。

三十六 复仇梦

一天傍晚，米拉迪吩咐，如果达达尼安先生到了，就立刻带他进来。

可是他没有来。

第二天，开蒂去找他，并且把前一天晚上的事告诉了他。达达尼安笑了，她的表现就是他复仇的结果。

到了晚上，米拉迪更加焦躁不安，有关贾司克尼人的嘱咐，她再次重复了一遍。可是，他仍然没有来。第三天，开蒂又来到了达达尼安的家里。可是，她愁眉不展，心事重重。

达达尼安问这个可怜的姑娘，是不是发生了什么事。她没有讲什么，而是从口袋里掏出一封信。

这封信是米拉迪写给达达尼安的，而不是写给德·沃尔德伯爵的。

他拆开信。信是这样写的：

亲爱的达达尼安先生，您不应当这样冷落朋友，在将长期分离之时尤其如此。我的小叔和我昨天和前天都在等您，但您没有来。今天晚上会不会是同样的结果呢？

对您感激不尽克里科夫人

"这很简单，"达达尼安说，"我正等待着这样的一封信——在她那儿我的信用提高了。"

"您去不去呢？"开蒂问。

"你听着，我亲爱的孩子，"贾司克尼人说，他正在寻找借口，"你知道，对她的邀请不接受，至少是失策的。如果我再不露面，米拉迪会对我突然和她断绝来往感到奇怪，也许会闹出什么事情来，像一个凶狠的女人要想报仇雪恨，其后果是难以想象的。"

"啊！我的天主！"开蒂说，"你怎么都能找到理由。现在，您又要去向她献殷勤了。这一次，如果您用真名实姓、用您的真面目去讨她的欢心，那么，会更糟糕！"

出于本能，这个可怜的姑娘猜到了即将发生的事。

达达尼安则尽力安慰她，保证不会受到米拉迪的诱惑，他要开蒂回去对她的女主人说，他非常感激她的盛情，并去听候她的吩咐。当然，他没有写信，他的笔迹是会被看出破绽的。

9点的钟声敲响时，达达尼安刚一到达，仆人立即进去通报。

"请他进来，"米拉迪说，声音短促而尖锐。他被引了进去。"我不再见任何人了，"米拉迪吩咐仆人说，"任何人！"

仆人去了。

达达尼安好奇地看了米拉迪一眼：她眼神乏力，脸色苍白。客厅里的灯尽管有意减少了，可这个年轻女人一连两天情绪激动所留下的痕迹却仍然被他看出来了。

达达尼安走到她身边，她尽了最大努力来接待他，然而，难以安定的神情与亲切温柔的微笑总是难以一致。

达达尼安问她身体如何。

"不好，"她回答说，"很不好。"

"这么说，"达达尼安说，"您肯定需要休息，我这就离开。"

"不，"米拉迪说，"正相反，请您留下来，达达尼安先生，有您在，我会感到愉快的。"

"啊！啊！"达达尼安心里想，"她可从来没有如此迷人过，可要当心！"

米拉迪显出了她最大的热情，言谈中也尽可能加入了风趣的成分。同时，那种暂时离去了的激情这时也回来了，她的脸色也变得有了血色，嘴唇变得鲜红了。达达尼安又重新见到了那个曾经使他着迷了的喀尔刻①。他原以为死掉了那种爱情，又在他的心头复苏。米拉迪微笑着，达达尼安觉得，为了这种微笑他愿付出一切。

不过，有那么一刻，他似乎感到了后悔。

米拉迪问达达尼安，他有没有情妇。

---

① 喀尔刻：希腊神话中的美丽女仙。她精通巫术，住在地中海一个小岛上。路过该岛的人受她蛊惑，会变成牲畜或猛兽。荷马史诗《奥德赛》中有一个情节描写说，奥德修斯路经该岛时，他的同伴们被她变成了猪。为了拯救他的这些同伴，奥德修斯答应在岛上住一年，最后，喀尔刻把他们重新变成了人。

"唉！"达达尼安尽可能伤感地叹了一口气，"这个问题您问得太残酷了，我自从看见了您，就仅仅为了您而生存！"

米拉迪脸上闪过一丝怪异的微笑。

"这么说，您爱我？"她问。

"那还用说！"

"可您知道，心越是高傲，就越是难以得到。"

"啊！那吓不倒我！"达达尼安说，"只有办不到的事情才能使我退却。"

"可对于真正的爱情，"米拉迪说，"没有办不到的……"

"夫人，没有？"

"没有！"米拉迪回答。

"见鬼！"达达尼安心里想，"会不会碰巧，这个喜怒无常的女人正好爱上了我？前几天，她把我当成了德·沃尔德，送给我一枚蓝宝石戒指。现在，是不是也想送一枚给我？"

达达尼安稍微靠近米拉迪。

"嗯，"她说，"那您做点什么来证明您对我的爱呢？"

"只要下达命令，我就立即执行。"

"任何事？"

"任何事！"达达尼安高声说，他已经猜到，这种许诺不会有多大的风险。

"那好！让我们进一步地谈谈。"米拉迪移动着自己的扶手椅，靠近达达尼安。

"我听您吩咐，夫人。"达达尼安说。

开始时，米拉迪说话还有些顾虑，随后似乎她下了决心，说："我有一个仇人。"

"您？夫人！"达达尼安故作惊奇，"您这么善良怎么会有仇人，我的天主！"

"还是一个不共戴天的仇人。"

"是这样？"

"他曾经侮辱了我，我们不共戴天！我能不能够指望得到您的帮助？"

达达尼安立刻知道这个女人想要干什么。

"能够，夫人，"他夸张地说，"我的生命是属于您的。"

"那么，"米拉迪说，"既然这样……"

她又停下了。

"嗯？"达达尼安问。

"嗯！"米拉迪过了一会儿才说，"从今天起，不要再讲什么办得到办不到那回事。"

"您真是……我太幸福了！"达达尼安扑到米拉迪的膝下，疯狂地吻她的手。

米拉迪心中在想："替我去找那个下流的德·沃尔德，给我报仇吧！过后，我自然知道怎样来摆脱你，被人当枪使的蠢货！"

达达尼安心里在想："你这个虚伪而险恶的女人，先是那样地嘲笑了我，现在，又自愿地投入了我的怀里，看来，将来我要和那个你要借我的手去杀掉的人一起来嘲笑你了。"

达达尼安抬起头来说："我听候召唤。"

米拉迪说："那么，您明白我的意思了，亲爱的达达尼安？"

"我也许能够猜出您眼睛里所表达的意义。"

"您那一双坚强有力的胳膊已经相当有名了，您能为我动用您那双胳膊吗？"

"要用它们现在就行。"

"可我呢，"米拉迪说，"我该如何报答呢？"

"您知道，我所希望得到的唯一报偿，"达达尼安说，"就是得到您的爱。"

他温柔地把她拉到了身边。

她几乎没有反抗。

"您太自私了！"她微笑着说。

"啊！"达达尼安高声说，他真的弄得激动狂热，"啊！我总是感觉到，我的这种幸福来得太快了，我怕它像一场梦，醒来便消失……"

"好了，那您就做些什么，配得上这种幸福吧。"

"我听候您的吩咐。"达达尼安说。

"真的？"米拉迪还有疑虑。

"告诉我，请把那个让您这双美丽的眼睛流下泪水的下流痞的名字告诉我。"

"谁告诉您说我是哭过的？"

"我的直觉……"

"我是不会哭的。"米拉迪说。

"那就太好了！那么，说出他的名字吧。"

"这个名字之中藏着我所有的秘密。"

"可我总得知道他是谁！"

"是啊，必须知道！"

"他是谁？"

"您是认识他的。"

"是我的一个朋友吗？"达达尼安装出犹豫的神情，仿佛对此他是真一无所知的。

"是您的朋友，您犹豫了吗？"米拉迪大声说。

"不，即使是我的亲兄弟，我也不会眨一眨眼睛！"达达尼安大声说，装出一种兴奋得发狂的样子。

贾司克尼人勇敢地向前走，因为他清楚在前进方向上会遇到什么。

"我喜欢您的这种忠诚劲儿。"米拉迪说。

"唉！那您只爱我身上的这一点？"达达尼安问。

"我爱您的整体。"她热情地握住了他的手。

达达尼安浑身颤抖起来，像是米拉迪那激动的情绪通过彼此的手传到了他的身上。

"您，您爱我？"他叫起来，"啊！我高兴得疯了！"

于是，他用两条胳膊搂住了她。他吻了她的嘴唇，但是，她没有吻他。

她的嘴唇是冰冷的，似乎是一座雕像的唇。

只是，他并没有因此而减弱了快乐的陶醉。他几乎相信了，米拉迪对他是一片真情。同时，他也几乎认定了德·沃尔德是该死，此时此刻如果德·沃尔德出现在他的面前，他真会杀了他。

"他叫……"轮到她说话了。

"德·沃尔德，我知道。"达达尼安高声说。

"您怎么会知道？"米拉迪抓住他的双手问，眼里满是惊恐和怀疑。

"说呀，说呀，您快说呀！"米拉迪急切地催促他，"您怎么会知道？"

"您问我是怎么知道的吗？"达达尼安说。

"对。"

"昨天，我在一个人家里做客，德·沃尔德也在，他拿出一枚戒指给大家看，说戒指是您送给他的。"

"混蛋！"米拉迪骂道。

可以想象这样一个形容词，在达达尼安的心中产生如何强烈的效果。

"嗯？"她催他继续说下去。

"嗯！我要去找这个可恶的混蛋。"达达尼安神气地说。

"您真勇敢！"米拉迪叫道，"什么时候？"

"明天，立刻，听您的。"

米拉迪差一点儿就喊出"立刻"，然而，她立刻想到，匆忙行事可能对自己并不利。

另外，她也要采取预防措施，以免产生意想不到的后果，她还有必要向她的保护人做出交代，以免他和伯爵在证人们的面前争执不下。

就在这时，达达尼安一句话把一切问题都解决了。

"明天，"他说，"如果我不能杀了他为您报仇，就是我被他杀死。"

"不！"她说，"您不会死，他是一个胆小鬼，您会为我报仇的。"

"面对女人他可能是个懦夫，可遇到男人他就不是那样的了，此人我多少有点了解。"

"可我觉得，上次您和他交手时，您并没有得到运气的帮助啊！"

"运气？运气这个东西也许昨天它对您还很好，明天也许就背您而去了。"

"就是说，您还是犹豫？"

"不，我不是在犹豫。可是，让我去冒一种可能要送掉性命的危险，我所得到的却仅仅是一点希望，这有些不公正？"

对于达达尼安的这种责难，米拉迪先是用一个眼色做了回答。

眼色过后，她说："我绝对会公正。"她温柔地说。

"啊，您是天使！"年轻人叫了起来。

"那么，就这么定了？"她问。

"除去我向您要求的那些以外，亲爱的！"

"您要相信，我将会对您百般温存的。"

"可我没有明天可以等待了。"

"别出声！我听到有我小叔子的声音，不能让他知道您在这。"

说着，米拉迪拉铃。

开蒂进来了。

"您从这扇门走出去，"说着她推开一扇暗门，"11 点钟您再来，那时我们再谈。开蒂会带您过来的。"

482

听到米拉迪的这些话，可怜的姑娘差一点儿晕过去。

"怎么啦！小姐，怎么站在那里不动？喂，听到了没有呢？把骑士带走。"完了又对达达尼安说："今晚，11点钟。"

"看来，她的约会总是定在11点，"达达尼安心里想，"已经养成了习惯。"

米拉迪伸出一只手来，他亲昵地吻了吻。

"喂，"他向外走着，对于开蒂的责备，他只是这样回答，"喂，别让自己变成一个傻瓜。我们要用心提防！"

三十七　米拉迪的秘密

　　尽管开蒂一再恳求，达达尼安还是没有上楼到这个年轻姑娘的房间去。他这样做是出于两方面的考虑：一是如此可以免除来自开蒂的种种的批评以及某种难耐的哀告；二是趁这个时候好好整理一下自己的思绪，如果可能，也很想好好地分析一下米拉迪的思想。

　　有一点是毫无疑问的，那就是达达尼安像发了疯似的爱着米拉迪，可是，米拉迪却并不爱他。有那么一刻，达达尼安想给米拉迪写一封信，如实地向她说明，他，达达尼安，德·沃尔德，就是一个人，因此，他不能答应她去杀死德·沃尔德，否则，就成了自杀。不过，他一直有着强烈的愿望，要以自己的名义，而不再是以德·沃尔德的名义，占有这个女人。

　　在王宫广场，他兜了五六个圈子，每走 10 步他便回过头来看看米拉迪的窗子，看看那套房间里射出来的灯光，观察的结论是，这次，那个年轻女人明显不像上一次那样急不可耐。

　　最后的犹豫随着灯光的熄灭而消失，他的心剧烈地跳动起来。他回到了米拉迪的府邸，进了开蒂的房间。

开蒂的脸色不像人样，浑身都在抖动，她本想将自己的情人拖住。可是，米拉迪就在隔壁，并且听到达达尼安的声响，她打开了那扇门。

"进来呀！"米拉迪说。

厚颜无耻到了如此地步，没羞没臊到了如此骇人听闻的程度，这连达达尼安都怀疑，自己是否是在现实之中。

可是，他还是无法抗抵，急急忙忙向米拉迪奔了过去。

中间的那扇门在他的身后被重新关上。

随后，开蒂朝那扇门扑了过去。

所有那些能够折磨一个热恋中的女人心的种种激情，都在向她使劲，推动着她去揭穿事件的真相。

可是，如果她承认了，参与了这样阴谋计划，那么她也就完了；而且，更为重要的是，达达尼安也将会完了。最后，出于爱情，她停下了脚步。

达达尼安呢，他已经实现了最大愿望。现在，米拉迪真的在爱他了，至少从表面上看是如此，尽管他的内心清楚地告诉他，他只不过是被人利用着复仇的一件工具，利用他的人一边在爱抚着他，一边在等他去送死。可是，自负、自尊、痴情使得这种低声的劝告哑口了。因此，这个贾司克尼人，怀着坚定的信心，把自己跟德·沃尔德做了一番比较。结果，他问自己他比德·沃尔德差在哪里？为什么米拉迪就不能像爱德·沃尔德那样真正地爱他？

这时的米拉迪已经不再是那个一度让他感到恐惧的、心怀巨测的女人，而成了一个热情奔放的情妇，她也完全沉溺于表面的爱情中。

两个小时，就这样过去了。

一切重回平静。米拉迪的动机跟达达尼安截然不同，她没有忘记自己的目的。她问年轻人，是不是已经决定次日开始行动？并问怎么去挑起德·沃尔德跟他决斗。

可是，此时此刻，达达尼安的思路跟她不一样，因而像一个蠢人那样忘记了一切。他只是殷勤地回答她说，时间太晚了，先不去考虑这事。

可那却是米拉迪唯一关心的事，所以，她惊异于达达尼安的大度，她的问题变得越来越急切了。

然而，达达尼安并不想真的决斗，他想改变话题。不过，他无法做到。

米拉迪用她那超乎常人的智慧把他控制在了她预先划定的范围之内。

达达尼安劝说米拉迪饶恕德·沃尔德，他企图说明复仇的计划是在她冲动下的结果，他劝说她应该放弃那项计划。

年轻女人就气得浑身发抖，并离开了他。

"亲爱的达达尼安，您是不是害怕了？"她说，尖锐的声音在黑暗中回荡。

"您不应该这样看我，亲爱的！"达达尼安回答说，"我的意思是说，那个可怜的德·沃尔德伯爵如果并不像您想象的那样坏呢？"

"无论如何，"米拉迪严肃起来，"他欺骗了我就要死！"

"既然这样，他就非死不可！"达达尼安的语气变得坚定了。米拉迪认可这种态度。于是，她靠近了他。

我们不知道对米拉迪，这个夜晚究竟过了多么久。只是对达达尼安来说，当曙光透过百叶窗，射进房间的时候，他以为在米拉迪的身边只不过待了两个小时。

分手时，米拉迪又重新提起他曾经答应过她的那件事。

"我已经做好了准备，"达达尼安说，"可是在这之前，我想弄清楚一件事。"

"什么事？"米拉迪问。

"就是：您到底爱不爱我。"

"一切已经证明了。"

"是的，所以，我的生命和灵魂，都是属于您的了。"

"谢谢了，我勇敢的情人！等着您的证明？"

"当然，不过，您爱我的程度如果像您讲的那样，"达达尼安接着说，"难道您就不为我担心吗？"

"我有什么好担心的？"

"我有可能会送命。"

"这怎么可能？"米拉迪说，"您是那么英勇，剑术又那么好。"

"您可以考虑换一种方式，"达达尼安跟着说，"既可以报仇，又不必决斗？"

米拉迪看着他的情夫，没有讲话。达达尼安那双明亮的眼睛，显现出一种奇怪的悲惨神色。

"说真的，"她说，"我相信，现在，您又有点儿犹豫了。"

"不，没有。只不过是自从您不再爱那个他以后，我真的替他感到难受了。因为，我觉得他失去了您的爱，应该说，就已经在经受着非常严酷的惩罚了。在这样的情况之下，他还该受到别的什么惩罚吗？"

"谁说我曾爱过他？"米拉迪问。

"至少现在，我相信您爱着那样一个人，"年轻人温柔地说，"因此，我还很是同情他。"

"您这样想？"米拉迪问。

"是的。"

"为什么？"

"因为只有我知道……"

"知道什么？"

"知道他对您远不是您所想象的那么坏。"

"真的？"米拉迪不安地说，"请您给我解释清楚，我真不明白您想说些什么。"

她搂住达达尼安，那双眼睛渐渐燃烧起来了。

"是的，我是一个高尚的人！"达达尼安说，他下决心要说出实情，"自从您的爱情属于我之后，我确认已经拥有了它，对吗？"

"全部拥有。快讲下去。"

"好了，我觉得从那以后，我像是换了一个人，我心里有一件事，一定把它讲出来。"

"讲出来？"

"如果我还怀疑我的爱情，就不会这样了；而您是爱我的，

488

我的小美人，对吗，您是爱我的？"

"不错。"

"假如我只是因为爱您，从而触犯了您，我会取得您的宽恕吗？"

"有这种可能。"

达达尼安心里很高兴，他想去吻米拉迪的嘴唇，可是她避开了。

"讲出来，"她说，脸色变得发了青，"要讲出什么？"

"上星期四，您约了德·沃尔德伯爵，就在这个房间里，对吗？"

"我？没有，哪有这种事？"米拉迪说，语气坚定，神态自若，要不是达达尼安亲历此事，他也许会对自己的话产生怀疑。

"不要说谎了，我美丽的天使。"达达尼安微笑着。

"究竟发生了什么事？您快说呀！真要命！"

"啊，请放宽心，我已经完全原谅了您。"

"讲呀，讲呀！"

"德·沃尔德不可能夸口谈您。"

"是这样吗？可您亲自对我说过，说过那枚戒指……"

"那枚戒指，亲爱的，它在我的手里。星期四的德·沃尔德伯爵和今天的达达尼安，本是同一个人。"

达达尼安原本以为她会先是一种带有惭愧感的惊异表情，接下来，流泪。最终，是一阵暴风雨般的愤怒。可是，他大错而特错了，他所看到的却是一个极为吓人的米拉迪。她坐起来，伸出双手向达达尼安的胸口推了一把，将他推开。接着，她跳下了床。

天已经大亮了。

达达尼安拉住她的浴衣，不住地求饶。可她拼命挣扎着，那件细布浴衣撕裂了，露出了她赤裸的肩头。

达达尼安看到，她那美丽的肩头上一朵百合花，这种无法消除的印记是刽子手在行刑时烙上去的。

达达尼安惊得魂飞魄散。

"天啊！"达达尼安松开了抓在手里的浴衣喊了起来。接着，他愣在了一下，只觉得浑身冷汗直流。

米拉迪见达达尼安惊恐万状，知道自己的秘密被发现了。他已经全都看到了，现在，他已经知道了她的可怕的秘密。

她转过身子来成了一头受了伤的豹子。

"啊，坏蛋！"她嚷起来，"你卑鄙地欺骗了我，还知道了我的秘密，你必须死！"

说着，她跑到梳妆台前。梳妆台上有一只细木镶嵌的小匣子，她打开了它，从里面取出一把非常锋利的金柄小匕首，然后转过身向达达尼安猛扑了过来。

虽然都知道年轻人是勇敢无敌的，但是当他看到她那张大惊失色的脸时，脸色青灰，怒目圆睁，非常吓人，他再一次吓得魂飞天外。就像面对一条向他游过来的蛇那样，他退缩着，一直退到了靠近墙边，他的手碰到了他的剑，他拔剑出鞘。

米拉迪对他的剑毫不顾忌，只想用匕首刺他，直到达达尼安的剑尖已经顶住了她的脖子，她才停下来。

她又想用手去抓他的剑。不过，达达尼安总能避开，不让她抓住。他从床上溜下来，设法要从那扇通往开蒂房间的门里逃出去。

米拉迪咆哮着，发疯似的向他扑来。

达达尼安慢慢地平静了下来。

"来吧，美丽的贵妇人，来吧！"他说，"不过，您最好还是平静下来，不然，我就要在您那漂亮的脸蛋上画出第二朵百合花了。"

"下流种！下流种！"米拉迪吼叫着。

达达尼安始终想打开那扇门。

达达尼安藏在了家具后面，以便保护自己。米拉迪则推倒了几件家具，向他冲去。

就在这时，开蒂打开了中间那扇门。

达达尼安这时离这扇门只有三步远了。他一个箭步便从米拉迪的房间冲进了另外房间。接着，又迅捷地关上了那扇门，然后，用尽全身之力将门顶住，直到开蒂把门闩上为止。

米拉迪使出远比一个女人大得多的气力，打算推开那扇门。随后便用匕首戳那扇门，她甚至戳穿了那扇门的门板，每戳一下，她都恶狠狠地骂一声。

"快，快，开蒂，"达达尼安在门闩插上之后低声对开蒂说，"想办法让我逃出去，不然的话，一旦她缓过神儿来，我会被她杀了。"

"可您不能这样出去呀，"开蒂说，"您还光着身子呢！"

"对呀！"达达尼安这时才发觉自己身上没穿什么，"找点衣服给我穿给我穿上吧，快！现在是生死关头！"

开蒂当然懂得这一点。转眼间，一顶宽大的女帽，她用一条绣花的连衣裙、一件女用短披风把他装扮停当。随后，让他穿上拖鞋，拉着他下楼。

他走得正是时候。米拉迪已经拉过铃，把整个府邸里的人都惊动了。看门人刚拉绳子让他们离开，米拉迪就半裸着身子在窗口呼喊："关好门！"

三十八　阿多斯如何毫不费力地得到了
他的装备

达达尼安逃了。米拉迪直到看不到他时，才昏倒在房间里。

达达尼安已经惊慌失措，不顾开蒂，一直在前面奔跑着，到了阿多斯家门口这才停下，几个巡逻兵一直在追逐着他，向他喊叫，几个一大早便出门去办事的行人碰上他便嘲笑他，这都使他跑得更快了。

他登上了阿多斯住的三层楼，然后便砰砰地砸门。

各利莫睡眼惺忪出来开了门。达达尼安猛力冲了进去，各利莫差一点儿被撞了一个跟斗。

这样，这个很少说话的可怜的跟班儿开口说话了："哎呀呀！您这个女人跑到我们这里来干什么？一个发疯的婆娘！"

达达尼安掀起了帽子。

一看到他的胡子和那把出了鞘的剑，可怜的各利莫这才知道这是个男人。

可这时他又以为来的是一个刺客。

"救命呀！来人！救命呀！"他叫了起来。

"住口，您这个浑小子！"年轻人说，"我是达达尼安，您的主人呢？"

"噢，是您！达达尼安先生！"各利莫大声说，"真是想不到！"

"各利莫，"阿多斯穿着睡衣从他的房间里走了出来，"您叫什么！"

"啊，先生！那是因为……"

"住嘴！"

各利莫只得伸手指了指达达尼安。

阿多斯看到，达达尼安歪戴着一顶女帽，袖子卷着，一条裙子一直垂到一双拖鞋上，而由于心情激动，那两撮小胡子微微翘着……尽管他一向沉着冷静，见了眼前这场景，也不禁哈哈大笑了起来。

"别笑了，我的朋友，"达达尼安大声说，"看在上帝的份上，因为，并没有任何可笑的事……"

他的神色是那么严肃，而且还带有一种恐惧感。所以，阿多斯立即赶上来握住了他的手嚷道："您是怎么了？您的脸色苍白得好吓人啊！"

"不，我没受伤，而是遇到了一件可怕的事。阿多斯，现在就您一个人吧？"

"当然！这是什么时候？没有人这么早来我家？"

"好，好。"

达达尼安立即进了阿多斯的房间。

494

"喂，您说话呀！"阿多斯关上门，"是不是您把红衣主教先生给杀掉了？是不是国王晏驾了？瞧您这副失魂落魄的样子！喂，说呀，真急死人了！"

"阿多斯，"达达尼安脱掉身上的女人衣服，"您就准备好，听一个难以相信、闻所未闻的故事吧。"

"您先穿上这件睡衣再说。"火枪手对他的朋友说。

达达尼安因为激动穿睡衣伸错了袖子。

"怎么回事？"阿多斯问。

"怎么回事？"达达尼安弯下身子，压低声音说，"米拉迪……她……肩上有一个百合花的烙印。"

"啊！"火枪手心脏上像是中了一弹。

"喂，"达达尼安说，"您能肯定另外的一个已经死了？"

"另外的一个？"阿多斯说，他的声音非常轻。

"就是……有一天，在亚眠……您对我提起过的那一个。"

阿多斯双手捧起了垂下的脑袋。

"现在这一个，"达达尼安接着说，"她二十七八岁。"

"金黄色的头发，"阿多斯说，"是吗？"

"是。"

"淡蓝色的眼睛，眉毛、睫毛都是黑的？"

"是。"

"身材高挑苗条，左边犬齿旁边缺一颗牙齿？"

"是。"

"百合花不大，不鲜艳，橙色，上面像是涂了一层粉？"

"是。"

"可是她是一个英国人！"

"不过，她很可能是一个法国人，温特勋爵只不过是她的小叔子。"

"我想看看她，达达尼安！"

"当心，阿多斯，您曾经想要杀了她，她可是个以牙还牙、绝不会放过任何仇人的女人。"

"她什么都不会讲的，因为一讲她就暴露了。"

"可她是什么事都会干出来的！您看见过她生气的样子吗？"

"没有。"阿多斯说。

"一只虎，一头豹！我十分担心，我已经招来了可怕的复仇！"

于是，达达尼安把事情的前后经过向阿多斯讲了一遍。

"您说得很有道理，我敢发誓，我会送掉自己的性命的，"阿多斯说，"幸好，我们后天就要离开巴黎了。我们要去罗塞尔，只要一走……"

"阿多斯，她一旦认出您就会死追您不放，因此，让她的怒气就发在我一个人身上好啦。"

"啊！亲爱的！杀了我，那又有什么关系！"阿多斯说，"我是一个胆小鬼？"

"在所有这一切的背后，隐藏着很多不想让别人知道的秘密，阿多斯！我完全可以肯定，这个女人是红衣主教的一个密探。"

"如果真是这样，您可得小心。伦敦之行他可一直记恨着呢。无论如何，他绝对不会公开指责您，可是，仇恨又必须发泄。因此，您要小心！如果出门，不要独自一个人；如果吃东西，也得处处当心。总而言之，对一切都不要轻信。"

"只要拖到后天傍晚，不发生意外就可以了，"达达尼安说，"因为到了部队里，我们应该害怕的就只剩下男人了。"

"在此以前，"阿多斯说，"不论您去哪里，我们都一块儿，现在我要跟您一起回隧人街。"

"我也不能就这样回去的。"

"您说得对。"阿多斯拉了拉铃。

各利莫进来了。

阿多斯向他做了个手势，让他去取达达尼安的衣服。

各利莫也用手势做了回答，知道了。

"好吧！我亲爱的朋友，而我们的装备还没弄到，"阿多斯说，"因为，如果我没有弄错，您的全套衣服被留在了米拉迪那里。幸好，您还有那枚蓝宝石的戒指。"

"那是您的，我亲爱的阿多斯！"

"是的，我父亲曾对我说，那是他送给我母亲的结婚礼物中的一件，是他花了 2000 埃居买下来的①。我母亲把这枚戒指给了我，而我却没好好保存它，反而把它送给了这个下贱的女人。"

"亲爱的，那您拿去吧，我懂得，您应该保留它。"

"我收回它？经过那女人的手？这是绝对办不到的，达达

---

① 这里说的与第三十五章的记述不一致。在那一章中，阿多斯说那戒指是他的外祖母给了他母亲的。

尼安!"

"那就卖掉它!"

"卖掉一颗我母亲给我的宝石?我坦白地告诉您,我做不到。"

"那就抵押——肯定可以抵押到1000埃居。将来,等您手头宽余了再把它赎回来。因为经过高利贷者的手,它原来的污点已经被洗涤干净了。"

阿多斯露出了笑容。

"您是一个可爱的伙伴,"他说,"我亲爱的达达尼安,您总是能令苦恼的人振奋起来!那好吧!我们就把它抵押掉——可有一个条件。"

"什么条件?"

"抵押以后,钱你我各一半。"

"阿多斯!我所需的钱连这个数目的四分之一都不到——只要把我的鞍辔卖掉,我的事就解决了。而且,我自己还有一枚戒指呢。"

"不过,我倒觉得这枚戒指对您更重要。"

"是的,因为在重要关头,它不仅能够帮我们解决重大难题,而且还能使我们免遭巨大灾难。"

"我们还是再来谈谈我的那枚蓝宝石戒指吧,或者说得更确切些,谈谈您的那枚蓝宝石戒指吧。抵押到手的钱您一定要拿一半,不然的话,我就把它扔到塞纳河里去。"

"好吧,我接受了。"达达尼安说。

这时候,各利莫同布朗谢一起到了。布朗谢一直为他的主人担着心，想知道主人出了什么事，所以，趁着亲自来送衣服的机会，也过来了。

他们都穿上了衣服。当他们准备出门时，阿多斯向各利莫做了一个举枪瞄准的姿势，各利莫立刻取下他的短枪，要跟主人一起走。

他们安然地来到了隧人街。班那希尔正在门口站着。

"喂，我亲爱的房客！"他说，"有一个漂亮姑娘在那里等您，而您也知道，女人是不愿意久等的。"

"那是开蒂！"达达尼安大声说。

果然，在他的屋外楼梯的平台那边，看到了那个可怜的姑娘。

开蒂一见到他就说："您答应过要保护我的，您答应过，她发起怒来您会来援救我。您毁了我！"

"是的，当然，"达达尼安说，"放心好了，开蒂。不过，在我离开之后，那里又发生了什么事情？"

开蒂说："听到她的呼喊声，家里的仆人全都跑了出来，她气得发了疯，一直在骂您。这时我想到，她会记起，那天您是从我的房间走进她的房间的，因此，她会想到我帮了您。所以，我拿了自己的那一点零钱和几件值点钱的旧衣服逃了出来。"

"可怜的孩子！可我没法照顾您？后天我就要上前线了。"

"您愿意怎么办就怎么办好啦，骑士先生，不过，您要想办法让我离开巴黎，离开法国。"

"可我总不能带着您一起去打仗啊！"达达尼安说。

"当然不能。不过，您把我安排到外省去，比如说，到您的家乡去。"

"啊，亲爱的朋友！我家乡的贵妇人都不用侍女的。不过，等等，等等，我有办法了。布朗谢，去把阿拉密斯先生找来，要他立刻就来。"

"我明白了，"阿多斯说，"可为什么不找波尔多斯呢？他那位侯爵夫人……"

"那位侯爵夫人穿衣服时是由那些办事员伺候的，"达达尼安笑着说，"再说开蒂也不愿意去住什么狗熊街，开蒂，是这样吗？"

"我什么地方都能住，"开蒂说，"只要我能躲起来就行了。"

"现在，开蒂，我们就要分手了，因此，您也用不着嫉妒了……"

"骑士先生，"开蒂说，"不论多远，我都是爱着您的。"

"见鬼！哪儿来的这样的恒心？"阿多斯低声说。

"我也一样，"达达尼安说，"我也一样，我永远爱您。不过，现在请回答我：你是不是听说过一个女人在半夜里被绑架的事？"

"啊，我的老天，骑士先生，难道您还爱着她？"

"不，是我一个朋友爱着她，喏，就是这位阿多斯。"

"我？"阿多斯嚷了起来。

"当然，是您！"达达尼安握了握阿多斯的手说，"您很清楚，我们全都关心这位可怜的年轻的班那希尔夫人。而且，开蒂什么也不会说出去，我的孩子，"达达尼安接着说，"您在进来时不是看到有个奇丑无比的男人站在门口那边吗？他就是她丈夫。"

"啊，天主！"开蒂叫道，"但愿他没有认出我。"

"认出您！这么说，您曾见过这个人？"

"他去过米拉迪家那两次。"

"啊！什么时候？"

"第一次是十七八天以前。"

"是这样。"

"昨天晚上，是第二次。"

"昨天晚上？"

"对，就在您去之前。"

"我亲爱的阿多斯，我们被密探包围了！他认出您了吗，开蒂？"

"我把帽子拉了下来，不过，也许有点……"

"您下楼去，阿多斯。您去看看他还在不在门口。"

阿多斯走下楼去，但马上又上来了。

"他不在了，"阿多斯说，"他家的门关上了。"

"他去报信了。"

"是吗！那我们快走吧，"阿多斯说，"让布朗谢留在这里替我们通风报信。不过，要等一等，还有阿拉密斯呢，我们刚叫他过来！"

"对，我们等他。"

正在这时，阿拉密斯到了。

大家把事情的原委告诉了他，并要他帮着解决开蒂的差事。

阿拉密斯考虑了一会儿后红着脸说："达达尼安，这样做真的是为您效劳？"

"我将因此而感激您。"

"那好，德·波娃·特雷希夫人曾说是要一个可靠的贴身侍女。我亲爱的达达尼安，向我担保……"

"啊，先生，"开蒂高声说，"请您放心好了，我会对帮过我的人绝对忠心！"

"那就再好没有了。"阿拉密斯说。

他开始写信，把信封好，然后用一枚戒指在信封上盖了封印，把信交给了开蒂。

"现在，我的孩子，"达达尼安说，"不能待在这了，对于我们，对于您，都不妥了。我们这就分手，到情况好些时我会找您。"

"如果有一天，"开蒂说，"我们再次会面时，您会看到我还是像今天一样爱着您。"

"这是一种赌徒的誓言。"达达尼安送开蒂下楼后，阿多斯说。

他们约好4点在阿多斯家见面。接着他们分手，家里只留下了布朗谢。

阿拉密斯回了他的家。阿多斯和达达尼安想着如何去抵押他们的蓝宝石戒指。

他们没有费什么事就把戒指抵押了出去，价钱是300皮斯托尔。而且，收戒指的那个犹太人说，他愿意出到500皮斯托尔买下这个戒指。他说，那颗蓝宝石和他另一对漂亮的耳坠配在一起，那就完美了。

阿多斯和达达尼安这两个军人，花了不到三个小时的时间，就将火枪手的全部装备购置齐全。另一方面，阿多斯是不看重金钱的贵族，只要东西合他的意，店家要多少他就付多少，从不讨价还价。达达尼安很想在这方面表示异议，可是，每逢这时，阿多斯总是微笑着拍拍他的肩膀，这使达达尼安最终明白了，讨价还价这类事对他这样的小贵族来说是可行的，可对于一个具有王公贵族气派的人来说，那就太不合适了。

火枪手买了一匹安达罗西亚骏马。它毛黑得如玉一般，鼻孔是火红色的，腿细而美，六岁的牙口。阿多斯找不到任何缺陷。

马贩子要价 1000 利弗。

在达达尼安和那个马贩子讲价钱时，阿多斯已经数好 100 个皮斯托尔，把钱放在了桌子上。

各利莫得了一匹矮壮有力的马，花掉 300 利弗。

而在买了马的鞍子和各利莫的各种武器以后，阿多斯的 150 个皮斯托尔已经所剩无几。达达尼安想要拿出一部分钱，借给阿多斯。

对于达达尼安提出的这个建议，阿多斯耸了耸肩膀。

"那个蓝宝石戒指能卖多少钱？"阿多斯问。

"500 皮斯托尔。"

"那就是说，我们又多出 200 皮斯托尔：一人一半。这可算是一笔真正的财产啊，我的朋友。请您再到犹太人那里跑一趟吧。"

"怎么，您想……"

"这枚戒指肯定将引起我太多的悲惨回忆。再说了，我们永远也不会有 300 个皮斯托尔去赎它，因此，我们会白白损失 2000 利弗。达达尼安，告诉他戒指卖给他了，带回那 200 皮斯托尔。"

"您再想想吧，阿多斯。"

"眼下，钱是最宝贵的。去吧，达达尼安。"

半个小时之后，达达尼安带着 2000 利弗回来了。阿多斯得来了全部装备。

三十九　幻象

到了4点钟,4位朋友在阿多斯家相聚。装备的问题解决了,再也不需要为这个担心了。然而,各人心中还有各人的秘密,对未来都有一种恐惧。

突然,布朗谢送来了两封信,两封信都是写给达达尼安的。其中的一封上面盖着漂亮的封印,一只鸽子嘴里衔着一根绿色的树枝。另一封有一个正方形的大信封,上面显赫地印着红衣主教阁下吓人的纹章。

一见那封小巧的信,达达尼安的心便怦怦跳了起来,因为他认出了信上的笔迹,尽管这一笔迹他只见到过一次。

他立即撕开封印。信上是这么写的:

> 请于本星期三傍晚6至7点钟,到通往夏约^①的
> 大路上,并注意那些过往的四轮马车中的人。提醒您,
> 如果您想保住自己的生命以及爱您的人的生命,那么

---

① 夏约:巴黎西南部塞纳河右岸的一个村庄,后被并入巴黎市区。

在您认出那个不顾危险想看到您一眼的女人后，不要
讲一句话，也不要做出什么动作。

信末没有署名。

"圈套！"阿多斯说，"不能去，达达尼安！"

"可是，"达达尼安说，"信上的笔迹我认识。"

"笔迹可以伪造，"阿多斯接着说，"眼下，通往夏约的
大路到了傍晚六七点钟是极为荒凉的。"

"我们可以一起去！"达达尼安说，"见鬼！总不会把我
们4个人一起全干掉吧？何况还有4个跟班儿，我们的马匹，
还有武器。"

"而且我们的装备也要试用试用。"波尔多斯说。

"不过，如果这封信是一个女人写来的，"阿拉密斯说，
"她又不想被别的什么人看到，那么，您想一想，达达尼安，
那就是损害她的名誉？我认为，这种做法对一位贵族来说是不
合适的。"

"我们跟在后面，"波尔多斯说，"让他一个走在前头。"

"那可以，"阿拉密斯说，"可是，一颗手枪子弹会突然
飞出那辆奔驰着的四轮马车。"

"唔！"达达尼安说，"子弹打不到我。那样，我们便追
上那辆马车，把车子里面的人全部杀光。"

"说得对，"波尔多斯说，"打一仗吧——也该亮一亮我
们的家伙了。"

"唔，那就让我们去热闹一番吧。"阿拉密斯说。

"随便。"阿多斯说。

"先生们，"达达尼安说，"现在是四点半，赶到那里时间正好。"

"而且，如果我们走得太晚，"波尔多斯说，"别人看不到我们的神气，那未免太遗憾了——我们动身吧，先生们。"

"可还有第二封信呢，"阿多斯说，"您把它忘了。可我从信上的纹章判断，它值得一看。而我，我亲爱的达达尼安，我想明白不过地告诉您，我对这封信的危险远远超过了您轻轻塞进您胸口里面去的那封短笺。"

达达尼安脸红了。

"好的，"年轻人说，"先生们，那就让我们看看我们的红衣主教阁到底想干什么？"

达达尼安撕开信念道：

> 达达尼安先生，请于今晚8点钟来红衣主教府等候召见。
>
> 卫队长拉乌迪尼埃尔

"见鬼！"阿多斯说，"这一约会更可怕。"

"第一个约会结束就赶去赴第二个约会，"达达尼安说，"第一个是7点钟，第二个是8点钟，时间来得及。"

"哼！要是我，我是不会去的，"阿拉密斯说，"一位骑士当然不好错过与一位贵妇人的约会。可是，一个贵族则可以借故不去红衣主教那里。"

"我赞成阿拉密斯的见解。"波尔多斯说。

"先生们,"达达尼安回答,"从前,我曾从德·卡夫娃先生那儿得到过红衣主教阁下的一次邀请,当时我没有理他,可次日就因为这样,我钟爱的女人就不见了!所以,现在不管怎么样,我必须去一趟。"

"如果主意已定,"阿多斯说,"那就去吧。"

"要是被关进巴士底狱呢?"阿拉密斯说。

"啊!你们自然会救出我来的。"达达尼安接着说。

"当然,"阿拉密斯和波尔多斯异口同声地说,"当然。不过,后天我们就要上前线去了,所以,在这样的时候,那个地方最好别进。"

"我们要尽量安排得妥当些,"阿多斯说,"今天晚上我们别离开他,我们各自带三个火枪手跟着他,分别看住主教府的一扇门,一旦有一辆关着门、形迹可疑的车子出府,我们便一起扑上去,已经很久没跟红衣主教先生的卫士们较量了。"

"阿多斯,"阿拉密斯说,"您是个天生的大将军!大家觉得这个计划如何?"

"很好!"几个年轻人齐声称赞。

"好吧!"波尔多斯说,"我去队里通知伙伴们,要他们在8点以前准备妥当,届时大家在红衣主教府前面的广场上聚齐。在这段时间里,让你们的跟班们准备马。"

"可我,我没有马,"达达尼安说,"我只能派人到德·特雷维尔先生那儿去借一匹。"

"用不着,"阿拉密斯说,"您可以在我的坐骑中选一匹。"

"您？您有几匹？"达达尼安问。

"三匹。"阿拉密斯微笑着回答。

"亲爱的！"阿多斯说，"您肯定是最喜欢马匹的诗人了。"

"请听我说，亲爱的阿拉密斯，"达达尼安说，"您有了三匹马，您也不知道该怎么用它们？我真不明白，您怎么会一下子买了三匹？"

"不是买的。今天早晨，一个仆人牵了一匹马来，他不肯说出他的主人是谁，只对我说，他是奉了主人的吩咐……"

"或者是奉了女主人的吩咐……"达达尼安插了一句。

"这不重要，"阿拉密斯红着脸说，"他说他的女主人吩咐他把那匹马送到我这，而不要说他是谁派来的。"

"只有诗人才会遇到这样的事。"阿多斯神态严肃地说。

"好吧！这样的话，我会把事情办好的，"达达尼安说，"请问，您准备骑您买来的那一匹呢，还是骑人家给您送过来的那一匹？"

"当然是骑送过来的那一匹，我会把事情办好的，我不能得罪……"

"那个送马的陌生女人。"达达尼安替他说了。

"或者是，那个送马的神秘女人。"阿多斯说。

"您原来自己买的那一匹就没用了？"达达尼安说。

"差不多是。"

"是经您挑选的吗？"达达尼安问。

"而且是异常细心挑选的。您知道，坐骑很重要……"

"得，我廉价买下它好了！"达达尼安说。

509

"我本来就是要让给您的，亲爱的达达尼安，等您手头方便的时候给我钱吧。"

"这匹马您花了多少钱？"

"800 利弗。"

"这儿是 40 枚双皮斯托尔，亲爱的朋友，"达达尼安说着，从口袋里掏出钱来，"我知道，您的稿酬也是现金。"

"您有了很多的钱？"阿多斯问。

"是，多极了，亲爱的！"

"把您的马鞍送到火枪队去，"阿拉密斯对达达尼安说，"有人会把您的马和我们的马一起拉过来。"

"好。可是现在要 5 点了，我们必须抓紧时间。"

15 分钟以后，波尔多斯骑着一匹西班牙骏马出来了，莫丝各东骑着一匹奥弗涅①产的马跟在后面，那匹马个头虽小，但很漂亮。波尔多斯神采飞扬。

就在同一时刻，阿拉密斯骑着一匹英国骏马也出现了，巴赞骑着一匹杂色的马跟着，手里还牵着一匹十分雄壮的德国马，那就是给达达尼安准备的。

两个火枪手在门口停了下来。阿多斯和达达尼安正在窗口瞧着他们。

"见鬼！"阿拉密斯说，"您这匹马真是太漂亮了，亲爱的波尔多斯。"

"是的，"波尔多斯回答，"这就是人家一开头准备给我

---

① 奥弗涅：法国中央高原的一个地区。

送来的那匹马，而做丈夫的中途掉了包。后来，做丈夫的受到了惩罚，我则得到了满足。"

布朗谢和各利莫也到了。达达尼安和阿多斯下了楼，在他们同伴们的马前跨上了马鞍。这样，四个人一起上了路。阿多斯骑的是他妻子的马，波尔多斯骑的是诉讼代理人夫人的马，阿拉密斯骑的是他情妇的马，达达尼安骑的是他的幸运之驹。

跟班儿们尾随着。

这队骑士确实是威风凛凛。此时此刻，如果克科那尔夫人出现在波尔多斯经过的路上，看到他骑在她所送的漂亮的西班牙马上是何等气派，那就不会为自己让丈夫付出了那么多钱而感到后悔了。

在卢浮宫附近，这四个朋友遇见了从圣日耳曼归来的德·特雷维尔先生，拦住了他们，对他们的装备足足地赞美了一番。

趁此机会，达达尼安向德·特雷维尔先生讲了那封盖着朱红色大印、印着公爵纹章的信——另外一封信却没有提。

德·特雷维尔先生赞同达达尼安已经下定的决心，并保证，万一第二天达达尼安失踪了，他一定要把他找回来，不论他在哪里。

这时已经6点了。4个朋友说他们有个约会，便辞别了德·特雷维尔先生。

一阵狂奔之后，他们赶到了通往夏约的大路上，路上车辆往来不断。达达尼安走在前面，由跟在后面几步远的朋友们保护着，睁大眼睛，往每一辆经过的四轮马车里面张望着，但是没有看到认识的人。

夜幕降临。这时，一辆马车从通往赛富尔①的那条大路上疾驰而来。达达尼安有一种预感，那辆车子里正坐着那个写信与他约会的人。年轻人的心猛然狂跳起来，他感到奇怪。几乎就在这同时，有一个妇人从车窗里伸出头来，两个指头压在嘴上，那样子既像是要他不要谈话，又像是给他送了一个飞吻。达达尼安兴奋得轻轻地叫了出来，或者说得准确些，那个幻象——正是班那希尔夫人。

尽管那封信上要求达达尼安不能有任何动作，他还是不由自主地策马往前冲去，并且几步就赶上了那辆马车。而此时，车窗玻璃已经关上，看不见那个幻象了。

这时，达达尼安才想到了那封信上叮嘱的话："如果您看重您的和爱您的人的生命，那么您就一动也别动。"

因此，他立即停住，感到担心了，为那个可怜的女人。那个女人为了约他见上一面，肯定是冒了很大的危险的。

那辆马车快速地往巴黎方向驶去，一会便不见了。

达达尼安在原地愣住了。他在想：如果那确是班那希尔夫人，她是回巴黎去，那为什么要约他进行这样一次转瞬即逝的会面，丢下一个不能兑现的飞吻？而如果那不是她，这是极有可能的，暮色苍茫，光线昏暗，看错了。如果那不是她，那会不会是有人知道他爱着这个女人，用她作为诱饵。

这时，他的三个同伴赶到了。他们三个人也都清清楚楚地看到了从窗子里伸出的那个女人的头。可三个人中，只有阿多

----

① 赛富尔：巴黎西南的一个城市。

斯一个人认识班那希尔夫人，他坚持那个女人就是班那希尔夫人。不过，他不像达达尼安那样，他相信，他还看到了另外一个人的脸，一张男人的脸。

"要是这样，"达达尼安说，"他们肯定在转移她。可他们到底想把她怎么样呢？我到底怎样才能见到她呢？"

"朋友，"阿多斯严肃地说，"在这个世界上，只要这个人没死，总会再见到的。这样的事，您，像我一样，也多少知道一些，是吧？如果您的情妇并没有死，那么，您会再见到她。还很有可能，我的天主，"阿多斯再次用他那固有的语气说，"比您所指望的还要早一些见到她。"

七点半的钟声敲响了。达达尼安的朋友们提醒他，该去进行另一次拜访了；同时他们也告诉他，现在改变主意还来得及。

达达尼安既倔强又好奇。他主意已定，决心要到红衣主教府去，他的决定是不可改变的。

他们来到甚沃若蕾街红衣主教府前面的广场上。那里有12名被邀请来的火枪手，等他们到达，他们对这些火枪手讲明了邀请他们前来的理由。

国王光荣的火枪手们都知道达达尼安，他不久也会加入火枪队，所以，众人已经预先把他当作兄弟看待。另一方面，大家想到要跟红衣主教以及他的部下演一场恶作剧。而对于这种性质的活动，这些贵族们是很乐意参加的。

阿多斯把他们分成了三组，自己指挥一个组，让阿拉密斯指挥第二组，让波尔多斯指挥第三组。三个组都埋伏在了一扇大门的对面。

达达尼安从正门进入了府中。

但是，这个年轻人虽然知道自己有了很多人的保护，可当他跨上主教府的楼梯时，心里仍然感到不安定。对米拉迪，他当然算不上什么背叛，但是，一想到这个女人和红衣主教之间的关系，他就无法平静。还有，那个忠实的部下德·沃尔德已被他狠狠地整了一顿。达达尼安知道，虽说红衣主教阁下对他的敌人是非常凶狠的，可他对他的朋友却是照顾周到。

"假如德·沃尔德把发生在我们俩之间的事告诉给了红衣主教，如果他认出了是我。那么，我几乎应该把自己看成是一个已经定了罪的人，"达达尼安晃动着脑袋自言自语，"可是，他为什么一直到今日才下手？这很简单，也许是米拉迪控诉了我，而我的最后这一罪行使他忍无可忍了。"

他接着说下去："幸好，我那些好友就在下面，他们不会让我随意让人带走而不加阻止的。可是，德·特雷维尔先生的火枪队是不能单独跟红衣主教较量的，因为他掌握着整个法国的武装力量。达达尼安啊达达尼安，我的朋友，您是勇敢的，有各种各样的优秀品质，可是，您将断送在女人们的手里！"

他把那封信交给了值班的掌门官。掌门官把他领进候见厅，又向府邸深处走去。

候见厅里有五六名红衣主教的卫士，他们都认得达达尼安，知道曾经发生过什么。因此，他们都带着一种令人难以捉摸的微笑看着他。

达达尼安明白，这种微笑对他并不友好。然而，我们这个贾司克尼人不是轻易就被吓倒的。由于他那个地方的人生来具有一种强烈的自尊心，即使有很深的恐惧，但那种恐惧的情感是不会轻易让人看到的。因此，眼下他故作镇静，且神气活现地站定，使自己保持着一种庄重不可侵犯的神态。

掌门官回来了，要达达尼安跟他走。

走完一条走廊，又穿过一间大厅，然后，达达尼安似乎觉得自己被领进了一个图书室。

掌门官把他引到一个坐在一张书桌前面写字的人的前面，就走开了。

达达尼安站着没有动，并仔细地观察着自己面前的那个人。

开始，达达尼安以为眼前这位将要和他打交道的是一个司法官员，可他看到坐在书桌前面的那个人正在修改一些长短不一的句子并且还用手指头和着某种节奏，这才发现他是一位诗人。过了一会儿，诗人合上了他的手稿，手稿的封面上写着：《米拉姆》（五幕悲剧）。随后，他把头抬了起来。

这时达达尼安才认出，他是红衣主教。

四十　一个可怕的幻象

红衣主教面对年轻人看了片刻，没有什么人的目光能比德·黎塞留的目光更有深邃的洞察力了。

达达尼安感到浑身在发烧，并且周身在哆嗦着，不过，他仍然是镇定的，手里拿着毡帽等待着红衣主教阁下的询问。

"先生，"红衣主教问他，"您是不是巴雅恩达达尼安的族人？"

"是的，大人。"年轻人回答。

"有好几支达达尼安的族人，"红衣主教说，"您是哪一支的？"

"我的父亲曾经跟随伟大的亨利国王即参加过几次宗教战争。"

"噢，七八个月前离开故乡到巴黎闯荡的，是您吗？"

"正是，大人。"

"经过莫艾时，发生过一些事吧，是吗？"

"大人，"达达尼安说，"我遇到过，事情是这样的……"

"不必了，不必了，"红衣主教微笑着，这种微笑表示，对于这件事的了解，他知道得够多了，"您被推荐给了德·特雷维尔先生，是吗？"

"是的，大人。不过，是因为在莫艾遇到了那件事……"

"介绍信丢掉了，"红衣主教阁下接着说，"我知道这件事。不过，德·特雷维尔先生可不是一般人，他知道与他打交道的是一个什么样的人，因此，他先将您安置在了他的妹夫德·阿赛尔先生的卫队里，并且向您做出承诺，一定让您加入火枪队。"

"您说得完全正确。"达达尼安说。

"您干了不少的事情。其中有一次，如果您去了任何别的什么地方都会好些，可偏偏您到了查尔特勒修道院后面。随后，又一次，您和您的朋友去了复尔日温泉，而您的那些朋友都留在了半路上，而您赶到了英国……"

"大人，"达达尼安很震惊，"我是去……"

"去打猎——在温莎，这没有关系。我知道这件事，因为这是我的职责决定的。回来后，就受到了一位非常尊贵的人的接见，您仍然保留着那位大人物送给您的那件纪念品。"

达达尼安还戴着的王后送给他的那枚钻石戒指，转向背面，只是已经晚了。

"第二天，德·卡夫娃曾经拜访过您，"红衣主教接着说，"邀请您到我这里来，可您没有给我消息。您犯了一个错误。"

"大人，我是害怕惹您生气。"

"唔，先生，为什么这样说呢？由于您能够更为聪明、更为大胆地完成您的任务？不，我所惩罚的人，都是不肯服从的人，而您极为服从。证据就是，您想想我让人去请您的那一天的晚上发生了什么事？"

达达尼安记得很清楚，班那希尔夫人那天晚上被人绑架了。达达尼安又记起半个小时之前，那个可怜的女人还出现在他的身边。

"最后，"红衣主教接着说，"到现在这段时间，我再没有听到人们谈起您，所以，我很想知道，这段时间里您都干了些什么？何况，您还欠我人情呢，在这些事当中，您受到了不少关照呢！"

达达尼安听罢敬重地鞠了一躬。

"我这样做，"红衣主教接着说，"不仅出自情感，而且出自对我计划的关心。"

达达尼安感到诧异。

"我当初邀请您来这里，就是为了告诉您计划，可您没有来，幸好这一延误没有造成任何不良后果；而今天，您就要听到这个计划了。您请坐，坐在我的对面，达达尼安先生，您是一名贵族，不能站着。"

红衣主教指着一把椅子，让年轻人坐下。

达达尼安受宠若惊。

"您很勇敢，达达尼安先生，"主教阁下继续说，"也很谨慎。我这个人就喜欢有头脑而且有良心的人。您用不着害怕。"他微笑着说，"我理解，有良心，就勇敢。不过，您如此地年轻，刚到巴黎却有了不少的劲敌。您一定要小心，否则，您会葬送自己的！"

"您说得对，大人！"年轻人回答，"因为他们人多势众，有人撑腰，而我却势单力薄！"

"不错，您说的都是真话。不过，虽然这样，您还是做了不少事，而且将来会干得更多。只是，依我之见，在您已经从事的冒险生涯中需要有人进行指点。因为，您是带着寻找出路的勃勃雄心来巴黎的。"

"我正好处于想入非非、决心大展抱负的年龄，大人。"达达尼安说。

"您不会这样，您，先生，是一个有头脑的青年。喏，到我的卫队里当一名掌旗官怎么样？给您一个连，您看怎么样？"

"啊！大人！"

"同意啦，是吗？"

"大人……"达达尼安神情尴尬。

"那您拒绝？"红衣主教吃惊地问。

"我对于现在的职位很满意。"

"但是，我觉得，"主教阁下说，"我的卫队也属国王陛下的禁卫军！都是在为国王效劳。"

"大人，您误解了我的意思。"

"那您想找某种说法，说法就在眼前。战端一开，晋升我就给您提供这样的机会。这任何人都不会讲出什么，只是，对您，您需要保护。我接到不少控告您的状纸；而您，确实没有将白天和夜晚全都用在为国王效力上，让您了解这一些，是有好处的。"

达达尼安的脸涨红了。

"此外，"红衣主教接着说，"这里有一份有关您的完整材料。但在阅读它之前，我想先和您好好谈一谈。如果指点有方，您的行动不但不会给自己带来麻烦，而且会使您大有好处。抓紧时间考虑，拿定主意吧！"

"您的诚意使我感到羞愧，大人，"达达尼安回答说，"您有一个伟大的心灵，而我自己是一条渺小的小虫子。但是，大人，恕我直言……"

达达尼安停住了。

"讲下去。"

"那好，我就禀告阁下，我所有朋友都在国王火枪队和卫队里；而我的仇敌又都是您的部下。在此情况之下，如果我接受了大人的提携，那我就难免受到鄙视了。"

"也许，您以为在我这里屈就了，先生？"红衣主教轻蔑地一笑。

"大人，您对我恩宠有加，但我还没有相当的建树来配受您的美意。围攻罗塞尔之战即将打响，如果在这场围城战中我有幸表现得好些，致使我值得引起阁下的赏识。那战争结束之后，我至少还有业绩证明它与阁下赐予我的保护是相称的。每一件事以顺其自然为善，大人。不久的将来，我也许有权对您献身效忠，但现在这么做，我就是卖身投靠。"

"就是说，您拒绝为我服务，先生？"红衣主教说，语调中有点恼怒，但也有某种敬意，"那就听任您了。"

"大人……"

"好啦，好啦"红衣主教说，"我不会记恨您，但您要明

520

白，一个人对朋友是关怀备至的，但是对于他的仇敌，却不欠任何东西。所以您要好自为之，达达尼安先生，因为我一旦把那只援助之手从您的身上抽回来，那么，我就不会有丝毫的手下留情。"

"我一定牢记在心，大人。"贾司克尼人带着崇高的保证回了一句。

"今后，假如您遇到了什么不幸，您就要想到，"黎塞留说，"我曾找过您，做了我能做的一切，他本不想让这一切发生。"

"不管发生什么事，"达达尼安把手按在胸口上，深深鞠了一躬，"我将永远感激主教阁下为我所做的。"

"那好了！达达尼安先生，打完仗我们再见。我将目送您奔赴疆场，我也将亲临前线，"说着，红衣主教用手指了指身边自己将要穿的那副辉煌的铠甲，"回来咱们再算账！"

"啊，大人！"达达尼安叫了起来，"请您不要增加我的心理负担了，您的嫌弃和厌恶已经让我够受了。我想请您保持中立。"

"年轻人，"黎塞留说，"如果今后有可能将今天对您说过的话再说一遍，那么，我答应您，我会做到的。"

黎塞留这最后一句话在达达尼安内心所引起的那种惊骇感，比一句直接的威胁来得更猛烈些。红衣主教真的在竭力使他避免袭向他的危险。他正要讲什么，红衣主教却没有等他开口，将他打发了。

达达尼安出了门。当他走到门口的时候，差一点儿转身回去。这时，阿多斯那庄重严肃的面容闪现在了他的脑海里。啊！

如果他答应了红衣主教的要求，阿多斯就会彻底抛弃他。

这种恐惧感止住了他转回的脚步。

达达尼安从原路下了楼，找到了阿多斯和他指挥的四名火枪手，用了一句话就使他们安下心来。布朗谢则跑去通知其他的人撤岗。

他们回到了阿多斯的家里。阿拉密斯和波尔多斯问起主教到底出于什么目的。达达尼安只是说，黎塞留请他去，是要让他到他的卫队当掌旗官，但他拒绝了。

"您做得对！"波尔多斯和阿拉密斯异口同声地大声说。

阿多斯却陷入了沉思中。当他和达达尼安单独在一起时，他说："这件事应该这样做，达达尼安，但是也许您做错了。"

达达尼安叹息了一声，在他心中还有一个秘密的声音。这个秘密声音在悄悄告诉他，巨大的不幸正在靠近他。

次日，大家做出征前的准备。达达尼安要去向德·特雷维尔先生告别。眼下，国王的卫队和火枪队是分开行动的。人们认为这是暂时的，因为当天国王正在主持一个会议。次日，可能国王就要御驾亲征了。

夜幕降临时，德·阿赛尔先生的卫队和德·特雷维尔先生的火枪队的弟兄们聚在了一起相互告别，但愿能够重逢。可以想象，这样的夜晚是非常热闹的。在这种气氛下，一切的远虑近忧都被搁置一边。

第一阵嘹亮的军号中，朋友们分手。火枪队员们向德·特雷维尔先生的营地跑去，卫队队员则向德·阿赛尔先生的营地跑去。国王开始检阅队伍。

国王表情凝重，面带病容，所以伟大光辉的形象有所减损。不错，昨天晚上他就发起烧来，但这并没有动摇他按期动身的决心。尽管有人劝谏，他仍然坚持要检阅，希望用英勇战胜袭来的病魔。

检阅完毕，卫队独立向前方进发，火枪队则必须随王护驾。

因为火枪队要经过狗熊街。波尔多斯乘机要向他的"侯爵夫人"展示一下他那华美的装备。

诉讼代理人太太看到了：波尔多斯骑着一匹高头骏马，身穿一套崭新的制服。她太爱他了。她示意，他必须下马到她身边来待上一会儿。波尔多斯气派非凡，铠甲闪闪发光，马刺叮当作响，腰上的长剑不住地击打着大腿。那些办事员们笑不出来了。

这位火枪手到了克科那尔先生身边。那双灰色的小眼睛里射出了愠怒的光芒，不过，有一点使他的内心得到了慰藉：人们说这一仗将很是残酷。他心里暗暗期盼着，波尔多斯将为此战送了命。

波尔多斯对克科那尔先生客套了一番，克科那尔先生则祝福他一切顺利。克科那尔夫人呢，她已忍不住哭成了一个泪人儿，但并没有人对她的这种表现说三道四，因为据大家所知，他们是亲戚，她对自己的表弟情深义重。

真正的道别场面发生在克科那尔夫人的卧室里，那情景谁看了都会心碎。

诉讼代理人太太目送情人渐渐远去。她身子探出窗外，手里挥动着手帕。作为情场老手，波尔多斯是不难应付的——在转过街角时，他挥动毡帽，表示告别。

阿拉密斯则写好了一封长信。信是写给谁的，没有人知道。只是，隔壁的屋内定于当晚动身去图尔的开蒂会带上这封信。

阿多斯一直在一口口地呷着他的最后一瓶西班牙葡萄酒。

这时，达达尼安正和他的连队列队前进。

到达圣安东尼区，他快活地望着巴士底狱。由于他注视的只是那所监狱，所以，他并没有看到米拉迪。米拉迪骑在一匹马上，正用手指着达达尼安，向两个面目狰狞的人示意。那两个人立刻走近队伍，前来辨认。他们看了一眼达达尼安后，便向米拉迪使眼色。

命令被万无一失地执行了，她便策马而去。

接着，这两个人尾随着卫队，一直走出圣安东尼区，便跨上了坐骑，一个没有穿号衣的仆人早就牵着马等在那里。

四十一　围攻罗塞尔之战

　　围攻罗塞尔之战是一个重大政治事件，也是红衣主教一个重大军事举措。对于这一战役，我们要花些笔墨。可以引发读者的阅读兴趣，而这一事件与我们业已开始叙述的故事都是有关联的。

　　先了解一下红衣主教发动这场围攻战的政治意图，之后，再谈谈他的个人打算。

　　亨利四世所敕封给胡格诺派的若干个安全要塞，当时，就只剩下罗塞尔一地了，而此时的罗塞尔是法兰西各种祸乱的一个重要策源地。因此，摧毁它，铲除这一危险祸根，迫在眉睫。

　　心怀不满的西班牙人、英国人和意大利人，所有靠冒险而发迹的武装匪徒，听到了耶稣教徒的召唤，便都聚到了这里，组成一个浩大的联盟军团，他们肆意骚扰欧洲各地，闹得整个欧洲鸡犬不宁。

　　另外，罗塞尔港仍然对英国开放着，这是对英国开放的最后一个门户。关闭此港，将法国的世敌英国拒之于大门之外，对红衣主教最终成就了贞德①和吉斯公爵②的大业。

芭松彼艾尔也从事了这项事业，在信仰上他是一个新教徒，可他又是神圣骑士团③享有领地的骑士，因此，他又是一个天主教徒。在围攻罗塞尔战役中，芭松彼艾尔担当了一种独特的指挥职务，他带领一批像他一样的作为新教徒的士兵冲锋陷阵，并对那些人说："先生们，我们这些人会看到，这一仗我们打得够蠢的！"

芭松彼艾尔这话不能说没有道理：他预感到，炮击雷岛将是龙骑兵对塞文山地④新教徒进行迫害的开始，攻占罗塞尔则是废除《南特敕令》⑤的前奏。

平均主义和简化主义是宰相黎塞留的政治意图。这种意图属于历史的范畴，而编年史家在承认这一意图时，却不得不同时承认，这位宰相还有个人意图。

众所周知，黎塞留早就爱上了王后。但是，他的这种爱究竟是源于政治原因呢，还是像其他男子一样，见了这位绝代佳

---

① 贞德（约1412-1431）：百年战争时期法国女民族英雄，被俘后惨死于英国人之手。

② 吉斯公爵（1519-1563）：法国将军，他从英国人手中夺回加莱港，将英国的势力最终逐出欧洲大陆。

③ 神圣骑士团：法国国王于1578年创建，规定成员必须是天主教徒。

④ 塞文山地：法国南部中央高原的东南部地区，这里是新教盛行之地，《南特敕令》废除后，这里发生了残杀新教徒的血腥事件。

⑤ 《南特敕令》：1598年4月13日，法王亨利四世在南特城颁布。当年胡格诺派与天主教派内战结束。这实际上是交战双方妥协的一种和约。规定天主教为法国国教，但同时承认胡格诺教徒在信仰上和政治上的种种权利。其秘密条款中规定，胡格诺派可保留200个城堡，为期9年（实际上时限一再拖延）。到本书故事开始时，这些城堡只剩下了罗塞尔一个。此敕令于1685年被路易十三废除。

人便自然而然地产生一种深深的爱慕之情呢？对此我们不得而知。但有一点我们已经知道，白金汉战胜了他，而且在连续的两三个事件中，尤其在钻石坠子的事件中，白金汉痛快淋漓地将他戏耍了一番。

所以，对于黎塞留，这场战争是报复情敌，而报复行动必须规模巨大，配得上一个手握整个王国的重兵。

黎塞留明白，向英国开战就是向白金汉开战；击败英国，就是击败白金汉。简而言之，他想让白金汉丢脸。

白金汉则标榜是为英国的荣誉而战，而内心深处却和红衣主教同样也是出于个人考虑。他所要进行的也是一场个人的报复行为，他要以征服者的雄姿重踏那片土地。

于是，两个最强大的王国开始了赌博，为了争取奥地利安娜王后的一个眼神。

开始，优势在白金汉公爵一边。为了夺取雷岛，他率领90艘战船、两万人马，巧发奇兵，向镇守雷岛的德·士瓦拉丝伯爵发起猛攻。一场血战之后，他登上了雷岛。

顺便说一句，德·上特尔男爵在这次血战中阵亡了，他留下了一个18个月的孤女。

这个孤女就是后来的赛威尼夫人①。

德·士瓦拉丝伯爵带领部下退到圣马丹要塞，在拉普雷炮台坚守。最后，只剩下不到百人了。

这样的形势之下，红衣主教不得不下决心国王和他将亲临

① 赛威尼夫人（1626-1696）：法国著名的书简女作家，《书简集》是她的代表作。她丈夫为侯爵。

前线指挥。在这之前，他把全国的军事力量全部派了过去，大王爷也去指挥。

达达尼安所在的部队作为前锋。

御前会议一结束，国王就要随军起驾。可6月23日那一天，当他感到全身发烫时，他并没有因此就不想动身。然而他的病情却越来越严重，故行至维勒鲁瓦时，便不得不停下来。

国王停下来，火枪队也就停了下来。

达达尼安是卫队队员，因此，他只好与朋友分手。而这次分手给他带来的仅仅是扫兴而已，实际上这使他陷入某种未知的危险之中。1627年9月10日前后，他抵达罗塞尔城下的营寨。

战场形势没有发生什么大的变化：占领雷岛的白金汉公爵和他的英国士兵向圣马丹要塞和拉普雷炮台发动猛攻，但效果不大。法军对罗塞尔城的军事行动已于两三天之前开始。

德·阿赛尔先生指挥的卫队驻扎于米涅莫。

达达尼安的梦想是加入火枪队，因此，在卫队里他很少和他的弟兄们交朋友，而一直是离群索居，想他自己的事。

思考并没有给他带来快乐：来到巴黎已经两年了。这期间，他参与了诸多公事，但一切都没有大的收获。

对于爱情，他爱过的唯一女人就是班那希尔夫人，而她却悄无声息，难以找到下落。

至于前程，微不足道的他却是红衣主教那样的仇敌，就是说，小小的达达尼安，成了万人之上大人物的眼中钉。

这人能让他粉身碎骨，然而，这个敌人没有这样做，达达尼安是非常聪明的，他知道，这种宽容意味着什么，是不难看透的，透过这一线之光，他看到了美好的前程。

其次，他还结下了另一个仇敌，这个仇敌虽说不像红衣主教那样令人生畏，但他本能地感到这个人可能更不好对付，这个仇敌就是米拉迪。

他所做的这一切，获得了王后的保护和关照；可现在，王后的关照恰恰是受到迫害的一个原因。至于说到保护，众所周知，她的保护来得实在是太没有力量了。

在他所得到的所有东西当中，最为实惠的就算他戴在手上的那枚钻石戒指了。假如达达尼安为了实现自己的抱负，留着这枚钻戒，使它作为感恩的一种物证，那么，他就不能卖掉它。既然如此，这枚戒指就不会比石子多值几个利弗。

达达尼安在做此思考时，正好独自一个人在由营地通向昂古丹的一条僻静的小路上散步，不知不觉已经走出很远。此时，夕阳西下，在落日的余晖里，他仿佛看到一杆滑膛枪管正在一道篱笆后面闪闪发光。

达达尼安眼力好，他想到独杆枪是不会被放在那儿的，篱笆后面手端火枪的人，定是有什么阴谋。他拔腿奔向开阔的地带。就在这时，在对面的一块岩石后面，他看见了另一杆火枪尖。这是一次伏击。

年轻人不安地发现那支火枪正朝着他，随后枪口一动不动地瞄上了他。他伏卧在地。这时，火枪发射的一颗子弹从他的头顶上方呼啸而过。

就在他飞快地爬起来的同时，另一支火枪射出的子弹把他的脸部刚刚贴过的地面的几块石子打飞。

达达尼安不是那种假充好汉以便让人说没有后退一步而白白去送死的人，况且，在这里已不存在勇敢不勇敢的问题了，而是他被暗算了。

"如果再来一枪，"他暗想，"我就完了！"

于是，他立即拔腿飞跑，向营地方向奔去，速度惊人。

然而，第一次开枪的人总有时间重新装上子弹，又是一枪，这一次子弹射穿了他的毡帽，将毡帽打飞，离他10步开外落在了地上。

达达尼安想到，跑过去捡起帽子，因为他已没有第二顶帽子了，尔后一口气奔到营地。

他跑得上气不接下气，不过，他对谁也没有提起这件事，而是开始了他的思考。

这一事件的发生，可能有三种原因：

第一，最自然的原因，可能是罗塞尔方面组织的一次伏击，杀掉一个敌人，而且他们认为这个敌人身上还可能有一个钱包。

达达尼安拿起他的毡帽，仔细观察了子弹的洞眼，打这个洞的子弹不是一颗滑膛枪的枪弹，而是一颗老式的火枪弹，而且发射得非常准确，那是一支特殊的火器。这样，他排除了军事埋伏。

第二，是红衣主教的计划。他看到了那支枪管，而那时他正在思考着，为什么红衣主教阁下对他如此容忍的问题。

达达尼安再次摇了摇头，对于轻而易举就可除掉的人，主教阁下是很少借助于这种手段的。

第三，是米拉迪的一次报复。

他用心地回想刺客的特征和服饰，但他匆匆而逃，这些细节全都没有注意到。

"啊！可怜的朋友们，"达达尼安喃喃自语，"你们都在哪里？我多么想念你们哪！"

来军营的第一夜，他曾三四次突然惊醒，以为有人走近床前，向他举起匕首。

天亮了，没有发生任何事。

然而，达达尼安十分清醒，事情还没有结束。

次日一整天，达达尼安一直待在营房没有出门。

第三天上午9点钟响起了集合的鼓声，原来是奥尔良公爵来营地检查。卫士们拿起火器。达达尼安也站在了队列之中。

所有的高级将领都在讨好大王爷，卫队队长德·阿赛尔先生也和别人一样行事。

过了一会儿，达达尼安发现德·阿赛尔先生向他示意，似乎是要他走过去。他怀疑自己搞错了，没有动，又等他的上司再次示意，达达尼安才走上前去接受命令。

"大王爷要找几个人去执行一项危险的使命，完成了会有很大的荣誉，所以我要您有所准备。"

"谢谢，队长！"达达尼安答道。这次机会，他是求之不得的。

前一天夜里，罗塞尔守军夺取了几天前被国王军队占领的一处防御据点。现在的任务是冒危险深入敌军阵地，掌握敌军的守卫情况。

果然，过了一会儿，大王爷讲话了："我需要可靠的人去完成这个任务。"

"可靠的人我手下就有一个，大人，"德·阿赛尔先生指着达达尼安说，"其他的三四个人更没问题。"

"四个，四个和我一起赴死的人！"达达尼安举起他的剑，大声说。卫队中，立刻走出了四个人。人数已经满额，达达尼安便拒绝了其他的志愿者。

罗塞尔守军攻下那个据点以后，是否还有人驻守这是志愿者所要侦察、了解的情况。

达达尼安率领四名同伴顺着壕沟前进。

他们借助壕坡的掩护，向据点那边前进了 100 来步远。此时，达达尼安回头一看，发现身后的两个卫士没有跟上，没有踪影。

他想，那两个卫士临阵退缩了。他们三人继续前进。

距那据点的工事只有 60 来步了。

他们没有看到一个人影，据点像是被废弃了。

三个冒死的年轻人商量了一下，看看是否继续前进，就在这时，突然 12 发子弹呼啸而至。

他们知道了想要知道的事：据点有人把守，在此危险之地不想久留。达达尼安和另外两名卫士掉头跑回。

到达壕沟掩体的一角时，一名卫士倒在了地上，一颗子弹射穿了他的胸膛。

达达尼安不想丢下同伴，便俯下身去将他扶起，帮他撤回营地。就在这时，传来两声枪响：卫士的头又被击中了，另一颗在距达达尼安两三寸远的地方飞过，打在一块岩石上。

据点是被壕沟的拐角挡住的，因此这次袭击不可能是从那儿发起的。顿时，他想起了那两个不见了的卫士，又想起了两天前要他的命的两个暗杀犯，立马决定把事情弄明白，他假死跌在了地上。

他看到，离他30步远的一个废弃工事上方，探出了两个脑袋，这正是那两个逃跑的卫士的脑袋，达达尼安想明白了。这两个家伙跟随他做志愿者，只不过是为了暗杀他，希望从敌人那弄到几个赏钱。

那两个家伙想到，可能达达尼安只是受了伤，所以他们决定走上前来结果他。只是他们犯了疏忽大意的错误，忘记在枪里重新装上子弹。

达达尼安一直小心地握住手中的剑。当那两个家伙离他只有10步远时，他一下跳起来，跃到了他们的身边。

两个凶手心里明白，要是让他逃回宫定会被告发。所以，他们的第一个念头便是投到敌营那边去。他们中的一个拿着枪像拿大棒那样朝达达尼安冲过来。达达尼安身子一闪，躲了过去。他这一闪，让开了一条道，那人便撒腿向敌人据点那边逃去。罗塞尔守军并不知道他的意图，便一齐向他开火。结果，一颗子弹打中他的肩膀，他倒在了地上。

这期间，达达尼安举剑向另一个卫士刺去。那人便只有招架之功，而无还手之力了。最后，我们的卫士手握长剑，刺穿了对手的大腿，对手随即倒地。达达尼安立刻将剑尖顶住了他的喉咙。

"啊！留我一命！"凶手大声求饶，"饶了我吧，长官！

我把一切全都告诉您。"

"你的秘密值得我留下你的性命吗?"年轻人收了剑,说道。

"是的。像您,前程无量,如果您认为这样的一条命还有价值的话,那就饶了我吧。"

"卑鄙!"达达尼安说,"是谁派你来暗杀我的?"

"一个女人,人们叫她米拉迪。"

"你怎么知道她的名字?"

"我的伙伴就是这样叫她的,是他一直在和她打交道,他的口袋里还装着那个女人的一封信。"

"那你如何参与了这次伏击?"

"他建议我们一起干,我答应了。"

"那女人给了你多少钱?"

"100 个路易。"

"原来如此,好极了,"年轻人笑哈哈地说,"就是说,在那个女人眼里,我还值 100 个路易!对于像你们来说,这不是个小数了,因此我也理解,你们会干的。要我放过您,有一个条件!"

"什么条件?"神色不安的卫士问道。

"你去把你同伙身上那封信给我找来。"

"可!"那人叫了起来,"那就等于换种方式杀死我,据点里的人会开枪的?"

"你必须去!否则,我立刻就杀掉你。"

"开恩吧,先生,可怜可怜我吧!看在您爱的那位年轻太太的分上，她还活着。"那人大叫着，由于失血过多，开始感到气力不支了。

"你说有个女人我爱着她，我以为她死了，这一切，你是从哪里听到的？"达达尼安问。

"我同伴口袋里的信上写着。"

"那你就更清楚了，我必须得到那封信。"达达尼安说，"不要耽误，不要迟疑，否则，尽管我不想叫你这样的败类的血玷污我的剑，但我还是将以有教养的人的信誉向你发誓……"

"别！别！"他大声喊道，由于恐惧使他勇气大增，"我去……我就去……"

达达尼安抄起士兵的那支老式火枪，用剑锋顶着他的腰，推着他向他的同伴走去。

看到他走过的路上留下一条长长的血迹，惨白的脸色，还有竭力弯着身子大汗淋漓的向躺在20步开外他的同谋者的躯体一步步挪去的样子，达达尼安不禁动了恻隐之心。他鄙夷地望着那人说："好了，你就等在这里看一看，一条好汉和一个怕死鬼之间的差别到底在哪里吧！"

说完，达达尼安迈着敏捷的步子，观察着敌人的动静，他借助地形，一直走到另一个士兵的身旁。

达达尼安有两种方法可以得到那封信：就地搜身，或者将那人扛起来，以那人的身体作盾牌，到壕沟里再行搜身。

达达尼安决定用第二种方法。他刚将那人背上肩，敌人就开枪了。

一下轻微的摇动，三颗子弹射中了他，最后一声惨叫，是这个原曾想杀他的人保住了他的性命。

达达尼安返回壕沟，将身上扛着的尸体扔在那个面白如死的伤者身边。

他立刻开始清点那人的东西：一只皮夹子、一只钱袋、一副掷骰子用的皮环和一些骰子，这就是死者的全部遗产。

达达尼安把钱扔给那个受伤者，然后急不可耐地打开了那个皮夹子。

在几张纸中，他找到了那封信。信是这样写的：

> 既然你们让那个女人逃走了，既然她已经安全地住进那个修道院。你们永远不该让她进入那里的，那么，你们不能再放过那个男的。不然的话，你们还将以沉重的代价来归还从我这儿取走的那100个路易。

没有签名，但信是米拉迪写的。

达达尼安收起信，随后，在壕沟拐角的一处安全的地方开始盘问那个受伤的人。那人招认，他和他的同伴一起负责绑架一位年轻女子。她乘坐一辆马车离开巴黎。由于他们在一家小酒店喝酒耽搁了，结果到达预定地点时，马车已经过去了十分钟。

"你们原本打算怎样处置那个女子？"达达尼安忧虑地问。

"我们本应该把她送到皇家广场的一座宅邸里。"伤兵回答说。

"啊！是的！"达达尼安自语道，"正是那里——米拉迪的家里。"

这时，年轻人打了一个寒噤。因为他明白，那个女人要干掉他，干掉那些爱他的人。另外，达达尼安也想到既然她知道他与班那希尔夫人的关系，那就是说她对宫廷十分了解。毋庸置疑，这些情况都是红衣主教告诉她的。

但让达达尼安感到高兴的是，王后最终发现了关押忠于自己的班那希尔夫人的监狱，并且把她救了出来。这时他明白收到那个年轻女人的信，以及在夏约路上和她一次短暂的相见是怎么一回事了。

想到这里，他的内心又起宽容之念。他转过头来，看了一眼那个面部现出各种表情的伤兵，向他伸出胳膊道："喏，我不想把你扔在这，扶着我，咱们回营去。"

"好的，"受伤者说，他简直不相信达达尼安会如此宽宏大量，"但这是否要去绞死我呢？"

"我说话算数，"达达尼安说，"我第二次饶你不死。"

听了这话，受伤的士兵不由得双膝跪地，感谢恩人。达达尼安想到，此时此刻，离敌人的碉堡很近，所以，催那士兵赶快结束这种感恩的表示。

听到罗塞尔守军放响第一枪就跑回来的那个卫士，早已报告说，他的四位同伴已经阵亡。而此时，大家看见年轻人安全回来了，个个都既惊诧不已又高兴异常。

达达尼安解释说，他身边的这位伙伴在一次意外出击中了一剑，接着讲了他们历险的经过。对他来说，这是一次炫耀成功的良机。这次成功的侦察行动，所有人都在谈论。大王爷也派人前来向达达尼安表示了祝贺。

奖赏随之而来。而对达达尼安来说，他得到的奖赏是重新得到了曾经失去了的安宁。达达尼安以为可以安宁了，因为他的两个敌人中，一个死掉了，另外一个将会为他的利益而尽忠。

这种心态证明，达达尼安还不了解米拉迪。

四十二 昂若葡萄酒

营寨里又开始传言，说国王已经康复。后来，又有传言，说一旦他能够重新跨上缎鞍，就会立刻启程。

大王爷清楚，迟早他会交出统领全军的大权，他的统帅职务或是由阿古来毋公爵，或是由芭松彼艾尔，或是由施恩赔尔取而代之，因为他们三人一直在争夺这一大权。正由于如此，他不想做多少事情，而是在试探之中度日，不敢采取重大举措，只是驱逐一直盘踞着的英军。这时，法军则正在围攻罗塞尔城。

达达尼安的心绪已经归于宁静。现在，只有一事他放心不下，那就是对他的三位朋友的情况全然不知。

11 月初的一个早上，从维勒鲁瓦来了一封信，从那封信上知道了他三位朋友的情况。

达达尼安先生：

阿多斯、阿拉密斯和波尔多斯三位先生，在我们这就餐之后，兴奋至极，便大吵大闹了一番。他们的行动激怒了严厉的要塞司令。因此，他们被罚禁闭数日。他们曾向我交代，要我给您送上敝店昂若葡萄酒12瓶，他们要您用他们最喜爱的这种葡萄酒为他们的健康干杯。

本人已履行三位先生所托，并致崇高的敬意。

火枪手先生们下榻的旅店主人

戈多

"好极了！"达达尼安大声说，"我们真是心心相印。我当然要为他们的健康干杯，但我能不自己一个人喝。"

于是，达达尼安决定去找卫队之中两个较为要好的朋友，要他们与他共饮上等昂若葡萄酒。但由于两个人中的一个当晚已经安排了约会，另外一个也有事，这样，他们的聚会定在第三天。

回营之后，达达尼安就将12瓶葡萄酒送到了卫队的小酒吧，嘱咐那里的人好好保管，吃饭时间定在中午12点。而自9点起，达达尼安就派布朗谢动手准备。

布朗谢被提升为膳食总管了，他决心把这事办得完美。为此目的，他找了两个人帮他：一个是被邀请的一位客人的跟班儿，名叫弗落；另一个就是曾想杀死达达尼安的那个假充的士兵。自从达达尼安饶了他一命之后，就跟随达达尼安当差了，说得确切些，是听从布朗谢指挥。

时间到了，两位客人入席就座，盘盘菜肴摆在桌上。弗落负责打开葡萄酒，本利丝蒙——这是正在养伤的那个假士兵的名字，则向一个个长颈大肚的玻璃杯中倒酒。葡萄酒似乎沉淀了，第一瓶酒快要倒完时，剩下的显得有点儿浑浊。本利丝蒙将沉渣倒进一只玻璃杯内，达达尼安允许他把它喝掉。

客人们正端起酒把它送到唇边，这时，路易堡和纳夫堡的炮声突然隆隆响起，两名卫士以为受到了英国人或是被包围的罗塞尔人的突然袭击，便立即跑去取他们的剑，达达尼安和他们一样奔向佩剑。三个人向各自的岗位奔去。

但刚刚出了酒店门口，就听见人声鼎沸。

"国王万岁！"

"红衣主教万岁！"

原来国王急不可耐，日夜兼程，带着全部宫廷侍卫和一万援军赶到了。

达达尼安和他的同伴们列队相迎，达达尼安向他的朋友们和德·特雷维尔先生频频招手致意，他的朋友们一直注视着他，德·特雷维尔先生首先认出了他。

迎驾礼仪一结束，四位朋友顿时拥抱在了一起。

"太好了！"达达尼安叫道，"你们来得正是时候，肉还没有凉呢！是不是，二位先生？"年轻人转向两位卫士，将他们介绍给他的朋友们。

"哈哈！我们来赴宴了。"波尔多斯说。

"我希望，"阿拉密斯说，"不要有女人。"

"在这样的地方竟然有葡萄酒喝？"阿多斯问。

"那还用问！是你们送来的，亲爱的朋友们。"达达尼安回答说。

"我们送的？"阿多斯惊讶地问。

"是呀，你们送来的。"

"我们给你送过酒？"

"就是那种昂若山区名酒呀。"

"对，我知道您所说的那种酒。"

"你们最喜欢喝的那种。"

"当然，在一无香槟酒、二无尚贝丹红葡萄酒的时候，我才会喜欢这样的酒。"

"是呀，那你对那种酒一定会感到满意。"

"这么说，这酒是我们品酒行家送来的？"波尔多斯问。

"不是，是有人以你们的名义给我送来的。"

"以我们的名义？"三个火枪手异口同声地问。

"如果不是你们，"达达尼安说，"那就是你们的旅店老板自己送的。"

"我们的旅店老板？"

"是的？你们的店主，他叫戈多，说你们曾住在那。"

"听我的。酒从哪儿来的，这没关系，"波尔多斯说，"咱们先尝上一尝。"

"不，"阿多斯说，"我们不喝来路不明的东西。"

"您说得对，阿多斯，"达达尼安说，"你们中没有一个人让戈多老板给我送酒吗？"

"没有！"

"这是一封信！"达达尼安说。

他把那封信交给同伴们。

"这不是他写的字！"阿多斯叫道，"我最后结账后知道他的笔迹。"

"这封信是假的，"波尔多斯说，"我们也没有被关禁闭。"

"达达尼安，"阿拉密斯用责问的口气问，"您怎么能相信我们会大吵大闹呢？"

达达尼安脸色苍白。

"您让我感到害怕，"阿多斯说，"到底怎么回事？"

"快跑，快跑，朋友们！"达达尼安叫嚷道，"我想到一个可怕的事！难道又是那个女人的一次报复行动吗？"

达达尼安向酒吧冲了过去。三个火枪手和两名卫士也跟了过去。

一进餐厅，看到本利丝蒙躺在地上，难以忍受的痉挛使他不停地翻滚着。

布朗谢和弗落正试图抢救。然而，一切救护行动看来均已于事无补了。那个濒死之人的脸痉缩为一团了。

"啊！"一见达达尼安他便喊叫道，"啊！您好歹毒！假装宽恕我，又要毒死我！"

"我！"达达尼安也叫了起来，"我，你这是说的怎么回事？"

"我说酒是您给了我，我说您要报仇，我说您太歹毒！"

"我没有这样做，本利丝蒙，"达达尼安说，"我发誓，我向您担保……"

"哦！不过，天主有眼！天主会惩罚您的！"

"我凭《福音书》起誓，"达达尼安急忙跑向垂死的人，大声叫着，"我向您发誓，我事先不知道酒里放了毒。"

"我不相信。"

本利丝蒙咽气了。

"可怕！可怕！"阿多斯喃喃道。

"噢，朋友们！"达达尼安说，"你们又救了我一命，而且还救了这两位先生的命。二位，"达达尼安对两位卫士说，"这件事，我请二位不要对其他的人提一个字。也许，有些权势人物插了手可能还有危险。"

"啊！先生！"布朗谢结结巴巴地说，"我也差一点丢了命！"

"怎么，混东西，"达达尼安大声说，"你也想喝我的酒来着？"

"我也会为国王的健康喝上一小杯的，如果不是弗落告诉我说有人找我，先生。"

"险！"弗落说，他吓得牙齿抖得格格地响，"我本想支开他，自己喝的。"

"二位先生，"达达尼安对两位卫士说，"发生了这种事，让这顿饭很扫兴。所以，我向二位深表歉意，并有请你们改日再次赏光。"

两位卫士意会到这四位朋友很想在一起聚一聚，便告退了。

这位年轻的卫士和三位火枪手互相交换了一下目光，他们都意识到了事情的严重性。

"首先，"阿多斯说，"快离开这里，在一具尸体面前，是难以令人愉快的。"

"布朗谢，"达达尼安说，"这可怜鬼的尸体交你处置了。"

说着，四个朋友走了出去，由布朗谢和弗落办理本利丝蒙的殡葬之事。

店主为他们换了一个房间，又给他们送了些煮鸡蛋吃，阿多斯则亲自打水。波尔多斯和阿拉密斯只用几句话，分清楚形势。

"喂，"达达尼安对阿多斯说，"亲爱的朋友，这是一场殊死的战斗。"

阿多斯点了点头。

"是呀，是呀，"他说，"我看得很清楚。但确定是她干的吗？"

"我相信。"

"我仍有怀疑。"

"可她肩膀上那朵百合花呢？"

"一个英国女人在法国犯了罪，被烙上了一朵百合花。"

"阿多斯，我对您说，那是您的妻子，"达达尼安又说，"他们外貌太相像了？"

"但我认为那一个早就死了，是我吊的她。"

这时达达尼安点头了。

"但到底怎么办呢？"年轻人问。

"我们不能继续这个样子，"阿多斯道，"必须尽快摆脱。"

"如何摆脱呢？"

"听着，您要去跟她当面谈一谈。告诉她要么讲和，要么开战。告诉她说，您将以贵族身份向她保证，永远不讲她的坏话。至于她，也要让她庄重地发誓，对您保持中立。否则，您就去找大法官，找国王，找刽子手，煽动宫中所有的人反对她，并且揭露她是一个受过烙刑的女人。还要告诉她，倘要她得到了赦免，您肯定会在某个地方把她杀掉。"

"这方法不错，"达达尼安说，"可怎样能找到她呢？"

"等待，亲爱的朋友，时间会提供机会的。"

"话是这样讲，但等待之时还会有麻烦！"

"不怕！"阿多斯说，"天主一直在保佑我们。"

"对，天主会保佑我们的，况且我们都不会退缩，生来就是要冒险的，但她怎么办？"达达尼安又低声加一句。

"谁？"阿多斯问。

"康斯坦丝。"

"班那希尔夫人！啊！正是，"阿多斯说，"可怜的朋友啊！我倒忘了她。"

"提她干什么，"阿拉密斯插话说，"那封信上不是早就讲了？她进了修道院，她在那里挺好。罗塞尔围城战一结束，我向你们保证，我打算……"

"得啦！"阿多斯说，"亲爱的阿拉密斯！我们知道，你的心愿是当一名教士。"

"是这样。"阿拉密斯自谦地说。

"他一直没收到情妇的信，"阿多斯压低声音说，"不过，这您不必烦恼，我们心里有数。"

"喂，"波尔多斯说，"我倒有一个办法。"

"什么办法？"达达尼安问。

"您是说她在一家修道院？"波尔多斯又问。

"是这样。"

"那好，围城战一结束，我们就把她从修道院里劫回来。"

"但首先知道她在哪家修道院才行！"

"这话有理。"波尔多斯说。

"但我在想，"阿多斯说，"是王后为她选的修道院，亲爱的达达尼安？"

"不错，至少我是这么认为的。"

"那就好办了，波尔多斯将会有办法的。"

"什么意思？"波尔多斯问。

"那位公爵夫人呀，那位王妃呀，她该是有办法。"

"嘘！"波尔多斯伸出一个指头压着嘴唇说，"我猜她跟红衣主教有关，这事不能让她知道！"

"那么，"阿拉密斯说，"我来负责打听班那希尔夫人的情况好了。"

"您,阿拉密斯！"三位朋友一起叫起来,"您,您有办法？"

"通过王后的神甫。"阿拉密斯满脸通红地说。

得到这样一个保证，四个朋友吃罢午餐就分手了。

他们约定晚上见面。

达达尼安去了米涅莫。

三位火枪手前往国王所在的营地，他们在那里住宿。

四十三　红鸽舍客栈

国王急于亲临前线，而且，他更加憎恨白金汉，因此，立即便做出部署，首先要将英军赶出雷岛；接着，加紧围剿罗塞尔。然而，就在这时，德·芭松彼艾尔和施恩赔尔两位先生为一方，阿古来毋公爵为一方，双方闹了矛盾，致使国王部署的实施拖延了。

德·芭松彼艾尔和施恩赔尔两位先生都是法国元帅，他们都要求在国王的统领下得到指挥权。但是，红衣主教有他的想法。他知道，芭松彼艾尔内心信仰新教，他担心芭松彼艾尔会因此而对敌人心慈手软，所以他支持阿古来毋公爵担任前线指挥官。在红衣主教的怂恿下，国王任命阿古来毋为副帅，但又怕激怒另一方的两人，为避免他们两个摞挑子、涣散军心，结果又不得不让三个人分掌兵权：施恩赔尔指挥城南的法军，负责佩里涅—昂古丹一线；阿古来毋公爵指挥城东的法军，负责东皮埃尔—佩里涅一线；芭松彼艾尔指挥城北的法军，负责拉勒—东皮埃尔一线。

大王爷则驻扎在东皮埃尔，红衣主教则住在拉皮埃尔桥头的沙丘上的一间普通房子里。

如此安排，就形成了国王监视着阿古来毋公爵，大王爷监视着芭松彼艾尔，红衣主教监视着施恩赔尔的格局。

兵法云，人马未动，粮草先行。只有具备充分的供给，才能兵强马壮。然而，此时，英军供给的并不好，营房里病号日益增多。另外，当前的时节，大洋沿岸正值风急浪险，从埃吉翁岬到陆上的沟壕里，大小船舶的残骸会摆满海滩。在这样的日子里，驻扎在陆上的法军都得待在营内，英军更是困难重重。

事情明摆着：只是性情执拗才固守雷岛的白金汉，总有他难耐的那一天。

但就在这样的情况下，德·士瓦拉丝伯爵派人来向国王报告说，敌人正在酝酿一次新的攻势，国王为准备一场决战下达了命令。

我们不想写一本围城日记，因此，我们将三言两语把战局作一个交代：军事行动的成功使国王大为震惊，红衣主教则因此倍感光荣。英军节节败退，最后在经过卢瓦克斯岛时全军覆没，残兵败将不得不登船逃跑。结果，法军获得2000名俘房，其中有5名上校、3名中校、250名上尉，以及20名出身名门的贵族。另外有4门大炮、60面军旗。这些军旗被带回巴黎，并将它们悬挂于巴黎圣母院的穹顶。

军营里唱响了感恩赞美诗，那歌声传遍法兰西。

对英国人的这次军事胜利，令红衣主教稳坐于围攻罗塞尔城主帅的交椅上，暂时不用担心英军的行动。

但事实上安心是暂时的。

白金汉公爵的一名特使被法国人抓获。从这名特使那里法国人了解到，神圣罗马帝国、西班牙、英国和洛林结成了一个联盟。

联盟的目标就是法兰西。

白金汉未曾料到会这么快地撤离，因此，法国人在他的营地里也找到了这方面的文件。红衣主教在他的《回忆录》中十分肯定地说，这些文件证实，德·谢弗勒兹夫人，所以也就是王后，跟这个联盟有很大关系。

红衣主教必须负担起责任，不承担起责任就算不上是一位权欲熏心的国相，所以，他的博大、天才的机器夜以继日地紧张运转起来，对于来自欧洲大国的任何消息，他也不会轻易放过。

红衣主教了解白金汉的活动能力，他明白一旦威胁法国的结盟取得胜利，那么他的势力就会完全丧失。那时，在卢浮宫内阁中，就将出现西班牙的政策和奥地利的政策的代表人物；而他，黎塞留，法国的首相，一个大国出类拔萃的首相，就要垮台了。

现如今，国王不得不对他的话言听计从，又像个憎恶老师的小学生那样对他恨之入骨。到那一天，国王就会听任大王爷和王后报复他了。不但他会垮台，法国也就会跟着垮台了，所以他必须防止这一局面的出现。

因此，在红衣主教下榻的拉皮埃尔桥头的那座房子里，报告消息的人日夜不息地出出进进，人数不断增加。

这些人中有修道士,他们穿的修士袍甚不合体,很容易看出他们是战斗教会的成员。

有一些是女人,她们穿着肥大的灯笼短裤,这种不合身的服装并不能掩盖她们那女性的身姿。

还有一些农夫,一里之外都能让人闻到他们身上发出的贵族的气息。

来访者有时会带来令人不快的信息,例如,有人听到外面出现了传言,说红衣主教差一点儿被暗杀。

敌人都在盛传,说倒是红衣主教阁下本人向全国各地放出了一批笨拙的杀手,以便在必要时采取报复行动。但是,这话不管是谁讲的,都不必信以为真。

这吓不倒红衣主教,对他的英勇无畏,任何人都从来不会怀疑。种种谣传并没有影响红衣主教的行动。他依然是经常夜间出巡,有时是去阿古来毋公爵那里,向公爵传达重要命令,有时是去国王那里,与国王共商国是……

围城期间,火枪手们无事可做,也没有人严格管束,因此生活非常快乐。我们的那三位火枪手情况更是如此。他们是德·特雷维尔先生的朋友,能够轻易地得到许可,在外面转悠转悠。

一天晚上,达达尼安在战壕值勤,没有能够陪伴三位朋友。这三个人跨上战马,披着披风,走出一家酒馆,这个酒馆是阿多斯两天前发现的,名叫红鸽舍客栈。正像我们刚才说的那样,他们摆好了架势,担心遭到伏击,一听见有马蹄声传过来,三个朋友立刻收缰勒马,站在大路中央,等候乘马人走近。

这时，他们看到两匹马出现在大路的拐角处，那两个乘马人瞥见他们三个，也勒马收缰，似乎彼此在商量，该怎么办。这使三位朋友心中顿生疑云。阿多斯向前赶了几步，口气果断地叫道："口令！"

"您的口令？"那两位骑马人中的一位答道。

"我在问您！"阿多斯说，"现在不说我们就开枪了。"

"你们要干什么，先生们？"那人的声音十分响亮，这是一种惯于发号施令的口气。

"看来是一位高级长官在巡夜，"阿多斯对他的两个朋友说，"先生们，你们看如何是好？"

"你们是什么人？"同一个声音问，"你们必须回答我，否则你们会以不服从而被治罪！"

"国王火枪手。"阿多斯回答说。这时，他确信向他们发话的这人不一般。

"哪个部队的？"

"德·特雷维尔火枪队。"

"听我的命令向前走，过来向我报告，你们在干什么？"

三个伙伴沮丧地走过去。现在，他们都相信那人的身份比他们高的人了。他们让阿多斯前去回话。

第二次说话的那人，在另外一个人前面 10 步远的地方立马等候。阿多斯向波尔多斯和阿拉密斯示意，他一个人走上前去。

"很抱歉，长官！"阿多斯说，"我们委实不知在和谁打交道，我们在严加戒备。"

"您的姓名？"那人用披风半遮着脸，问道。

"告诉我您的名字，先生，"阿多斯对这种盘查感到不快，"请您出示证据，证明您有权盘问我们。"

"您的姓名？"骑马人又问了一次。这时，他露出了被遮盖的脸。

"红衣主教先生！"火枪手惊愕地叫起来。

"您的姓名？"红衣主教阁下第三次问道。

"阿多斯。"火枪手回话说。

红衣主教向侍从做了个手势，侍从走了过来。

"让他们跟着我们，"他低语道，"我不想让人知道我出了营。"

"我们都是贵族，大人，"阿多斯说，"我们做出承诺，您就无须担心。我们懂得保守秘密。"

红衣主教观察着眼前这位大胆的对话者。

"您的听觉真灵，阿多斯先生，"红衣主教说，"不过，请您听好：让你们随我同行，是为了我的安全。您的两位同伴大概就是波尔多斯和阿拉密斯二位先生吧？"

"是的，主教阁下。"阿多斯说。这时，待在后边的两位火枪手手里拿着帽子走了过来。

"我认识你们，先生们，"红衣主教说，"我知道，你们并不完全是我的朋友。对此，我感到遗憾。但我也知道，你们都是勇敢而忠诚的贵族，请您和您的两位朋友陪同我，我会感到荣幸。如果我们碰上国王陛下，他见我有这样一支护卫队，会羡慕我的。"

三位火枪手骑在马上躬身低首施了一礼。

"好了，我以名誉担保，"阿多斯说，"主教阁下要带着我们和您同行，是很有道理的，的确有些危险人物在红鸽舍客栈，我们还同其中的 4 个干了一架呢。"

"干了一架？为了什么，诸位？"红衣主教问，"我讨厌打架！"

"正因为如此，我请主教阁下容我禀告刚才发生的事情。主教阁下可能会从别人那里得知情况，而且会因为误传，使大人判定错在我方。"

"结果如何？"红衣主教皱起了眉头。

"啊，我的朋友阿拉密斯胳膊上挨了一剑，但不重。如果主教阁下次日下达攀城之令，这点小伤是不会影响他的。"

"可是，你们并不是就这么算了的人！"红衣主教说，"请坦诚些，诸位，你们对人家也狠狠地还过手了，是吧？"

"我，大人，"阿多斯说，"我把对手拦腰抱住，从窗口将他扔了出去。在他摔倒在地的时候，好像……"说到这里，阿多斯稍犹豫一下，然后继续说，"好像他的腿断了。"

"啊！啊！"红衣主教说，"那您呢，波尔多斯先生？"

"我吗，大人，我就抓起了一个凳子，向其中的一个砸了过去——我相信，他的肩胛骨被砸碎了。"

"好嘛，"红衣主教说，"那您呢，阿拉密斯先生？"

"我吗，大人，大人可能有所不知，我正要皈依教门。当我正想拉开我的同伴时，却有一个家伙偷偷给了我一剑，将我的左臂刺穿。这样，我忍无可忍，便抽出了剑，他中了我一剑。

我相信,他的身体被刺穿了。随后,有人将他和他的两个同伴一起抬走了。"

"这过分了,先生们!"红衣主教说,"一场争执,你们下手也够狠的。不过,为了什么呢?"

"他们喝醉了,"阿多斯说,"他们听说有一个女人晚上住进了酒店,就要这样。"

"破门而入?"红衣主教说,"为什么要破门而入?"

"肯定是要对那个女人施暴,"阿多斯说,"那些家伙都醉了。"

"那个女人很漂亮,对吗?"红衣主教带着某种不安问道。

"我们没有见到,大人。"阿多斯说。

"你们没有见到。啊!很好,"红衣主教急忙说,"你们保护了一个女人,做得好,我也正要去那个红鸽舍客栈,我会知道你们对我所说的是真是假。"

"大人,"阿多斯骄傲地说,"我们都是贵族。我们不会向大人说假话的。"

"所以,我不怀疑你们对我说的话,阿多斯先生,只是,"他打算换个话题,"请问:那位女士就单身一人?"

"她和一个骑士一同关在房内,"阿多斯说,"可那位骑士一直没有露面,他是一个懦夫。"

"不可轻下断论。"红衣主教道。

阿多斯躬身一礼。

"现在,先生们,很好,"红衣主教阁下接着说,"我都知道了,请跟我走吧。"

三位火枪手拨马转到了红衣主教身后。红衣主教提起披风重又把脸遮住，然后慢步前进。

不多时，他们来到那座孤寂的客栈。也许客店老板知道将有贵客临门，所以，他早就把一些不轨之徒支走了。

红衣主教示意他的侍从和三位火枪手就地停下。

一匹鞍辔齐全的马在百叶窗前拴着。

红衣主教走到门前，用一种十分别致的方式敲了三下。

一位身披披风的人立刻走出门来，和红衣主教说了几句，随后，便上了拴在窗前的那匹马，朝巴黎方向驰去。

"过来吧，诸位。"红衣主教招呼他们。

"你们对我讲的是真话，我们的贵族先生们，"他对三位火枪手说，"现在跟我来吧。"

红衣主教下了马，三位火枪手也跟着下了马。红衣主教把马缰扔给他的侍从，三位火枪手各自将自己的马拴在百叶窗前。

在店主看来，红衣主教只不过是一个前来拜访一位夫人的军官而已。

"让这几位先生舒舒服服地烤烤火，等着我好了。"红衣主教说。

店主打开一间大厅的门，厅内刚刚搬走了坏了的铁炉，换上了一个漂亮的大壁炉。

"可以在这间大厅。"店主回答说。

"这里就挺好，"红衣主教说，"进来吧，先生们，请各位等着我。"

三位火枪手走进大厅。

红衣主教没有再问这问那，径直上了楼。

四十四　火炉烟筒的妙用

三位火枪手帮了一个人一把，而他们显然没有料到，此人竟是受到红衣主教特别保护的。

现在，三位火枪手想知道这人究竟是谁。

他们的聪明才智想不出答案，于是，波尔多斯叫来店老板，向他讨了一副骰子。

波尔多斯和阿拉密斯坐到一张桌子边玩起了骰子，阿多斯则踱步沉思。

阿多斯在一段铁炉烟囱管前走过来走过去，那烟囱管的一半被截去了，上面的一端伸向楼上的某一个房间里。而从这段铁炉烟囱管，可以听见一阵喃喃的话语声。他靠近了烟囱管，听清了几句话。他的同伴做出手势，让他们不要出声，自己伸着耳朵猫着腰，认真地听起来。

"您听好，米拉迪，"红衣主教说，"请您坐下，我们谈一谈。"

"米拉迪！"阿多斯惊叫了一声。

"我在全神贯注地听着，主教阁下。"一个女人回答说，这嗓音让阿多斯听了哆嗦了一下。

"有一条小船停在夏朗特河口拉普安特炮台那边，船员都是英国人，船长是我的人，他们在那里等您，明天早上启航。"

"那么我今天夜里就要去那里？"

"是的，现在就去，也就是说立刻动身。在门口，会有两个人等您，他们护送您前往。不过，我得先出门，半小时后您再出门。"

"好的，大人。现在我们再谈谈您交给我的使命，恳请阁下把要我完成的使命讲得越清楚越好，以免执行时出现差错。"

两个谈话者沉默了片刻，显然，红衣主教对他要讲的话要斟酌一番。米拉迪则必须集中精力，以便领会红衣主教的指令，并把它铭记在心。

阿多斯利用这一时刻，示意他的两位同伴把门关好，并让他们过来一起听。

他们俩各自搬来一把椅子，也给阿多斯带过一把。这样，三个人头靠着头，竖着耳朵听起来。

"您马上去伦敦，"红衣主教接着说，"立即去找白金汉。"

"我要提请主教阁下注意，"米拉迪说，"公爵已经对我有戒心了……"

"但这一次，"红衣主教说，"无须骗取他的信任了，您的身份是谈判者，光明正大地出现在他的面前，开诚布公地与他对话。"

"光明正大地……开诚布公地……"米拉迪带着一种伪善

语调重复着。

"是的，光明正大地、开诚布公地，"红衣主教又说了一遍，"整个谈判必须如此进行。"

"我将一丝不苟地执行，主教阁下，我在等待您下面的指示。"

"您以我的名义告诉他，他的行动我完全清楚，而对他所做的一切，我毫无担心。可他，既然要冒险，那稍一动弹，我就将让王后声名狼藉。"

"主教阁下，他相信您会做到吗？"

"他会相信的，因为我手里有牌。"

"那就要让他知道您手中的牌，让他做出抉择。"

"可以这样做。您告诉他，我手里有一份报告。报告说，大元帅夫人^①家举行假面舞会的那天晚上，公爵在那里同王后会见过，这件事我将公布于众。为了使他确信我们了解情况，您可告诉他，那次他穿了一套蒙古皇帝的服装，而那套服装是他花了3000皮斯托尔从吉斯的骑士那里买下的。"

"明白了，大人。"

"有天夜间，他装扮成一个意大利算命先生潜入卢浮宫的全部细节我全知道。您再告诉他，那次他披了一件披风，里面穿一件长袍，白色的，上面画着象征泪滴的黑色点子、十字形的枯骨和骷髅头。一旦他被人发现，他就可能被人看成是白衣圣母的幽灵。每逢卢浮宫一发生重大事件，白衣圣母就会显现。"

---

① 大元帅夫人：即德·谢弗勒兹夫人。她的前夫德·吕伊那公爵是法国元帅。

"就这些，大人？"

"您再告诉他，我还掌握着他在亚眠冒险的全部细节，我要找人撰写一部篇幅不太长的小说，它结构完整，那次夜间场面的主要角色的形象会被描写得绘声绘色。"

"这我会告诉他的。"

"您还要对他说，我抓住了孟特居，现在他被关在巴士底狱。在他身上没有搜出任何信件，但是，只要用刑，我们让他知道的事，甚至于……他不知道的事，全都说出来。"

"这太好了。"

"最后，您再对他说，公爵大人撤离雷岛时，在行营里丢下了德·谢弗勒兹夫人写给他的一封信。而那封信的内容却是王后陛下竟然爱着国王的敌人。这些话，您都记下了？"

"对我的记忆主教阁下可以判断一下：大元帅夫人的舞会、卢浮宫之夜、亚眠晚会、孟特居被捕、德·谢弗勒兹夫人的信件。"

"不错，"红衣主教说，"不错，米拉迪！"

"可是，"刚刚被红衣主教夸奖过的米拉迪说，"如果他仍旧不肯罢休，那又当如何是好呢？"

"公爵爱得如疯如狂，或者说如醉如痴，"黎塞留醋意大发地说，"这场战争，只不过是为了博得他心中美人的回眸一笑。因此，当他明白这场战争会伤及他的美人的荣誉，甚至会毁掉她的自由时，他一定会三思而行的。"

"但是，"米拉迪对自己要承担的使命是非要弄个一清二楚不可的，"但是，如果他固执己见呢？"

"如果他固执己见，"红衣主教说，"……他可能那样……"

"可能……"米拉迪说。

"如果他固执己见，"红衣主教阁下停顿一下接着说，"如果他固执己见，那……我就寄希望于某些重大事件了。"

"如果阁下讲给我听听，"米拉迪说，"那么，对于未来，我将与大人一样充满信心了。"

"好哇，"黎塞留说，"1610年，威震四海的先王亨利四世，出于差不多与今日的白金汉公爵战争行为相似的理由，同时出兵弗朗德勒和意大利，使奥地利腹背受敌。那时不就发生了一件拯救奥地利的大事吗？"

"主教阁下指的是铁匠铺街的那一刀①？"

"正是。"红衣主教说。

"拉瓦亚克受尽了酷刑。主教阁下，现在难道您就不担心这些人会害怕吗？"

"然而，任何时代、任何国家，尤其是有宗教派别的国家，总是不难找到一些狂热的信徒的。为信仰舍身殉难，正是他们希望的。请注意，现在我想到了英国的清教徒，他们对白金汉公爵正怒不可遏。"

"那又怎么样？"米拉迪问。

"怎么样？"红衣主教神态漠然地说，"比如说，眼下只需找到一位年轻貌美、想对公爵进行报复的女人就行了，很容易找到这样的女人。公爵生性好色，遇到这样一个女人，如果

---

① 1610年5月14日，亨利四世在巴黎铁匠铺街被刺致死。刺客叫拉瓦亚克，是一名宗教狂热分子。后来，有人指责当时的王后马瑞·德·美第奇参与了刺杀阴谋。这里所说的就是那次事件。

他对她信誓旦旦许下诺言，那么，他的朝三暮四就会播下仇恨的种子。"

"不错，"米拉迪冷冷道，"这样一个女人我能找到。"

"那就好了。一个这样的女人，只要将尖刀交到她的手里，她就拯救了法兰西。"

"不错，可她就成了暗杀犯的同谋了。"

"可有谁曾找到过同谋犯？"

"没有，无人敢去那里寻找。大人，不会有什么人动不动就去火烧高等法院的。"

"那么您以为，高等法院失火并非偶然了？"黎塞留以无足轻重的提问口气询问道。

"我，大人，"米拉迪回答说，"我只是提出一个事实。我只是说，如果我叫德·孟庞西艾小姐①，或叫马瑞·美第奇王后，那我就不会像现在这样小心了，可惜我只不过叫科拉利克夫人。"

"说得有理，"黎塞留说，"那么您要什么呢？"

"我需要一道命令，认定我所做的是合法的，是为了法兰西的最高利益。"

"不过，那必须首先找到那个要向公爵报复的女人。"

"这一问题已经解决。"米拉迪说。

"其次，还必须找到一个可怜的宗教狂热分子，充当天主

---

① 德·孟庞西艾小姐：生于1627年。从时间上判断，这里可能指的是德·孟庞西艾公爵夫人。她是亨利·德·吉斯公爵的妹妹，仇恨亨利三世。据传，她与亨利的暗杀案有牵连。

审判的工具。"

"这也没问题。"

"好，"红衣主教说，"也只有等到那个时候，您才能得到。"

"主教阁下说得对，"米拉迪说，"是我误解了，其实只要我以阁下的名义对公爵直言，大元帅夫人举行的化装舞会间，他伪装接近王后的事，您全都知道；王后答应白金汉化装进卢浮宫与她会面的事，您手里掌握着证据；您将授命有关人员撰写一部有关亚眠冒险情节的小说；孟特居正因于巴士底狱，而酷刑就能让他将知道的事，甚至于不知道的事统统讲出来；最后，您掌握着在公爵行辕找到的德·谢弗勒兹夫人的一封信。而如果白金汉不顾这一切固执己见，一意孤行，正如我刚才所说本人使命所限，就只有请求天主赐降奇迹来拯救法国了。是不是这样，大人？"

"是这样。"红衣主教生硬地回答。

米拉迪似乎发觉红衣主教大人的口气有变，便又说：

"现在，既然我已得到这个指令，那么，大人能允许我对自己的仇敌讲几句话吗？"

"您居然也有仇敌？"黎塞留问。

"是的，大人，我希望在对付他们时，得到大人的大力支持。"

"他们都是什么人？"红衣主教问。

"第一个是那个小女人班那希尔。"

"她不是已经被关进监狱了吗？"

"应该说，她曾经被关在那里，"米拉迪说，"王后用国王的指令，派人将那个女人送进了一个修道院。"

"送进了一个修道院？"

"是的。"

"哪个修道院？"

"我不知道，转移手段十分诡秘……"

"我会知道的！"

"主教阁下知道后会告诉我吗？"

"会的。"红衣主教说。

"好，现在我再说第二个，此人要比班那希尔夫人那个小女人更加可怕。"

"谁？"

"她的情夫。"

"叫什么名字？"

"哦！主教阁下，这个人您很了解，"米拉迪突然火冒三丈，大叫了起来，"他是我们两个人共同的恶神；是他，帮国王火枪手打败了阁下的卫士；是他，把您的密使德·沃尔德刺了三剑；是他，让您利用钻石坠子的计划失败了；最后，还是他，因为我绑架了班那希尔夫人，就发誓要要我的命。"

"啊！啊！"红衣主教说，"我知道是谁了。"

"就是那个坏种达达尼安。"

"那是一条硬汉子。"红衣主教说。

"所以，才让人更感到可怕。"

"必须找到证据，关于他和白金汉串通。"

"一个证据？"米拉迪叫起来，"要 10 个我也拿得出。"

"这就简单了,您把证据给我,我立刻把他送进巴士底狱。"

"好的,大人! 那以后呢?"

"进了巴士底狱,就没有以后了!"红衣主教把声音放低,"啊! 这倒很不错,我,轻而易举地除掉了我的仇敌;您,轻而易举地除掉了您的仇敌。"

"大人,"米拉迪紧接着说,"以人换人,您给我那一个,我给您这一个。"

"我不知道您想说什么,"红衣主教说,"而且我也不想知道,但让您这一要求得到满足我也看不出会有什么害处。尤其像您说的,达达尼安那小子太险恶了。"

"对!"

"把纸、笔、墨水给我。"红衣主教说。

"全在这儿,大人。"

接着是沉默。这沉默表明,红衣主教正写东西。

阿多斯听到了全部谈话,他抓着两个同伴的手,把他们拉到大厅的另一头。

"怎么啦,"波尔多斯说,"你要干什么?"

"嘘!"阿多斯小声说道,"需要知道的,我们全听到了,我必须离开。"

"您要离开?"波尔多斯说,"如果红衣主教问起您怎么办?"

"你们先行向他报告,说我外出侦察了,就说我们听了店主些话,感觉路上不安全,我自己先去向红衣主教的侍从讲一下。"

"要小心，阿多斯！"阿拉密斯说。

"请放心，"阿多斯回答说，"你们都知道，我总是很镇静……"

波尔多斯和阿拉密斯重又坐到铁炉烟囱管旁边。

阿多斯大模大样地走出门，牵了他的那匹马，与主教的侍从交谈了几句，让他相信必须去打前站，他还装模作样地将自己手枪的子弹检查了一番。最后，像一名敢死队队员那样，踏上了通向营寨的大路。

四十五　夫妻之战

红衣主教很快便下楼了，进了大厅发现波尔多斯和阿拉密斯正在玩骰子。他迅速将大厅角角落落扫视了一遍，发现少了一个。

"阿多斯哪去了？"他问。

"大人，"波尔多斯回答，"店老板向他讲了几句话，他觉得路上不安全，便去侦察了。"

"您呢，波尔多斯先生，您干了些什么？"

"我赢了阿拉密斯5个皮斯托尔。"

"现在，我们可以回去了。"

"遵命。"

"那就请上马吧，时间不早了。"

红衣主教的侍从站在门口，手持马缰。稍远处，有两个人三匹马在暗影中闪动，那两个正是要护送米拉迪上船出海的人。

两位火枪手对红衣主教说的关于阿多斯去向的话，得到了红衣主教随从的证实。红衣主教做了个表示"知道了"的手势，便上马起程。

我们得讲讲阿多斯的情况了。

在最初的一段路程中，他骑在马上保持着离开店门时那种姿态，但一出他人的视线，他便拨马转向右方，躲进了一片矮林之中窥视着，等待那一小队人马走过。他同伴的镶边帽子和红衣主教先生披风上的金色穗子映入他的眼帘，等他们不见了，他又返回客栈。

店主认出了他。

"我的长官还有重要的话告诉给二楼的女客，"阿多斯说，"他派我来转告她。"

"那就请上楼吧，"店主说，"她还在房间里。"

阿多斯获得许可上了楼梯，从半开半掩的门缝里，他看到米拉迪正在系帽带。

他走进房间，关上了身后的门。

听到声音，米拉迪转过身来。

阿多斯身裹披风，站在门边。

看见眼前站着这样一个俨如雕塑的人，米拉迪不由得吓了一跳。

"您是谁？要干什么？"米拉迪厉声道。

"不错，果真是她！"阿多斯喃喃道。

他落下披风，掀起毡帽，走近米拉迪。

"还认得我吗？夫人？"他说。

米拉迪向前跨了一步，但随即迅速向后退去。

"嗯，"阿多斯说，"很好！您还认得出。"

"德·顿菲尔伯爵！"米拉迪喃喃道。她面色苍白，连连后退，一直退到墙壁之下。

"是我，米拉迪，"阿多斯回答说，"正是德·顿菲尔伯爵，他从另一个世界又专程来到人间。让我们坐下来，并且像红衣主教先生说的那样：我们谈一谈。"

米拉迪被恐惧感震住了，一声不吭地坐了下来。

"您的确是一个恶魔！"阿多斯说，"您威力巨大，这我知道。但是您也应该明白，有天主的赐助，恶魔总是能被人战胜。我也曾以为您已经完了，夫人。然而，或者是我弄错了，或者是您又从地狱中出来。"

她轻轻呻吟了一声，低下头来。

"是的，是您又从地狱中出来，"阿多斯继续说，"是地狱让您变得富有，甚至地狱几乎重造了您的面容。可是，地狱不能抹去您的污点。"

这时，米拉迪囉地站了起来，两只眼睛里迸射着闪电。

阿多斯一动未动。

"您以为我死了，对吧？像我用阿多斯这个名字取代了德·顿菲尔伯爵一样，您用米拉迪·科拉利克的名字去掩盖了安安那·德！您当初嫁给我时，您不是叫安安那·德吗？现在，我们的处境实在是奇特难言，"阿多斯边笑边说，"我们彼此能够活到现在，都是因为我们以为对方已经死了，虽然回忆折磨人，但回忆比见到活人少受些痛苦。"

"可……"米拉迪声音低沉地说，"您是怎么找到我的？您想要我干什么？"

"我来，是想告诉您，我一直在盯着您！"

"您知道我所做的事情吗？"

"您的所作所为，我按照前后顺序一件一件讲给您听。"

米拉迪露出一丝怀疑的微笑。

"您听好，是您在白金汉的肩膀上戴的坠子上割下了两颗钻石；是您派人劫持了班那希尔夫人；是您跌入德·沃尔德的情网，以为能与他共度良宵，而他实际上是达达尼安；是您以为德·沃尔德欺骗了您，于是，就想利用他的一个情敌将他除掉；当他的那位情敌发现了您的秘密之后，是您派了两个杀手去追杀他；是您送去毒酒，想让您的受害者相信那酒是他的朋友送去的；最后，还是您，就坐在我现在坐的这张椅子上，和黎塞留红衣主教刚刚达成交易，由您找人去暗杀白金汉公爵，而红衣主教任您去暗杀达达尼安。"

米拉迪面如土色。

"难道您是魔鬼？"她说了一句。

"也许是吧，"阿多斯说，"但是，您好好听着：您自己去暗杀或派人去暗杀白金汉公爵，随您便！我不认识他，况且他又是一个英国人。但是，不允许您去暗杀达达尼安，他是我喜欢的。因此，我要保护的一位忠实朋友。如若您不听我的警告，那么，我向您发誓，您准不会再有机会作恶了。"

"他冒犯了我，"米拉迪嗓音低沉地说，"他死定了。"

"冒犯您，夫人，这可能吗？"阿多斯笑着说，"就算他冒犯了您，他就死定了？"

"死定了，"米拉迪又说，"班那希尔先夫人先死，然后就轮到他。"

阿多斯看到这样一个毫无女人味的女人，让他脑海里浮起幕幕可怕的回忆。他想过，某一天，在一个比较平静的日子里，他曾想要为自己的荣誉将她除掉。现在，杀人的欲望之火重又在他的心头燃起，蔓延到他的全身。他站起身来，拔出枪来，扳起了扳机。

米拉迪面色白如僵尸，她想叫喊，但不知为什么发不出声，只有不像人话的嘶鸣，像一头野兽的残喘。她头发蓬乱，身子贴紧阴暗的壁纸。

阿多斯缓缓举起手枪，枪管几乎触到了米拉迪的前额上。由于他极其镇定，决心不可动摇，所以，他的话语更加令人胆寒。

"夫人，"他说，"请您立刻将红衣主教签署的证件交给我，要不，我以我的灵魂发誓，您会立刻丧命的。"

如果换另一个男人，米拉迪会存在怀疑，但她了解阿多斯。不过，她还是没动。

"给您一秒钟的时间考虑决定。"他说。

从阿多斯面部的痉挛可以看出，阿多斯会说到做到。

米拉迪急忙把那张纸掏了出来。

"拿去！"她说，"您这该死的东西！"

阿多斯接过那张纸，走到灯前，以便确证一下那是否就是他所要的那张纸。

他打开纸读起来：

本文件持有者执行我的命令，为了国家的利益，履行了公务。

黎塞留

1627 年 12 月 3 日

"现在，"阿多斯披上披风，戴上毡帽，道，"现在，您的毒牙已经被我拔掉了，您这条毒蛇，如果您还想咬人就咬好了！"

说着，他走出了房间，没有回头。

走到大门口，他发现两个人和他们牵着的马。

"二位，"他对他们说，"你们及时将那个女人送到拉普安特炮台，并要等她上了船你们才能离开。"

这话和命令一致，于是，那两个人躬身施礼。

阿多斯则纵马疾驰而去，他没有顺着大路向前，而是穿过田野，时而奋力刺马飞奔，时而收缰静听。

有一次，他听到了好几匹马的马蹄声，他确定那就是红衣主教和他的护卫队。

他又立刻催马向前，最后顺大路回营。到达距营地大约两百步的地方，他瞥见那伙骑马的人，立即远远地喝道。

"口令！"

"我相信，那一定是阿多斯。"红衣主教说。

"是的，大人，"阿多斯回答说，"我是阿多斯。"

"阿多斯先生，"黎塞留说，"对您的护卫我表示真诚的谢意。先生们，现在我们到了，你们从左边那个门进入，口令是'国王'—'雷岛'。"

红衣主教一边说，一边向三位朋友道别。这天夜里，他要在营地过夜。

"嗨！"当红衣主教远去，波尔多斯和阿拉密斯齐声叫道，"嗨！他在米拉迪要求的证件上签字了！"

"这我知道，"阿多斯慢慢说，"现在证件在我手里。"

直到营区，除了回答守卫的口令，三位朋友没有讲另外的话。

他们派出莫丝各东去通知布朗谢，请他的主人换班后，立刻从壕沟那边前往火枪手的住地。

再说说米拉迪，她在客栈门口找到正在等她的那两个人，没说其他的话就跟着他们走了。

她多么希望到红衣主教跟前，把刚刚发生的一切全都告诉他啊！然而她明白，那样等同于揭露自己：她可以说阿多斯曾经吊过她，而阿多斯就会说，她身上曾被烙上了百合花。最好还是不声张，先行利用自己惯有的机敏，履行自己答应过的艰难使命。等这一切都做完了，那时，再去向红衣主教要求为自己复仇。

经过一整夜的劳顿，她于翌日早上7时到达拉普安特炮台；8时，她被送上了船；9时，带有红衣主教签发的许可证的那艘船起锚扬帆，它却乘风破浪，驶向了英国。

四十六　甚日尔韦棱堡

　　到达三位朋友的住处，达达尼安看到他们都在，阿多斯在思考，波尔多斯在整理自己的小胡子，阿拉密斯则手里托着天鹅绒小开本日课经在诵读经文。"没错，先生们！"达达尼安说，"我希望你们要告诉我的事会值得一听，否则经过一整夜夺取了一座堡垒并把它拆除掉，你们却不顾我疲劳，将我喊来，我是不会原谅你们的。啊！要是你们也在现场，那就更好了！热闹极啦！"

　　"我们这也不平静！"波尔多斯将他的胡须卷成他所特有的那种波浪形。

　　"嘘！"阿多斯发出了嘘声。

　　"噢！噢！"达达尼安明白阿多斯为什么微蹙眉峰，于是说，"看来，会有些新情况。"

　　"阿拉密斯，"阿多斯说，"前天，你在帕尔帕耶饭店吃的饭，是吧？"

　　"不错。"

"菜怎么样？"

"吃得糟糕透了，前天是个斋戒日，可他们只给荤菜。"

"怎么！"阿多斯说，"靠在海边，没有鱼吗①？"

"他们说，"阿拉密斯说，"他们说红衣主教派人筑了堤，鱼儿都被赶进大海了。"

"哎！阿拉密斯，我问的不是这个，"阿多斯又说，"有没有人打扰您？"

"没有太多让人讨厌的，您要说什么事，我们去帕尔帕耶倒是非常合适的。"

"那就去那里，"阿多斯说，"因为这里的墙全像是纸糊的。"

达达尼安素来熟悉这位朋友的行为方式，从阿多斯的表现他就立刻能够领悟到事情的轻重。于是，他挽起阿多斯的手臂，一言未发便同他一起走出了门，波尔多斯和阿拉密斯跟在后面。

途中，他们遇见了各利莫，阿多斯做了个手势叫他跟着，各利莫依照习惯默默地服从。

他们到了帕尔帕耶小饭店，时间是早上7点钟，订了早餐，走进一个房间，店主说他们不会受到打扰的。

不幸的是，军营刚刚打过起床鼓，士兵们伸腰舒臂，一个个都来到小饭厅喝上一杯。火枪手、瑞士雇佣兵、龙骑兵、卫士、轻骑兵飞快地跑了进来，这对店主自然是件大好事，但4位朋友却皱起了眉头。同行们过来向他们打招呼，开玩笑，他们都冷冷地应对着。

---

① 对天主教徒来讲，鱼虾不算荤菜。

"唉！"阿多斯先是叹了一口气，"看来我们将要跟什么人大吵大闹一番了，可眼下千万不要那样。达达尼安，说说您昨天夜里您那边的情况，然后，我们再把我们的事告诉您。"

"果然是呀，"一个轻骑兵手里端着一杯烧酒，一边在慢慢地品味，说，"昨天夜里你们是下了战壕的，卫士先生们，你们同罗塞尔人干过了，是吗？"

达达尼安看了阿多斯一眼，意思是向他咨询，是不是回答这个问题。

"喂，"阿多斯说，"既然这些先生们乐意知道昨天夜里发生的情况，您就跟他们讲讲好了。"

"您不是夺取了一座堡垒吗？"一位用啤酒杯喝着朗姆酒的瑞士兵问道。

"不错，先生，"达达尼安躬身施礼回答说，"我们甚至还在它的一个底角放了一桶炸药，将那棱堡炸了一个大窟窿，建筑物剩下的部分快散架了！"

"是哪个堡垒呀？"一个龙骑兵问，他正要拿出一只鹅让人烤。

"甚日尔韦棱堡，"达达尼安回答说，"罗塞尔人躲在棱堡后面，不时地威胁着我们。"

"场面挺热闹吗？"

"当然，我们损失了五个弟兄，罗塞尔人死了八到十个。"

"真他妈的带劲儿！"瑞士兵说，他养成了用法语骂人的习惯。

"不过，"轻骑兵说，"很可能，他们今天早上就会把它

576

修好。"

"是的，有这种可能。"达达尼安说。

"诸位，"阿多斯说，"打个赌怎么样？"

"哦！好呀！打个赌！"瑞士兵说。

"打什么赌？"轻骑兵问。

"请等一等，"龙骑兵说道，"我也参加。该死的店老板！快拿个接油的盘子来！这些鹅油不能浪费了。"

"他说得对。"瑞士兵说。

"得了！"龙骑兵说，"现在我们开始打赌吧！"

"是呀，打赌吧！"轻骑兵说。

"那好，德·比西涅先生，我就同您打赌，"阿多斯说，"我和我的三位同伴马上就去甚日尔韦棱堡里吃早饭——不论敌人怎样轰我们，我们也要在里面坚持一个小时。"

他们开始明白阿多斯的用意了。

"喂，"达达尼安伏在阿多斯耳边低语道，"我们去送死？"

"如果我们不去那里，"阿多斯说，"我们更加危险。"

"啊！说真话！先生们，"波尔多斯仰在椅子上捋着胡髭说，"我希望这是一次漂亮的赌局。"

"好，就这样赌了，"龙骑兵先生说，"赌注是什么呢？"

"诸位，"阿多斯说，"西边加起来一共 4 个人。就赌 8 个人随意吃顿饭，怎么样？"

"好极了！"德·比西涅说。

"好。"龙骑兵说。

"我同意。"瑞士兵说。

第四位没有吭声，表示赞同。

"这4位先生的早饭已经备好。"店主过来说。

"那好，请拿上来。"阿多斯说。

阿多斯叫来各利莫，用手示意他将肉用巾包好。

各利莫顿时明白是要去野餐，把包好的肉放在里面，又装上几瓶酒。

"你们这要去哪儿吃早饭哪？"店主问。

"这与您无关，"阿多斯说，"有人付账就行了。"

说着他气派地将两枚皮斯托尔扔在了桌子上。

"应该找零钱给您，长官？"店主问。

"不用啦，只需再加两瓶香槟酒，余下的给您了。"

店老板没有想到会有这样一笔好生意，但他给四位客人不声不响地塞进了两瓶昂若葡萄酒，这样，他又多捞了几个钱。

"德·比西涅先生，"阿多斯说，"是按我的表对时呢，还是按您的表对时？"

"那就依我的表对时好了，先生！"轻骑兵掏出一只镶有四圈钻石的表，"现在是7点30分。"

"我的表是7点35分，"阿多斯说，"比您的表快5分，先生。"

4位年轻人向惊呆了的围观者鞠了一躬，上路了。各利莫挎着篮子跟在后面，他跟随阿多斯多年已经养成一种被动服从的习惯。

在没出营寨之前，4位朋友没有讲一句话。他们身后跟着一批人，那些人知道他们押了赌，都想知道结果是怎么样的。

而一穿过封锁壕边界线，不知底细的达达尼安想要弄明白怎么回事。

"现在，我亲爱的阿多斯，"他问，"看在朋友的份上告诉我，我们要去哪儿呀？"

"您看得很明白，"阿多斯说，"我们去棱堡。"

"为什么去那？"

"我们去那儿吃早饭。"

"我们为什么不在帕尔帕耶饭店吃呢？"

"因为我们有大事要谈，那里围着那些讨厌鬼，有的过来搭话，有的过来胡扯，我们没法安静，在这儿呢，"阿多斯指着前方的棱堡说，"至少没有人来打搅我们。"

"但我觉得，"达达尼安谨慎地说，这种谨慎和他那过人的勇气结合得恰到好处，"我们在沙丘那边找一僻静之地更好。"

"要是有人看见我们4个人一起在那里商谈，要不了多久，密探就会报告红衣主教我们在开会。"

"阿多斯说得对，"阿拉密斯说，"Anirnadveruntur in deser tis."①

"荒郊野外并不坏，"波尔多斯说，"关键是要找到合适的。"

"没有任何荒郊野外没有鸟儿飞过，红衣主教的密探无处不在。所以，眼下最要紧的是我们别无选择，我们已经打了赌，后退岂不丢脸？我相信，不会有什么人能够猜出我们打赌的真正意图。为了赢他们，我们要去棱堡中待上一个小时，这期间

---

① 拉丁语，意思为：荒郊野外遭人疑。

如果没有被袭击，我们就地商谈，交谈的内容谁也无法听到，谁也不会在那偷听，如果我们受到袭击，我们要照谈不误。再说，我们自卫，也可为自己戴上一顶荣誉的桂冠。你们看，不管怎么样都对我有利。"

"话是这么说，"达达尼安说，"但我们肯定要挨子弹的。"

"噢！亲爱的，"阿多斯说，"您清楚,子弹不是来自敌人。"

"但我觉得，"波尔多斯说，"我们至少应该带上自己的火枪才对。"

"你好糊涂，亲爱的波尔多斯，这是给自己添负担？"

"面对敌人，我不认为带上一支口径合适的好火枪是什么额外的包袱。"

"嗯！好了，"阿多斯说，"难道您没有听达达尼安讲什么？"

"他讲了什么？"波尔多斯问。

"达达尼安说过，昨天夜里攻击时，法军损失了 5 人，而罗塞尔人被打死了 8 到 10 人。"

"那又怎么样？"

"当时情况复杂，谁也没有顾得上去清理？"

"那又怎么样？"

"怎么样？我们去找他们的火枪，还有其他装备。那样，枪就不是 4 支，子弹就不是 48 发，火药壶就不是 4 个了。"

"哦，阿多斯！"阿拉密斯叫道，"你真伟大！"

波尔多斯也点头表示赞同。

达达尼安和各利莫没有想通，因为当他们继续朝棱堡方向走去时，他看出达达尼安一直有怀疑，便拉一下主人衣服的下摆。

"我们去哪儿？"他打了个手势问。

阿多斯向他指一下棱堡。

"我们会把命丢在那的。"不说话的各利莫依旧打着手势。

阿多斯抬起头来，伸出手了，指了指天。

各利莫将篮子放在地上，摇着头坐了下来。

阿多斯拔出腰带上的手枪，然后将枪口对准各利莫的太阳穴。

各利莫像被弹簧顶了一样重新站起。

阿多斯示意他提起篮子走到前面去。

各利莫服从，走到了队伍的最前面。

在这片刻的哑剧中，这位可怜的人从后卫变成了前锋。

到达棱堡后，四位朋友转过身。

300多人的队伍聚集在了营口，参加打赌的德·比西涅先生，那位龙骑兵，那位瑞士雇佣兵和另外的一个都在那支队伍中。

阿多斯脱下帽子，将它挑在剑刃上，在空中摇晃着。

所有在场的人都向他们几个发出一阵欢呼声。

各利莫最先进了棱堡。随后，4个人消失在了棱堡之中。

四十七　火枪手的聚会

棱堡内躺着法国人和罗塞尔人的十几具尸体。

"各位，"阿多斯当各利莫摆好食品时他说，"咱们先把枪支弹药收集起来，边干边谈。"他指着尸体说道，"他们是不会听见我们讲些什么的。"

"待我们搜查确证他们的袋子里一无所有时，"波尔多斯说，"我们总可以把他们扔进战壕里去吧？"

"对，"阿拉密斯说，"就让各利莫去干吧。"

"啊！要是那样，"达达尼安说，"那就让各利莫去搜，然后他再把尸体扔到外面去。"

"依我之见，还是留着它们，"阿多斯说，"会有用处的。"

"人都死了还有什么用处？"波尔多斯问。

"论断不要轻下——《福音书》上和红衣主教都是这么讲的。"阿多斯回答说。

"有多少支火枪？"

"12 支。"阿拉密斯答道。

"子弹呢？"

"100来发。"

"咱们正好需要这么多！装枪吧！"

4位朋友都动起手来，各利莫示意早餐已经备好。

阿多斯做出手势，指了指一座锥形建筑物，各利莫明白，是要他到那儿去放哨。阿多斯允许他带去一块面包、两块排骨和一瓶葡萄酒。

"现在，大家入席。"阿多斯说。

4位朋友一起坐到地上，一个个盘起了双腿。

"啊！"达达尼安说，"既然您现在不再担心有人听见，您快把秘密讲出来，阿多斯。"

"但愿我能给各位同时带来兴致和光荣，先生们，"阿多斯说，"我让你们作了一次美好的旅行。这儿摆上了一席味道鲜美的早餐，那儿有500人瞅着我们，这些人不把我们当成疯子，就把我们当成英雄，而疯子和英雄倒都是差不多。"

"可那秘密呢？"达达尼安问。

"那秘密吗？"阿多斯说，"就是昨天晚上我看见了米拉迪。"

达达尼安正把杯子举到嘴边，他的手立刻剧烈地抖了起来。因此，他不得不将酒杯放回地上。

"您见了您的妻子……"

"嘘！"阿多斯打断了他，"您忘记啦，亲爱的，这两位朋友不像您，他们对我的家事都不了解，我看见了米拉迪。"

"她在哪里？"达达尼安问。

"当时她在红鸽舍客栈。"

"这样，我就完蛋了。"达达尼安说。

"不，不尽其然，"阿多斯接着说，"因为，这时，她已经离开法国海岸了。"

达达尼安松了一口气。

"可是，"波尔多斯问，"米拉迪到底是个什么人？"

"一个迷人的女人，"阿多斯端起杯子，尝了一口起着泡沫的葡萄酒，"混蛋！店老板！"他突然嚷了起来，"他把昂若葡萄酒充当香槟给了我们，欺骗我们！"他继续说，"一个迷人的女人。她与我们的朋友达达尼安曾经有过一段恋情，但达达尼安得罪她。一个月前，她想派人用火枪干掉我们的朋友，一个星期前，又下了毒，昨天，她又向红衣主教提出要他的脑袋。"

"怎么！她向红衣主教提出要我的脑袋？"达达尼安吓得脸色苍白地叫起来。

"不假，"波尔多斯说，"我曾亲耳听过。"

"我也听到了。"阿拉密斯说。

"这么说，"达达尼安垂头丧气地说，"还不如自己朝脑袋开一枪，一了百了！"

"这是蠢事，"阿多斯说，"因为这事一做无法挽回。"

"我的仇敌太多了，"达达尼安说，"先是莫艾那个我不认识的人；其次是那个沃尔德；再次是被我戳穿秘密的米拉迪；最后是红衣主教。"

"好啦！"阿多斯说，"他们加起来是4个，我们加起来也是 4 个，人数相等。注意！各利莫向我们打的手势，我们马上就要同另一批人马开战了。有什么事，各利莫？我允许你讲话，朋友，但说简单点。你看到什么啦？"

"一支敌军。"

"多少人？"

"20 个。"

"都是什么人？"

"4 名步兵，16 个工兵。"

"离我们还有多远？"

"500 步。"

"好，我们还能把这只鸡吃完，为您的健康干一杯，达达尼安！"

"祝你健康！"波尔多斯和阿拉密斯也齐声道。

"那我就领了，祝我健康！虽然我不相信这对我会有什么用处。"

"怎么这样说！"阿多斯说，"主是伟大的，他掌握着未来。"

说完，阿多斯一口喝完杯中的酒，站起身来，随手抄起一支枪，走到碉堡的一个枪眼前。

阿拉密斯、波尔多斯和达达尼安也跟着这样做了。各利莫则在他们身后，负责给他们装子弹。

不多时，他们看到那队人马沿着弯弯曲曲的交通壕走了过来。

"见鬼！"阿多斯说，"那 20 来个拿着镐，拿着锹，扛着锹的人，不劳烦我们动手，让各利莫打个手势命令他们滚开，他们会照做的。"

"我表示怀疑，"达达尼安仔细观察了一番说，"他们很神气，且除了工兵，还有4名步兵和一名队长，他们可是全副武装的。"

"他们表现得神气，是因为还没有看到我们。"阿多斯说。

"唉！"阿拉密斯说，"坦率地讲，我不愿意向这些可怜的城里人下手。"

波尔多斯说，"他们可是异教徒！"

"说实在的，"阿多斯说，"阿拉密斯讲得有道理，我这就去通知他们。"

"您别干蠢事！"达达尼安厉声道，"您去只是送死，亲爱的！"

可是，阿多斯没听这个忠告。他一手拿着帽子，一手提枪，登上了围墙的缺口。

"先生们，"阿多斯对士兵和工兵们喊话，对方对他的出现感到异常惊讶，在距棱堡50来步的地方他们停了下来，"先生们，我的几位朋友和我本人正在棱堡里用早餐，诸位想必明白，不希望有人打扰，所以，如果诸位来此确有公干，我们请诸位等一等，等我们用完早餐。如果你们脱离叛党，也可过来和我们一起为法兰西国王的健康而干杯。"

"当心，阿多斯！"达达尼安叫道，"他们向您瞄准了。"

"看见了，看见了，"阿多斯回答说，"不必担心，这些小市民是打不中我的。"

四支枪同时响了，铅弹落在阿多斯的四周，没有一颗打中他。

这边四支枪发出了回击，他们的枪法要准很多——三个士兵应声倒地，一个工兵也被打中。

"各利莫，再递过一支枪来！"阿多斯仍然站在缺口上。

各利莫立刻照办。另外三个朋友则各自装着枪，紧接着是第二阵齐射。结果，敌方的队长和两名工兵倒地毙命，剩下的全部逃了。

"喂，先生们，我们出击一次。"阿多斯说。

四位朋友跃出棱堡，冲到那被打死的士兵那边，拣起四个士兵的装备。他们相信，逃跑的士兵暂时不会停下来，于是，他们带着战利品回到了棱堡。

"各利莫，把枪重新装好子弹，"阿多斯命令说，"先生们，我们继续吃我们的早餐，我们谈到哪儿啦？"

"我记得，"达达尼安说，"您讲到，米拉迪向红衣主教说她要我的脑袋，然后离开了法国的海岸……"他很关心她走的路线，于是问道："她去了哪里？"

"她去了英国。"阿多斯说。

"去那里干什么？"

"要去暗杀白金汉——亲自或派别的人。"

达达尼安听后愤怒地叫了一声："无耻！"

"哦！至于这件事，"阿多斯说，"我倒不把它放在心上。各利莫，"他继续说，"装完子弹，你就在队长的指挥短矛上系一块餐巾，然后把它插在棱堡上，让罗塞尔的那些叛逆者瞧瞧，他们在和多么英勇的战士打交道。"

各利莫按照吩咐去办了。一面白色的旗帜①在棱堡上迎风飘扬。营地里半数人都在看着他们。当这面旗帜升起来的时候，那边顿时沸腾了。

"怎么！"达达尼安接着说，"米拉迪要去杀白金汉，而您对此并不在意！可公爵是我们的朋友呀！"

"他是英国人，正在与我们作战。因此，米拉迪要如何对付他那就悉听尊便。"

说着，阿多斯把手中的酒瓶里的酒全部倒到了自己的杯子里，随后，将空酒瓶掷出十五六步远。

"等一等，"达达尼安说，"我不能看着白金汉被暗杀，他曾送给我们不少匹骏马呀。"

"还送了非常漂亮的鞍子。"波尔多斯补充说，他身上披的那件披风的花边就是从那鞍子上拆下来的。

"再说，"阿拉密斯接着话茬儿说，"天主不会要有罪人的性命。"

"阿门，"阿多斯说，"这件事以后再谈。而现在我最应该告诉您的，那就是我要把那个女人强求红衣主教写下的全权证书弄到手的事。有了这个东西，她就不受制裁地将您，还有我们杀掉。"

"这么说，那个女人是个妖魔无疑了？"说着，波尔多斯将他的盘子递给正在切鸡分发的阿拉密斯。

"那份全权证书在哪里？"达达尼安问，"在她的手上？"

---

① 当时法兰西王国的旗帜是白底，上有百合花。

"不，已经在我的手里——为了弄到它我颇费了工夫。"

"亲爱的阿多斯，"达达尼安说，"我真数不清您救了我多少次命了。"

"当时，您就是为了要去找那个女人才先离开的？"阿拉密斯问。

"正是。"

"您身上带着那份文件吗？"达达尼安又问。

"带着。"阿多斯说。

他掏出那张珍贵的纸。

达达尼安的手抖了起来，不加掩饰地用他那发抖的手打开那张纸，念了一遍。

"千真万确，"阿拉密斯说，"这是一份赦罪公文。"

"必须销毁它！"达达尼安叫道。

"正相反，"阿多斯说，"应当将它留着，保存好！哪怕有人拿上面堆满的金币来交换它，我也不会出手。"

"那米拉迪会怎么样？"年轻人问。

"现在？"阿多斯漫不经心地说，"她会给红衣主教写信，说有个叫阿多斯的该死的火枪手，劫走了她的安全通行证；就在这同一封信中，她一定会唆使红衣主教不仅除掉我阿多斯，还要将他的两个朋友波尔多斯和阿拉密斯一起除掉。红衣主教一定会想到，这些人是一直和他作对的对手。这样，某一天，他会先把达达尼安抓起来，随后，考虑到达达尼安一个人待在狱中闷得慌，也把我们一起抓起来。"

"哈哈！"波尔多斯说，"亲爱的，您还在开玩笑。"

"我不是开玩笑。"阿多斯回答说。

"要知道，"波尔多斯说，"我们拧断那个该死的米拉迪的脖子，罪孽不会比干掉那些胡格诺派教徒重多少。这些人，除了用法文唱圣诗，再没有犯过其他的什么罪。"

"教士对此怎么看的？"阿多斯不紧不慢地问。

"我同意波尔多斯的见解。"阿拉密斯说。

"还有我！"达达尼安说。

"幸好米拉迪远离我们，"波尔多斯说，"我坦率地说，她要是在这儿，我会感到极不自在。"

"不管她在哪个国家，我都不会感到自在。"阿多斯说。

"我也是。"达达尼安接着说。

"可是您既然抓住了她，"波尔多斯对阿多斯说，"那您为什么不把她除掉，死了看她还能干什么！"

"您以为那样就行啦，波尔多斯？"阿多斯惨淡一笑，这种笑容，只有达达尼安明白什么意思。

"我有个主意。"达达尼安说。

"说说看。"火枪手们齐声说。

"快拿家伙！"各利莫叫起来。

几个年轻人立刻跳起来抓枪。

这一次来的是由 20 到 25 人组成的小分队，全是守城的士兵了。

"我们还是走吧，"波尔多斯说，"我们和他们力量相差很大。"

"不能走！这有三个理由，"阿多斯说，"第一，早餐我

590

们还没有吃完；第二，事情还没商量好；第三，还差 10 分钟才一个小时。"

"既然如此，"阿拉密斯说，"我们要定一个作战准备。"

"这很简单，"阿多斯说，"敌人一进入射程我们就向他们开火。如果他们继续前进，我们就继续打下去。他们剩下的人还向这里冲，我们就让他们一直到壕沟前，再将这堵不可靠墙，向他们的头顶推过去。"

"妙！"波尔多斯叫起来，"确实不假，阿多斯，您是一个天生的将才，红衣主教比你也差远了。"

"各位，"阿多斯说，"我请你们专注于我们的敌人——瞄准！"

"听令！"达达尼安说。

"听令！"波尔多斯说。

"听令！"阿拉密斯说。

"开火！"阿多斯发出命令。

四枪齐鸣，四个敌兵应声倒地。

顿时，敌方擂响战鼓，那股队伍冲了上来。

四支火枪一声接一声地响起，而且弹无虚发。然而，罗塞尔人似乎看出了他们只有四个人。所以，他们仍在跑步继续冲向这边。

又是三枪撂倒了两个敌兵，可剩下的人继续冲锋。

最后一阵火力向他们迎面射去。然而，这未能阻止住他们的冲锋。他们跳下壕沟，准备攀上缺口。

"喂，朋友们！"阿多斯叫道。

四个朋友加上各利莫，一齐用枪管推着那堵墙，那堵墙像是受到飓风的袭击，墙体本来已有松动。最后，随着一声巨响，折进沟里。声声惨叫传了过来，事情就此结束。

"从第一个到最后一个，他们是不是全被压死了？"阿多斯问。

"我想是这样。"达达尼安答道。

"不，"波尔多斯说，"有两三个逃了。"

果然，剩下的三四个人带着满身的血污和泥土，仓皇地向城那边逃去。

阿多斯看了看表。

"诸位，"他说，"一个小时过去了，赌我们打赢了，不过我们还可以赢得更多。何况，达达尼安的主意还没有讲呢。"

说完，这位火枪手又坐到剩余的早餐前。

"要听我的主意？"达达尼安问。

"是呀，您讲了，您有一个主意。"阿多斯道。

"啊！那我就讲，"达达尼安说，"我再去找白金汉先生，把暗杀的阴谋告诉他。"

"您不能去。"阿多斯冷冷地说。

"为什么？我去过一次了？"

"不错，但那时候我们还没开战，白金汉先生是盟友而不是敌人。现在，您再去找他，那会被指控为叛国罪。"

达达尼安明白这话的分量，他没有再说什么。

"唉，"波尔多斯说，"我倒有个好主意。"

"请讲出来听听。"阿拉密斯说。

"你们找个什么借口，为我向德·特雷维尔先生请个假。米拉迪不认识我，我去接近她，而一旦我找到她，我就将她掐死。"

"好，"阿多斯说，"这个主意不错。"

"呸！"阿拉密斯鄙视地说，"去杀一个女人！不！嗨，听我的，我有个好主意。"

"就听听您的主意，阿拉密斯！"阿多斯对这位年轻的火枪手深怀敬重地说。

"应该告诉王后。"

"啊！好主意！"波尔多斯和达达尼安齐声叫道。

"告诉王后？"波尔多斯问道，"怎样去告诉她？我们派人去巴黎，营地的人肯定会知道，从这里到巴黎是140法里，我相信还没到我就先被扔进监狱了。"

"至于把信安全送到王后手里的事，"阿拉密斯涨红了脸，说，"这件事由我负责，我在图尔认识一个……"

但看到阿多斯在微笑，他便停住了。

"看来您不想采纳这个办法，阿多斯？"达达尼安问。

"不完全是，"阿多斯说，"不过，我只想提醒阿拉密斯几件事：一、您本人是不能离开营地去送信的；二、我们没有其他可靠的人；三、信送走两个小时后，红衣主教手下所有的嘉布遣会修士，所有的警官，就把你的信一字不错地背熟了。结果是，您知道怎么样。"

"还有，王后会去援救白金汉先生，"波尔多斯说，"但她绝不会来救我们几个。"

593

"各位，"达达尼安说，"提醒蛮有道理。"

"听，城里发生了什么事？"阿多斯说。

"在打紧急集合鼓。"

四位朋友侧耳倾听，他们果然听到了阵阵鼓声。

"他们马上会派来一团人。"阿多斯说。

"您还打算继续和他们斗下去吗？"波尔多斯问道。

"为什么不？"阿多斯答道，"我正浑身是劲儿，我可以抵挡他们一个军。"

"我敢保证，鼓声近了。"达达尼安说。

"就让它近吧，"阿多斯说，"从城里到这儿要一刻钟，我们商定办法时间足够了。假如我们现在就从这儿走开，再难找到合适的地点了。嗨，诸位，我正好又想到一个好主意。"

"快讲来听听。"

"等一会。"

阿多斯向他的仆人招下手，让他过来。

"各利莫，"阿多斯指着躺在棱堡中的尸体说，"你过去，把这些人扶起来贴墙站，再给他们每个人戴上一顶帽子，手里放上一支枪。"

"哦，伟大！"达达尼安叫起来。

"您明白啦？"波尔多斯问。

"你呢，各利莫？你明白吗？"达达尼安问。

各利莫点头，表示明白了。

"这就妥啦，"阿多斯说，"我来说说我的主意。"

"不过，我还想弄清楚，这些……"波尔多斯说。

“没有必要。”

“是呀，说说您的想法吧。”达达尼安和阿拉密斯同声催他。

“那个米拉迪，那个女人，那个恶魔，她有个小叔子，达达尼安，没错吧？”

“没错，我还相信，他对他嫂子不太有好感。”

“这不是坏事，”阿多斯说，“要是他恨她才好呢。”

“那将对我们有利。”

“可是，”波尔多斯说，“我还是想弄清楚要各利莫做的那件事。”

“别插嘴，波尔多斯！”阿拉密斯说。

“小叔子叫什么？”

“温特勋爵。”

“他现在在哪儿？”

“回伦敦去了。”

“那好，这正是我们需要的，”阿多斯说，“我们去通知他，说他嫂子正要暗杀一个人，我们请他注意她。我希望伦敦最好有个妇女感化院什么的，把她关在里头就好了。”

“对，”达达尼安说，“可她要是再出来，我们还是有危险。”

“啊！说真的，”阿多斯说，“达达尼安，我已经倾我所有都给您了。”

“我觉得，”阿拉密斯说，“我们应该同时通知王后。”

“对，不过，这两个地方分别派谁去？”

“让巴赞去。”阿拉密斯说。

"我提议让布朗谢去。"达达尼安接着说。

"的确,"波尔多斯说,"我们的跟班儿可以离开的。"

"毫无疑问,"阿拉密斯说,"今天我们就把信写好,让他们尽快起程。"

"还要给他们一些钱,"阿多斯说,"你们有吗?"

四位朋友面面相觑。

"注意!"达达尼安叫道,"那边敌人过来了。您刚才说是一个团,阿多斯,可看来分明是一个军。"

"天哪,是的,"阿多斯说,"是他们。你瞧这些阴险的家伙,偷偷地来了。喂!喂!您完事了没有,各利莫?"

各利莫做了一个手势表示完事了。12具他安放的尸体,个个仪态逼真,有的端着枪,有的像是在瞄准,还有的手执长剑做着准备刺杀。

"真棒!"阿多斯说,"您的想象力实在丰富。"

"为什么这样"波尔多斯说,"我还是不明白。"

"我们先撤退吧,"达达尼安打断他的话,"以后您会明白的。"

"再等一下,还得给各利莫留些时间收拾餐具吧。"

"啊!"阿拉密斯说,"瞧那些黑点子、红点子,他们来得很快,我同意达达尼安的意见。我认为我们不要再耽搁,赶快回营去。"

"说句真心话,"阿多斯说,"我不是反对撤退。我们已经待了一个半小时,没有什么理由不走了。走吧,诸位,咱们走吧!"

各利莫挎着篮子，赶到了前面。

四位朋友跟在各利莫后面走出了棱堡。

"啊！"阿多斯叫起来，"咱们干的是什么呀，先生们？"

"又出了什么事啦？"阿拉密斯问。

"那面旗子，该死！不该让一面旗帜落到敌人手里。"

说着，阿多斯回头冲进了棱堡，取下了旗子。就在这时，罗塞尔人已经到达火枪射程之内，他们猛烈地开了一通火。阿多斯像是为了取乐，挺身迎接火力的进攻。

子弹在他四周呼啸而过，但没有一颗打中他。

阿多斯背向城里的士兵，摇动着旗子向营地的朋友致意。一边是气恼的怒吼，一边是热情的欢呼。

紧接着是第二阵齐射。三发子弹打穿了餐巾，使那面餐巾变成了一面真正的旗帜。

整个营地发出了吼声："下来，下来！"

阿多斯下了棱堡，心惊肉跳的同伴们终于高兴起来。

"快呀，阿多斯，快呀！"达达尼安说，"咱们放开步子。现在，除了钱，我们什么问题都解决了，再被打死就不划算了。"

但是，无论同伴怎样提醒他、督促他，阿多斯依然是迈着沉稳的步伐走。

同伴们只好依着他调整了自己的步伐。

各利莫挎着篮子遥遥领先，早已走出射程之外。

不一会儿，他们又听见一阵疯狂的齐射。

"怎么回事？"波尔多斯问道，"他们朝什么人开枪？我们这里竟没有听到子弹的呼啸声。"

"他们在向那些死人开火。"达达尼安回话说。

"只是，那些死人是不会还手的。"

"说得对，他们会以为那是埋伏，这样会派出一名谈判代表。当他们发现那只是一场玩笑时，我们已经走出射程之外了。所以，我们干吗匆匆忙忙跑一阵子。"

"哦！我明白了。"波尔多斯赞叹不绝地嚷道。

"真是让人高兴！"阿多斯耸着肩膀说。

营地这一方的法国人，看到四位朋友凯旋，用阵阵热烈的欢呼迎接他们。

最后，又传来一阵火枪的齐射声。子弹凄凉地从他们的耳边飞过，落在四周的岩石上。

罗塞尔人最终夺回了棱堡。

"那些人是笨蛋，"阿多斯说，"我们干掉他们多少？12个？13个？"

"也许是15个或16个。"

"我们压死他们多少？"

"8个或者10个。"

"我方没有任何受伤？啊！不！达达尼安，您的手怎么啦？"

"没事。"达达尼安说。

"中了一颗流弹？"

"连流弹都谈不上。"

"那是怎么回事？"

这个深沉执着的人，对于这位年轻人却时常表现出父辈的关怀。

"是擦伤，"达达尼安说，"我的指头被两片石头夹住了——墙上的石头和我戒指上的石头，皮被擦破了。"

"这就是戴钻石戒指的好处！"阿多斯轻蔑地说。

"哈哈！"波尔多斯叫起来，"还有一颗钻石戒指——我不应当为钱发愁！"

"嘿，终于有救了！"阿拉密斯说。

"及时！波尔多斯。这个主意不错。"

"那当然，"波尔多斯听了阿多斯的夸奖神气活现地说，"那咱们就卖掉它。"

"可是，"达达尼安说，"那是王后给的呀。"

"那就更要把它卖掉了，"阿多斯说，"王后救白金汉先生，那是理所当然的。王后救助我们，也是合乎情理的——我们是她的朋友。咱们就卖掉它吧。神甫先生以为如何？"

"我想，"阿拉密斯红着脸说，"这戒指既然称不上爱情信物……"

"亲爱的，您讲起话来像是神学的化身，所以，您的意见是……"

"卖掉它。"阿拉密斯接话说。

"那好吧，"达达尼安高兴地说，"那就卖掉它。"

对方的射击在继续，但是，四位朋友早已走出射程之外。

"说真话，"阿多斯说，"波尔多斯想出这个主意也真是时候。我们就到营地了，这事不要再提了。大家都在盯着我们，我们将凯旋归营了。"

果然，整个营地都轰动了，争着看四位朋友幸福的炫耀，至于他们幸福的炫耀的真正原因是什么，谁也不知道。"国王卫队万岁！""火枪手万岁！"的欢呼声此起彼伏。德·比西涅先生第一个走出人群，承认打赌失败。那位龙骑兵和那位瑞士雇佣兵紧跟着。随后，所有弟兄都拥了过来，一阵阵不绝于耳的祝贺，一个个久久不舍的拥抱。同时，对于罗塞尔守军，人们则尽情嘲笑。

最后，红衣主教注意到了喧闹，他以为发生了什么乱子，赶快派拉乌迪尼埃尔的卫队队长先生前来探听情况。

人们把事情的经过从头到尾向这位使者讲了一遍。

"怎么回事？"拉乌迪尼埃尔一回去红衣主教就问。

"是这么回事，大人，"拉乌迪尼埃尔回禀道，"一名卫士和三个火枪手与德·比西涅先生打了赌，说去甚日尔韦棱堡吃早饭，他们在里边一面吃早饭，一面和敌人干了两小时，并打死了一些罗塞尔人。"

"您了解清楚了那三位火枪手的姓名吗？"

"是的，大人。"

"他们叫什么？"

"是阿拉密斯、波尔多斯和阿多斯三位先生。"

"还是他们！"红衣主教喃喃自语，"那位卫士呢，他叫什么？"

"达达尼安先生。"

"还是我的那位年轻的怪家伙！要想法让他们跟随我。"

600

当天晚上，红衣主教向德·特雷维尔先生谈起了全营传颂的话题，但是，德·特雷维尔先生已听到那些英雄们对整个过程的叙述，所以，整个故事他对红衣主教阁下讲得滔滔不绝，任何一个情节也没有漏掉。

"很好，德·特雷维尔先生，"红衣主教说，"我请您派人将那条餐巾给我送过去，我要让人在那上面绣上三朵金百合，把它作为你们火枪队的队旗。"

"大人，"德·特雷维尔先生说，"这对卫队可能是不公正的，因为达达尼安先生不是我的部下。"

"那么，您把他要过来，"红衣主教说，"既然他们亲如手足，让他们在同一个部队里服务是更好。"

当天晚上，德·特雷维尔先生就向三位火枪手和达达尼安宣布了这条好消息，并邀请他们四个人于第二天共进早餐。

达达尼安按捺不住内心的喜悦。我们知道，当一名火枪手是他一生的梦想！

另三位朋友也兴奋不已。

"太棒啦！"达达尼安对阿多斯说，"您的主意取得了巨大成功，我们获得了光荣，而且，我们又能进行最最重要的交谈。"

"现在，我们继续谈下去，不必担心什么人怀疑我们了，因为有了天主的赐助，人们从此会认为我们是红衣主教的人。"

当天晚上，达达尼安去向德·阿赛尔先生表示敬意，并告知他已获得升调了。

德·阿赛尔先生是很喜欢达达尼安的，表示愿意资助他，因为调进新的队伍后，在装备上是需要不少钱的。

达达尼安谢绝了，但请求他帮助卖掉钻石。

翌日上午 8 点，德·阿赛尔先生的跟班儿交来一袋金币，总共 7000 利弗。

四十八　家事

阿多斯找到一个词：家事。家事同任何人都无关——谁都可以正大光明地处理家事。

阿拉密斯想出了一个主意：选派家丁。

波尔多斯找到了一种方法：变卖钻石戒指。

而达达尼安，通常四人中脑子最灵活的一个，反而现在什么也想不出。一听到米拉迪这个名字，就会变得六神无主。

唯一做的是他找到了钻石戒指的买主。

德·特雷维尔先生那里那顿早餐吃得令人愉快。达达尼安已经穿上了一套制服，因为他的个子和阿拉密斯几乎不相上下。阿拉密斯有一大笔钱，他的全部装备都置了两套。这样，他就拿出一套给了他的朋友达达尼安。

假如没有米拉迪的事，达达尼安肯定会心花怒放的。

早餐后，几位朋友商定当晚在阿多斯的住处碰头，最后确定他们那件事。

达达尼安在营区内条条道路上逛来逛去，以便将他那身火枪手的制服好生炫耀一番。

晚上，四个朋友按照约定时间到达，他们准备商定三件事：

第一，敲定给米拉迪小叔子的信的内容；

第二，敲定给图尔那个机灵人信的内容；

第三，决定哪个跟班儿前去送信。

阿多斯说各利莫为人谨慎，没有主人的命令他决不说话；波尔多斯则夸耀莫丝各东臂力过人，身体强壮足可抵挡四个身强力壮的汉子；阿拉密斯相信巴赞机敏无比，并用一篇辞藻华丽的颂辞将候选人赞扬了一番；达达尼安呢，他对布朗谢的勇武大大夸耀了一顿，并提醒几位先生，不要忘记布朗谢在最危险的事件中的非凡表现。

结果，对几位候选人的人品智勇，各抒己见，争论不休，一时难以定夺。

"真是苦恼，"阿多斯说，"我们选的人必须有着四种品德呀？"

"到哪找这样一个跟班儿的？"

"不可能找到的！就用各利莫吧。"阿多斯说。

"用莫丝各东。"波尔多斯坚持说。

"用巴赞。"阿拉密斯也不相让。

"用布朗谢——四德他已有了两种。"

"先生们，"阿拉密斯说，"最重要的不是知道我们的四个跟班儿谁的品德更突出，最重要的是要知道谁最爱钱。"

"这话意味深长，"阿多斯说，"应该寄希望于人的弱点。神甫先生，你是一位伟大的伦理学家。"

"也许是吧，"阿拉密斯说，"我们所需要的只有成功不能失败。因为，一旦失败，要掉的是我们的脑袋，而不是跟班儿的……"

"轻点儿，阿拉密斯！"阿多斯提醒他。

"对。不是跟班儿的脑袋，"阿拉密斯接着说，"而是他的主人的脑袋！我们的跟班儿有足够的忠心去冒险吗？没有！"

"可我敢说，"达达尼安说，"我差不多能为布朗谢担保。"

"那好呀，亲爱的朋友，再给他加上一笔钱，让他今后过得更好些，这就是双保险了。"

"哎，善良的天主！这还是靠不住的。"阿多斯说。一谈到人，他总是悲观的。"为了得到钱跟班儿什么都会答应，但如果害怕他就什么也不会干；一旦被抓住，人家就会拷问他们，他们就讲出实情。见鬼！去英国（阿多斯压低声音），必须穿越遍布红衣主教密探和心腹的法兰西，必须有一份登船的证件。到了伦敦，问路要懂英语，这事很难办。"

"没什么难的，"一心要把事情办妥的达达尼安说，"正相反，我看事情很容易。当然，要是我们向温特勋爵写的信中大谈家庭以外的事，大谈红衣主教的可耻行径……"

"轻点儿！"阿多斯提醒道。

"又谈国家的机密，"达达尼安放低了声音，"那不用说，我们都会被处死。正如你所说的，阿多斯，请不要忘记，我们是为了家事给他写信的，写信的唯一目的，让他免遭这个女人伤害，所以，我一定要给温特勋爵写封信，信的内容大致是……"

"那就请说说看。"阿拉密斯说。

"先生并亲爱的朋友……"

"哈哈!对一个英国人称'亲爱的朋友',"阿多斯打断说,"这个称呼好!达达尼安!就凭这,您就能送掉小命。"

"那好,我干脆就叫他先生好了。"

"您还是称他密露尔好些。"很讲求礼仪的阿多斯说。

"'密露尔,您还记得卢森堡宫后面的那块被圈起来牧羊荒地吗?'"

"好哇!有了卢森堡宫!人们以为这是暗指王太后[①]!"阿多斯说。

"那我就简单地写:'密露尔,您还记得有人曾救过您一命的那块牧羊的荒地吗?'"

"亲爱的达达尼安,"阿多斯说,"你永远是一个蹩脚的起草人:'有人曾救过您一命的牧羊的荒地'!这不像话。对一个贵族,绝对不能向他重提这类事,那就等于侮辱他。"

"啊!亲爱的,"达达尼安说,"您真难侍候,如果您监督我写这封信,那我就只好放弃了。"

"您说得对,亲爱的,使枪弄棒的事您在行,可拿起笔来……请把它交给神甫先生吧,这是他的老本行。"

"啊!对,确实如此,"波尔多斯说,"就让阿拉密斯写吧,他还用拉丁文写过论文呢。"

"那也好,"达达尼安说,"您就来起草这封信吧,阿拉密斯。

---

① 卢森堡宫由路易十三之母马瑞·德·美第奇下令建造。

606

不过，请您留神——现在轮到我来监督了，我预先告诉您。"

"那就见笑了，"阿拉密斯心中怀着诗人般的自信说，"但请你们把情况告诉我。当然，那个女人的恶行我也听说过一些，而且在听她和红衣主教谈话时，还得到了证实。"

"轻声些，该死！"阿多斯说。

"可详情我也并不知道。"阿拉密斯说。

"我也是。"波尔多斯说。

达达尼安和阿多斯默默地相互看了一会儿。最后，阿多斯凝神静思，做了一个赞同的手势。达达尼安知道他可以讲了。

"好吧，下面就该是信的内容，"达达尼安说，"'密露尔，您的嫂子是一个万恶的坏女人，她曾想派人杀掉您，为了继承您的财产。她本不该嫁给您兄弟，因为她在法国已经结过婚，并被……'"

达达尼安停下了，并看着阿多斯。

"'并被丈夫赶出门……'"阿多斯说。

"'因为她被烙过印……'"达达尼安接着说。

"唔！"波尔多斯嚷起来，"不可能，她想杀掉她的小叔子？"

"是的。"

"那么，她丈夫发现了她肩膀上烙有一朵百合花了？"波尔多斯大声问道。

"是的。"

三个"是的"都是阿多斯回答的，但语调一次比一次忧郁。

"谁看见过那朵百合花？"阿拉密斯问。

607

"达达尼安和我，更准确地说，按照时间的顺序，我和达达尼安。"阿多斯回答说。

"她的丈夫现在还活着？"阿拉密斯问。

"活着。"

接着是一阵冷静的沉默，在这种沉默中，每个人都想着这事的感受。

"以上，"阿多斯首先打破沉默，"我们有了一个极好的提纲，这是我们首先要写的内容。"

"嘿！你说得对，阿多斯，"阿拉密斯说，"起草一篇东西很是费心思的。掌玺大臣先生得心应手地写一篇诉讼状，但遇到这样的可能也会无能为力。管他呢！请各位肃静，我要落笔啦。"

阿拉密斯思考片刻，随后，一口气写完了。接着，他用一种柔和而缓慢的声调——抑扬顿挫地读了起来：

密露尔：

　　给您写这几行字的人曾在地狱街的某个小园圃，荣幸地和您比过剑。此后，您当他是朋友。今天，他善良地劝告您，曾有两次，您几乎命丧于您的一位亲属之手，而她想成为您的财产继承人，您并不知道，她在英国结婚前，在法国已经出嫁。这一次，您就可能大难临头了。您的那位亲属已于昨夜，从罗塞尔城出发去了英国。她有着秘密的计划，抵达后，您要对她施行监视。如果您一定要知道她要干出什么的，她的过去印在她的左肩膀上。

"绝了！绝了！"阿多斯说，"您有国务大臣的手笔。这封信只要到了温特勋爵的手里，对她一定会严加防范。信万一落到红衣主教手里，我们也不会有事。只是，跟班儿可能会骗我们，说他去伦敦了，但实际上中途就停下来。所以，向他交信时，钱只给他一半，剩下的，等回信到了再付给他。您身上带着钻石戒指吗，达达尼安？"阿多斯接着说。

"我现在有现金。"

说着，达达尼安把钱袋子扔到桌子上。阿拉密斯抬起头，波尔多斯跳了起来，只有阿多斯不动声色。

"共有多少？"阿多斯问。

"7000利弗。"

"7000利弗？"波尔多斯叫起来，"那戒指竟值7000利弗？"

"看来是的，"阿多斯说，"我推想达达尼安不会把自己另外的钱加进去。"

"可是，先生们，"达达尼安说，"我们没有提到王后。让我们稍许关心一下她亲爱的白金汉的健康吧。这是我们应尽的最起码的义务了。"

"很对，"阿多斯说，"但这是阿拉密斯的事。"

"那好！"阿拉密斯涨红着脸说，"可我该做什么？"

"这容易，"阿多斯回答说，"再给图尔的那个机灵人写封信。"

阿拉密斯再次思考了片刻，写了下列几行，并立刻提交朋友们审议通过。

亲爱的表妹……

"哈哈！"阿多斯说，"那个机灵人原来是您的亲戚！"

"嫡亲，表妹……"阿拉密斯说。

阿拉密斯继续念下去：

> 亲爱的表妹：
>
> 天主保佑红衣主教阁下很快就会将罗塞尔反叛的异教徒击溃，英国舰队抵达现场援救已经不可能，我敢肯定，白金汉先生会无法成行。红衣主教阁下过去是、现在是、将来还是最卓越的政治家。亲爱的表妹，请将这些令人愉快的消息转告令妹。我曾梦见那个该诅咒的英国人死掉了，他是死于暗器还是死于毒物，我已不能记清。我能肯定的是梦见他死了，而且您知道，我的梦从来不曾骗我。请相信，不久，您将看到我。

"好极了！"阿多斯叫道，"您是诗人之王。亲爱的阿拉密斯，现在信上就差地址了。"

"这容易。"阿拉密斯说。

他精心地把信折好，在上面又写道：

面交图尔城缝衣女工玛丽·米松小姐。

三位朋友哈哈大笑：他们上当了。

"现在，"阿拉密斯说，"先生们，只有巴赞才能把这封信送到，因为她只认识巴赞，并且只会信任他。再说，巴赞立志高远，富有学识，他读过历史，先生们，他知道西克斯特五世①。还有，他想皈依教门，并且满怀希望，有朝一日成为教皇。所以，请各位想明白，像这样一个胸怀大志的人是不会束手就擒的，即使被人抓住，他宁死也是不会招认的。”

“好，好，”达达尼安说，“我衷心赞同您的巴赞，但是也请您赞同我的布朗谢，布朗谢记性好。我还向你们打保证，如果他能想到一种可行的报复计划，他宁肯让人杀掉也不会放弃。如果说图尔之行是您的事，那么，伦敦之行就是我的事。况且，他跟我去过那里一趟，能够用相当标准的英语说：London，sir，if vou plebe.②和 My master lord，Aaagnan.③有了这样的两句话，他去来都不会迷路的。”

“如果这样，”阿多斯说，“就该让布朗谢领上 700 利弗先动身，回来后再领剩下的 700，巴赞去时领 300，回来再给 300。其余的我们各人取 1000 作零花，留下其余的 1000 利弗交给神甫保管，各位觉得这样还合适吗？”

“亲爱的阿多斯，”阿拉密斯说，“你讲话真像涅斯托尔④，他是希腊最智慧的人。”

“好吧，那就这样，”阿多斯又说，“布朗谢和巴赞担负

---

① 西克斯特五世（1520-1590）：意大利籍教皇，出身卑微。成为教皇前曾是个小猪倌。

② 英语，意思是：请问，去伦敦怎么走？

③ 英语，意思是：我的主人达达尼安爵爷。

④ 涅斯托尔：传说中的古希腊皮洛斯国王，足智多谋，是特洛伊战争中的名将。

起送信任务。其实，留下各利莫我没有什么不高兴，我离了他不成。昨天一整天他被折腾得够受了，也不适合出远门了。"

布朗谢被叫来了，大伙给他讲了许多注意事项。达达尼安首先告诉他，完成这项任务是无上的光荣，其次告诉他，他还可以得到一大笔报酬，最后，达达尼安向他谈了危险性。

"我会把信保管好的，"布朗谢说，"如果我被抓到，就把信吞到肚子里去。"

"可那样你就不可能完成使命了。"达达尼安说。

"今天晚上给我抄一份，我会将它牢记在心。"

达达尼安凝视着他的朋友们，似乎要对他们说："瞧呀，我说得没错！"

"现在，"达达尼安继续对布朗谢说，"来回各8天时间，一共是16天。如果16天后的那天晚上8点钟你还没到，另一半钱您得不到，哪怕是8点5分到也是不行的。"

"那么，先生，"布朗谢说，"我需要一块表。"

"拿着这一块，"阿多斯说着便满不在乎地将他自己的表交给了布朗谢，"做一个正直的小伙子。要想着，如果你多话，如果你乱讲，你主人的脑袋就会被人砍掉，而你的主人他对你的忠心绝对信任。而且你还要记住，如果由于你使达达尼安遭受不幸，我会找到你——不管你躲到哪，那时候，我会把你的肚子剖成两半儿。"

"哦！先生！"布朗谢叫起来。火枪手那镇定的神态则令他感到惊恐了。

"我呢，"波尔多斯转动着他的一双大眼说，"你要想到，我要活活剥掉你的皮。”

“啊！先生！”

“我呢，”阿拉密斯用那温和悦耳的声音说，“你要想到，我会用小火慢慢烤你。”

“啊！先生！”

布朗谢哭了起来，可能是害怕，也可能是看到四位朋友的团结而受感动。

达达尼安握握他的手，然后拥抱着他。

“你看到了，布朗谢，”达达尼安对他说，“这几位先生对你说的这些话，全都出于对我的爱，他们也都是爱你的。”

“啊！先生！”布朗谢说，“要不我成功，要不你们把我砍成四大块。”

最后做出决定，布朗谢于翌日8点出发。他必须于第16天晚上8点回来。

翌日清晨，正当布朗谢蹬鞍跨马之时，达达尼安出于对白金汉公爵的某种偏爱，便将布朗谢拉到一旁。

“你听着，”他对他说，“当你把信交给温特勋爵，你还要告诉他：‘请您帮助白金汉公爵大人，因为有人要谋杀他。’你看得出来，这句话是非常严肃、非常重要的，我甚至没告诉我的朋友。我把这个秘密托付给了你，我不能写成文字。”

“请您放心，先生。”布朗谢说。

布朗谢跨上一匹良马，他必须骑上它跑60法里才能到达驿站，所以布朗谢一出发便策马飞奔。除了心情有点紧张，别的，他感觉良好。

巴赞于第二天早晨去了图尔，要用 8 天时间完成使命。

他们俩离开之后，人们可以想象，四位朋友比任何时候都警觉，睁大眼睛看，张开鼻子闻，竖起耳朵听，一天到晚都在窥探红衣主教的动静，揣度所有来到营内的信使的用意。有几次，他们因为上面来招呼他们去履行某种公务，就吓得失魂落魄。米拉迪是一个幽灵，一旦在人们眼前出现，就不会让人得到片刻的安宁。

第 8 天的早晨，巴赞走进帕尔帕耶客栈。这时，四位朋友正在吃早餐，他按照预先约定的暗语说道："阿拉密斯先生，这是您表妹的回信。"

四位朋友交换了一下快乐的眼神——事情的一半完成了，虽说这一半相对容易。

阿拉密斯接信时，脸上不由自主地泛起了一片红晕。信的字很大，且有拼写错误。

"天主！"他嘿嘿笑着叫起来，"这个可怜的米松永远也不会写得像德·瓦蒂尔先生那样好。"

"米松是什么人？"和他们打过赌的那个瑞士雇佣兵正在和四位朋友在一起，他问。

"哦！天主！一个我非常喜欢的迷人的小女裁缝，"阿拉密斯说，"我向她讨要几行字作为纪念。"

"啊！"瑞士雇佣兵说，"要是她是一个高贵的妇人，您就交了桃花运了，朋友！"

阿拉密斯把信读了一遍，随手递给阿多斯。

"你瞧瞧她给我写了什么吧，阿多斯。"阿拉密斯说。

阿多斯在信上溜了一眼。为不让别人怀疑，他大声念起来：

表哥：

　　我姐姐和我都很会猜梦，因此，我们对做梦甚至感到恐怖，不过，对于您的梦，不必放在心上。再见吧！多保重，随时期盼您的消息。

阿格拉菲·米松

"什么梦不梦的？"龙骑兵走上前来问。

"对，什么梦不梦的？"瑞士雇佣兵也问道。

"唉！见鬼！"阿拉密斯说，"很简单，我把做的一个梦告诉她了。"

"噢！是这样！可我从来不做梦。"

"那您太幸福了，"阿多斯站起身说，"我真想能像您那样活着。"

"从来不做梦！"瑞士人又说，"像阿多斯这样一个人竟然羡慕他。"

达达尼安看到阿多斯站起身，也跟着站起来，随后挽着他的胳膊出了门。

波尔多斯和阿拉密斯，留下应付龙骑兵和那位瑞士人。

巴赞则躺在一捆草上睡着了，他梦见阿拉密斯当上了教皇，正把一顶红衣主教的桂冠戴在他的头上。

巴赞的幸运返回只给他们解除了部分的忧虑。期盼的日子过得是格外长的，尤其是达达尼安，现在每一天都非常难熬。

他忘记了海上航行必不可免的缓慢，夸大了米拉迪的能量，他认为那个女人一定会有像她一样可怕的助手，稍有动静，他就认为是来抓他，并且将布朗谢也带来和他及他的几个朋友当面对质。以往，他从来不加怀疑他的比阿第人，现在，这种信任感在逐渐地消失，他的忧虑与日俱增，竟然感染了波尔多斯和阿拉密斯，只有阿多斯稳坐钓鱼台，他照吃，照睡，照常呼吸他的新鲜空气。

到了第 16 天，达达尼安和他的两位朋友身上表现得更为烦躁不安，他们心烦意乱，在布朗谢应该返回的大道上转来转去。

"说句实在话，"阿多斯对他们说，"你们不是男子汉，而是一群孩子，一个女人就让你们这么提心吊胆！说到底，害怕坐牢。那好哇，会有人把我们放出来的。班那希尔夫人不是被人从监狱里放出来了吗？怕掉脑袋？然而，在战壕里情况比这糟得多，一颗炮弹可能炸断我们的腿；一个外科医生在锯我们的大腿时，我们所受的痛苦要比一个刽子手砍我们的脑袋厉害得多。还是保持冷静吧！两小时后，最迟六小时后，布朗谢一定会出现在我们的面前，因为他答应过按时回来。我相信布朗谢的承诺。"

"但如果他不能到达呢？"达达尼安问。

"要是他不能到达，那是他有事延误了。他可能从马上摔下来，跌断了腿；他可能在桥上跌到了水里；他可能跑得过猛，得了一场胸膜炎。先生们，这些我们都要考虑到，生命是一串用许许多多小灾小难串起来的念珠，我们要含着笑一颗一颗捻

616

着它的。请你们像我一样，做一个达观者，先生们，咱们坐下来吃饭喝酒吧。没有什么能跟一杯葡萄酒相比！"

"说得太对了，"达达尼安说，"现在，每当我喝凉酒时，总是担心米拉迪送过来的。结果，总是担心这担心那，连自己都不耐烦起来。"

"你真够难伺候的，"阿多斯说，"她是一个美人！"

"一个烙上了刑记的女人！"波尔多斯大笑着说。

阿多斯战栗起来，然后带着他不可抑制的躁动站起身来。

夜幕降临，阿多斯口袋里一直装着分得的那份钻石戒指的钱，所以，他再没有离开过帕尔帕耶小客栈。再说，阿多斯觉得德·比西涅先生像德·布希尼一样，是他赌博的好搭档。所以，像平素一样，七点钟敲响时，他们还在赌钱。他们听见前去加双岗的巡逻兵的脚步声。七点半，又响起了归营鼓。

"我们输了。"达达尼安在阿多斯耳边说。

"你是想说我们赌输了？"阿多斯不慌不忙地说，掏出四枚皮斯托尔扔在桌子上，"走吧，各位，"他接着说，"归营鼓已经擂响，该回去了。"

阿多斯走出帕尔帕耶客栈。

达达尼安紧随其后。

阿拉密斯挎着波尔多斯的胳膊走在最后面。

阿拉密斯一直在背诵诗句，波尔多斯每失望一次就拔掉一根胡须。

突然闪出一个人影。

接着，一个熟悉的声音传了过来："先生，我给您送来了您的披风，因为晚上天凉。"

"布朗谢！"达达尼安欣喜若狂。

"布朗谢！"波尔多斯和阿拉密斯跟着又大叫了一声。

"不错，是布朗谢，"阿多斯说，"没什么奇怪，他答应过，8点到。现在，正好8点。好样的！布朗谢，如果有一天你离开你的主人，我雇了。"

"哦！不，永远不会的，"布朗谢说，"我永远不会离开达达尼安先生。"

这时，达达尼安已经感觉到布朗谢在他手里塞了一张纸条。

达达尼安真想拥抱他，但他担心在大街上这样做被路人看了感到稀奇，于是忍住了。

"我这里有一封信。"他对阿多斯和另外两位朋友说。

"好哇，"阿多斯说，"进屋去看吧。"

达达尼安想加快步伐，然而阿多斯却牢牢抓着他的胳膊不松手，迫使这个年轻人不得不和他的朋友们保持同样的速度前进。

他们终于走进帐篷。

布朗谢站在门口，以免四位朋友受到惊扰。

达达尼安迫不及待地打开那封回信。

Thank you，be easy.

这句英文的意思是："谢谢，请您放心。"

阿多斯从达达尼安手中接过信，把它烧成灰烬。

然后他叫布朗谢：

"现在，小伙子，"他对他说，"你可以领到你那 700 利弗了，不过，带着那样一封信不会有太大危险。"

"我想尽了办法来保护它总不是个过错吧？"布朗谢说。

"好啦，"达达尼安说，"你快说说详细过程。"

"天哪！讲起来话就长了，先生。"

"你说得对，布朗谢，"阿多斯说，"况且归营鼓已经打过，我们还亮着灯，人们会注意我们的。"

"好吧，"达达尼安说，"咱们都去睡觉。好好睡一觉，布朗谢！"

"说真的，先生，16 天来，第一次睡个好觉。"

"我也是呀！"达达尼安说。

"好哇，你们是要我说心里话吗？我也是！"阿多斯说。

四十九　厄运

这期间，米拉迪宛如一头被装上船的母狮，在甲板上咆哮着。她恨不得一头扎进大海，游回陆地。她先是遭到达达尼安的侮辱，后又受到阿多斯的威胁。很快，她就感到忍无可忍，要求船长送她上岸。

然而，船只位于法国巡洋舰和英国巡洋舰对峙的海域，船长急于摆脱这一危险处境返回英国，因而对这种女乘客的任性要求，断然拒绝。

但是船长也明白，这是红衣主教的贵客。因此，对她的要求也不能不理。他答应，如果海情和法方允许，他可在布列塔尼半岛的某个港口送她上岸。

船赶上逆风，只能抢风航行，迂回前进。结果，从夏朗特出海，过去了9天，米拉迪这时才远远望见菲尼斯泰尔那青蓝色的海岸。

她计算着：重新到达红衣主教身边起码需要三天，加上上岸需要一天，总共四天。现在已经过去了9天，这就意味着

13 天白白地损失掉了。在这 13 天的时间里，伦敦可能发生很多大事！她又想到，毫无疑问，红衣主教对她的返回会大发雷霆，结果必然是他将听信别人对她的抱怨，而不会听信她对别人的指责。想到这里，她没有向船长提靠岸的要求。船长乐见她如此，也不会提醒她。就这样，米拉迪继续航行。

就在这位女特使顺利地抵达朴茨茅斯的那一天，布朗谢正好从那里乘船回法国去。

当日，朴茨茅斯港非常热闹：人们正在为四艘新近竣工的军舰举行下水典礼。

白金汉立在防波堤上。与往常一样，他身穿华丽的衣服，一身珠光宝气，毡帽上面的一支白色羽翎垂到肩上，一群参谋人员前呼后拥。

当日万里无云，是英国冬季中少有的一个好天气。这让英国人想到，还有太阳这个东西存在着。它斜卧天际，用它的火焰染红了天空和大海，又在城区的尖塔和古老的房舍上抹上道道金光，使得一片一片的玻璃窗熠熠生辉。

米拉迪呼吸着由于靠近陆地而变得更加清新的大海上的空气，凝视着要靠她去摧毁的那些军备，就是说，一个女人，加上几袋金币，去摧毁一个国家的军队。她暗自把自己比成朱迪特[①]，那个厉害的犹太女人深入亚述国军营看到无数武器时，她只挥了挥手，那一切全都灰飞烟灭了。

船驶进停泊区。

---

① 　朱迪特：《朱迪特之书》中描写的女英雄。为了挽救贝图利亚城，她勾引敌将奥洛弗尔纳，趁对方酒醉砍下了他的头。

一艘全副武装的小快艇驶到这艘商船旁边。小快艇放下的小划子向商船的舷梯划过来。划子上有一名军官、一名水手、8个桨手。军官一人登上甲板，就受到十分敬重的接待。

军官与船老板说过话之后，他拿出了几页纸的文件让船长看过。船长让所有乘务人员、水手和乘客全都集中到甲板上。

军官大声查问这只双桅船从何地出海，途经哪里，曾在何处靠岸。对于所有这些问题，船长都毫不犹豫地回答。接着，军官对每一个人一一看过。等看到米拉迪时，军官停下脚步，仔细打量着她，但没有说一句话。

随后，军官又走到船长跟前，对他又说了几句话。军官开始调度这只船，他下了一道操作口令，船重新启航，并处于小快艇的监护之下，小快艇的6门炮的炮口一直对着它。而那只小划子跟在船的后面，犹如可以忽略不计的小黑点儿在浪涛里跳动着。

当军官检查到米拉迪时，尽管这个女人往日想闹明白对方的秘密时能够一眼便看透对方的心思，可是这一次，除去一张无动于衷的脸以外，什么也没有发现。军官停在她面前，非常仔细地看着她。那位军官有二十五六岁，浅蓝色的眼睛略有凹陷；他轮廓分明，一动不动地紧紧闭着；他下巴突出，显示出一种意志力，大不列颠人的普通类型中通常被看作固执的那种意志力；脑门儿有点塌，深褐色的头发，同样颜色覆盖了下面半个脸的大胡子。

船驶进港口时天已经黑了下来，雾使夜色变得更加浓重，每盏防波堤的标志灯和照明灯的周围都出现了一个圆圈。空气阴沉、潮湿、寒冷。

米拉迪也不由自主地打起了哆嗦。

军官让人清点了米拉迪的行李，并命令将她的行李搬到小划子上去。

这一系列事情办妥之后，他让她登上那个小划子。

米拉迪看着他，犹豫起来。

"您是什么人，先生，"她问，"为什么这么热心地关照我？"

"夫人，我是英国海军的军官。"年轻人答道。

"英国海军在英国港口碰上他们的女同胞，也都是这样安排，殷勤备至，一直把她们送上码头吗？"

"是的，但并非出于殷勤，而是出于谨慎。因为我们是在战争时期所有外国人都要被带到指定的旅馆，受到监督，直到他们的情况被弄清楚为止。"

几句话表述得得体、礼貌。然而，米拉迪没有被说服。

"而我不是外国人，先生，"她说，用的是从朴茨茅斯到曼彻斯特之间人们讲的那种最为纯正的英语口语，"我是科拉利克夫人，而这种措施……"

"这种措施适用于任何人，米拉迪，您没法例外。"

"既然如此，我们就走吧，先生。"

她接住军官的手，走向下面等在那里的小划子。军官跟着她，军官将一件披风铺在船尾上，请她坐上去。

"出发。"军官向水手下达命令。

8支划桨一齐插入水中，小划子在海面上便如飞而去。

5分钟过后，划子靠了岸。

军官跳上码头，伸手来接米拉迪。

一辆马车等在那里。

"这辆马车是专为我准备的？"米拉迪问。

"是的，夫人。"军官回答说。

"旅店很远吗？"

"在城的那一边。"

"咱们走吧。"米拉迪说。

她果断地上了车。

军官照看着，她的行李包裹被牢牢地拴在了车厢后面。

车夫不待任何命令，不问前往地点，便立刻策马飞奔，钻进城里的大街小巷。

一种如此奇特的接待。另外，她发现那位年轻的军官无意与她交谈，于是，她便倚着车厢的一角，在脑中审视着想得到的全部推测。

而一刻钟过后，马车还在行驶。路途这么长，令她进一步感到吃惊了。她把身子探出窗外，想弄清楚现在在哪里。一排排高大的树木仿佛是黑色的幽灵，在拼命地向后奔跑着。

米拉迪浑身发抖了。

"我们已不在城区了，先生。"她说。

年轻军官没有回话。

"如果我不知道要去哪里，我就拒绝往前走了，我把话说在前头，先生。"

这种威胁没起任何作用。

"哦！这太过分了！"米拉迪大叫起来，"救人啊！救人啊！”

没有任何声音回应她的呼叫。

军官宛如一尊雕塑。

米拉迪表情可怕，这表情为她的脸部所特有，而且很少有不产生效果的时候，双眼充满愤怒。

年轻人不动声色。

米拉迪要打开车门跳下去。

“当心，夫人，”年轻人冷冷地说，“跳下去会摔死的。”

米拉迪不得已又坐下。这一次，军官似乎感到很为惊奇：不久前他看到的那张脸是那样美，现在，由于愤怒，几乎变得丑陋不堪。

奸诈的女人省悟到，不能让人看透她的内心，那她就完了。于是，她让自己平静下来，并用诉苦般的声调说：

“先生！请告诉我，您对我施加暴力，应该对此负责的是您本人呢，还是您的政府，或者是某个仇敌呢？”

“没对您施加任何暴力，夫人，我们对在英国下船的所有的人，都是如此的。”

“那么您不认识我，先生？”

“我第一次见到您。”

“您跟我没有任何仇恨，是吧？”

“绝对没有，我以名誉担保。”

年轻人的讲话态度泰然、冷静，甚至于还是温和的，这使米拉迪放下心来。

大约过了一小时，马车在一道铁栏前停下了。铁栏内，一条凹道通向一座巨大的城堡。这时，米拉迪听见一阵深邃的轰鸣，那是撞击悬崖的海涛声。

马车最后停在一个阴暗的方形院子里。车门刚一打开，年轻人便下去，向米拉迪伸出手来，米拉迪扶着他的手下了车。

"虽然，"米拉迪又向年轻人露出了动人的笑容，"虽然我是囚犯了，但是这不会太久，我相信这一点，"她又说，"您的礼貌就使我相信如此，先生。"

他抽出长官们在军舰上使用的那种小银哨，用三种不同的音响连续吹了三次。走出几个人来，卸掉满身是汗的马，将马车拉进车库。

随后，军官请女囚进了屋。而女囚也依然带着满脸的微笑，和他一起走进一个矮拱门。这座门连着一个只在尽头才有灯的拱形走廊，他们在一扇坚实的大门前停了下来，年轻人掏出一把钥匙，打开了那间专供米拉迪用的房间的门。

女囚仅仅一眼，就看遍了房间。

室中的陈设对于一间自由人的住室来说都很适合。但是，从窗子上装上的根根铁条看，从门上的铁闩看，这是一间牢房。

这个女人虽然曾受各种磨炼，但是，眼下一见如此，她的全部精神力量都消失了。

她倒在一张扶手椅上，垂着脑袋，等待着一位法官进来审问她。

可是，只有两三名海军士兵送来行李和箱子，然后一声不吭地退了出去。

那位军官安排了这些事，态度平静如初，不说一句话，不是做出手势就是吹哨子，指挥士兵。

终于米拉迪再也无法忍受了，她打破了沉默。

"看在天主的份上，先生，"她大声道，"这到底怎么回事？别让我如此困惑下去好吗？任何危险我都预料过了，我有勇气去承受。为什么我在这儿？如果说我是自由的，为什么会有这些铁窗条和这些铁闩？我是犯人吗？我犯了什么罪？"

"这是一套专供您住的房子，夫人。本人受命接您，然后将您送到这个城堡里。现在，命令我已履行，而且在履行过程中，我既做到了一名贵族的礼貌也做到了军人的严肃。我在您身边应该尽的责，现已完成，余下的事就由另一个人负责了。"

"另外一个人，谁？"米拉迪问道。

就在这时，楼梯上传来一阵响亮的脚步声，并有说话声，但随后消失了。最后，只有一个人的脚步声接近房门。

"他来了，夫人。"军官闪身让出通道，站在一旁。

门打开了。

这个人没有戴帽子，身体一侧挂着剑，捏着一条手帕。

米拉迪好像熟悉黑暗中的这身影。她用一只手撑在扶手椅的扶手上，向前探着头，似乎要看清楚。

那人缓缓走上前来，米拉迪的身子不由自主地缩了回去。

她不再有任何怀疑了。

"怎么？兄弟，"她的惊恐已无以复加，"是您？"

"不错。"温特勋爵半礼半嘲地招呼道，"是我。"

"这么说，这城堡？"

"是我的。"

"这房子？"

"是您的。"

"那我就是您的女囚了？"

"差不多。"

"您这是滥用权力！"

"来，咱们坐下来，就像叔嫂之间那样心平气和地谈一谈。"

随后，他转向门口，说："好啦，我谢谢您，现在您可以走了，菲尔顿先生。"

五十 叔嫂对话

温特勋爵关上门，挪过一把椅子，靠在他嫂子的扶手椅旁。米拉迪陷入沉思，她深入地分析了前因后果，判断这是一次阴谋。而她无论如何也想不出，这是谁策划的。她了解，他的小叔子是一个善良的贵族，一个打猎的好手，一个赌徒，一个追逐女人的勇士，但搞阴谋却能力平平。他怎么会发现她到了这里？怎么能把她软禁呢？

阿多斯曾经对她讲过几句话，那几句话表明，他听到了她和红衣主教的谈话。但是，她不能相信，阿多斯能够如此神速如此大胆地布下破计之策。

她担心以前自己在英国做的事被发现了。白金汉可能猜到，是她割去了那个坠子上的两颗钻石，而这是对那次行为的惩罚。但是她又想到，白金汉不可能这样去对付一个女人，尤其这个女人被人认为是出于嫉妒才干了那样的事。

不过，她还是倾向于报复这种可能性。她觉得，是有人想报复过去的事，而不是采取措施，防患于未然。这样，她很高兴自己落到了小叔子的手里，而不是落入一个真正的仇敌之手。

"好吧，咱们谈一谈，兄弟。"她带着一种快活的口气说。她想到，谈话中温特勋爵很多真相不会说，但她有信心从中刺探出她所需要的东西。

"在巴黎，您经常跟我说，再也不会踏上英国的土地，"温特勋爵说，"可您还是回来了。"

米拉迪没有回答勋爵的问题，而是提出了自己的问题。

"首先请您告诉我，"她说，"您是怎么监视着我？不仅事先知道我会到来，而且连到达的日子、时间、港口都了如指掌。"

温特勋爵采取了与米拉迪相同的战术。

"不过，也请您告诉我，亲爱的嫂嫂，"勋爵说，"您来英国干什么？"

"我来看您。"米拉迪回答。她想通过说谎来取悦于勋爵，但她不清楚，这种回答更加深了达达尼安的那封信使他对她产生的怀疑？

"唔？来看我？"温特勋爵泰然问道。

"当然。就是这样。"

"除了看我，难道没有其他事？"

"没有。"

"这么说，这么辛苦越过海峡只是为了我？"

"只是为了您。"

"哟！多么深的感情啊，嫂嫂！"

"难道我不是您最亲的人吗？"米拉迪带着最感人的口气

问了一声。

"也是我财产的唯一继承人，对吧？"温特勋爵死死盯着她的眼睛问。

不管米拉迪心理多么强，听了这样的一句问话也不由得打了一个寒噤。

温特勋爵刚才说话时，手放在她的胳膊上，所以，米拉迪的那一抖无法逃过勋爵的感觉。

米拉迪脑子里立即出现一个念头：她被开蒂出卖了。由于不够谨慎，她曾经在这个女仆面前随口表示过，她对小叔子没有一点好感，是开蒂把这话传给勋爵了。她又想起，达达尼安饶了她小叔子一命后，她曾经疯狂地攻击达达尼安。

"我没有明白您在说什么，密露尔，"为了引发对方多讲几句，她这样说，"您想说什么？"

"噢！天主，没有，"温特勋爵一脸纯朴的样子，"您有意要来看我。我知道您有此意，为了免除您深夜到港时的周身劳累，下船无人接应，我就派了一名军官去接了您，把您送到由我管辖的这座城堡里。我天天来这让我们见面，我就派人为您在这里准备了一间卧室。这一切有什么值得惊异的吗？"

"不，我感到惊异的，就是您怎么知道我的到达时间？"

"这是很简单的，我亲爱的嫂子。在你们的商船驶进泊区之前，船长曾预先派了一艘带有航海日志和船员名册的小快艇，申请进港许可。这文件是要送到我这个港口司令这儿的，我便发现了您的名字。我的心就把您刚才亲口对我说过的话告诉了我，说您不顾惊涛骇浪，到达了，我才派了我的小快艇去接您。"

米拉迪明白温特勋爵在说谎，因此她就更加感到害怕。

"兄弟，"她继续说，"我晚上抵港时，在防波堤上看见了白金汉公爵，那真的是他吗？"

"正是他。我知道，看见他您有些激动，"温特勋爵说，"在法国，很多人都在关心他的动向，我知道，公爵对付法国的一切行动让您的朋友红衣主教担忧了。"

"我的朋友红衣主教！"米拉迪嚷起来。温特勋爵好像了解所有情况。

"难道他不是您的朋友？"勋爵漫不经心地说，"啊！对不起，我本还以为是这样呢。不过，这个以后再说，不要岔开我们刚才谈到的话题，您说过，您来是为了看我的？"

"是的。"

"那好哇，您会得到无微不至的照顾，我们可以天天见面。"

"这么说我会永远在这住下去？"米拉迪怀着几分恐惧，问道。

"如果您感觉不方便，嫂嫂，缺什么您就要什么，我会立刻派人给您送过来。"

"我现在既没有女仆又没有下人……"

"这一切您都会有的，夫人。我只是想知道，您第一个丈夫是怎么来装饰您的房间的？虽然我只是您的小叔子，但我一定给您布置一个和那个差不多的房间。"

"我第一个丈夫！"米拉迪用惶恐的眼神儿看着温特勋爵，大声叫着。

"是呀，您的法国丈夫呀，不是我的哥哥。不过，要是您记不起了您那个法国丈夫，我可以给他写封信，向他了解一下情况，他会把有关这方面的情况告诉我。"

米拉迪的额头上滚出一串冷汗。

"您在开玩笑？"她嗓音低沉地说。

"我像开玩笑吗？"勋爵站起身。

"或者说，您在侮辱我。"她用一双痉挛的手撑着扶手椅，站起身来。

"侮辱您，我？"温特勋爵轻蔑地说，"说实话，夫人，您是这么以为的？"

"我也说实话，先生，"米拉迪说，"您不是喝醉了，就是脑子有问题。请出去，给我派个女用人过来。"

"女人的嘴都不紧，嫂嫂！我给您充当女仆吧？家丑就不会外扬了。"

"放肆！"米拉迪咆哮起来，她一下子跳到了勋爵面前。勋爵没有动弹，只是一只手按在了剑柄上。

"嘿！嘿！"他说，"我知道，您惯于暗杀，但我会防卫的。"

"哦，您说得对，"米拉迪说，"您是个卑鄙的人，会对一个女人下手的。"

"也许是这样，但我的手并不是对您采取行动的第一只男人的手。"

说着，勋爵以一种指控的手势，指着米拉迪的左肩。

米拉迪发出一声低沉的吼叫声，像一只想要攻击的母豹缩身后退，一直退到房间的一角。

"啊！您想怎么吼叫就吼"吧！"温特勋爵大声说，"但您不要想咬人，那样您会付出代价。这里没有预先解决遗产继承的代理人，也没有云游四方的骑士来为一个被我扣作女囚的女人和我吵架。而我倒请了几位法官，他们将要处置一个女人，因为这个厚颜无耻的女人溜到了我兄长温特勋爵的床上。那些法官将把您交给一个刽子手，他将在您另一个肩上刺上另一朵百合花。"

米拉迪的双目迸射出两道凶光，尽管温特勋爵全副武装地立于一个手无寸铁的女人面前，他仍然感到惧意。但是他并没有被吓住，相反，他更愤怒了。

"在继承了我哥哥的财产之后，我的那份您也想得到。但请您放明白些，您可以亲手杀掉我，或者派人杀掉我，但是我的财产您分文也不会得到。预防措施我已经采取。您不是已经很富了吗？您不是拥有将近一百万了吗？如果您丧心病狂地做坏事只是为了取乐，您就不能在您注定倒霉的路途中停下吗？啊！要不是我哥哥有话留下，那么我就会把您丢进国家监狱，让您永远待在那里面，或把您送到泰伯恩①去，但是我没有那样做。不过，您呢，请安安静静地住在这里，再过半个月或者20天，我就要随军去罗塞尔了。出发前，会有一艘海船来接您，我要亲眼看着那条船起航，把您送到南部的殖民地去。另外，我一定派一个人随同您，您一有重返英国作恶的企图，他就会让您的脑袋开花。"

米拉迪全神贯注地听着，她的眼睛在燃烧。

---

① 泰伯恩：泰晤士河的支流，西岸设有绞刑架。

634

"就是这些。现在，"温特勋爵继续说，"您得在这座城堡里住下去，它围墙厚实，其他的东西也很结实，您房间的窗子是朝向大海的，我的部下在您住房四周站岗放哨，监视着通往院落的所有道路。再说，就算您走出了院子，还有三层铁栅栏。禁令是明确的：只要有一点越狱的举动，格杀勿论！如果您被打死了，英国司法当局会感谢我替他们解决了麻烦，我希望会这样。啊！您的表情正在恢复镇定，您的面容正在重现自信，您在说：'半个月，20天，哼！在这段时间内，会有办法的。凭我恶魔般的智慧，我会找到牺牲品的。我一定会从这里出去的。'哈哈，那您就试试吧！"

米拉迪发觉心思被人道破，便尽可能地控制自己表情。

温特勋爵接着说："我不在时，刚才那名送您来的军官指挥一切。您看得出，他是知道什么叫禁令的。我了解您，您从朴茨茅斯来这里，一路之上您会千方百计让他开口，效果如何？一尊大理石雕像会比他更冷漠、更沉默吗？您对许多男人都已施展过诱惑之计，您总会成功，那就请在他身上试试吧！如果您成功，我就承认您就是一个地道的魔鬼。"

他走向门，突然打开它。

"去喊菲尔顿，"他命令说，然后转向米拉迪，"我马上就把您托付给他。"

两个人都沉默了。就在这寂静中，他们听见一阵沉稳而有节奏的脚步渐渐临近。一会儿，年轻的中尉停在门口，等候勋爵的吩咐。

"请进来，亲爱的约翰，"温特勋爵说，"请进来。"

青年军官走进屋里，关上了门。

"现在，"勋爵说，"您看见了，她年轻、漂亮、拥有人世间的全部魅力，可是她是一个恶魔。我国法院中保存的她的犯罪档案足可让您看上一年。她的声音会让人对她产生好感，她的容貌会成为诱饵，她的肉体会偿付她的许诺，她将试图勾引您，甚至还想杀掉您。我曾把您从穷困中救出来，菲尔顿，我努力让您成了中尉。你知道，我曾救过你的命，你应该记得当时救你的情况。对你，我不仅是一个保护人，而且是一个朋友；不仅是恩人，而且是父亲。这个女人来英国想要杀我，而现在她被抓住了。好啦，我派人叫你来，是要对您说：菲尔顿朋友，约翰，我的孩子，看住这个女人，用您的灵魂发誓，为使她得到应受的惩罚，您要看住她。约翰·菲尔顿，我相信您的誓言。"

"勋爵，"年轻军官说，他那纯洁的目光中充满了全部仇恨，"勋爵，我向您发誓，我会看守好她。"

米拉迪忍气吞声地等待着，此时此刻，她那俊俏的脸蛋上流露出的表情更顺从、更温柔了，连温特勋爵都不敢相信片刻之前她会那么凶残。

"她绝不能走出这间房子，听见了吗，约翰？"勋爵继而说，"她不能和任何人通信，万一你想给她面子让她讲话，也只能跟你一个人说。"

"是，勋爵，我发誓。"

"现在，夫人，您现在是接受世人的审判。"

米拉迪不由自主地垂下头去，温特勋爵向菲尔顿示意跟他一起出去，菲尔顿跟了出来。

不一会儿，一个海军士兵前来站岗，他腰里别着一把斧头，手里拿着火枪。

米拉迪保持原来的姿势好几分钟，她怕有人正从锁眼中窥视她。然后，她缓缓抬起头来，脸上重新出现了一种令人生畏的表情。她走到门口听了听，走到窗口望了望。随后，重新坐回扶手椅里，沉思起来。

五十一　长官

　　红衣主教一直等待着来自英国的消息，然而所有的消息都是不快的。

　　罗塞尔城被围得水泄不通，尤其是船只无法驶进被围城区的那条大堤，取得围城战的胜利看上去不会有什么问题。但是每天这样僵持下去，对法兰西国王的军队没有好处，而对红衣主教是一个没法再大的麻烦事。他虽然不必再去挑拨路易十三和奥地利安娜的关系，但还有一件重要的事情需要红衣主教去做，这就是调解芭松彼艾尔先生和阿古来毋公爵之间的矛盾，因为他们已经成为不共戴天的死对头。

　　一开始，大王爷是围城的指挥官，现在，剩下的事他留给了红衣主教。

　　罗塞尔城的市长顽强抵抗，但罗塞尔城并不是铜墙铁壁——有人在谋反，企图投降，市长把这些人送上了绞架，反叛者不再行动。他们认为，等着饿死倒比上绞刑架强，说不定最后还会活下来。

围城的法军会抓到一些给白金汉送信的信使，或者白金汉派往罗塞尔方面的间谍。对这两种人的判罪都是很快的，通常是被绞死！每逢行刑，红衣主教总会请国王到场观看。国王无精打采地到达现场，接下来会观看行刑的每一个细节，这能使他多少解除一些烦闷。尽管如此，这并没有消除他的无聊感，总是提出要回巴黎去。就是说，要是没有那些被抓住的信使和间谍的行刑，即使红衣主教想让国王留下来，那还是个难事。

时间在奔跑，但敌人一直没有投降。法方捉到的信使带着给白金汉的一封信。那封信上说被围之城已经陷入绝境，但是，信的结尾没有提到投降，而是写着："15日之内您的援兵不到，我们将全部饿死。"

十分明显，罗塞尔人把全部希望都寄托在了白金汉的身上，这也就是说，假若有一天他们确信白金汉不可靠，那么，他们的勇气就会化为乌有了。

因此，红衣主教焦急等待着英国那边的消息，企盼着白金汉不会前来援助的消息的到来。

武力夺城在御前会议被提出来好几次，但每每遭到否决：首先，罗塞尔城似乎很难攻破；其次，无论红衣主教嘴上怎么讲，但他心里明白，法国人与法国人自相残杀，政治上是倒退的、不可取的，那是60年前应该发生的事。而他，红衣主教，即使在他所处的那个时代，也应该是今天我们称之为进步人士的那样一种人。除此而外，国王这个虔诚的天主教徒，对这种极端手段虽无反感，但是，当围城的将军们提出进攻这种方法时，他总是加以否决。罗塞尔城只能用饥饿战攻取。

红衣主教精神上无法摆脱他那个可怕的女密使可能会给他带来的东西，他了解这个女人变化无常的个性和超人的能力。她背叛了？她死了？但不管怎样，他知道，无论是拥护他还是反对他，只要没有遇上大的障碍，她是不会待在一个地方没有消息的。但听不到她的动静，出现了大的障碍。可是，是些什么样的障碍呢？他不知道。

尽管如此，他还是有理由相信她。他判断出这个女人过去做过可怕的事情，而这些事只有他才能遮掩得住。他感到这个女人是出于某种原因才忠于他，利用他的保护来抵挡向她袭来的巨大威胁。

于是，红衣主教决心独自作战，同时等待着外来的援助。他派人继续加高那条让罗塞尔人忍饥挨饿得出了名的大堤。与此同时，他放眼向那座不幸的城市眺望着，脑子里一幅幅过着那里的图像。他记起了特里斯丹①的朋友路易十一的那句格言：

分而治之。

亨利四世围困巴黎时，曾向围城内的人扔面包和食品。这一次，红衣主教则派人向罗塞尔投去一些小传单。他在传单上对那些军民说他们首领自私又野蛮，因为这些首领储存着大量的小麦，但不肯拿出来分给大家。他还告诉军民，他们的首领们在坚守一种准则，那就是女人、孩子和老人饿死没有关系，只要男人还强壮就成。红衣主教向他们讲这样的道理：直到现在，由于民众有自我牺牲的精神，或出于无力

---

① 特里斯丹：路易十一的主要顾问，大法官。

反抗，这个准则还没有普遍地被实行，而不会很久它就会从理论转为实践了。

传单提醒了男人们，那些被饿死的人是他们的儿子、妻子和父亲，大家有难同当才称得上公正合理。而面对这些现实，军民应该共同做出统一的决定。

这些传单使许多居民终于下定决心，私下里和国王的军队进行谈判。

红衣主教很高兴他的手段有效了。可就在这时，一个罗塞尔的臣民竟穿越了由芭松彼艾尔、施恩赔尔以及阿古来毋公爵布下的天罗地网，从朴茨茅斯港潜入罗塞尔城。谁都不知道他是怎么样穿越防线的，更何况这道防线还是在红衣主教监视之下的。这位居民向市长报告，说朴茨茅斯港有一支庞大的舰队将在8天之内扬帆起航。白金汉给市长带来一封信，信中说，反对法国的大联盟即将宣告成立，英国军队、帝国军队和西班牙军队将同时入侵法国。这封信在所有的广场上被公开宣读，信的抄件被张贴在各处。于是，就连那些已经开始与国王的军队和谈的人，也中断了谈判。

这一情况引起了黎塞留的不安，他把眼睛重又转向大洋的彼岸。

但忧虑的只有军队的首领，国王军队的战士却过着快乐的生活。所有的战士在比谁更有胆量，比谁玩儿得开心——捕抓间谍把他们送上绞架，到大堤上去，到大海里去，冒险远足……就是这些打发着日子，所以他们不像罗塞尔城的市长那样度日如年，也不像红衣主教那样焦虑日甚，在不安中挨日子。

红衣主教骑在马上，用一种沉思的目光扫视着修筑中的大堤，这条大堤使他从法兰西王国的四面八方招来工程师。巡视时，他经常遇到德·特雷维尔的队伍里的火枪手。而每逢这时，他就走过去审视他们，而当他断定那并不是我们那四位同伴中的某一个时，就将他那深邃的目光移向他处。

谈判无望，英国那边又毫无消息，有一天，红衣主教感到心烦意乱，便想出营走走，他身边只有哈于查科和拉乌迪尼埃尔两个人陪护着。骑在马上，他沿着沙滩前行，面对大海作无限的沉思。他信马由缰，攀上一座小山。从山顶上，他瞥见一道树篱后面有 7 个人在沙地上，悠然自得地享受着一年之中异常罕见的阳光。他们的四周丢弃着许多的空酒瓶。

我们的火枪手正在这 7 个人当中，准备听其中的一个阅读刚刚收到的一封信。看来这封信十分重要，因为纸牌和骰子全都搁在一面鼓上，顾不得玩儿了。

而 7 个人中的另外三个，就是那四位先生的跟班儿。

此时红衣主教情绪不佳。当一个人处于这种精神状态时，看到别人的快乐更加重自己的烦恼了。况且，红衣主教始终认为别人的快乐正是造成他阴郁的原因。他觉得那几个人形迹可疑，他示意让拉乌迪尼埃尔和哈于查科停下，自己下了马，便朝几个人那边走去。他觉得他们的谈话肯定有趣，他希望借助树篱遮住他的身影，能够听到只言片语。

走到距树篱 10 步远的地方，他听到达达尼安的喋喋不休。他一听出是达达尼安，便判定另外的几个就是被人们常说的形影不离的三个火枪手：阿多斯、阿拉密斯和波尔多斯。

可以判断：此时此刻，红衣主教窥听谈话的欲望是不是会由于这个新的发现而变得变本加厉？事实是，他轻捷如猫地越发凑近了树篱。

可是，传到他的耳朵里的依然是几个模糊不清、没有任何实质意义的音节。

就在这时，一声响亮而短促的叫喊把他吓了一跳。

这声叫喊也同时引起了火枪手们的注意。

"长官！"

原来是各利莫的叫声。

"你张嘴说话了，"阿多斯撑着一只胳膊站起身来，他那火辣辣的目光慑服了各利莫。

于是，各利莫伸出手来，指了指树篱那边，以此报告了红衣主教和他的两个随从的到来。

四个火枪手立刻站起身来，毕恭毕敬地行了礼。

红衣主教很不高兴。

"看来火枪手先生们也派了守卫了！"他说，"是为了防备英国人呢，还是火枪手把自己看成了高级长官？"

"大人，"阿多斯回答说，唯有他始终保持着他那永不失去的大贵族的沉着和冷静，"大人，在火枪手们的公务结束时，他们总要喝上两杯，玩玩儿骰子，而这时他们就是那些跟班儿的长官。"

"跟班儿，"红衣主教道，"当有人经过时通知他们的主人，这就不再称其为跟班儿，而成了哨兵！"

"但如果我们没有采取这种谨慎措施，大人经过时，我们就会失去向您表示敬意的机会——无法当面向您表示感激之情了。达达尼安，"阿多斯继而转变话题，"刚才您还说要找机会向大人面谢，现在有机会了……"

这番话讲得冷静沉着，正是他的这种临危不惧、超越一般人的冷静举止使他在某些紧要关头成为一个比那些有冕之王更为威严的国王。

达达尼安走上前来，说话结结巴巴，但在红衣主教阴沉的目光注视下，他刚开头就刹了尾。

"事情是，先生们，"红衣主教接着说，他丝毫没有改变自己的看法，"事情是，先生们，我不喜欢一个普通士兵由于有幸在一个享有特权的部队里服役，就轻视纪律摆出一副大人物的架子。"

阿多斯让红衣主教把话讲完，点了点头表示同意，然后又接着说：

"大人，纪律我们丝毫也没有忘记。我们没有执勤，我们以为，既然如此，我们就可以支配我们的时间。如果我们很荣幸，主教阁下有什么特殊命令给我们，我们就会立刻去执行。"对这种审讯式的问话阿多斯开始感到不舒服，因此皱起眉头继续说，"大人看见了，为了随时应付意外的情况，我们是带着武器出来的。"

他指指架在鼓旁的四支火枪。

"请主教阁下相信，"达达尼安插话说，"如果我们知道是主教阁下向我们走来，我们就会主动迎接。"

红衣主教咬着胡须，又轻轻咬着嘴唇。

"你们四个总在一起，全副武装，还带着跟班儿，你们知道你们像什么样子吗？"红衣主教说，"你们简直像四个阴谋家。"

"哦！要说这个嘛，的确是，"阿多斯说，"正像主教阁下有一天上午见到的那样，我们一起进行了一次秘密活动，但那与罗塞尔人有关。"

"哼！政治家先生们，"红衣主教也皱起了眉头，"你们把那封信藏了起来。如果我能读出你们脑子里的东西，也许我会发现你们脑子里有许多无人知晓的秘密。"

阿多斯的脸一下子涨红了，他向主教阁下走近一步。

"看起来您真的怀疑起我们来了，大人，我们似乎在被审问，如果是这样，那就请主教阁下屈尊说明一下，起码让我们知道我们到底怎么了？"

"是一场审问那又怎么样？"红衣主教又说，"在您之前，有不少的人已被问过，而且如实回答，阿多斯先生。"

"所以，大人尽管问，我们随时准备做出回答。"

"刚才，您念的是一封什么信，阿拉密斯先生？为什么要把它藏起来？"

"是我妻子的信，大人。"

"噢！我想也是，"红衣主教说，"这类信应该保密的。不过，我作为一个忏悔师是可以看的，我已经领过神品。"

"大人，"阿多斯以一种可怕的镇定语调说，他是拿脑袋冒险来回话的，"大人，那是一封女人的来信，但信的署名既不是马里翁·德·洛尔姆^①，也不是代吉荣夫人。"

红衣主教的眼睛里射出一束凶光，他转过头去，似乎要向哈于查科和拉乌迪尼埃尔下达什么命令。

阿多斯看出了这个举动，他向火枪那边跨了一步，另外三位朋友的目光也盯着火枪。

红衣主教连自己才三个人，火枪手那边加上跟班儿却是7个。红衣主教考虑到，如果阿多斯他们真的是在搞阴谋，那么双方的力量对比越发显得悬殊了。于是，他一脸的怒容顿时化成了笑靥。

"好啦，好啦！"他说，"你们都是正直忠诚的青年。把别人保护得那么好的人，保护好自己也没有什么坏处——各位先生，我没有忘记，是你们护送我去了红鸽舍客栈。如果我继续要走的路上有什么危险，我会照样要你们陪同。不过，由于没有什么值得担心的，就请各位留在这儿，喝完你们瓶里的酒，读完你们的信好了。再见，先生们。"

红衣主教跨上哈于查科给他牵过来的马，和火枪手们打了一个招呼，离开了。

四位年轻人无言地目送红衣主教的远去，直至他消失。

然后，他们相互望着。

每一个人都有些沮丧。他们明白，尽管红衣主教阁下离开时表现友好，其实他很愤怒。

只有阿多斯在微笑，他笑得威严，带着轻蔑。

---

① 马里翁·德·洛尔姆（1611-1650）：法国名妓，是路易十三等多人宠幸的对象，与红衣主教本人也关系暧昧。

当红衣主教走得无踪影时，波尔多斯的怒气爆发了。他叫了起来："这个各利莫，发现得太迟了！"

各利莫正要讲话辩解，阿多斯便举起一个指头，各利莫就没说话。

"您曾想把信交出来吗，阿拉密斯？"达达尼安问。

"我，"阿拉密斯用一种狡猾的声调说，"他如果强行索要这封信，我就在把信递给他的同时刺穿他的胸膛。"

"我当时也想这么干，"阿多斯说，"所以，我才走到您和他的中间。说实话，这个人真是不够谨慎，怎么能如此与男人们说话呢？似乎他从来只和女人和孩子打交道。"

"亲爱的阿多斯，"达达尼安说，"我真佩服您。不过，到底我们还是理亏呀。"

"我们理亏？"阿多斯反驳说，"我们所呼吸的这空气、我们望着的这大海、我们所躺的这片沙滩、您的情妇写来的这封信，难道它们统统属于红衣主教吗？我以名誉作保，这个人以为整个世界都是他的。当时，您站在这儿，结结巴巴，诚惶诚恐，似乎巴士底狱的门正向您打开。难道爱上一个人就是搞阴谋活动吗？您爱一个被红衣主教关起来的女人，您想把她救出来。您在与红衣主教赌博，这封信就是您手里的牌，您为什么要把牌亮给您的对手呢？让他去猜吧，那才妙呢！而他手里的牌我们已经猜到。"

"的确是这样，"达达尼安说，"您说得对。"

"这样的话，刚才发生的事就不要再提它了，让阿拉密斯再把他表妹的信拿出来，继续读下去。"

阿拉密斯从口袋里掏出那封信，另三位朋友又凑上来。

"刚刚念了一两行，"达达尼安说，"还是从头开始吧。"

"好的。"阿拉密斯说。

亲爱的表哥：

　　我想，我将决定去斯特奈了。我姐姐已经派人把我们的小侍女送进了那里的加尔默罗会修道院。那个可怜的女孩认命了，她知道，在其他地方生活难以得救。然而，如果我们的家事能像我们所希望的那样得到安排，我相信，她一定甘冒遭受天罚，也会重新回到她所依恋的那人的身边，而且她也知道有人始终想着她。她全身心所希望的，就是能得到他的一封信。我清楚，这种精神食粮很难让她得到。但是，不管怎样说，亲爱的表哥，我并不是一个过于蠢笨的人。我一定负起送信的任务。对于您对她的殷勤，对她永恒的怀念，我的姐姐表示感谢。她曾一度感到非常不安，但由于她已经派人到了那里防止出现意外，现在，她多少有点放心了。

　　再见，亲爱的表哥，每当您认为可以做到时，就请传来消息。

拥抱您

玛丽·米松

"啊！我多么感谢您呀，阿拉密斯！"达达尼安叫起来，

"我终于有了康斯坦丝的消息，她安全地在一个修道院里，在斯特奈！这个斯特奈是个什么地方，阿多斯？"

"在洛林，离阿尔萨斯边境几法里。打完仗，我们就可到那边走一趟。"

"不会太久，"波尔多斯说，"因为今天早上绞死一个间谍，那家伙说，罗塞尔人已经到了吃鞋帮子的地步了。我推想，啃完鞋之后，我看不出他们还有什么可以吃的——除非他们互相吃。"

"这些可怜的傻瓜！"阿多斯喝干一杯波尔多葡萄酒。当时，这种酒还没有今天这样有名气，但那时也算高档名酒。"这些可怜的傻瓜！倒像是说，天主教并不是最有益处、最可爱的宗教！不管怎样，"他用舌头抵住上腭，然后打了一个响，"他们是些诚实的人。唉，您在那里干什么呢，阿拉密斯？"阿多斯接着说，"您要把那封信揣进口袋？"

"是啊，"达达尼安说，"应该烧掉它，难道红衣主教先生有绝技能够审问纸灰吗？"

"也许有。"阿多斯说。

"但您想怎么处理这封信？"波尔多斯问。

"到这儿来，各利莫。"阿多斯叫道。

各利莫服从地站起身来。

"您没有得到允许就说话，应该受到惩罚，我的朋友。您把这张纸吃下去。然后，作为奖赏，你再喝下这杯葡萄酒。信在这儿，你使劲地嚼吧。"

各利莫笑一笑，眼睛盯着阿多斯刚刚斟满的那杯葡萄酒，把那封信吞了下去。

"棒，各利莫师傅！"阿多斯说，"现在你就喝掉这杯酒。"

各利莫一声不响地喝完那杯波尔多葡萄酒。他双眼朝天望着，嘴里没有出声，却说着一种强烈感激的话语。

"现在，"阿多斯说，"除非红衣主教先生派人打开各利莫的肚子，否则，我们不需要任何担心。"

在这期间，红衣主教阁下凄凉地继续漫步，喃喃地自语："必须要让这四个人归我。"

五十二　囚禁的第一天

再次找到米拉迪时，她依然深感绝望，她正在那个由她自己挖掘的深渊里。有生以来，她第一次丧失了信心，头一回为她的处境感到可怕。

她的希望在这座地狱的门外。

她曾有两次暴露，而那两次肯定是天主派的旨意才令她惨遭失败，达达尼安战胜了她这个不可战胜的恶魔。他欺骗了她的爱情，使她的自尊受到了侮辱，而现在，又是他毁掉了她的前程，使她被囚禁。更可怕的是他揭开了她面具的一角，她正是用它来使自己变得强大无比的。

像她恨她爱过的所有的人一样，她恨白金汉。黎塞留曾想利用王后制造一场暴风雨来打击白金汉，而达达尼安使这个计划失败。像所有女人一时心血来潮那样，她曾对沃尔德产生过母老虎般的征服欲。然而，又是这个达达尼安使这一切成为笑话。她曾发过誓，谁知道她的秘密她就让谁死。又是达达尼安知道了这个可怕的秘密。

最后，她获得一份能使她免死的文书，她要靠它去向自己的仇敌报仇，但是那份文件拿到手里还没有被攥暖，它就被人抢走了。还是这个达达尼安，使她成了女囚。

一切不幸都是达达尼安给她造成的，他使她有如此多的耻辱，只有他能够将这些他发现的所有可怕的机密告诉给温特勋爵。他认识她的这个小叔子，他一定给他写了信。

仇恨从她的周身发出，她如火烧似的双眸死死地盯着她那间空旷的房子，哀号从她的胸底迸射出来，那声音和谐地伴着大海怒涛的升腾、轰鸣、怒吼，宛若永恒而无奈的绝望。在暴风雨的狂怒中，她的心头亮起阵阵闪电，一项对付班那希尔夫人、对付白金汉，尤其是对付达达尼安的宏伟复仇计划正在构思成熟。

但是，要想实现计划首先获得自由，而一个囚犯要自由，就必须打穿墙壁，拆去铁栅栏，打通一块地板……所有这一切，只有强壮的男人能办到，一个急于求成的女人做起来注定失败。况且，完成这一切，还要有时间，几个月、几年。而她，根据她的亲人——温特勋爵对她说，她的时间只有 10 至 12 天。

如果她是一位男子，她一定会试一试，可是天主犯了一个如此严重的错误，偏偏给了她一个脆弱而娇嫩的躯体。

囚禁的最初阶段她无法战胜阵阵疯狂的惊厥，但是渐渐地，她克服了狂怒的发作，撼动她身体的神经质的颤抖也消失了，她开始休息，将身子蜷缩起来。

"够啦，够啦。我竟愚蠢得如此起火发躁，"她探向镜子。镜中对着火烧的目光，她似乎在自问："为什么要如此暴躁？

要知道，暴躁是懦弱的表现。如果我用它去对付女人，由于她比我更为懦弱，因而能战胜她，但现在我与之战斗的是一些男人，因此，我必须以女人的特点去战斗。"

于是，她似乎是让自己相信她那富于变化的表情，从愤怒到脸蛋儿明媚的微笑的魅力，然后便开始摆弄她的头发。结果，连续不断地出现了种种充满魅力的式样。最后，她感到满意了，并低声道：

"瞧，我依然是如此的貌美。"

现在大概 8 点。米拉迪看到一张床，她想到，休息不仅会使她的头脑变得清醒，而且还能使自己变得更漂亮。但在上床前，她想到了一个主意。她曾听人谈起过晚餐，她在这间房中已经待了一个小时了，不久便会有人给她送饭的。她决定从当天晚上就进行一些试探，摸一下底，研究一下派来看守她的那些人的性格。

门的底部射进一线亮光，看守她的人过来了。

她急忙奔向那张扶手椅，仰面朝天地坐了下来。头发像瀑布一样香散，揉皱的花边上衣半敞着，前胸裸露出来。她一手抚着胸口，另一只手垂着。

来人打开门闩，接着脚步声表明来者已经进了房间并向里边走来。

"放在那张桌子上。"是菲尔顿的声音。

命令被执行了。

"去拿几支蜡烛过来，并派人换岗。"菲尔顿又下了命令。

米拉迪从这两道命令中看出，看守她的人，都是士兵。

此外，菲尔顿的命令被无声地迅速执行了，他是一位纪律严明的军官。

在这之前，菲尔顿从没看她一眼。这时，他才向她转过身来。

"啊！啊！"他说，"睡了，等她睡醒再吃好了。"

"可是，中尉，"一位士兵不像他的长官那样，曾经靠近米拉迪，说，"这个女人没有睡着呀！"

"怎么，她没有睡着？"菲尔顿问。

"她昏过去了，脸色惨白，我没听见她的呼吸。"

"你说得对，"菲尔顿没有向米拉迪走近一步，只是看了一眼说，"你去通知温特勋爵，就说女囚昏厥了，我不知道应该怎么办。"

那位士兵遵照命令走出门去。门口正好有一把扶手椅，菲尔顿便随身坐下等着。

米拉迪具有所有女人精心研究、熟练掌握的那种绝技：眼睛眯着，透过那长长的睫毛就能看到一切：菲尔顿正背对着她坐着。十分钟过去了，在这段时间里，这位看守一次也没有转过身来看她一眼。

这时米拉迪想到，温特勋爵一到就会给他的这位狱卒注入新的力量。想到这里，她就像对自己的本能抱有必胜把握的一切女人一样，打定主意，实施新的对策。

她抬起头，睁开眼，轻轻叹了一口气。

听见这声轻叹，菲尔顿终于转过身来。

"啊！您醒过来了，夫人！"他说，"那我就走了！如果您需要什么，就喊一声。"

"啊！天主，天主！太痛苦了！"米拉迪轻轻唤道。那和谐悦耳的叫声，能使所有她想断送的人走火入魔。

她撑着扶手椅直起身来，这样她更具有风韵。

菲尔顿站起身来。

"每天，将有三顿饭向您供应，夫人，"他说，"早上9点，中午1点，晚上8点。如果您觉得时间不合适，我们还可以修改。在这一点上我们要满足您的心愿。"

"可是，我难道就只能一个人在这间既大又阴暗的房子里吗？"米拉迪问。

"明天将有一个女人来这，随时听候您的吩咐。"

"谢谢您，先生。"女囚谦卑地答道。

菲尔顿轻轻点了点头，然后向门口走去。就在他正要跨出门时，温特勋爵出现在走廊里，后面跟着去向他报告的那位士兵，他手里拿着一小瓶嗅盐。

"唔！是怎么回事？"看见他的女囚站着，菲尔顿又准备出门，温特勋爵以嘲讽的口气问道，"这个人死而复生了？菲尔顿，你难道看不出来，她把你当作一个小孩，在给您演喜剧的第一幕，随后我们可以看到全剧。"

"我也想到了，密露尔，"菲尔顿说，"但不管怎么说，她是个女人，我愿意像每一个出身高贵的男子那样，给一个女子应当有的那种敬重，这是为自己着想。"

米拉迪打了一个哆嗦，菲尔顿的这番话像冰那样让她的周身发凉。

"这么说，"温特勋爵笑呵呵地说，"这一身白嫩的肌肤，这一头精美飘逸的秀发，这种懒洋洋的眼神没有勾住您，真可谓铁石心肠！"

"是这样，密露尔，"铁石心肠的青年回答说，"请相信我，要想使我堕落，这些远远不够。"

"要是这样，就让米拉迪想想其他方法，咱们去吃晚饭。啊！您放心，她有丰富的想象力，喜剧的第二幕立刻就会上演了。"

说完这些话，温特勋爵便挽着菲尔顿的胳膊，笑嘻嘻地走了。

"哼！我会得到我想要的东西，"米拉迪低声叽咕说，"放心好了，可怜的年轻人，您注定是个修士，只可惜错穿了一套制服。"

"顺便说一句，"温特勋爵站在门栏边说，"米拉迪，但愿这次失败不会影响您的食欲，尝尝这只鸡和这条鱼，我对我的厨师的手艺是相当满意的。而且，由于他没有权利继承我的财产，所以，对他，我是充分信任的。再见，亲爱的嫂子！等您下一次昏倒再见！"

米拉迪双手紧紧扶着扶手椅，牙齿咬得咯咯响，眼睛一直盯着他们，直到门被关上。当只剩她一人时，绝望之情再次向她袭来，桌子上有一把刀，她冲了上去，一把将它抓在了手里。但是，刀身是银的，刀锋是浑圆的。

一阵大笑在没有关严的门外边响开了，房门重新被打开。

"哈哈！"温特勋爵叫起来，"我诚实的菲尔顿，您看到我对你说的了吗？我的孩子，她是想用它来杀死你的。但凡妨碍她的人，她都要将他除掉。如果我依了你，这把刀是尖尖的，是一把钢刀，她会刺穿你的喉咙，然后再杀掉所有的人。她用起刀来很在行。"

米拉迪那只手里真的是拿着一件进攻性武器。但是，温特勋爵最后这几句话，使她松开了手，她的意志力彻底垮了。

刀掉在了地上。

"您说得极是，密露尔，"菲尔顿说，那语气、语调让米拉迪的内心受到极大的震撼，顿时感到心惊胆战，"您说得极是，是我想错了。"

这两个人重又出了门。

这一次，米拉迪比第一次更加留心了，她听着他们的脚步远去，消失在走廊的尽头。

"看来我完了，"米拉迪喃喃道，"我落到了这些人的手中，对他们，我起不了作用，他们看透了我的心。"

"但是，结局绝对不能像他们所想象的那样！"

她出自本能地缓过了神儿来，希望重新出现，恐惧和脆弱的情感没有持续多久。米拉迪坐到桌前，吃了几样菜，喝了一点儿西班牙葡萄酒。她感到决心已经全部恢复。

睡觉前，她对对话者做了全面分析、评估、思考。经过这番深刻的、精细的、熟练的研究，她终于得出结论：这两个人当中，最容易攻下的是菲尔顿。

她牢牢记住这样一句话："如果我依了你……"

这是温特勋爵对菲尔顿讲的。

那就说明菲尔顿讲了对她有利的话。

"不管它微弱，还是强烈，"米拉迪重复着说，"这个男人的灵魂中总还存在一丝怜悯的火花。我要这一丝火花然后将他吞灭。"

　　"至于另外的一位，他完全了解我，并且他知道，万一我从他的手掌中逃脱，他将得到什么。所以，企图在他身上下功夫毫无作用，菲尔顿就另作别论。他是一个天真的青年，很单纯，这样一个人，是不愁他不上钩的。"

　　米拉迪上床睡了，并且嘴角上挂着微笑入睡，仿佛一个在节日里戴了一顶花冠的年轻姑娘。

五十三 囚禁的第二天

米拉迪确信自己有了一线希望，于是进入了梦乡。

她梦见达达尼安被她抓住了，她亲自到了刑场，眼看着达达尼安在刽子手的斧头之下送了命，她的脸上露出了微笑。

第二天，有人走进她的房间时，她还没有起来。菲尔顿待在走廊里，他将他头一天晚上说的那个女人领来了。这个女人刚刚来到城堡，她走进房间。

米拉迪的脸色素来是苍白的，所以，初次见到很容易被骗。

"我发烧了，"她说，"一夜没有睡，我难受得要命！您总应该比昨天那些人仁慈些吧？再说，我只想躺着。"

"您需要一个医生吗？"那女子问。

菲尔顿听着她们的对话，没有说话。

米拉迪想到，为了引起他们的怜悯，就要使出更多的力气，而且这也会招来温特勋爵更加严紧地监视。另外，医生来了，弄清楚装病。第一局她输了，第二局她不想再输。

"去找医生？"她反问道，"有什么用？昨天他们称我的痛苦是在演戏，今天也许还会这样说，不然的话，从昨天晚上起他们昨天就会通知医生的。"

"那么，您说说看，夫人，"菲尔顿不耐烦地说，"您需要怎样的治疗呢？"

"唉！我怎么知道！我只感到很难受，您说怎样就怎样好了，对我来说还是一回事！"

"去把温特勋爵请过来。"菲尔顿说，他不耐烦了。

"哦！不，不！"米拉迪叫起来，"不，不要去叫他，我求您了，我挺好的，不要去叫他。"

她在这一连串的请求中，语调又是那样富有诱惑力，以致菲尔顿真被感动了，他进了房间。

"他到底是过来了。"米拉迪暗想。

"不过，夫人，"菲尔顿又说，"如果您真的病了，我就去派人叫大夫，而假若您骗我们，哼，那就自认倒霉了。"

米拉迪什么也没说，而是倒在枕头上，仰面朝天，泪如雨下，并哭得失了声。

菲尔顿像平时一样冷漠地看着她，想到她会拖延下去，便转身走出门去。

那女子也跟了出去。

温特勋爵并没有来。

"我相信，已经有成效了……"她非常快乐地低声自语。为了向可能窥探她的人掩盖她兴奋的表情，她用被子蒙住了自己的头。

两个小时过去了。

"现在，该是病好的时间了，"她说，"起床！从今天起，应该不断地取胜才是，已经过去两天了，还剩 10 天。"

早上，有人进来给她送了早餐。她想过，撤走早餐的时候，她一定会再见到菲尔顿。

米拉迪预料正确，菲尔顿又来了，他做了一个手势，让人把摆在桌子上的饭菜连同桌子一起撤出房间。

菲尔顿留下来，手里拿着一本书。

米拉迪躺在壁炉旁的一张扶手椅里，美丽、苍白、顺从。

菲尔顿走近她说："夫人，温特勋爵和您一样也是天主教徒，所以他同意您每天诵读您的日课常规经，这便是经文。"

看到菲尔顿将那本书放到她旁边小桌上的动作，听到他说话时的声调，瞥着菲尔顿说话时流露出的那轻蔑的笑容，米拉迪抬起头来，要想仔细看看这位军官。

就凭这身过分简朴的服装，就凭这副严肃的发型，就凭这副光洁又像大理石一样坚硬而不可穿透的前额，米拉迪看得出这是一个心情忧郁的清教徒。这类人无论是在詹姆士国王①的王宫还是在法兰西国王的王宫里，在法国她都经常遇得到。那些清教徒尽管记得那场大屠杀，但他们还是会到王宫寻求保护。

这时，米拉迪有了一个主意。我们知道，非同一般的人物身处危难之时往往会灵机一动便有了主意的。

就凭他的语调，加上向菲尔顿投去的简单一瞥，使她知道，她要做出的回答将是何等重要。

---

① 　詹姆士国王：指英国国王詹姆士一世（1566-1626），1603-1625 年在位。

她具有敏捷地做出反应的本领，所以，答话就在她的嘴边：
"我！"她装着用一种和他语调相应的轻蔑口气说，"我，先生，我的日课！那位天主教徒温特勋爵很清楚，我和他信的不是一个教，这是他要给我设下的一个陷阱！"

"那您信仰哪一种宗教？"菲尔顿虽然竭力自我克制，但依然露出惊诧神情。

"等到我为我的信仰受尽痛苦的那一天，"米拉迪装出一种慷慨激昂的样子，大声说，"我会告诉您的。"

他的眼神告诉她，就因为这一句话她就为自己打开了一个广阔的空间。

青年军官依然是沉默无语，一动不动。

"现在，我被仇敌囚禁在这，"米拉迪继续用她所熟知的清教徒习惯了的激情语气说，"让我的天主来拯救我，或者让我为天主去死！请您把这话告诉给温特勋爵。至于这本书，"她用指尖指了指那本书，但她没有碰到它，"您把它带回去，留着您自己用，您是温特勋爵的双料同谋犯，既是他实施迫害的同谋犯，又是他信仰邪说的同谋犯。"

菲尔顿听后没有作答，带着他原先表现出的那种蔑视表情若有所思地走出了房间。

晚上大约 5 点钟，温特勋爵来了。

米拉迪已经制定了她的行动计划。此时此刻，她以一个重新占据全部优势的女人的架势迎接了他。

勋爵在米拉迪对面的一张扶手椅上坐下来，把双脚伸在火炉上，"似乎我们做了违教之事！"

“您想说什么，先生？”

“我想说我们都改换宗教了。您第三个丈夫是清教徒吗？”

“请您讲清楚，勋爵，”女囚神情庄重地说，“我要郑重地告诉您，我不明白您讲的什么意思。”

“那么说，您没有任何宗教信仰……”温特勋爵冷笑着说。

“可以肯定，这更符合您的道德标准。”米拉迪也冷冷地说。

“噢！这对我完全无所谓。”

“噢！您无须承认您对宗教的冷漠，勋爵，您的放荡行为和您的罪恶会去证实它的。”

“嚯！您竟然谈起放荡行为！您竟谈起放荡，谈起罪恶！是我听错了吧？要不，说真的，您实在太厚颜无耻了。”

“您这样讲，是因为有人在听着我们的谈话，先生，”米拉迪冷静地回敬说，“您是想激起您的那位看守和您的刽子手对我的恶感。”

“我的看守！我的刽子手！哼，夫人，您的口吻很悲凉——昨天的喜剧又变成今晚的悲剧。不管怎么说，8 天之后您就要去您该去的地方，到那时我的任务也就完成了。”

“不光彩的任务！亵渎宗教的任务！”米拉迪向她的审判人挑衅说。

“我相信，”温特勋爵站起身说，“我相信您疯了。好了，请您冷静，清教徒女士，要不我将您关进单人黑牢里去。没错儿！是我的西班牙葡萄酒让您晕头啦，是不是？不过请放心，喝了这种酒醉了也没有什么危险。”

温特勋爵走了，嘴里不干不净地骂着。

663

菲尔顿确实在门后听着，他听到了全部谈话。

米拉迪猜对了。

"是的，走吧！走吧！"她对她的小叔子嚷着，"正相反，后果很快就会出现了。"

两小时又过去了。

有人送来了晚饭，米拉迪正忙着大声祈祷，祈祷的经文是她从第二个丈夫的一位老用人那里学来的。那个老用人是个严肃的清教徒，她仿佛已经出神入境，对周围发生的一切像是一概不顾。

菲尔顿示意来人不要打扰她，他带着士兵无声无息地走出门去。

米拉迪知道她可能受到窥视，所以，她将祈祷一直进行到底。她觉得似乎门口站岗的那个哨兵也是站定在那倾听。

她感到心满意足。她站起身来，吃了一点东西，又喝了一些水。

一个小时后，又有人来撤餐桌，但这一次菲尔顿没有陪同前来。

这说明，他害怕老是看到她。

米拉迪转向墙壁，微笑了，微笑中包含了一种取胜的喜悦。

又过了半个小时，古老的城堡一片寂静，只有大海那无休无止的咆哮声。

米拉迪用她那清亮而圆润的悦耳嗓音，开始吟唱一首当时清教徒中十分流行的圣诗的第一节：

> 为了检验我们的坚强，
>
> 天主呀，你抛弃了我们。
>
> 随后，见我们坚定不移，
>
> 你亲手赋予我们荣耀。

米拉迪边唱边听：门口的卫兵似乎变成了石头人不动了。于是她能够判断出，她的吟诵产生了效果。

她以虔诚的感情继续唱下去，她仿佛觉得，她的声音，宛若一股神奇的魔力在软化着狱卒的心肠。

站岗的那个士兵他被搅得心神不宁，于是，隔着门喊起来："别再唱了，夫人，您的歌唱得过于悲惨。在这儿站岗还有一点乐趣，可听起这东西来让人受不了。"

"住嘴！"一个严肃的声音说，是菲尔顿。"你管什么闲事，混账东西！没有人禁止她唱歌，没有。你是看着她，如果她企图逃跑，你就向她开枪。站你的岗好了！假若她逃跑，你就开枪打死她。"

米拉迪非常得意，但这种得意的神情犹如一束闪电那样短暂。这只字未漏全被她听清楚了的对话，使她用响亮而又充满诱惑力的嗓音，接着唱道：

> 流不尽的泪水，道不完的痛苦，
>
> 无穷期的流放，用不完的刑具，
>
> 我将以我的青春，以我的祈祷偿付，
>
> 天主会看出，我遭受了怎样的悲楚。

她的声音使这类生硬而无文采的圣诗平添了一种魔力和表现力，而这种魔力和表现力，就连最狂热的清教徒在自己教友的唱诗中也难得一见，菲尔顿相信，他听到了天使的歌唱，以为听到的正是安慰那炉火中三位希伯来人 [1] 的歌声。

米拉迪继续唱着：

> 得救的日子不会太久，
> 公正而强大的主啊，
> 他将会降临我的身旁。
> 如果天主使我们的希望落空，
> 留给我们的，
> 总还有殉教，
> 总还有死亡。

可怕的注入全部感情的这一节唱罢，那位年轻军官心神不宁，他猛然推开了门。

米拉迪看见他面色依旧苍白，但双目火热。

"您为什么要这样唱？"他问，"而且还用这种声音唱？"

"对不起，先生，"米拉迪用一种温和的声音说，"我忘

---

[1] 《圣经·旧约·但以理书》中记载，巴比伦王尼布甲尼撒铸造了一尊金像要人们膜拜。沙得拉、米莎、亚伯尼歌这三个犹太人拒绝敬拜。结果，尼布甲尼撒大怒，把三个犹太人捆起来投入炉火之中。此后，尼布甲尼撒看到炉火之中出现了第四个人，那人不但没有被烧伤，还在炉火中行走。尼布甲尼撒以为是神助三个犹太人，便把他们放了出来。

记了，这样唱没有十足把握，也许我冒犯了您的信仰，不过这是无意的，我请您原谅我。"

此时的米拉迪美丽无比，她醉心的虔诚，似乎为她的面容增添了绝妙的妩媚，致使菲尔顿顿时花了眼，真的以为看见了唱歌的天使。

"是呀，"他说，"是呀，您搅乱了待在这座城堡里的人……"

这可怜的人已经语无伦次失去理智了，而米拉迪的那双眼睛已经看到了他的内心深处。

"我不唱了。"米拉迪低下眼睛说，表情看上去很顺从。

"不，不，夫人，"菲尔顿说，"只要声音小点。"

说完这番话，菲尔顿感到，对这位女囚难以再严肃地丝毫没有感情，便匆匆忙忙退出了房间。

"您做得对，中尉，"值岗士兵说，"她的歌唱得叫人心慌意乱，不过，她的声音真美！"

五十四　囚禁的第三天

菲尔顿过来了，但必须留住他，或者必须让他一个人单独留下来，而将这件事办成的方法，米拉迪也没有十足把握。

还有就是必须让他开口说话，只有那样她才能跟他对话。米拉迪清楚，她的最大诱惑力存在于她的嗓音里。

然而她明白，尽管她具备这种诱惑力，但仍然可能失败，因为菲尔顿事先曾得过警告，有所防范，他会应对任何的意外。于是，从这时开始，她注意到了自己的一切举动、谈吐，一切话语、眼神、手势，乃至自己的呼吸——避免被理解为哀叹。总而言之，她像一位造诣颇深的演员，对一切都必须进行全面的研究。

而温特勋爵在头一天她就有了应对之策：在他的面前保持沉默和庄严，对他保持轻蔑和鄙视，刺激他，逼他大动肝火，讲出一些威胁的话，做出一些粗暴的举动；而反过来，她以忍气吞声对待之，这就是她的锦囊妙计。对于这一切，菲尔顿也许什么也不会说，但他会看在眼里。

早上，菲尔顿和往常一样来看她了，米拉迪任凭他安排早餐，但在他刚要离开的时候曾有一线希望出现——她觉得他想要对她说话。

但是，他的嘴唇动了一下，但还是没说出来，看那样子，他强忍了一下，把话又咽进了肚中，随即走出门去。

快到中午时，温特勋爵来了。

这是一个晴朗的冬日，淡淡的阳光透过囚房的栅栏射了进来。

米拉迪看着窗外，佯装没有听见门被打开。

"哈哈！"温特勋爵一进门便说，"喜剧演完了，悲剧演完了，轮到伤感剧。"

女囚没有回答。

"是，是，"温特勋爵接着说，"我明白了，您想这边的海岸上获得自由，您想坐上一艘大船在大海上劈波斩浪，您想在给我设一个您极善于策划的那种小埋伏。耐心些！耐心些！再过四天，这边海岸将允许您自由，大海将为您敞开胸怀，因为四天后，英国彻底把您甩掉。"

米拉迪双手合十，抬起她的眼睛仰望着天空。

"主啊！主啊！"她以天使般的温情说，"请您饶恕这个人吧。"

"好哇，您就祈祷吧，该死的女人！"勋爵叫了起来，"我向您发誓，我绝对不会饶恕您，您的祈祷就需更加加劲儿了。"

他走出门去。

就在温特勋爵出门之际，她瞥见菲尔顿迅速闪了一下身，不愿被她看到。

于是她跪了下来，开始祈祷。

"我的天主！"她祈祷说，"您知道，我是为着怎样神圣的事业在受苦呀，请赐给我忍受痛苦的力量吧！"

门被悄悄地打开了。她假装没有听见，并用饱含泪水的声音继续祈祷："仁慈的天主！您就让那个男人实现他的计划吧！"

这时，她才假装听见了菲尔顿的脚步声。她敏捷地站起身来，满面绯红，似乎是突然被人撞见深感羞愧。

"我不喜欢打扰祈祷的人，夫人，"菲尔顿语气沉重地说，"请不要停下来，我请求您。"

"您怎么知道我在祈祷，先生？"米拉迪哽咽起来，"您弄错了，我不是在祈祷。"

"您以为，夫人，"菲尔顿口气温和严肃，"您以为我自信有权阻止一个人祈祷吗？但愿不是！再说，忏悔适合于所有的罪人。一个罪人无论犯了什么罪，他跪在天主脚下时对我都是神圣的。"

"罪人！我！"米拉迪面带一丝微笑说。这种微笑可以使任何人心软。"罪人！天主，您知道我是不是罪人呢？先生，天主喜欢殉教者，所以他有时也允许人们惩罚那些无辜的人。"

"如果您是遭受惩罚的人，是殉教者，"菲尔顿回答说，"那就更有理由祈祷了，而且我会用我的祈祷来帮助您。"

"哦！您是公正的，您，"米拉迪匆忙跪到他的脚下大声说，"您瞧，我不能长久撑下去了，就请您听一听一个绝望女人的哀求吧。有人在欺骗您，先生，我仅仅求您帮助我，如果您开恩，在这个世界上，在另一个世界上，我都将为您祝福。"

"有话请向主人去说吧，夫人，"菲尔顿说，"无论是饶恕还是惩罚，幸好都不归我管。"

"不，我只对您一个人讲。请听我说，这总比加速我的毁灭强些，总比增强我蒙受的耻辱好些。"

"如果您理应受到这种耻辱，夫人，如果您遭受到的惩罚是罪有应得，夫人，那您就应该听从主的意旨，去忍受它。"

"您没有理解我的话！当我谈到耻辱时，您以为我在说什么惩罚，说什么监狱或者死亡！天主保佑！对于我来说，死也好，坐牢也罢，我并不在乎！"

"我难以理解您的话，夫人。"

"或许是您装作不理解，先生。"女囚带着怀疑的微笑说。

"不是的，夫人，我以一个基督徒的信仰担保。"

"怎么，您不知道温特勋爵对付我的计划吗？"

"我不知道。"

"这不可能！"

"我从来是不说谎的，夫人。"

"噢！他的计划一猜便能猜得着。"

"我不想花费这种力气，夫人，除了他在您面前说过的话。"

"可是，"米拉迪叫了起来，"难道您不是他的同谋？难道您不知道他要让我蒙受怎样的耻辱？这种耻辱之可怕，没有任何其他的惩罚能与之相比！"

"您错了，夫人，"菲尔顿红着脸说，"温特勋爵不可能做出如此罪恶之事。"

"好，"米拉迪心里说，"不知道那是怎么一回事，他却把这称作罪恶了！"

然后她大声说："无耻之徒的朋友是什么事都可以干得出来的。"

"谁是无耻之徒？"菲尔顿质问她。

"在英国，难道还有第二人能够配得上这种称呼吗？"

"您说的是乔治·威利尔丝？"菲尔顿目光中冒着火星。

"就是那些异教徒，那些不信基督教的人，叫白金汉公爵的那个人，"米拉迪说，"我真不敢相信，英国会有您这样的人，竟然需要费口舌才能听出我想说的是哪一个！"

"天主的手正向他伸去，"菲尔顿说，"他没法逃脱惩罚。"

对于白金汉公爵，菲尔顿只想表示一般的英国人对他的厌恶之情，那些天主教徒们都叫他腐化堕落者、盗用公款犯、横征暴敛者，清教徒则简单地称他为撒旦。

"噢！天主！天主！"米拉迪大声说，"当我希望他得到应有的惩罚时，您知道，我并不是为了个人恩怨，我哀求的是整个民众的解放。"

"您认识他？"菲尔顿问。

"他终于向我询问了。"米拉迪心里说，能够如此快地达到如此大的效果，她的心里乐开了花。

"噢！认识！认识！这是我的不幸，是我永远的不幸！"

米拉迪像是悲痛到极点似地扭动着自己的双臂。

菲尔顿感到没有力气了，于是朝门口那边走了过去。

女囚一直盯着他，接着，她追上他，拦住了他。

"先生！"她大声说，"求您做个好人，那把刀子，勋爵出于不可避免的谨慎，把它夺走了，因为他知道我要用它来干什么。噢！请开开恩，把那把刀子还给我，一分钟，我只需要它一分钟！我拥抱您的双膝。我恨的不是您，先生。我不会恨您！您是我遇到的唯一公正、善良、富有同情心的人，我怎么能恨您呢？您也许就是我的救星呢！一分钟，那把刀子！就一分钟，然后我从门洞再还给您。只需一分钟，菲尔顿先生！"

"您要自杀！"菲尔顿恐怖地叫起来，"您要自杀！"

"我说出来了，先生，"米拉迪一边喃喃地说一边随身瘫倒在地板上，"我向他说出我的秘密了！他什么都知道了！天主，我完了！"

菲尔顿依然站立着，一时不知所措。

"他还怀疑，"米拉迪心里道，"还不够真实。"

走廊里传来脚步声。

那是温特勋爵的走路声。

菲尔顿也听出那是温特勋爵的走路声，便向门口走去。

米拉迪冲过去。

"喂！不要吐露一字，"她压低声音说，"我所说的绝不能告诉这个人，要不我就完了，而您，您……"

脚步声近了，米拉迪停住，与此同时，她还无限恐怖地举起一只漂亮的手，去掩菲尔顿的嘴。

菲尔顿轻轻将米拉迪推开，米拉迪趁势倒进一张长椅中。

温特勋爵经过门前并没有停下，那脚步声渐渐远去了。

菲尔顿吓得面如死灰，然后，当脚步声完全消失时，他才像一个大梦初醒的人那样喘出了一口大气，随后冲出门去。

"啊！"米拉迪说，她从脚步声判定，菲尔顿没有去找温特勋爵，"你终究是我的了！"

随后，她又感到担心。

"如果他告诉勋爵，"她说，"那就糟糕了，他会当着菲尔顿的面给我一把刀，让菲尔顿看明白，整个绝望大表演只是一出戏。"

她走到镜子前，照一照——

"噢！对！"她莞尔一笑说，"他是不会告诉勋爵的。"

当天晚上，温特勋爵跟着送饭人一起来了。

"先生，"米拉迪对他说，"您的光临是我囚禁生活必须接受的附加品，是吗？"

"这是什么话，亲爱的嫂子！"温特勋爵说，"您今天怎么讲出这样的话？您想必忘记了，您曾经深情地对我说，您回英国唯一的目的就是来看我，所以，您才甘冒晕船、暴风雨和拘禁的危险。那好，现在我就在您的面前，让您看个够。更何况，我这一次来看您还另有原因呢。"

米拉迪打了一个哆嗦，她想是菲尔顿说出来了。这个女人生来经历过各种情况，但那些情况与眼下是大有不同的，所以，她感到，她的心脏从没有像现在这样跳得猛烈过。

她是坐着的，温特勋爵拖过一把扶手椅坐在她旁边，随后从衣兜里掏出一张纸，将它慢慢打开。

"瞧，"他对米拉迪说，"我让您看一看我为您准备的护照，在我让您去的地方，它就是您的身份证件。"

于是，他看着那张纸上，然后念起来：

"'此令押解人犯至……'地点是空白格，"温特勋爵读到这里停下说，"如果您有偏爱的地方，您可以提出来，只要它在伦敦一千法里之外，我继续读下去：'此令押解人犯至……名字：夏洛特·巴克森，曾被法兰西王国司法机关打过烙印，她将长期居留此地，其活动范围不得超过三法里。倘若图谋不轨、企图潜逃，格杀勿论。该犯每日领取五个先令，以资宿膳之用。'"

"这道命令同我无关，"米拉迪冷淡地说，"那个名字不是我的。"

"姓名！您有姓名吗，您？"

"我有您哥哥的姓。"

"我哥哥只是您的第二个丈夫，而您的第一个丈夫还活着。您告诉我他的姓，我就将用它取代夏洛特·巴克森，怎么样？您不愿意？您怎么不说话？既然如此，那就以夏洛特·巴克森这个名字记入囚犯花名册。"

米拉迪依然沉默不语是出于恐惧。因为她想到，这个命令就要付诸执行了，时间提前了，她甚至以为当天晚上就要被押走。于是，她想到她的计划全失败了。

但她发现命令上没有任何签署人。

这个发现使她高兴得无法形容。

"对，对，"温特勋爵看出了她的内心活动，"不错，认为还没到最后时刻，因为那张纸上没有签署人的签字——我拿给您看是吓唬吓唬您，然而，您错了，明天，这个命令将送交白金汉公爵。后天，由公爵亲自签名盖印的这道命令就将送回。然后，再过 24 小时它将开始生效。再见了，夫人，今天就是这些事。"

"先生，这是滥用权力，这种使用假名字的流放是一种卑鄙的行为。"

"那您更喜欢以您的真实姓名被吊死吗？英国法律对重婚罪是无情的。让我们把话说明白：尽管我的姓，或不如说我哥哥的姓被牵涉其中，但是，为了永远摆脱您，我也会甘冒丢脸之险。"

米拉迪默不作声，面如死灰。

"噢，我看出来了，两者相比，您更喜欢长途跋涉。好极了，夫人，古语说得好，旅行铸造青春，说真话，生命毕竟是美好的。就是为了这一点，我也就不担心您会暗杀我。剩下的就是那 5 个先令的问题了。可能少了点，是不是？但我这样做目的在于使您无法买动看守。况且，您还总有您的美貌。如果您在菲尔顿身上的失败还没有使您对这类把戏失去兴趣，那就请您再试一试。"

"菲尔顿什么也没有说，"米拉迪暗想，"那就是说，我并没有失败。"

"现在，夫人，再见吧。明天我会来通知您使者已经出发。"

温特勋爵站起身，走出门去。

她还有四天的时间，这四天用来完成她的计划足够了。

这时，她想到可怕的一点：温特勋爵很可能派菲尔顿去白

676

金汉那里，让白金汉签署命令。这一来，她就没法对准她确定的目标连续不断地发起攻势。

但是，有一件事她是放心的，菲尔顿什么都没说。

她不愿意因温特勋爵的威胁而显出心绪不宁，她坐下来吃饭了。

吃完饭，她双膝跪地，再次大声祈祷经文。

不多时，她听见比看守稍轻的一种脚步声传过来，然后在她的门前停止了。

"是他。"她说。

于是，她开始吟唱那首宗教颂歌。

可是，尽管她的嗓音比任何时候都更具有撕心裂胆的震撼力，房门始终没有被打开。

米拉迪向门上的小窗口偷偷溜了一眼，她似乎看到了年轻人那双火热的眼睛。

只是这一次，年轻人竟有了足够的力量克制住了自己，没有进屋来。

然而，在她唱完不久，米拉迪听到了一声长叹。随后，那种脚步声，缓缓地，又像是不情愿地远去了。

五十五　囚禁的第四天

次日，当菲尔顿发现米拉迪正站在一把扶手椅上，手中拿着一根用几条麻纱手帕撕开后编成一段一段结起来的绳子的时候。

听到菲尔顿开门的声音后，米拉迪便跳下那把椅子，想把她手中拿着的那根绳子藏到身后去。

他那双发红的眼睛表明，他曾一夜未睡。

但他脸上的表情更为严肃。

他慢慢走近米拉迪。

米拉迪已经坐下，或许是出于不小心，或许是出于有意，那根绳的一端露了出来。

"这是什么，夫人？"菲尔顿冷静地问。

"这个吗？没有什么……"米拉迪表现出一种痛苦的表情，"我深感烦闷，就编这根绳子，作为一种消遣。"

菲尔顿举目看了看墙壁。米拉迪就是在这面墙前，站在了现在她坐着的那把扶手椅上，而在那面墙的上方有一个嵌进墙内的镀金挂钩。

他哆嗦了一下，这女囚看到了，尽管她低着头。

"您刚才想干什么？"菲尔顿问道。

"和您无关。"米拉迪回答说。

"但是，"菲尔顿又说，"我想知道。"

"请不要审问我，"女囚说，"我们这些真正的基督徒是不许说谎的。"

"那好，"菲尔顿说，"让我来告诉您，您到底想干什么？您是想了结您蓄谋已久的那种不祥的打算。夫人，如果说天主禁止我们说谎，那他就更为严厉地禁止自杀。"

"当天主看到她被人逼得在自杀和受辱二者之间选择时，请相信我，先生，"米拉迪以满怀自信的口气回答说，"天主会饶恕她的自杀的，因为这样就是殉教。"

"夫人，看在天主的份上，请您讲讲清楚。"

"让我对您诉说我的不幸，让我对您道出我的打算，好让您去向迫害我的人告发。不，我不会这样做的，先生。再说，生和死与您有什么关系呢？您只对我的躯体负责，是不是？这样，到头来，您能够指出可被人认出是我的尸体，别人就不会向您提出更多的要求了。也许，您可能获得更多的奖赏。"

"我，夫人，我！"菲尔顿叫起来，"您竟然推想我会接受这样的奖赏！啊！您有没有想过您在说些什么呀？"

"菲尔顿，请让我去死吧，"米拉迪疯狂地叫起来，"您现在是一个中尉，那好，您将挂上上尉的军衔，走在为我送葬的队伍之中。"

"我做了什么伤害您的事，"菲尔顿大为震惊地说，"竟让您使我在世人和天主之前担负这样的责任？再过几天，您就要远离这里了，夫人，您的生命就不再由我守护了，"他叹息一声继续说，"到了那个时候，您怎么做都行。"

　　"我明白了，"米拉迪大叫了起来，"您，一个虔诚的教徒，一个被称为正直的男子汉，唯一想的就是不要由于我的死亡而受到指控，受到追究。"

　　"我将尽我之力保护您的生命，夫人。"

　　"但是，如果我是一个罪犯，这一使命就已经够残酷的了。如果我是无辜的，天主又如何看待您的这项使命呢？"

　　"我是一名军人，夫人，必须服从命令。"

　　"您以为，天主会把盲目的刽子手同极不公正的审判官加以区分吗？您充当着愿意毁灭我的灵魂的那个人的代理人！"

　　"我再对您说一遍，"大受震动的菲尔顿说，"没有任何危险在威胁您，我像保证自己一样做出保证。"

　　"可笑！"米拉迪大叫道，"可怜！您这无异于是站在最强大、最幸福的人那一边，去欺骗一个最弱小、最不幸的女性！"

　　"不可能的，夫人，不可能的，"菲尔顿低声说，"作为囚犯，您不能在我这得到自由；作为活着的人，您不可能因为我而失去生命。"

　　"是的，"米拉迪叫着，"可我失去的将是荣誉，菲尔顿。在世人和天主面前，我将让您对我蒙受到的耻辱和羞辱负责任。"

　　无论刚才菲尔顿怎样无动于衷，这一次他再也经受不住征服他的这种力量了。面对这位最纯洁的爱幻想的绝色美人，面对她这种美色和痛苦的双重攻击，一个大脑由于狂热的信仰而产生热烈梦想的人，实在是不易承受的；对一颗既被对上苍怀有的爱，又被对世人怀有的恨，双重冲击着的心，实在是不易承受的。

米拉迪观察到了他这种心慌意乱，她相信，此时此刻这位宗教狂血管中的热血沸腾了。于是，她像一个精明强悍的将军，一见敌人准备退却，率军向敌人冲锋。

她站起身来，宛如一个古代的女祭司，伸着一条胳膊，敞开衣领，披散着头发，一只手羞答答地抓着连衣裙将胸口盖住，眼睛里闪现着火焰，朝着菲尔顿走去，并用激昂的神情，用她那无比温柔有时又会发出可怕语调的嗓音，大声唱起来：

> 把牺牲献给了巴尔[①]，
>
> 把殉教者扔向了雄狮。
>
> 啊！
>
> 这样做，
>
> 定会后悔莫及。
>
> 啊！
>
> 我向他企求，
>
> 救您脱离苦海……

---

① 巴尔：伽南人所崇拜的神灵，为众神之王。

在这种异乎寻常的指责下，菲尔顿木雕泥塑般地呆住了。

"您是谁？"他双手合十大声问道，"您是天堂中的使者？您是地狱中的牧师？您是天使还是恶魔？"

"您不认得我了，菲尔顿？我只是人世间一个普通的女子，和您共同信仰一个宗教，仅此而已！"

"是的！是的！"菲尔顿说，"我刚才还怀疑呢，但现在我相信了。"

"您相信？可您却成了人称彼列①之子的温特勋爵的一个同谋，让我留在了我的敌人手里！您相信？可是你却把我送给那个瞎了眼的人称他为白金汉公爵、被信徒们称作反基督分子的那个无耻的萨达那帕路斯②。"

"我，把您交给白金汉！我没有。"

"他们有眼睛，"米拉迪大声说，"但他们却看不见；他们有耳朵，但他们却听不见。"

"是的，是的，"菲尔顿边说边抬起双手抹着满是汗水的额头，"是的，现在我听出了在梦中对我说话的那声音；是的，我认出了天使的那面容。是她对我无法入眠的灵魂在大叫：'动手吧，救救英国，救救你自己！'说吧！说吧！"菲尔顿叫起来，"现在我能够懂得您的意思了。"

一束狂喜的目光从米拉迪的双眼中迸射出来。

尽管这束深藏杀机的闪光倏忽即逝，菲尔顿还是看到了，这束闪光使他不寒而栗。

---

① 彼列：《圣经·新约》中对魔鬼撒旦的通称。

② 萨达那帕路斯：传说中的一位古代亚述国王，残酷且荒淫。

菲尔顿突然想起温特勋爵的警告，他后退了一步，低下头来，但眼睛还是不停地注视着她。在这个奇特的女人的迷惑下，他甩不掉她的目光。

米拉迪绝不是一个会看错这种犹疑不决含义的女人，她冷酷而镇静。于是，她赶在菲尔顿回答之前，赶在她不得不把谈话继续下去之前，她赶紧让自己的双手无力地垂落下来，那样子像是女人的弱点重又压倒了这个受到神灵启示的女人的狂热。

"不，"她接着说，"永恒之王的宝剑对我这条胳膊来说太重了，所以，请您让我以一死来逃避受辱吧！请让我去殉教吧！我既不向您讨要自由，也不向您索取报复。就请让我去一死吧——这就是我向您提出的全部要求。我恳求您，我跪下来请求您了，让我去死吧。"

听到这声音，看到这眼神，菲尔顿重又向她迈了两步。此时此刻，这个魔术师渐渐地重又披上她的魔装：美貌、温柔、眼泪，从而显出一种不可抗拒的诱人的肉感，而混有宗教狂神秘色彩的这种肉感，足以毁灭一切。

"唉！"菲尔顿说，"如果您真的向我证明您是一个受害者，那我只能同情您。您是基督徒，是我同宗教的姐妹。我已经感到有一种什么力量推动着我，使我站到了您的这一边。生活中，我只见过反叛者和亵渎宗教的人；而您，夫人，您是这样的美貌，这样的纯洁，而温特勋爵却如此折磨您，那么，定是您做了什么坏事……"

"他们有眼睛，"米拉迪再次说，"但他们却看不见；他

683

们有耳朵，但他们却听不见。"

"要是这样，"年轻军官叫起来，"请您讲出来，您讲呀！"

"把我受到的羞辱告诉您？"米拉迪满脸羞红地大声说，"您，一个男人；我，一个女人。把我受到的羞辱告诉您？"她抬起手来，羞怯地捂着她那双美丽的眼睛，继续说，"哦！我，万万不能！"

"请告诉我。"菲尔顿大声说。

听了这话，米拉迪久久地望着他，年轻军官以为她在怀疑他。其实，米拉迪只是在观察着他，而且心里想着：我一定能够迷住他。

现在，轮到菲尔顿恳求了，他双手合十，看着她。

"那好，"米拉迪说，"我相信您，我讲！"

就在这时，他们听见了温特勋爵的脚步声。

然而这一次，他不像上一次那样，仅在门前经过，而是停了下来。然后打开门，出现在门口。

菲尔顿就已经赶忙往后退了。当温特勋爵进屋时，他已离开了女囚，站在离她几步远的地方。

男爵用探究的目光从女囚扫向青年军官："约翰，您在这里待了许久了？"他说，"这个女人告诉您她的罪行了？这样的话，我理解，交谈是需要时间的。"

菲尔顿战栗了一下，米拉迪知道此时此刻她不出面援救这位失态的清教徒，她的计划也就落空了。

"啊！您是担心我会从您的手里逃走吧？"她说，"那好，请您问问您的这位可敬的看守，刚刚我向他请求什么了？"

"您请求一个恩典？"勋爵怀疑地问。

"是的，密露尔。"年轻人局促地说。

"什么恩典？"温特勋爵问。

"一把刀。她说，拿到刀后一分钟。"菲尔顿回答说。

"难道这儿躲着什么人，她要一把刀，要割断那人的喉咙吗？"温特勋爵蔑视地说。

"要杀的，就是我。"米拉迪回答说。

"我曾让您在美洲和泰伯恩之间选一个 ①。"温特勋爵又说，"您就选择那个泰伯恩吧，米拉迪，绳子比刀子可靠些。"

菲尔顿脸色一下子变得刷白，他想起，就在他先前进来时，米拉迪手里正拿着一根绳子。

"您说对了，"米拉迪说，"我早已想到了。"随后，她又说，"我还会想用绳子的。"

菲尔顿感到一阵寒栗，这也许被温特勋爵发现了。

"要当心，约翰，"勋爵说，"我的朋友，你要多多留神！另外，要拿出点勇气来，我的孩子。三天后，我们就永远摆脱这个女人，不让她再损害任何人了。"

"您听见了吧？"米拉迪突然叫起来。

温特勋爵以为她这是对上天说话，菲尔顿却明白，这是对他讲的。

勋爵挽起年轻军官的胳膊，回过头来望着米拉迪，一直望到他走出门去望不见她为止。

---

① 在上一章，温特勋爵曾告诉米拉迪让她去大洋洲的植物学湾，而不是去美洲。

"唉，唉，"房门重新关好后，女囚说，"进展太慢。温特勋爵，现在却谨慎起来，变成另外一个人了。什么叫复仇的欲望？这就是！至于菲尔顿，他在犹豫不决。啊！他不是该死的达达尼安那样的人。一个清教徒仅仅崇拜圣女，双手合十地去崇拜她们。"

米拉迪焦躁不安地等待着，她知道他还会来。

终于，那一场面过后一小时，她听见有人在门口低声说着话，不久门开了，是菲尔顿。

年轻人迅速走进房间里，身后的房门大开着，他让米拉迪不要说话，脸上神情慌张。

"您想对我说什么？"她问道。

"请听我说，"菲尔顿小声说，"我刚刚将看守支走了，以便我能和您讲话而不被别人听到。勋爵刚才给我讲了一个骇人听闻的故事。"

米拉迪装出一副受害者的样子笑了笑，并点了点头。

"要不您是一个魔鬼，"菲尔顿继续说，"要不勋爵，我的恩人，他是一个魔鬼。我认识您才四天，所以，我在您和他之间是难以做出抉择的。您不要由于我对您讲的下面的事而惊慌失措。我仅仅是需要得到证明。午夜过后，我将来看您，您再给我提供证明吧。"

"不，菲尔顿。"她说，"这样做代价太高。不能那样，我是完蛋了，但您不必与我同归于尽。我死了比我活着更有说服力。"

"请不要说了，夫人，"菲尔顿大叫起来，"请不要这样

686

对我说了。我来这里请您以最神圣的东西向我发誓，不要自寻短见。"

"我不想答应您，"米拉迪说，"假若我答应了，我必须得去履行。"

"那好，"菲尔顿说，"只请您过了午夜再说。那时，如果您仍执意要去死，那好，那您将是自由的，而我呢，就将那把刀给您。"

"那好，"米拉迪说，"我等着。"

"请发誓！"

"我以天主的名义发誓！您满意了吗？"

"满意了，"菲尔顿说，"夜间见！"

他匆匆走出房间，重新关上门，手里拿起值岗士兵的一柄短矛，仿佛他在顶班站岗，站在了门外。

那位士兵回来了，菲尔顿将短矛还了他。

这时，米拉迪通过她靠近门口的那个小窗口，看见年轻人在胸前画着十字，然后又带着狂喜走出过道。

她回到原位，她嘴里叫骂着，一再提到天主这个可怕的名字。

"我的天主！"她叫道，"丧失理智的宗教狂！是我和那个将要帮我复仇之人！"

五十六　囚禁的第五天

这期间，获得的成功使米拉迪力量倍增。

这是她的拿手好戏，战胜那些很容易就上钩的男人，那算不上什么难事。米拉迪天生丽质，肉体方面不会有任何困难，她足以扫清一切精神方面的障碍。

而这一回，她与之战斗的是一个天生孤僻、并且由于严格的苦修而变得性情冷漠的人。宗教信仰和苦行使菲尔顿成为一个能够抵御通常诱惑的男人。充满他那激奋的头脑的是一项项广博的计划和庞杂的打算，没有给爱情留下什么位置。而爱情这东西，却只能在放荡堕落的环境中成长。

米拉迪通过她假作的德行，通过她的美色，在一种受到了警示的固有观念中，在一个纯洁无瑕的男人的心田和感知中打开了一个缺口。总之，这一切给她提供了一个最难研究透的对象，而她，在摸透这个对象的努力中发挥了巨大能量，连她自己也难以置信。

然而，当天晚间，她曾不止一次产生了绝望。她没有乞求天主，她相信的是作恶的神力，相信这种力量能够主宰人类生活的方方面面。

米拉迪已经做好了接待菲尔顿的准备。她明白，她只剩下两天的时间了。那命令一经白金汉签署，勋爵就会立刻派人将她送上船去。她也知道，一旦她被判流放，她就丧失了施展诱惑的武器，因为她失去了上流社会的阳光照耀下的那种容颜，失去了时髦人士夸耀下的那种睿智，失去了贵族身份那股魔力给她镀的那层金。而被加辱判罪，虽然并不影响自身的美貌，却在自己重振雄威的道路之上设下了永远也搬不掉的障碍。像一切具有真才之人一样，米拉迪知道自己适合什么样的环境，能够施展自己的能力。贫穷令她厌恶，只有在女王之中她才是女王，她必须享受自尊心得到满足的那种快乐，去支配一群低下者，对她来说是一种屈辱。

当然，她遭流放后还会重返故土，但是流放会持续到什么时候？对于像米拉迪这样一个女人，失去用于进展的日子就是凶日。失去一年、失去两年、失去三年，那就等于无尽头地熬下去。而等她回来时，那个达达尼安已由于替王后效劳而得到了奖赏。

这些折磨人的想法让米拉迪难以忍受！此时此刻，她内心发作的强大的力量正在成倍地增加，如果她的肉体的力量也能够达到那样的强度，那么可以肯定，她会一脚就将那间囚室踢个粉碎。

接着，她想起了红衣主教。那位秉性多疑、遇事多虑且又心存猜忌的红衣主教，对她的杳无音信又会怎么想，红衣主教不仅是她现在的靠山，而且还是她未来前途和复仇的所要依靠的主要力量。

她了解他的为人，她知道，她这次白走一遭而返回，就是向他讲100遍她坐牢的原委，也全然是无济于事的。红衣主教会满腹狐疑，用一种嘲弄的强音平静地对她说：

"您就不该让人抓住！"

于是，米拉迪又于思想深处轻轻呼唤着菲尔顿的名字，菲尔顿成了能够射到她身心中的唯一的一缕熹微了。她宛如一条长蛇盘起来又展开，展开了又盘起来，以便知道自己有多大力量，在想象中将菲尔顿紧紧地缠了起来。

然而时光在流逝，一个小时接一个小时地在流逝。

9点钟，温特勋爵按着惯例巡视。他首先看过了窗子和窗子上的栏杆，接着看过了地板和四壁。在这久久地仔细认真地察看中，和他的女囚都没有说一句话。

大概他们两人都懂得，再讲什么都是白费口舌，再动肝火那是浪费时间。

"好的，好的，"勋爵离开米拉迪时说，"今天夜里您还是逃不掉！"

10点钟，菲尔顿安排一名哨兵值班。她像一个情妇猜想她的心上人那样猜想着菲尔顿行动的意图。

约定的时刻还没到，菲尔顿没有进屋。

午夜12点的钟声敲响，值班卫兵换岗了。

米拉迪焦急不安地等待着。

新上岗的哨兵开始在走廊上来回走动。

10 分钟过后，走廊里响起了菲尔顿的脚步声。

"听着，"年轻人对值班士兵说，"不要以任何借口远离这扇门，昨天夜间有一个士兵曾因擅离岗位，受到了温特勋爵的惩罚，而在他离开的时间内，是我替他站的岗。"

"是，我明白。"士兵说。

"你要严格保持警戒状态，"他接着说，"我要进屋去再检查一下，我担心她有不祥的打算。"

"好！"米拉迪喃喃道，"这个严肃的清教徒开始说谎了！"

那个值岗的卫兵听到命令后笑了笑，说："见鬼！我的中尉，这样的监视很值得，特别是如果爵爷能允许您到她的床上进行监视，那您就更幸运了。"

菲尔顿满脸火烫，如果换一个场合他会训斥这样的玩笑。然而此时他的心里有鬼，他的嘴便不好张开说什么。

"如果我喊来人，"菲尔顿说，"你就来。如果有人来了，你就告诉我。"

"懂了，我的中尉。"士兵回答说。

菲尔顿走进了米拉迪的房间，米拉迪站起身来。

"您真的来了？"她问。

"我答应过的。"菲尔顿说。

"您还答应过我另外一件事呢。"

"什么事？我的天主！"青年人尽管能克制自己，但依然感到双膝颤抖。

"您答应给我带一把刀来。"

"不要谈这件事了，夫人，"菲尔顿说，"不管情况多么严重，也不会允许一个天主的臣民自寻短见。我反复考虑过了，我永远也不应该使自己成为罪人。"

"啊！您考虑过了！"女囚坐进她的扶手椅里说，"我也一样，我也考虑过了。"

"考虑过什么？"

"我想好了，对于一个说话不算话的男人，我不需要再说什么。"

"哦，我的天主！"菲尔顿嗫嚅着。

"您可以走了。"米拉迪说。

"刀子在这儿！"菲尔顿遵守诺言。他从口袋里把它拿出来，但他犹豫着。

"让我看一下。"米拉迪说。

"看什么呢？"

"看完之后，我立刻就还给您，您把它放在这张桌子上。"

菲尔顿伸手将刀子递给米拉迪，米拉迪试了试刀锋。

"很好，"她将刀子还给年轻军官，"这是一把锋利的钢刀，菲尔顿。"

菲尔顿重又接过刀，把它放在了桌子上。

米拉迪两眼紧盯着，做了一下满意的手势。

"现在，"她说，"请听我说。"

"菲尔顿，"米拉迪满怀伤感、郑重其事地说，"菲尔顿，如果您的姐妹对您说：'我还年轻，长相还相当美，可是有人陷害我，我反抗；那个人，使用种种暴力，我也用力反抗；那人由于我求救过天主和这个宗教而亵渎我信仰的宗教，我也反

692

抗。于是，那个人对我滥施凌辱，让我的肉体蒙受终生之耻。最后，终于……'"

米拉迪停了下来，唇上掠过一丝苦笑。

"最后，终于，"菲尔顿问道，"他干了什么？"

"最后，有一天晚上，他在我喝的水中放了一种强烈的麻醉剂，我一吃完饭就渐渐感到陷入了昏昏迷迷的状态之中。尽管我没有无端怀疑，但我还是产生了恐惧感，我强打精神顶住困倦，想要跑到窗前呼救，然而我的双腿不听使唤，全部重量压住了我的身体。我竭力喊叫，但我只能发出几个含糊不清的音节，感到我即将倒下，便抓住一把椅子支撑着身体，但不久，我虚弱的双臂难以支持了，便双膝跪地。我想祈祷，但舌头发硬。我倒在了地板上，死一般睡着了。

"对于这阵困倦中所发生的事情，我没有了任何记忆。我醒后发现自己躺在一间圆形的屋子里，里面家具豪华，而且这间屋子似乎没有一扇可供出入的门，简直就是一间牢房。

"我过了很长时间才意识到我到底置身于何地，为摆脱这沉重的昏睡的混沌，我的头脑似乎也曾经过一番苦斗，但没能成功。我模模糊糊感觉到，并曾听到一阵马车车轮的隆隆滚动声，像是做了一场噩梦，我的精力已全部耗尽。只是，所有这一切在我的脑子里是那样的模糊，以至于这些事件宛若是另外一人，而不是我的经历，但它又是和我的生活混在一起的。

"在这段时间内，让我感到在做梦。我站起身来，我的衣服全堆在我旁边的一把椅子上，我记不起是否脱过衣服，也记不得是否睡过觉。

"这时候，现实回到了我的眼前，贞操受到侵犯的担心出现了。当时，我已离开了我住的那间房子，通过阳光我判断出，已经是黄昏。我是在前一天傍晚睡下的。就是说，我这一觉差不多睡了 24 小时。在这长长的昏睡中到底发生了什么呢？

　　"我想尽可能快地穿好衣服，可我的手不听使唤。这说明麻醉剂的作用还没有完全消失。

　　"这是一间卧室，是按着一个女人的需要而布置的，即使一个最最卖风情的女人，她也会心满意足了。

　　"当然，我不是第一个被关在这里的。但是，您是理解的，菲尔顿，这样的房间越是漂亮，我就会越发感到惶恐。

　　"是的，那是一间牢房，因为我曾试图逃出去，但没有成功。我曾试着敲遍四壁想找出一个门来，但四面大墙是实心的。

　　"我环绕房间走了大约 20 次，也没找到一个出口。我疲惫不堪，便倒进一张扶手椅里。

　　"天黑得很快。随着黑夜的到来，我的恐惧也随之增加，我似乎觉得我的四周布满危险，只要一挪步便会在危险中倒下。尽管我从头一天起就没吃一口东西，我还是不感到饥饿。我所感到的，就是恐惧。

　　"外面没有任何声音传过来，我没法知道准确时间。我只能推想可能已是晚上七八点钟了，因为时值 10 月，天已经完全黑了下来。

　　"突然，我听到了一声铰链转动的声响。

　　"从天花板玻璃窗口的上方露出一团火光，这时，我吃惊地看到一个男人正站在离我几步远的地方。

"更使我吃惊的是，霎时间，配备齐全的晚饭的一张餐桌，魔术般地出现在了房子的中央。

　　"这个人，正是追求了我一年的那个男人。他曾发誓要占有我，听到他的头几句话使我明白，前一天夜间，他的确成功了。"

　　"卑鄙！"菲尔顿喃喃道。

　　"啊！是的，卑鄙！"米拉迪看得出来，年轻军官对她动情了，于是她也大声说，"啊，是的，卑鄙无耻！他以为在我昏睡时战胜了我，就不存在其他问题了，他指望我接受这一蒙辱的既成事实。他提出，用他的财产换取我的爱。

　　"我把所有极度蔑视的语言，一股脑地倾洒在那个男人的身上。毫无疑问，他已经习惯了。他在听我呵斥时，一直把双手叉在胸前，面带微笑，心平气和地看着我，等我讲完了，他便凑上前来，要靠近我。我随手操起一把刀，顶在自己的胸前。

　　"'您要是再走近一步。'我对他说，'您将要对我的死而自责！'

　　"在我的身上，无疑显现了一种威慑力，它使他相信我的动作、我的姿势和语气的真实性。他停下了。

　　"'您想死！'他对我说，'哦！不行，您非常迷人。我占有了一次，但绝不能就这一次就同意失去您。再见，我的美人儿！我等您心情变好时再来看您。'

　　"他吹了一声口哨。照亮房间的那盏球形灯朝上升去，随后不见了。

　　"我重又处于黑暗之中，发出了关门声。

"屋子里又剩下了我一个人。

"如果说这之前我对自己所遭到的不幸还心存诸多的怀疑的话，那么，这些怀疑在现实中统统消失了。这个人我不仅恨他，而且还鄙视他。可我正被他囚禁，他是什么事都能干得出的，而且他的所作所为已经向我提供了证据。"

"但是，那个男人是谁？"菲尔顿问道。

"我在一张椅子上过了一夜，每听到一阵最微小的响声我都会害怕。午夜时分，那盏灯熄灭了，我重又陷入黑暗之中。但是，这一夜，迫害我的那个人没有来。天亮了，桌子已经不见了，但那把刀子还在我的手里。

"那把刀就是我的全部希望呀。

"整整一夜我的眼睛没有敢合一合，彻夜未眠弄得我双眼火烧火燎。天亮了，我一头倒在床上，把那把救命的刀子藏在枕头下，睡着了。

"睡醒的时候，一桌新的饭菜又送了来。

"这一次，尽管我精神恐惧，但我感到了饥饿，我吃了些面包和几个水果。我记起，我先前喝的水被人放了麻醉剂，对那桌上放的水我没有碰。我的洗脸盆上面的墙上有一个大理石的水箱，我从水箱里取了一杯水。

"尽管我小心翼翼，但开始时仍然非常担心，只是，这一次我的担心是没有根据的，一整天过去了，我好好儿的。

"夜幕降临，黑暗随之到来。只是，不管天是怎样的黑，我的眼睛已经开始习惯。在黑暗中，我看见桌子从一块地板那边陷了下去，而一刻钟过后，它摆好饭菜又开上来。又过了片刻，原来的那盏灯又亮了起来。

"我决定只吃些不能被下药的食品：两个鸡蛋、几个水果。随后，我又从保护了我的那个水箱中取了一杯水。

"刚喝了几口，感觉到这水的味道和先前的不一样了，我顿时产生了怀疑，便停了下来。可是，我已经喝了半杯。

"我惊骇万分。我等待着，额头上渗出了汗水。

"毫无疑问，有人看到我在水箱中取水了，于是，利用我的自信做了手脚。

"过了半个小时，类似上次的症状又出现了。但是，由于我只喝了半杯水，因此，我还能够较长时间地挣扎一番。我处于半醒半睡的状态，勉强可以感觉到自己周围所发生的事，但毫无自我保卫能力。

"我拖着身子走向床边，去寻找那把救命的刀子。可是没能走到床头，我就跌在了地上，双手死死抓着一根床腿。"

菲尔顿满脸苍白得可怕。

"更为可怕的是，"米拉迪接着说，那变了调的声音似乎表明她仍在经受那可怕时刻的那种恐慌，"这一次，我意识到威胁正向我逼近。我的灵魂正在我沉睡的躯体里瞧着我。我能够看见，也能够听见，所有这一切仿佛真的在梦幻之中，而这也就让人越发害怕。"

"我看见那盏灯在上升，我渐渐被留在了黑暗之中。随后，我听见了那开门的响声。

"我本能地感到有人在靠近我。

"我想挣扎一番，试图喊叫，我强撑意志，竟然重新爬了起来，可是，立刻又跌了下去，跌在迫害我的人的怀里。"

"请您告诉我那个人究竟是谁？"年轻军官大声说。

米拉迪一眼就看出，菲尔顿产生了难以忍受的痛苦。她相信能够使他的心碎，她就肯定他能为她复仇，所以她继续讲下去，对菲尔顿的喊叫不加理睬。

"这一次，那个无耻之徒面对的，不再是一具无知无觉的僵尸。我已经丧失了运用我的机体的能力，但肯定，我曾竭尽全力反抗，因为我听到了他的喊叫声：

"'这些该死的女清教徒！没想到对于她们的情夫也是如此地厉害！'

"唉！我的抗争没能坚持多久，我感到精疲力竭了。这一次，并不是因为我昏睡使那坏蛋遂了愿，而是由于我昏厥了。"

米拉迪没有听到他再说什么话，只听见他发出一声低沉的吼叫。汗珠从他那大理石般的额上流下来。

"我苏醒后的第一个举动，便是去找藏在枕头下我没能拿到手的那把刀。即使不能自卫，它至少能够用来赎罪呀！

"然而，当我拿到那把刀时，菲尔顿，我产生了一个可怕的想法。我曾发过誓要把一切全告诉您，那我就一定履行誓言。我曾答应过您对您讲真话，这我也一定做到。"

"您想报仇，是不是？"菲尔顿大声问。

"对！对！"米拉迪说，"一个女基督徒不应该这么想，这我知道。但是，也许是我们心灵中那个永恒的仇敌、那头在我们周围不断吼叫的狮子，使我心中有这个想法。①最后，菲尔顿，"米拉迪以一个认罪女人的口气接着说，"我有了这种念头后，无疑再也摆脱不掉了。正是因为这样，我才受到今天的惩罚。"

"您继续讲，继续讲，"菲尔顿说，"我很想快些知道您是怎么复仇的。"

"哦！我下定决心尽快复仇。我相信，当天夜里他还会来。

"当午餐送来时，我决定吃得饱饱的，以便待晚饭时假装吃，但什么也不吃，我必须用午间的食物抵挡夜里的饥饿。

"我还藏起午饭时省下来的一杯水，因为48小时之内不吃不喝，口渴是非常难耐的。

"白天过去了，对我没有发生别的什么影响，而是更加坚定了我的决心。我深信有人在监视我。我有好几次忍不住，感到唇上露出过微笑。菲尔顿，我不敢对您说，为什么会发笑，因为那会引起您的反感……"

"说下去，"菲尔顿说，"我很想快些知道结果。"

"夜色降临，一切照旧。我上桌就餐。

"我只吃了几个水果。我假装拿起大肚长颈玻璃瓶倒水，但我喝的是我杯里原来的水，而且我这样干得相当巧妙，如果真有暗探，他也不会看出任何破绽。"

"用完晚餐，我装出了和前一天晚上同样的半昏迷的样子，

---

① 这里"永恒的仇敌"和"狮子"的概念是指魔鬼撒旦。《圣经·新约·彼得前书》中有这样的话："你们的仇敌魔鬼，如同一头吼叫着的狮子，到处巡游，寻找吞吃的人。你们要用坚固的信心去抵挡他。"

像是我疲惫到了极点，又仿佛像习惯了危险，便脱掉连衣裙，上了床。

"我假装睡着了，手里牢牢地握住了那把刀。

"两个小时过去了，和前一天晚上不一样了。这一次，我倒开始担心他会不来了。

"终于，我发现那盏灯开始缓缓升起，我的房间一片黑暗。我睁大眼睛注视着黑暗中的动静。

"又过去了 10 分钟，只听到我的心在怦怦地跳。

"我恳求上天让他来。

"最后，我终于听见了那扇门开关的熟悉响声；尽管地毯铺得厚厚的，我还是听到了脚步声音；尽管房间黑暗，我还是看见一个人影向我的床边走来。"

"快说下去，快说下去！"菲尔顿催促着，"您的每一句话都让我内心挣扎。"

"就在这时，"米拉迪又说，"就在这时，我用尽了所有力气，并提醒自己，复仇的时刻，或者确切地说伸张正义的时刻已经到了。我手握尖刀，蜷缩着身子。我发出一声痛苦而绝望的呐喊，刀子对着他的胸膛刺了过去。

"混蛋！他的胸部穿了一件锁子甲。

"'哈哈！'他抓着我的胳膊，夺走了我手里那把刀子，'您想要我的命，我的清教徒美人！这是忘恩负义！得了，得了，您安静些吧，我漂亮的宝贝儿！我本以为您已经温顺了。您不爱我，我原不相信，因为我一向妄自尊大。现在我相信了，明天，我还您自由。'

"当时，我只有一个愿望，就是让他杀死我。

"'请您当心！'我对他说，'给我自由就意味着您将声名狼藉。'

"'您可以说得明白一点，我的美丽的西比尔^①。'

"'这是因为，我一旦获得自由，就会把一切都宣扬出去，我会说出您对我实施的暴力，我会说您非法拘禁了我，我会揭发这座凶宅。您身居高位，勋爵，但您会发抖的！在您之上还有国王，在国王之上还有天主。'

"我眼前的那位迫害狂听了我的话便大发雷霆。我看不清他的脸，但我能通过他的手感觉到他在瑟瑟发抖。

"'如果这样，那您就休想从这儿走出去。'他说。

"'那好，那好！'我大叫起来，'那么，好吧！我就死在这里。您会看到，一个控诉的幽灵比一个活人更为可怕！'

"'我们不会给你任何东西让您自杀。'

"'但有一件，绝望之神已经将它放在每一个人的手边，我会让自己饿死的。'

"'走着瞧吧，'那混账东西说，'和平总比一场战争好吧？我现在立刻还您自由，我向您宣布您是一位贞淑之女，我称您为"英格兰的卢克丽霞"^②。'

"'那我就说您是英国的塞克斯杜。我，我要向全世界揭发您，如果有必要，我要像卢克丽霞那样，用我的血在我的控

① 西比尔：希腊传说中的女预言家。

② 卢克丽霞：古罗马的一位烈女。她是贵族科拉提努斯的妻子，被罗马暴君卢齐乌斯·塔尔奎尼乌斯之子塞克斯杜奸污。她受辱自尽身亡，死前要父亲和丈夫为她报仇。此后，她的丈夫联合布鲁图，将塔尔奎尼乌斯赶出了罗马。

告书上写上我的名字。'‘哈哈！'我的仇敌以嘲笑的口气说，‘如果是那样，就是另外一回事。其实，不管怎么说，这儿不错，什么也不缺。而如果您非要让自己饿死，随你便。'

"说完这几句话，他走了出去。我再次陷入痛苦之中。不过，坦率地说，我精神上受到的伤痛比起没能力为自己报仇所经受的羞耻要小得多。

"第二天他没有来。但是，我照我说的话做，我没有吃，也没有喝，拿定主意，一死了之。

"我在祈祷中度过了一天又一晚，但愿天主饶恕我的自杀行为。

"第二天夜间，门打开了。我正躺在地板上。

"听到响声，我用一只手支撑身子。

"‘听着！'有一个声音在我耳边响起，我听不出那是谁的声音，‘听着！您考虑得怎样？您同不同意仅仅用您的沉默这种许诺来换取您的自由？瞧，我是一个宽大的人。'他接着说，‘尽管我并不喜欢清教徒，但我承认他们的正当权利，对女清教徒也一样，只要她长得漂亮。好啦，就请您向我发个小小的誓言吧，画个十字，我对您没有更多的要求了。'

"‘画十字！'我重新站起身来大叫道，我因为气愤恢复了一些体力。‘画十字！我发誓，任何威胁，任何折磨都不会封住我的嘴！画十字！我要到处揭发您是个谋杀犯，是一个卑鄙的小人。画十字！如果我有可能从这儿出去，我发誓呼吁全人类向您报仇。'

"‘您放心！'那个声音威胁口气说，‘我有最妙的方法

封住您的嘴，或者，至少让世人不相信您说的每一句话，但不到万不得已，我不会用它。'

"我使出全身气力，用一阵大笑权作回答。

"他看得出来，我和他之间今后将是一场永远的战争。

"'您听着，'他说，'今晚剩下的时间，加上明天一天，我再让您好好考虑一下，如果您胆敢声张，我将让您身败名裂。'

"'您！'我大叫道，'您！'

"'永远洗不掉的加辱之刑！'

"'您！'我又大叫一声。啊！我觉得他是发疯了！

"'不错，我！'他说。

"'啊！走开！'我对他说。

"'好吧，'他说，'随您的便，明晚见！'"

"'明晚见。'说着，我瘫倒在地……"

米拉迪怀着恶魔般的快乐看着菲尔顿——也许不用讲完这段故事他就已承受不住了。

五十七　一种古典悲剧的手法

　　为了观察那年轻人，米拉迪停了一会。随后，又继续讲她的故事：

　　"将近有三天，我没有吃东西，忍受着难以忍受的折磨。我的眼睛看东西也变得模糊起来，这是精神错乱的征兆。

　　"再次到了晚上。我备感虚弱，时有昏眩之状，而每当昏眩之时，我就感谢天主，相信我快死了。

　　"一次昏厥中，我曾听见门被打开了。

　　"他蒙着面，还带来了另一个蒙面人。我听得出他的脚步声。

　　"'喂！'他问道，'您拿定主意了没有？'

　　"'我的话您听过了，那就是：在世间，我将到人类的法庭上控诉您；在天上，我要到天主的法庭上控诉您！'

　　"'这样说，您一定要这么坚持？'

　　"'我在正听我讲话的天主面前发誓，在没有找到为我复仇的人之前，我绝不善罢甘休。'

"'您是一个婊子！'他大声咆哮道，'您将受到苦刑！在您恳求的世人的眼里您是被打上烙印的婊子，您就去向世人证明您既不是罪犯也不是疯子吧！'

随后，他对陪他来的那个人说：

"'动手吧！'"

"啊！那个人叫什么名字？"菲尔顿大叫起来，"那个人的名字，请您告诉我！"

"这时，我开始明白，这是最坏的结果。但是，刽子手不顾我的呼喊，无视我的抵抗，将我按倒在地板上，我哭得透不过气来，几乎失去了知觉。突然，我发出一声惨叫——一块通红、火烫的烙铁，在我的肩膀上留下了一个印记。"

菲尔顿发出一声呼喊。

"您瞧呀，"米拉迪说。说着，她极负尊严感地站了起来，"您瞧呀，菲尔顿，请您看看，他就是这样去折磨一个冰清玉洁的少女吧！那个少女就这样成为无耻之徒宰割下的牺牲者吧！您要学会认识人的心呀，从今以后，不要轻易地去充当他们报复的工具。"

米拉迪迅捷地解开裙袍，把玷污了这个如此美丽的肩膀的、永远也不能消除的烙印指给那位年轻人看。她的脸上也同时变得通红，假装羞愧和愤怒。

"可是，"菲尔顿叫起来，"我看见的是朵百合花呀！"

"那正是他的聪明之处！"米拉迪说，"要是英国的烙印……那就必须证明是哪一家法庭给我烙上的，但那是法国的烙印……唉！这样，我将终生蒙辱了。"

他面色苍白，神态木然，被这个女人的绝世的美色弄得晕眩了。本来，一个女人向他袒露了自己的躯体是耻辱，但他却把这种恬不知耻看成了无限的崇高。最后，他跪倒在了她的膝下，犹如跪在一个纯洁圣女的脚下。

烙印不见了，唯一剩下的是美貌。

"请原谅！请原谅！"菲尔顿大声说，"哦！请原谅！"

米拉迪从他的眼睛里看到的是：爱情，爱情。

"原谅什么？"她问道。

"原谅我也成了他们其中的一员……"

米拉迪向他伸出手来。

"多么漂亮啊！多么年轻啊！"菲尔顿一面赞叹地说着，一面不断地吻着那只手。

米拉迪则注视着他，她那目光，是以使奴隶成为国王。

菲尔顿是个清教徒，他松开她的手去吻她的脚。

此时此刻，他已经不是爱她，而是崇拜她了。

米拉迪看上去重又恢复了冷静——其实，她从没失去过冷静。菲尔顿发现那些爱情的瑰宝重新被贞洁的面纱掩盖了起来，其实这只不过是为了激起他更加火热的欲望。这时菲尔顿说："啊！我现在只想问您一件事，就是那个真正的刽子手到底是谁？"

"什么！"米拉迪大声说，"您还需要我向您指名道姓吗？难道您还没有想到是谁吗？"

"怎么！"菲尔顿说，"是他！又……又是他！真正的罪人是……"

"真正的罪人，"米拉迪说，"是那个英伦三岛的蹂躏者，糟蹋无数妇女贞洁的虐待狂！由于要满足他自己的欲望，他竟不惜将英国拖入战争，让英国血流成河。他反复无常，今天，他保护新教徒，而明天，他又出卖他们……"

"白金汉！那就是白金汉！"愤怒的菲尔顿大叫起来。

米拉迪双手捂起了脸，仿佛这个名字对于她是耻辱的。

"白金汉，一个迫害这个天使般的女人的刽子手！"菲尔顿怒吼着，"天主啊，你怎么不杀了他！你怎么还让他，来毁掉我们大家呀！"

"天主对那自甘堕落的人是管不着的。"米拉迪说。

"天主等着将来有一天,将那些该下地狱的人的那些惩罚，都加给他！"菲尔顿情绪愈发激动，"天主是想在天庭审判前让人类先处置他！"

"可世人惧怕他。"

"哼！可我，"菲尔顿说，"我不怕他，我一定不会放过他……"

听了这话，米拉迪感到她的心灵的快活到难以自制。

"不过，温特勋爵，他又是如何参与进了这一切呢？"菲尔顿问道。

"请听我说，菲尔顿，"米拉迪说，"即使在卑劣可鄙的人身边，也还有心地高尚的人。我有一个未婚夫，他是像您一样的人，我去找了他，把一切都告诉了他。他了解我，对我所讲的没有怀疑，他是一个高贵的贵族，和白金汉一样。他什么也没有说，就身带佩剑，披上披风，径直去了白金汉的府邸。"

"是的，是的，我明白，"菲尔顿说，"干这种事不应用佩剑，而应该用匕首。"

"前一天，白金汉已经作为使者去了西班牙。那时，查理一世还是威尔士亲王，白金汉是为亲王前去求婚的。

"我的未婚夫回来了。

"'请听我说，'我的未婚夫对我说，'那个人已经走了，所以，他暂时躲过了一劫。这样，我们结婚吧，这是我们早就应该做的。然后，您把这件事托付给温特勋爵去做吧——'"

"温特勋爵！"菲尔顿叫起来。

"是的，"米拉迪说，"温特勋爵，现在您全明白了，白金汉待在西班牙一年多没有回来。在他回国前8天，我的丈夫温特勋爵突然死去，丢下了我。为什么会这样？只有万能的天主知道。这让我去指责谁呢……"

"哦！多可怕的灾难！"菲尔顿大声说。

"我丈夫温特勋爵什么也没告诉他的兄弟，应该对所有的人保守这个可怕的秘密。您的保护人看到他的哥哥和一个没有财产的姑娘成婚，心里不高兴。我明白，我无法从一个对继承遗产失去希望的人身上得到任何支持。于是便去了法国，打算在那里度过余生，但我的全部财产在英国，现在两国交战，我变得一无所有。这样，我被迫重返英国。"

"后来呢？"菲尔顿问道。

"后来，白金汉无疑得知我回来了，他就将这消息告诉了您的恩人。白金汉对他说，他的嫂子是万恶的女人，是一个被烙过印的女人。我的丈夫不能再活过来为我辩护了。温特勋爵相信了这一切，特别是这样对他完全有好处，更是坚信不疑了。

"他派人抓住了我，将我带到这儿来交给您看管，后来的事您都知道了。后天，他将驱逐我、流放我，把我打发到下贱的犯人堆里去。哦！这个计划很妙！我的名誉不复存在了，菲尔顿。请将那把刀子给我吧，菲尔顿！"

讲完这番话，米拉迪似乎已经精疲力竭，最后倒进了年轻军官的怀里。

爱情、愤怒，加上从未感受过的那种肉欲的快感，使年轻人忘记了一切，怀着全身的激奋将她紧紧地搂在胸前，闻着那张漂亮的嘴里散逸出的气息，而等他接触到那颤动得很厉害的胸部时，他的理智一点不剩了。

"不，不，"青年军官说，"不，您一定要活下去，就是为了战胜您的仇敌，您也要活下去。"

而菲尔顿却是死死抱着她，恳求着。

"啊！让我去死吧！让我去死吧！"她眯着眼睛语声喃喃道，"啊！与其蒙耻不如死掉。菲尔顿，我的朋友，我求您让我一死吧！"

"不，"菲尔顿大声嚷道，"不，您要活下去，我要为您报仇！"

"菲尔顿，我会给一切都带来灾难的！菲尔顿，放开我吧！菲尔顿，让我去死吧！"

"那好，我们一起死！"菲尔顿将自己的嘴唇紧贴在女囚的嘴唇上。

这时，有人敲门。

这一次，米拉迪真的将菲尔顿推开了。

"您听着，"她说，"有人来了！糟了，我们全完了！"

"不会的，"菲尔顿说，"那只是值岗卫兵通知我巡逻的卫兵过来了。"

"那么您快去开门吧。"

菲尔顿乖乖地顺从了，这个女人已经主宰了他。

他的面前站着一位军士。

"怎么，有什么事吗？"年轻的中尉问。

"您命令我，如果我听见呼救，我就得赶快打开门，"士兵说，"可您忘记给我钥匙了。我刚才听见您在叫，我想打开门，而门从里面反锁了。于是，我就把一位军士叫来了。"

"我在这儿。"军士说。

菲尔顿神色迷惘，不知道该怎么说。

米拉迪明白，只能她挽回局面了。

她跑到桌前，抄起了菲尔顿放在上面的那把刀。

"您有什么权利想阻挡我去死？"她说道。

"伟大的天主！"菲尔顿大叫道。

就在这时，走廊里响起了一阵嘲讽的大笑声。

勋爵穿着睡袍，腋下夹着一把剑，走过来。

"哈哈！"他说，"已经到最后了。您看见了吧，菲尔顿，悲剧是按照我指出过的全部情节一幕一幕地上演着的。不过，她不会自杀的。"

米拉迪心里明白，此时此刻，如果她不能有所表现，向菲尔顿证明她的勇敢，那她就完了。

"您看错人了，密露尔，但愿这鲜血会溅到仇人的身上！"

菲尔顿大叫一声向她冲去。

然而为时已晚，米拉迪已经将刀子刺向了自己的躯体。

但是，那把刀恰巧碰上了铁制胸衣撑。那个年代，所有女人都有这种胸衣撑，保护着妇女的胸部。这样一来，那把刀刺破连衣裙时滑下去，斜着扎进了肌肉和肋骨间。

霎时间，米拉迪的连衣裙上渗出了鲜血。

米拉迪仰面倒下去。

菲尔顿夺过刀子。

"您看见了，勋爵，"他神情阴郁地说，"在我看守下的女人……自杀了！"

"放心，菲尔顿，"温特勋爵说，"她没有死，放心，您到我的房里等着我。"

"但，勋爵……"

"去吧，我命令您。"

菲尔顿服从了命令出门时，他将那把刀藏在怀里。

温特勋爵喊来了那个女用人，他将仍然昏迷不醒的女囚交给了她，让她一个人陪着她。

只是，尽管他确信她不会死，但伤势毕竟是严重的，他立刻派了人去找医生。

五十八　潜逃

温特勋爵没有说错，米拉迪并没有什么危险。所以当女用人急着要为她解开衣服时，她立刻睁开了眼睛。

但还需装出疼痛的样子，装得虚弱点儿。这对米拉迪来说简直是小菜一碟。

而那个可怜的女用人则被这位女囚完全骗住了，尽管米拉迪再三强调没什么必要，她还是陪了她一夜。

米拉迪继续她的思考。

菲尔顿已被战胜，成了她的人。此时此刻，即使有一位天使当面对米拉迪进行谴责，他也一定会将天使看作魔鬼的使者。

菲尔顿将是她今后的唯一希望，想到这里，米拉迪笑了。

但是，温特勋爵已经产生了怀疑，菲尔顿可能已经受到了监视。

将近凌晨四点，医生来了。但这时米拉迪的伤口已经收口，因此，没有检查出什么问题，只能按伤者脉搏的状况做了诊断，认为伤情并不严重。

早晨，米拉迪借口需要休息，便支走了那个女用人。

她希望能够找点荣华富贵给予菲尔顿。然而，菲尔顿没有来。

她的担心难道变成了现实？

她只有一天时间了。她将于 23 日上船。现在，已是 22 日的清晨了。

然而，她还是一直等到吃午饭的时刻。

尽管她早上没有吃东西，但午餐还是按平日的时间送到。

这时，米拉迪恐惧地发现，看守她的卫兵的制服已换了。

这样，她不得不问士兵菲尔顿的情况。士兵回答她说，一个小时前，菲尔顿骑马离开了。

她又打听勋爵是不是总在城堡里，士兵回答说："是的"。

米拉迪说她非常累，她只想一个人待在房间里。

士兵出去了，将饭菜留了下来。

菲尔顿被支走了，海军士兵换防了。这就是说，菲尔顿受到了怀疑。

剩下她一个人了，她下床之前，一直躺着，那张床让她难受。她向门口溜了一眼，发现勋爵派人在门的小窗口上钉了一块木板。无疑，这是勋爵防备米拉迪会通过那个小窗口，勾引站岗的那些士兵。

米拉迪得意地笑了，因为这样一来，她所做的一切不必担心被人瞧见了。她像一个疯子，或者像一只被关在铁笼中的老虎那样，狂躁地在房间里走来走去。如果那把刀子给她留下来，她就会再次用它，去杀死勋爵了。

6点钟，温特勋爵全副武装走了进来。在此之前，这个人在米拉迪的眼里只不过是公子哥，想不到，此时此刻他却成了一个令人折服的看守，他防备了一切。

他只用眼睛一扫，就明白了她内心的想法。

"好了，"温特勋爵说，"不过，您今天还是杀不了我。您早就开始勾引我那可怜的菲尔顿了，他也已经受到了您恶魔般的影响，但我要挽救他。他再不会见到您，一切都结束了。请整理好您的行装，明天您就上路了。我原定日期在24日，但我想还是提前的好。明天中午，我将得到白金汉签署的流放您的命令。在您上船前，您不管向谁说一句话，都会为此吃子弹。上船之后，在没有得到船长许可的情况下，不管您对什么人说一句话，船长就会让人把您扔进大海，这都有言在先。再见吧。明天我再来看您，向您道别！"

勋爵说完就走了。

这段警告让米拉迪心中怀着疯狂的愤怒。

晚饭送来了。米拉迪感到，在这个即将来临的可怕之夜可能会发生什么情况，因为乌云正在天空滚动，闪电预示着一场暴风雨的来临。

夜间10点左右，暴风雨真的来了。目睹大自然在分担她心中的纷乱和忧虑，她感到轻松自在。雷霆在空中轰鸣，仿佛在她心中炸响。树枝被折断，树叶被卷走。她像咆哮的暴风雨一样在怒吼，她的吼声消失在雷电之中。大自然像是也在呻吟，也感到了绝望。

忽然，她听见有人在敲窗户，她看到了一个男人的脸。

她跑到窗口，打开了窗子。

"菲尔顿！"她大叫起来，"我得救了！"

"是我！"菲尔顿说，"别出声，我要将铁栅栏锯断。您不能让人看见您在窗口。"

"哦！好在天主保佑，菲尔顿，"米拉迪又说，"他们用一块木板将窗口封住了。"

"这倒不错。"菲尔顿说。

"那我该做些什么呢？"米拉迪问。

"只需把窗子关好。您过去躺下，最好穿着衣服躺下。我锯完铁栅栏时就敲玻璃，但您能跟得上我吗？"

"噢！能！"

"伤口怎么样？"

"还有点儿疼，但没有大碍。"

"您随时注意听我的第一个暗号。"

米拉迪关好窗子，照着菲尔顿说的，走回去，蜷着身子躺在了床上。

暴风雨中，她听得见锯齿和铁条摩擦的声音。

她屏着呼吸，带着满额汗水熬了一小时，走廊上有一点动静，她都会吓得心惊肉跳。

一小时后，玻璃窗被敲响了。

米拉迪跑去开窗子，少了两根铁条的缺口正好能让她出去。

"准备好了吗？"菲尔顿问。

"是的。我要带什么东西吗？"

"带些金币，如果有。"

"有，他们把我带的钱都留下了。"

"太好了，我租了一条船，钱用光了。"

"拿着。"米拉迪将钱交到菲尔顿的手里。

菲尔顿接过钱袋，扔了下去。

米拉迪登上一张扶手椅，先将上身探出窗外，她看到年轻军官攀着一根绳梯，悬站在绝壁的上方。

她感到毛骨悚然。

下面的深渊使她感到头晕目眩。

"我早就料想到您会害怕。"菲尔顿说。

"没关系，"米拉迪说，"我闭上眼睛下去。"

"您信得过我吗？"菲尔顿问。

"当然。"

"两手靠拢，交叉，很好。"

菲尔顿用他的手帕绑紧她的双腕，然后在手帕上系上绳子。

"您这是干什么？"米拉迪惊诧地问。

"把双臂套住我的脖子，不必害怕。"

"我会使您失去平衡的，那我们俩就全完了。"

"您放心，我是水手。"

米拉迪伸出双臂抱住菲尔顿的脖子，身子出了房间。

菲尔顿开始缓慢地下着绳梯，风暴将他们刮得在半空中忽忽飘飘。

菲尔顿蓦地停了下来。

"怎么啦？"米拉迪问。

"别出声，"菲尔顿说，"我听见有脚步声。"

"我们被发现了？"

接着是一阵沉默。

"不是的，"菲尔顿说，"没有关系。"

"那到底是什么声音？"

"是巡逻队在夜巡。"

"他们走哪条路？"

"就在我们下面。"

"他们会发现我们的。"

"不会的——只要没有闪电。"

"他们会碰上绳梯下端的。"

"绳梯放得离地还有 6 法尺。"

"他们来了，天主！"

"别出声！"

他们两个人，悬在半空，屏住呼吸，一动不动。巡逻士兵们说说笑笑地在下面过去了。

他们，真真度过了一个可怕的时刻。

他们听着巡逻队远去了。

"我们得救了。"菲尔顿说。

米拉迪哼了一声，昏厥过去。

菲尔顿继续攀梯而下，到了绳梯的底端，便双手抓紧绳梯继续往下攀。下到最末一级，双手吊着身躯，双脚刚好够到地面。他低下身，捡起那袋金币，把它放在嘴边咬住了它。

随后，他把米拉迪抱在怀里，朝着巡逻队所去相反的方向跑去，顺着悬崖峭壁往前走，到了海边，然后吹了一声哨子。

同样一声对应的哨声传了过来，一会儿一只载着四个人的小船出现了。

　　小船想尽可能地靠近岸边，但这里水太浅了，小船不能靠岸。菲尔顿便踏进齐腰的水向前走去。

　　大海汹涌澎湃，小船犹如一只蛋壳在浪中颠簸。

　　"向单桅帆船那边划，"菲尔顿说，"快！"

　　那四个人划动摇橹。

　　然而毕竟是离城堡越来越远了。夜色凝重，因此，从岸边也就不可能看到这条船了。

　　一个黑点儿在海面上晃动。

　　那就是那只单桅帆船。

　　菲尔顿解开了绳子，接着又松开了绑着米拉迪双手的手帕。

　　菲尔顿弄起一捧海水，将它浇在米拉迪的脸上。

　　米拉迪长叹了一声，睁开双眼。

　　"现在我在哪儿？"她问道。

　　"您得救了。"年轻军官答道。

　　"噢！得救了！"米拉迪大声喊道，"这就是天空，这就是大海！我呼吸的这空气是自由的空气。啊！谢谢，菲尔顿，谢谢！"

　　年轻军官将她紧紧搂在怀中。

　　"可我的双手是怎么了？"米拉迪问。

　　因为米拉迪抬起了手臂，发现了她的双腕的勒伤。

　　"唉！"菲尔顿看着那双标致的手，轻轻地摇了摇头。

　　"噢！没有关系！"米拉迪大声说，"现在我想起来了。"

米拉迪双目环顾四周。

"它在那儿。"菲尔顿用脚踢一下钱袋。

小船靠近了单桅帆船。值班水手用传声筒向小船呼叫着，后者回了话。

"那艘船是什么船？"米拉迪问道。

"是我租来的船。"

"要去哪里？"

"随您的便，您只要把我带到朴茨茅斯就行了。"

"您去朴茨茅斯干什么？"米拉迪问。

"去完成温特勋爵的命令。"菲尔顿惨然一笑说。

"什么命令？"米拉迪又问。

"因为他已经怀疑我，所以他要亲自看守您，因此就派我替他去找白金汉签署流放您的那道命令。"

"可是如果他怀疑您，又怎么会将这样的命令交给您呢？"

"他断定我不知道所带的是什么。"

"您现在就去朴茨茅斯吗？"

"我不能再耽搁，明天就是 23 日，而白金汉也在明天率领舰队出发了。"

"他明天就出发，去哪儿？"

"去罗塞尔。"

"他不该就走！"米拉迪叫起来。

"请您放心，"菲尔顿说，"他是走不了的。"

米拉迪高兴得浑身发抖，她猜到了年轻人将要做的事！

"菲尔顿……"她激动地说，"如果您死了，我跟您一起死。"

"别出声！"菲尔顿说，"我们到了。"

果然，他们乘坐的小船靠近了单桅帆船。

菲尔顿第一个攀上了舷梯，向米拉迪伸出手来，众水手则架着她。

片刻过后，他们登上了甲板。

"船长，"菲尔顿说，"这就是我对您说过的那位女士，您务必安然无恙地将她送到法国。"

"不多要，1000皮斯托尔。"船长说。

"我已经付了您500。"

"没错。"船长说。

"再给您另外的500。"米拉迪边说边把手伸进钱袋。

"不，"船长说，"我说话算数，我已跟这年轻人商定好了。另外的500等到了达布洛内再付给我。"

"我们到得了那里吗？"

"保证安全到达，"船长说，"错不了的。"

"那好，"米拉迪说，"如果您说话算数，您将得到一千。"

"您真是大好人，漂亮的夫人，"船长大声说，"但愿我能经常碰到像夫人您这样的顾客！"

"现在，"菲尔顿说，"您先送我去小海湾，您清楚我们有约在先。"

船长听罢用他的指挥代替了回答。早上7点钟左右，这艘船便在指定的海湾下了锚。

在这段航程中，菲尔顿向米拉迪讲述了他是怎样没有去伦敦却租了这条船；在攀登城堡的高墙时，是怎样一边爬一边在石头缝里插进一些扣钉，以便让脚踩上去；至于剩下的事，米拉迪就全都知道了。

米拉迪则竭力鼓动菲尔顿去完成他的计划，尽管眼前这个狂热的年轻人更需要的是克制，而不是狂热的鼓动。

双方有约定，如果到了10点菲尔顿还不回来，她就先行动身。

假若菲尔顿完成了使命而且是自由之身，他一定会去法兰西，到贝蒂纳的加尔默罗会女修道院找米拉迪的。

五十九　1628年8月23日朴茨茅斯发生的事 ①

菲尔顿吻了吻米拉迪的手以示告别。

菲尔顿沉着镇定，但他的双眼闪耀着一种不寻常的光芒。他的脸比平常更加苍白了，说话时语气短促且不连贯，这表明他的内心正在翻江倒海般激动。

他登上了小船一直扭着头，盯着米拉迪。米拉迪则站在那条单桅船的甲板上目送着他。他们二人都用不着担心会有追兵，因为九点前是没有人走进米拉迪的房间的，而从城堡到伦敦得花三个小时。

菲尔顿离船上岸，攀上通向悬崖顶的山脊小路，然后向城里走去。

他刻不容缓地向朴茨茅斯方向走去。

朴茨茅斯那一边，海面上舰船密布，那些桅杆在海风劲吹下摇摇曳曳。

---

① 米拉迪是1627年12月离开法国的，现在却到了第二年的8月，这里出现了较大的时间上的漏洞。

在步履匆匆中，菲尔顿翻来覆去思考着对白金汉的各种指控，而这些指责是他两年多来像古人那样一再思考了的。菲尔顿将这位大臣所犯下的公开的、明火执仗的罪行，在全欧洲尽人皆知的罪行，同米拉迪控告他犯下的秘密的罪行进行一番比较之后，他觉得白金汉最可憎的是他所犯下的那种秘密罪行。

就是说，菲尔顿因为如此火热的爱情，使他认定如此，而看不出温特勋爵夫人的指控完全是卑鄙的，凭空捏造的。

他匆匆赶路的脚步更燃起他热血的沸腾，对他所爱的女人的关心，加上他以往的激情，现时的疲惫，所有这一切都激发着他的灵魂达到一种难以控制的精神状态。

早上八点钟左右，他进入朴茨茅斯。全城居民都已经起了床，码头上鼓声震天，装满军人的战舰朝海上开去。

菲尔顿浑身尘土，大汗淋漓，赶到了海军司令部。他的脸，此时此刻，由于体热、由于恼怒而变得通红。值班岗哨拦住了他，他叫来了警卫班长，从口袋里掏出那封信。

"这是温特勋爵的紧急公文。"他说。

谁都知道，温特勋爵是公爵的密友，值班队长立即发令给菲尔顿放行。

菲尔顿冲进司令部。

就在他走进前厅时，同时进来了另一个人。这个人也是满身尘土，气喘吁吁。

菲尔顿和这个人同时找到了公爵的贴身随从巴特利科。菲尔顿通报了温特勋爵的大名，而那位陌生人不想提起任何人，声称只向公爵一个人通报他是什么人派来的，两个人都争着先进去见公爵。

巴特利科知道，温特勋爵同公爵除了公务而且还有私交，所以，优先权给了菲尔顿。另一位只好等着，他对这种耽搁异常地不满。

公爵贴身心腹领着菲尔顿穿过一间大厅，然后带他走进白金汉的一间办公室。

这时，白金汉刚刚沐浴完毕，在房间里做最后的打扮。

"菲尔顿中尉求见，"巴特利科禀报说，"是温特勋爵派来的。"

"是温特勋爵派来的！"白金汉重复了一遍，"让他进来。"

菲尔顿走了进去。

这时，白金汉正换上一件镶满珍珠的蓝色天鹅绒紧身短上衣。

"勋爵为什么不亲自来？"白金汉问，"我一直在等着他。"

"他差我前来启禀大人，"菲尔顿回话说，"他非常遗憾，不能享有这种荣幸，因堡内有看守要事，所以不能前来。"

"不错，不错，"白金汉说，"我知道，他手里有一个女囚。"

"我来正是要向大人汇报女囚的事。"菲尔顿又说。

"那好，讲吧。"

"只是，我只能对您一个人说，大人。"

"巴特利科，你去吧，"白金汉说，"但你要守在门铃附近，我过会儿要叫你。"

巴特利科走了出去。

"现在，"白金汉说，"请讲吧。"

"密露尔，"菲尔顿说，"温特勋爵曾给您写过信，是请您为流放一个名叫夏洛特·巴克森的年轻女子签发一项海上放行令。"

"是的，先生，我已回信给他，要他把那份文书送过来，由我签署。"

"在这儿，公爵大人。"

"给我吧。"公爵说。

他从菲尔顿手里接过那张纸，迅速扫了一眼，便拿起鹅毛笔，准备签字。

"请原谅，公爵大人，"菲尔顿打断公爵说，"夏洛特·巴克森这个名字并不是那位年轻女子的真名吗？"

"是的，先生，我知道。"公爵一边蘸着墨水一边回答说。

"那么，大人知道她的真实姓名吗？"菲尔顿直截了当地问。

"知道。"

公爵手中的笔已经接近了那张纸。

菲尔顿顿时脸色变得煞白。

"既然如此，"菲尔顿又说，"大人还照签不误吗？"

"当然。"白金汉说。

"我不能相信，"菲尔顿的声音变得短而不连贯，"我不能相信大人知道那就是温特勋爵夫人……"

"我当然知道——虽然使我奇怪的是您也知道这件事！"

"大人要签这道命令不感到内疚吗？"

白金汉傲视着年轻人。

"先生！您知不知道，"他对年轻人说，"这个问题要是我回答您，我就未免太糊涂了。"

"请您回答，大人，"菲尔顿说，"情况可能会很严重。"

白金汉觉得，这位年轻人是代表温特勋爵的，因此也就没有生气。

"我没有任何值得内疚的，"他说，"勋爵和我都知道，温特夫人是个罪大恶极之人，流放对她来说应该是够宽大为怀了。"

公爵的笔已经放到了那张纸上。

"您不要签署这道令书，大人！"菲尔顿向公爵近前一步说。

"我不能签署这道命令，"白金汉反问道，"为什么？"

"因为您需扪心自问，公道地对待米拉迪。"

"送她去泰伯恩就是为她主持公道，"白金汉说，"她罪大恶极。"

"大人，米拉迪是位天使，这您很清楚，我请求您给她自由。"

"这是怎么回事？"白金汉说，"您疯了吗？'"

"大人，请原谅！我心直口快。但是，大人，请您考虑您要做的事，您就不担心会超过限度？"

"您再说一遍！"白金汉叫起来，"不过，我看出，您在威胁我！"

"不，公爵大人，我在请求，而且我还要对您说：一个做了很多恶事的人，再加上一个小小的错误就会招致惩罚。"

"菲尔顿先生，"白金汉说，"您给我出去，立刻去禁闭室！"

"请您听完我的话，大人。您曾经侮辱过她、奸污过她，请您向她补救您的罪孽吧，网开一面让她自由吧！这是我最后的请求。"

"您的请求？"白金汉惊讶地看着菲尔顿。

"公爵大人，"菲尔顿愈说愈激动，"公爵大人，您当心，全英国都对您怀有不满。公爵大人，您在滥用几乎是您窃取来的权力。公爵大人，您遭到了世人和天主的唾弃。而今天，我将惩罚您。"

"啊，太过分了！"白金汉怒吼着向门口跨了一步。

菲尔顿拦住他的去路。

"我谦恭地请求您，"他说，"请您签署命令释放温特勋爵夫人，是您玷污了她。"

"出去，先生！"白金汉说，"否则我会送您进监狱。"

"您是叫不来人的，"说着，菲尔顿冲到公爵和放着按铃的嵌银独脚小圆桌中间，"您落在了天主的手里。"

"您是在说，我落在了您的手里。"白金汉抬高嗓门大声说，试图让外面的人听到。

"签署吧，大人，签署释放温特夫人的命令吧。"菲尔顿将一张纸向公爵推过去。

"您要强迫我？荒唐！喂，巴特利科！"

"签吧，大人！"

"不可能！"

"不可能？"

"来人啊！"公爵大叫道，同时向剑冲过去。

可是菲尔顿抢先一步，便将米拉迪曾用来自杀的那把刀拿了出来，一跃，跳到了公爵跟前。

就在此时，巴特利科大喊着走进大厅：

"密露尔，一封法国的来信！"

"法国的信！"白金汉叫起来。他知道了是谁的信，但忘掉了一切。

菲尔顿趁此机会，举刀向公爵的腰部刺去，一直刺到剩下了刀柄。

"啊！叛徒！"白金汉喊叫着，"您杀我……"

"杀人啦！"巴特利科吼叫着。

菲尔顿发现一扇门敞着，便跑了过去。他奔跑着穿过去，冲向楼梯，但刚登上第一级，迎面遇上了温特勋爵。温特勋爵见他脸色苍白，手上脸上都是血，便立刻抓住他的脖领大吼道：

"我猜到了，可我来迟了一分钟！"

菲尔顿没有反抗，温特勋爵将他交给了卫兵。卫兵将他押到一个临海的小平台上等候命令，温特勋爵则冲进白金汉的办公室。菲尔顿先前在前厅碰上的那个人，已经跑进白金汉的办公室。他发现公爵躺在一张沙发上，一只痉挛的手紧紧地捂在伤口上。

"赖博尔特，"公爵带着垂死的声音说，"赖博尔特，您可是她派来的？"

"是的，爵爷，"奥地利安娜忠诚的持衣侍从回答说，"可是也许，太迟了。"

"别说话，赖博尔特！会有人听见的。巴特利科，别让任何人进来！哦！天主啊，我就要死了！我大概不会知道她给我带来的口信了！"

公爵昏了过去。

这时，温特勋爵，白金汉的侍从军官们，出征的将领们，代表们，一齐拥进他的房间。无望的叫喊声此起彼伏，大楼内哀婉之声四起，消息很快便传遍全城。

一声炮响宣布刚刚发生了重大事件。

温特勋爵揪着自己的头发。

"晚了一分钟！"他叫了起来，"晚了一分钟！哦！我的天主！"

事情是这样的：这天早上 7 点钟，有人前来告诉他，在窗户前发现了绳梯，他立马跑进米拉迪的房间，发现她已经跑了，护栏被锯了。于是，他想起了达达尼安给他送来的口头警告，便为公爵担心起来。他跑进马厩，便随身跃上顺手牵到的马匹，策马飞奔，一口气跑进司令部大院下马后，刚登上第一级，正像上面说过的，便迎面碰上了菲尔顿。

不过，公爵还没有死，他睁开了双眼。这样，每一个人又有了希望。

"先生们，"他说，"请让我单独和巴特利科及赖博尔特在一起。"

"啊！温特勋爵，瞧您一大早给我派来了一个什么样的人？请您瞧瞧，他送给了我什么？"

"唉！密露尔！"勋爵大声说，"我永远也不会原谅我自己了！"

"您说错了，我亲爱的温特，"白金汉说着向他伸过手去，"没有什么人能令一个人永不原谅自己。好，出去吧，我请求您。"

勋爵哽咽着走了出去。

办公室里只剩下受伤的公爵、赖博尔特和巴特利科。

医生还没找来。

"您一定会活下去的，您一定会活下去的。"奥地利安娜的使者跪在公爵的沙发前连连说道。

"她给我写了什么？"白金汉声音微弱地问道，血从伤口涌出，"她给我写了什么？你把信念给我听听。"

"哦！大人！"赖博尔特说。

"请听我的命令，赖博尔特。我没有时间了。"

赖博尔特打开封漆，把信放到他眼前。白金汉尽管竭力辨认字迹，但难以办到。

"你念吧，"他说，"你念吧，我看不见了。念吧！也许我马上就什么也听不见了。"

赖博尔特便不再为难，念道：

密露尔：

自我认识您那一天起，我为了您而受尽了痛苦。有鉴于此，如果您关心我的安宁，我就请求您停止对法国的军事行动，停止这场战争吧！对于这场战争，人们公开讲，起因是宗教，而暗中却说我才是这场战争的真正原因。这场战争不仅会给法国和英国带来巨大灾难，而且对您，密露尔，带来使我抱恨终生的不幸。

您的生命受到了威胁，请小心。从您不再是我的敌人那一刻起，您的生命对于我还是珍贵的。

您亲爱的安娜

白金汉凝神听着来使的读信。信读完后，他像是感到这封信给他带来一种酸楚的沮丧。

"您难道就没有别的口信要对我说吗，赖博尔特？"他问。

"有的，大人，王后嘱咐我告诉您要多多留神，好好保护自己，她收到消息说有人要暗杀您。"

"就这些，就这些？"白金汉不耐烦地问。

"她还让我告诉您，她一直在爱着您。"

"啊！"白金汉说，"谢天谢地！我对于她不再是个不相干的人了……"

赖博尔特听罢泪如雨下。

"巴特利科，"公爵说，"您把那装钻石坠子的小盒子拿给我。"

巴特利科拿来他要的东西。

"现在你取出里面的白缎小香袋，那上面用珍珠绣的图案是她姓名的起首字母。"

巴特利科依旧奉命行事。

"瞧，赖博尔特，"白金汉说，"这里有两封信，是她给我的仅有的两件信物，您一定将它们还给王后陛下。为了留着最后的纪念……（他在身边寻找）您再带上……"

他还在寻找，但是死亡临近，眼睛已看不清，他只看到了从菲尔顿手里掉下来的那把刀，刀上还留着殷红的鲜血。

"您就再带上这把刀吧。"公爵握着赖博尔特的手说。

他把刀放进小银盒里，同时向赖博尔特示意他再不能说话了。他再也没有力气挣扎了，身子从沙发滑落到了地板上。

巴特利科大叫了一声。

白金汉本想发出最后一次微笑，但是死亡让他的这一想法留在了他的额头上。

就在这时，公爵的私人医生才惊慌失措地赶到。

他来到公爵身边，抓起他的手，然后又放下。

"没用了，"他说，"公爵死了。"

"死了，死了！"巴特利科叫起来。

人群拥进屋内，到处是惊愕和骚动。

温特勋爵立刻朝菲尔顿那边跑去。菲尔顿一直在司令部大楼的平台上被士兵看守着。

"混蛋！"他向年轻人骂道。白金汉死后，这位青年已经恢复镇定和冷静，"混蛋！你干了些什么？"

"我为自己报了仇。"他说。

"你为自己！"勋爵说，"你被那个女人欺骗了，但我向你发誓，这次罪行是她最后一次了。"

"我不明白您说的是什么，"菲尔顿心平气和地说，"我也不知道您指的是谁，大人。我之所以杀死白金汉先生，是因为他两次拒绝让您提升我为上尉，仅此而已。"

温特勋爵惊愕地看着菲尔顿，简直不理解这个人竟如此麻木不仁。

仅有一件事给菲尔顿造成不安：每听见一次声响，这个单纯的青年都以为那是米拉迪来了，他担心她前来认罪并和他一起同归于尽而投入他的怀抱。

他哆嗦了一下，他看到海面上有一个黑点儿，那黑点极像海上飞的海鸥。可凭他水手那鹰隼般的眼力，他认出那是一只单桅帆船，它正向法国海岸扬帆驶去。

他脸色惨白，恍然大悟，这是米拉迪的背叛。

"我还有最后一个请求，大人！"他向勋爵请求说。

"什么？"勋爵问。

"我想知道：现在几点了？"

勋爵掏出怀表。

"差 10 分 9 点。"他说。

米拉迪扔下了他，报丧的炮声一响，她就立刻吩咐船长拔锚起航了。

"那是天主的意愿！"菲尔顿以一种忠实信徒那听天由命的口气说。然而他的视线无法离开那条小船，也许他希望看见那个女人的白色身影。

温特勋爵顺着他的目光看去，他终于猜到了一切。

"就先惩罚你一个人，混蛋，"温特勋爵对望着海面的菲尔顿说，"但我向你发誓，你的那个同谋犯是逃不掉的。"

菲尔顿一声不响地低下头去。

温特勋爵向码头那边奔去。

六十　在法国

　　白金汉被刺身亡的消息传到国王查理一世那时，他首要的担心就是这个消息会使罗塞尔人的勇气大大受挫。黎塞留在《回忆录》里说，为了尽可能长时间不让他们知道这个消息，查理一世曾发布命令，关闭了全王国的一切港口，在白金汉原来准备的大队人马出发之前，一切船只不得出港；另外，他决定亲自负起指挥军队的责任。

　　但是，由于他在事件发生后的 5 个小时才想到发布此令，因此，在这之前，已有两艘船出了港。其中的一艘，就是载着米拉迪的那只单桅船。她已经猜到发生了什么事，而当她看到海军战舰的桅樯上挂起黑旗时，她就更加确信了。

　　至于第二艘，我们稍候再交代那上面载的是谁，又是如何出港的。

　　在这期间，法国军营里没有发生什么大事，只是国王一如既往总觉得百无聊赖，也许军营里太烦闷了，于是，他便决定

734

不声不响地去圣日耳曼欢度圣路易节 [1]，只要求红衣主教为他准备 20 名火枪手作护卫。

红衣主教同样感到厌烦，于是，他欣然给了作为他的前线副手的国王这样的假期，后者答应于 9 月 15 日前后返回营地。

德·特雷维尔先生奉红衣主教阁下之命率领火枪手护驾，他得到通知后立刻整顿行装。他深知他的朋友们早就向往回巴黎，于是，自不待言，他就指定他们加入了护卫队。

德·特雷维尔先生得到通知一刻钟之后就通知了他们。

到这时，达达尼安才意识到红衣主教给他的恩惠具有何等的价值。红衣主教如果没有把他调进火枪队，他的三个朋友走了，他却不得不留在军营里。

他迫不及待地要回巴黎去，那是由于班那希尔夫人如果在修道院，米拉迪一定会疯狂报复的。所以，前面我们早就交代过，阿拉密斯立刻给图尔女裁缝玛丽·米松写了信，让她向王后求情，让班那希尔夫人走出修道院，然后允许她到洛林或者比利时去。没有期盼多久，阿拉密斯便收到了下面这封回信：

亲爱的表哥：

　　您认为贝蒂纳修道院空气很糟，对我们的女佣没有什么好处，我姐姐已准许她离开那里。姐姐还很高兴地开了一份获准书，现随信一并寄上。我姐姐非常喜欢那个年轻姑娘，并希望日后能帮助您。

---

① 　圣路易节是 8 月 25 日。

735

拥抱您

玛丽·米松

随信寄到的获准书上这样写着：

> 贝蒂纳修道院长见到此件后，请将由我委托送入
> 修道院的初学修女，交给此件持有者。

安娜

1628 年 8 月 10 日

于卢浮宫

一个女裁缝称王后为姐姐，这样，阿拉密斯招致三个朋友的戏耍嘲弄。

只是，阿拉密斯听了波尔多斯一通粗野的玩笑之后，羞得两三次满脸通红，他恳求朋友们不要再说这个话题，并郑重其事地宣布，如果有谁再说，日后再遇到这方面的事，他就再也不让他的表妹帮忙了。

此后，四个火枪手再也没谈这个。再说，他们也已经如愿以偿：将班那希尔夫人营救出女修道院的手令拿到了。但是他们也知道，只要他们待在罗塞尔的军营里，那么这个手令对他们也只是废纸一张。因此，达达尼安正要向德·特雷维尔先生去请假，就在这时，他和他的三位朋友同时听到了那个好消息，说国王要带 20 名火枪手作护卫去巴黎，而他们都是护卫队的成员。

他们乐坏了，立刻准备行李。他们定于 16 日清晨出发。

国王希望 23 日抵达巴黎，但他又贪图消遣，不时地停下来放鹰猎雀。他的这种瘾头儿是吕伊纳 ① 培养起来的。每当停下来行猎时，四个人就会牢骚满腹，尤其是达达尼安，他总感到耳朵里不断嗡嗡作响。对此，波尔多斯是这样解释的：

"一位十分高贵的夫人告诉我，这就是说有人正在不停地提到您。"

护卫队终于在 23 日深夜穿过巴黎市区。国王恩准给他们放假 4 天，条件是任何人不得在公共场所抛头露面，否则将被投入巴士底狱。

头一批获得假期的当然是我们的那四位朋友，而且阿多斯从德·特雷维尔先生那里获准的是 6 天而不是 4 天，6 天中又外加了两夜。

"噢，天主，"达达尼安说，"我觉得，这件小事没必要劳累大家。用两天的时间，跑死两三匹马（这小意思，我有钱），我就到达贝蒂纳。我把王后的信送给修道院院长，把我心爱的宝贝儿要出来，不是把她藏在其他地方，而是把她带回巴黎，把她藏得好好的，尤其是红衣主教远在罗塞尔期间。

而一旦战事结束，由于我为王后效劳过，王后一定会答应我们提出的要求。所以，你们就待在这里，有我和布朗谢跑一趟就足够了。"

对这种主张，阿多斯平静地答道：

---

① 吕伊纳（1578-1621）：先是路易十三的驯鹰手，后成为路易十三的宠臣，被封为公爵。

737

"我们也一样，我们也有钱，钻石戒指分得的钱，我还没有喝光——波尔多斯和阿拉密斯也一样。请您好生考虑一下，达达尼安，"他接着说，语调非常沉重，"贝蒂纳是在红衣主教和穷凶极恶的米拉迪碰头的那个城市里。[①] 如果您只和四个男人打交道，达达尼安，我就会让您一个人前去，而您却可能和那个女人打交道，这样，我希望我们四个一起去。"

"您吓坏了我，阿多斯，"达达尼安嚷起来，"究竟怕什么，天主？"

"不是怕什么！"阿多斯回答说。

达达尼安打量着他同伴们的脸，他们和阿多斯一样，一个个都表现了忧虑的神情。

这样，他们便上马赶路。

25 日晚，他们赶到了阿拉斯。达达尼安在金齿耙客栈下了马，刚要了一杯酒，就见一个人骑着马从一驿站大院里冲了出来，向通往巴黎的大道上急驰而去。那人赶到大街时，达达尼安看到，现时虽是八月，那人却披着一件披风。一阵风掀开了帽子，那人一把将帽子抓住，急忙把它戴上，并把它拉得很低。

达达尼安看到此人突然变得脸色苍白，手中的杯子也落到了地上。

"您怎么了，先生？"布朗谢问道，"你们快来呀，先生们！"

另外三位朋友立刻跑了过来，他们发现达达尼安在向他的马那边跑过去。

---

① 前文中并没有交代阿多斯等人是如何知道红衣主教与米拉迪将在贝蒂纳接头这一情报的。

三个人将他挡在门口。

"见鬼，您要去哪儿？"阿多斯厉声喝道。

"是他！"达达尼安喊道，他气得脸色惨白，"是他！我去追他！"

"谁？"阿多斯问道。

"他，就是那个家伙！"

"哪个家伙？"

"我的倒霉的灾星，他总给我带来不幸。我遇上那可怕的女人时，陪伴她的是他；我要与我的朋友阿多斯决斗时，要找的那个人也是他；班那希尔夫人被绑架时，我看见的那个人还是他！我刚才看清楚了，就是他！"

"见鬼！"阿多斯若有所思地说。

"上马，各位，上马！咱们一起追。"

"亲爱的，"阿拉密斯说，"请考虑一下，那个人和我们所去的方向是相反的，他新换了马，而我们的坐骑却疲惫不堪，因此，就算跑死我们的马也是不可能追上那个家伙的。放过他吧，达达尼安，去救那个女人要紧。"

"喂，先生！"一个马夫追着那个陌生人大喊，"喂，先生！您的帽子里掉下一张纸！喂！"

"这位朋友，"达达尼安对那人道，"半个皮斯托尔换那张纸！"

"好吧，先生，拿去吧！"

马夫为他得到这笔外快而高兴，回院子去了。

达达尼安打开那张纸。

"写着什么？"他的朋友围着他问道。

"只有一个词！"达达尼安说。

"对，"阿拉密斯说，"这是一个地方。"

"艾尔芒第艾尔，"波尔多斯念道，"艾尔芒第艾尔，不知道这是哪里。"

"这是她的笔迹！"阿多斯大声说。

"我们得仔细留着这张纸，"达达尼安说，"也许我的半个皮斯托尔没有白扔。上马，朋友们，上马吧！"

于是，四个伙伴跃马飞奔，奔向贝蒂纳。

六十一　贝蒂纳加尔默罗会女修道院

　　米拉迪在敌对双方的巡洋舰群中穿过，到达了布伦。

　　在朴茨茅斯下船时，米拉迪说自己是英国人受到法国人迫害，从罗塞尔被驱逐了出来。经过两天的航行到达布伦上岸时，她又自称是一个法国人，在朴茨茅斯受尽了英国人折磨，逃了出来。

　　此外，米拉迪天生的丽质，尊贵的仪表，一掷千金。一位年迈的港务监督只因吻了一下她的手，便免除了一切惯常的手续。在布伦，她待的时间很短，只是寄了一封信。信封上写着：

　　"致罗塞尔城下营地，德·黎塞留红衣主教阁下。"

　　信中写着：

　　红衣主教阁下：

　　　请放心，白金汉公爵永远无法来到法国了。

米拉迪

25 日晚于布伦

又及：遵照阁下意愿，我即前往贝蒂纳加尔默罗
会女修道院，在那里恭候吩咐。

当天夜深时，她住进一家客栈歇宿。第二天早上8点，她
到了贝蒂纳。

她打听清楚去加尔默罗女修道院的方位，便很快到了那里。

修道院女院长接待了她，由于红衣主教的手令，院长派人
为她安排了一个房间，备来早餐。

这个女人已经忘记过去的一切，她将目光投向未来，她所
看到的只是荣华富贵。她为他效劳取得了巨大成功，而且她还
做到了一点：在血淋淋的案件中没有牵涉到她的名字。耗尽她
的精力又获重生，使她的生命看上去像是那些在空中飘浮的云，
时而映出暴风雨的浓浑，时而映出阳光的火红，而投向大地的
阴影中，尽是灾难。

用过早餐之后，修道院女院长前来看她，善良的院长也急
于想结识这位新来的寄宿女客。

米拉迪想博得女修道院长的好感，这对这个女人来说是易
如反掌的。她尽力表现得和蔼可亲，加上她那周身无处不见的
优雅风韵，院长立即被吸引住了。

女修道院长贵族出身，对宫廷的事很感兴趣，而这方面的
东西很少传到王国的偏远地区，而传进修道院，就越发困难了。

米拉迪呢，五六年来她一直置身于贵族钩心斗角的旋涡
之中，对他们之间的争斗情形了如指掌。于是，她开始向善
良的女修道院长谈起法国宫廷之内的种种趣闻轶事，向女修

道院长讲述院长所知道的宫廷达官贵人的闲言碎语，讲到国王对宗教的过分虔诚，等等。而王后和白金汉的深宫艳史她并没有谈及太多。总之，她谈了很多很多，希望听者也能插言讲上几句。

只是，女修道院长静静地听着，微笑着。

这类述说引起了对方的极大兴趣。于是，她继续讲下去，并且把话题转到了红衣主教身上。

自然，这有她的为难之处，她不知道女修道院长属于哪一边的，所以讲起来谨慎地保持着中立态度。而修道院长的态度则更加谨慎，每当这位女客提到红衣主教阁下的大名时，她仅深深地点一下头。

米拉迪开始相信，女修道院长在修道院可能会深感无聊，于是，她决心走一步险棋，以便探知下一步该如何走。她想看看这位善良的院长的谨慎会维持多长时间，便开始讲红衣主教的坏话，越讲越露骨，明着详细地讲了他同代吉荣夫人，同马里翁·德·洛尔姆以及同其他诸多轻佻女人的风流韵事。

女修道院长先是聚精会神地听着，渐渐地绽开了笑容。

"好，"米拉迪自语道，"她对我这方面的谈话发生了兴趣，如果她是主教派，是不会相信这些话的。"

这时，米拉迪将谈锋转向了红衣主教对他仇敌的迫害上面。女修道院长只是不断地画十字，没表示态度。

这一切证实米拉迪的想法是正确的，这位出家修女是一个王党派。

米拉迪趁热打铁，继续讲下去。

"我对这方面的事情一点都不知道，"院长终于开口了，"不过，尽管我们离宫廷十分遥远，尽管我们不是担心世俗的事，我们这里也还有一些与您所讲的情况相仿的例子。有一位寄宿女客就曾遭到过红衣主教先生的报复和迫害。"

"一位寄宿女客？"米拉迪说，"哦！天主！可怜的女人。"

"您说得对，她的确很值得同情：一切痛苦她都受遍了。不过，话说回来，"修道院长转而说，"红衣主教先生这样做也许是合理的，再说，尽管那女子看上去像个天使。"

"好极了！"米拉迪自语道，"天知道！我又能发现一些东西，我真是走运！"

但她刻意赋予自己的面部以十分纯真的表情。

"唉！"她叹息道，"这我知道，人们都这么说，说不应该相信人的外貌。可是，如果我们不相信上天赐予的杰作，那我们又该相信什么呢？而我这个人，我就相信脸蛋能激起我的爱心的那种人。"

"这么说，您相信那个年轻女人是无辜的？"女修道院长问。

"红衣主教先生不只是惩罚罪恶，"米拉迪说，"他对美德的追究比那些大罪更严苛。"

"请允许我，夫人，向您表示我的惊诧……"院长说。

"关于什么？"米拉迪带着天真问。

"关于您的这种说法。"

"我的这些话有什么值得惊诧的呢？"米拉迪微笑着问道。

"既然您是红衣主教的部下，那您就应该是红衣主教的朋友，可……"

"可我竟说了他的坏话……"米拉迪接过修道院长的话茬。

"起码您没有说他的好话。"

"那是由于我不是他的朋友，"米拉迪说着叹息一声，"而是他的一个受害者。"

"然而，他托您交给我的这信？"

"那只是命令，要我藏身于一个监狱，他会派几个人来把我接走……"

"那您可以逃走啊？"

"我能逃到哪里去呢？您想想吧，红衣主教只要想抓到我，难道这个世界上还有他找不到的地方吗？如果我是个男子，也许还能那样做，可我是个女人，我还能做什么呢？您收留在这儿的那位年轻的寄宿女子，她可曾试图逃跑过？"

"没有，这倒是真的。不过，她和您不一样，我相信她是出于什么爱情而留在法国的。"

"这样看来，"米拉迪叹了一口气，"她既然有爱，就还不是那么不幸。"

"这么说，"女修道院长望着米拉迪，"在我眼前又出现了一个可怜的受迫害的女子吗？"

"哎，是的！"米拉迪说。

女修道院长心怀忐忑看了米拉迪片刻，有了想法。

"您不会和我们神圣的信仰为敌吧？"她吞吞吐吐地问。

"我，"米拉迪提高嗓门说，"我，您说我是新教徒！哦！不是的，我是一个虔诚的天主教徒。"

"那好，夫人，"女修道院长一展笑容说，"请您放心好了。我们修道院不是监狱，我们定会做出必要的安排，让你在这住得满意，此外，您在本院将见到那位受迫害的年轻女子，她妩媚动人，讨人喜欢。"

"她叫什名字？"

"她叫开蒂，是一位地位很高的人托付于我的，我不知道她有没有其他名字。"

"开蒂！"米拉迪大声说，"什么！您肯定她是？"

"没错，夫人，难道您认识她？"

米拉迪暗自微笑起来，她已经意识到这个年轻女子就是那个侍女；想到那位姑娘，一种报复的欲望使她的面部线条发生了扭曲。但是，这个变化多端的女人只是一时失态，几乎是立即，镇定自若、和颜悦色的表情又在她的脸上出现了。

"我强烈同情这个女人，什么时候能够见到她？"米拉迪问。

"今天晚上，"院长说，"甚至今天白天也行。可您对我讲了，您走了那么长的一段路。您需要休息，您就躺下睡一觉吧，到用晚餐时我们再叫醒您。"

米拉迪预感到新的冒险活动内心非常激奋，她本不用睡觉，就去办那件事的，但她还是接受了院长的建议。这些天来，她经历了各种惊心动魄的磨难，如果说她身体能经得住这样的折磨，但她的心灵还是需要休整片刻的。

院长告别后，她就上了床，开蒂的名字又很自然地牵动着她复仇的欲念。她又想起，红衣主教曾经答应，如果她的赴英之行大功告成，那她就取得了采取行动的无限自由。如今她成功了，因此，达达尼安就在她的手掌之中，等她处置。

唯一的一件事还使米拉迪感到害怕，那就是她的丈夫的存在。她原以为他死掉了，或者至少是侨居国外了，然而他现在是阿多斯，成了达达尼安最最要好的朋友。

不过，既然他是达达尼安的朋友，那么在让她尝到失败的事件中，就一定是帮助了达达尼安的。如果他是达达尼安的朋友，那他就是红衣主教的仇敌。这样，米拉迪就能将他纳入置于死地的计划中。

在这些甜美的希望的抚慰之下，她很快入睡了。

她被一个轻柔的声音唤醒了。睁开眼后，她看见院长站在床前，一位金发女郎陪在院长身旁，这位青年女子很漂亮，目不转睛望着她。

两位女性寒暄后，彼此仔细地打量着。她们两个都美貌无比，但两种美是完全不同的。米拉迪意识到，她的高贵的气质和优雅的举止是对方无法相比的。于是，她高兴地笑了。

说真的，这位年轻女子身着初学修女的那种服装是没法与米拉迪比美的。

院长为二人作了介绍，当她完成这种客套之后，去办理教堂公务了。

初学修女看到米拉迪躺着，想随院长一起离开，但米拉迪将她留下了。

"怎么，夫人，"她对初学修女说，"我刚刚见到您，您就不想跟我待一会吗？坦率地对您讲，为了度过我在这里的时光，我早就指望能有您这样的一个伴儿了。"

"不是的，夫人，"初学修女回答说，"是我担心来得不是时候，您正在睡觉。"

"唉，"米拉迪说，"正在睡觉的人要求的只是醒来时感到身心愉快，而这种快乐您已经给我了。"

于是，她抓起初学修女的手，将她拉到靠她床边的一张扶手椅上，让她坐下来。

初学修女随即落座。

"我的天主！"初学修女说，"我来这里已经有半年了，没有一点儿乐趣。现在您来了，有您做伴实在太好了，而且我随时都有可能离开！"

"怎么！"米拉迪问道，"很快吗？"

"我希望是这样。"初学修女带着丝毫不想掩饰的愉快表情说。

"您曾由于红衣主教而吃过不少的苦，"米拉迪继而说，"这也许是我们之间又多了一层互相同情的理由。"

"这么说我们善良的院长嬷嬷对我说的是真的？她告诉我您也是那个坏东西的受害者。"

"嘘！"米拉迪止住她，"即使在这里，我们也不要这样谈论他。我的不幸是因为对我的女朋友说了刚才您说的话，可是那个女人出卖了我，我原以为她是朋友的。您呢，由于什么？也是被人出卖的吗？"

"我不是，"初学修女说，"我是忠心的受害者，我对一个爱戴的女人忠心耿耿，为了她，我曾几乎献出了生命。"

748

"是她抛弃了您。"

"我也曾经这样想过，但两三天前，事实证明不是，对此我要感谢天主。您呢，夫人？"初学修女继续说，"我觉得您是自由的，并且我觉得如果您真想逃的话，就会很简单。"

"我从来没有来过法国，也没有朋友，人生地不熟，又没有钱，您要我逃往哪里？"

"噢！"初学修女大声说，"您无论到哪都会有朋友，您看上去如此善良，又长得这样美！"

"尽管如此，"米拉迪说，她变得温柔得超凡脱俗，"我还不是孤苦伶仃？还不是遭受迫害？"

"请您听我说，"初学修女说，"应该对上苍抱有希望。瞧，尽管我地位低下，无权无势，您遇到我，也许对您来说是一件幸运的事。是这样……我有几位有权有势的朋友，他们为我活动之后，也会帮助您。"

"噢！我刚才对您说我孤苦伶仃，"米拉迪指望通过谈论自己让初学修女谈下去，"这倒并不是一个上层熟人都没有，地位高的熟人我也有几个，但他们都惧怕红衣主教，就连王后陛下本人也不敢支持别人去抗拒这位可怕的大臣。我有证据表明，王后陛下尽管心地极为善良，但却不止一次地在主教阁下的淫威之下，被迫抛弃曾经为她效劳过的人。"

"请相信我的话，夫人，王后并没真正抛弃他们，那些人愈受迫害，王后愈是思念他们，并且在那些人意想不到的情况下，他们却得到了王后想着他们的证据。"

"噢，"米拉迪说，"王后是最善良的。"

"哦！这么说您早就认识王后了？难怪您用这种口气说她！"初学修女热情地叫起来。

"我的意思是说，"米拉迪回答说，"我没有认识她的这种荣幸，但我认识许多她最知心的朋友，比如德·彼汤日先生、迪雅尔先生。我还认识德·特雷维尔先生。"

"德·特雷维尔先生！"初学修女嚷道，"您认识德·特雷维尔先生？"

"对，认识，甚至很熟。"

"国王火枪队队长？"

"国王火枪队队长。"

"啊！您会看出，我们马上就成为朋友了，"初学修女叫着，"如果您认识德·特雷维尔先生，您一定去过他的家了？"

"常去！"米拉迪踏上了说谎的道路，索性趁势撒谎到底。

"那您一定见过他手下的火枪手？"

"凡是他通常接待的人我都认识。"米拉迪回答道。

"请您说说您认识的人中几个人的名字吧，有可能他就是我的朋友。"

"好吧，"米拉迪有点为难了，"譬如说德·彼汤日先生、德·库蒂伏隆先生、德·费律萨克先生。"

初学修女发现她停住了，便问：

"您不认识一个名叫阿多斯的贵族吗？"

米拉迪的脸色变白，尽管她能够自制，但还是不禁发出一声叫喊，同时紧抓对方的手，盯着对方。

"怎么啦！您怎么啦？"这位可怜的女人问道，"难道我

750

说了什么伤害您的话啦？"

"不是的。我对这个名字印象深刻，因为我也认识那位贵族，我感到奇怪的是，还有某个人也非常了解他。"

"噢！是的！很了解！那个人而且还很了解他的朋友，那就是波尔多斯和阿拉密斯二位先生！"

"他们我也认识！"米拉迪大声说。她感到有一股寒气。

"那就好了，如果您认识他们，为什么不可去找他们呢？"

"这是因为，"米拉迪吞吞吐吐地说，"我同他们关系并不深。我了解他们，只是听到他们的一个叫达达尼安的朋友常常谈起过。"

"您认识达达尼安先生！"这次是初学修女叫了起来。

随后，当她发现米拉迪的眼神中那奇特的表情时，便说："请原谅，夫人，您与他是什么关系？"

"噢，"米拉迪为难地说，"朋友关系。"

"您没有说实话，夫人，"初学修女说，"您是他的情妇。"

"您才是呢，夫人！"米拉迪也大叫起来。

"我！"初学修女说。

"对，您。您是班那希尔夫人。"

年轻的女人向后退去，她充满着惊诧，充满着恐怖。

"嘿！您不必否认了！"米拉迪步步紧逼。

"好，告诉您，是的，夫人！"初学修女说，"我们是情敌吗？"

一腔怒火骤然燃起，如果在别的场合，班那希尔夫人会立刻逃走，但现在嫉妒心控制了她。

"好吧，说出来，夫人！"班那希尔夫人用强硬态度说，"您曾经是或现在还是他的情妇？"

"啊！不是！"米拉迪带着不容怀疑的口气大声说，"从来不是！"

"我相信您这话，"班那希尔夫人说，"但您刚才为什么那样大喊大叫？"

"怎么，您没听懂？"米拉迪说。她重恢复了平静，重振了她的全部理智。

"您怎么让我明白？我毫不知情……"

"难道您不明白他曾将我视为他的知己？"

"真的？"

"我知道全部情况。我知道，您曾被人绑架了；我知道，从那时候起，他就一直在徒劳地寻找您；我知道，他全身心地爱着您。现在，我找到了您！那怎么能不惊讶？啊！亲爱的康斯坦丝！我找到了您！我终于找到了您！"

说着，米拉迪向班那希尔夫人张开了双臂。班那希尔夫人被米拉迪刚才的一番话说得动了心，瞬间，她把眼前这个女人当成最真挚、最忠诚的朋友了。

"哦！请原谅！请原谅！"班那希尔夫人不由自主地伏在米拉迪的肩上，"我太爱他了！"

霎时间，两个女人紧紧地拥抱在了一起。

如果米拉迪的气力和她的仇恨一样大，那么，班那希尔夫人是不会活着脱离这次拥抱的。

"哦，亲爱的美人！"米拉迪说，"找到您我真是太高兴

752

了！让我好好看看您。"她仔仔细细地看着对方，"不错，按他对我说的，我现在认出了您。"

可怜的年轻女子不可能想到，在那开朗的额头里面酝酿着怎样阴险的计划！在那闪着关怀、同情目光的眼睛里，暗藏着不共戴天的仇恨！

"那么，您一定知道我受了哪些痛苦，"班那希尔夫人说，"他已经告诉过您我所受过的苦。只是，为了他，那是一种幸福。"

米拉迪下意识地重复了一句："是的，一种幸福。"

她在想着另一件事。

"还好，"班那希尔夫人接着说，"我受的苦就要到头了。明天，或许就在今天晚上，我会再见到他，过去将不复存在。"

"今天晚上？明天？"米拉迪叫了起来。班那希尔夫人的这几句话击醒了她，"您是在期待他的什么消息？"

"我在期待他人。"

"本人。他来这里？"

"是。"

"但那是不可能的！他正在跟随红衣主教围攻罗塞尔城。"

"您可以这样看，但我的达达尼安难道还有什么办不到的事？"

"哦！我不能相信您的话！"

"那好，请念吧！"不幸的年轻女子出于过分的自豪，说着便向米拉迪展示出一封信。

"德·谢弗勒兹夫人的笔迹！"米拉迪暗想，"啊！我早就知道，他们是一伙的！"

于是，她急着读着信上那几行字：

> 我亲爱的孩子，做好准备。我们的朋友很快就去
> 看您了。他来看您，是要把您从藏身的修道院中带出
> 去，所以请您准备动身。
>
> 我们那极其可爱的贾司克尼人，最近又一次表现
> 出色，请您告诉他，有人对他的警告非常感激。

"是的，是的，"米拉迪说，"说得很明白。但您可知道，那个警告是指什么？"

"不知道，我猜想，是他把红衣主教的什么新阴谋预先通知了王后。"

"是，肯定是！"米拉迪边说边将信还给班那希尔夫人，陷入沉思。

就在此时，她们听见一阵急驰的马蹄声。

"噢！"班那希尔夫人叫喊着冲向窗前，"难道是他？"

米拉迪依然躺在床上，这件事使她第一次乱了阵脚。

"他！他！"米拉迪口中喃喃道，"难道是他？"

她还是躺在床上，目光变得呆滞了。

"可惜，不是！"班那希尔夫人说，"我不认识这个男人，但看样子是朝这儿来的。不错，他在大门口停下了，他摁门铃了。"

米拉迪突然跳下床来。

"不是他？"她问道。

"噢！是的，肯定不是！"

"您没看错？"

"噢！我认识他的装扮。"

米拉迪在穿衣服。

"您是说那个人来这儿啦？"

"是的，他进来了。"

"不是找您的，就是找我的。"

"哦！天主啊！您很紧张！"

"是的，我紧张，害怕红衣主教的一切举动。"

"嘘！"班那希尔夫人唏嘘一声，"有人来了！"

果然，房门打开，院长走了进来。

"您是从布伦来的吧？"院长问米拉迪。

"是的，是的，"米拉迪回答说，"谁找我？"

"他不愿意说出名字——红衣主教派来的。"

"那就请他进来吧，院长。"

"哦！我的天主！我的天主！"班那希尔夫人说，"会是坏消息吗？"

"我担心，是这样。"

"我就让您和这位陌生人谈话了，如果你愿意，他一走我就再来。"

"当然。"

院长和班那希尔夫人一起走出了房间。

米拉迪独自一人，目不转睛地盯着房门。

片刻过后，她听见愈来愈近的脚步声，随后房门被推开，一个男人出现在门口。

　　米拉迪发出一声快乐的叫喊，来人原来是德·路斯费尔伯爵。

六十二 两种恶魔

"哈哈！"路斯费尔和米拉迪同时叫起来："是您！"

"是的，是我。"

"您从哪儿来？"米拉迪问。

"罗塞尔，您呢？"

"英国。"

"白金汉怎么样了？"

"他死了，或者身受重伤。我临行前只知道一个宗教狂向他下了手。"

"哈哈！"路斯费尔笑一笑说，"这真是一个幸运的巧合！红衣主教会很高兴的。您向他报告过了？"

"我在布伦给他写过信。可您怎么来到这里？"

"红衣主教阁下差我前来找您。"

"我是昨天到的。"

"在这里您干了些什么？"

"您知道我在这儿碰见谁？"

“不知道。”

“猜猜看。”

“我怎么能猜得出来？”

“被王后营救出来的那个年轻女人。”

“达达尼安的情妇？”

“对，班那希尔夫人。从那以后，谁也不知道她藏在了哪里。”

“噢，”路斯费尔说，“又是一个巧合，红衣主教先生真是运气。”

“当我看到那个女人时，”米拉迪接着说，“我万分惊诧。”

“她认识您？”

“不。”

“她不认识您？”

米拉迪微微一笑。

“我成了她最要好的朋友！”

“我以名誉担保，”路斯费尔说，“也只有您，才能造出这样的奇迹。”

“我也交了好运，骑士，”米拉迪说，“您知道将要发生什么事情吗？”

“不知道。”

“明天或者今天，有人将带着王后的命令来把她接出去。”

“谁来接她？”，

“达达尼安和他的朋友们。”

“他们真要这样干，我们更好把他们送进巴士底狱了。”

758

"为什么早不那样做？"

"我没有办法！因为红衣主教先生对他们很偏爱，我也不知道为什么。"

"真是那样？"

"真的。"

"那好，请您对他说，请您告诉他，有人偷听了我和他在红鸽客栈的那次谈话；您告诉他，在他走后，那四个人中的一个闯进我的房间，强行抢走了那张全权证书；您告诉他，那四个人将我的英国之行事先派人通知了温特勋爵，而这一次，又几乎破坏了我的使命；您告诉他，达达尼安和阿多斯是这四个当中最可怕的两个人；您告诉他，第三个名叫阿拉密斯的人是德·谢弗勒兹夫人的情夫，应该让这个家伙活下去，他也许会有些用处。至于那第四个叫波尔多斯的，他是个笨蛋，对他大可不必放在心上。"

"可是他们此时应该正在罗塞尔参加围城呢！"

"我原来也这么想，但班那希尔夫人收到了元帅夫人的一封信，我看了那封信，这才相信那四个人正一路风尘前来接她出狱。"

"喔！那怎么办？"

"关于我，红衣主教有什么吩咐？"

"他要我来取您的书面的或口头的报告，等他知道您所做的事后，再采取下一步措施。"

"这么说，我该留在这儿？"米拉迪问道。

"留在这儿，在附近也行。"

"您不能带我走吗？"

"不行，在军营附近您可能被人认出，那样的话，您应该明白，将会连累红衣主教阁下。"

"就是说我必须留在这儿，或在附近找一住处。"

"不过，您得让我知道您在哪儿，如果有了指令，我好找到您。"

"请您听着，我不会待在这里。"

"为什么？"

"您忘了，我的仇敌可能随时到达。"

"这倒是。但那样一来，那个年轻女人就会逃脱的。"

"放心吧！"米拉迪带着她特有的微笑说，"您忘了，我是她最好的朋友。"

"啊！不错！这么说我可以禀报红衣主教，关于那个女人……"

"请他只管放心。"

"就这句话？"

"他会知道这是什么意思。"

"他一定会猜得出来。现在，我该做什么？"

"立刻动身。"

"我的四轮马车驶进利莱尔就坏了。"

"好极啦！"

"怎么好极啦？"

"是呀，我正需要您的马车。"

"那我怎么走？"

"骑马。"

"说得容易，180法里呢。"

"那算得了什么？"

"就这样。还有什么？"

"您经过利莱尔时，把您的马车给我派来。"

"好。"

"您一定随身带来红衣主教的什么命令吧？"

"带有给我的全权证书。"

"您把它给修道院院长看看，您对她说，今天或者明天，将有人来把我从这里带走。"

"很好！"

"别忘了，当着院长的面你应当恶狠狠地骂我两句。"

"为什么？"

"我是红衣主教的一个受害者，我必须要让那个年轻女人信任我。"

"说得对。现在请您将发生的事情的经过写一份报告吧。"

"您的记忆力很好，您把我对您说过的事原样重述一遍就是了——写到纸上不安全。"

"有道理。现在剩下的就是让我知道在哪里可以找到您了。"

"请等一等。"

"您想要一张地图？"

"噢！我熟悉这个地方。"

"您？您什么时候来过这里？"

"我从小就在这。"

"真的?"

"一个人在什么地方长大,有时候也有用处。"

"那您在哪里等我?"

"请让我考虑一会儿……嗯,在艾尔芒第艾尔。"

"艾尔芒第艾尔?"

"利斯河旁的一个小镇,过了河就是外国。"

"好极了!不过,不到紧要关头您不会过那条河。"

"那是自然。"

"在那种情况下,我怎样知道您在哪里?"

"您还需要带您的跟班儿走吗?"

"不需要。"

"那人可靠吗?"

"可靠。"

"把他留给我吧,没人认识他,由他领着您去找我。"

"您是说把他留在艾尔芒第艾尔?"

"对,艾尔芒第艾尔。"米拉迪说。

"请把这个地名写在一张纸上,免得我忘掉。即使丢了,一个地名谁也不会猜到什么的?"

"谁知道呢?不过,没关系的……"米拉迪在半张纸上写下了那个地方的名字,"没关系的……"

"好!"路斯费尔接过纸条,然后放进他的毡帽,"况且,请您放心,我会学着孩子们那样去做的,一路上背个不停。现在,再没有什么了吧?"

"我以为没什么了。"

"我好好回忆一遍：白金汉死了，或身受了重伤；您和红衣主教的谈话被四个火枪手窃听了；必须将达达尼安和阿多斯送进巴士底狱；阿拉密斯是德·谢弗勒兹夫人的情夫；波尔多斯是个自命不凡的糊涂虫；班那希尔夫人已经找到；尽快地给您送来马车；将我的跟班儿交给您，把您说成是红衣主教的受害者，艾尔芒第艾尔位于利斯河畔。就这些？"

"真的，我亲爱的骑士，您的记忆力非同凡人。对了，还有一件事……"

"什么事？"

"我发现一片非常漂亮的树林，这片树林可能和修道院的花园相连。您就说允许我去那片树林里散步，也许我将来能从那出去。"

"您什么都考虑到了。"

"而您，您却忘了一件事。"

"什么事？"

"我需要钱。"

"说得对，您想要多少？"

"您身上带着多少？"

"大约 500 个皮斯托尔。"

"我也有这个数，加起来 1000，这样我就能应付一切了。"

"全在这儿。"

"好的，您就走吗？"

"一小时后动身。我需要吃点儿东西，还要找匹马。"

763

"好极了！再见，骑士！"

"再见，伯爵夫人！"

"请代我向红衣主教深表敬意！"米拉迪说。

"好的。"路斯费尔说。

米拉迪和路斯费尔相互一笑，然后分手。

5个小时以后，他路过阿拉斯时被达达尼安认出来了。

六十三　一滴水 [①]

　　路斯费尔一走，班那希尔夫人便进了米拉迪的房间。

　　她发现米拉迪喜笑颜开。

　　"哎呀，"年轻女人说，"今天晚上或者明天，红衣主教派人带您走吗？"

　　"这是谁跟您说的，我的孩子？"米拉迪问道。

　　"我是听刚才来的那个人说的。"

　　"来，请坐在我身边。"米拉迪说。

　　"好的。"

　　"您等一下，我去看看是不是有人听我们说话。"

　　"为什么要这么小心？"

　　"您会知道的。"

　　米拉迪站起身，向走廊里望了一眼，又坐到班那希尔夫人的旁边。

---

① 欧洲有一句谚语：多一滴水，杯子就会溢出来。这里的"一滴水"意为：它超越了可以承受的最大极限。

"这么说，他是演戏？"

"您说的是谁？"

"就是刚刚那个红衣主教特使。"

"是的，我的孩子。"

"那个人难道不是……"

"那个人，"米拉迪压低声音说，"他是我的哥哥。"

"您的哥哥？"班那希尔夫人惊叫了一声。

"我只把这个秘密告诉了你，我的孩子。如果您走漏消息，我完了，而且您也完了。"

"啊！我的天主！"

"请听我说，我哥哥来救我，实在不行时打算以武力强行将我从这里劫走，碰巧和也来寻我的红衣主教的密使在路上碰见了。我哥哥悄悄地跟着他，走到一处荒野僻静之地，勒令那位使者交出他随身携带的文件。那个密使企图反抗，我哥哥就把他杀掉了。"

"啊！"班那希尔夫人战战兢兢地叫道。

"这是不得已的，于是，我的哥哥想到了更聪明的办法：他拿了公文，以红衣主教密使的身份来到了这里，并告诉院长红衣主教阁下将派一辆马车前来，把我带走。"

"那辆马车实际上是您哥哥派来的？"

"正是这样。不过，还有一件事，您以为您收到的那封信是德·谢弗勒兹夫人写的……"

"是啊？"

"那封信是假的。"

"怎么会是假的呢？"

"这是一个圈套，为了是让你乖乖地跟他们走。"

"可信上写着来的是达达尼安呀？"

"您错了，达达尼安和他的朋友正被留在罗塞尔围城呢。"

"您是怎么知道的？"

"我的哥哥遇见了红衣主教的密使，他们说会在大门口叫您，等您出来时，他们就抓着您，把您弄到巴黎去。"

"哦！天主啊！这太乱了。我感到如果再这样，"班那希尔夫人一边说一边双手抚额，"我会变疯的！"

"请等等……"

"怎么？"

"我听见马蹄声，我哥哥要走了，我要向他最后告别。您也过来。"

米拉迪打开窗户，年轻女子也走到窗前。

路斯费尔正纵马飞奔。

"再见，哥哥。"米拉迪大声叫道。

骑马的人抬起头来，看见了她们，便一边飞奔一边向米拉迪做了一个友好的手势。

"好心的乔治！"米拉迪脸上充满疼爱和伤感的表情。

米拉迪返回原位坐下。

"亲爱的夫人！"班那希尔夫人说，"请原谅！您给我指点一下我该怎么办呢？我的天主！您比我有经验，我听您的。"

"首先，"米拉迪说，"也可能是我弄错了，达达尼安和他的朋友也许真的会来救您。"

"哦！那就太好了！"班那希尔夫人大叫道。

"那么，这纯属时间的问题，就看谁先到了。如果是您的朋友在速度上压倒对方，那您得救了；如果是红衣主教的手下先抵达，那您就完了。"

"噢！是的，那该怎么办呢？怎么办呢？"

"有一个简单易行的办法……"

"什么办法？您说呀！"

"那就是在附近藏起来，等着，看看谁先到。"

"可去哪儿等呢？"

"噢！这有办法，我也要留下来，躲在离这儿几法里的地方，等着我哥哥前来接我，我带您一起走。"

"可修道院里的人是不会放我走的。"

"由于她们以为我是应红衣主教的命令而离开，因此，她们不会想到您会急着跟我跑的。"

"那该怎么办呢？"

"这么办，我的马车到了以后，您去与我告别，您登上踏板去和我作最后一次拥抱。我事先告诉接我的那人，就是我哥哥的那个跟班儿，他乘机上马车我们一起离开。"

"可是达达尼安呢，如果他来了怎么办？"

"他来了我们就知道。"

"怎么能知道呢？"

"我们可以将我哥哥的那个跟班儿派回贝蒂纳。他乔装后，住在修道院的对面。如果是达达尼安和他的朋友来了，他就领他们前去找我们。"

"他认识他们吗？"

"当然，他在我家见到过达达尼安。"

"噢！是的，是的，没有问题了。只是，我们不要躲得离这儿太远。"。

"我们躲到国境线附近，一有紧急情况便可离开法国。"

"但从现在起到那段时间，我们干什么呢？"

"等待。"

"但如果他们到了呢？"

"我哥哥的马车肯定在他们之前到。"

"当他们来接您时，如果我不在您身边，比如吃晚饭或吃午饭，那该怎么办呢？"

"您现在必须做一件事。"

"什么事？"

"您去对您的那个善良的院长说，请她允许我们一起用餐。"

"她会答应吗？"

"她没有理由不答应。"

"噢！这很好，这样我们就一刻也不分开了。"

"既然如此，您就下楼去向她请求吧！我感到头昏沉沉的，去花园转一圈儿。"

"去吧，但我到哪儿找您呢？"

"一小时后我就回来。"

"噢！您真好，我谢谢您。"

"我怎么会不关心？难道您不是我的一个最要好的朋

友吗？”

"亲爱的达达尼安，哦！他将会多么感谢您呀！"

"我很希望如此。咱们下楼。"

"您去花园？"

"是的。"

"您沿着这条走廊往前走，下去就是花园。"

"好极了！谢谢！"

这两个女人分手了。

米拉迪确实头昏脑涨，因为她安排的那一系列计划总感到头绪不清，她需要单独一个人待一会儿，以便弄清计划。她隐隐约约看到了后来的事，她急需片刻的平静和安宁，好让那些还模糊不清的思路明朗起来。

第一件事，就是把班那希尔夫人骗走，将她安排在安全之处，必要时她还可作为人质。这场决战的胜负她也不确定，她想到，仇敌所表现出的坚定性和她所显示的顽强性，是不相上下的。

而且，她感觉到，一个不可避免的结局就要来临，这个结局可能非常可怕。

米拉迪要做的第一件事，就是要将班那希尔夫人掌握在自己的手中，因为班那希尔夫人就是达达尼安的一切。在运气不好的情况下，这是讨价还价的一个重要筹码，肯定是能向对方提出很高的条件的。

有一点已经确定，班那希尔夫人肯定会跟她走。只要带着她到艾尔芒第艾尔躲起来，再让她相信达达尼安根本就没有来贝蒂纳，那就很容易办到了。最多不超过半个月，路斯费尔便会返回。在这半个月当中，足以想出办法复仇。感谢天主，她不会感到寂寞的，因为她的性格决定，制定计划会给她带来无限的乐趣。半个月的时间内就会有一个可怕的复仇计划问世了。

米拉迪脑子里准确地记下了花园的地形，她像一位指挥若定的将军，能预见到胜利，随时准备进击或退却。

一小时以后，她听到班那希尔夫人在喊她。好心的院长对班那希尔夫人提出的要求满口答应。

走进大院，她们听见大门前有一辆马车停下的声音。

"您听见了吗？"米拉迪问道。

"听到了，是一辆马车。"

"是我哥哥给送来的。"

"哦！天主！"

"好，拿出勇气来！"

来人拉响修道院大门的门铃。

"上楼回您自己的房间，"她对班那希尔夫人说，"您要带上您重要的东西。"

"我要带走他写的信。"班那希尔夫人说。

"那就去取吧，然后过来找我，我们要抓紧吃好晚餐，我们可能要赶很长的路，必须保持体力。"

"伟大的天主啊！"班那希尔夫人手抚胸口说，"我的心跳得很厉害，我不能走路了。"

"勇敢些！您想一想，您马上就会得救，您要想到，您完全是为了他才去做的呀。"

"哦！是呀，一切都是为了他。您去吧，我来找您。"

米拉迪立刻上楼回到她的房间，见了路斯费尔的跟班儿。

他要去大门那边等着。如果火枪手们来了，他就驾车绕过修道院，再到位于小树林另一侧的一个小村子里等候米拉迪。米拉迪就穿过花园，步行赶到那里，米拉迪对这片地区了如指掌。

假如火枪手们没有来，就按计行事，班那希尔夫人借口向她告别登上马车，然后米拉迪就将班那希尔夫人带走。

班那希尔夫人来了，米拉迪当着她的面又把最后一部分的指示向那位跟班儿重复了一遍。

米拉迪又就马车提了几个问题，最后弄清楚这是一辆由三匹马拉的轻便马车，车夫赶车，跟班儿将骑马在前面带路。

米拉迪的担心多余了，班那希尔夫人根本就不会想到一个女人会干出如此阴险毒辣的事情来。再说，温特勋爵夫人这个名字对她完全陌生，所以她压根儿也不会知道一个女人对她一生的诸多不幸会有直接原因。

"您看见了，"那位跟班儿一出门，她就说，"一切都已准备停当，院长毫无觉察，那个人正去交待最后的命令。您尽量多地吃些东西，然后我们就动身。"

"是的，"班那希尔夫人本能地说道，"是的，我们一起动身。"

米拉迪为她斟了一小杯西班牙葡萄酒，又为她弄了一块小鸡胸脯肉。

"您瞧，"她对班那希尔夫人说，"夜幕就要降临，明天黎明时分我们就到达我们的藏身之地了，谁也不知道我们会去那儿。喏，勇敢一点，吃点儿东西。"

班那希尔夫人无意识地吃了几口，嘴唇在酒杯里蘸了一下。

"喝吧，"米拉迪端起她的酒杯送到嘴边说，"像我这样。"

然而就在这时，她那端杯的手停住不动了，她听到马路上先是响起了马蹄声，由远而近，一会她仿佛又听见马儿的嘶鸣声。

这声音犹如一阵狂飚惊扰了她的美梦。她满脸惨白，跑向窗口，而班那希尔夫人则全身颤抖地站了起来。

但什么还都没有看见，只是听到奔腾之声愈来愈近。

"哦！主啊！"班那希尔夫人说，"这是什么声音？"

"是我们的朋友或我们的敌人到了，"米拉迪带着可怕的冷静解释说，"您待着别动，我来告诉您。"

班那希尔夫人依旧站在那里，一动不动，脸色苍白。

响声更大了，奔马也许只有 150 步远了。因为大路拐弯看不到马匹，但是声音却变得那样的清晰，从声音来判断，来的似乎不是一匹马。

米拉迪全神贯注地凝视张望。

突然，在大路的转弯处，她看见几顶饰有镶带的帽子，根根羽翎迎风飘动，共 8 匹，其中一匹马领先两个马身在前飞奔着。

她认出，走在前头的那个人正是达达尼安。

"哦！天主！天主！"班那希尔夫人也叫了起来，"究竟发生什么啦？"

"是红衣主教的人，刻不容缓！"米拉迪大声说，"我们快逃，快逃！"

"对，对，快逃……"班那希尔夫人跟着重复说道。可是，由于惊恐过度，她一步也不能挪动了。

那队人马从窗下一闪而过。

"您来呀！来呀！"米拉迪抓住班那希尔夫人的胳膊想拖着她向前走，"我们可以通过花园逃出去，但我们要赶快，再过5分钟那就来不及了。"

班那希尔夫人没走两步，便双膝跪倒在地上。

米拉迪试图扶起并把她抱起来，但没有成功。就在此时，她们听见了马车的滚动声，那是赶车人看见了火枪手后赶着车子离开了。

接着传来三四声枪响。

"最后一次问您，您想不想走？"米拉迪大声道。

"哦！我的天主！我一点力气都没有。我不能走路了，您一个人逃吧。"

"一个人逃！把您留在这儿！绝对不行！"米拉迪咆哮起来。

突然，她身子一纵，跑到桌边，敏捷地打开一个镶嵌宝石的戒指底盘，将里面藏的东西倒进班那希尔夫人的杯中。

那是一粒见酒就溶的淡红色的颗粒。

然后，端起酒杯，"快喝下去，"她说，"喝下去就会有力量，喝下去。"

说着，她将酒杯端到年轻女人的嘴边，年轻女人机械地喝

774

了下去。

"啊！本来，我没想这么报仇，"米拉迪带着恶魔的微笑说，"不过，我只好如此！"

说完，她冲出了房间。

班那希尔夫人眼看着她逃走了，却不能跟上她，她试图逃跑，但是迈不开步子。

几分钟过去了，大门口响起一阵可怕的喧嚣声。班那希尔夫人在期待着米拉迪重新露面，但米拉迪没有再来。

因为恐惧，班那希尔夫人好几次渗出了冷汗。

她终于听见有人打开铁栅栏的嘎吱声，接着，楼梯上传来了马靴声和马刺声，说话声也越来越近，并且，在这些混杂的各种声音中，她仿佛听到有人在喊她的名字。

她太高兴了，向门口冲去，因为她听出了那是达达尼安的声音。

"达达尼安！达达尼安！"她大声喊道，"是您吗？我在这儿，我在这儿！"

"康斯坦丝！康斯坦丝！"年轻人回答说，"您在哪里？我的天主！"

就在这同一时刻，房门被直接撞开了。

好几个汉子冲进房间。

班那希尔夫人倒在一张扶手椅内，已不能动弹。

达达尼安跪在他的情妇面前。

阿多斯将他的手枪别在腰带上。

手执长剑的波尔多斯和阿拉密斯这时也收剑入鞘。

“啊！达达尼安！我亲爱的达达尼安，你终于来了，真的是你！”

“是我，是我，康斯坦丝！”

“哦！她说你不会来了，但我不信，我一直抱有希望，我不愿意逃走。噢！我真的做对了！”

听到“她”这个字，坐着的阿多斯曜地站了起来。

“她！她是谁？”达达尼安问道。

“我的一个女伴儿，她因为关心我想把我从这里救出去，她将你们错当成了红衣主教的卫士，她刚刚逃掉。”

“您的一个女伴儿，”达达尼安大声问道，他的脸色变得惨白，“您说，她是怎样的一个同伴？”

“她说是您的一位朋友，达达尼安。您什么话都告诉给了她。”

“她叫什么？她叫什么？”达达尼安嚷叫道，“天主啊！怎么您不知道她的名字吗？”

“知道的，知道的，有人跟我说过。您等等……可是真奇怪……我的脑袋混乱不堪，我什么也看不见了。”

“快来，朋友们，快来！”达达尼安叫道，“她昏过去了。老天啊！她失去了知觉！”

这时波尔多斯扯开嗓门呼救，阿拉密斯则跑向桌边去找杯水，然而当他发现阿多斯那张扭曲得可怕的脸时，停下了。

阿多斯眼神中充满惊惶，他正注视着桌上的一只酒杯，似乎在忍受着最可怕的怀疑的折磨。

“噢！”阿多斯说，“噢！不，这是不可能的！”

"拿水来，"达达尼安喊道，"拿水来！"

"哦，可怜的女人，可怜的女人！"阿多斯带着心碎喃喃道。

班那希尔夫人在达达尼安的阵阵亲吻下重又睁开了双眼。

"她苏醒了！"年轻人叫了起来，"哦！我的天主，我谢谢您！"

"夫人，"阿多斯说，"夫人，请告诉我那只空杯是谁的？"

"是我的，先生……"年轻的女人语气衰竭地答道。

"谁帮您倒的这杯酒？"

"她。"

"她是谁？"

"啊！我想起来了，"班那希尔夫人说，"温特勋爵夫人……"

四位朋友异口同声大叫一声，阿多斯的叫声超乎寻常。

此时，班那希尔夫人面如死灰，她气喘吁吁地倒在了波尔多斯和阿拉密斯的怀里。

达达尼安抓着阿多斯的双手。

"是怎么回事啊？"他说，"你相信……"

他已泣不成声。

"什么都有可能。"阿多斯咬着冒血的嘴唇说。

"达达尼安，达达尼安！"班那希尔夫人叫道，"你在哪儿？不要离开我，我马上就要死了。"

达达尼安松开一直颤抖的阿多斯的手，跑到班那希尔夫人跟前。

她的面庞不再美丽，那双美丽有神的眼睛已经变得呆滞，身躯不停地摇曳颤抖，额头上流淌着汗水。

"上天啊！快去叫医生呀。波尔多斯，阿拉密斯，请你们找人救救她吧！"

"没有用了，"阿多斯说，"没有用了。"

"是呀，救救我！"班那希尔夫人喃喃地说，"救救我吧！"

随后，她用尽所有的力气，双手紧抱住年轻人的头，望了一会儿，接着她发出一声呜咽的叫喊，将自己的双唇紧贴在了达达尼安的双唇之上。

"康斯坦丝！康斯坦丝！"达达尼安呼唤着。

她发出的最后一声叹息，轻轻掠过达达尼安的嘴边。随着这声叹息，这个纯洁的、多情的灵魂进入了天国。

达达尼安搂在怀中的只是一具尸体。

年轻人大叫一声，绝望地倒在了情妇的身旁，他的脸色惨白，全身冰冷。

波尔多斯哭泣了，阿拉密斯向空中挥舞着拳头，阿多斯则在胸前画着十字。

就在此时来了一个男人，他的面色几乎同样的苍白，他看到了已经死去的班那希尔夫人和昏厥倒地的达达尼安。

"我没有搞错，"那人说，"这位是达达尼安先生，而你们是阿多斯、波尔多斯和阿拉密斯三位先生。"

三个火枪手惊诧地看着陌生人，但他们感觉在哪里见过这个人。

"诸位，"陌生人说，"我也在寻找那个女人。"他露出可怕的笑容，继续说，"那个女人一定来过这里，因为我在这里看到了一具尸体！"

声音和面孔慢慢地唤起了他们的记忆，想到他们曾经见过此人，但一时想不起具体在哪见过。

"诸位，"陌生人继续说，"既然你们认不出我，我就只好自我介绍了，我是温特勋爵，那个女人的小叔子。"

阿多斯站起身，向他伸过手去：

"欢迎您，勋爵先生，自己人。"

"我是在那个女人走后五小时动身的，"温特勋爵说，"我在她到达后 3 小时也赶到了布伦，在圣澳美尔，我比她晚到了 20 分钟，最后，在利莱尔她消失了。当我到处寻找时，我看到了你们的马队，我认出了达达尼安先生，本想跟上你们，但我的坐骑太疲劳了，没法追上你们。可是，尽管你们赶得很快，但看来还是到的太晚了！"

"您看！"阿多斯一边说一边向温特勋爵指着死去的班那希尔夫人和昏迷中的达达尼安，波尔多斯和阿拉密斯正努力让他苏醒过来。

"难道他们两个都死了吗？"温特勋爵冷静地问道。

"不是，"阿多斯答道，"达达尼安先生昏迷了。"

"啊！太好了！"温特勋爵说。

达达尼安醒了过来，他像失常的疯子那样扑向他情妇的尸体。

阿多斯站起身，庄严有力地走近他的朋友，深情地将他搂在怀里。他以极为崇高、极有说服力的语气对他说："朋友，像个男子汉。女人为死者哭泣，男人为死者报仇！"

"噢！是的，"达达尼安说，"是的！为了为她报仇我愿付出一切代价！"

阿多斯用复仇激励达达尼安使之冷静，示意波尔多斯和阿拉密斯去找修道院女院长。

两位朋友在走廊里碰上了她，所发生的一切她都还不明白。她叫来几名修女，她们不顾修道院的禁忌，出现在了5个世俗男人的面前。

"院长嬷嬷，"阿多斯说，"我们现在将这位不幸女子的尸体托付给您，请您按照修道院的教规料理。在成为天上的天使之前，她是人间的天使，请像对待天使一样对待她，将来有一天，我们定会回来在她的墓前祈祷的。"

达达尼安伏在阿多斯的胸前，号啕大哭。

"哭吧，"阿多斯说，"哭吧，唉！我真想和你一样能痛哭一场！"

他照顾着他的朋友，像一个充满深情的父亲，像一个饱经沧桑的伟人。

5个人各自上马，一起向贝蒂纳城驰去，他们在第一家客栈门前停了下来。

"这么说，"达达尼安说，"我们不追那个女人了？"

"不要着急，"阿多斯说，"我要想一些办法。"

"她会从我们手里溜掉的，"年轻人又说，"如果她跑了，阿多斯，那将是你的过错。"

"我担保她溜不掉。"阿多斯说。

达达尼安从不怀疑他朋友的话，所以，低头走进客栈，不再说什么。

波尔多斯和阿拉密斯相对看了一眼，不知道怎么回事。

温特勋爵认为阿多斯这样说，意在减轻达达尼安的痛苦。

"现在，诸位，"阿多斯确证旅店有五个空房间以后说道，"每人去自己客房。达达尼安需要独自待一会，而你们需要休息，不会有任何问题，请各位放心。"

"但我觉得，"温特勋爵说，"对付这个女人与我有关，因为她是我的嫂子。"

"而她，"阿多斯说，"是我的妻子。"

达达尼安高兴起来，因为他明白，阿多斯说出了最深的秘密那就说明他对复仇十拿九稳。

波尔多斯和阿拉密斯则面面相觑。

温特勋爵则以为阿多斯发疯了。

"你们进客房吧，"阿多斯说，"事情让我来办。作为丈夫，这件事和我有关。只是，达达尼安，还记得那张纸条吧，请把它交给我，那上面写着城市的名字叫……"

"噢，"达达尼安说，"我明白了，那个地名是她所写。"

"您看明白了，"阿多斯说，"上天是无所不知的！"

六十四　身披红披风的男人

　　阿多斯忍受着巨大的痛苦，而这种痛苦使这位睿智的男子的思辨力更加清晰了。

　　他心中唯一想着的就是复仇，承担起责任。他向店主讨来一张本地区的地图，仔细地研究图上的条条标线。最后，他查明，从贝蒂纳到艾尔芒第艾尔有四条道路好走。接着，他叫来了四个跟班儿。

　　四个跟班儿过来了，他们接受了命令，命令严格而明确。

　　他们四人抓紧时间出发，分别走不同的道路，最后到艾尔芒第艾尔会合。四个人中最精明的是布朗谢，夺路逃跑的那辆马车走的那条路，就是路斯费尔的跟班儿护送那辆马车逃走的路。

　　阿多斯首先打发四个跟班儿登程，首先是他了解他们，他对每一个人的长处和不足了如指掌。其次，跟班儿向路人询问比起主人较少引起怀疑，且成功率较大。

　　第三，他们都认识米拉迪，但她不熟悉他们的跟班儿。

他们四人必须于第二天上午 11 点在指定地点会齐，一旦他们发现了米拉迪的藏身之所，便留下三人对她严密监视，一个人返回向阿多斯通报，并充当向导。

布置完毕，四个跟班儿退了出来。

随后，阿多斯从座椅上站起来，出了客店。

这时大约是晚上 10 点钟，大街小巷都变得冷清起来。他正找人问一件事，他遇上一位深夜未归之人，走上前去向他问了几句话，被他问话的那个人满心惊恐，但他还是指了一下路。阿多斯拿出半个皮斯托尔请那人带路，但被拒绝了。

阿多斯按照指路人所指的路走进一条街道，一个十字路口挡住了去路，好在十字路口有不少过往行人。于是，他停在原地不动。果然，片刻过后一位巡夜打更者走了过来。

他提出了同一个问题，巡夜人同样的惊恐，只是用手指一指应该走的一条路。

阿多斯朝那个方向走去，来到位于城边的一个小镇。来到那儿，他又一次左右为难，于是他第三次停了下来。

他的运气相当好，一个乞丐走过来向他请求施舍。阿多斯给他一个埃居，要他随行带路。乞丐开始犹豫，但眼见那枚银币在夜色中闪闪发光，便心一横，带路了。

乞丐把他带到一栋荒凉的小房子前，阿多斯向房子走去，那个收了报酬的乞丐撒腿跑掉了。

阿多斯绕着房子转了一圈儿，终于在墙上找到一扇门。没有一丝灯光，听不到任何声音，人们很难想到这是一处住人的地方，整栋房简直就是一座坟墓。

阿多斯连连叩门三声后，屋内有脚步声传了过来。门开了，一个身材高大、脸色苍白的男人出现在门口。

阿多斯和他小声说了几句话，那位汉子便示意火枪手进屋去。

得到允许后，阿多斯立刻进了屋，关上了门。

阿多斯走了很远的路要寻找的人终于找到了，这个人领他走进了实验室。看来那人正忙着用几根铁丝将一具骷髅的骨骼组装在一起，其他部分已经完成，唯有那个头颅骨还放在一张桌上。

阿多斯置身其中的房室主人是从事自然科学研究的：有装着蛇的短口玻璃瓶；一条条晒干的蜥蜴，在一个大框子里闪闪发光；一束束芳香四溢的野草，被吊在天棚顶上。

这位身材高大的人单独一个人住在这里。

阿多斯以冷漠的目光扫视一下这个房间，应他来寻找的那个人的邀请，阿多斯坐在了他的身边。

这时，阿多斯讲明了拜访的目的，而当他的要求刚刚陈述完时，这位陌生人惊恐万分并连声拒绝。

这时，阿多斯从他口袋里掏出一张写有两行字并有签名盖印的小字条，把它交给他。

这位身材高大的人看清了署名又认出了印章，便立即点头，表示不再拒绝，随时听候吩咐。

阿多斯再没有别的要求，他站起身来离开了，离开时仍走他来时走的路，回到客栈，关上自己的房门。

天一亮，达达尼安走进他的房间："下一步怎么办？"

"等待。"阿多斯回答说。

过了一会儿，他们接到修道院院长的通知：受害人的葬礼将于当日午时举行。至于那个下毒的女人的消息，只有在花园的沙土上留下了她的脚印，并且发现花园门是锁着的，而钥匙却不见了。

温特勋爵和四位朋友来到修道院。丧钟悠扬，教堂的门敞开着，祭台中央躺着死者的尸体，祭台两侧和通向修道院的栅门后面站着加尔默罗会的全体修女，她们从那里聆听神圣的弥撒，同时和神父一起吟唱，但她们和外面的俗人互相看不见。

到了教堂的门口，达达尼安没有一丁点儿勇气，他转身寻找阿多斯，可是阿多斯已经不见踪影。

阿多斯让人把他领进花园，在园中的沙土上，他沿着那个女人经过时留下的血腥痕迹一直到了通向树林的园门，然后他进了树林。

此时，他确证自己的怀疑：那辆马车绕过了森林。阿多斯眼睛盯着路面顺着这条路走了一会儿，发现路面上洒有血点，他推断是三匹马中的一匹受了伤。大约走了四分之三法里，他又发现了一大片血迹，地面有被马匹践踏的痕迹。在被踩踏过的这块地面的一侧，他又发现了与在花园中看到的小脚印的相同痕迹，马车在这里停过。

就是在这里，米拉迪逃出树林登上马车的。

阿多斯的这个发现让他感到高兴，于是返回客栈，找到正在焦急地等待着的布朗谢。

布朗谢沿路走去，他和阿多斯一样也发现了沿途的血迹，和阿多斯一样他也认出马车停留的地点。这之后他继续向前走，在费斯图贝尔村的一家客店喝酒时，得知，在头一天晚上八点半钟，一个男人曾陪着一位夫人乘坐一辆驿车旅行到此，那人受了伤，走不了了便留了下来。那位夫人换了驿马，继续赶路了。

布朗谢找到了那个车夫，那车夫告诉他，他曾把那位夫人送到弗罗梅尔，那夫人从弗罗梅尔自己去了艾尔芒第艾尔。布朗谢抄近路，于早上 7 点钟便到了艾尔芒第艾尔。

这个小镇中只有一家客店，布朗谢走了进去，他和客店里的人没有谈上 10 分钟，便知道有一个单身女人于头天晚上 11 点来到客店，租了一间客房，并告诉老板，她想在这里待上一段时间。

布朗谢知道这些之后就跑向约会地点，找到准时到达的另三位跟班儿，安排好他们监视客店的所有出口，自己返回找到阿多斯。

当他的三位朋友来到他的房间时，阿多斯已经听完了布朗谢的回禀。

每个人都愁眉苦脸。

"该怎么办呀？"达达尼安问。

"等待。"阿多斯回答说。

每一个人又回到了各自的房间去。

晚上 8 点钟，阿多斯下令备马，派人通知温特勋爵和另三位朋友，要他们做好行动的准备。

大家检查了自己的武器，使它们处于临战状态。阿多斯第一个走下楼来，发现达达尼安已经上马，十分焦急。

"等会儿，"阿多斯说，"我们还少一个。"

四个骑在马上的人惊诧地四下张望，不知道少的那个人究竟是谁。

不一会儿，布朗谢牵着阿多斯的马走了过来，这位火枪手轻跃上马。

"等我一下，"他说，"我一会儿回来。"

说着他策马而去。

一刻钟过后，他果然带回一个人来，这个人头上戴着面具，身披一件红披风。

温特勋爵和另三位火枪手用目光互相询问着，但谁都不知道怎么回事，因为他们没有一个人知道这是一个什么样的人。

9点整，一队轻骑由布朗谢带路出发了。

他们走的，就是那辆马车走过的路。

6个人默默地向前飞驰着，看上去他们像是绝望的幻影，惩罚的化身，严厉而凄惨。

六十五　审判

　　天空大片大片滚动着的乌云，月亮须到午夜时分才能升起。闪电划破天空，闪电一过，一切又重归黑暗之中。

　　达达尼安时不时跑到队伍之前，阿多斯无时无刻都提醒他回到自己的位置上，但转眼之间他又甩掉了队伍。

　　他们悄悄地穿过费斯图贝尔村，然后顺着里什布尔树林向前，到达埃尔利埃时，一直为轻骑队伍当向导的布朗谢拐弯向左走去。都曾三番五次地想和那个陌生人搭话，但每次大家不管问他什么，他都不作答，只是欠欠身，表示他听到了。这样，大家明白，他绝不轻易开口，所以他们也就不再对他说什么了。

　　闪电接二连三，雷霆开始怒吼，狂风在骑士们的发冠上的饰羽上呼啸。

　　马队加快了步伐。刚刚走出弗罗梅尔，瓢泼大雨从天而降，他们展开了披风，冒着倾盆大雨继续前行。

　　达达尼安没有披上披风，连毡帽都脱掉了，他乐意让暴雨顺着他那激动得发抖的躯体浇下来，浇个痛快。

当他们快要到达驿站时，躲在树下的一个人，从和他待着的暗处难以分辨的树干后冲出来，径直来到大路中间，把一个指头放在嘴唇上。阿多斯认出那是各利莫。

"出了什么事？"达达尼安大声问道，"她离开艾尔芒第艾尔啦？"

各利莫点了点头。

达达尼安牙齿咬得格格响。

"不要出声，达达尼安！"阿多斯说，"现在听我指挥，所以让我来问各利莫。"

"她去了哪里？"阿多斯问。

各利莫用手朝利斯河的方向指一指。

"离这儿远吗？"阿多斯又问。

各利莫向他伸出一个弯曲的食指。

"只有她？"阿多斯又问。

各利莫肯定地点了点头。

"先生们，"阿多斯说，"那个女人单身一人在利斯河那边，离这儿半法里。"

"很好，"达达尼安说，"给我们带路，各利莫。"

各利莫穿过田野，为队伍充当向导。

他们遇见一条小溪，便涉水趟了过去。

在一束闪电的亮光下，他们隐约看到了阿甘盖母村。

"是这儿吗？"达达尼安问。

各利莫摇摇头。

队伍继续赶路。

各利莫伸开手臂向一处指去。在青蓝色电光下，在河边，他们清楚地看见一栋孤零零的小房子，一扇窗子亮着灯光。

"我们到了。"阿多斯说。

一个卧在壕沟里的人爬了起来，那是莫丝各东。

他用手指着那扇闪着亮光的窗户。

"她就在那里。"他说。

"巴赞在哪里？"阿多斯问道。

"他在负责监视大门。"

"好，"阿多斯说，"你们做得很好。"

阿多斯跳下坐骑，然后向马队其他人做了个手势，要他们向门的方向包抄过去，他一个人向窗口潜去。

阿多斯越过篱笆，一直来到无隔板护挡的窗前，但窗子已被半截的窗帘遮得严严实实。他登上窗台向里张望。

阿多斯看见一个身裹一件深色披风的女人坐在一个即将熄灭的火炉旁，双肘支在一张朽木桌上，美丽异常的双手托着脑袋。

尽管看不清，但阿多斯确定这就是那个他一直在寻找的女人。

就在此时，一匹马嘶鸣起来，米拉迪抬起头来，正好看到了阿多斯那张紧贴在窗玻璃上的苍白的脸。

她大叫了一声。

阿多斯知道她看到了他，他用膝盖和双手猛推那扇窗子，玻璃被击碎了。阿多斯如鬼魂一般跳进房间。

米拉迪跑向门口打开门，达达尼安那更加苍白更具威慑的脸庞出现在门口。

米拉迪吓得直往后退。

达达尼安生怕她又从他们手里溜掉，便从腰间拔出手枪。

但阿多斯举手拦住了。"把枪收起来，达达尼安，"阿多斯说，"这个女人应当受到审判，不能让她就这么死了。再等一段时间，达达尼安，请进来，先生们。"

达达尼安服从了，因为阿多斯的语气是庄严的，仿佛上帝派来的法官。随后，达达尼安、波尔多斯、阿拉密斯和温特勋爵以及身披红披风的那个人，也都走进房间。

四位跟班儿看守着门窗。

米拉迪倒在她的座椅上，伸着双手，好像要阻挡什么，但当她瞥见她的小叔子时，她发出一声可怕的叫喊。

"你们要干什么？"米拉迪大叫了起来。

"我们吗？"阿多斯说，"我们要找夏洛特·巴克森。"

"是我，是我！"她在极端恐怖中嘟囔着，"你们找我干什么？"

"我们要遵循您的罪恶对你审判，"阿多斯说，"您可自由地为自己辩护。达达尼安先生，由您作第一个指控人。"

达达尼安走上前来。

"对着天主，"达达尼安说，"我指控这个女人于昨天晚上毒死了康斯坦丝·班那希尔。"

他转过身去看着波尔多斯和阿拉密斯。

"我们为此作证。"两个火枪手语调一致地说。

达达尼安继续控告说："我指控这个女人曾经想毒死本人，

791

她在从维勒鲁瓦给我寄来的酒中下了毒，并冒充是我的朋友寄来的。天主救了我，但有一个人却为我死去了，他叫本利丝蒙。"

"我们作证。"波尔多斯和阿拉密斯异口同声说。

"我指控这个女人曾煽动我去暗杀德·沃尔德男爵，但没有其他人知道此事，故由我亲自作证。我的指控完毕。"

达达尼安走到房间的另一边，同波尔多斯和阿拉密斯站在一起。

"现在说您了，勋爵！"阿多斯说。

温特勋爵走了过来。

"面对天主和世人，"他说，"我指控这个女人派人杀害了白金汉公爵。"

"白金汉公爵被杀害了？"在旁的所有人一起叫了起来。

"是的，"勋爵说，"他被杀害了！根据你们写给我的消息，我派人把这个女人逮捕了，并把她交给我的一个忠实部下看管起来，可她让那个忠诚的人着了魔，让他去刺杀了公爵。但此时，菲尔顿也许正用他的生命抵偿他的那个发疯的罪行。"

听到这些罪恶，在场的所有人无不毛骨悚然。

"事情还没有完，"温特勋爵说，"我的哥哥得了一种怪病，很快就去世，死后他全身留下了青紫色的斑点。我哥哥临死前，确定您做他财产的继承人。现在我来问您，您的丈夫是怎么死的？"

"太可怕了！"波尔多斯和阿拉密斯叫道。

"您是杀害白金汉的凶手，您是杀死菲尔顿的凶手，您是杀害我哥哥的凶手。我要求给予她最严厉的惩罚，我郑重宣布，如果我的这一要求得不到满足，我将自己惩罚她。"

温特勋爵走到达达尼安身旁站定。

米拉迪双手捧着垂下的头。

"现在该轮到我了，"阿多斯说，他全身颤抖，"轮到我了，我曾娶她为妻，尽管全家反对，我还是娶了她。我给了她我的财产，我给了她荣誉。但是有一天，我发现这个女人被烙过火印，这个女人的左肩上被烙有一朵百合花。"

"哼！"米拉迪站起身说道，"我看，没有任何法庭能审判我。我看，你们绝对找不到执行这个判决的人。"

"住口，"一个声音说道，"这件事我能保证！"

身披红披风的那个人走上前来。

"您是谁？"米拉迪喊叫起来，她脸色变得青灰，头发也散乱开来，在她的头上直竖起来。

所有人都在看那个男子，对所有人来说，他是一个陌生人。

阿多斯也很惊愕，因为阿多斯也不清楚这个人究竟与眼前就要落幕的这场悲剧有着怎样的关联？

陌生人庄重而缓慢地走近米拉迪，一直走到和她只有一桌相隔时，摘下了面具。

米拉迪望着那张冷得出奇的苍白的脸，她突然站起身，退到墙根边大声说："噢！不！不！这是鬼魂！这不是他！救救我吧！救救我吧！"她用嘶哑的嗓门大喊道，同时朝墙壁转过脸去。

"您究竟是谁？"现场所有目击者一起大声问道。

"去问她吧，"身裹红披风的人说，"她认出了我。"

"里尔的刽子手！里尔的刽子手！"米拉迪咆哮着，双手牢牢抓着墙壁以防跌倒在地。

所有人都闪开了，唯有身披红披风的人依然站在屋子中央。

"噢！发发慈悲吧！发发慈悲吧！饶恕我吧！饶恕我吧！"这个女人喊叫着，跪了下来。

陌生人等待她安静下来。

"我已经对各位说过，她认出了我！"他又说，"我是里尔城的刽子手，现在我要给你们讲讲一段经历。"

所有目光都聚集在这个人的身上，等待他讲下去。

"这个女人以前和今天一样漂亮，她曾是女修道院的一个修女。一位心地纯洁而虔诚的青年神甫主持这家修道院的教堂。她成功勾引他，她是那么无所不能。

"他们都曾发过神圣的誓愿①，因此，如果他们长久的维持这种关系，就会身败名裂。她说服了那个年轻神甫，一起逃走，离开当地，到法国的某一地区，在那里老老实实地度日，因为谁也不认识他们。然而他们没有钱，那个神甫偷了几个圣器，要卖掉。就在这时案发了，他们双双被捕归案。

"一个星期之后，她又勾引了狱卒的儿子，成功越狱。那个青年神甫被判带镣入狱 10 年和烙上火印。当时，我就是里尔的刽子手，作为刽子手，我必须去执行这个惩罚。而那个罪犯，先生们，正是我的弟弟。

"当时，我发誓，是这个女人毁掉了我弟弟的一生，她至

---

① 　会士和修女都须发誓遵守教规，其中有"绝色"即不结婚的规定。

少是个同谋犯，也应该受到惩罚。我猜到她会藏在哪里，我去找她，果然找到了她，我对她也执行了惩罚，在她身上烙下了我给我弟弟相同的烙印。

"我返回里尔，我的弟弟越狱逃跑了，于是有人指控我是他的同谋，我被判替他坐监入狱，直至他投案自首为止。

"我那可怜的弟弟并不知道我对她的那个判决，他又找到了这个女人，他们双双又一起逃到了贝里。在那里，我弟弟又谋了个本堂神甫的职位，这个女人则伪称是他的妹妹。

"那里的一位爵爷看中了那个所谓的妹妹，并且对她情有独钟，最后向她提出要娶她为妻。于是，这个女人就离开了我弟弟，跟了也会被她断送的另一个人，她便成了德·拉菲尔伯爵夫人……"

所有眼睛一起转向阿多斯，因为这才是他的真名实姓。他点了点头，表示刽子手刚才的一席话全是真实的。

"这时候，"刽子手接着说，"我可怜的弟弟绝望了，决心摆脱她，重又回到里尔。他知道了我被判替他入狱后他便投案自首，并于当天晚上，在他的牢房的铁窗上自杀了。

"那些判我入狱的人验明正身后，恢复了我的自由。

"这就是我所控告她的罪行，是我要为她烙上印记的一个说明。"

"达达尼安先生，"阿多斯说，"您要求对这个女人判什么罪？"

"死罪！"达达尼安回答说。

"温特勋爵，"阿多斯继而问，"您要求对这个女人判什么罪？"

"死罪！"温特勋爵说。

"波尔多斯和阿拉密斯二位先生，"阿多斯又问，"你们二位作为她的审判官，你们认为应该判她什么罪？"

"死罪！"这两位火枪手声音低沉地回答说。

米拉迪发出一声可怕的嚎叫，跪着向两位法官挪动了两步。

阿多斯向她伸出手去：

"夏洛特·贝克森，世间的人、天上的主对您的罪行都难以容忍，如果您还会念念什么祈祷经文，您就念念吧，因为您将会被处死。"

米拉迪直挺挺地站起来，似乎想要说什么，但她已经精疲力竭，她感到一只强有力的无情大手抓了她的头发，被拖动了。她甚至没有抵抗的欲望，便走出了那间茅屋。

温特勋爵、达达尼安、阿多斯、波尔多斯和阿拉密斯也都跟着她走了出来。跟班儿们紧随主人之后，只剩下那扇被顶碎的窗户、那扇敞开的门，以及桌上那盏仍在凄惨地闪着青光的油灯。

六十六　处决

　　大概是午夜，一轮残月被涂上了鲜红的血色，从艾尔芒第艾尔小村后面冉冉升起。村子的房舍和凌空矗立的钟楼，它们模糊的轮廓被残月勾勒了出来。

　　正对面，利斯河的河水滚滚流淌。河对岸，大块大块古云堆弥漫着昏暗的天空，给夜色洒下一片薄暮。在左堤岸侧矗立着一座被废弃了的古老磨坊，风车的叶轮纹丝不动，一只猫头鹰发出阵阵单调的尖叫声。

　　在这支阴郁的队伍行进的道路左右两边的平原上，随处可见有几株粗矮的树木冒出来，窥探着行人。

　　有时会有一道闪电蜿蜒于那一大片黑黝黝的树梢，然后将天空和水面劈成两半。空气阴闷，没有一丝风吹进来。由于刚刚落过雨，地面又湿又滑，饱尝了雨水恢复了生机的野草使劲地散发着清香。

　　两个跟班儿每人抓住米拉迪的一只胳膊，拖着她前进。刽子手紧跟其后，温特勋爵、达达尼安、阿多斯、波尔多斯和阿拉密斯走在刽子手的后面。

布朗谢和巴赞则走在最后。

那两名跟班儿拖着米拉迪朝河边走去。她默不作声，但她的一双眼睛却用无法形容的口才在讲话，向两个人中的一个在苦苦哀求。

当她超前走了几步时，便对这两个跟班儿说：

"如果你们保护我逃走，我给你们每人一千皮斯托尔。如果你们把我交给你们的主人，附近就有替我报仇的人，他们会让你们百倍偿还！"

各利莫犹疑不决，莫丝各东四肢发抖。

阿多斯听见了米拉迪的说话声，急忙赶了上来，温特勋爵也加快了步伐。

"撤换这两个跟班儿，"阿多斯说，"他俩不再可信。"

布朗谢和巴赞被叫过来顶替了各利莫和莫丝各东。

到达河边，刽子手走近米拉迪，捆住了她的双手和双脚。

这时，米拉迪打破沉寂叫了起来："你们都是胆小鬼，你们十个男人杀一个女人。你们当心点，将来会有人为我报仇！"

"您不是一个女人，"阿多斯冷冷地说，"您不属于人类，您是逃出地狱的魔鬼，现在我们要把您重新送回地狱去。"

"哈哈！"米拉迪说，"请你们当心，谁碰我一根头发，谁就是杀人犯。"

"刽子手杀人，但并不因此就是杀人犯，夫人。"身裹红披风的人拍拍他那宽大的剑说，"我是最后的审判官，我说了算！"

米拉迪发出两三声野蛮的呼叫，这呼叫声带着一种阴森和奇特的意味在夜空飞扬，最后消失在树林深处。

"如果我是罪犯，"米拉迪吼叫道，"你们可以把我送上法庭——你们不是法官，无权审判我。"

"我曾让您去泰伯恩，"温特勋爵说，"那时您为什么不愿意去？"

"因为我不想死！"米拉迪挣扎着大叫道，"因为我还太年轻，我不该死！"

"您在贝蒂纳毒死的那个女人比您还年轻，夫人，可她死了！"达达尼安说。

"我要进修道院，我要当修女。"米拉迪说。

"您以前就在修道院，"刽子手说，"可您毁掉了我的弟弟，又从修道院出来了。"

米拉迪发出一声恐惧的叫喊，随即双膝跪倒在地。

刽子手将她提起，夹到腋下，想把她带到船上去。

"啊！天主！"她叫嚷道，"天主！您要淹死我！"

尖叫声听上去令人撕心裂胆，就连当初最积极追捕米拉迪的达达尼安，此时也不由自主地垂下头，双手堵着耳朵，坐在一棵断树上。

在所有这些人中，达达尼安最年轻，他的心也最软。

"噢！这样的场面太可怕了！我不同意让这个女人这样死去。"

听到这两句话，米拉迪心中又有一线希望。

"达达尼安！达达尼安！"她叫道，"你还记得吧，我曾多么爱你呀！"

年轻人站起来，向她走近一步。

这时，阿多斯嚯地抽出剑，挡住了达达尼安的去路。

"请不要再向前走了，达达尼安，"他说，"否则我们就一起格斗一场。"

达达尼安跪下来祈祷着。

"喂，"阿多斯接着说，"刽子手，动手吧！"

"听命，大人，"刽子手说，"我是一个真正善良的天主教徒，我坚信对这样的魔鬼进行的审判是公正的。"

"讲得好。"

阿多斯向米拉迪走近一步。

"我饶恕您对我的伤害，"他说，"我的前途被毁，我的爱情被玷污，您对我的影响一生难以改变。尽管如此，我还是要饶恕您，您宁静地死去吧。"

温特勋爵也走上前来。

"我饶恕您，"他说，"我饶恕您毒死了我的哥哥，杀死了白金汉公爵大人，断送了可怜的菲尔顿的生命，还有对我的多次不良图谋。您宁静地死去吧。"

"而我呢，"达达尼安说，"请饶恕我，夫人，饶恕我曾采用手段激起您的愤怒，作为抵偿，我饶恕您毒死我可怜的女友和您对我的多次残酷报复。我饶恕您，我为您哭泣，您宁静地死去吧！"

"I am lost！"① 米拉迪用英语喃喃自语，"I must die. "②

这时，她自己站起身来，向周围扫视一番，目光中带着火。

她周围站着的只是她的仇敌。

"我到哪儿去死？"她问。

"到对岸。"刽子手回答说。

于是他让她上了渡船。当他自己正要迈步上船时，阿多斯给了他一笔钱。

"拿着，"阿多斯说，"这是执行死刑的费用，要让人们看清楚，一切都是按法律程序办事的。"

"很好，"刽子手说，"那现在该轮到这个女人知道，我不是在从事我的职业，而是在履行我的义务。"

他将钱扔进了河里。

小船载着罪犯和行刑者向利斯河的左岸驶去，其他所有的人都留在利斯河的右岸，并且全都跪倒在地。

一片暗淡的云垂在小船划行的河面上。

右岸的人看见小船抵达对岸，船上的人影浮现在淡红色的地平线上。

在行驶过程中，米拉迪终于解开了捆在她脚上的绳子。当船靠岸时，她跳上了岸，然后拔腿就逃。

可是地面是潮湿的，她脚下一滑，跌倒在地。

也许她明白上苍在拒绝救她。于是她低着头，双手合十，仍保持她跌倒时所处的姿态，一动不动。

---

① I am lost：英语，意为：我完了。

② I must die：英语，意为：我死定了。

这时候，河对岸的人看见刽子手慢慢抬起双臂，抬起的双臂猛地落下，可以听到受刑人的一声惨叫，接着看到的是脑袋落到了地上，身子瘫倒在地上。

这时，刽子手才脱下他的红色披风，把尸体和那脑袋放进去，然后抓起披风的四个角，扛在肩上，又登上了小船。

行至利斯河中央，他停下小船，将他的包裹悬在水面之上，高声喊道："天主的审判得以实现！"

他松开手，河水立刻吞没了尸体。

三天过后，四个火枪手回到巴黎。在假期结束的那天晚上，他们一起对德·特雷维尔先生作了例行的拜访。

"怎么样，先生们，"火枪队队长问他们，"这次旅行玩儿得还开心吗？"

"棒极了！"

阿多斯以他的名义，也以他的朋友的名义回答道。

结　　局

在第二个月的 6 号，国王按时离开巴黎返回罗塞尔。白金汉最近被杀的消息刚刚传开，国王知道后惊愕不已。

当有人向王后禀报这一噩耗时，她不认为那消息是真实的，她甚至大叫起来：

"那是谣言！他不久前还给我写过信。"

可是第二天，现实摆在了她面前。根据查理一世的命令曾被扣留在英国的赖博尔特现在回来了，并带回了白金汉临终前交给王后的礼物。

国王非常开心，甚至当着王后的面故意把他的高兴劲儿表露出来。所有内心脆弱的人都一样，都缺乏宽厚和大度。

然而，没过多久国王重又变得闷闷不乐，他没法保持长久的开朗，他想到一回到营地，他又会过上备受束缚的生活，但他还是回去了。

对于他，红衣主教是一条蛇，而他则是一只在枝头上来回飞跳的小鸟，他无法摆脱。

返回罗塞尔的旅途单调乏味。我们的四位朋友的表现尤其令他们的同伙倍感到诧异，他们肩并肩地行路，眼神阴郁。阿多斯时而抬起他那宽阔的前额，眼中闪出一道亮光或一丝苦笑，而很快，他又和他的伙伴一样，重又陷入沉思之中。

每到一个城市，护送国王到安全之地后，四个朋友会立即赶到自己的住处，或是找一家僻静的酒馆。他们在酒店里一边低声谈话，一边留心谈话是否被人偷听。

有一天，国王途中停下放鹰捉雀，四位朋友按照往常的习惯没有随从去打猎，而是在大道边的一家酒店中停了下来。这时，一个人从罗塞尔飞马而来，也在酒店门前停下，要喝一杯葡萄酒。

"喂！那是达达尼安先生吧？"那人说。

达达尼安抬起头，发出一声快乐的叫喊。那是被他称为他影子的这个人，就是在莫艾的那个陌生人，就是在隧人街和阿拉斯遇见过的那个陌生人。

达达尼安拔出佩剑，冲到门口。

但这一次，陌生人不仅没有逃，下马之后还径直向达达尼安走来。

"啊！先生，"年轻人说，"我到底又碰到您了，这一次您逃不了了！"

"我也没想逃，这一次我是来找您。我以国王的名义逮捕您，我要求您交出您的剑。先生，不得抗拒，如果想保住脑袋，我警告您。"

"您究竟是什么人？"达达尼安收了剑，但他没有把剑交出去。

"我是德·路斯费尔骑士，"陌生人回答说，"红衣主教的侍从，我受命押您去见红衣主教阁下。"

"我们正是回红衣主教阁下那里，骑士先生，"阿多斯近前说道，"当然，达达尼安能向您保证，他会直接前往罗塞尔。"

"我必须把他交给卫士，由他们把他押回营地。"

"我们以贵族的荣誉担保，先生，这让我来做。但我们也以贵族的荣誉向您担保，"阿多斯紧蹙眉峰说，"我们绝对不会让达达尼安先生离开我们。"

德·路斯费尔骑士发现波尔多斯和阿拉密斯早已站在他和店门之间。他明白，他被包围了。

"先生们，"他说，"如果达达尼安先生愿意交出他的剑，并且愿意保证，我答应由你们把他带到红衣主教阁下那里。"

"我向您担保，先生，"达达尼安说，"这是我的剑。"

"这样做对我方便多了，"德·路斯费尔说，"因为我还得继续赶路。"

"如果是为了去找米拉迪，"阿多斯冷冷地说，"那就不用找了，您不会找到她。"

"她出了什么事？"德·路斯费尔急忙问道。

"请返回营地吧，您会知道的。"

路斯费尔沉思片刻，然后想到离絮热尔只有一天行程，红衣主教将要到那里迎驾。于是，他决定听从阿多斯的建议，和他们一同回去。

他们一起上路。

次日下午3点钟，他们到达絮热尔，红衣主教已经到了那里。

首相和国王十分亲热地互相问候，互相庆贺法兰西摆脱掉英国这个仇敌。此后，红衣主教得知达达尼安已经抓到，便急于见到达达尼安，邀请国王第二天前去观看已经竣工的大堤工程后，便向国王告别。

晚间，红衣主教回到石桥营地时，发现达达尼安没有佩剑，在他门前，其他三位火枪手则全副武装，站在达达尼安的身旁。

这一次，红衣主教有很多卫士保护没有太多担心，便神色严厉地望了他们一会儿，然后示意让达达尼安跟他走。

达达尼安服从了。

"我们等着你，达达尼安！"阿多斯说话时声音高亢，为让红衣主教听见。

红衣主教阁下皱着眉头，止步停了片刻，然后，继续走了。

达达尼安紧跟红衣主教进了门。随后，门被人守住。

红衣主教走进他那间兼作办公室的房间，示意路斯费尔将年轻的火枪手带进屋内。

路斯费尔奉命行事。

达达尼安独自一人站在红衣主教的对面。这是他们第二次见面，事后他承认，当时，他相信这是最后一次了。

黎塞留身贴壁炉而立，他们中间隔着一张桌子。

"先生，"红衣主教说，"是我命令逮捕您的。"

"有人告诉过我了，大人。"

"您知道为什么被捕吗？"

"不知道，大人。我可能因为一件事被捕，但您还不知道这件事。"

黎塞留目光逼视着年轻人。

"噢！噢！"他说，"这话是什么意思？"

"如果大人愿意告诉我为什么被捕，然后把我所做的事告诉大人。"

"您的罪名，就是比您地位再高的人也会人头落地，先生！"红衣主教说。

"什么罪名，大人？"达达尼安镇定自若。

"您被指控和王国的敌人有通信联系，您被指控窃取国家机密，您被指控试图破坏您将领的作战计划。"

"是谁指控的，大人？"达达尼安问。他猜到这个指控来自米拉迪，"一个被我们国家烙过印的女人，一个在法国嫁给了一个男人、在英国又嫁给另一个男人的女人，一个毒死了她的第二个丈夫又曾企图毒死我的女人？"

"您在说些什么，先生？"红衣主教诧异地大声说，"您是在说哪一个女人？"

"我说的是温特勋爵夫人，"达达尼安回答说，"是的，温特勋爵夫人，当主教阁下对她信任时，大人您对她所犯的罪恶也许一无所知。"

"先生，"红衣主教说，"如果温特勋爵夫人犯下了您所说的罪行，她将受到惩罚。"

"她已受到惩罚了,大人。"

"是谁惩罚了她?"

"我们。"

"她现在怎么样?"

"她死了。"

"死了?"红衣主教重复了一句,他不相信自己的耳朵。"死了!您是说……她已经死了?"

"她曾三次试图杀死我,这些我都宽恕她。可是她杀死了我心爱的女人,于是我和朋友一起将她捉住,审讯后给她判了罪。"

接着,达达尼安讲述了有关的一切。

从不轻易战栗的红衣主教此时全身战栗起来。

但是,在了解了一个新想法之后,他一直阴沉的脸渐渐开朗起来,最后被心平气和、镇静安详的神情所代替。

"如此看来,"红衣主教说,语调非常的温和,"你们自己任命自己当了法官。但是你想没想到,你们没有审判权对一个人做这样的惩罚,你们就是杀人犯?"

"大人,我向您发誓,我没有想过在您的面前保护我的脑袋,我将领受红衣主教阁下想要加给我的任何惩罚,我不是一个贪生怕死的人。"

"对,这我知道,您是一个勇敢的人,先生,"红衣主教几乎含着亲情说道,"所以,我要预先告诉您,您将受到审判,甚至被判处死刑。"

"如果换一个人,他会说,他的衣袋里装有特赦证书。而我，我只会对您说：请下令吧，大人。"

"您有特赦证书？"黎塞留惊讶地问。

"是的，大人。"达达尼安说。

"谁签发的，国王？"

红衣主教带着一种奇特的轻蔑表情说了这两句话。

"不，是您签发的。"

"我签发的？您疯了，先生！"

"大人肯定会认出自己的笔迹。"

于是达达尼安向红衣主教递上这份证书，它是阿多斯从米拉迪手中索来，又交给达达尼安的。

红衣主教阁下接过证书，缓慢地念道：

为了国家的利益，本文件持有者执行我的命令，履行了公务。

黎塞留
1627 年 12 月 3 日
于罗塞尔 [1]

读完，红衣主教陷入沉思，但他没有将证书退还给达达尼安。

"他在思考用哪种酷刑让我死呢，"达达尼安低声自语道，"我做出保证，他不会看到我有丝毫惧怕。"

---

[1] 原文如此。第四十五章、第四十七章中此文件没有签署地点。

年轻的火枪手镇静自若，做好了英勇赴死的准备。

黎塞留一直在沉思，最后他抬起头来，用他那鹰隼般的目光盯着达达尼安的脸。在这张留有泪水痕迹的脸上，他读出了一个月来达达尼安所忍受的全部痛苦，他再次想到，这位年轻人会有多么远大的前程，想到这个年轻人的活力、胆量和智慧会给一位英明的主人提供多大的帮助！

另一方面，米拉迪魔鬼般的才华已不止一次地令他感到可怕，能一劳永逸地摆脱那个危险的同谋，他也是高兴的。

他缓慢地撕掉了达达尼安如此大度地交给了他的那份证书。

"我完了。"达达尼安心里想。

他向红衣主教深鞠一躬。

红衣主教走到桌前，没有坐下，在一张已经写满三分之二的羊皮纸上又写了几行字，然后盖上自己的印章。

"这就是我的判决书，"达达尼安说，"他免除了我去巴士底狱产生的厌倦和煎熬，这对我来说不能不是他的一番好意了。"

"拿着吧，先生，"红衣主教对年轻人说，"我收了您一张签过名的空白证书，现在我再还您一份。这张委任书上缺少一个姓名，您就自己把它填上吧。"

达达尼安接过那张证书，在上面瞅了一眼。

原来是一份火枪队副队长的委任状。

达达尼安跪在了红衣主教的脚下。

"大人，"他说，"我的一切属于您，但您赐给我的这一恩典我不配接受。我有三位朋友，他们比我功劳大，比我更高尚，因此……"

"您真是个孩子，达达尼安，"红衣主教，打断了他。他为战胜这个天生倔强的达达尼安而陶醉了。"这个委任状随便您怎么处理，尽管姓名是空白的，但您要记住，我是给您的。"

"我永远不会忘记，"达达尼安回答说，"请红衣主教放心。"

红衣主教转过身，大声喊道："路斯费尔！"

骑士就在门后，他立刻走了进来。

"路斯费尔，"红衣主教说，"他将是我的一位朋友了，因此，你们要互相拥吻，如果你们想保留脑袋，那就老实点儿！"

路斯费尔和达达尼安拥抱在了一起，相互用唇尖碰了碰对方的面颊。

他们同时走出房间。

"我们还会再见的，是不是，先生？"

"随时恭候。"达达尼安说。

"机会会来的。"路斯费尔回答说。

"怎么回事？"黎塞留打开门问道。

路斯费尔和达达尼安互相微微一笑，握了握手，又向红衣主教阁下行个礼。

"我们开始不耐烦了。"阿多斯说。

"来了，朋友们！"达达尼安回答说，"免罪了，而且还受到了恩典。"

"怎么回事？"

"晚上，晚上再说。"

就在当天晚上，达达尼安来到了阿多斯的住所。阿多斯正在喝他的西班牙葡萄酒。

他向阿多斯讲述了见红衣主教的经过，并从他的衣袋里掏出那张委任状。

"喏，我亲爱的阿多斯，您瞧，"他说，"它自然是属于您的。"

阿多斯温存而动情地微笑了。

"朋友，"他说，"对于阿多斯，这过重了。而对于德·拉菲尔伯爵，这又太轻了。它是属于您的。啊，我的天主！为了它您付出了很多代价。"

达达尼安走出阿多斯的房间，来到波尔多斯的住处。

波尔多斯身上穿着一件漂亮上衣，正对着镜子照呢。

"哈哈！"波尔多斯招呼说，"是您呀，亲爱的朋友！您看看这件衣服对我还合适吗？"

"棒极了！"达达尼安说，"不过，我这有一件衣服，它对您会更合适。"

"哪一件？"波尔多斯问。

"火枪队副队长服。"

达达尼安向波尔多斯讲述了经过，又从衣袋里拿出那份委任状。

"喏，我亲爱的，"他说，"在那上面写上您的姓名，让您成为我的好上司。"

波尔多斯向委任状瞥了一眼，又将它还给了达达尼安。

"不错，"波尔多斯说，"这东西不错，但我没有足够的时间去当副队长。就在我们出征贝蒂纳期间，我的那位公爵夫人的丈夫过世了。这样的话，亲爱的，我要娶那寡妇为妻。瞧，我已经试过我的婚礼服。请您为自己留下副队长的位置吧，亲爱的。"

年轻人最后走进了阿拉密斯的房间。

他发现阿拉密斯正跪在一张跪凳上，额头紧贴在日课经上。

他向阿拉密斯讲述了他和红衣主教会见的经过，从衣袋里第三次取出他那份委任状。

"您，我们大家的朋友，您是最智慧的，是我们的保护神，"达达尼安说，"请接受这份委任状吧。由于您的智慧，您比谁都更配领受它。"

"嗨！亲爱的朋友！"阿拉密斯说，"近来发生了很多事，我们冒了很多险，我已厌倦军人生活。这一次我决心已定，围城以后，我就进辣匦禄会①。请您留下这份委任状吧，达达尼安，它适合您，您将是一位正直而勇敢的队长。"

达达尼安眼睛里含着感激的泪水回到了阿多斯的住处。

阿多斯倚坐在桌子旁，正对着他的最后一杯西班牙马拉加产葡萄酒出神。

"您看，"达达尼安说，"他们也都拒绝。"

"亲爱的朋友，因为它最适合您。"

---

① 辣匦禄会：天主教修会，由法国人僧味创建于巴黎辣匦禄教堂而得名。因为该教派派遣会士下乡传教，又称"遣使会"。

他拿起一杆鹅毛笔，在委任状上写上了达达尼安的姓名。

"我将不会再有朋友了，"青年人说，"唉！什么都没有了，只剩下酸楚的回忆……"

他双手抱头，双颊上滚动着两行泪珠。

"您还年轻，"阿多斯说，"时间会让这些回忆变得甜美的。"

尾　声

罗塞尔城被围困一年之后宣布投降，1628 年 10 月 28 日签订了投降条约。

当年 12 月 23 日，国王回到巴黎。他受到了热烈的欢呼。

他从市郊一座由青枝绿叶搭成的拱门下进了城。

达达尼安得到了他的军衔。

波尔多斯退伍了，并在第二年娶了公诉人夫人，那只钱柜里装有 80 万利弗，令人羡慕。

莫丝各东得到了一套漂亮的跟班儿号衣，而且他还实现了一生的梦想，那就是坐上了一辆后身镀金的四轮豪华马车。

阿拉密斯突然销声匿迹，并中断了和他三个朋友的书信联系。

此后不久，从德·谢弗勒兹夫人和她的两三个情夫的谈话中才得知，他在南锡一家修道院皈依教门。

巴赞当了不受神品的办事修士。

阿多斯继续当火枪手。1631 年，他去都兰旅行了一趟，接着，也以刚刚接受了一小笔遗产为借口离开了火枪队。

各利莫跟着阿多斯。

达达尼安和路斯费尔格斗了三次，路斯费尔全败。

"到第四次我可能会杀死您。"达达尼安边说边伸出手将对方扶了起来。

"就到此为止吧，"受伤者说，"见鬼！我比您想象的还要够当您的朋友，当发生第一次相遇的事件之后，只要我对红衣主教讲上一句，您就会人头落地。"

这一次他们真的拥抱了，出自真心。

布朗谢在路斯费尔的关照下，荣膺卫队中士之职。

班那希尔先生没有变化。他并没有太关心他的妻子，对她的失踪也不放在心上。

有一天，他突发奇想地提出要向红衣主教表示问候，红衣主教派人告诉他，日后他所需的一切都会得到供给。

第二天他晚上 7 点离开家，要到卢浮宫去。自此之后，在隧人街再也没有人看到过他。有人说，他住进了某个王室城堡里，红衣主教阁下提供他所需的一切。